KB208076

창비신서 88

장편소설과 민중언어

미하일 바흐찐 지음
전 승 희 외 옮김

창비

역자 서문

1 이 책에 수록된 논문들의 저자인 미하일 미하일로비치 바흐찐(Mikhail Mikhailovich Bakhtin)은 1895년 러시아 오렐지방의 한 유서깊은 귀족가문에서 은행원의 차남으로 태어났으며, 청소년기의 바흐찐은 지적이고 문화적인 분위기의 가정에서 훗날 영국 버밍엄 대학의 고전학 및 언어학 교수가 되는 형 니꼴라이와 함께 방대한 양의 동서고금의 저술들을 읽으며 성장하였다고 한다. 1913년 오데싸 대학의 문헌학과에 입학한 바흐찐은 곧이어 형이 다니던 뻬쩨르부르그 대학의 문헌학과로 적을 옮기게 되며, 여기서 당대의 저명한 고전 문헌학자인 젤린스끼(Faddei F. Zelinsky)의 문하에서 수업을 받게 된다.

바흐찐이 대학을 졸업하던 1918년 무렵은 러시아 전역이 한편으로 내전과 경제적 궁핍에 시달리면서도 다른 한편 새로운 사회의 건설을 향한 혁명적 열정으로 넘치던 시기이다. 졸업 직후의 바흐찐은 건설기 혁명의 과업에 적극적으로 가담한 사람은 아니었지만, 백위군과 망명의 길을 택했던 형과는 달리 러시아에 남아 네벨리, 비쩨프스끄 등의 지방 소도시에서 교사생활을 하였고, 거기서 우연히 같은 장소에 모이게 된 뿜삐얀스끼(후에 레닌그라드 대학 문헌학 교수를 지냄), 볼로쉬노프(음악학자이자 언어학자), 유디나(러시아의 저명한 콘서트 피아니스트), 까간(철학자), 메드베제프(후에 레닌그라드 역사문헌학 연구소의 교수 역임) 등의 지식인들과 '칸트 세미나'라고 불리던 정기적 토론모임을 갖는 동시에 소규모의 공연이나 강연 등 혁명기의 다양한 대중문화사업에 참여한다. 이어 그는 내전이 종식되고 상황이 다소 좋아지는 1924년에서 1929년에 이르는 기간 동안 레닌그라드로 돌아와 소규모의 강연과 강의 등으로 생활을 꾸려나가면서 연구와 저술에 몰두한다. 이 시기 바흐찐의 작업은 형식주의, 프로이트주의 등 혁명성을 주장하던 당대의 다양한 이론의 성과들을 마르크스주의의 관점으로 평가하고 자신의 문학이론 속에 흡수하는 것으로 특징지어지는데, 그 결실이 바흐찐 자신의 이름으로 발표된 『도스또예프스끼 창작의 제문제』(1929)를 비롯, 그의 친구들인 볼로쉬노프와 메드베제프의 이름으로 발표되었으나 바흐찐의 참여가 절대적이었을 것으로 추정되는 『프로이트주의』(1927), 『문학연구의 형식적 방법』(1928), 『마르크스주의와 언어철학』(1929) 등으로 나타난다.

그러나 이렇듯 비교적 순탄하던 바흐찐의 상황은 혁명사업을 경제·사회·문화의 각 부문에서 본격화하기 위한 숙청의 작업이 시작되던 시기——이 시기에 이전까지 레닌그라드의 '예술사연구소' 등에 근무하던 '러시아 형식주의자'의 대부분이 러시아를 떠나게 된다——인 1929년의 갑작스런 체포와 그에 뒤이은 5년간의 유형으로 전환을 맞이하게 된다. 바흐찐의 주된 혐의내용은 그가 '성(聖)세라핌회'라는 종교조직의 일원이라는, 나중에 사실무근으로 판명된 사항과 그의 강의가 젊은 이들을 타락시킨다는 다소 모호한 것이었다고 한다. 사유야 어찌되었든 1930년대말의 대숙청을 피할 수 있게 해주었다는 점에서는 역설적인 행운이었을지도 모르는 이 사건으로 말미암아 이후 상당 기간 동안 바흐찐과 그의 업적은 모든 공적 가능성을 박탈당하고 만다. 그러나 유형지 꾸스따나이에서 소비조합의 회계 등으로 근무하던 이 기간 동안에도 바흐찐의 연구는 계속되며, 이 책에 수록된 세 편의 소설론이 모두 이 시기에 집필된 것들이고, 그가 박사학위 논문으로 제출하였던 라블레론도 이 시기에 집필된 것이다.

유형 이후에도 상당 기간 동안 개선되지 못했던 바흐찐의 상황은 제2차 세계대전이 끝난 1945년 이후 조금씩 호전되기 시작한다. 1945년 사란스끄의 사범학교 교사로 정착하게 된 바흐찐은 1957년 이 사범학교가 모라비아의 오가레프 대학으로 승격됨에 따라 1958년 러시아 및 외국문학과의 과장으로 취임하며 여기서 1961년의 퇴직 때까지 봉직하게 된다. 또한 1950년대말에서 1960년대초에 이르는 기간 동안에는 1929년의 체포와 더불어 거의 잊혀져 있던 바흐찐의 저작들이 모스끄바의 젊은 연구자들에 의해 발굴되기 시작하며, 그들의 노력에 의해

1963년 『도스또예프스끼 창작의 제문제』를 개정·증보한 『도스또예프스끼 시학의 제문제』가 출간되고, 1965년에는 끝내 박사학위 논문의 인준을 거절당했던 『프랑소와 라블레의 작품과 중세 및 르네쌍스 시대의 민중문화』가 출간되며, 같은 해에 『문학의 제문제』지에 30년대에 씌어진 바흐찐의 논문들이 게재된다. 바흐찐 자신도 그해에 모스끄바로 옮겨오며, 여기서 1975년 사망시까지 문학과 소설에 관한 그의 독창적인 이론을 발전시키는 데 주력한 것으로 알려져 있다. 책으로 출판되지 않았던 그의 논문들은 1975년과 1976년에 두 권의 논문집으로 묶여져 나온다.

오랫동안 도스또예프스끼 연구가로서만, 그것도 미미하게 알려져 있던 바흐찐은 1960년대 소련에서의 '복권' 및 그에 뒤이은 번역소개와 더불어 서구에서도 점차 새로운 각도의 조명을 받게 된다. 그리하여 그는 때로는 새로운 단계의 '형식주의자'나 구조주의자로, 때로는 소통이론가의 한 부류로 이해되었으며, 탈구조주의가 문학비평계의 주된 흐름이 된 최근에는 탈구조주의의, 세대를 격한 선구자로서 '바흐찐산업'이라는 한 논문의 제목이 어색하지 않을 정도의 폭발적 인기를 누리고 있다. 바흐찐은 또한 우리나라에도 80년대 중반 무렵부터 단편적으로 소개되기 시작하며, 그 과정에서 민족문학론이나 리얼리즘론 등에의 원용 가능성 등도 간간이 언급되었다. 우리나라에서 그와 그의 저작이 본격적으로 소개되기 시작한 것은 극히 최근의 일로서, 작년말 또도로프의 소개서가 번역되면서 바흐찐의 논문 중 일부가 번역소개되었고, 올해초 도스또예프스끼론과 소설론의 일부가 번역되어 오늘에 이르고 있다.

[2] 앞에서도 언급하였듯이 서구에서의 바흐찐은 처음에는 단순히 도스또예프스끼에 대한 연구자로서만 알려져 있었으나 최근 수십 년 사이의 소통이론과 '형식주의' 및 구조주의 등의 이론가로, 나아가 탈구조주의의 탁월한 선구자로 부각되기에 이르른다. 그러나 우리의 견해로는 그에 대한 이러한 해석들 중 어느 하나도 그의 이론에 담긴 핵심적 내용을 제대로 통찰하고 있다고 보기는 힘들며, 따라서 당시에는 물론 오늘날까지도 보다 과학적이고 생산적인 문학논의에 의미있는 단서를 제공해주

는 바흐찐 소설론의 의의를 올바로 평가해주고 있지는 못한 것 같다. 오히려 바흐찐 문학론의 의의는 무엇보다도 그것이 새로운 사회의 건설을 향한 열정 속에서 개화하였던, 혁명기 러시아의 다양한 문학이론들 가운데 가장 중심적이었으며 또한 대조적이었던 '형식주의'와 마르크스주의 문예이론, 이 양자의 문제의식을 올바로 결합해냄으로써 '형식주의'에서 구조주의, 탈구조주의 등으로 이어지는 형식주의적 문학이론의 한계를 내부로부터——그 의의는 의의대로 인정하면서——극복하게 해주는 새로운 시야를 열어주었다는 점에 있다.

주지하다시피 러시아의 '형식주의'나 구조주의는 모두 초월적인 심미적 가치에서 문학성의 원천을 찾으려 했던 종래의 형이상학적 문학개념을 거부하고 문학언어 자체의 엄밀한 자연과학적 분석으로부터 보다 과학적인 문학이론의 정립을 꾀한, 그 나름으로는 대단히 중요한 역사적 의의를 지니는 흐름이었다. 그러나 그 문학언어에의 접근에 있어 근본적으로, 언어와 현실의 관계를 괄호 속에 넣은 채 언어의 내적 연관과 그 보편적 체계의 문제를 우선시했던 쏘쉬르 언어학의 언어개념에 의존하고 있는 이 두 흐름은 보다 과학적인 문학이론을 지향한다는 그들의 주관적인 의도에도 불구하고 문학언어의 진정한 특성을 파악하는 것과는 오히려 거리가 멀어지고 만다. '낯설게 하기'라는 지엽적 성격을 일상언어와 문학언어를 구별해주는 본질적 특성으로 제시하는 '형식주의'나 일반언어와 문학언어의 구조적 동질성에 대한 안이한 가정에 입각하고 있는 구조주의의, 피상적으로만 대조적인 두 입장은 모두 언어의 형식과 구조에 대한 위와같은 근본적으로 한계지어진 일면적 입장의 산물인 것이다.

이에 비하면 바흐찐의 소설이론은 언어의 내적 체계나 그 형식의 측면을 중심으로 논의가 전개된다는 면에서는 '형식주의'나 구조주의, 탈구조주의 등과 출발점과 문제의식을 공유하면서도, 그러한 그의 문제의식이 언어의 내용적 측면에 대한 올바른 인식과 통합됨으로써 언어와 문학언어 양자의 성격이나 그들 사이의 관계에 대한 온전한 이해의 차원을 획득한다는 데 그 미덕이 있다. 바흐찐에 있어 언어는 결코 추상적인 문법체계나 구조, 중립적인 매체 등으로 이해될 수 있는 성질의 것이 아니다. 그것은 오히려 각기 다양한 세계관을 담지하고 있는 다양한 사회적 언어들의 갈등과 대화의 장(場)——'언어적 다양성'(heteroglossia)이라는 말로 바흐찐이 의미하고자 한 것이 바로 이것이다——이다. 바흐찐에 있어 언어란 곧 세계관의 동의어이며, 그것도 다양한 세계관들간의 끊임없는 대화와 투쟁의 장으로서의 의미에서이다. 또한 바흐찐에 있어 소설은 '다양한 사회·이념적 언어들간의 대화적 공존'으로서의 언어의 성격이 가장 극대화된 형태로 반영된 것임으로 해서 그 현실성과 예술성을 보장받는다. (바흐찐에 있어 현실성과 예술성은 동의어이다.) 예술언어는 일상언어와의 형식적 동일성이나 차이에 의해 정의되지 않고 일상언어가 지닌 잠재력의 극대화로서 파악되는 것이다.

또한 이처럼 내용과 분리되지 않은 형식에 주목함으로써 언어와 문학언어의 성격 및 그들의 관계에 대해 형식주의적 접근으로써는 가능하지 않은 새로운 차원의 이해를 확보해주는 바흐찐의 이론은 나아가 문학작품에서의 '현실반영'이라는 리얼리즘론의 주요 과제에 대해서도 유용한 하나의 시각을 제공해준다. 주지하다시피 문학과 현실의 상관관계에 대한 논의는 전통적으로 '반영'의 개념을 중심으로 이루어져왔다. 그러나 이 개념은 소박한 모사론을 넘어서 '매개'와 '상호작용' 등으로 이해된다 하더라도 그 관념적 실체론으로서의 성격으로 말미암아 문학과 현실의 관계를 설명함에 있어 근본적인 한계가 있는 개념이다. 그러나 문학작품에 현실이 반영되는 것만은 엄연한 사실이며 '반영'이라는 개념이 지니고 있는 한계성이 그 개념에 대한 해명을 포기하거나 보류하게 하는 구실이 될 수는 없다는 데에 또한 문학에서의 '현실반영'이라는 문제가 지니는 난점이 있다. 바흐찐의 언어 및 문학에 대한 이론이 지니는 장점은 '다양한 사회·이념적 언어들의 예술적 묘사'라는 그의 소설개념이 실체로서의 현실에 대한 반영을 이야기하지 않고서도 작품 속에 현실의 생동하는 모습이 담겨져야 할 필연성을 암시해준다는 데 있다. 바흐찐에 있어 소설은 현실에 대한 묘사가 아니라 언어, 정확히 말해서 언어들에 대한 묘사이다. 그러나 그에 있어 언어란 현실과는 독립적인 어떤 실체가 아니라 현실세계에 대한 구체적 발언이자 세계관이며, 현실세계에 대한 현실세계 내부의 다양한 관점들의 갈등과 대화의 장인 것이다. 따라서 언어들의 예술적 묘사에는 반드시 현실세계의 모습이 반영되게 마련이며, 그 묘사가 예술적으로 훌륭하면 할수록 현실세계의 모습 또한 올바르게 반영되게 마련인 것이다.

이상과 같은 미덕을 지닌 바흐찐의 소설론을 이해함에 있어 우리는 또한 그것이 다름아닌 소설론의 형태로 전개되었음을 주목할 필요가 있다. (이 자리에서 충분한 논의가 이루어질 수 있는 문제는 아니지만 이런 점에서는 흔히 거론되는 바흐찐과 루카치의 대조는 차라리 피상적이다.) 바흐찐에 따르면 앞에서 언급한 바와 같은 문학언어의 특징을 가장 잘 구현하고 있는 것은 오직 소설장르뿐이며, 그런 의미에서 소설은 시나 극 등과 같은 여나 장르들과는 차원을 달리하는 장르이다. 바흐찐에 있어 소설은 가장 예술적이며, 따라서 가장 현실적인 장르이며, 이러한 예술성과 현실성은 또한 그 민중성으로부터 유래한다. 고전문헌학적 소양을 유감없이 발휘하며 전개되는 바흐찐의 소설론에 따르면 소설장르는 결코 근대 시민계급 고유의 것이 아니다. 소설장르의 뿌리는 오히려 민속에 있으며, 중세의 구심적 지배문화가 붕괴되고 민중들의 다양한 목소리와 세계관이 세력을 얻게 되는 르네쌍스 시대에 이르러 현실을 보다 원심적이고 복합적으로 파악하는 민중적인 문학의 전통이 고급문화의 전통과 만나면서 성립되는 것이 근대적 장르로서의 소설이다. 소설이 과연 그러한 장르인지, 또 민중적인 장르라 해도 어느 만큼 민중적인지에 대해서는 별도의 논의가 필요하겠지만, 어쨌든 이와같은 바흐찐의 관점이 리얼리즘론의 주요 과제의 하나인 소설장르의 민중성 및 가능성이라는 문제의 해명에 주요한 시사를 던져주는 것만은 틀림이 없다. (이 점에 대해서는 가령 소설장르가 시민계급 고유의 것이라 할 때는 20세기 서구에서 시민계급의 지배는 오히려 강화되는데도 소설은 쇠퇴하는 현상이 충분히 해명될 수 없지만, 그것이 민중적인 장르라고 한다면 소설의 성립과 융성은 시민계급이 민중의 이해를 대변하던 시기의 산물이고 시민계급이 민중의 억압자로 변질함과 더불어 소설 또한 쇠퇴하는 것이며, 따라서 서구의 소설문학 전통은 오히려 전세계 민중해방운동의 현장인 제3세계에서 계승될 가능성이 오히려 높다는 식의 설명이 가능해진다는 논의가 이미 이루어진 바 있다.) (백낙청, 「모더니즘 논의에

덧붙여」, 『민족문학과 세계문학 II』 창작과비평사, 1985, 452~56면 참조)

3 이처럼 바흐찐의 소설론은 문학이론 일반에, 그리고 우리의 문학논의에도 아울러 도움이 될 풍부한 시사점들을 내포하고 있다. 그러나 바흐찐의 이와같은 작업의 성과를 올바로 수용하기 위해서는 바흐찐 자신의 작업이 그의 이론에 담겨 있는 가능성들을 충분하게 전개시키고 있는 것은 아니라는 사실에 유의할 필요가 있다. 바흐찐이 시나 극과는 구별되는 소설담론 특유의 언어사용이 지니는 특징으로 지적하는 것은 '다양한 사회·이념적 언어들간의 **대화적** 공존'이라는 언어현실의 문학적 수용, 즉 다양한 언어들간의 **대화적** 상호작용이라는 측면이다. '언어들의 예술적 체계'라는 말로 바흐찐이 의미하는 바가 바로 이것이며, 그가 소설장르가 여타 장르와는 다른 차원의 것임을 주장하는 근거도 여기에 있다. 그러나 바흐찐의 이와같은 논의는 언어들의 **대화**가 이루어내는 예술적 **체계**의 모습을 해명함에 있어서나, 그 체계가 이룩해내는 **세계관**의 문제에 대해서나 막연한 암시 이상의 것을 보여주고 있지는 못하다.

물론 바흐찐이 이야기하는 대화란 단순한 대화와 상호작용을 의미하는 것을 넘어서서 역사의 무대에 명멸하는 다양한 사회계층들의 역학관계를 반영하는 갈등과 투쟁이 이루어내는 구체적 관계의 체계를 의미하는 것이다. 또 민중적 예술형식의 발전사에 대한 그의 고찰이나 소설언어의 성격에 대한 그의 논의가 그 체계의 일부를 보여주고, 그 세계관의 민중적이고 진보적인 성격을 중시하고 있음도 사실이다. 그러나 그의 이러한 기본적 입장은 비로소 소설다운 소설이 탄생하게 된 근대 이후의 언어적 다양성의 현실이나 그 구체적 내용, 그리고 그것이 '예술적 체계'로서의 소설작품 속에 구현된 양상이나 수준에 대한 본격적 논의——이것은 소설에 관한 논의에서 가장 핵심적인 부분이라고도 할 수 있다——로 이어지지는 못하고 있다. 가령 바흐찐은 소설문체의 두 조류가 역사 속에서 어떠한 모습으로 발전해왔는지를 상세히 살펴본 뒤에 19세기에 그 두 조류 사이에 융합이 일어났다는 사실을 지적하기는 하지만 그 결과물이라고도 볼 수 있는 19세기 리얼리즘 소설의 탁월한

성과에 대해서는 별다른 인식이나 관심을 보이지 않는다. 그리하여 본격적인 소설적 대화가 이룩해내는 총체적 구조 및 세계관의 문제에 대한 이와같은 무관심의 결과, '다양한 언어들간의 대화적 상호작용'이라는 바흐찐의 명제는 그에 합당한 내용성을 부여받지 못한 채, 소설 혹은 문학의 언어와 세계관에 대한 또하나의 형식주의적이고 상대주의적인 명제로 떨어질 위험을 안게 된다. 발자끄나 디킨즈, 똘스또이 같은 리얼리즘 소설의 대가들보다 라블레나 도스또예프스끼를 더욱 중요하게 취급하는 바흐찐의 태도에서 그러한 위험성의 일단이 확인되기도 하거니와, 바흐찐의 이론이 지닌 바로 위와같은 약점이 최근들어 그로 하여금 탈구조주의의 편리한 텍스트로서 오해된 인기를 누리게 만드는 요인인 것이다.

또한 우리는 바흐찐의 소설론이 소설론이기 때문에 가질 수 있는 부정적 효과에 대해서도 주의를 기울일 필요가 있다. 이는 물론 바흐찐의 소설론이 소설장르 특유의 미덕이 기본적으로 어디에서 연유하는가 하는 문제에 대한 훌륭한 하나의 해명이라고 보았던 앞서의 견해를 철회하려는 의도와는 무관한 말이다. 바흐찐의 소설론은 그가 '좁은 의미'라는 단서를 달면서까지——그는 또한 현대에 오면서 시나 극에서도 소설적 언어사용의 특성이 더러 나타난다는 점도 인정한다——시나 극과는 차원을 달리하는 소설장르 고유의 특성을 강조하는 데 타당한 이유가 있음을 상당한 정도로 증명해준다. 이러한 측면에서는 바흐찐의 소설이론을 피상적으로 받아들여 소설적 언어의 특성을 모든 종류의 언어사용에 무차별적으로 적용하려 하는 몇몇 이론가들의 최근의 시도가 바흐찐의 본래 의도와는 얼마나 거리가 먼 것인가를 인식하는 일이 오히려 긴요하다. 그러나 바흐찐의 이와같은 견해가 소설장르와는 구별되는 다른 장르들 특유의 미덕이나 그 역사적 의의 및 현실적 기능에 대한 경시로 오해되는 일은 경계되어야 한다. 다른 장르들의 미덕이나 그 역사적 의의, 현실적 기능 등의 문제에 대해서 이 자리에서 구체적인 논의를 전개하기는 물론 불가능하다. 여기서는 다만 그리스의 서사시나 비극, 셰익스피어의 극 등이 당대는 물론 오늘날까지도 감명을 주고 일정한 효과를 갖는다는 사실, 그리고 우리나라나 제3세계에서 시장르나 극장르가 갖는 민중적이고 현재적인 의의 등은 소설장르가 이룩한 새로운 차원을 소설장르와 여타 장르간의 상대적 우위와 열등성의 문제로 간단히 처리할 수 없게 하는 현실적 요인으로 엄존하고 있다는 사실을 지적하는 것으로 그치려 한다.

4 바흐찐의 텍스트를 제대로 읽고 소화해내는 일은 그다지 만만치 않다는 것이 대다수 독자들의 반응이다. 그리고 바흐찐 특유의 조어(造語)와 인용부호 및 이탤릭체, 어순도치 등의 잦은 활용이라든가 쎄미콜론과 대쉬, 괄호 등의 잦은 사용으로 특징지어지는, 추상적이고 반복적이며 전반적으로 무거운 문체가 흔히 그 요인으로 언급된다. 바흐찐의 번역에 있어서는 이러한 일반적 요인 외에도 우리말과 영어, 불어 및 노어 사이에 존재하는 내포와 외연상의 차이라든가 언어용법상의 차이 같은 것들이 작업을 어렵게 하는 원인으로 한몫을 하였다. 바흐찐 특유의 문체적 특성을 해치지 않는 범위 내에서 가능한 한 자연스러운 우리말로 옮기려는 것이 역자들의 의도였는데, 이 자리를 빌어 번역상 전달이 부족했다고 여겨지는 몇 가지 개념에 대해 간단한 설명을 덧붙임으로써 번역의 부족함을 다소나마 메꾸어볼까 한다.

바흐찐을 번역함에 있어 역자들을 가장 당혹케 하였던 것 중의 하나는 노어나 불어, 영어 등이 가지고 있는, '말' 혹은 '언어'를 뜻하는 다양한 어휘들이 우리말 속에서 그 정확한 대응어를 가지고 있지 못하다는 사실이었다. 바흐찐의 논문에서 '말' 혹은 '언어'를 표현하는 데 사용되는 어휘들로는 *slovo*와 *reč'*, *vyskazivanie*, 그리고 *jazyk* 등을 들 수 있는데, 마지막의 *jazyk*가 영어의 *language*, 불어의 *langue*에 해당하는, 보다 일반적이고 추상적인 의미로 언어를 뜻하는 것으로서 우리말의 '언어'로 번역해서 크게 무리가 없었던 반면, 보다 구체적인 의미를 가지면서 우리말의 '말'이라는 단어로 포괄될 수 있는 앞의 세 어휘의 경우에는 각각에 적합한 우리말 역어를 찾기가 그다지 수월치 않았다. 영어에서 때로는 *word*로, 때로는 *discourse*로 번역되는 *slovo*의 경우는 우리말로도 역시 영어의 예를 따라 때로는 '말'로, 때로는 '담론'으로 번역하였으며, 영어의 *speech*로 번역되는 *reč'* 역시 혼동의 위험을 무릅쓴 채 때로는 '말'로, 때로는 '언설' 등의 한자말로 번역하였다. 영어의 *utterance*에 해당하는 *vyskazivanie* 역시 자연스러운 우리말로는 '말'에 가장 가깝겠으나, *utterance*의 우리말 역어로 보편화된 '발언'으로 번역하였다.

정확한 역어를 발견하는 것이 그리 용이치 않았던 단어들로는 또한 *raznorečie* 혹은 *raznorečivost'* 라든가 *mnogojazyčie, odnojazyčie,* 그리고 *orkestrovka*와 같은 바흐찐 특유의 조어를 빼놓을 수 없다. 영어로는 모두 *heteroglossia*로 번역된 *raznorečie*와 *raznorečivost'*의 경우는 '다양하다'는 뜻의 *razno*라는 접두어에 '말'을 뜻하는 *rečie*라는 단어가 결합된 것이며, 후자의 *vost'*라는 접미어는 단어의 의미를 보다 추상적인 것으로 만들어준다고 한다. 바흐찐은 이 단어들을 '다양한 사회·이념적 언어들의 대화적 공존상태'를 뜻하는 것으로 사용하였는데, 우리말로는 문맥에 따라 문자 그대로 '언어적 다양성'이나 '언어의 다양성,' 혹은 '사회적 언어의 다양성,' '이질언어성' 등으로 번역하였다. 영어로 *polyglossia*와 *monoglossia*로 번역된 *mnogojazyčie*와 *odnojazyčie*의 경우는 각각 '많다'라는 접두어와 '하나'를 나타내는 접두어가 '언어'라는 단어에 결합된 것으로서 대개 문학작품 속에 담겨진 언어의식의 성격을 나타내는 말로 사용된 것들이다. 우리말로 이것들 역시 문자 그대로 '다중언어성'과 '단일언어성'으로 번역하였다. 영어의 *orchestration*으로 번역되어 있는 *orkestrovka*의 경우는 다양한 언어들간의 '대화적 상호작용'을 표현하기 위해 만들어진 단어로서, 우리말로는 '관현악화'가 직역이지만, 관현악을 위한 곡인 교향곡의 '교향(交響)'이라는 단어가 바흐찐의 의도를 더욱 정확히 전달할 수 있을 것으로 여겨져 '교향화'로 번역하였다.

영어로는 *literary language*라는 표현으로 직역되어 있는 *literatunyi jazyk*의 경우는 민족국가의 형성기에 탄생하는 공통의 일반언어를 뜻한다는 의미에서 '문예언어'라기보다는 차라리 '표준어'에 가까운 개념이다. 그러나 우리말의 '표준어'라는 말이 연상시키는 규범성 내지 강제성의 뉘앙스를 고려하고, 또한 노어 자체에서 '문예언어'라는 단어가 '표준어'를 의미한다면 그러한 표현을 살리는 것도 무방하다고 생각해서 '문예언어'로 번역하였다.

바흐찐이 자주 사용하는 개념이면서 일반인들에게는 대체로 생소한 개념 중의 하나로 *ob''jektnost* 혹은 *ob''jektifikacija*라는 개념이 있다. 영역본에서는 *objectification* 혹은 *reification* 등의 단어로 번역되어 있는 이 개념들은 '주체'와 구별되는 것으로서의 '대상' 혹은 '객체'가 된다는 의미를 지니며, 전자가 보다 정적인 성격을 나타내는 표현이라면 후자는 보다 동적인 개념이라고 한다. 우리말로는 문맥에 따라 '대상화' 혹은 '객체화'로 번역하였다.

끝으로 한 가지 덧붙인다면, 우리말로 '전형'이라고 번역된 *tip*(영어의 type)는 바흐찐에 있어 루카치에게서와는 달리 어떤 유형의 본질적 특징을 나타내는 것이라는 상식적인 의미를 갖는다.

5 번역에 착수한 지 햇수로 벌써 5년이 지났다. 역자들의 무능력, 게으름에 이런저런 개인적 사정들이 겹치는 바람에 예정보다 엄청나게 오랜 시간이 소요되고 말았다. 그동안 번역을 기다리고 격려해주신 여러 선생님들, 동료 및 선후배들께는 물론이려니와 역자들과의 직접적 친분이 없는 여러 독자들께도 무어라 사죄의 말씀을 드려야 할는지 모르겠다.

이 번역서의 원전은 『문학과 미학의 제문제』(*Voprosy literatury i estetiki*, Moscow, 1975)이며, 대본으로는 영역본 *The Dialogic Imagination*(Caryl Emerson & Michael Holquist 역, Austin, Univ. of Texas Press, 1981)을 사용하여 이 중 「소설적 담론의 전사(前史)」를 제외한 세 편의 논문을 실었다. 그리고 불역본 *Esthétique et théorie du roman*(Daria Olivier 역, Gallimard, 1978)과 일역본 『小説の言葉』(伊東一郎 역, 東京, 新時代社, 1979)과 『叙事詩と小説』(川端香男里, 伊東一郎, 佐佐木寛 공역, 東京, 新時代社, 1982)을 참조하여 정확을 기하려고 애썼다.

번역에 있어서는 앞에서도 밝힌 것처럼 가능한 한 자연스러운 우리말로 옮기려고 애썼으며, 노어나 불어 등으로 쓰인 작품의 인용문은 원문에서 번역하였고, 인명이나 작품명 등 고유명사의 발음은 원음을 살려 표기하려고 노력하였다. 원문 중 이탤릭체로 강조한 부분은 대부분 고딕체로 처리하였다. 필요하다고 생각되는 사항에 대해서는 가능한 한 간단한 역주를 본문의 괄호 속에 삽입하였고, 원주는 각주로 처리하였으며, 영역자 주는 같은 형식으로 하되 문장 말미에 영역자 주임을 명기하였다. 본문 중의 고딕체 소제목들은 독자들의 편의를 위해 원문에는 없는 것을 역자들이 임의로 달았다.

변변치 못한 번역작업이었지만 대단히 많은 분들의 도움을 받았다. 무엇보다도 바흐찐의 글을 소개해주시고 번역을 권해주셨던 역자들의 은사 백낙청 선생님께 감사드리며, 원고의 일부를 함께 검토해주신 이영미, 김승순, 조영미 세 학형과 노어본의 자문에 응해주신 이병훈, 계동준씨, 원고의 정서를 도와주신 김연수군, 그리고 기나긴 번역작업을 불평 없이 기다려주시고 교정에 애써주신 창비사 편집부의 여러분들, 그리고 역자들의 오늘이 있기까지 음으로 양으로 도와주신 모든 분들께 이 자리를 빌어 깊은 감사를 표한다.

본문의 번역은 전승희, 서경희, 박유미 세 사람이 각각 일정 분량을 맡아 한 뒤 함께 돌아가며 검토하였다. 따라서 번역의 내용과 질은 역자 세 사람 모두의 공동책임이다. 끝으로, 이 역서가 우리나라의 문학논의에 자그마하나마 보탬이 되기를 바라면서 독자제현들의 애정어린 충고와 창조적인 작업 속에서 번역의 서투름과 오류가 교정되기를 기대해본다.

1988년 가을에
역자 일동 씀

차 례

서사시와 장편소설

소설연구 방법론

서사시와 장편소설

소설연구 방법론

소설 장르의 연구에 따르는 난점

하나의 장르로서의 소설에 대한 연구는 특수한 난점들로 특징지어진다. 이는 연구대상 자체의 독특한 성격에 기인한다. 소설은 계속 발전하고 있으며 아직 완성되지 않은 유일한 장르인 것이다. 소설을 하나의 장르로서 규정하는 힘들은 바로 우리들 눈앞에서 작용하고 있다. 즉 하나의 장르로서의 소설의 탄생과 발전은 역사시대의 환한 빛 속에서 이루어진다. 소설의 장르적 골격은 아직 전혀 굳어지지 않은 채로 남아 있으므로, 우리는 소설의 조형적(造形的) 가능성 모두를 예견할 수는 없다.

우리는 다른 장르들을 완성된 모습의 장르들로, 다시 말해서 우리의 예술적 경험을 흘려넣을 수 있는 다소 고정된 기존의 형식들로 알고 있다. 그 장르들이 형성되는 원시적 과정은 역사적으로 기록된 관찰 너머에 존재한다. 우리는 서사시를 오래 전에 그 발전을 완수하였을 뿐만 아니라 이미 낡아버린 하나의 장르로 대한다. 일정한 조건을 달고서 우리는 다른 주요 장르들, 심지어는 비극에 대해서도 똑같이 말할 수 있다. 우리들이 익히 알고 있는 역사 속에서 누려왔던 그것들의 삶은, 이미 굳어져서 더 이상 유연하지 않은 골격을 지닌, 이미 완성된 장르들로서 누려온 삶이다. 그것들은 각각 문학 속에 진정한 역사적 힘으로 작용하는 스스로의 규범을 발전시켜왔다.

이 모든 장르들 혹은 어떻든 그것들을 규정하는 특징들은 글이나 서적보다 상당히 오래되었고, 현재에 이르기까지 예전의 말하고 듣고 하는 구술적(口述的) 특징을 보존하고 있다. 모든 주요 장르들 가운데 오로지 소설만이 글이나 서적보다 역사가 짧으며, 소설만이 무언의 지각(知覺)이라는 새로운 형식, 즉 독서에 유기적으로 민감하다. 그러나 여기서 결정적으로 중요한 것은 소설이 다른 장르들과는 달리 그 자신의 규범을 갖고 있지 않다는 사실이다. 단지 소설의 개별적인 예들만이 역사적으로 활발할 뿐 장르적 규범은 그 자체로서는 그렇지 않다. 다른 장르들을 연구하는 것은 사어(死語)를 연구하는 것과 유사하지만 소설을 연구하는 것은 그와는 달리 살아 있으며 또한 아직 젊은 언어를 연구하는 것과 같다.

이 점이 바로 소설이론의 정식화(定式化)에 내재하는 보통 이상의 어려움을 설명해준다. 왜냐하면 그러한 이론은 다른 장르들을 취급할 때와는 전혀 다른 연구대상을 그 핵심에 두고 있기 때문이다. 소설은 단지 여러 장르들 중의 한 장르에 불과한 것이 아니다. 오래 전에 완성되었고 부분적으로는 이미 소멸한 장르들 사이에서 소설만이 유일하게 발전하고 있는 장르이다. 소설은 세계사의 새로운 시대에 들어와서 태어나고 양육되었던 유일한 장르이기 때문에 그 시대와 깊은 유대를 맺고 있다. 반면 다른 주요 장르들은 이미 고정된 형식들로서, 즉 하나의 유산으로서 그 시대에 등장했고, 이제야 비로소 새로운 생존조건에——어떤 것은 보다 낫게, 어떤 것은 보다 못하게——적응하고 있다. 그것들에 비하면 소설은 이질적인 종(種)에서 나온 창조물처럼 보인다. 소설은 다른 장르들과 사이가 좋지 못하다. 소설은 문학 내에서 주도권을 잡기 위해 싸우는데, 소설이 우세한 곳에서는 보다 오래된 다른 장르들은 쇠퇴하고 만다. 어윈 로드(Erwin Rohde: 1845~1898, 독일의 고전학자—역주)에 의해 씌어진 고대소설사에 관한 최고의 저서(『그리스의 소설과 그 선구자』 *Der griechische Roman und seine Vorläufer*, 1876을 가리킴—역주)가 소설의 역사를 말하고 있기보다는 오히려 고대의 모든 주요 장르들이 겪은 붕괴의 과정을 설명하고 있음은 결코 이와 무관한 일이 아니다.

하나의 통일된 문학시기 내에 일어나는 장르들간의 상호작용은 매우 흥미있고 중요한 문제이다. 그리스고전문학시기, 로마문학황금시기, 신고전주의시기 같은 특정 시기에는 '고급'문학(즉 사회 지배계급의 문학)에 속하는 모든 장르들은 상당한 정도로 서로를 조화롭게 강화한다. 따라서 전체로서의 문학은 장르들의 총합으로서 최고도의 질서를 지닌 유기적 통일체가 된다. 그러나 결코 이 전체 속에 들어가지 않으며, 장르들이 이루는 어떤 조화에도 참여하지 않는 것이 바로 소설의 특징이다. 이같은 시기에 소설은 '고급'문학 외부에서 비공식적인 삶을 영위한다. 충분히 형식을 갖추고 잘 규정된 장르적 윤곽을 지닌 상태의 이미 완성된 장르들만이 위계질서로 조직된 하나의 유기적 전체로서의 문학의 일부가 될 수 있기 때문이다. 그것들은 자신의 장르적 성격을 보존한 채 상호 제한할 수도 상호 보충할 수도 있다. 각각은 하나의 단위이며, 모든 단위들은 그것들이 공통으로 갖는 심층구조의 어떤 특징들로 인해 서로 관련을 맺고 있다.

과거의 위대한 유기시학(有機詩學)——아리스토텔레스, 호라티우스, 보알로(Boileau: 1636~1711, 프랑스의 비평가이자 시인. 신고전주의 시학의 기본원칙을 해설한 *The Poetic Art* 로 유명하며, 당대의 인기작가들과 유명인사들을 풍자한 *Satires* 등의 작품이 있음—역주)의 시학——은 문학의 총체성과 이 총체 속에 포함된 모든 장르들간의 조화로운 상호작용에 대한 깊은 인식으로 충만하다. 마치 그들은 장르들간의 그러한 조화의 소리를 정말로 듣고 있는 듯하다. 바로 여기에 그러한 시학이 지니는 모든 것을 포괄하는 충만함과 철저함이라는 모방할 수 없는 강점이 있다. 그런데 그 시학은 모두 결과적으로 소설을 무시하고 있다. 19세기의 과학적 시학은 위와 같은 완전성을 결여하고 있다. 그것은 절충적·기술적(記述的)이며, 그것의 목표는 생동하고 유기적인 풍부성이 아니라 오히려 추상적이고 백과사전적인 포괄성이다. 그것은 한 주어진 시대의 살아있는 문학 전체 안에 공존하는 특수한 장르들이 지니는 현실적 가능성에는 관심이 없고 오히려 최대한으로 완벽한 작품선집 속에서의 장르들의 공존을 문제삼는다. 물론 이러한 시학도 더 이상 소설을 무시할 수는 없다. 그러나 그것은 소설을 단지 기존의 장르들에다 첨가할 뿐이다.(비록 명예로운 자리에다일지라도.) 그리하여 소설은 단지 많은 장르들 중의 하나로 등록부에 기록된다. 이와 달리 살아있는 전체로서의 문학에서는 소설이 전혀 다른 방식으로 포함되어야 할 것이다.

이미 언급한 바대로 소설은 다른 장르들과 사이가 좋지 못하다. 소설에는 상호제한과 보충에서 비롯되는 조화에 관한 이야기가 있을 수 없다. 소설은 다른 장르들(정확히 장르로서의 그것들의 역할)을 패러디한다. 즉 그것들의 형식과 언어의 상투성을 폭로하며, 어떤 장르들은 떼어내고, 또 어떤 것들은 자신의 독특한 구조 속에 편입시켜 재정식화하고 재강조한다. 문학사가들은 때로 이런 현상에서 단지 문학적 경향들 및 유파들의 경쟁만을 보는 경향이 있다. 물론 그러한 경쟁은 존재하지만 주변적 현상이며 역사적으로 중요하지 않다. 그러한 경쟁 뒤에 존재하는 장르들간의 보다 심오하고 역사적인 갈등, 그리고 문학의 장르적 골격의 확립과 성장을 민감하게 파악해야 한다.

여기서 우리의 각별한 흥미를 끄는 것은 소설이 지배적인 장르가 되는 시대들이다. 이때에 모든 문학은 '생성'의 과정과 특별한 종류의 '장르 비평'에 휩싸이게 된다. 이런 일이 헬레니즘 시기에 몇 번 일어났고, 그리고 중세 말기와 르네쌍스 시기에 다시 일어났으며, 특히 강하고 명료하게는 18세기 후반에 일어났다. 소설이 가장 우세한 시대에 다른 모든 장르들은 다소간 '소설화'된다. 예로 극(劇)의 경우 입센과 하우프트만(Gerhart Hauptmann: 1862~1946, 독일의 극작가·소설가. 희곡 『직공』 *Die Weber*, 『외로운 사람들』 *Einsame Menschen* 등이 있음—역주), 그리고 자연주의극 전체가 그러하고, 서사적 시의 경우에는 바이런의 『차일드 해럴드』와 특히 『돈 쥬안』이 그러하며, 심지어는 서정시까지도 마찬가지인데, 그 극단적 예로 하이네의 서정시를 들 수 있다. 자신의 오래된 규범적 성격들을 완강히 고집하는 장르들은 양식화된 모습을 띠기 시작한다. 일반적으로 어떤 장르에 대한 엄격한 집착은 양식화로 느껴지기 시작하는데, 이때 이 양식화는 작가의 예술적 의도에도 불구하고 패러디로까지 여겨지는 양식화이다. 소설이 지배적인 장르가 된 환경에서 엄격히 규범적인 장르들의 상투적 언어는 소설이 '고급'문학에 포함되지 않았던 시기와는 상당히 다른 새로운 방식으로 들리기 시작한다.

규범화된 장르들과 문체들을 패러디하는 양식은 소설에서 중요한 위치를 차지한다. 소설이 창조적으로 도약하는 시대에, 그리고 이 시대보다 앞선 준비단계의 시대에는 더욱더, 문학은 모든 고급장르들에 대한 패러디와 희화화(travesty)로 넘쳐 흐르게 된다. (이때 패러디는 정확히 장르들에 관한 것이지 개별 작가나 유파에 관한 것이 아니다.) 이 패러디들은 소설의 선구자이며 '동료'이고 그것들 나름으로 소설을 위한 연구이다. 그러나 소설은 이러한 다양한 개별적 구현물들 중의 어떤 것도 저절로 고정화하는 것을 허락하지 않는 특징을 지닌다. 소설의 전(全)역사를 통해서 이 장르의 모범이 되려고 시도하는, 주도적인 혹은 유행하고 있는 소설들을 끊임없이 패러디하고 희화화하는 흐름이 있어 왔다. 모험을 다룬 기사도(騎士道) 로맨스에 대한 패러디들(그 첫번째 예인 『모험이야기』*Dit d'aventures*는 13세기 작품이다), 바로끄 소설이나 전원소설(쏘렐의 『이상한 양치기』), 감상주의소설(필딩과 무조이스의 『그랜디슨 Ⅱ』) 등에 대한 패러디들이 그 예다.* 소설의 이러한 자기비판 능력은 항상 발전하고 있는 이 장르의 현저한 특징이다.

그런데 앞서 언급한 다른 장르들의 소설화 현상이 지닌 뚜렷한 특징은 무엇인가? 그것들은 더욱 자유롭고 유연해지며, 그 언어는 문학외적인 언어적 다양성(heteroglossia)과 문예언어의 '소설적' 층위들을 통합함으로써 스스로를 쇄신한다. 그것 내부에 대화가 일어나며, 웃음, 아이러니, 해학, 자기패러디적 요소가 침투한다. 그리고 마지막으로 소설은——이 점이 가장 중요한데——이러한 장르들에다 불확정성, 즉 일정한 의미론적 미완결성을 삽입해주며, 끊임없이 진화중인 당대현실(미완결의 현재)과의 생생한 접촉을 가능케 한다. 후에 살펴보겠지만 이 모든 현상들은 예술적 모형을 축조(築造)하기 위한 이같이 새롭고 특수한

* 샤를르 쏘렐(Charles Sorel, 1599~1674)의 『이상한 양치기』(*Le Berger Extravagant*, 1627)는 위르페(Honoré d'Urfé, 1567~1625)의 『아스트레』(*L'Astrée*)류의 귀족적이고 세련된 문체와 재치를 패러디한 작품이다. 무조이스(Johann Karl August Musäus : 1735~1787, Tieck, Brentano와 더불어 독일의 민담을 광범위하게 수집하는 작업을 수행하였으며 그 스스로도 몇 편의 창작동화를 남긴 작가—역주)와 필딩(Henry Fielding)은 각각 리차드슨의 유명한 소설인 『찰스 그랜디슨 경(卿)』(*Sir Charles Grandison*, 1754)을 패러디하는 작품을 쓴 바 있다.—영역자 주

영역(다시 말해서 전적으로 미완결 상태인 현재와의 접촉 영역), 즉 소설에 의해서 최초로 전유(專有)된 영역 속으로 다른 장르들을 옮겨놓는 것으로 설명된다.

물론 소설화 현상을 소설 그 자체의 직접적이고 매개되지 않은 영향력에만 의존하여 설명할 수는 없다. 그러한 영향력이 정확하게 확립되고 논증된 곳에서조차도 이는 현실 자체의 변화와 직접적으로, 긴밀하게 연관되어 있으며, 이 현실의 변화가 또한 소설을 결정하고 특정의 시기에 소설에 우월한 지위를 부여하는 것이다. 소설은 발전하고 있는 유일한 장르이기 때문에 자신을 전개하는 과정에서 좀더 깊고 본질적으로, 그리고 더욱 민감하고 신속하게 현실 자체를 반영한다. 스스로 발전하고 있는 것만이 발전을 하나의 과정으로서 파악할 수 있다. 소설은 모든 장르들 중에서 아직 생성중에 있는 새로운 세계의 경향들을 가장 잘 반영한다는 바로 그 이유 때문에 우리 시대의 문학 발전이 이루어낸 드라마의 주도적인 주인공이 되었다. 소설은 결국 이 새로운 세계에서 태어나 이 세계와 완전한 친화성을 갖는 유일한 장르인 것이다. 많은 점에서 소설은 전체 문학의 미래의 발전을 앞질렀고 또 계속 앞지르고 있다. 지배적인 장르가 되는 과정에서 소설은 다른 모든 장르들의 혁신을 촉발하며, 그것들을 소설 자체가 가지는 과정의 미완결성의 정신에 감염되게 한다. 소설은 그것들을 자신의 궤도로 불가피하게 끌어들이는데, 그 이유는 바로 이 궤도가 전체 문학의 기본 발전방향과 일치하기 때문이다. 여기에 문학사뿐만 아니라 문학이론의 한 연구대상으로서의 소설의 예외적인 중요성이 있다.

불행히도 문학사가들은 흔히 소설과 이미 완성된 다른 장르들 간의 갈등과 소설화 현상의 모든 측면들을 '유파들'과 '경향들' 사이의 실제 현실상의 갈등으로 축소시킨다. 예를 들어 소설화된 시를 그들은 '낭만주의적 시'(물론 그렇기도 하다)라고 부르며, 그럼으로써 그 문제를 남김없이 파악했다고 믿는다. 그들은 문학적 과정의 표피적 소란 밑에 문학과 언어의 중요하고도 결정적인 운명이 놓여 있고, 그 운명의 위대한 주인공들은 우선 일차적으로 장르들이며, '경향들'이나 '유파들'은 단지 이차적 또는 삼차적인 주역들에 불과하다는 것을 인식하지 못한다.

문학이론의 극심한 부적합성은 그것이 소설을 다루어야 하는 순간 드러난다. 다른 장르들을 대할 경우 문학이론은 자신있게 그리고 분명하게 작용한다. 왜냐하면 그것들에는 확정적이고 명백한, 완결되고 이미 형성된 대상이 있기 때문이다. 이 장르들은 그들의 발전의 고전적 시기에 갖추어진 그 엄격성과 규범성을 보존하고 있다. 시대간의 차이나 경향간의 차이 또는 유파간의 차이는 주변적인 것에 불과하며 그것들의 경화(硬化)된 장르적 골격에 영향을 미치지 못한다. 사실상 바로 오늘날까지도 이미 완성된 이러한 장르들을 다루는 이론은 아리스토텔레스의 정식(定式)에 거의 아무것도 첨가할 수 없다. 아리스토텔레스의 시학은 때로 거의 눈에 보이지 않을 만큼 너무도 깊숙이 묻혀 있기는 하지만 여전히 장르이론의 안정된 기반으로 남아 있다. 소설에 대한 언급이 없는 한 모든 것은 순조롭게 진행된다. 그러나 소설화된 장르들의 존재는 이미 이론을 막다른 골목으로 인도한다. 소설의 문제에 직면하여 장르이론은 근본적인 재구조화를 겪지 않으면 안된다.

학자들의 세밀한 작업 덕분에 방대한 양의 역사적 자료가 축적되었고, 다양한 소설 유형들의 진화에 관한 많은 문제들이 규명되었지만 하나의 총체로서의 소설장르의 문제는 아직 만족스러운 원칙적 해결을 보지 못했다. 소설은 여전히 많은 장르들 중의 하나로 간주되고 있다. 또한 소설을 이미 완성된 한 장르로서 이미 완성된 다른 장르들로부터 구별하고, 엄격한 장르적 요소들로 이루어진 잘 규정된 하나의 체계로 작용하는 소설의 내적 규범을 발견하려는 시도가 이루어지고 있다. 대부분의 경우 소설에 관한 연구는 아무리 최대한 포괄적이라 해도 소설의 온갖 변형태들을 서술하는 목록에 지나지 않는다. 그러나 끝내 이 서술은 하나의 장르로서의 소설을 위한 포괄적인 정식을 시사해주지 못했다. 게다가 전문가들은 유보조항을 달지 않고는 단 하나의 명확하고 불변하는 소설의 특징도 뽑아낼 수 없었는데, 그 유보조항은 즉시 하나의 장르적 특성으로서의 그 특징을 실격시키게 된다.

그렇게 '유보된 특징들'의 몇몇 예는 다음과 같다. 소설은 다층적(多層的)인 장르다.(비록 훌륭한 단층적(單層的) 소설도 또한 존재하지만.) 소설은 정밀한 플롯이 있는 역동적 장르이다.(비록 순수한 묘사의 기술을 문학이 허용하는 한계까지 밀고나간 소설들도 물론 존재하지만.) 소설은 복잡한 장르이다.(비록 다른 장르들과는 달리 순전히 경박한 오락으로서 대량생산되기는 하지만.) 소설은 연애이야기이다.(비록 유럽 소설의 가장 위대한 본보기들에는 연애의 요소가 완전히 제거되어 있지만.) 소설은 산문장르이다.(비록·운문으로 된 탁월한 소설도 존재하지만.) 우리는 위에 열거한 예들과 유사한 소설의 수많은 '장르적 특성들'을 더 제시할 수 있지만 이런 특성들은 순진하게 덧붙여진 어떤 유보조항에 의해서 즉각 무효로 되고 만다.

훨씬 더 흥미있고 중요한 것은 소설가들 자신이 내린 소설에 관한 규범적 정의이다. 그들은 어떤 특정한 소설을 쓴 다음 **그것**이 단 하나의 올바르고 필연적인 진정한 소설형식이라고 선언한다. 예를 들면 루쏘가 그의 『신(新) 엘로이즈』(*La Nouvelle Héloïse*)에 붙인 서문, 빌란트(Christoph Martin Wieland, 1733~1813)가 『아가톤』(*Agathon*: 1767, 그리스 로맨스의 형식을 빈 자전적 소설로 독일 성장소설의 효시로 여겨지는 작품—역주)에 붙인 서문, 베젤(Johann Carl Wezel, 1747~1819)이 『토비아스 크나우츠』(*Tobias Knouts*, 1773)에 붙인 서문이 있다. 『빌헬름 마이스터』와 『루씬데』(*Lucinda*: 1799, 슐레겔(Friedrich Schlegel, 1772~1829)의 낭만주의적 경향의 작품—역주) 등등의 작품들에 대한 낭만주의자들의 그 수많은 선언이나 진술도 그러한 범주에 속한다. 그 진술들은 소설의 모든 가능한 변형태를 하나의 절충적인 정의 속으로 편입시키려는 시도가 아니라, 바로 그것들 자신이 하나의 장르로서의 소설이 겪는 생생한 진화의 주요 부분이다. 종종 이들 진술은 발전하는 도중의 특정 지점에서의 소설이 다른 장르들과, 그리고 자신과(소설의 우세를 점하고 유행하는 다른 변형태들과) 벌이는 갈등을 깊이있고 충실하게 반영한다. 그것들은 소설이 문학에서 차지하는 특별한 위치, 즉 다른 장르들의 그것과 동등하지 않은 위치를 이해하는 데 좀더 가깝게 접근하고 있다.

이와 관련해서 특히 중요한 것은 18세기 새로운 소설유형의 등장에 동반했던 일련의 진술들이다. 먼저 『톰 존스』(*Tom Jones*) 소설 자체와 그 주인공에 관한 필딩(Henry Fielding)의 성찰로부터 시작해서 빌란트의 『아가톤』 서문이 이어지며, 여기에 블랑켄부르크(Friedrich von Blankenburg,

1744~1796)의 『소설에 관한 시론』(*Versuch über den Roman*, 1774, 원초적 심리, 즉 주인공들의 '덕'(Tugend)에 대한 관심으로 소설을 정의하려는 방대한 저작—역주)이 가장 본질적으로 연결된다. 이 일련의 진술들의 끝은 실상 후에 헤겔에 의해 정식화된 소설이론으로 맺어진다. 이 모든 진술은 각각 중요한 단계들 중의 하나에 소속된 소설(『톰 존스』, 『아가톤』, 『빌헬름 마이스터』 등)을 반영하는데, 다음과 같은 소설의 필요조건들로 특징지을 수 있다. 첫째, 소설은 다른 상상적 문학장르들에서 사용되는 의미에서 '시적(詩的)'이어서는 안된다. 둘째, 소설의 주인공은 서사시 혹은 비극에서 사용되는 의미에서 '영웅적'이어서는 안되며, 그 자신 속에 긍정적인 모습뿐 아니라 부정적 모습도, 고상한 모습뿐 아니라 미천한 모습도, 진지한 모습뿐 아니라 우스꽝스러운 모습도 함께 지녀야만 한다. 세째, 소설의 주인공은 이미 완성되어 불변하는 인물로 묘사되어서는 안되고 계속 진화하고 발전하는, 삶으로부터 배워나가는 인물로 그려져야 한다. 네째, 소설은 당대 세계에 대해 고대 세계에서의 서사시의 위치와 같이 되어야 한다.(이러한 생각은 블랑켄부르크가 매우 분명하게 표현한 바 있으며 후에 헤겔에 의해 다시 주장되었다.)

이 모든 절대적 필요조건들은 실질적·생산적 측면을 지니고 있으며, 이들이 합쳐지면 다른 장르들 및 그 장르들이 현실과 맺고 있는 관계——과장된 영웅화, 편협하고 비현실적인 낭만성, 단조로움과 추상성, 인물들의 미리 포장된 고정적 성격——에 대한(소설의 관점에서 가해진) 비판이 된다. 실상 우리는 여기에서 다른 장르들 및 근대소설 이전의 작품들(영웅적 바로끄 소설이나 리차드슨의 감상주의 소설들)에 내재하는 문학성과 낭만성에 대한 준엄한 비판을 본다. 이 비판은 소설가들 자신의 실천에 의해 의미심장하게 강화된다. 이제 소설(소설에 관련된 이론과 함께 소설텍스트)은 비판적이면서 동시에 자기 비판적인 장르로서, 또 그 당시에 지배적이던 문학성과 낭만성이라는 기본개념들을 수정할 운명을 타고난 장르로서, 의식적으로 그리고 명확하게 등장한다. 한편으로 소설과 서사시의 대조(그리고 소설과 서사시의 대립)는 다른 문학장르들에 대한 비판(특히 서사시적 영웅화에 대한 비판)의

한 계기에 불과하지만, 또 다른 한편으로는 이러한 대조는 소설을 당대 문학의 지배적인 장르로 만듦으로써 소설의 중요성을 고양시키는 목적을 지닌다.

앞서 언급한 절대적 필요조건들은 소설이 자기의식에 이르는 과정의 정점들 중의 하나를 이룬다. 그러나 아직 하나의 소설이론을 제공하지 못함은 물론이며 또한 어떤 철학적 깊이에 의해 특정지어지는 것도 아니다. 그럼에도 불구하고 그것들은 다른 기존 소설이론보다 더는 못하더라도 그에 못지않게 하나의 장르로서의 소설의 성격을 설명해준다.

소설 장르의 기본적 특성

나는 앞으로 형성중에 있는 장르로서의 소설, 현대의 모든 문학발전의 전위에 있는 장르로서의 소설에 접근하고자 한다. 그러나 여기서 문학사에서의 소설적 규범을 기능적으로 정의하려는 것, 즉 그 규범을 하나의 고정된 장르적 특징들의 체계로 만드는 정의를 제시하려는 것은 아니다. 오히려 나는 이 매우 유동적인 장르의 기본적인 구조적 특성, 즉 그 독특한 변화능력의 방향과 그외의 문학에 미치는 영향력의 방향을 결정하는 특성에 다다르는 길을 모색하고자 한다. 나는 그 원칙에 있어서 소설을 다른 장르들과 근본적으로 구별해주는 세 가지 기본적 특징을 발견한다. 첫째, 소설에 실현된 다중(多重)언어적(multi-languaged) 의식과 결부되어 있는 소설의 문체상의 삼차원성. 둘째, 소설이 문학적 형상의 시간적 좌표에 야기하는 근본적 변화. 세째, 문학적 형상들을 구조화하기 위하여 소설에 의해 개방된 새로운 영역, 즉 모든 미완결상태의 현재(당대 현실)와의 최대한의 접촉영역.

소설의 이 세 가지 특징은 모두 유기적으로 상호연관되어 있으며, 유럽문명사에 나타난 아주 특수한 균열——사회적으로 고립되고 문화적으로 서로 무관심한 반(半)가부장적 사회로부터 벗어나 국가들과 언어들 상호간의 접촉과 관계로의 진입——의해 모두 강하게 영향받았다. 다수의 다른 언어와 문화와 시대들이 유럽에 알려지게 되었고 이 점이 유럽의 삶과 사상에 결정적인 요인이 되었다.

나는 이미 다른 논문[1]에서 새로운 세계와 새로운 문화와 그 문화의 새롭고 창조적인 문학적 의식이 이루는 활발한 언어적 다양성(poliglossia)으로부터 유래하는 소설의 첫번째 문체적 특성을 탐구한 바 있으므로 여기서는 그 기본요점만을 요약하고자 한다.

언어적 다양성은 항상 존재해왔지만(그것은 순수하고 규범적인 단일 언어성(monoglossia)보다 훨씬 오래되었다), 문학적 창조의 한 요인은 아니었다. 언어들 가운데서 예술적으로 의식적인 선택을 하는 일은 문학적이고 언어적인 과정의 창조적 중심으로서 작용하지 못했다. 고대 그리스인들은 '언어들'에 대한 감각과 언어의 시대들, 그리고 다양한 그리스의 문학적 방언들(비극은 언어적 다양성을 지닌 장르이다)에 대한 감각 모두를 지녔지만 창조적 의식은 폐쇄적이고 순수한 언어들 속에 실현되었다.(비록 그 언어들도 실상은 혼합된 것이지만.) 언어적 다양성은 모든 장르들 속에 전유(專有)되고 규범화되고 말았다.

새로운 문화적·창조적 의식은 활발한 언어적 다양성을 지닌 세계 속에 존재한다. 세계는 결정적으로, 그리고 불가역적으로 언어적 다양성을 띠게 된다. 상호공존하되 서로에게 폐쇄적이고 무관심한 민족언어들의 시대는 끝이 났다. 언어들은 상호조명하므로 요컨대 한 언어는 오로지 다른 언어에 비추어져서만 그 자신을 볼 수 있게 된다. 한 민족언어 속에 '언어들'이 순진하고 고집스럽게 공존하는 일도 또한 끝이 났다. 다시 말해서 지역적 방언들, 사회적이고 직업적인 방언들과 전문어들, 문학언어들, 문학언어 내의 장르적 언어들, 언어 속의 시대들 등등이 더 이상 평화롭게 공존할 수 없게 된다.

이 모든 것이 적극적인 상호 인과관계와 상호조명의 과정을 가동시킨다. 말과 언어에 대한 감각은 달라지기 시작했는데, 객관적으로 그것들은 과거의 모습이 전혀 아니었다. 이같은 외적·내적 상호조명의 조건들 아래서 각각의 언어는——그 언어학적 구성(음성학, 어휘론, 형태론 등등)은 전혀 변하지 않은 채로 남아 있다 하더라도——말하자면 새로 태어난 것과 같아서 그 언어를 통해 창조되는 의식에게는 질적으로 다

1) 「소설적 담론의 전사(前史)에 관하여」("From the Prehistory of Novelistic Discourse")를 참조하라.

른 것이 된다.

활발한 언어적 다양성을 지닌 이 세계에서 언어와 그 대상(현실세계) 사이에 완전히 새로운 관계가 수립되는데, 이것이 폐쇄적이고 무관심한 단일언어성의 시기에 형성되었던 모든 이미 완성된 장르들에게 지대한 영향을 미친다. 다른 주요 장르들과는 대조적으로 소설은 외적·내적인 언어적 다양성의 강렬한 활동이 그 절정에 다다랐던 바로 그 시기에 등장하고 성숙하였다. 이것이 소설의 내재적 요소다. 따라서 소설은 문학을 언어적·문체적 차원에서 발전시키고 되살리는 과정에서 주도권을 장악할 수 있었다.

앞서 언급한 논문에서 나는 언어적 다양성과의 관계에 의해 결정되는 소설의 중대한 문체적 독창성을 설명하고자 했다.

이제 소설의 다른 두 가지 특징으로 넘어가보자. 두 특징은 모두 하나의 장르로서의 소설에 나타난 구조의 주제적인 측면과 관련된다. 이것들은 소설과 서사시를 비교해보면 명확하게 잘 드러날 것이다.

서사시 구성상의 세 특징

하나의 장르로서의 서사시는 편의상 세 가지 구성적 특징을 지니는 것으로 볼 수 있다. 첫째, 한 민족의 서사적 과거——괴테와 쉴러의 용어로 하면 '절대적 과거'——가 서사시의 주제로 사용된다.* 둘째, 개인의 경험과 그것으로부터 자라나온 자유로운 사상이 아니라 민족적 전통이 서사시의 원천으로 사용된다. 세째, 절대적인 서사시적 거리가 서사시적 세계를 당대현실로부터, 즉 음유시인(작가, 그리고 그의 청중)이 살고 있는 시대로부터 분리시킨다.

서사시의 이러한 구성적 특징들 각각을 더 자세하게 다루어보자.

* 쉴러와 괴테의 공동창작으로 되어 있는, 그러나 실제로는 괴테의 작품으로 짐작되는 「서사시와 극시에 대하여」("Über epische und dramatische Dichtung", 1797)에 관한 언급. 바흐찐이 '절대적 과거'라고 표현한 것은 실제로는 '충만한 과거'(vollkommen vergangen)인데, 위의 글에서는 물론 소설에 대비되는 것이 아니라 '충만한 현재'(vollkommen gegenwärtig)인 극과 대비되고 있다.—영역자 주

서사시의 세계는 민족의 영웅적 과거다. 그것은 민족의 역사에 있어 '시초'와 '절정기'의 세계이며, 선조들과 가문의 설립자들의 세계이며, '제일인자들'과 '최상의 것들'의 세계이다. 여기서 중요한 것은 과거가 서사시의 내용을 구성한다는 것이 아니다. 하나의 장르로서의 서사시의 형식적·구성적 특징은 오히려 재현된 세계를 과거로 이동시키는 데에, 또 이 세계가 과거 속에 참여하는 정도에 있다. 서사시는 결코 현재에 관한, 당대에 관한 시가 아니었다. 오직 후세인들을 위해서 쓴 과거에 대한 시가 되었던 것이다. 현재 우리에게 알려진 특수한 장르로서의 서사시는 그 시초부터 과거에 관한 시였으며, 서사시에 내재하는 그리고 그 구성요소가 되는 작가의 위치(즉 서사시적 언어를 구사하는 사람의 위치)는 그에게는 접근 불가능한 과거에 대해 이야기하는 사람의 위치이다. 이때 그의 이야기는 존경에 가득찬 한 후대인의 관점에서 나온 것이다. 문체와 어조와 표현방식에 있어 서사시적 담론은 동시대인에 관하여 동시대인들에게 전하는 동시대인의 담론과는 거리가 너무 멀다. ("나의 좋은 친구 오네긴(Onegin)은 네바(Neva)강 기슭에서 태어났노라. 아마 그대 또한 거기서 태어났거나 혹은 빛났을지 모른다, 나의 독자여……"(『예브게니 오네긴』 제1장 제2절—역주)) 하나의 장르로서의 서사시 속에 내재하는 시인과 청중 모두는 동일한 시간과 동일한 가치평가적(위계질서적) 차원에 위치하고 있지만, 재현된 영웅들의 세계는 서사시적 거리에 의해 단절된, 완전히 상이하며 접근 불가능한 시간적·가치적 차원에 기초하고 있다. 그것들 사이의 공간은 민족의 전통으로 채워진다. 한 사건을 자기 자신 및 동시대인들이 속한 것과 동일한 시간, 동일한 가치의 차원에서 묘사하는 것(따라서 한 사건은 개인적인 경험과 사상에 기초한다)은 근본적인 혁명을 시도하는 것이며, 서사시의 세계로부터 벗어나 소설의 세계로 나아가는 것이다.

물론 역사적으로 중요하다고 간주될 때 '우리 시대'조차도 영웅적이고 서사시적인 시대로 생각할 수 있다. 우리는 그것과 거리를 두고 마치 아주 멀리 떨어져 있는 양(즉 우리 자신이 처한 위치에서가 아니라 미래의 어느 지점에서) 바라볼 수 있으며, 과거에 대해서 마치 '우리의' 현재에 관계를 맺듯이 그렇게 친숙한 방식으로 관계를 맺을 수 있다. 그러나 그렇게 함으로써 우리는 현재의 현재성과 과거의 과거성을 무시하게 된다. 그리고 '우리 시대'의 영역으로부터, 또 나와 친밀한 접촉을 갖는 영역으로부터 이탈하게 된다.

우리는 이미 잘 규정되고 실재하는 것으로서 우리에게 주어진 하나의 장르로서의 서사시에 관해 언급하고 있다. 우리는 이미 완벽하게 완성되고 난 뒤의 하나의 응결되고 반(半) 소멸해가는 장르로서 서사시를 마주하게 된다. 그것의 완결성과 일관성, 그리고 예술적 순진함의 철저한 결여가 한 장르로서의 그것의 오랜 연령과 긴 과거를 나타내주고 있다. 그런데 이 과거에 대해 우리는 단지 추측할 수 있을 뿐이며, 여태까지 우리의 추측도 빈약한 편이었음을 인정해야만 할 것이다. 서사시와 서사장르적 전통 양자보다 더 이전의, 가설로 존재하는 원시적 시가(詩歌)들, 또는 방금 일어난 사건을 곧바로 반향하는 동시대인들에 관한 시가들은 비록 존재했다고 우리가 추정하기는 하지만 그러한 시가들을 실은 알지 못하고 있다. 우리는 저 최초의 음영(吟詠)시인의(aëdonic) 시가들 또는 애가(哀歌, cantilena)들의 성격을 짐작할 수 있을 따름이다. 그런데 그것들이 우리의 화제가 되는 신문소설이나 유행가사들보다는, 그것들보다 더 후에 나왔고 더욱 잘 알려진 서사시들과 훨씬 밀접한 관계를 맺고 있다고 생각할 만한 근거는 전혀 없다. 우리가 접근할 수 있고 또 그것이 존재했음을 잘 알고 있는, 동시대인들에 관한 영웅적인 서사적 시가들은 서사시가 이미 완결된 형태가 되고 난 후에 등장했고 이미 오래된 강력한 서사시적 전통을 기반으로 했다. 이 시가들은 동시대의 사건들과 인간들에게 이미 만들어진 서사시적 형태를 전달해준다. 즉 이 사건들에 과거의 시간적·가치적 윤곽을 전해주고 그렇게 함으로써 이 사건들을 선조들의 세계, 시초와 절정의 세계에 속하도록 만드는데, 말하자면 이 사건들이 아직 현행의 것인 동안에 이것을 규범화하는 것이다. 가부장적 사회구조 안에서 지배계급은 어떤 의미에서 '선조들'의 세계에 속하고 있으며 거의 서사시적인 거리에 의해 다른 계급들과 구별된다. 동시대의 영웅을 조상들과 창시자들의 세계 속에 서사시적으로 통합하는 것은 이미 오래 전에 완성된 서사시적 전통으로부터 발달된 한 특수한 현상이며, 따라서 이 현상은 예를 들면 신고전주의적 송시(頌詩)가 서사시의 기원을 설명할 수 없는 것과 마찬가지로 그것을 설명할 수 없다.

그 기원이 무엇이든간에 우리에게 물려진 서사시는 완성되고 완결된 장르형태이며 그것의 구성적 특징은 그것이 묘사하는 세계를 민족의 시초와 절정기라는 절대적 과거로 전이한다는 점이다. 절대적 과거는 하나의 특수한 가치평가적(위계질서적) 범주이다. 서사시적 세계관에서 '시초', '제일', '창시자', '선조', '앞서 일어났던 것' 등등은 단순한 시간적 범주들에 그치지 않는 **가치론적인**(valorized) 시간적 범주들이며, 그것도 최고도로 가치평가되어 있다. 이는 서사시적 세계의 모든 다른 항목들과 현상들 사이의 관계에서 그러하듯이 사람들 사이의 관계에서도 마찬가지다. 과거에는 모든 것이 좋았다. 정말로 좋은 모든 것들(즉 '제일의' 것들)은 **오직** 과거에서만 일어난다. 서사시적인 절대과거는 또한 전(全) 후대에서 일어나는 모든 좋은 것들의 유일한 근원이며 시초이다.

고대문학에서 창조적 충동의 근원과 힘으로 작용하는 것은 바로 기억이지 지식은 아니다. 상황은 바로 그러했고 그것을 바꾸는 일은 불가능했다. 과거의 전통은 신성한 것이다. 아직은 어떠한 과거라도 상대적일 수 있다는 인식이 없었다.

이와 대조적으로 소설은 경험과 지식과 실천(미래)에 의해 결정된다. 헬레니즘시대부터는 트로이 전쟁에 관한 순환연작(循環聯作) 속의 영웅들과의 보다 친밀한 접촉이 이루어지기 시작했다. 이미 서사시는 소설로 변형되고 있는 중이었다. 서사시적 질료는 소설적 질료로, 다시 말하면 친숙화와 웃음이라는 중간 단계들을 통과하는 바로 그 접촉영역으로 전환된다. 소설이 지배적인 장르가 되었을 때 철학에서는 인식론이 지배적인 학문이 된다.

서사시적 과거가 '절대적 과거'로 일컬어지는 데에는 충분한 근거가 있다. 왜냐하면 둘 다 단일시간적이고, 가치론적(위계질서적)이며, 그것을 현재와 연결시키는 어떤 점진적이고 순전히 시간적인 진행 즉 상대성을 결여하고 있기 때문이다. 그리고 모든 다음 시대들과 절연되어 있고, 무엇보다도 시인 및 그의 청중들이 위치하고 있는 시대와 분리되어 있기 때문이다. 그러므로 이러한 경계선은 서사시의 형식 자체에 내재해 있으며, 서사시의 언어 하나하나 속에서 감지되고 반향한다.

이 경계선을 파괴하는 것은 하나의 장르로서의 서사시의 형식을 파괴하는 것이다. 그러므로 모든 다음 시대들과 절연되어 있다는 바로 그 이유 때문에 서사시적 과거는 절대적이며 완전하다. 그것은 하나의 원처럼 닫혀 있으며, 그 안의 모든 것은 완성되었고 이미 종결된 상태다. 서사시적인 세계 속에는 어떠한 미완결성, 미해결, 불확정성도 자리를 차지할 수 없다. 그 안에는 우리가 미래를 내다볼 수 있는 구멍들이 전혀 없다. 그것은 그 자체로 충분하며 어떠한 연속도 가정하지 않거니와 그것을 필요로 하지도 않는다. 여기에서 시간적·가치론적 정의(定義)들은 불가분의 하나의 전체로 융합된다.(마치 고대 언어들의 의미론적 층위들에서 또한 융합되듯이.) 이 과거 속에 통합되는 모든 것은 동시에 진정한 본질과 의미의 상태 속으로 통합되는데 그럼으로써 또한 완결성과 종결성의 성격을 띠게 되어 말하자면 진정한 연속에 대한 모든 권리와 가능성을 자신으로부터 제거하게 된다. 절대적인 완결성과 폐쇄성이야말로 시간적으로 가치평가된 서사시적 과거의 뚜렷한 특징이다.

전통의 문제로 옮아가보자. 침투할 수 없는 경계선에 의해 모든 다음 시대와 절연된 서사시적 과거는 민족적 전통이라는 형식으로서만 보존되어 나타나게 된다. 서사시는 전적으로 이 전통에 의존한다. 여기서 중요한 것은 전통이 서사시의 사실상의 원천이라는 점이 아니라 오히려 절대적 과거가 서사시의 형식 속에 내재하듯이 전통에의 의존 역시 서사시의 형식에 내재한다는 점이다. 서사시적 담론은 전통에 의해 계승된 담론이다. 그 성격상 절대적 과거의 서사시적 세계는 개인적인 경험으로는 접근불가능하며, 개인적인 시각 또는 사적인 가치평가를 허락하지 않는다. 또 그것을 일별할 수도, 더듬어볼 수도, 만져볼 수도 없으며, 어떤 시각에서도 바라볼 수 없다. 또한 그것을 경험해보는 것도, 분석하는 것도, 분해하는 것도, 그 핵심을 꿰뚫어보는 것도 불가능하다. 그것은 모든 사람들에 의해 똑같은 식으로 가치평가되고 그에 대한 경건한 태도를 요구하는, 오직 신성불가침의 전통으로서만 주어진다. 다시 반복하건대 중요한 것은 서사시의 사실상의 출처들이나 그것에 나오는 역사적 사건들의 내용, 혹은 작가들의 선언이 아니라 하나의 장르로서의 서사시가 지니는 형식적 · 구성적 특징(더 정확하게 말하면 형식적 · 실체적 특징)——비개인적인 신성한 전통에 의존하고, 다른 접근법의 가능성 모두를 배제하며, 따라서 기술된 주제와 그것을 기술하기 위해 사용된 언어 즉 전통의 언어에 대해 깊은 경건함을 보여주는, 공유된 가치평가와 관점에 의존함——이다.

서사시의 주제로서의 절대적 과거와 그것의 유일한 원천으로서의 신성한 전통은 또한 서사시적 거리——즉 하나의 장르로서의 서사시의 세 번째 구성적 특징——의 성격을 결정한다. 이미 지적했듯이 서사시적 과거는 안으로 닫혀 있고 침투할 수 없는 경계선에 의해 후대와 절연되어 있다. 그리고 매우 중요한 것은 서사시인과 그의 청중들이 위치하고 있고 그들의 삶의 한 사건으로서 드러나며 서사시적 행위로 되는, 자손들과 후손들의 영원한 현재로부터 고립되어 있다는 것이다. 또 다른 한편으로 전통은 개인의 경험, 모든 새로운 통찰력, 이해와 해석에 있어서의 모든 개인적인 주도권, 그리고 새로운 관점과 가치평가들로부터 서사시의 세계를 분리시킨다. 서사시적 세계는 먼 과거의 진정한 사건으로서뿐만 아니라 자신의 용어와 기준에 입각해서도 철저히 완결된 것이다. 그 안에서는 어떤 것을 바꿀 수도 재고할 수도 재평가할 수도 없다. 그것은 하나의 사실, 하나의 개념, 하나의 가치로서 이미 완성되고 완결된 불변의 것이다. 이것이 절대적인 서사시적 거리를 규정한다. 사람들은 서사시적 세계를 존경하는 마음으로 인정할 수밖에 없고 그것을 진짜로 접해볼 수는 없다. 왜냐하면 그것은 인간의 활동영역, 즉 인간이 접촉하는 모든 것이 변화하고 재고되는 그러한 영역 밖에 있기 때문이다. 이 거리는 묘사되는 사건이나 인물 같은 서사시의 제재 속에만 존재하는 것이 아니라 그 제재에 대해 취하는 관점과 가치평가에도 또한 존재한다. 관점과 가치평가는 주제와 함께 하나의 분리될 수 없는 전체로 통합된다. 서사시적 언어도 그것의 주제와 분리될 수 없는데, 그 이유는 주제와 시 · 공간적 양상들을 가치론적(위계질서적) 양상들과 완전히 융합시키는 것이 서사시적 의미론의 특징이기 때문이다. 이러한 절대적 융합과 그 결과로 발생하는 주제의 부자유성은 활발한 언어적 다양성과 언어들간의 상호조명의 시대가 도래함으로써 비로소 처음으로 극복될 수 있었다. (그러자 이제 서사시는 반(半)관습적이고 반(半)소멸한 장르가 되었다.)

활동과 변화의 어떠한 가능성도 배제하는 이러한 서사시적 거리 덕택에 서사시적 세계는 그 내용에 있어서뿐만 아니라 그 의미와 가치들에 있어서도 철저할 정도의 완전성을 획득하게 된다. 서사시적 세계는, 계속 발전하고 있고 아직 불완전하므로 다시 생각해보고 다시 가치평가할 수 있는 현재와의 접촉 가능한 영역 밖의 절대적 거리를 둔 형상의 영역 속에 구축된다.

우리가 앞서 제기한 서사시의 세 특징은 고대와 중세의 다른 고급 장르들에게도 다소간에 기본적으로는 해당된다. 이 모든 완결된 고급 장르들의 핵심에는 시간에 대한 동일한 가치평가와 전통이 담당하는 동일한 역할, 그리고 유사한 위계질서적 거리가 놓여 있다. 당대의 현실 자체는 이러한 고급 장르 중 어느 것에서도 유용한 재현대상으로 나타나지 않는다. 당대현실은 현실 자체와의 관계에서 이미 거리가 존재하게 된, 그것의 위계질서 중 가장 높은 수준에서만 고급 장르 속으로 도입될 수 있다. 그러나 '고급의' 당대현실에 속하는 사건들, 승리자들, 영웅들은 이러한 고급 장르들에 유입될 때(예를 들면 핀다르(Pindar: 522~443 B.C., 그리스의 서정시인—역주)의 송시들, 시모니데스(Simonides: 556~468 B.C., 그리스의 서정시인—역주)의 작품들처럼) 말하자면 과거에 의해 전유된다. 그리고 그것들은 다양한 중간고리와 연결조직에 의해 영웅적 과거와 전통이라는 통일된 구조물 속에 엮어진다. 이 사건들과 영웅들은 모든 진정한 실재와 가치의 근원인 과거와의 이같은 관계를 통해서만 가치와 위대성을 얻는다. 그것들은 말하자면 불확정성, 미해결성, 미완결성, 재고와 재평가의 가능성 모두를 지닌 현재로부터 물러난다. 그것들은 과거라는 가치론적 차원으로 끌어올려지며, 거기서 종결된 성격을 띠게 된다. '절대적 과거'는 한정된 의미에서의 정확한 시간의 개념과 혼동되어서는 안된다는 점을 우리는 잊지 말아야 한다. 그것은 오히려 시간적으로 가치평가된 하나의 위계질서적인 범주인 것이다.

자신의 당대에 위대성을 성취하는 것은 불가능하다. 위대성은 항상 후손들에게만 알려지며, 한편 후손들에게 이 위대성은 항상 과거에만 존재한다.(이 위대성은 거리를 둔 형상으로 화한다.) 그것은 기억의 대상이지 볼 수 있고 만질 수 있는 살아 있는 대상이 된 것은 아니었다. '회고록'이라는 장르에서 시인은 자신의 이미지를 그의 후손들이 속한 미래의 먼 차원 속에 구축한다.(동양의 전제군주들과 아우구스투스의 비문(碑文)을 참조하라.) 기억의 세계 속에서 하나의 현상은 우리가 우리 눈으로 직접 볼 수 있는 세계, 즉 실행과 친숙한 접촉이 가능한 세계에서 만나는 것과는 상당히 다른 조건들에 의해 지배되며 자기 자신의 특수한 법칙을 지니는 독특한 맥락 속에 존재한다. 서사시적 과거는 예술 속에서 인간과 사건을 인식하는 한 특수한 형식이다. 일반적으로 예술적 인식과 재현은 이 형식에 의해 거의 완벽하게 모호해져버린다. 여기에서의 예술적 재현은 영원성이라는 전망에서의 재현이다. 즉 인간은 예술적인 언어로써, 단지 기억할 만한 가치가 있는 것, 후손들의 기억 속에 보존되어야 할 것만을 기념하며, 실제로 반드시 기념해야만 하는 것이다. 이때 후손들을 위해 하나의 형상이 창조되며, 이 형상은 그들의 숭고하고 머나먼 지평에 투영된다. 그 자체만을 위한 동시대성(즉 미래의 기억을 전혀 요구하지 않는 동시대성)은 진흙으로 만들어지는 반면, 미래를 위한(즉 후손들을 위한) 동시대성은 대리석과 청동으로 만들어진다.

여기에서 시간들 사이의 상호관계가 중요해진다. 가치론적인 강조는 미래에게는 주어지지 않으며, 미래를 위해 복무하지도 않는다. 또 어떠한 호의도 미래를 위해서는 베풀어지지 않는다.(그러한 호의는 시간외적인 영원성을 향하고 있다.) 여기에 작용하고 있는 것은 과거에 대한 미래의 기억, 절대적 과거의 세계의 확장, 과거를(동시대성을 희생하고라도) 새로운 이미지들로 풍요롭게 하는 것이다. 이 세계는 일시적일 뿐인 어떠한 과거에 대해서도 항상 원칙적으로 대립하는 세계이다.

이미 완성된 고급장르에서도 전통은, 비록 개방적이고 개인적인 창조성을 담고 있는 조건들 하에서 그것의 역할이 서사시에서보다 좀더 상투적으로 된다고는 할지라도 여전히 그 중요성을 보유하고 있다.

일반적으로 고전주의 시대의 고급문학의 세계라는 것은 연속되는 시간적 변천에 의해서 현재와 연결되어 있는 상대적이고 현실적인 과거로가 아니라 머나먼 기억의 차원으로서의 과거로 투사된 세계였다. 즉 그것은 시초와 절정기라는, 가치가 부여된 과거 속으로 투사되었던 것이다. 이 과거는 거리가 멀리 떨어져 있고 마치 원과 같이 완결되고 폐쇄된 것이다. 물론 그 내부에 운동이 전혀 없다는 의미는 아니다. 그 반대로 그 안에는 상대적인 시간적 범주들이 풍부하고 미묘하게 작동하고 있다. (예를 들면 '이전(以前)', 혹은 '이후(以後)'와 같은 미묘한 뉘앙스들, 시간과 속도와 지속기간의 연쇄들 등등.) 시간을 처리하는 고도의 예술적 기교의 증거가 있는 것이다. 그러나 하나의 원으로 완결되고 폐쇄된 이같은 시간 속에서 모든 지점은 실재하는 역동적 현재로부터 동일한 거리를 두고 있다. 이 시간이 완전한 전체인 한 이것은 실제의 역사적 연쇄 속에 구체적으로 한정되지 않으며, 현재 또는 미래에 대해 상대적이지 않고 그 자신 안에 말하자면 전(全) 시간을 포함하고 있는 것이다. 결과적으로 고전주의 시대의 모든 고급장르들, 즉 고급문학 전체는 거리를 둔 형상의 영역, 미완결 상태의 현재와의 어떠한 접촉의 가능성도 배제하는 영역 속에 축조된다.

이미 말했듯이 동시대성 그 자체(즉 자신의 생생한 동시대적 윤곽을 보존하고 있는 동시대성)는 고급장르들의 재현대상이 될 수 없다. 동시대성은 서사시적 과거와 비교하면 '저급한' 서열의 현실이었다. 그것은 결코 예술적 해석이나 가치평가의 출발점으로서 작용할 수 없었다. 그러한 가치평가 개념의 중심은 오직 절대적 과거 속에서만 발견될 수 있었다. 현재는 일시적이며 유동적이고, 시작도 끝도 없는 영원한 연속이다. 그리고 그것은 진정한 완결성을 부정하며, 그래서 또한 본질을 결여하고 있다. 미래 역시 본질적으로 현재의 중립적인 연속인 것으로 혹은 종말이라든가 최종적인 파멸, 파국으로 지각된다. 절대적 시작과 절대적 종말 같은 시간적으로 가치평가된 범주들은 우리의 시간감각 및 과거의 시간에 대한 이데올로기들에게는 매우 중요하다. 시작은 이상화(理想化)되며 종말은 비관적으로 된다. (파국이니 '신들의 황혼' 같은 예.) 우리가 기술한 이러한 시간감각과 시간들 간의 위계질서는 고대와 중세의 모든 고급장르들에 침투한다. 그리고 이 장르들의 기본토대 속으로 워낙 깊이 침투했기 때문에, 그후의 시대에도——19세기에 이르기까지 그리고 그 이후에도——계속해서 이들 속에 남아 있게 된다.

고급장르들에 나타난 이러한 과거의 이상화는 일정한 공식적(公式的) 성격을 지닌다. 지배적인 힘과 진실의 모든 외적 표현(모든 완결적인 것의 표현)은 과거라는 가치론적·위계질서적 범주와 거리가 주어져 있는 형상(이는 몸동작이나 복장에서부터 문학적 양식에 이르는 모든 것에 해당되는데, 그것은 이 모든 것이 권위의 상징들로 쓰이기 때문이다) 속에서 정식화되었다. 반면에 소설은 비공식적인 언어 및 비공식적인 사고의 영원하게 살아있는 요소(축제형식들, 친숙한 발언, 상스러운 언어)와 연관되어 있다.

죽은 자들은 다른 방식으로 사랑받는다. 그들은 접촉할 수 있는 영역으로부터 벗어나 있기 때문에 그들에 관해 말할 때는 다른 문체를 사용할 수가 있고 실제로 그렇게 해야만 한다. 죽은 자들에 대한 언어는 살아 있는 사람들에 대한 언어와는 문체적으로 판이하게 구분된다.

고급장르에서 모든 권위와 특권, 모든 고상한 의미와 장엄함은 거리가 주어져 있는 차원(의복, 예의범절, 주인공의 발언양식, 주인공에 관한 발언양식)을 위해 친숙한 접촉영역을 포기한다. 모든 비(非)소설적 장르들의 고전주의가 표현되는 곳은 바로 이러한 완전성에의 지향에서이다.

저급장르에서의 동시대성

유동적이고 일시적인 동시대성, '저급한' 현재, 즉 이러한 '시작도 끝도 없는 삶'은 단지 저급장르들에서만 재현의 대상이 되었다. 더욱 중요한 것은 그것이 보통사람들이 창조하는 웃음의 문화라는, 그토록 넓고도 풍부한 영역의 기본적 주제였다는 점이다. 앞에 언급했던 논문에서 나는 중세뿐만 아니라 고대에서도 이러한 영역이 소설적 언어의 발생과 형성에 막대한 영향력을 행사했음을 지적하고자 노력했다. 이 영역은 소설의 출현과 초기형성의 기간 동안의 소설장르 내의 모든 다른 역사적 요인들에게도 똑같이 중요하다. 바로 이러한 민중의 웃음 속에서 소설의 진정한 민속적 뿌리가 찾아져야 한다. 현재, 동시대적 삶 자체, '나 자신'과 나의 동시대인들, '나의 시대' 등, 이 모든 개념들은 원래 유쾌하면서도 동시에 파괴적인, 양가적(兩價的) 웃음의 대상이었다. 언어를 향한 그리고 단어를 향한 근본적으로 새로운 태도가 발생한 곳이 바로 여기이다. 생생한 현실을 비웃는 직접적인 묘사와 함께, 모든 고급장르들 및 민족적 신화 속에 구현된 모든 고상한 모범들에 대한 패러디와 희화화가 번창한다. 신들과 반신(半神)들과 영웅들의 '절대적 과거'가 여기 패러디에서는 (그리고 희화화에서는 더욱 심하게) '동시대화'한다. 즉 그것은 동시대적 삶과 동일한 차원에서 그리고 일상적인 환경 속에서, 동시대의 저급한 언어를 통해 묘사됨으로써 전락하게 되는 것이다.

고전주의 시대에 이러한 원초적인 민중적 웃음은 광범위하고 다양한 고대문학의 한 분야를 직접적으로 창출시켰다. 고대인들 스스로 스푸도겔로이온(spoudogeloion)이라고 명명한 '진지하면서도 희극적인'(serio-comical) 분야가 바로 그것이다. 구성이 허술한 쏘프론(Sophron: 기원전 5세기경에 활동, 무언극에 문학적 양식을 부여한 최초의 인물로 불림—역주)의 무언극, 모든 전원시, 우화, 초기 회고록 문학(키오스의 이온(Ion of Chios)의 『에피데미아이』(*Epidemiai*),* 크리티아스(Critias)*의 『토론문』(*Homilae*)), 소책자들 모두가 이 분야에 속한다. 여기에 고대인들은 하나의 장르로서 '쏘크라테스적 대화'도 포함시켰다. 또한 여기에 로마의 풍자시(satire)(루씰리우스, 호라티우스, 페르시우스, 쥬베날루스)*와 '향연'(Symposia)의 문학, 끝으로 하나의 장르로서의 메니푸스적 풍자(Menippean satire: 여러 전형적 인물들 간의 대화와 토론을 통해 각 인물들의 입장을 풍자하는 풍자시의 한 유형—역주)와 루씨안*적 유형의 대화들이

---

* *Epidemiai*: 키오스의 이온(490~421 B.C., 그리스의 시인)의 회고록으로 Athenaeus의 저서에 긴 인용문이 실려 전해진다.—역주

* Critias: 460~403 B.C., 30참주의 한 사람으로 비가 및 비극의 작가이기도 하다.—역주

* Lucilius Gaius: ?~102 B.C., 풍자문학을 주로 남긴 로마의 시인. 작품에 사적(私的)이고 자전적인 톤을 부여한 것으로 유명하다. Horatius: 65~8 B.C., 로마의 서정·서사시인. Persius: 34~62 A.D., 스토아 철학의 색채가 짙은 풍자문학가. Juvenalus: ? 60~? 140, 로마의 풍자시인—역주

* Lucian: A.D. 120년경에 활약한 그리스의 산문작가—역주

포함되었다. '진지하면서도 희극적인' 것으로 침윤된 이 모든 장르들이 소설의 진정한 선구자들이다. 게다가 이 장르들 중 몇몇은 유럽소설의 가장 중요한 후기 원형(原型)들의 특징을 이루는 기본요소들을 그 배아상태로, 그리고 때로는 발전된 형태로 지니고 있는 철저히 소설적인 장르이다. 발전하고 있는 하나의 장르로서의 소설의 진정한 정신은 소위 그리스 소설(the Greek novel)(소설이라는 이름을 지니는 유일한 고대 장르)에서보다는 위에 언급한 장르들에서 비교할 수 없을 만큼 훨씬 더 강하게 존재하고 있다. 그리스 소설(그리스 로맨스)은 바로 그 시대에, 즉 소설에 관한 이론이 다듬어지기 시작하고(위에 신부의 저작이 그 좋은 예이다)* '소설'이라는 용어 자체가 엄격해지고 보다 정확하게 되는 바로 그 시대에 유럽의 소설에 강력한 영향을 미쳤다. 그랬기 때문에 '소설'이라는 용어는 고대의 모든 소설적인 작품들 중에서 오직 그리스 소설에만 부가되었던 것이다. 그럼에도 불구하고 앞서 언급한 진지하고도 희극적인 장르들은 비록 그것이 하나의 장르로서의 소설에서 흔히 요구되는 탄탄한 플롯과 구성이 갖추어진 골격을 결여하고 있다고는 해도 근대에 이루어지게 되는 소설발전의 더욱 본질적인 역사적 양상들을 예고하는 것들이었다. 이는 특히 프리드리히 슐레겔의 표현을 약간 바꾸어서 '그 시대의 소설'이라고 부를 수 있는 쏘크라테스적 대화들과, 소설사에서 그것이 차지하는 역할은 거대하지만 아직 학자들에 의해 제대로 평가되지 못하고 있는 페트로니우스(Petronius: 로마의 황제 네로의 절친한 친우이자 총신이었으나 그의 버림을 받은 뒤 그의 악을 풍자한 문인—역주)의 『싸티리콘』(*Satyricon*, 이탈리아의 하층생활을 그린 피카레스크 소설—역주)을 포함하는 메니푸스적 풍자시에 적용된다. 이 진지하고도 희극적인 장르들이야말로 생성중인 장르로서의 소설의 진화에 있어 최초의 진정하고 본질적인 단계였다.

진지하면서도 희극적인 장르들 속에 담겨 있는 이 소설적 정신은 정

* Abbé Huet(1630~1721) : 아브랑쉬(Avranches)의 주교로서 다양한 주제에 관한 방대한 저서를 남긴 저술가. 그의 『소설의 기원에 관한 연구』(*Traité de l'origine des romans*, 1670)는 상류사회의 영향을 받고 있던 시기의 라파예뜨 부인(Mme. de La Fayette)의 소설 *Zaïde*에 관한 서문으로 출판되었던 글이다.—영역자 주

확히 무엇이며, 어떤 근거에서 우리는 그것들을 소설발전에 있어서 최초의 단계라고 주장하는가? 해답은 다음과 같다. 동시대의 현실이 그것들의 주제이며, 훨씬 더 중요하게는 동시대의 현실이 그러한 장르들을 이해하고 평가하고 정식화하는 출발점이기 때문이다. 처음으로 진지한(물론 희극적인 것이기도 하지만) 문학적 표현의 주제가 어떠한 거리도 없는 당대 현실의 차원에서, 직접적이고 거칠기까지 한 접촉의 영역에서 이루어진다. 과거 또는 신화가 이 장르들에서 재현의 주제가 될 때조차도 서사시적 거리가 전혀 없으며 대신 당대 현실이 관점을 제공해준다. 거리를 없애는 이러한 과정에서 특별히 중요한 것은 이 장르들의 희극적인 기원이다. 그것들은 민속(민중적 웃음)에서 유래하는 것인바, 서사시를 파괴하고 또 일반적으로 말해서 모든 위계질서적(거리를 두는 가치론적) 거리를 파괴하는 것이 바로 이 웃음인 것이다. 거리가 있는 형상으로서의 어떤 대상은 희극적일 수 없다. 희극적으로 되기 위해서는 가까와져야 한다. 우리를 웃게 만드는 모든 것은 가까이 있는 것이고 모든 희극적 창조성은 최대한의 근접영역에서 발휘된다. 웃음은 하나의 사물을 가깝게 끌어당기며 우리가 그 모든 측면을 친숙하게 만져볼 수 있고, 돌리고 뒤집어볼 수 있고, 아래위에서 뜯어볼 수 있고, 겉껍데기를 깨고 그 안을 들여다볼 수 있고, 의심할 수 있고, 분해하고 분리시킬 수 있고, 발가벗겨 폭로할 수 있고, 자유롭게 조사하고 실험해볼 수 있는, 하나의 거친 접촉영역으로 그것을 이끄는 탁월한 힘을 지닌다. 웃음은 대상 및 세계를 친숙하게 접촉하는 것을 통해 그것을 완전히 자유롭게 검토할 수 있게 하는 공간을 마련해줌으로써 그것에 대한 공포심이나 충성심을 파괴한다. 웃음은 세계를 리얼리스틱하게 접근하는 데 필수불가결한 대담성의 전제조건을 마련하는 하나의 본질적인 요소이다. 웃음이 대상을 자신에게로 끌어당겨 친숙하게 만드는 것과 마찬가지로, 웃음은 그 대상을 대담한 탐구적 실험의 손——과학적이면서 동시에 예술적인——에, 그리고 자유로운 실험적 상상의 손에 인도한다. 웃음과 민중적 언어를 통해 세계를 친숙하게 만드는 일은 자유롭고 과학적으로 해득할 수 있으며 예술적으로 리얼리스틱한 창조성을 유럽문명에 가능하게 하는 데 있어서 지극히 핵심적이고 필수불가결한 한 단계였던 것이다.

희극적인(익살맞은) 재현의 차원은 공간적 측면뿐 아니라 시간적 측면에서도 특수하다. 여기에서 기억의 역할은 최소한에 불과하다. 희극적 세계에서 기억과 전통이 할 일은 없다. 사람은 잊기 위해서 조롱한다. 여기는 최대한으로 친숙하고 또한 거친 접촉의 영역이다. 웃음은 욕설을 의미하며 욕설은 주먹다짐으로 옮아갈 수 있다. 기본적으로 이것은 왕관을 벗겨내는 일, 즉 거리가 있는 차원으로부터 대상을 분리시키고 서사시적 거리를 파괴하는 일, 거리가 있는 차원 일반에 대한 공격과 파괴의 행위를 의미한다. 웃음의 차원에서는 어떤 대상의 주위도 무례하게 걸어다닐 수가 있다. 따라서 대상의 이면(그리고 또한 정상적으로는 쳐다볼 수 없는 내부)이 특별한 중요성을 띠게 된다. 이제 대상은 분해되며, 위계질서적 치장이 제거되어 적나라하게 노출된다. 발가벗은 대상은 우스꽝스럽다. 그 주인으로부터 벗겨내어져 분리된 대상의 '텅빈' 의복 역시 우스꽝스러운 것이 된다. 이것이 바로 희극적인 해체작용이다.

희극적인 것과는 어울려 놀 수가 있다.(즉 그것을 동시대화할 수 있다.) 시간과 공간을 표현하는 원초적인 예술적 상징들——상하, 전후, 이전과 이후, 처음과 마지막, 과거, 현재, 짧음(순간적임)과 김 등등——이 놀이의 대상이 된다. 여기에서 최고의 권한을 갖는 것은 사물을 죽은 대상으로 변화시키는 분석과 해체의 예술적 논리이다.

소설을 위한 새로운 예술적 산문의 한 모형이 과학적 사고와 동시에 탄생함을 반영하는 하나의 주목할 만한 기록을 우리는 가지고 있다. 쏘크라테스적 대화들이 바로 그것이다. 고전적 고대 시대가 끝나가는 무렵에 태어난 이 주목할 만한 장르의 모든 것이 우리의 연구에 중요한 의미를 지닌다. 특징적인 것은 이 장르가 '아폼네모네마타'(apomnemonemata)로서, 즉 회고록 유형의 한 장르로서, 동시대인들 사이에서 벌어진 실제 대화들에 대한 개인적인 기억에 기초한 기록으로서 등장한다는 점이다.[2] 또한 말하고 대화하는 사람이 그 장르의 중심적인 형상이라는 사

2) 회고록이나 자서전 속의 '기억'은 그 성격이 독특하다. 그것은 자신의 동시대와 자신의 자아에 대한 기억이다. 그런 의미에서 그것은 탈영웅화의 기억

실도 특징적이다. 또 그 장르의 중심적 인물인 쏘크라테스의 형상에 어리둥절한 바보(거의 '마르기트'(Margit: *Margites*라는 그리스 작품의 주인공인 바보의 이름—역주)와 같은 인물)라는 민중적 가면과 칠현인(七賢人)에 관한 전설에 나오는 것과 같은 가장 고상한 종류의 현인의 형상이 결합되어 있는 것도 특징적인데, 이러한 결합은 현명한 무지(無知)라는 양가적 이미지를 창출한다. 쏘크라테스적 대화에서의 양가적 자화자찬——나는 내가 아무것도 모른다는 것을 알기 때문에 다른 모든 사람들보다 현명하다——역시 특징적이다. 쏘크라테스의 형상 속에서 우리는 산문적 영웅화의 한 새로운 유형을 발견하게 된다. 이 형상 주위로 사육제적(謝肉祭的)인 전설들이 솟아나며(예를 들면 크산티페와 쏘크라테스의 관계), 영웅은 광대로 변한다.(단떼와 뿌쉬낀 등을 둘러싼 전설들이 후에 사육제화(化)하는 것과 비교해보라.)

이 장르에 특징적인, 나아가 규범적이기까지 한 측면으로 우리는 대화화(對話化)된 이야기에 의해 틀지어진 구어적(口語的) 대화를 들 수 있다. 또한 이 장르의 언어가 고전적 고대 그리스에서 가능한 최대한도로 민중의 구어에 가깝다는 점도 그 특징으로 꼽힐 수 있겠다. 이 대화들은 사실상 아테네풍의 고전적 산문으로의 길을 열었고, 문학적 산문언어의 본질적 혁신과 아울러 언어일반에 있어서의 변화에 연관되어 있다. 동시에 이 장르는 문체들과 방언들의 복합적 체계라는 점에서도 특징적이다. 다양한 문체와 방언들은 그 체계 속에 언어들과 문체들에 대한 패러디의 모형이라는 자격으로 침투한다.(그리하여 우리는 진정한 소설이 그러하듯이 다중적인 문체를 지닌 한 장르를 보게 되는 것이다.) 또한 쏘크라테스 자신의 모습은 소설적 산문 속에서 이루어지는 (서사시적 영웅화와는 전혀 다른) 영웅화의 뛰어난 한 예라는 점에서 특징적이다. 마지막으로——우리에게는 이 점이 가장 중요하기도 한데——웃음과 쏘

이기도 하다. 그 속에는 기계적인 요소, (기념비적이지 않은) 단순한 전사(轉寫)의 요소가 있다. 따라서 그것은 미리 주어져 있는 시간적 패턴과는 무관한, 오로지 한 개인의 삶이라는 경계 내에만 국한된——선조나 세대라는 개념은 여기에 등장하지 않는다——사적(私的) 기억이다. 이러한 '회고록적 요소'가 쏘크라테스적 대화에 이미 내재해 있는 것이다.

크라테스적인 아이러니와 쏘크라테스적인 비방의 전(全) 체계가 세계와 인간과 인간의 사고에 관한 진지하고 고상하며 진실로 자유로운 최초의 탐구와 결합한다는 데 강한 특징이 있다. (아이러니에 달하는 의미를 지니는) 쏘크라테스적 웃음과 쏘크라테스적 비방(삶의 저급한 영역——직업, 일상생활 등——으로부터 빌어온 은유와 비교의 전체계)은 세계를 대담하고 자유롭게 탐구하기 위해서 세계를 더 가깝게 끌어당겨 친숙하게 만든다. 우리는 당대 현실과 그 현실을 각자 자신의 견해를 지닌 채 함께 차지하고 있는 살아있는 사람 들을 우리의 시발점으로 갖는다. 이 유리한 지점으로부터, 즉 다양한 말과 목소리를 지닌 동시대의 현실로부터, 세계와 시간(전통의 '절대적 과거'를 포함하는)에 대한 개인적인 경험과 탐구에 의존하는 새로운 태도가 생겨난다. 우연하고 사소한 구실조차 통상적으로 그리고 의도적으로 하나의 대화를 위한 외적이고 매우 직접적인 시발점이 될 수 있다는 사실이 그 장르의 규범적 특징이다. 그날 그날의 '오늘성'(todayness)은 그 자의성이라는 측면에서 (예컨대 우연한 해후 등) 강조되었다.

진지하고도 희극적인 다른 장르들에서, 우리는 시간적 가치평가를 수반하는 예술적 태도의 중심에서 일어나는 이같은 근본적인 변화와 시간들 사이의 위계질서에 일어나는 이같은 혁명적인 변화가 야기하는 다른 양상들, 다른 뉘앙스들, 다른 결과들을 만나게 된다. 메니푸스적 풍자에 관해 몇마디 언급해보자. 그것의 민속적 뿌리는 쏘크라테스적 대화의 뿌리와 동일한 것으로서 양자 사이에는 발생론적인 유대가 있다. (메니푸스적 풍자는 흔히 쏘크라테스적 대화가 해체되는 과정의 한 산물로 간주된다.) 그러나 친숙하게 만드는 웃음의 역할은 이 풍자에서 훨씬 더 강하고 날카롭고 거칠게 나타난다. 노골적으로 품위를 저하시키고 세계와 세계관의 고상한 측면을 뒤집어엎는 자유분방함은 때때로 충격적으로 느껴질 수도 있다. 그러나 이러한 독특한 희극적 친숙성에는 반드시 강렬한 탐구정신과 유토피아적 상상이 첨가된다. 절대적 과거라는 먼 서사시적 형상의 어떤 부분도 남아 있지 않다. 세계 전체와 그 세계의 신성한 모든 것은 아무런 거리 없이 우리 손으로 직접 모든 것을 파악할 수 있는 거친 접촉영역 속에서 우리에게 주어진다. 완전히 친숙한 이 세계 안에서 주체는 극도의 상상적 자유를 지니고 천상에서 지상으로, 지상에서 지하세계로, 현재에서 과거로, 과거에서 미래로 움직여간다. 메니푸스적 풍자의 내세에 관한 희극적인 통찰 속에서는 절대적 과거 속의 영웅들이라든가, 역사의 다양한 시기에 나타났던 실제 인물들(예를 들면 마케도니아의 알렉산더 대왕), 그리고 살아 있는 동시대인들이 이야기를 나누고 심지어는 다투기 위해서 매우 친숙하게 서로 밀치락달치락 모여 있는데, 현재의 관점에서 본 이러한 여러 시대들간의 갈등은 이 장르의 특징을 아주 잘 보여주고 있다. 메니푸스적 풍자에서 구속받지 않는 환상적인 플롯과 상황 모두는 특정한 이념들과 이념인들을 시험하고 폭로하려는 하나의 목표에 이바지한다. 이들은 모두 실험적이며 선동적인 것이다.

이 장르에 유토피아적인 요소가 등장하는 것은 물론 작은 규모의 피상적 차원에서이기는 하지만 징후적인 현상이다. 완결되지 않은 현재는 과거보다는 미래를 더 가깝게 느끼기 시작하며, 비록 미래가 아직은 농신(農神, Saturn)의 황금시대로의 회귀로서 나타나고 있기는 해도 가치론적 지주(支柱)는 미래에서 구해지기 시작한다. (로마시대에 메니푸스적 풍자는 농신제(農神祭, Saturnalia)와 농신제적 웃음의 자유분방함과 밀접한 관련을 맺고 있었다.)

메니푸스적 풍자는 대화적이며, 패러디와 희화화로 가득 차 있고, 다중적인 문체를 지닌다. 그리고 (바로(Varro, 기원전 1세기경에 활약한 정치가겸 학자. 메니푸스적 문체로 자기 시대를 풍자한 *Statuarum Menippearum-libri*가 있으나 전해지지는 않는다—역주)의 작품이나 특히 보에티우스(Boethius: ?480~524, 로마의 철학자—역주)의 『철학의 위안』(*The Consolation of Philosophy*)에서와 같은) 이중언어성(bilingualism)의 요소를 두려워하지 않는다. 페트로니우스의 『싸티리콘』은 메니푸스적 풍자가 사회적으로 다양하고 이질적인 언어들을 사용하는 당대 세계의 삶의 모습에 대한 리얼리스틱한 반영으로서의 하나의 방대한 그림으로 확장될 수 있음을 잘 증명하고 있다.

앞서 언급한 장르들 거의 모두에게 있어 '진지하고도 희극적임'이라는 성질은 의도적이고 명백한 자서전적·회고록적 접근법에 의해 특징지어진다. 예술적 지향의 시간적 중심을 이동하는 것, 즉 한편으로는 작가와 그의 독자들을, 그리고 다른 한편으로는 그에 의해 묘사되는 세계와 영웅들을 동시대인들로, 있을 법한 지인(知人)들로, 친구들로 만들고 그들의 관계를 친숙하게 함으로써(우리는 다시금 『오네긴』의 소설적인 서두를 기억하게 된다) 시간적 가치가 동일한 차원에 그들을 위치시키는 것은, 다양한 가면과 얼굴을 지닌 작가로 하여금 그가 재현해낸 세계의 영역, 즉 서사시에서는 절대적으로 접근불가능하며 폐쇄되었던 영역 속에서 자유롭게 활동할 수 있도록 허용해준다.

세계를 재현하는 데 이용가능한 영역은 문학이 발달해오면서 장르에 따라, 그리고 시대에 따라 변화한다. 그것은 서로 다른 방식으로 구성되며, 서로 다른 수단에 의해 시간과 공간 안에 한정된다. 그러나 이 영역은 언제나 '특수한' 영역이다.

소설은 완결되지 않은 현재가 갖는 자연발생성과 접촉하며, 이러한 접촉이 소설의 고정화를 막아준다. 소설가는 아직 완성되지 않은 모든 것들에 대해 이끌린다. 그는 어떠한 작가적 모습을 지니고서도 재현의 영역에 나타날 수 있다. 자기 생애의 실제 순간을 서술하거나 혹은 암시할 수도 있으며, 인물들의 대화에 간섭할 수도 있고, 문학상의 적들과 공개적인 논쟁을 벌일 수도 있다. 그리고 이는 단지 자신의 재현영역에 나타나는 작가형상의 문제만은 아니다. 중요한 것은 기초가 되는 근원적 형식으로서의 작가(작가적 형상을 지닌 작가)가 재현된 세계와 새로운 관계를 맺고 나타난다는 사실이다. 작가와 재현된 세계 양자는 이제 동일한 시간적 가치척도에 지배된다. '서술하는' 작가의 언어는 이제 '서술되는' 주인공의 언어와 동일한 차원에 놓이며, 전자는 후자와 대화적 관계를 맺고 혼종적(混種的)인 결합을 이룬다.(정확히 말하면 필연적으로 그러한 관계를 맺게 된다.)

재현영역에 작가적 형상의 출현을 가능케 한 것은 바로 이러한 새로운 상황, 즉 원래의 형식적 작가와 그가 재현하는 세계가 접촉하는 상황이다. 작가의 이 새로운 위치는 서사시적(위계질서적) 거리를 극복함으로써 비롯되는 가장 중요한 결과들 중의 하나로 간주되어야만 한다. 작가의 이 새로운 위치가 하나의 장르로서의 소설의 특수한 발전에 있어서 지대한 형식적 · 표현적 · 문체적 의미를 지니고 있음을 더 이상 설명할 필요는 없을 것이다.

이와 관련하여 고골리(Gogol)의 『죽은 혼』(*Dead Souls*)을 살펴보자. 고골리가 그의 서사시의 형식적 모델로 삼은 것은 『신곡』(*Divine Comedy*)이었다. 그의 상상으로는 자기 작품의 위대성은 바로 이 형식 속에 있는 것이었다. 그러나 실제 작품은 메니푸스적 풍자였다. 일단 친숙한 접촉의 영역에 들어서고 나자 그는 그곳을 빠져나올 수가 없었고, 이 영역 속에다 거리를 둔 명확한 형상들을 옮겨놓을 수 없었다. 서사시에 나타나는 거리를 둔 형상들과, 친숙한 접촉이 가능한 형상들은 결코 동일한 재현영역에서 만날 수 없는 것이다. 서사시적 파토스는 이질적인 존재로서 메니푸스적 풍자의 세계에 침입하는 꼴이 되었고, 파토스의 긍정적 성격은 추상적 긍정성으로 바뀌어 작품으로부터 떨어져 나와버렸다. 고골리는 동일한 작품 속에서 동일한 인물들과 함께 지옥에서 연옥으로, 그리고 나서 천국으로 옮겨다닐 수가 없었다. 즉 연속적인 이동이 불가능하였던 것이다. 고골리의 비극은 진정으로 어느 정도까지는 장르 자체의 비극이다. (이때 장르는 형식주의적 의미에서가 아니라 하나의 가치론적 인식의 지대와 영역으로서, 세계를 재현하는 하나의 양식으로서 이해되어야 한다.) 고골리는 러시아를 상실했다. 다시 말해서 그는 러시아를 인식하고 재현하기 위한 자신의 청사진을 상실했던 것이다. 그는 기억과 친숙한 접촉 사이의 어딘가에서 혼란상태에 빠졌다. 거칠게 말하자면 그는 자기가 쓰고 있는 쌍안경의 초점을 제대로 맞출 수 없었던 것이다.

그러나 동시대성은 예술적 지향의 하나의 새로운 시발점으로서 결코 영웅적 과거의 묘사를 배제하는 것은 아니며, 그것을 단순한 희화화의 대상으로만 여기는 것은 더더욱 아니다. 하나의 예로 우리는 크세노폰(Xenophon: 430~359 B.C., 그리스의 역사가—역주)의 『키로페디아』(*Cyropaedia*)를 들 수 있다. (물론 이 작품은 진지한 동시에 희극적인 작품이라기보다는 그러한 유형의 작품으로 넘어가는 경계선에 위치하는 작품이다.) 그 작품의 주제는 과거이고, 주인공은 키루스 대왕(Cyrus the Great)이다. 그러나 묘사의 시발점은 크세노폰 자신의 당대현실이다. 즉 시각과 가치지향을 제공해주는 것이 바로 이 당대현실인 것이다. 그런데 여기서 선택된 영웅적 과거가 민족의 과거가 아닌 이민족의 야만적 과거라는 사실은 특히 의미심장하다. 세계는 이미 활짝 열려졌다. 자신에게만 귀속되는 단일하고 폐쇄적인 세계(즉 서사시의 세계)는 자신과 '자신 이외의 다른 것'을 함께 포괄하는 거대한 세계에 의해 대치되었다. 이러한 이방인의 영웅주의를 선택했다는 점은 크세노폰 시대의 특징이었던 동양(Orient)——동양의 문화, 이데올로기, 사회·정치적 형태들——에 대한 고조된 관심의 결과였다. 사람들은 하나의 빛이 동양으로부터 나올 것으로 기대하였다. 그리하여 문화적 상호조명, 이데올로기들과 언어들의 상호작용이 이미 시작되었던 것이다. 또하나의 특징은 동양의 전제군주를 이상화한다는 점인데, 여기에서 우리는 동양의 전제정치와 유사한 방향으로 그리스의 정치형태를 쇄신해야 한다는 (그의 동시대인들이 널리 공유하였던) 생각이 크세노폰 당대의 현실에 존재하고 있음을 발견한다. 동양적 전제정치의 이와같은 이상화는 물론 헬레니즘의 민족적 전통의 정신 전체와 철저히 다른 것이다. 이 작품에는 또한 그 당시의 특징을 잘 나타내주며 지극히 전형적이기까지 한 것으로 개인의 교육이라는 개념이 등장한다. 이 개념은 나중에 새로운 유럽소설을 위한 가장 중요하고도 생산적인 주제들 중의 하나가 된다. 또한 의미심장한 것으로는 크세노폰의 동시대인이며 크세노폰이 그의 출정에 참여한 바 있었던 키루스 2세의 면모들이 키루스 대왕의 형상에게로 의도적으로 그리고 명명백백하게 전이되고 있다는 사실을 들 수 있다. 우리는 여기에서 크세노폰의 또하나의 동시대인이자 그의 절친한 친구였던 쏘크라테스의 인격 또한 발견한다. 쏘크라테스적 인격에의 환기를 통해 작품에 회고록적 요소가 도입된다. 마지막 특징으로 우리는 하나의 이야기에 대화들을 끼워넣은 작품의 형식 자체를 언급할 수 있다. 이처럼 당대의 현실과 관심사들은 과거를 예술적·이데올로기적으로 사고하고 평가하는 시발점 및 중심이 된다. 과거는 우리에게 아무런 거리 없이 당대현실의 차원으로 주어진다. 사실상 저급한 형식이 아니라 고급한 형식을 통해, 그리고 매우 고양된 관심사들의 차원으로 주어지긴 했지만, 이제 미약하게나마 (그리고 불확실하게나마) 과거로부터 미래로 자신의 현재성을 이동시키려는 작품 내의 움직임을 반영하는 다소 유토피아적인 함축의미를 주목해보자. 『키로페디아』는 가장 본질적인 의미에서 하나의 소설이다.

소설 속에서의 과거에 대한 묘사는 결코 과거를 현대화해야 한다는 것을 의미하지는 않는다.(물론 크세노폰에게 이러한 현대화의 흔적이 있기는 하다.) 그와는 반대로 우리는 오로지 소설 속에서만 과거를 과거로서 진정하게 객관적으로 묘사할 수 있는 가능성을 발견한다. 새로운 경험을 지닌 당대현실은 하나의 관점으로서만 견지된다. 그것은 그러한 관점 특유의 깊이와 통찰력과 넓이와 생동감을 갖지만, 절대로 과거의 고유성을 현대화하고 왜곡하는 하나의 힘으로서 이미 묘사된 과거의 내용 속으로 침투하는 일은 하지 않는다. 모든 위대하고 진지한 동시대성은 과거의 진정한 모습과 다른 시대의 진정한 타(他)언어를 필요로 하기 때문이다.

위에서 언급한 시간들간의 위계질서에서 일어나는 혁명은 또한 예술적 형상의 구조화에서도 근본적인 혁명을 가능케 한다. 소위 '총체'로서의 현재는(물론 현재는 결코 총체가 아니지만) 본질적으로 그리고 원칙적으로 미완결 상태다. 바로 자신의 본질상 현재는 연속을 요구하고 미래로 나아가며, 더 적극적으로 그리고 의식적으로 미래로 나아가면 나아갈수록 그것의 미완결성은 더욱 확실하고 필수불가결한 것이 된다. 따라서 현재가 시간과 세계에 대한 우리의 방향설정의 중심이 될 때, 시간과 세계는 개개의 부분들로서뿐만 아니라 하나의 전체로서도 완결성을 상실한다. 세계의 시간적인 모형은 근본적으로 변화하며, 태초의 말도 없고(즉 이데아적인 말이 없고) 마지막 말도 아직 발설되지 않은 한 세계가 된다. 예술 이념의 의식에 있어서 최초로 시간과 세계가 역사적인 것으로 된다. 비록 처음에는 여전히 불분명하고 혼란된 방식으로이기는 하지만 그것들은 생성으로서, 현실적인 미래를 향한 중단없는 운동으로서, 모든 것을 포괄하는 미완성의 통일된 과정으로서 모습을 드러낸다. 모든 사건, 모든 현상, 모든 사물, 모든 예술적 재현의 대상은 연속적이고 종결되지 않은 '현재'의 접근을 거부하는 경계선으로 울타리가 쳐진 서사시적인 '절대적 과거'의 세계에 있을 때 그것들이 지녔던 본질적 완결성과 단호한 확정성 및 불변성을 상실한다. 현재와 접촉함으로써 대상은 형성중인 세계의 불완전한 과정으로 유인되며, 미완결성의 낙인이 찍히게 된다. 대상이 우리로부터 시간상으로 아무리 멀리 떨어져 있다고 해도 그것은 우리의 불완전한 현재가 겪는 연속적인 시간적 변천에 연결되어 있으며, 준비되지 않은 우리의 상태, 우리의 현재와의 관계를 발전시킨다. 그동안 우리의 현재는 또한 미완성의 미래로 나아간다. 따라서 이러한 미완성의 맥락에서, 대상이 지니는 모든 의미론적 고정성은 사라지고, 그 의미와 의미작용은 그 맥락이 계속 전개됨에 따라 쇄신되며 성장한다. 이 점이 바로 예술적 형상의 구조화에 근본적인 변화를 야기시킨다. 그 형상은 특수한 현실적 존재로서의 성격을 획득하게 된다. 그것은 (이러저러한 형식을 통해서 그리고 이러저러한 정도로) 우리——작가와 독자들——가 친밀하게 관여하고 있는 현재의 유동적 삶 속에서 운동하고 있는 사건과의 관계를 획득한다. 이때 소설 속에 형상들을 구조화하는 근본적으로 새로운 영역, 즉 재현된 대상과 미완결 상태의 당대현실을 연결하는 최대한으로 근접해 있는 접촉의 영역이 창출되며, 그 결과로 대상과 미래 사이에도 이와 비슷한 근접 현상이 나타난다.

예언(prophecy)이 서사시에 특징적인 것이라면, 예측(prediction)은 소설에 그렇다. 서사시적 예언은 절대적 과거의 한계 내에서 완벽하게 실현된다.(만약 하나의 주어진 서사시 속에서 실현되지 못한다면 그 서사시를 둘러싸고 있는 전통의 한계 내에서 실현된다.) 예언은 독자나 그의 현실적인 시간과는 무관하다. 소설도 사건을 예언하고, 실제의 미래 즉 작가와 독자들의 미래를 예측하고 그것에 영향을 주려는 소망을 가질 수 있다. 그러나 소설의 문제의식은 전적으로 새로우며 상당히 특수한 것이다. 소설의 특징은 끊임없는 재해석과 재평가인바, 과거에 대해 숙고하고 과거를 정당화하는 행위의 중심이 미래로 전이되는 것이다.

소설의 이러한 '현대성'은 파괴 불가능하며, 이 현대성은 여러 시대들에 대한 부당한 평가에 맞닿아 있기까지 한다. 이에 대해서는 르네쌍스시대 ('고딕의 암흑시대' 운운했던)나 18세기(볼떼르)에 진행되었던, 그리고 실증주의(실증주의는 신화와 전설, 영웅주의를 가차없이 폭로했으며, 기억으로부터 최대한의 거리를 두었고, '지식'의 개념을 최소한으로——경험주의에 국한하는 것으로까지——축소시켰으며, 최상의 평가기준으로서의 '진보'에 대한 기계적일 정도의 신앙을 보인다)에서는 고유하게 나타나는 과거에 대한 재평가를 상기해보면 충분할 것이다.

서사시와 소설——예술적 측면에 관련된 몇 가지 차이

이제 위와 같은 문제와 관련한 몇 가지 예술적 특징들을 살펴보자. 내적인 완결성과 철저성의 부재는 특히 플롯에 대하여 **외적**이고 **형식적**인 완전성과 철저성을 현저하게 요구하는 것으로 나타난다. 플롯의 시작과 끝, 그리고 '충실성'의 문제가 새롭게 제기된다. 서사시는 형식적인 시작에 무관심하며 또한 불완전한 상태로 남아도 무방하다. (어디에서 끝을 맺는가는 거의 우연적인 요인에 달려 있다.) 절대적 과거는 전체에 있어서뿐만 아니라 어느 한 부분에서도 종결되고 완성된 것이기 때문에 그 중 어느 부분을 떼어내서 그것을 하나의 전체로서 제시하는 것이 가능한 것이다. 단 하나의 서사시 속에 절대적 과거의 세계 전체가 포괄될 수는 없다. (플롯의 관점에서 볼 때 통일적 세계가 전제되어 있는 것이기는 하지만.) 만일 그렇게 하려 한다면 민족적 전통 전체를 다시 서술해야만 할 것이다. 그 전통의 의미있는 일부조차도 총체적으로 포괄하기란 대단히 어려운 일이다. 그러나 전통의 일부분만을 다룬다고 해서 무슨 커다란 손실이 있는 것은 아니다. 왜냐하면 전체의 구조가 각 부분 속에서 반복되고 또 각 부분은 전체와 마찬가지로 완전하고 완성된 것이기 때문이다. 사람들은 거의 언제라도 이야기를 시작하고 끝낼 수 있다. 『일리아드』는 트로이의 전쟁에 관한 순환연작에서 무작위로 발췌해낸 것이다. 그것의 결말(헥토르의 장례)은 소설적 관점에서 보면 결말이 될 수 없었을 것이다. 그러나 그렇다고 해도 서사시적 완성미는 조금도 손상되지 않는다. '이야기의 끝을 맺고자 하는 특수한 충동'——전쟁은 어떻게 끝날 것인가? 누가 승리할 것인가? 아킬레스에게 무슨 일이 일어날 것인가? 등——은 내적·외적 동기들로 인하여 서사시로부터 완벽하게 제외되어 있다. (그 전통의 플롯은 이미 모든 사람에게 알려져 있는 것이다.) 이와같이 특수한 '이야기를 연속시키려는 충동' (다음에 무슨 일이 일어날 것인가?)과 '이야기의 끝을 맺고자 하는 충동' (그것이 어떻게 끝날 것인가?)은 오직 소설만의 특징이고, 인접하고 있고 접촉이 있는 영역에서만 가능하며, 반면 거리를 둔 형상들의 영역에서는 불가능하다.

거리를 둔 형상들에서는 사건의 전모가 보이기 때문에 플롯에 대한 관심(즉 모르고 있는 상태)은 존재하지 않는다. 그 반면 소설은 미지의 것을 사색한다. 소설은 주인공은 알지도 보지도 못하는 작가의 잉여지식을 활용하는 다양한 형식과 방법을 고안해낸다. 작가의 이러한 잉여지식은 내러티브를 조작함으로써 외적으로 활용될 수도 있고, 혹은 한 개인의 형상을 완성시키는 데 사용될 수도 있다(소설 특유의 외형화). 그러나 이 잉여 속에는 또다른 가능성이 존재하며, 이러한 가능성이 새로운 문제들을 야기한다.

소설적 영역이 지닌 특징들은 여러가지 소설들 속에 다양한 방식으로 표출된다. 어떤 소설은 결코 문제성 있는 여하한 문제도 제기할 필요가 없다. 가령 모험적인 '큰 길' (boulevard) 로맨스를 예로 들어보자. 거기에는 철학도 없고, 사회적·정치적 문제도 없고, 심리분석도 없다. 그 결과 이들 분야 중의 어느 것도 우리의 당면현실에서 일어나고 있는 미완결의 사건들과 결합하지 못하고 있다. 거리의 부재와 접촉영역의 부재가 여기에서는 다른 방식으로 활용되고 있다. 우리의 지리한 삶 대신에 대리물이 제공되는 것이다. 이것은 매혹적이며 찬란한 삶이라는 대리물이다. 우리는 이 모험들을 경험할 수 있고 주인공들과 우리 자신을 동일시할 수 있다. 이러한 소설은 거의 우리 자신의 삶에 대한 대리물이 되기까지 한다. 이런 종류의 현상은 서사시 또는 거리를 둔 다른 장르들에서는 불가능하다. 바로 여기서 우리는 소설적 접촉영역에 내재하는 특수한 위험에 직면하게 된다. 우리는 스스로 서사시 혹은 거리를 둔 다른 장르들 속으로는 결코 침투할 수 없었던 반면, 소설 속으로는 실제로 침투할 수도 있기 때문이다. 따라서 우리는 소설의 무절제한 독서나 혹은 소설적 모델에 기초한 몽상(도스또예프스끼의 『백야』의 주인공)으로 우리 자신의 삶을 대체하려 할 가능성도 있다. 그리고 보바리 부인적인 증세(Bovaryism, 자기환상증—역주), 즉 환멸에 가득차고 악마적인 성격 따위를 지닌 소설 속의 인물들이 현실로 나타나는 현상이 가능해진다. 다른 장르들은 소설화되고 난 이후에야 비로소, 다시 말해서 소설적 접촉영역으로 이전되고 난 이후에야 비로소 그러한 현상들을 야기시킬 수 있다. (가령 바이런의 운문으로 된 이야기시들은 그 좋은 예이다.)

그런데 소설사 속에서 지대한 중요성을 띠는 또다른 현상이 이와같이 새로운 시간적 지향과 접촉영역에 연관되어 있다. 그것은 일상생활의 장르들, 그리고 이데올로기적인 장르들이라는 문학외적 장르들과 소설이 맺는 특별한 관계의 문제이다. 초기 단계에서 소설과 그 예비적 장르들은 개인적·사회적 현실에 관계된 다양한 문학외적 형식들 특히 수사학의 형식들에 의존했었다. (실제로 소설을 수사학에서 유래된 것으로 보는 이론도 존재한다.) 그리고 이후의 발전단계에서 소설은 광범위하게 그리고 실질적으로 편지, 일기, 고백록, 근래에 확립된 법정과 관련된 형식이나 방법들 등등을 사용하고 있다. 소설이 특정한 현재의 불완전한 사건들과의 접촉영역 속에 자리잡은 이래로 소설은 종종 우리가 엄밀하게 픽션문학이라고 부르는 것의 경계선을 넘어서서 때로 도덕적인 고백을 활용하기도 하고, 철학적 논문이나 공공연한 정치적 선언문을 활용하기도 하며, 때로 형식적인 윤곽을 아직 발견해내지 못한 '영혼의 외침' 즉 다듬어지지 않고 노골적인 정신의 고백으로 변질되기도 한다. 이러한 현상들이 바로 소설을 발전하고 있는 장르로서 특징짓는 요인들이다. 요컨대 픽션과 넌픽션 사이의 경계선, 문학과 비문학 사이의 경계선 등은 천상(天上)에 설정되어 있는 것이 아니다. 모든 특수한 상황은 역사적인 것이다. 그리고 문학의 성장은 어떠한 주어진 규정이 있는 고정된 경계선 안에서 일어나는 발전과 변화에만 그치는 것이 아니다. 경계선 그 자체가 끊임없이 변화하는 것이다. 한 문화 속에 (문학을 포함한) 여러 다양한 층위들 사이의 경계가 변화하는 과정은 매우 느리고 복합적인 것이다. (위에서 언급한 것과 같은). 어떤 주어진 특수한 규정에 대해 개별적으로 그 경계를 침범하는 일들은 아주 깊은 곳에서 일어나고 있는 이러한 보다 큰 과정의 징후들에 불과하다. 변화의 이러한 징후들은 다른 장르들에서보다 소설에서 상당히 자주 나타나는데, 이는 소설이 발전하고 있는 장르이기 때문이며, 이 징후들이 더욱 뚜렷하고 중요한 것인 까닭은 소설이 변화의 선두에 있는 장르이기 때문이다. 그리하여 소설은 멀고도 거대한 문학의 운명, 즉 문학이 장차 어떻게 전개될는지를 측정하는 자료로 기여할 수도 있을 것이다.

그러나 시간적 지향에서의 변화와 형상의 구성영역 속에서 일어나는 변화들은 개인의 모습을 문학 속에 재구조화하는 과정 속에서 가장 심오하고 가장 필연적인 모습으로 드러난다. 이 글의 범위 내에서는 이러한 거대하고 복합적인 문제를 간략하게 피상적으로 접근할 수밖에 없겠다.

거리를 둔 고급장르들 속의 개인은 절대적 과거 속의 개인이자 거리를 둔 형상으로 재현된 개인이다. 그는 그 자체로 철저하게 완결되고 완성된 존재이다. 이 존재는 고상하고 영웅적인 차원에서 성취된 것이다. 그러나 완성된 것은 또한 별다른 여지 없이 기성화된 것이어서 그는 처음부터 끝까지 내내 빈틈없이 자신과 일치된 상태로, 그리고 자신과 절대적으로 동일한 상태로 존재한다. 게다가 그는 완벽하게 외면화되어 있는 존재이다. 그의 진정한 본질과 외적 현현 사이에는 티끌만큼의 간격도 없는 것이다. 그의 모든 잠재력과 가능성은 그의 사회적 지위나 그의 운명 전체에 그리고 심지어는 그의 외양에 철저하게 실현되고 있다. 그리하여 이 예정된 운명과 예정된 지위의 밖에는 아무것도 존재하지 않게 된다. 그는 이미 그가 될 수 있었던 모든 것이 되어버린 상태이고, 또 그가 이미 된 것 이외의 다른 것이 될 수도 없는 상태이다. 그는 가장 기본적인 의미에서, 거의 말 그대로 철저하게 외면화되어 있다. 그의 내부에 있는 모든 것은 노출되고 큰 소리로 표현된다. 그의 내적인 세계와 그의 모든 특징들, 그의 외양과 행동들은 모두 동일한 차원에 놓여 있다. 자기 자신에 대한 그의 견해는 그에 대한 다른 사람들의 견해와 완벽하게 일치하며, 그가 속한 사회(그가 속한 공동체)와 서사시인과 청중의 견해 또한 모두 일치한다.

이런 맥락에서 플루타르크와 그밖의 사람들의 작품에 나타나는 자기 예찬의 문제는 반드시 언급될 필요가 있다. 거리를 두고 있는 환경에서

'나 자신'은 그 자체로, 혹은 자체를 위해 존재하는 것이 아니라 자신의 후손들을 위해서, 또 그 후손들에게서 자신이 기대하는 기억을 위해서 존재한다. 나는 나 자신의 형상으로서의 나를 인정한다. 그런데 이렇게 거리를 두고 있는 기억의 차원에서는 이러한 자기의식이 '나'로부터 소외된다. 나는 타자의 눈을 통해 나 자신을 보는 것이다. 내가 나 자신으로서 스스로에 대해 지니는 견해와 타자로서 스스로에 대해 지니는 견해, 이 양자의 형식 사이에 존재하고 있는 이러한 일치는 절대적이며, 따라서 순진한 성격의 것이기도 하다. 이 양자 사이에 간격은 전혀 존재하지 않는다. 거기에는 아직 고백이나 자기폭로가 없다. 서술하는 자와 서술되는 것이 일치한다.[3)]

그는 자신에게서 타인들이 보고 알고 있는 것만을 보고 알 뿐이다. 그에 대해 타인——작가——이 말할 수 있는 모든 것을 그는 자신에 관해 말할 수 있으며 역도 또한 마찬가지다. 그에게는 찾아낼 것도 짐작해 볼 것도 없으며, 폭로할 것도 선동할 것도 없다. 그는 시종일관하며 겉껍질도 없고 그 안의 알맹이도 없다. 게다가 서사시적 주인공은 어떠한 이데올로기적 주도권도 결여하고 있다.(등장인물이건 작가건 마찬가지다.) 서사시적 세계는 작가와 청중뿐 아니라 등장인물들에게도 강요되는 의심할 여지 없는 진실로서의 단 하나의 통일된 세계관만을 알고 있을 따름이다. 따라서 어떤 세계관도 그리고 어떤 언어도 인간의 형상을 제한하고 결정하는, 즉 개별화하는 요소로서 기능하지 못한다. 서사시에서 등장인물들은 그들이 처한 다양한 상황과 운명에 의해서 규정되고 형태지어지며 개별화되는 것이지 변화하는 '진실들'에 의해서 그렇게 되는 것은 아니다. 신들조차도 어떤 특정한 진실에 의해 인간들로부터 분리되지는 않는다. 그들도 동일한 언어를 사용하며 모두가 동일한 세계관, 동일한 운명, 전적으로 동일한 외면화된 모습을 공유하고 있다.

---

3) 서사시는 자아에 대한 새로운 (타인의 견해와는 독립적인) 관점의 탐색과 더불어 붕괴한다. 소설적 몸짓의 표현은 규범으로부터의 이탈로 나타난다. 그러나 규범의 '잘못됨'은 곧 그것이 주체에게 얼마나 중요한 요소인가를 드러내게 된다. 그리하여 먼저 규범으로부터의 이탈이 있고 난 뒤에 규범 그 자체에 대한 회의가 뒤따른다.

거리가 있는 다른 고급 장르들도 대체로 공유하는 이와같은 서사시적 인물의 특성들은 이러한 인간형상 특유의 아름다움과 총체성, 투명한 명징성, 예술적 완벽성을 창조한다. 그러나 동시에 이 특성들은 이후에 인간존재의 새로운 조건들이 나타나게 되자 그러한 인물의 한계와 무감각성을 초래한다.

서사시적 거리를 파괴하고, 멀리 떨어져 있는 차원에서 현재의 (그리고 결국 미래의) 미완결적 사건들과의 접촉영역으로 개인의 형상을 전이시키는 것은 소설 속의 (그리고 전체 문학 속의) 개인의 형상을 근본적으로 재구조화하는 결과를 낳는다. 이 과정에서 민속과 민중희극의 원천은 소설을 위해 크나큰 역할을 담당했다. 최초의 핵심적 단계는 인간형상의 희극적인 친숙화 과정이다. 웃음은 서사시적 거리를 파괴했고, 인간을 자유롭고 친숙하게 탐험하기 시작했으며, 그의 속을 뒤집어 보여주고, 그의 외양과 본심, 가능성과 실제 사이의 불일치를 폭로하기 시작했다. 인간형상 속으로 진정한 역동성이, 즉 이 형상을 구성하는 다양한 요소들 사이의 불일치와 긴장이 이뤄내는 역동성이 도입되었다. 인간은 이제 자기 자신과 일치하기를 그치며 따라서 자신을 그 안에 담는 플롯에 의해 완전히 소진되지 않게 된다. 이러한 불일치와 긴장들 속에서 우선 웃음은 희극적인 효과를(그러나 희극적인 효과에만 그치지는 않는다) 이끌어낸다. 그리하여 고대의 진지하고도 희극적인 장르들에서 새로운 질서의 인간형상들——예를 들면 당당하고 새롭고 더 복합적으로 통합되어 있는 쏘크라테스와 같은 영웅적 형상——이 등장한다.

여기서는 지속성을 지니는 민중적 가면들에서 비롯한 형상을 예술적으로 구조화했다는 점이 특이한 것인바, 이 가면들은 소설발전의 가장 중요한 단계들(고대의 진지하고도 희극적인 장르들, 라블레, 세르반떼스)에 있어서 소설적 인간형상을 만들어내는 데 커다란 영향을 끼쳤다. 서사시와 비극의 주인공은 그의 운명을 벗어나면 아무것도 아니다. 따라서 그는 운명이 그에게 할당해준 플롯의 한 기능이며, 다른 운명이나 다른 플롯의 주인공이 될 수는 없다. 이와는 대조적으로 민중적 가면들——마쿠스, 풀치넬로, 할리퀸(무언극이나 발레 따위에 나오는 어릿광대로 가면을 쓰고 얼룩배기 옷을 입고 나무칼을 가짐—역주)——은 어떠한 운명도 취할 수 있고, 어떠한 상황에서도 등장할 수 있다. (하나의 극이라는 한계 내에서도 그것들은 종종 이렇게 한다.) 그러나 그것들의 가능성은 단지 모든 상황 속에 등장하는 것으로써만 표현되는 것이 아니다. 그것들은 어떠한 상황, 어떠한 운명 속에서도 자신의 행복한 잉여와 원초적이지만 또한 무궁무진한 인간적 얼굴을 유지하고 있다. 따라서 이 가면들은 플롯과는 별개로 기능할 수 있고 말할 수 있다. 실은 그것들이 자신의 얼굴을 가장 잘 드러낼 수 있는 곳은 바로 플롯 자체 외의 이러한 여담——고대 로마의 익살극 중의 막간재담(trices)이나 이탈리아 희극의 농담(lazzi)——속이다. 반면 서사시와 비극의 주인공은 결코 플롯의 휴지기(休止期)나 막간에 자신의 역을 벗어날 수 없다. 그는 그동안에 어떤 표정도 어떤 동작도 어떤 대사도 지니지 못한다. 이것이 그의 강점인 동시에 한계이기도 하다. 서사시와 비극의 주인공은 자신의 본성상 사멸해야만 한다. 이와 달리 민중적 가면들은 결코 사멸하지 않는다. 고대 로마의 익살극, 이탈리아 희극, 이탈리아풍의 프랑스 희극에 나오는 어느 플롯도 마쿠스나 풀치넬로나 할리퀸의 실제 죽음을 상정하지 않으며 또 결코 상정할 수도 없다. 오히려 우리는 그들의 희극적인 가짜 죽음(그리고 뒤이은 부활)을 빈번하게 목격한다. 이들은 자유로운 즉흥연기의 주인공들이지 전통의 주인공들은 아니며, 영원히 소생하는 불멸의 삶의 과정의 주인공들이지 절대적 과거의 주인공들은 아닌 것이다.

반복해서 말하지만 이들 가면과 그것의 구조——자기 자신과의 불일치, 모든 주어진 상황과의 불일치, 넘쳐흐르는 잉여, 고갈되지 않는 무궁무진한 자아——는 소설적인 인간형상의 발전에 지대한 영향을 미쳤다. 이 구조는 비록 보다 복합적이고 심화된 의미를 지닌 진지한 (혹은 진지하고 희극적인) 형태로이긴 하지만 소설 속에도 보존되고 있다.

소설의 내적인 중심 주제들 중의 하나는 바로 주인공이 그의 운명이나 상황에 부적합하다는 주제이다. 그는 자신의 운명보다 우월하거나 아니면 인간으로서 그가 처한 조건보다 열등하다. 그가 사무원, 지주, 상인, 약혼자, 질투심 많은 연인, 아버지 등이 될 때 그것은 철저한 것일 수 없다. 만일 소설의 주인공이 실제로 그렇게 된다면, 다시 말해서 만일 그가 자신의 상황과 운명에 완벽하게 일치하게 된다면(마치 유형화된 일상적인 인물들이나 소설의 대부분의 부차적인 인물들이 그러하듯이) 그러한 일치의 순간에 인간조건에 내재하고 있는 잉여가 주인공에게서 실현되는 것이다. 이러한 잉여가 실제로 실현되는 방식은 형식과 내용에 대한 작가의 지향 속에서, 다시 말하면 작가가 개개인을 바라보고 서술하는 방식들 속에서 나온다. 인간이 자기 자신과 이렇게 일치하지 않을 필연성을 만들어내는 것은 바로 완결되지 않은 현재(그리고 결국 미래)와의 접촉영역이다. 인간에게는 실현되지 않은 잠재력과 실현되지 않은 욕구가 항상 남아 있다. 미래가 존재하며, 그리고 미래는 불가피하게 개인과 관계를 맺고 개인 속에 뿌리를 내리는 것이다.

한 개인은 현존하는 사회적·역사적 범주들로서 완전하게 구현될 수 없다. 자신의 인간적 가능성과 욕구를 완전하게 구현할 수 있는 형식은 없으며, 그 안에서 비극적·서사시적 주인공처럼 마지막 말에 이르는 순간까지 자신을 소진시킬 수 있는 그런 형식은 없다. 또 맨 가장자리까지 채우면서도 동시에 가장자리 밖으로 흘러넘치지 않을 수 있는 그런 형식은 없다. 항상 실현되지 않은 인간성의 잉여분이 남아 있고, 미래에 대한 요구가 남아 있으므로 이 미래를 위한 자리를 반드시 마련해야 한다. 존재하는 모든 의복은 항상 인간에게 너무 꼭 끼며 그래서 또한 희극적이다. 그러나 아직 구현되지 않은 인간성의 이러한 잉여분은 등장인물 속에서뿐 아니라 작가의 관점 속에서(가령 고골리의 경우와 같이) 실현될 수도 있을 것이다. 우리가 소설에서 대하는 현실은 많은 가능한 현실들 중의 하나에 불과하다. 그것은 필연적인 것이 아니라 임의적인 것이며 그 안에 다른 가능성들을 담지하고 있다.

개인이 지녔던 서사시적 총체성은 소설 속에서 다른 방식으로도 해체된다. 외면적 인간과 내면적 인간 사이에 중대한 긴장이 증가하며, 그 결과 개인의 주체성이 해학적이고 친숙한 차원의 실험과 재현의 대상이 된다. 그리고 여러 다양한 측면 사이에, 가령 자기 자신이 본 인간과 타자들이 본 인간 사이에, 동일성이 붕괴한다. 개인이 서사시와 비극에서 소유했었던 통일성이 이처럼 와해되자 소설 속에 보다 높은 차원의 새롭고 복합적인 총체성을 이룩하기 위한 필연적인 예비적 단계들이 함께 나타난다.

끝으로, 소설 속에서 인간은 자신의 형상의 성격을 변화시키는 데 필수적인 이념적이며 언어적인 창의성을 획득한다. (그리하여 형상은 새롭고 더 뛰어난 개별화를 얻게 된다.) 소설의 고대적인 발전단계에서 이미 이러한 이념인적(理念人的) 주인공(hero-ideologue)의 탁월한 모범들이 나타났다. 쏘크라테스의 형상이 그러하고, 소위 '히포크라테스적' 소설 속에 나오는 웃고 있는 에피큐로스의 형상, 견유학파(犬儒學派)의 철저한 대화형식의 문학과 메니푸스적 풍자에 등장하는 매우 소설적인 디오게네스의 형상(여기서 디오게네스의 형상은 민중적 가면의 형상에 아주 가깝게 접근한다), 그리고 마지막으로 루씨안이 묘사한 메니푸스의 형상이 그러하다. 대체로 소설의 주인공은 언제나 다소간 이념인이다.

이 모든 설명은 소설 속에서 이루어지는 개인의 형상의 재구조화에 대한 추상적이고 조야한 도식화에 지나지 않음을 밝혀둔다.

요약 : 소설을 바라보는 새로운 시각

몇가지 결론으로 요약해보자.

현재가 미완결의 상태로 예술적이고 이데올로기적인 지향의 시발점 및 중심으로 선택되었다는 사실은 인간의 창조적인 의식에 있어 하나의 거대한 혁명이다. 유럽세계에서, 이와같은 방향전환과 낡은 시간적 위계질서의 파괴는 고전적 고대와 헬레니즘의 경계선상에서, 그리고 근대세계에서는 중세말기와 르네쌍스 기간 동안에 결정적인 장르적 표현을 얻게 되었다. 비록 소설을 구성하는 몇몇 개별 요소들은 훨씬 이전에 존재했었고 또 소설의 뿌리는 궁극적으로 민속에서 찾아져야 하겠지만 하나의 장르로서의 소설의 기본 구성요소들은 바로 위의 시대들에 형성되었다. 이 시대들에 오면 모든 다른 주요 장르들은 이미 오래전에 완성되었기 때문에 벌써 노쇠했으며 거의 경화(硬化)된 상태가 되었다. 그것들은 모두 머리끝에서 발끝까지 매우 낡은 시간적 위계질서로 침윤되어 있었다. 그러나 소설은 애초부터 시간을 개념화하는 하나의 새로운 방식을 그 핵심에 두는 장르로서 발전하였다. 절대적 과거, 전통, 위계질서적인 거리는 소설을 하나의 장르로서 형성하는 데 아무런 역할을 하지 못했다. (그러한 시·공간적 범주들은 가령 바로끄 소설에서처럼 서사시에 의해 약간 영향을 받았던 소설발달의 일정한 시기들 중에 미미하게나마 역할을 담당하기도 했다.) 소설은 서사시적 거리가 와해되고 인간과 세계 양자가 일정한 정도로 희극적 친숙성을 띠며 예술적 재현의 대상이 미완성의 유동적인 당대현실의 차원으로 낮춰지는 바로 그 순간에 형태를 갖추었다. 시초부터 소설은 거리가 먼 절대적 과거의 형상 속에서가 아니라 미완결의 현재적 현실과의 직접적인 접촉영역 속에서 축조되었다. 소설의 핵심에는 개인적인 경험과 자유롭고 창조적인 상상력이 자리잡고 있었다. 이렇게 해서 새롭고 명쾌하며 예술적 산문으로 된 소설적 형상과 새롭고 비평적인 과학적 인식이 동시에 형성되었다. 소설은 애초부터 이미 완성된 다른 장르들과는 상이한 질료로 만들어졌던 것이다. 소설은 다른 혈통을 지닌다. 그리고 소설과 함께, 소설 안에서, 모든 문학의 미래가 탄생한다. 일단 소설이 태어난 이상 그것은 결코 단순히 다른 장르들 중의 하나가 될 수 없으며, 다른 장르들과 평화롭고 조화롭게 공존하면서 상호관계를 맺는 규칙을 수립할 수 없다. 소설 앞에서 모든 다른 장르들은 어쩐지 이전과는 다른 반향(反響)을 나타낸다. 다른 장르들을 소설화하기 위한 기나긴 투쟁, 현실과의 접촉영역으로 다른 장르들을 끌어넣기 위한 투쟁이 시작되었다. 이 투쟁의 진행과정은 물론 복잡하고 곡절이 많은 것이었다.

문학의 소설화는 이미 완성된 장르들에다 그들의 것이 아닌 그들과는 상이한 장르적 규범을 첨부하는 것을 의미하는 것은 아니다. 왜냐하면 소설에는 자신의 규범이라는 것이 없기 때문이다. 소설은 그 본성에 있어서 반(反)규범적이며, 유연성 그 자체이다. 소설은 끊임없이 자기 자신을 탐구하고 검토하며, 확립된 형식들을 재고하는 장르이다. 이는 사실상 변전중에 있는 현실과의 직접적인 접촉영역 속에서 축조되는 장르에게만 유일하게 열려 있는 가능성이다. 따라서 다른 장르들의 소설화는 그것들이 상이한 장르적 규범에 종속된다는 의미가 아니다. 그 반대로 소설화는 그들의 독자적 발전을 가로막는 제동장치로 작용하는 모든 것으로부터, 그리고 소설과 함께 이들을 아주 구식의 어떤 양식화(樣式化)된 형식으로 변형시키려는 모든 것으로부터 해방된다는 것을 의미한다.

나는 이 글에서 다소 추상적으로 나의 여러 다양한 견해들을 전개했다. 구체적인 예들이 거의 제시되지 못했고 제시된 예들조차도 소설발전의 고대단계로부터 선택된 것들이다. 나의 선택은 그 시기의 중요성이 무척 과소평가되어왔다는 사실에 의해서 결정되었다. 사람들이 소설의 고대단계에 관해 이야기할 때 그들은 전통적으로 '그리스 소설'만을 염두에 두었다. 소설의 고대단계는 소설장르를 제대로 이해하는 데 지극히 중요하다. 그러나 고대에 소설은 자신의 모든 잠재력을 개발해낼 수 없었고 이 잠재력은 근대세계에 이르러서야 비로소 빛을 보게 되었다. 우리는 몇몇 고대 작품들에서 미완결의 현재가 과거보다는 미래에 더욱더 친밀감을 느끼기 시작했다는 사실을 지적한 바 있다. 고대사회에서의 시간적 전망의 부재는 미래로의 이같은 방향전환의 과정이 완수될 수 없도록 하였다. 요컨대 미래에 대한 진정한 개념이 없었던 것이다. 그러한 방향전환은 르네쌍스 시대에 최초로 일어났다. 그 시기에 현재 즉 당대현실은 과거의 완결되지 않은 연속으로서뿐만 아니라 무언가 새롭고 영웅적인 시작으로서 최초로 자신을 인식하기 시작했다. 동시대적 현재의 차원으로 현실을 재해석하는 것은 이제 현실을 새롭고 영웅적인 차원으로 끌어내리는 것일뿐 아니라 동시에 고양시키는 것을 의미하게 되었다. 현재가 최초로 명백하고 의식적으로 과거보다는 미래에, 비교할 수 없을 만큼 밀접한 근접성과 관련성을 느끼기 시작한 때는 바로 르네쌍스 시대이다.

소설의 발전과정은 아직 끝나지 않았다. 소설은 오늘날 새로운 국면으로 접어들고 있다. 우리 시대는 세계에 대한 우리의 인식이 놀랄 만큼 복합적이고 심원하다는 특징을 갖고 있다. 인간의 통찰력과 성숙한 객관성과 비평능력에 대한 요구들은 비상하게 증가하고 있다. 이들이 앞으로의 소설의 발전을 또한 틀짓게 될 특징들이다.

소설 속의 담론

1. 현대의 문체론과 소설
2. 시적 담론과 소설적 담론
3. 소설 속의 언어적 다양성
4. 소설 속의 화자
5. 문체로 본 유럽소설 발달양식의 두 흐름

소설 속의 담론

이 글은 언어예술의 연구가 추상적인 '형식적' 접근과 그와 마찬가지로 추상적인 '이념적'(ideological) 접근, 이 양자 사이의 분리를 극복할 수 있으며 또 극복해야만 한다는 생각에 기초하여 씌어졌다. 언어에 의한 의견의 교환이라는 것이 그 모든 영역에 걸쳐서, 즉 소리의 형상에서부터 극히 추상적인 의미의 차원에 이르기까지의 모든 측면을 망라하여 본질적으로 사회적인 성격을 지닌 현상임을 이해하고 보면 담론에 있어 형식과 내용의 동일성은 명백해진다.

필자가 '장르의 문체론'을 강조하게 된 것은 그런 이유에서이다. 문체와 언어를 장르의 문제로부터 분리하는 것이야말로 문체의 개인적이고 공시적(共時的)인 측면만이 특권적인 연구주제로 군림하고, 그 바탕이 되는 사회적 의미는 무시되게 된 현상황의 주요요인이다. 오늘날의 문체론에서는 다양한 장르들의 거대한 역사적 운명이 개별 작가나 유파에 관련된 사소한 문체상의 변화에 의해 가려져 있다. 그리하여 문체론은 그 고유의 문제들에 대한 올바른 철학적, 사회학적 접근을 박탈당해 왔으며 '문체 나부랑이'나 다루는 피상적인 학문으로 전락하고 말았다. 그것은 개별적이고 공시적인 변화 뒤에 감추어져 있는 예술담론 자체의 거대한 익명적 운명을 감지할 수 없게 되었다. 대개의 경우 문체론은 '개인적 기예(技藝)'의 문체론으로 스스로를 규정하며, 담론이 예술가의 서재 밖에서 즉 광장이나 거리, 도시와 농촌, 사회적 집단이나 세대 및 시대 등의 열린 공간에서 영위하고 있는 사회적인 삶을 간과해버리고 만다. 그것은 살아있는 담론을 다루는 것이 아니라 그것으로부터 추출된 조직학적 표본, 즉 예술가 개인의 기예에나 봉사하는 추상적인 언어학적 담론을 다룬다. 그러나 담론의 삶을 근본적으로 규정하고 있는 사회적인 양식과 단절된 채 이렇듯 개인이나 유파와만 관련되어 이해된 문체는 그런 식의 접근 속에서 필연적으로 평면적이고 추상적인 형태를 띠게 되고, 따라서 문체는 한 작품을 구성하는 여러 의미요소들과의 유기적 연관 속에서 연구될 수 없게 되고 만다.

1. 현대의 문체론과 소설

현대의 문체론과 소설

20세기에 접어들 때까지도 소설의 문체론과 관련된 문제들은 명확한 정식화조차 이루어지지 못하였다. 그러한 정식화는 소설(즉 예술적 산문) 담론의 문체적 독자성에 대한 인식이 생긴 뒤에야 비로소 가능해졌던 것이다.

소설의 연구는 오랜 기간 동안 추상적인 이념적 검토와 정치평론적 성격의 단평에 국한되었다. 문체론상의 구체적인 문제들은 전혀 다루어지지 못했고, 더러 스쳐 지나치듯 자의적으로 다루어졌을 뿐이다. 예술적 산문의 담론이 협의의 시적 담론과 동일한 것으로 여겨졌고, 그에 따라 한편으로는 수사학의 연구에 기초하고 있는 전통적 문체론의 범주가 무비판적으로 적용되었으며, 다른 한편으로는 '풍부한 표현'이니 '심상'(心像 imagery), '힘', '명료성' 따위의, 언어의 특질을 표현하기는 하나 실은 공허한 평가용어로 축소되고 말았다. (후자의 경우 그러한 개념들 속에는 막연하고 시험적인 문체론적 의미조차 부여되지 않는다.)

19세기의 말엽에 이르면 사태를 바라보는 이같이 추상적인 이념적 방식에 대한 평형추로서 산문의 예술적 기법과 관련된 구체적인 문제들, 즉 소설 및 단편소설의 기법과 관련된 문제들에 대해 관심이 대두하기 시작한다. 그러나 문체론에 관한 한 상황은 조금도 변화하지 않았다. 거의 전적으로 (광의의) 구성의 문제만이 주목의 대상이 되었기 때문이다.

소설(단편소설의 경우도 마찬가지이다) 담론이 가지는 문체상의 고유한 특징들은 이전과 마찬가지로 원칙론적이면서도 동시에 구체적인(양자는 불가분의 관계에 있다) 접근을 결하고 있었다. 전통적 문체론의 정신에 입각한, 언어에 관한 똑같이 자의적인 평가적 발언들이 여전히 군림했고, 그것들은 예술적 산문의 진정한 성격을 전적으로 무시한 것이었다.

이 시기에 소설의 담론을 비예술적인 매체, 즉 그 나름의 특수하고 독자적인 문체를 구성할 능력을 못 갖는 담론으로 보는 매우 특징적이며 널리 유포되어 있는 견해가 대두한다. 소설 담론 속에서, 기대하던 바와 같은 순수하게 (협의의) '시적'인 특질을 찾아내는 데 실패하자 산문적 담론은 여하한 예술적 가치도 지닐 수 없는 것으로 결론내려졌던 것이다. 산문적 담론은 일상생활에서 쓰이는 실용적인 언어나 과학적 목적에 사용되는 언어와 마찬가지로, 예술성과는 무관한 중립적 대화수단이라는 것이었다.[1)]

그러한 견해는 소설에 대한 문체론적 분석을 수행할 필요성으로부터 연구자를 해방시키며, 소설의 문체론이라는 문제를 사실상 소거함으로써 연구자로 하여금 소설에 관한 한 순전히 주제적인 분석에만 몰두하도록 허용해주게 된다.

그러나 1920년대에 이르면 상황은 다시 한번 변화한다. 소설적 산문의 언어가 문체론 속에서 하나의 자리를 차지하기 시작하는 것이다. 그

---

1) 바로 얼마 전인 1920년에도 쥐르문스끼(Viktor M. Žirmunskij: 1891~1971, 러시아 형식주의자들 중 한 사람—역주)가 다음과 같이 이야기한 바 있다. "서정시가 소리뿐 아니라 의미의 수준에서도 전적으로 미학적인 의도에 종속하는 어휘들의 선택과 조합을 이루어내는 까닭에 진정한 의미에서의 **언어예술** 작품이라 할 수 있는 반면, 그 언어적 구성이 자유로운 똘스또이의 소설은 이와는 대조적으로 그 어휘들을 예술적 중요성을 지닌 상호작용의 한 요소로서 사용하는 것이 아니라 중립적인 매개체로 혹은 의사전달의 기능에 종속하는 의미의 체계(실제의 회화에서 그러하듯)로서 사용하며, 그럼으로써 순수하게 언어적인 고려로부터 우리의 주의를 추상화해서 주제적 측면으로 인도하게 된다. 따라서 우리는 그러한 **문학작품**을 **언어예술**의 작품이라고 부를 수 없으며, 혹은 적어도 서정시를 두고 우리가 언어예술 작품이라고 부르는 것과 같은 의미에서의 예술작품이라고 부를 수는 없다. ("On the Problem of the Formal Method," *Problems of a Theory of Literature*, Leningrad, 1928, 173면).

리하여 한편으로 소설산문에 대한 일련의 구체적인 문체분석이 나타나기 시작하였고, 다른 한편으로 시와는 구별되는 것으로서 예술적 산문이 지니는 문체적 독자성을 인식하고 정의하기 위한 체계적인 시도들이 이루어졌다.

그러나 바로 이와같은 구체적 분석 및 원칙론적 접근에의 시도가 전통적 문체론의 모든 범주들과, 나아가 그러한 범주들의 핵심을 이루는, 담론에 대한 시적 개념이 소설담론에는 적용될 수 없다는 사실을 뚜렷이 부각시켰다. 그리하여 소설의 담론은 전통적 문체론 특유의 사고유형이 생동하는 예술적 담론의 전영역에 대해 지니는 편협성과 불완전성의 폭로를 통해 자기 자신을 문체에 대한 그러한 방식 전체를 평가하는 시금석으로 만들게 된다.

소설산문의 문체에 대한 구체적인 문체분석을 꾀했던 모든 시도들은 한편으로는 특정 소설가의 언어에 관한 언어학적 설명에 그쳐버리고 말았으며, 그렇지 않은 경우는 전통적인 문체론의 범주에 포함될 수 있는 (혹은 그렇게 보이는) 개별적이고 고립적인 문체적 요소들에 대한 연구에 한정되었다. 양자가 다 소설과 소설산문의 문체적 총체를 포착하는 것과는 거리가 멀었던 것이다.

총체로서의 소설은 문체가 다양하고 언어와 표현이 각양각색인 현상이다. 소설 속에서 연구자는 몇 개의 이질적인 문체상의 단위체(혹은 통일체)와 마주치게 되는데, 이들은 종종 상이한 언어학적 지위를 갖고 있으며, 상이한 문체적 통제에 종속된다. 하나의 전체로서의 소설을 구성하고 있는 문체구성적 단위체의 기본유형은 다음과 같다.

1. 작가에 의해 직접적으로 이루어지는 문학적·예술적 서술 및 그 변형들.
2. 다양한 형태의 일상구어체 서술의 양식화(스까즈[skaz, 이야기]).
3. 다양한 형태의 준(準)문학적 (문어체의) 일상서술의 양식화(편지나 일기 등).
4. 작가에 의한 다양한 형태의 비예술적 문예언어(윤리적, 철학적, 과학적 진술이라든가 수사학적, 인종학적 묘사, 비망록 등).
5. 작중인물들의 독특한 개성이 담긴 발언.

위와같은 이질적인 문체적 단위체들은 소설 속에서 결합하여 구조화된 하나의 (단일한) 예술적 체계를 형성하며, 그 결과 전체로서의 작품이 지니는, 위의 어떤 문체적 단위체와도 동일시될 수 없는 보다 차원높은 문체적 통일성에 종속하게 된다.

장르로서의 소설이 지니는 문체적 특징은 바로 이러한 상호의존적이면서도 상대적 자율성을 지닌 단위체들(이는 때로 서로 다른 언어로 이루어지기도 한다)이 서로 결합함으로써 전체로서의 작품이 지니는 보다 높은 차원의 통일성이 창조된다는 점에 있다. 소설의 문체는 그것을 구성하고 있는 여러 문체들의 결합 속에서 발견되는 것이며, 소설의 언어란 그러한 '언어들'의 체계이다. 소설의 언어를 구성하는 개별적인 요소들은 우선 그것들이 직접 소속되는 하나의 종속적인 문체적 단위체들, 즉 어떤 인물의 독특한 양식을 지닌 발언이나 스까즈로 나타나는 작중 화자의 실제 음성 혹은 편지 등등에 의해 결정된다. 어휘와 의미와 구문상의 특정 요소가 띠게 되는 언어학적·문체론적 형태는 그것과 가장 근접해 있는 종속적 단위체에 의해 형성되는 것이다. 동시에 이러한 요소는 그것이 일차적으로 소속되는 단위체 그 자체와 더불어 전체의 문체를 형성하고, 전체의 어조를 뒷받침하며, 전체의 통일적 의미를 구축하고 실현하는 과정 속에 참여하게 된다.

소설은 사회적 발언유형의 다양성(때로는 언어들 자체의 다양성)이며, 예술적으로 조직된 개인적 음성의 다양성이다. 어떤 단일한 민족언어도 다양한 사회적 방언들, 특정 집단의 특징적 행태를 표현하는 전문적 용어들, 장르적 언어들, 세대들 및 연령집단들의 언어들, 특정 유파들의 언어들, 다양한 세력집단과 써클의 언어들, 일시적인 유행어들, 그날 그날의 언어들, 심지어는 순간 순간의 특수한 사회·정치적 목적에 봉사하는 언어들(어느 날이나 하루 하루는 자체의 슬로건과 어휘와 액센트를 갖고 있는 법이다) 등으로 내적인 분화(分化)를 겪는 것인바, 어떤 언어사(言語史)의 어떤 특정 시점에도 존재하는 이러한 내적 분화야말로 장르로서의 소설을 가능케 하는 필수 요건이다. 소설은 다양한 사회적 발언유형과 그 밑에서 꽃피는 서로 다른 여러 개인적 발언에 의존하여 그 모든 주제들, 즉 그 안에서 묘사되고 표현되는 사물세계와 관념

세계의 전체를 교향(交響, orchestration)시킨다. 작가의 발언과 작중화자들의 발언, 삽입된 장르들 및 작중인물들의 발언은 단순한 기본적 구성 단위들인바 그것들의 도움을 얻어 소설 속에 언어적 다양성(heteroglossia: 다양한 언어의 사회적 공존상태를 뜻하는 바흐찐 특유의 조어—역주)이 자리잡게 된다. 그러한 발언 하나 하나가 다양한 사회적 음성들의 존재를 허용하며, 그들간의 다양한 연결 및 상호작용(언제나 다소간 대화적 성격을 띠는)의 존재를 허용하는 것이다. 다양한 발언과 언어 사이의 이러한 독특한 연결 및 상호작용, 다양한 언어 및 발언유형을 통한 주제의 이동, 다양한 사회적 언어들 속으로의 주제의 분산 및 그것의 대화화(對話化), 바로 이것이 소설의 문체론을 특징짓는 기본적 특성이다.

다양한 언어와 문체들이 결합하여 이처럼 보다 상위의 통일성을 이룩한다는 점은 전통적인 문체론에는 알려지지 않은 현상이다. 전통적인 문체론은 소설 속에서만 독특하게 이루어지는, 서로 다른 언어들간의 사회적 대화에 대한 접근방법을 가지고 있지 않다. 따라서 전통적인 문체론에 입각한 소설문체의 분석은 한 편의 소설 전체를 향하는 것이 아니라, 하위의 문체적 단위들 중 어느 하나를 향하게 된다. 그러므로 전통적인 연구자는 장르로서의 소설이 지니는 기본 특성을 다룰 능력을 갖고 있지 못하다. 그는 그것을 다른 연구대상으로 대치하며, 소설의 문체 대신 그것과는 전적으로 다른 어떤 것을 분석한다. 이는 마치 교향악의 주제를 피아노로 치는 것과 같다.

그러한 환치의 예로는 다음과 같은 두 가지 유형을 들 수 있다. 그 하나는 소설의 문체를 분석하는 대신 작가의 직접적 언어(혹은 기껏해야 주어진 소설을 구성하고 있는 여러 '언어들')를 묘사하는 경우이고, 다른 하나는 종속적 문체들 중 어느 하나를 작품 전체의 문체인 양 분석하는 경우이다.

첫번째 유형에서는 문체가 장르 차원의 관심사나 작품 자체로부터 분리된 채, 언어 일반에 속하는 한 현상으로 취급된다. 특정 작품의 문체적 총체는 한 개인 언어의 통일성, 즉 '개인적 방언'이 되거나, 아니면 개인의 구체적 언어(parole)에 있어서의 통일성이 되어버린다. 이 경우 언어와 언어학의 한 현상에 불과한 것을 하나의 문체적 총체로 변화시키는, 바로 그와같은 문체산출의 요인으로 인식되는 것은 곧 말하는 주체의 개성이다.

소설의 문체에 대한 이런 식의 분석이 결과적으로 소설가의 개인적 방언(즉 그의 어휘나 구문)에 대한 규명으로 귀결되는가 아니면 하나의 '온전한 언술행위' 내지 '발언'으로서 작품이 지니고 있는 두드러진 특징의 규명으로 귀결되는가 하는 문제를 여기서 살펴볼 필요는 없다. 두 경우 모두 문체는 쏘쉬르(Saussure)적인 방식으로 이해되고 있다. 즉 이 경우의 문체란 일반언어(일반적 언어규범의 체계라는 의미에서)의 개별화를 의미한다. 문체론은 개인적 언어(방언)를 다루는 색다른 유형의 언어학이나 혹은 구체적 발언(parole)의 언어학으로 변형되는 것이다.

이러한 관점에 따르면 어떠한 문체의 통일성은 한편으로는 언어(일반적인 규범적 형식의 체계라는 의미에서의)의 통일성을, 다른 한편으로는 이런 일반언어로 스스로를 표현하는 개인의 통일성을 전제로 한다.

사실상 위와같은 두 조건은 운문에 기초한 대다수 시적 장르의 필수요건이다. 그러나 시적 장르의 경우에도 그러한 조건들이 작품의 문체를 제대로 다 설명하거나 정의해주지는 못한다. 한 시인의 개인적 언어와 발언을 아무리 정확하고 완벽하게 묘사하고, 그 묘사가 언어와 발언의 모든 요소가 지니는 표현력을 다룬다 해도 이러한 요소들이 오로지 언어의 체계나 발언의 체계, 즉 다양한 언어학적 단위들에만 관련을 맺고, 언어와 발언의 언어학적 체계들을 지배하는 규칙들과는 전적으로 다른 규칙의 체계에 의해 지배되는, 예술작품 자체의 체계와 관련을 맺지 않는 한 이것은 작품에 대한 온전한 의미에서의 문체 분석이 될 수 없는 것이다.

다시 한번 말하지만, 대부분의 시적 장르에 있어서 언어체계의 통일성과 그 언어와 발언에 반영된, 시인 자신의 개성의 통일성(그리고 독자성)은 시적인 문체의 필수요건이다. 그러나 소설은 이러한 조건들을 필요로 하지도 않을뿐더러 앞서 지적한 바와 같이 오히려 언어의 내적 분화, 즉 언어의 사회적 다양성과 그 안에 존재하는 음성의 다양성을 진정한 소설적 산문의 전제조건으로 삼는다.

따라서 소설 자체의 문체를 소설가의 개인적 언어로 바꾸는 것(소설의 '발언'과 '언어' 체계로부터 이러한 언어를 어느 정도로 되찾을 수 있을지도 문제지만)은 이중으로 부정확한 것이며, 소설 문체론의 본질을 왜곡시키는 행위이다. 그러한 행위는 필연적으로 소설로부터 단일한 언어체계의 틀에 짜맞춰질 수 있는, 다른 매개 없이 직접적으로 작가의 개성을 표현해주는 요소들만을 추출하도록 만든다. 소설 전체, 그리고 다양한 목소리와 양식과 언어로부터 이러한 전체를 구축하는 데 요구되는 특수한 작업들은 그러한 연구의 범위 밖에 남겨져 있는 것이다.

이와같은 것이 소설의 문체분석에서 진정한 연구대상을 그릇된 연구대상으로 환치하는 첫번째 유형이다. 여기서는 '총체로서의 발언'이라든가 '언어의 체계', '작가의 언어 및 발언에 있어서의 개성'과 같은 개념들을 이해하고 문체와 언어 사이의 관계(또한 문체론과 언어학 사이의 관계)를 파악하는 다양한 방식들에 의해서 파생 가능한 이런 유형의 여러 변형들에 대한 자세한 논의는 생략하겠다. 요컨대 이런 유형의 분석은 그 구체적 형태야 어찌됐든 모두 단 하나의 언어만을 인정하고 그 언어로 자신을 직접 표현하는 단일한 작가적 개성만을 인정하고 있으며 따라서 소설의 진정한 문체적 특성이 이런 유형의 분석을 수행하는 연구자에 의해 포착될 가능성은 애초부터 배제되어 있는 것이라 하겠다.

환치의 두번째 유형은 첫번째 유형과는 달리 작가의 언어를 대상으로 하지 않고 소설 자체의 문체를 지향하는 것이 특징이다. 다만 이 유형이 상정하는 소설의 문체는 소설 내에 존재하는 상대적 자율성을 지닌 몇몇 종속 단위체들 가운데 어느 하나를 지칭하는 것으로 그 의미가 축소되어 있다.

이 유형의 경우에 소설의 문체는 대개 '서사시적 문체'라는 개념하에 포섭되며, 따라서 전통적 문체론의 고유한 범주들이 그것에 적용된다. 소설 전체로부터 오로지 서사시적 표현 특유의 요소들(직접적인 작가의 발언 속에 우세하게 나타나는 요소들)만이 분리되어 고찰의 대상이 된다. 소설적인 표현양식과 서사시적인 표현양식 사이의 본질적인 차이는 무시된다. 소설과 서사시의 차이는 보통 구성과 주제의 차원에서만 파악된다.

그밖의 경우 소설의 문체를 구성하는 여러 측면들 가운데 어느 한 측면이 자의적으로 구체적인 어떤 작품의 가장 주된 특징으로 선택되기도 한다. 가령 소설의 이야기(narration)적 측면이 객관적 묘사양식으로서가 아니라 주관적 표현효과의 관점에서 고려되는 것도 그 한 예일 것이다. 또한 스까즈의 요소나 플롯의 진전을 위한 정보전달의 부분만이 추출되기도 한다. (가령 모험소설의 분석사례에서처럼.)[2] 그리고 또 하나, 소설 속에 있는 순수하게 극적인 요소들만을 선택하여 분석함으로써 그 이야기적 측면을 작중인물들이 나누는 대화에 딸린 주석의 수준으로 낮춰버리는 경우도 생긴다. 이 경우 극의 언어체계가 소설의 그것과 전적으로 다른 원칙에 따라 구성되어 있으며, 따라서 극의 언어는 소설의 언어와는 전적으로 다른 울림을 갖는다는 사실은 간과된다. 극에는 개별적인 언어들과 대화적인 관계를 갖는 포괄적인 언어가 존재하지 않으며, 비(非)극적 플롯 내부의 대화를 밖에서 통제하는 포괄적인 제 2 의 플롯외적, 비(非)극적 대화란 없는데도 말이다.

이러한 유형의 분석은 모두 총체로서의 소설이 지니는 문체의 분석에도 부적절하려니와, 그것이 특정 소설에 근본적인 것이라 하여 추출해낸 요소 자체의 분석에도——그것이 다른 요소들과의 상호작용으로부터 격리됨으로써 그 의미에 변화가 생기고, 그 결과 소설 속에서의 실제 모습과는 전혀 다른 것이 되어버린다는 점에서——알맞는 것은 못된다.

'소설의 문체론'에 의해 제기된 문제의 현상황은 전통적 문체론의 모든 범주와 방법이 소설 담론의 예술적 특수성 내지는 담론이 소설 속에서 생명을 획득하는 독특한 방식을 효과적으로 다룰 수 없다는 사실을 충분하고도 분명하게 보여준다. '시적 언어'니, '언어의 개성', '심상', '상징', '서사시적 문체' 따위의 전통적 문체론이 탐구하고 적용해온 일

2) 형식주의자들에 의해 러시아에서 이루어진 예술적 산문의 문체에 대한 연구는 주로 이 두 수준에서 이루어졌다. 즉 방언에 의한 비문학적 서술인 스까즈(아이헨바움[Eichenbaum: 1886~1959, 러시아 형식주의자의 한 사람—역주]의 경우)나 플롯의 진전을 위한 정보 제공의 측면(쉬끌로프스끼 [Shklovsky: 1893~ : 러시아 형식주의의 대표적 인물—역주]의 경우)만이 문학적 산문의 가장 큰 특징으로 연구되어왔다.

반적인 범주들은, 이러한 범주들의 하위에 포섭되는 모든 종류의 구체적인 문체론적 도구들과 함께, 그리고 이것들이 개별 비평가들에 의해 얼마나 다르게 이해되는지의 여부와 무관하게 모두 똑같이 단일언어, 단일문체에 토대한 장르들 곧 협의의 시적 장르들을 지향하고 있다. 전통적인 문체론의 범주들이 이와같은 배타적인 지향성을 지니고 있다는 사실이 그러한 범주들의 특징과 한계를 다소간 해명해준다. 그러한 모든 범주들과 그것들이 기초하고 있는 시적 담론에 대한 철학적 개념 자체가 너무 편협하고 좁아서 소설적 담론이라는 예술적 산문을 수용하지 못하는 것이다.

따라서 문체론과 담론학은 사실상, 소설(같은 유형의 예술적 산문 전부를 포함하여)이 비예술적인 혹은 의사(擬似)예술적인 장르임을 마지못해 인정하든가, 아니면 전통적인 문체론의 근거로 작용하면서 그 모든 범주들을 결정하고 있는 시적 담론의 개념을 근본적으로 재고하든가 하는 양자택일의 딜레마에 봉착하게 된다.

그러나 이러한 딜레마는 결코 보편적으로 인식되지는 못하였다. 대부분의 연구자들은 시적 담론에 관한 기초적인 철학적 개념의 근본적인 수정의 시도를 원치 않았다. 많은 사람들은 그들이 사용하고 있는 문체론(그리고 언어학)의 철학적 기초를 보거나 인식하지조차 못한 채 근본적인 철학적 이슈들로부터 눈을 돌린다. 그들은 그들의 고립적이고 단편적인 문체적 관찰과 언어학적 묘사들의 배후에 숨어 있으며 소설담론에 의해 제기되는 이론적인 문제들을 알아보는 데 전적으로 실패하고 있다. 보다 이론적인 다른 사람들은 언어와 문체에 대한 자신들의 이해에 존재하는 일관된 개인주의를 옹호한다. 그들은 문체라는 현상 속에서 작가가 지니고 있는 개성의 직접적이고 무매개적인 표현을 우선적으로 찾는데, 그러한 식의 문제이해는 문체론의 기본 범주들을 올바른 방향에서 재고하도록 고무하는 것과는 전적으로 거리가 멀다.

문체론의 기본 범주들과 관련된 딜레마를 해결하는 데 동원될 수 있는 또다른 해결책이 있기는 하다. 수세기에 걸쳐 예술적 산문을 지배해 왔으면서도 쉽사리 무시되었던 수사학이 바로 그것이다. 수사학에다 그것이 고대에 지녔던 모든 권리를 일단 되돌려주고 나면, 소설적 산문 속에서 전통적인 문체론의 범주라는 프로크루스테스(Procrustes)의 침대에 맞지 않는 모든 것을 '수사적 형식'으로 처리함으로써, 시적 담론에 대한 과거의 개념을 고수하는 일이 가능해지는 것이다.[3)]

이같은 해결책은 한때 구스따프 쉬뻬뜨(Gustav Shpet: 1879~1937, 러시아의 신칸트학파, 특히 후썰적 전통의 대표적 인물로서 야꼽슨(Roman Jakobson)에게 많은 영향을 끼침—역주)에 의해 강력하고도 지속적으로 제기된 바 있다. 그는 예술적 산문과 그것의 궁극적 성취인 소설을 시의 영역으로부터 전적으로 분리해낸 뒤, 그것에다 순수하게 수사적인 형식의 범주를 적용시켰다.[4)]

쉬뻬뜨는 소설에 대해 다음과 같이 말한다.

> 요즈음 유행하고 있는 도덕적 선전의 형식인 **소설**이 **시적 창조물**이 아니라 순전히 수사적인 저작이라고 하는 인식은 곧바로 소설이란 여하튼 일종의 미학적 가치를 지니고 있는 장르라고 하는, 보편적 인식의 형태를 띤 강력한 장애물에 직면하지 않으면 안되는 인식이자 개념이다.[5)]

쉬뻬뜨는 여기서 소설이 여하한 미학적 가치도 지니고 있지 않다고 주장하고 있다. 소설은 비예술적 수사의 한 장르이며, "요즈음 유행하고 있는 도덕적 선전의 형식"이라는 것이다. 그가 보기에는 예술적 담론이란 협의의 시적 담론뿐인 것이다.

빅또르 비노그라도프(Viktor Vinogradov: 1895~1969, 언어학자이자 문학

---

3) 이러한 해결책은 특히 형식주의적 시학의 신봉자들에게 매력 있는 방법이다. 수사학의 재확립(그 모든 권리의 회복)은 형식주의의 입장을 크게 강화시킨다. 형식주의적 수사학은 형식주의적 시학이라는 동전의 다른 한 면인 것이다. 우리의 형식주의자들이 시학과 더불어 수사학 부활의 필요성을 이야기할 때 그들의 입장은 전적으로 일관된 것이다. (이 점에 관해서는 아이헨바움 *Literatura*, Leningrad, 1927, 147~8면을 참조하라.)

4) 그의 『미학에 관한 단상』(*Estetičeskie fragmenty*) 및 『말의 내적 형식』(*Vnutrennjaja forma slova*, Moscow, 1927) 참조.

5) 『말의 내적 형식』, 215면.

적 문체의 연구가. 러시아 형식주의자들에 대한 동지적 비평가. 스까즈 분석으로 유명함—역주)도 그의 저서 『예술적 산문에 관하여』에서 예술적 산문의 문제를 수사학에 귀착시킴으로써 그가 쉬뻬뜨와 유사한 관점의 소유자임을 드러내고 있다. 그러나 그는 '시적인 것'과 '수사적인 것'에 관한 쉬뻬뜨의 기본적인 철학적 정의에는 동의하면서도, 그만큼 역설적인 정도로 일관된 입장을 견지하고 있지는 않다. 그는 소설이 절충주의적인 혼합형식('혼종구성')이라고 보며, 소설에는 수사적 요소와 더불어 순수하게 시적인 요소도 포함되어 있다고 말한다.[6)]

소설적 산문을 수사적 형식의 하나로 보아 시의 영역에서 그것을 전적으로 배제하는 근본적으로 그릇된 관점에는 그럼에도 불구하고 확실한 한 가지 미덕이 있다. 그러한 관점에는 현대의 모든 문체론이 소설적 산문의 특징을 정의하려 할 때 그 철학적·언어학적 토대와 더불어 드러내게 마련인 부적합성에 대한 원칙적이고도 실질적인 자인(自認)이 들어 있는 것이다. 그뿐만 아니라 수사적 형식에의 의존 그 자체는 새로운 사실의 발견을 가능케 한다는 또다른 의미도 갖는다. 수사적 담론이 그 생생한 여러 면모와 더불어 일단 연구의 장(場)에 진입하게 되면 그것은 언어학 및 언어철학에 대해 필연적으로 매우 혁명적인 영향력을 행사할 것이다. 수사적 형식에 대한 정확하고 사심없는 접근이 이루어질 경우, 담론에 있어서, 아직껏 생동하는 언어 속에서 지니는 비중에 맞춰 제대로 고려되고 탐구되지는 못했던 바로 그러한 측면, 즉 담론의 내적 대화성과 그에 수반되는 현상들이 수사적 형식 속에서 정확히 그 모습을 드러내게 될 것이기 때문이다. 이것이 수사적 형식이 언어학과 언어철학 일반에 대해 가지는 방법론적이고 교육적인 의미이다.

수사적 형식이 소설의 이해에 대해 갖는 특별한 의미도 마찬가지로 중요하다. 소설과 여타의 일반적인 예술적 산문들은 수사적 형식과 발생학적으로 가장 가까운 친족관계에 있다. 소설의 전체 발전 과정에 걸쳐 생동하는 수사적 장르들(신문·잡지, 윤리적·철학적 산문 따위)과 소설 사이의 상호작용은 우호적인 측면에서이건 적대적인 측면에서이건

6) 빅또르 비노그라도프(V. Vinogradov), 『예술적 산문에 관하여』(*O xudožestvennom proze*) (Moscow-Leningrad, 1930), 75~106면.

결코 그친 적이 없다. 이 상호작용은 예술적 장르들(서사시·극·서정시)과 소설 사이의 상호작용만큼이나 강력한 것이었다. 그러나 소설은 이렇듯 끊임없는 상호작용 속에서도 그 질적 독창성을 보존해왔으며, 따라서 결코 수사적 담론으로 환원될 수는 없었다.

단일언어와 언어·이념적 사고의 중심화

소설은 예술적 장르이다. 소설적 담론은 시적 담론이다. 다만 현재 통용되고 있는 시적 담론의 개념에 의해 제공되는 틀에 들어맞지 않는 시적 담론일 뿐이다. 지금 통용되고 있는 시적 담론의 개념은 스스로를 제한하는 일정한 기본 전제를 가지고 있다. 시적 담론의 개념 그 자체는 아리스토텔레스에서 오늘에 이르는 역사적 형성의 과정 동안 줄곧 일정한 '공식적' 장르들을 지향해왔으며, 언어사 및 언어의 이데올로기적 삶 속의 특수한 역사적 경향들과 연결되어왔다. 따라서 시적 현상의 전체 과정은 그 개념적 지평을 넘어선 곳에 남아 있게 되었던 것이다.

기존의 언어철학과 언어학 및 문체론은 모두 화자(話者)가 자신의 유일한, '고유의' 통일적 언어에 대해 단순하고 직접적인 관계를 맺는다는 것을 전제로 상정해왔으며, 아울러 이러한 화자의 언어는 단지 개인의 독백적 발언 속에서만 실현된다는 것을 전제로 해왔다. 이러한 기존의 학문분야들은 실제로 언어에 관하여 **단일언어**의 체계와 이러한 언어로 말하는 **개인**이라는 양극만을 알 따름이며, 이 양극 사이에 그들이 알고 있는 모든 언어학적, 문체론적 현상이 자리잡게 된다.

언어철학과 언어학 및 문체론 분야의 다양한 유파들은 상이한 여러 시기를 거치는 동안, 그리고 항상 주어진 시기의 다양한 구체적인 시적, 이데올로기적 스타일과 밀접한 관련을 맺으면서 '언어의 체계'니 '독백적 발언'이니 '말하는 **개인**'이니 하는 개념들에 다양하고 상이한 뉘앙스를 가진 의미들을 부여했지만, 그것들의 기본적인 내용은 변화하지 않은 채 고정적인 것으로 남아 있었다. 그리고 이러한 기본적인 내용은 유럽어들의 특수한 사회·역사적 운명들에 의해, 이념적 담론의 운명들에 의해, 그리고 이념적 담론이 특수한 사회적 영역 속에서 그 역사적 발전의 특수한 단계에 완성시켰던 저 특정한 역사적 과제들에 의해서 조건지어진 것이기도 하다. 담론에 부과된 이같은 과제들과 운명들이 이념적 담론의 다양한 개별 장르들뿐 아니라 개별적인 언어·이념적 운동들, 그리고 궁극적으로는 담론 그 자체에 관한 특수한 철학적 개념, 특히 문체에 관한 모든 개념의 핵심에 위치해왔던 시적 담론의 개념을 결정했던 것이다. 문체에 관한 그러한 기본범주들의 강점과 한계는 그러한 범주들이 특수한 역사적 운명에 의해, 그리고 개별적인 이념적 담론이 그때 그때 담당하는 과제에 의해 조건지어진 것임에 비추어보면 분명해진다. 이러한 범주들은 특수한 사회집단들의 언어·이념적 진화의 내부에 작용을 가하는 역사 속의 실제 세력들에 의해 탄생되고 형성된 것이다. 그것들은 언어에 생명을 부여하는 과정 속에 참여하고 있는 여러 세력들의 추상화된 표현인 것이다.

역사 속에 실재하는 이러한 세력들이야말로 **언어·이념적 세계를 통일시키고 집중시키는 원천**인 것이다.

단일언어란 언어의 통합과 집중이라는 역사적 과정의 추상화된 표현, 즉 언어에 존재하는 구심적 힘들의 표현이다. 단일언어란 본질적으로 **이미 주어진** 어떤 것이라기보다는 **상정된** 어떤 것으로서, 그 언어학적 진화과정의 계기마다 언어적 다양성의 현실에 대립한다. 이러한 언어적 다양성에 제한을 가하고, 그 안에서 가능한 최대치의 상호이해를 보장하면서 상대적이면서도 진정한 통일성——지배적인 일상적 구어(口語)와 문어(文語), 즉 '표준어'(correct language)가 대표하는 통일성이 바로 이것이다——을 이룩함으로써 언어적 다양성을 실질적으로 극복하는 힘이 곧 단일언어인 것이다.

공통의 단일언어란 언어적 규범들의 체계이다. 그러나 이러한 규범들은 추상적인 명령과는 다르다. 그것들은 오히려 언어의 생명을 창조하는 힘이며, 언어적 다양성의 극복을 위해 투쟁하는 힘이다. 다양한 민족언어 내부에 문예언어(literary language, 우리말의 문어(文語)나 표준어에 가까운 개념—역주)라는 확고한 핵을 창조하고, 점증하는 언어적 다양성의 압력으로부터 이미 확립된 언어를 보호함으로써 언어·이념적 사유의 통합과 집중을 도모하는 힘이 바로 이런 규범들인 것이다.

우리가 여기서 염두에 두고 있는 것은 공통언어의 추상적인 언어학적 **최소치**, 즉 구체적 대화상황 속에서의 **최소한**의 이해를 보장하는 기본적 형식의 체계가 아니다. 오히려 그것은 추상적인 문법적 범주들의 체계가 아닌, 이념적 삶의 전(全) 영역에서 **최대한**의 상호이해를 가능케 하는 언어, 이념이 배어 있는 언어, 세계관으로서의 언어, 나아가 구체적 견해 하나 하나가 구현된 언어이다. 그러므로 단일언어란 사회·정치적이고 문화적인 집중의 과정과 긴밀히 관련을 맺는 가운데 구체적 언어와 이념의 집중과 통합을 향해 작용하는 힘의 표현이다.

아리스토텔레스와 아우구스투스의 시학, '유일한 진리의 언어'를 내세웠던 중세교회의 시학, 신고전주의의 데까르뜨적 시학, 라이프니쯔의 추상적인 문법보편주의('보편문법'의 이념), 구체에 대한 훔볼트의 집착, 이런 모든 것들은 그 뉘앙스에 약간의 차이가 있기는 하지만 사회언어학적, 이념적 삶 속의 구심적 힘들을 표현하고 있는 것들이다. 그것들은 유럽언어의 집중과 통일이라는 동일한 기획에 봉사하고 있다. 우세한 한 언어(방언)의 여타 언어들에 대한 승리 및 그것들의 추방과 예속, 유일한 **진짜 언어**에 의한 조명, 미개인과 하층민의 문화 및 진실의 통일언어로의 병합, 죽은 언어, 죽었기 때문에 비로소 통일적 단위가 된 언어를 연구하는 문헌학, 다양한 언어들로부터 단일한 모어(母語)로 주목의 촛점을 옮기는 인도-유럽언어 연구와 같은 이념적 체계들의 신성시——이 모든 것들이 언어학과 문체론의 사유 속에서 '단일언어'라는 범주의 내용과 그 힘을 결정했으며, 그러한 언어가 언어·이념적 생활 속의 저 구심적 힘들에 의해 형성된 통로에 합쳐진 대부분의 시적 장르들 속에서 갖는 창조적이고 문체형성적인 역할을 결정했다.

그러나 '단일언어' 속에 구현되어 있는 언어의 구심적 힘들은 어디까지나 언어적 다양성의 한가운데에서 작용하고 있는 것이다. 그 진화의 매순간에 언어는 엄밀한 의미에서의(형식적인 언어학적 표지들, 특히 음성학적인 표지들에 따른) 언어학적 방언들뿐 아니라, 사회·이념적 언어들, 즉 여러 사회집단의 언어들이라든가 여러가지 '직업적', '장르적' 언어들, 여러 세대들의 언어들 따위로 분화된다. 이런 점을 고려한다면, 문예언어 자체도 이러한 다양한 언어들 가운데 하나일 따름이며,

이것 역시 여러 하위 언어들(장르적, 시기적 언어들)로 분화될 것임을 짐작할 수 있다. 또한 이러한 분화와 다양성은 일단 구체적 모습을 갖추게 되면 언어의 삶 속에서 불변하는 상수(常數)로 남아 있는 것이 아니라 그 역동성을 보장하는 힘으로 된다. 언어가 살아 있는 한, 분화와 다양성은 폭과 깊이를 더해나간다. 구심적 힘들과 나란히 원심적 힘들이 작업을 수행한다. 언어·이념적 중심화 및 통일과 더불어 탈중심화와 분열의 과정이 끊임없이 진행된다.

담론의 주체가 행하는 모든 구체적인 발언은 구심적 힘들과 원심적 힘들이 동시에 작용을 가하는 한 지점이다. 중심화와 탈중심화, 통일과 분열의 과정이 발언 속에서 교차하는 것이다. 발언은 언어가 언술행위의 개인적 구현으로서 요구하는 바에 응할 뿐 아니라 언어적 다양성의 요구에도 응하는 것이다. 발언은 사실상 그러한 구체적인 언어적 다양성에의 능동적 참여자이다. 그리고 모든 발언이 살아있는 언어적 다양성에 이렇듯 능동적으로 참여한다는 사실은 그것이 단일언어의 규범적 중심화의 체계에 포함된다는 사실 못지않게 발언의 언어학적 모습과 양식을 결정하는 데 중요한 역할을 한다.

모든 발언은 '단일언어'(그 구심적인 힘과 경향)에 참여하며, 동시에 사회·역사적인 언어적 다양성(그 원심적이고 분리적인 힘)을 공유한다.

이같은 사실은 어느 하루, 어느 한 시대, 어떤 한 사회집단이나 장르나 유파의 어떤 한 순간의 언어에도 적용된다. 따라서 어떤 발언이든 일단 살아있는 언어 내부의 갈등하는 두 경향 사이의 모순적이고 긴장된 통일임이 밝혀질 때에라야만 그에 대한 구체적이고 세부적인 분석도 가능해진다.

발언의 진정한 환경, 즉 발언이 그 속에서 생명과 형태를 부여받는 환경이란 한편으로 일반언어(langue)처럼 익명적이고 사회적이면서도 다른 한편 개별발언(parole)처럼 구체적이고 특수한 내용과 액센트를 가지는, 대화적인 언어적 다양성이다.

주요한 시적 장르들이 언어·이념적 삶의 통일적이고 집중적이며 구심적인 힘들의 영향하에서 발전하고 있을 때, 소설과 소설지향적인 예술적 산문은 탈중심화를 도모하는 원심적 힘들에 의해 형성되고 있었다.

시가 보다 높은 공식적인 사회·이념의 차원에서 언어·이념적 세계의 문화적·민족적·정치적 집중화의 과업을 수행하고 있을 때, 보다 저급한 차원, 예컨대 지방 장터의 무대나 어릿광대의 놀음에서는 광대의 다양한 언어가 모든 '언어들'과 방언들을 조롱하며 메아리치고 있었고 우화시나 익살극, 거리의 노래, 속담, 기담의 문학이 펼쳐지고 있었다. 그곳에서는 언어적 중심이란 존재하지 않았으며, 시인이나 학자, 승려, 기사 따위의 '언어들'에 대한 활기찬 장난이 이루어졌다. 그곳에서 모든 '언어들'은 일개 **가면**일 뿐, 어떠한 언어도 진정하고 확실한 **얼굴**임을 주장할 수 없었다.

이러한 저급장르들 안에 통합된 언어적 다양성은 (다양한 장르들 속에 표현되는) 문예언어, 즉 민족과 시대의 언어·이념적 삶에 존재하는 언어학적 중심에 단순히 대면하고 있는 것이라기보다는 오히려 그같은 문예언어에 의식적으로 대립하고 있다. 그것은 자기 시대의 공식언어를 패러디(parody)하면서 그에 대해 날카롭게 논쟁적으로 적대한다. 그것은 대화화된 언어적 다양성이다.

기존의 언어학과 문체론 및 언어철학은 언어 내부의 구심적 흐름에 의해 탄생되고 형성되었기 때문에 언어에 내재된 원심적 힘들을 구현하고 있는 이러한 대화적인 언어적 다양성을 무시해왔다. 그리하여 그러한 학문들은 바로 그와같은 태도로 말미암아 개인의 의지나 단순한 논리적 모순들 사이의 언어내적 갈등이 아닌, 다양한 언어가 구현하고 있는 사회적 관점들 사이의 갈등으로서의 언어가 지니는 대화적 성격에 대해 아무런 설명도 해주지 못했던 것이다. 사실 오늘날까지 언어내적 대화조차도 그것이 극적인 것이건 수사적인 것이건 인지적인 것이건 혹은 우연적인 것이건, 언어학적으로든 문체론적으로든 거의 연구된 바가 없다. 담론의 대화적인 측면과 이에 관련된 모든 현상들은 오늘날까지 언어학의 범위 밖에 머물러 있었던 것으로 보아도 좋을 것이다.

문체론 또한 대화에 귀를 기울인 적이 전혀 없다. 문체론은 개개의 문학작품들이 밀폐된 자족적 세계인 양, 다시 말해 그 구성요소들이 마치 자신들 외에는 다른 어떤 것도 다른 어떤 발언도 전제하지 않는 폐쇄된 체계를 구성하고 있는 것인 양 여겨왔다. 개개의 예술작품을 포괄하고 있는 언어체계는 다른 언어들과는 상호작용을 하지 않는 단일한 언어의 체계와 유사한 것으로 여겨졌다. 문체론의 관점에서 보자면, 전체로서의 예술작품이란 그 전체의 내용이야 어찌됐든 자족적이고 폐쇄적인 작가의 독백으로서, 그것의 경계 너머에는 오직 수동적인 청중만이 전제된 독백이다. 그런 까닭에 예술작품이란 어떤 대화를 구성하고 있는 한마디 말로서, 그 대화를 구성하는 다른 말들과 상호작용을 하는 가운데 그 문체가 결정되는 것이라고 한다면, 이 경우 전통적인 문체론으로써는 그같은 대화적 문체에의 접근에 알맞는 수단을 제공할 도리가 없다. 그리하여 이런 식의 문체 범주들 가운데 가장 명확하고 특징적인 예로 들 수 있는 논쟁적 문체나 패러디적 문체 혹은 아이러니적 문체 따위조차 보통 시적 현상이 아닌 수사적 현상으로 분류되고 마는 것이다. 문체론은 모든 문체상의 현상을 자족적이고 폐쇄적인 독백의 상황 속에 가두어버리는데, 말하자면 단일한 맥락이라는 동굴 속에 그것을 처박는 셈이다. 그리하여 그것은 다른 발언들과 서로의 메시지를 교환하면서 그들과의 관련성 속에서 자기 자신의 문체적 함의(含意)를 실현시키는 것이 아니라 밀폐상태에서 홀로 자기 자신을 소진시켜야만 한다.

기존의 언어학과 문체론 및 언어철학은 이렇듯 유럽인들의 언어·이념적 삶 속의 거대한 구심적 흐름에 봉사하는 세력을 형성하였고, 따라서 무엇보다 먼저 다양성 속에 존재하는 **통일**을 추구했다. 그리하여 현재와 과거의 언어를 대상으로 이루어지는 이 배타적인 **통일성에의 지향**으로 말미암아 철학이건 언어학이건 담론 내에서 가장 확고하고 불변적이며 덜 모호한 측면이자, 가변적이고 사회의미론적인 영역으로부터는 가장 거리가 먼 측면인 음성학적 측면만을 주목해왔다. 이념이 스며 있는 진정한 '언어의식', 실제적인 언어적 다양성에 참여하고 있는 언어의식은 그 시야의 외부에 남겨져 있었다. 바로 이러한 통일성에의 지향이 연구자들로 하여금 언어 내부의 원심적 경향의 담지자이면서 어떤 경우에나 언어적 다양성에 대해 근본적인 관련을 맺고 있는 모든 장르들, 일상적, 수사적, 예술적 장르들을 무시하도록 강요해왔다. 다양하면서도 이질적인 언어에 대한 의식의 구체적 표현 형태들은 언어학과 문체론의 사고영역에 여하한 주목할 만한 영향도 남기지 않았던 것이다.

그런 까닭에 양식화된 표현, 구어적 표현, 패러디, 혹은 '암시적 어법'을 사용하는 언어적 가면무도회의 여러 형식들이나, 다양한 언어로 여러 주제를 교향(交響)하는 보다 복합적인 모순조직의 구조를 가진 예술적 형식들, 그리고 그림멜스하우젠(Grimmelshausen: 1622~1676, 당대 최고의 독일 작가. 『모험가 짐플리씨시무스』 *Der Abenteuerliche Simplicissimus* 가 그 대표작—역주), 세르반떼스(Cervantes), 라블레(Rabelais), 필딩(Fielding: 1707~1754, 영국의 소설가. 『죠셉 앤드류스』 *Joseph Andrews*, 『톰 존스』 *Tom Jones* 등이 그 대표작—역주), 스몰렛(Smollett: 1721~1771, 영국의 소설가. 대표작으로 『험프리 클링커』 *Humphrey Clinker* 가 그 대표작—역주), 스턴(Sterne: 1713~1768, 영국의 소설가. 『트리스트람 샌디』 *Tristram Sandy* 가 그 대표작—역주) 등등과 같은 소설적 산문의 심오하고 특징적인 모든 전범들에게서 얻을 수 있는 언어와 담론에 대한 특수한 감각은 적절한 이론적 인식과 조명을 받을 수 없었다.

소설의 문체론이라는 문제는 우리로 하여금 필연적으로 담론의 철학과 관련된 일련의 근본문제들, 담론 안에서 기존의 언어학 및 문체론에 의해 조명받지 못한 측면들과 관련된 문제들을 다루도록 유도한다. 모순적이고 다중언어적(多重言語的)인 세계 속에서 담론이 취하게 되는 구체적인 모습을 다루지 않으면 안되는 것이다.

2. 시적 담론과 소설적 담론

대상의 이해에 존재하는 타인의 언어와의 대화

그리하여 기존의 언어철학과 언어학 및 그에 기초한 문체론에서는 일련의 현상 전체가 고려의 대상에서 거의 전적으로 제외되었다. 이것들은 담론에 존재하는 특수한 현상들로서, 첫째 **단일**언어의 내부에 있는 다양한 발언들(담론의 **원초적** 대화성) 사이에서, 둘째 단일한 **민족**언어 내부의 다양한 '사회적 언어들' 사이에서, 그리고 마지막으로 동일한 **문화** 즉 동일한 사회·이념적 개념지평 내에 존재하는 다양한 민족언어들 사

이에서 담론의 대화지향성에 의해 결정되는 특수한 현상들이다.[7]

이러한 현상들은 물론 최근 몇십 년 사이에 언어학자나 문체연구자들의 주목을 끌기 시작하였다. 그러나 그러한 현상들이 살아있는 담론의 모든 영역에서 지니는 근본적이면서도 광범위한 중요성은 여전히 제대로 평가받지 못하고 있다.

한 언어가 다른 언어들(각양각색으로 다른 모든 언어들) 속에서 지니는 대화적 지향성은 담론 안에 새롭고도 중요한 예술적 잠재력, 즉 독특한 하나의 산문예술을 가능케 하는 잠재력을 창출하였던바 이의 가장 완벽하고 심오한 표현이 바로 소설이었던 것이다.

이제 담론 내부의 대화적 지향성이 취하는 다양한 모습과 그 정도, 그리고 독특한 산문예술을 향한 저 특별한 잠재력을 주목해보자.

전통적인 문체론의 사고방식에 따르면 언어란 오직 자기 자신만을, 자기 자신의 상황만을 인정하며 자신의 직접적 대상과 하나의 통일체인 자신의 언어만을 인정한다. 이 경우 다른 언어는 자기 자신과는 무관한 중립적 언어이고, 어떤 특정인의 언어라기보다는 발언을 가능케 하는 단순한 도구일 따름이다. 전통적인 문체론자들이 이해하는 바에 의하면 언어가 어떤 대상을 지향함에 있어 본래 그 대상 자체의 저항(말에 의한 총체적 표현의 불가능성)만을 받게 되어 있는 것이지 다른 언어에 의한 다양한 근본적 반대에 마주치는 일이란 없다. 아무도 그 언어를 방해하거나 그것과 논쟁하지 않는 것이다.

그러나 어떠한 언어도 그것이 살아있는 것인 한 그 대상에 대해 단일한 방식으로만 관련을 맺지는 않는다. 언어와 대상, 언어와 말하는 주체 사이에는 동일한 주제에 대한 다른 언어(의견)라는 형태의 가변적 환경이 존재하며 이런 환경을 뚫고 들어가는 일이 왕왕 그리 쉽지만은 않다. 또한 바로 이러한 특수한 환경과 생생한 상호작용을 함으로써만 개성적이고 독특한 문체를 가진 언어가 탄생하는 것이기도 하다.

실상 모든 구체적인 담론 내지 발언이 그 대상을 만나게 되는 것은,

7) 언어학자들은 추상적인 언어학적 요소들(음성학이나 형태론적 요소들) 속에 반영된, 언어들간의 오로지 기계적인(즉, 사회적 조건을 의식하지 않은) 상호영향과 혼합만을 인정한다.

그 특성은 어떻고 정당성에는 의문의 여지가 있다거나 가치는 이러저러하다는 식의, 전에 이미 그것에 대해 행해진 다른 말들에 의해 형성된 흐릿한 안개에 감싸여 있거나 혹은 '조명'되어 있는 상태에서이다. 대상은 공통된 생각과 관점뿐 아니라 전혀 다른 가치판단과 강조에 의해서도 뒤범벅이 되어 있다. 말이 대상을 향할 때 그것은 다른 말과 가치판단과 강조들 간의 대화로 인한 동요와 긴장에 넘치는 환경 속에 발을 디디는 것이며, 그 복합적인 상호관계망의 안팎에서 엮이는 가운데 그 중 어떤 것과는 섞이고 어떤 것들은 피하며 다른 어떤 것들과는 상호작용을 하는 것이다. 그리하여 이런 모든 것들은 담론의 형태에 결정적인 영향을 미치면서 그 의미의 모든 층(層)마다에 자신의 흔적을 남기고 개개의 표현에 변형을 가하며 전체적인 양식을 결정할 수도 있는 것이다.

살아있는 발언, 즉 특정한 역사적 시점의 특수한 사회환경 속에서 의미와 형태를 취하는 살아있는 발언이라면 다양한 사회·이념적 의식에 의해 그 대상의 주변에 엮어져 있는 수천의 살아있는 대화의 실마리와 마주치지 않을 수 없다. 사회적 대화의 능동적인 참여자가 될 수밖에 없는 것이다. 발언이라는 것은 결국 이러한 대화 속에서 그 대화의 연장이자 그에 대한 하나의 반응으로 등장한다. 어떤 대상에의 접근은 결코 방관자에 의한 접근일 수가 없다.

말에 의한 대상의 개념화는 복합적인 과정이다. 모든 대상——논쟁을 향해 열려 있고 수식어로 중첩된——은 그들에 관한 다양한 사회적 견해들과 다른 말들에 의해 한편으로부터는 강한 조명을 받지만 다른 한편에서는 오히려 가려진다.[8] 말이란 빛과 그림자가 복잡하게 교차하는 바로 이러한 판 속에 끼여드는 것이며, 그리하여 그 복잡한 작용의 침투

8) 이런 관점에서 루쏘주의, 자연주의, 인상주의, 아끄메이즘(1912년에 창설되었으며, '시인조합'이라는 명칭으로 더 잘 알려져 있는 러시아의 모더니즘 시운동의 한 유파. 주요 시인으로 아흐마또바, 구밀료프, 만젤슈땀 등이 있다—역주), 다다이즘, 초현실주의 및 이와 유사한 유파들의 운동 속에서 행해진 대상의 '수식된' 성격과의 투쟁——이것은 원초적 의식, 본래적 의식으로의 복귀 및 대상 그 자체의 본질과 순수한 지각으로의 회귀라는 관념에 의해 야기된 투쟁이다——은 의미심장한 바 있다.

를 받고 그 속에서 자신의 의미 및 문체의 윤곽을 결정하는 것이다. 말이 대상을 파악하는 방식은 그 대상의 내부에서 일어나는, 그 사회·언어적 의미의 다양한 측면들 사이의 대화적 상호작용으로 인해 복잡해진다. 대상의 예술적 표현인 형상(形象, image)은 자신의 내부에서 만나고 뒤섞이는 언어적 의도들간의 이같은 대화적 상호작용에 의해 지탱된다. 그러한 의도들은 억누르기보다는 활성화시키고 조직해야 할 존재이다. 말의 **의도, 즉 그 대상에의 지향성**을 광선에 비유해본다면 그 말이 구성하는 형상을 향한 색과 빛의 생생하고 독특한 작용은 광선-언어의 스펙트럼으로 설명될 수 있으며, 이것은 대상 내부의 스펙트럼——협의의 시적 언어, 즉 '자기목적적인 언어' 속의 비유(trope)로서의 형상의 작용이 이에 해당한다——이라기보다 광선이 대상을 향하여 갈 때 통과하게 되는, 다른 말과 가치판단과 강조들로 가득찬 공간 속의 스펙트럼이다. 대상을 둘러싸고 있는 환경, 즉 말의 사회적 공간이 형상이라는 보석의 다양한 면들을 반짝이게 하는 것이다.

말은 다른 말들과 다양한 평가적 강조로 가득 채워져 있는 공간 속에서 그 중 어느 요소들과는 조화를 이루고 다른 요소들과는 대립하면서 그 공간을 통과하여 마침내 자신의 독자적 의미와 표현을 획득함으로써 이같은 대화적 과정 속에서 독특한 자신의 문체적 형태와 어조를 형성시킬 수 있는 것이다.

예술적 산문 속의 형상, 특히 **소설적 산문** 속의 형상이 이와같다. 소설공간 속에서는 말의 직접적이고 매개되지 않은 의도란 용납될 수 없을이만큼 순진한 어떤 것, 사실상 불가능한 어떤 것이다. 왜냐하면 순진함이란 진정한 소설적 조건에서라면 다양한 내적 논박 중의 어느 하나가 지니는 성격에 지나지 않는 것으로서 다른 말들에 의해 이내 대화화되는 대상에 불과할 것이기 때문이다. (감상소설가들이나 샤또브리앙(Chateaubriand: 1768~1848, 프랑스의 낭만주의 작가이자 정치가—역주) 및 똘스또이의 작품이 그 좋은 예이다.) 그러한 대화화된 형상은 물론 모든 시적 장르들, 심지어 서정시 속에서도 나타난다. (이 경우 어조 전체를 형성하지 않을 것은 확실하지만.)[9] 그러나 그러한 형상이 충분히 전개될 수 있는

9) 호라티우스의 서정시, 비용(François Villon: 1431~1463, 프랑스의 방랑시

것은, 즉 그 복잡성과 깊이와 예술적 온전성까지를 충분히 달성할 수 있는 것은 오직 소설 장르에서 나타나는 조건들 하에서이다.

협의의 시적 형상, 즉 비유로서의 형상의 경우 모든 활동——말로서의 형상이 전개하는 역학——은 말(그 모든 측면이 고려된)과 대상(역시 그 모든 측면이 고려된) 사이의 상호작용에 그친다. 말은 이제까지 전혀 언급된 적이 없는 순결한 대상 그 자체에 내포된 무궁무진한 풍부함과 모순적인 다양성 속으로 뛰어든다. 그러나 그러한 맥락 너머에는 아무것도 존재하지 않는 것으로 가정된다. (물론 언어 자체의 보고(寶庫) 속에서 발견되는 것은 예외이다.) 말은 그 대상이 상충하는 언어적 인식행위들의 역사를 지니고 있다는 것뿐 아니라 그러한 인식행위들에 나타나는 언어적 다양성에 대해서도 망각한다.

이와는 반대로 예술적 산문의 작가에게는 대상이란 무엇보다도 다양한 사회적 성격을 지닌 명칭과 의미규정과 가치판단을 드러내 보이는 존재이다. 대상 속에서 산문작가가 직면하는 것은 처녀지 특유의 풍부함이 아니라 다양한 사회적 의식들에 의해 대상 속에 놓여진 다양한 길과 통로들이다. 대상의 내부에 존재하는 모순들과 더불어 대상을 둘러싼 채 전개되는 사회적인 성격의 언어적 다양성, 즉 모든 대상의 주위에서 계속적으로 진행되고 있는 바벨탑적인 언어의 혼합이 목격된다. 대상의 변증법은 그것을 둘러싸고 있는 사회적 대화와 긴밀히 엮어진다. 산문작가에게는 대상이란 다양한 음성들이 모여드는 초점이다. 산문작가 자신의 음성도 그와같은 다양한 음성들 중의 하나로서 그러한 다양한 음성들이 자신의 음성을 위한 배경이 되어주지 않으면 그의 예술적 산문이 지니는 뉘앙스는 감지될 수 없으며, '제 소리를 내지 못한다'.

산문예술가는 대상의 주위를 둘러싸고 있는 사회적 성격의 언어적 다양성을 대화화된 함축들이 관통하는 형상이자 자체완결적인 윤곽을 지닌 형상으로 끌어올린다. 언어적 다양성의 일부를 이루고 있는 다양한 음

인—역주), 하이네(Heinrich Heine: 1797~1856, 독일의 서정시인—역주), 라포르그(Jules Laforgue: 1860~1887, 프랑스의 상징주의 시인—역주), 안넨스끼(Innokenty Annensky: 1856~1909, 러시아의 고전학자이자 시인. 이후의 아끄메이즘 시인들에게 현저한 영향을 줌—역주) 등이 이에 속하리라.

성과 어조들에, 계산된 예술적 뉘앙스를 부여하는 것이다. 그러나 앞서도 언급했듯이 모든 예술외적 산문담론들도 일상적인 것이거나 수사적인 것이거나 학문적인 것이거나를 막론하고 '이미 발언된 것', '이미 알려진 것', '앞서 합의에 도달한 견해' 등을 상대한다. 담론의 대화적 지향성이란 모든 담론의 특성이며 모든 살아있는 담론의 본래적인 방향인 것이지 예술적 산문에만 해당하는 현상은 아닌 것이다. 말이란 대상을 향해 가는 다양한 모든 길 위 어느 방향에서건 낯선 말을 만나게 마련이며 이러한 만남은 또한 생생하고 긴장된 상호작용 속에서 이뤄지게 마련이다. 오직 아담이라는 신화 속의 인물만이, 즉 인간의 발길이 닿지 않았고 아직까지 언어의 대상이 되어보지 못했던 세계에 최초의 말을 가지고 다가갔던 아담만이 대상 속에서 이루어지는, 다른 말들과의 이같은 대화적 상호지향성을 처음부터 끝까지 진정으로 모면할 수 있었다. 구체적인 역사 속의 인간에 의한 담론행위는 이러한 특권을 갖지 못한다. 그러한 상호지향성에서 더러 벗어날 수는 있지만 그러한 일은 조건부로만, 그것도 일정한 한계 내에서만 가능한 일이다.

이같은 사정을 고려할 때 언어학과 담론의 철학이 (독백보다는 대화가 우선이라고 자주 공언하기는 했으면서도) 바로 이처럼 인위적이고 신화적인 상태의 말, 즉 대화의 맥락에서 절연된 말을 규범으로 취급하고 일차적인 대상으로 삼았다는 사실은 더욱더 놀라운 일이다. 대화는 말의 구조와 관련된 구성형식의 차원에서만 연구되었고, 주고 받는 대화 속에서만 나타나는 것이 아니라 독백적 발언 속에서도 나타나는 말의 내적 대화성, 즉 말의 전체구조, 그 모든 의미의 층과 표현의 층에 스며들어 있는 대화성은 거의 전적으로 무시되었다. 그런데 실은 어떠한 외면적인 대화적 형식으로도 나타나지 않는 이러한 내적 대화성이야말로 말이 대상을 개념화하는 데 필요한 능력과는 별개의 독립된 행위로 분리될 수 없다. 문체를 형성하는 데 필요한 저 엄청난 능력을 가진 것이 바로 이러한 내적 대화성인 것이다. 그러나 의미론과 구문론과 문체론상의 일련의 특징들 속에서 표현되는 말의 내적 대화성은 언어학자나 문체학자에 의해 오늘날까지 전혀 연구된 바가 없다. (더욱 한심한 것은 일상적인 대화의 의미론적 특징들조차 전혀 연구된 적이 없다는 사실이다.)

말이란 대화 속에서 그 대화 중의 한 발언으로 태어난다. 말은 이미 대상의 일부가 된 낯선 말과의 대화적 상호작용 속에서 형성되며, 자신이 대상으로 삼고 있는 것의 개념을 대화적으로 조직하는 것이다.

응답적 이해와 언어의 내적 대화성

그러나 이상의 지적만으로 언어가 지니는 내적 대화성의 문제가 모두 다 설명되는 것은 아니다. 말은 대상 속에서만 다른 말과 마주치는 것이 아니기 때문이다. 모든 말은 응답을 지향하며, 따라서 그것이 기대하는 응답의 심대한 영향력에서 벗어나지 못한다.

실제 대화 상황 속의 말은 그 말에 뒤따라 나올 응답을 직접적으로 드러내놓고 지향하게 된다. 그것은 응답할 말을 유발하고 예견하며, 그 말의 방향에 맞춰 스스로를 구성한다. 말이란 그 대상을 두고 앞서 한 말들이 빚어내는 환경 속에서 형성되는 것이기도 하지만 동시에 아직 말해지지는 않지만 앞으로 응답으로 나올 말이 요구하고 심지어 기대하기조차 하는 것의 내용에 의해 결정되는 것이기도 하다.

모든 수사적 형식들은 그 문장구조상 독백적 형식을 채택하고 있음에도 불구하고 본질적으로 듣는 사람과 그의 응답을 상정하지 않을 수 없다. 이러한 듣는 사람에의 지향이 수사적 담론의 구성에 있어 기본적 특징을 이루는 요소임은 이미 널리 인정받고 있는 사실이다.[10] 듣는 사람을 구체적으로 고려에 넣는 이러한 관계가 수사적 담론의 내적 구조 자체에 직접적인 영향을 끼치는 관계임은 수사학에 있어서는 대단히 중요한 사실이다. 응답에 대한 이같은 관계는 공공연하고 노골적이며 또 구체적이다.

일상대화와 수사적 담론들 속에서 발견되는 듣는 사람과 그의 응답을 향한 이같은 공공연한 지향은 물론 언어학자들의 당연한 주목을 받아

---

10) 비노그라도프의 『예술적 산문에 관하여』 중의 「수사학과 시학」 장(여기에는 과거의 수사학에 기초한 수사학에 관한 정의들이 소개되어 있다) 75면 이하를 참조하라.

왔다. 그러나 이 경우 역시 그들은 대개 듣는 사람을 고려함으로써 나타나는 문장구조상의 변형을 연구하는 선에서 그쳤다. 듣는 사람에 대한 고려가 의미와 문체의 본질적 측면에 끼치는 영향은 무시되었다. 분명한 이해를 위해 요구되는 문체상의 측면, 즉 듣는 사람이란 능동적으로 응답하고 반응하는 존재가 아니라 수동적으로 이해만 하는 존재라고 여기는, 내적 대화성과는 전혀 무관한 측면들만이 고려되었다.

듣는 사람과 그의 대답은 보통 일상대화 및 수사와의 관련성 속에서만 고려의 대상이 되지만, 실은 모든 다른 종류의 담론들도 일정한 '반응'으로 나타나는 이해를 지향하는 법이다. (이러한 지향이 독립적 행위로 구체화되고 문장구조적 특징으로 드러나지는 않는다 하더라도 그렇다.) '반응'으로 나타나는 이해란 담론의 형성에 참여하는 근본적인 힘이다. 더우기 그것은 때로는 저항으로 때로는 지지로 나타나서 담론을 살찌우는 **능동적** 힘이다.

언어학과 언어철학은 담론에 대한 수동적 이해만을 인식하였을 뿐이며, 그나마 일반언어(langue)의 수준에서 고려하는 것 이상으로는 나아가지 못하였다. 어떤 발언의 **실제 의미**가 아니라 **중립적 표의**(表意)에 대한 이해만이 고려되었다.

어떤 발언의 언어학적 의미는 **언어**를 배경으로 이해되는 데 그치는 것이지만, 그것의 실제 의미는 같은 주제를 두고 행해진 다른 **구체적 발언들**, 즉 상호 모순적인 견해나 관점, 가치판단들을 배경으로 이해되는 것이며, 이러한 배경이야말로 모든 말과 그 대상 사이의 통로를 복잡하게 만드는 요인이다. 그런데 다른 말들로 이루어진 이러한 모순적인 환경이란 실은 대상 그 자체 속에서 화자에게 제시되는 것이라기보다는 오히려 듣는 사람의 의식 속에서, 대응 혹은 이의제기로 가득 찬 지각(知覺) 배경의 형태로 제시된다. 그리고 모든 발언은 언어학적 배경이라기보다는 구체적 대상과 정서적 표현들로 이루어진 이와같은 지각적 이해의 배경을 바탕으로 행해진다. 그런 속에서 발언과 다른 말 사이의 새로운 만남이 일어나고, 새롭고 독특한 문체가 성립하는 것이다.

언어학적 의미를 수동적으로 이해하는 행위가 진정한 이해가 아니라 의미의 추상적 측면에 대한 이해에 불과함을 더 길게 논의할 필요는 없을 것이다. 그러나 어떤 발언의 의미에 대한 보다 구체적인 **수동적** 이해, 즉 화자의 **의도**에 대한 이해조차도 그것이 순수하게 수동적이고 수용적이어서 그 발언에 새로운 어떤 것도 보태주지 못하면서 단순히 그것을 반영하고 기껏해야 이미 그 발언 속에 주어진 내용의 완벽한 재현을 목표로 하는 선에서 그치는 것인 한, 그 말의 문맥이라는 경계를 못 벗어나는 것이고 따라서 그 말을 풍부하게 하는 행위와는 거리가 멀다. 화자가 그런 수동적인 이해만을 전제로 이야기 하는 한, 그의 담론에는 어떠한 새로운 요소도 도입되지 못한다. 그의 담론에는 구체적 대상이나 정서적 표현과 연관된 어떠한 새로운 측면도 있을 수 없다. 수동적 이해를 전제로 했을 경우에만 발생하는 순수하게 소극적인 요구들, 예를 들어 명료성이나 설득력, 생생함 등에 대한 요구는 실제로 화자를 그의 사적(私的)인 문맥, 그 자신만의 울타리 안에 남겨둘 뿐이다. 그런 소극적 요구들이란 화자의 담론이 내재적으로 요구하는 것 이상의 것은 아니기 때문에, 의미에 있어서나 표현에 있어서나 그 담론의 자족성을 깨뜨리는 것은 되지 못한다.

그러나 실제적 회화(會話, speech)의 상황에서는 모든 구체적인 이해의 행위가 능동적 성격을 지닌다. 이해의 행위란 자기 특유의 대상 및 정서적 표현으로 이루어진 자기 자신의 개념체계 속에 그 이해대상인 말을 통합시키는 행위이며, 그런 의미에서 능동적 동의 혹은 반대로서의 반응과 긴밀하게 연관되어 있다. 어떤 의미에서는 우선권은 이해보다는 이해를 가능케 하는 원리로서의 **반응** 쪽에 있다. 반응이야말로 이해의 토대를 창조하고 능동적이고 직접적인 이해의 토대를 준비하는 존재이다. 이해는 반응 속에서가 아니라면 완성될 수 없다. 이해와 반응은 변증법적으로 뒤섞이며 서로가 서로를 제약한다. 둘 중 어느 한쪽도 상대편 없이는 존재할 수 없는 것이다.

따라서 능동적 이해, 즉 이해하고자 하는 사람이 가지고 있는 새로운 개념체계 안에 그 이해의 대상인 말을 통합시키는 행위로서의 이해는 그 말과의 조화 및 부조화를 포함하는 일련의 복합적인 상호연관을 수립함으로써 그 말에 새로운 요소들을 보탠다. 화자가 중요하게 고려하는 이해는 바로 이런 종류의 이해이다. 그리하여 화자의 청자(聽者)에 대한 관계는 특수한 개념적 지평, 즉 청자 특유의 세계에 대한 관계이며 그러한 관계는 그의 담론에 전적으로 새로운 요소들을 끌어들인다. 다양한 관점들, 개념적 지평들, 표현상의 강조를 제공하는 체계들, 즉 다양한 사회적 언어들 사이의 상호작용이란 결국 이런 방식으로 일어나는 것이다. 화자는 자기 자신의 말과 그 말을 결정하는 자기 특유의 개념체계가 그와는 다른 이해자의 개념체계 속에서 이해되도록 노력한다. 즉 그 체계의 특정 측면들과 대화적 관계에 돌입한다. 다시 말해, 화자는 청자의 개념적 지평을 뚫고 들어가 그의 영토에서 그의 지각체계에 맞서 자기 자신의 발언을 구축하는 것이다.

언어의 내적 대화성이 지니는 이러한 새로운 형태는 대상 그 자체의 내부에서 다른 말과 마주침으로써 결정되는 내적 대화성의 형태와는 구별된다. 여기서 마주침의 장(場)이 되는 것은 대상이 아니라 청자의 주관적인 신념체계이다. 따라서 이러한 형태의 대화성은 보다 주관적이고 심리적이며 (자주) 자의적인 성격을 띠는데, 그 결과 때로 지나치게 호의적인 태도를 취하는가 하면 다른 한편 지나치게 논쟁적이 되기도 한다. 청자에 대한 이같은 태도와 그에 따른 내적 대화성이 대상 자체를 가려버리는 일조차 잦을 정도이며, 이러한 경우는 수사적 형식에서 특히 자주 발생한다. 구체적인 어떤 청자가 강력하게 견지하는 입장만이 유일한 관심의 초점이 되어 말의 대상에 대한 창조적 작업을 방해하는 것이다.

그러나 다른 말을 향한, 대상 내부에서의 대화적 관계와 청자의 것으로 예상되는 응답 속에서의 대화적 관계가 비록 그 본질에 있어 구별되고 담론 속에서 자아내는 문체적 효과의 면에서도 차이를 낳지만, 이 양자는 그럼에도 불구하고 매우 긴밀하게 결합되어 있으며 그 결과 문체를 분석할 때에도 구별이 거의 불가능할 정도이다.

똘스또이의 경우 담론은 첨예한 내적 대화성에 의해 특징지어지며 이러한 대화는 대상의 내부에서만 일어나는 것이 아니라 독자의 신념체계(그것 특유의 의미상의 특징과 표현상의 특징들을 똘스또이는 민감하게 파악했다)와 관련해서도 일어난다. 대체로 논쟁적인 성격을 띤 이러한 두 방향의 대화화는 그의 문체 안에서 긴밀하게 엮어진다. 그리하여 똘스또이의 담론은 가장 '서정적'인 표현들과 가장 '서사적'인 묘사들 속에서도 한편으로 대상을 둘러싸고 있는 다양한 사회·언어적 의식의 이런저런 측면들과 조화 혹은 부조화(후자의 경우가 더 빈번하다)를 이루는 동시에, 다른 한편 독자의 신념체계 및 평가체계를 논쟁적으로 공략하여 독자의 능동적 이해를 뒷받침하는 지각배경을 교란·파괴하려고 노력한다. 이런 면에서 똘스또이는 18세기, 특히 루쏘의 상속자라 할 만하다. 이같은 선전적 충동으로 말미암아 똘스또이는 때로 언어에 내재된 다양한 사회적 의식을 자기 동시대인의——시대라기보다는 날(日)이라는 의미에서의——의식으로 압축시켜 그것과 논쟁을 벌이게 되며, 그 결과 그의 작품에는 내적 대화의 극단적 구체화(거의 언제나 논쟁적인)라는 현상이 나타난다. 그렇기 때문에 똘스또이의 내적 대화는 그것이 그의 문체가 드러내주는 모습을 통해 아무리 예민하게 지각된다 하더라도 때때로 특수한 역사적 혹은 문학적 주석(註釋)을 필요로 한다. 우리는 주어진 어떤 어조가 정확히 무엇과 조화 혹은 부조화를 이루는지 확신하지 못하는데, 문제는 이러한 조화 혹은 부조화가 문체 창조의 기획 그 자체의 일부라는 점에 있다.[11] 물론 때때로 신문의 문예란이 지닐 법한 구체성에 근접하기도 하는 이런 극단적 구체성은 똘스또이의 담론의 부차적 측면, 즉 그 내적 대화화의 배음(倍音, overtone)으로만 나타난다.

이제까지 논의한 담론내적 대화——외적 대화와는 달리 문법상의 표현을 얻지 못한다는 의미에서 '내적'인 대화——에서 다른 말, 다른 발언과의 관계는 문체의 형성에 직접적으로 관여한다. 문체는 그 내부에 외부를 향한 지표들을 구조적으로 포함한다. 자기 자신의 요소들과 다른 문맥 속의 요소들이 그 안에서 조응하는 것이다. 문체의 내적 정치학, 즉 담론 내부의 구성요소들이 결합하는 방식은 문체의 외적 정치학, 즉 다른 담론과 그것 사이의 관계에 의해 결정된다. 담론의 삶은 그 자신의 문맥과 다른 문맥 사이의 경계선 위에 놓여 있는 셈이다.

11) 아이헨바움의 『레프 똘스또이』의 제 1 권(Leningrad, 1928)에는 이와 관련된 많은 자료가 있다. 가령 '가정적 행복'이라는 표현이 갖는 시사적 의미에 대한 그의 분석은 주목할 만한다.

모든 실제 대화 속의 발언 또한 그러한 이중적 삶을 산다. 그것은(화자) 자신의 발언과 (상대방의) 다른 발언으로 이루어진 전체로서의 대화가 이룩하는 맥락 속에서 구조화되고 개념화된다. 자신의 말과 타인의 말이 결합하여 이루어진 이 문맥으로부터 어떤 말을 그 의미와 톤을 희생시키지 않은 채 분리하는 것은 불가능하다. 그것은 다양한 언어로 이룩된 통일체의 유기적 일부이다.

앞서 이야기했듯이 내적 대화화는 다소의 정도 차는 있을지라도 언어적 삶의 모든 영역에서 나타나는 현상이다. 그러나 비예술적 산문(일상적·수사적·학문적 산문 등)에서의 대화화가 보통 특별한 유형의 독자적 행위의 자격으로 일상적 대화 속에 자리잡거나 아니면 타인의 담론과 뒤섞이고 논쟁함을 목적으로 하는 문법적 형식 속에 표현되는 반면, 예술적 산문, 특히 소설 속의 대화화는 언어가 그 대상과 표현수단을 개념화하는 바로 그 과정 내부로부터 담론의 의미와 구문구조를 재구성하면서 침투해 들어간다. 여기서 대화적 상호지향성은 담론에 내부로부터 생기를 불어넣어주면서 담론을 그 모든 측면으로부터 극화(劇化)하는, 말하자면 담론 그 자체를 형성하는 하나의 사건인 것이다.

앞서도 언급했듯이 대부분의 (협의의) 시적 장르의 경우 담론의 내적 대화화가 예술적 도구로 채택되는 일은 일어나지 않는다. 그것은 작품의 '미적 대상' 속에 침투하지 못한 채 인위적으로 겉돌다 '시적' 담론 속에 소멸되고 만다. 반면 소설 속에서는 이 내적 대화화가 산문적 문체의 가장 근본적인 측면 중의 하나가 되고 특수한 예술적 세련을 거치게 된다.

그러나 내적 대화화가 그처럼 형식창조의 결정적 힘이 되는 것은 오로지 개별적 차이와 모순들이 사회적 의미를 지닌 언어적 다양성의 표현일 때, 즉 대화화의 반향이 (수사적 장르에서처럼) 담론의 의미론적 지평에서 울리는 데 머물지 않고, 그 심층을 뚫고 들어가 언어 그 자체와 그것이 지니는 (담론내적 형식으로서의) 세계관을 대화화할 때, 다시 말해 개개의 음성들간의 대화가 '언어들'간의 사회적 대화로부터 직접 비롯된 것일 때, 이질적 발언이 사회적 의미를 지닌 이질적 언어로 들리기 시작할 때, 그리하여 하나의 '말'이 이질적 발언들 속에서 취하는 방향이 동일한 민족언어의 테두리 내부의 다양한 이질적 사회언어들 속에서의 지향성으로 전화할 때뿐이다.

시적 장르와 언어의 단일성

협의의 시적 장르의 경우에는 언어 고유의 대화성이 예술적으로 활용되는 일이 일어나지 않는다. 말이란 자족적인 것이고 따라서 자신의 경계 너머에 다른 발언들이 있음을 전제할 필요를 느끼지 않는다. 시적 문체는 관습적으로 다른 담론과의 여하한 상호작용이나 그에 관한 암시조차 거부하는 것으로서 존재해왔다.

다른 언어들, 다른 어휘나 다른 의미형식 내지 구문형식 따위의 가능성, 다른 언어적 관점의 가능성을 암시하는 어떠한 방식도 시적 문체에는 똑같이 낯설다. 그 결과 자기 언어의 제한성, 역사성 및 사회적 규정성과 특수성에 관한 어떠한 감각도 시적 문체에는 낯설게 되고, 따라서 다양한 언어로 구성되는 세계 속의 잡다한 언어 중 하나에 불과한 것으로 자기 언어를 보는 비판적 관점도(어떤 '언어'에 대해 자기 언어가 갖는 위치가 부분적일 수밖에 없다는 사실에 대한 인식이 그러하듯) 시적 문체에는 낯선 것이 되어버린다.

물론 자기 언어에 대한 이같은 관계는 살아있는 다양한 언어들에 둘러싸여 있는 인간인 역사 속의 시인에게 결코 낯선 것일 수는 없었다. 하지만 이러한 관계가 작품의 **시적 문체** 속에 자리를 잡게 되면, 그것은 어김없이 그 문체를 파괴시키며 작품을 산문으로 조(調)바꿈하고 그 과정에서 시인을 산문작가로 만들어버린다.

시적 장르의 경우 작가가 의미와 표현의 차원에서 의도하는 모든 것의 통합체인 예술적 의식은 자기 언어의 테두리 안에서 충분히 구현된다. 시적 장르의 예술의식은 자신의 언어 안에 속속들이 침투해 있으며, 그 속에서 직접적이고 자발적으로 조건이나 매개 없이 스스로를 표현한다. 시인의 언어는 **자신의** 언어이다. 그는 전적으로 자신의 언어에 침윤되어 있고 그것과 뗄 수 없는 관계에 있으며, 모든 형식, 모든 어휘, 모든 표현을 그것의 직접적인('인용부호가 불필요한') 의미부과 능력에 따라, 즉 자기 의도의 순수한 직접적 표현으로서만 사용한다. 창작과정 중의 시인이 어떠한 '언어적 고통'을 겪었다 해도, 완성된 작품 속의 언어는 전적으로 작가의 의도만을 구현하는 순종적 기관에 불과하다.

시적 작품 속의 언어는 의심의 여지나 반박의 가능성이 없이 모든 것을 포괄하는 어떤 것으로 구체화된다. 시인은 모든 것을 주어진 언어의 눈을 통해 보고 이해하고 사고하며, 그는 표현을 위해 어떤 다른 언어의 도움도 필요로 하지 않는다. 시적 장르의 언어는 그 외부에서는 다른 아무것도 존재하지 않고 필요하지도 않은 프톨레마이오스(Ptolemaios: 121～151 이집트의 지리학자·천문학자·수학자. 천동설을 확립시켰다—역주)적 일원론의 세계이다. 개념화하고 표현하는 능력이 동등한 여러 언어들의 세계라는 개념은 시적 문체와는 근본적으로 무관한 것이다.

시의 세계는 시인이 그 세계의 내부에서 아무리 많은 모순과 갈등을 전개시켜 보인다 해도 항상 단 하나의 절대적 담론의 조명을 받도록 되어 있다. 모순과 갈등과 회의는 대상 속에, 관념 속에, 그리고 체험 속에, 요컨대 소재 속에 머물러 있을 뿐, 언어 그 자체 안으로 들어가지는 못한다. 시 속에서는 회의(懷疑)에 관한 담론조차 회의가 불가능한 담론으로 주조된다.

전체로서의 작품의 어떤 부분의 언어에 대해서도 **자신의** 언어임을 주장하고 작품이 지니는 어떤 측면이나 톤, 뉘앙스에 대해서도 자신의 것으로 책임지는 것이 시적 문체의 근본적 전제조건이다. 그러한 문체야말로 일원론적 언어 및 일원론적 언어의식에 적합한 것이다. 시인은 자신의 시적 의식과 의도를 그가 사용하는 언어에 대립시킬 수가 없는데, 그것은 그가 전적으로 자기 언어의 내부에 갇혀서 그것을 지각, 고찰 혹은 논의의 대상으로 보지 못하기 때문이다. 시인에게 언어는 오직 내부로부터만, 즉 언어가 자신의 의도를 실현시키고자 다듬어낸 작품 속에서만 주어질 뿐, 그 언어의 객관적 특수성과 제한성 속에서 외부로부터 주어지지는 못한다. 시적 문체의 테두리 안에서는 직접적이고 무조건적인 언어의 의도와 그 언어의 (사회·역사적으로 규정받는 언어현실로서의) 객관적 제시가 양립하는 것은 불가능하다. 언어의 통일성과 단일성은 직접적인 (그러나 객관적으로 전형화되지는 못한) 시적 문체의 의도상의 개별성과 그 독백적 견고성의 실현을 위해 필수불가결한 전제조건이다.

이것은 물론 언어적 다양성이나 혹은 심지어 외국어조차도 시적 작품에서 전적으로 배제된다는 의미는 아니지만 그러한 가능성이 제한되어 있음에는 틀림이 없다. 어느 정도의 폭을 가진 언어적 다양성은 '저급한' 시적 장르, 즉 풍자나 희극류의 장르에만 존재하기 때문이다. 그러나 그럼에도 불구하고 언어적 다양성 즉 다른 사회·이념적 언어들이 순수하게 시적인 장르들 속에 도입되는 경우가 있는데, 이 경우 그것들은 인물들이 하는 말 속에 도입되는 것이 보통이다. 그러나 이러한 문맥 속에 처한 언어적 다양성과 관련해 흥미로운 점은 그것이 어김없이 대상의 수준에 머물고 만다는 사실이다. 그것은 본질적으로 **대상**으로서 나타나며, 작품의 진정한 언어와 **동일한** 평면에 놓여 있지 않다. 그것은 여러 인물들 중 한 인물의 묘사된 몸짓으로 나타날 뿐 묘사하는 언어의 한 측면으로 나타나지는 않는다. 여기서 언어적 다양성을 구성하는 요소들은 고유의 특정한 관점을 수반하고 있는 다른 언어, 따라서 우리가 자신의 언어로는 표현할 수 없었던 것을 표현하게 해주는 언어라기보다는 오히려 묘사된 대상의 한 속성에 지나지 않는다. 시인은 다른 것들을 말할 때조차 자기 자신의 언어로 말한다. 그는 다른 세계를 조명하기 위해서도 다른 언어에 의존하지 않는다. 이는 그 다른 언어가 그 세계에 더 걸맞다 해도 마찬가지이다. 반면에——앞으로 더 살펴보겠지만——산문작가는 자기 자신의 세계조차 다른 언어, 예컨대 이야기꾼이나 특수한 사회·이념적 집단의 대표자가 사용하는 비문학적 언어로 이야기하려 한다. 자기 자신의 세계를 다른 언어로 측정해보는 것이다.

앞에서 언급했던 전제조건들로 인해 시적 장르들의 언어는 그 문체적 극단에 접근해갈 경우[12] 종종 문학외적인 사회적 방언들의 영향으로부터 스스로를 고립시킴으로써 권위주의적이고 독단적이며 보수적인 언어가

12) 이 글에서 시적 장르의 전형으로 그것이 지향하는 극단을 제시하고 있다는 사실은 새삼 언급할 필요도 없다. 구체적인 시 작품들 속에서는 산문의 근본적 특징들이 발견되기도 하고 다양한 장르 유형의 여러가지 혼합형식들이 존재하기도 한다. 이런 예는 특히 문학적인 시어의 전환기에 광범위하게 발견된다.

된다. 그리하여 특별한 '시어'라든가 '신들의 언어' 혹은 '신성한 시어' 따위와 같은 관념들이 시의 토양에서 번성할 수 있었다. 여기서 시인이 주어진 문예언어를 받아들이지 않을 경우, 그는 손쉽게 이용할 수 있는 실제 사회적 방언들을 활용하는 것이 아니라 시만을 위한 새로운 언어를 인위적으로 창조한다는 사실을 주목할 필요가 있다. 사회적 언어들은 특수하고 전형적인, 즉 사회적으로 위치지어지고 한정된 사물들로 채워져 있지만, 인위적으로 창조된 시어는 의도를 직접적으로 표현하는 단일한 일원론적 언어이다. 그리하여 20세기초 러시아의 산문작가들이 방언과 스까즈에 깊은 관심을 보이기 시작했을 때, 상징주의자들(발리몬뜨(Konstantin Bal'mont, 1867~1943), 이바노프(Vyacheslav Ivanov, 1866~1949)과 이후의 미래파시인들은 특별한 '시의 언어'를 창조할 것을 꿈꾸었고, 심지어는 그것을 위한 실험(예컨대 흘레브니꼬프(Viktor Khlebnikov: 1885~1922, 형식주의자들에게 영향을 미친 '지성 이전의 언어'의 주창자. 러시아 미래파 최초의 시인으로 일컬어진다—역주)의 실험)을 시도하기조차 했던 것이다.

단일하고 일원론적인 특별한 시어라는 관념은 시적 담론 특유의 전형적인 유토피아적 철학소(哲學素)이다. 그것은 시적 문체의 실제적 조건과 요구에 기초하고 있다. 시적 문체란 다른 언어들(일상회화, 사업, 산문의 언어들)을 자신과 동등하지 못한 대상으로 파악하면서[13] 자신의 의도를 직접적으로 표출하는 단일한 언어에 의해서만 제 기능을 발휘할 수 있는 문체이기 때문이다. '시어'라는 관념은 언어와 문체의 세계에 대한 저 프톨레마이오스적 개념의 또다른 표현에 불과하다.

일반언어의 분화와 그 의도의 측면

언어는 언어예술가의 의식에 생명을 공급하는 살아있는 구체적 환경과 마찬가지로 결코 단일하지가 않다. 언어가 단일한 경우란 언어가 자기 자신을 채우고 있는 구체적인 이념적 개념화의 산물들과 분리된 채, 그리고 모든 살아있는 언어의 특징인 역사적 진화의 중단없는 과정과

13) 이러한 것이 중세의 라틴어가 다양한 민족어에 대해 취했던 관점이다.

분리된 채 규범적 형식들의 추상적인 문법체계로서 존재할 때뿐이다. 구체적인 사회생활과 역사적 진화과정이 추상적으로는 단일하게 보이는 민족언어 내부에 수많은 구체적 세계들과 수많은 (한정된) 언어이념적·사회적 신념체계들을 만들어 넣는다. 그리고 (추상적으로는 동일한) 이 다양한 체계들 속에 다양한 의미론적·가치론적 내용으로 채워지고 다양한 울림을 지닌 언어의 요소들이 소속하는 것이다.

문예언어(구어든 문어든)는 비록 그것이 추상적인 공통의 언어학적 표지들뿐 아니라, 그 추상적 표지들의 개념화에 사용되는 형식들조차도 통일적인 것임에도 불구하고 그것의 표현체계로서의 측면, 즉 의미전달의 형식이라는 관점에서 보면 분화되어 있고 다양하다.

이러한 분화는 무엇보다도 **장르**라고 불리는 특수한 조직체들에 의해 이루어진다. 언어의 몇몇 부분들, 그 어휘·의미·구문상의 부분들이 '의도'와, 즉 이런저런 장르들——웅변적·정치평론적·저널리즘적 장르들이라든가 저급문학의 여러 장르들(값싼 선정소설 따위), 혹은 고급문학의 다양한 장르들이 이에 포함될 것이다——에 내재하는 포괄적인 강조체계와 긴밀하게 결합된다. 언어의 특정 부분들이 주어진 장르 특유의 맛을 갖는다. 그 장르 특유의 관점, 접근방식, 사고형태 및 뉘앙스, 액센트들과 밀접하게 엮어지는 것이다.

나아가 이러한 장르적 언어분화에 **전문직업**에 따른 언어분화가 뒤섞인다. 법률가·의사·사업가·정치가·교육자 등의 언어가 이에 포함되며, 이것들은 장르적 언어들과 때로는 일치하고 때로는 구별된다. 이런 언어들이 단순히 어휘에 있어서만 구별되는 것이 아니라 의도를 표현하는 형식, 즉 개념화와 평가에 있어 구체화를 이룩하는 독자적인 형식을 가지고 있다는 점은 새삼 언급할 필요도 없겠다. 또한 작가(시인이든 소설가든)의 언어조차 여러 전문언어들 중 하나로 취급될 여지가 있다.

여기서 우리에게 중요한 것은 의도의 차원, 즉 '일반'언어의 분화에 있어 지시와 표현의 차원이다. 따지고보면 언어 속의 중립적인 언어학적 요소들이 분화되고 구별되는 것이라기보다는 그것의 의도표현상의 다양한 가능성이 실현되는 것이기 때문이다. 이러한 가능성이 특수한 방향 속에서 특수한 내용으로 채워져 실현되는 것이고, 구체성을 띤 채 구체적 가치판단의 침투를 받는 것이며, 특정 대상과 결합하여 특정 장르 고유의 신념체계나 특정 직업 고유의 관점을 갖게 되는 것이다. 이런 관점의 내부에서, 즉 그 언어의 화자 자신에게는 이같은 장르적 언어와 전문적 언어는 의도를 직접 표현하는 것이 된다. (그것들은 직접, 충분히 지시·표현하며 매개 없이 스스로를 표현할 수 있다.) 그러나 그것의 외부에서, 즉 그러한 관점에 동참하지 않는 사람에게는 이러한 장르적 언어와 전문적 언어는 하나의 대상이나 전형, 색다른 관점으로 취급될 수도 있다. 그러한 방관자에게는 이와같은 언어에 스며 있는 의도는 제한된 의미와 표현을 지닌 객체일 따름이다. 그러한 의도는 이런 언어에 특정한 단어를 흡인하거나 혹은 그것으로부터 특정한 단어를 분리함으로써, 그 단어로 하여금 아무런 제한이 없는 상태의 직접적인 의도를 표현할 수 없도록 만든다.

그러나 일반 문예언어의 분화에 있어 장르적·전문적 분화가 전부는 아니다. 문예언어가 비록 지배적인 사회집단이 말하고 쓰는 언어로서 본질적인 사회적 동질성을 지니는 것이 일반적인 현상이라고는 하지만, 그럼에도 불구하고 여기에조차 일정한 정도의 사회적 분화——다른 시대라면 극도로 날카로운 차이로 전화할 수도 있는 분화——가 항상 존재하고 있다. 이러한 사회적 분화는 여기저기서 장르적 혹은 전문적 분화와 일치할 수도 있다. 그러나 본질에 있어서는 물론 이 역시 전적으로 자율적이고 독자적인 분화이다.

사회적 분화 또한 의미전달에 사용되는 형식들이나 다양한 신념체계의 표현평면들 사이의 차이에 의해 우선적으로 표현된다. 다시 말하면 이 경우 역시 분화는 대개 언어의 구성요소를 개념화하고 강조하는 데 사용하는 방식상의 차이로 나타날 뿐, 문예언어 일반이 지니게 마련인 추상적인 방언양식상의 통일성을 깨뜨리지는 않는다.

더우기 사회적 의미를 지니는 세계관들은 모두 언어의 의도표현상의 가능성을 구체적인 예증이라는 매개를 통해 활용할 능력을 갖고 있다. 다양한 유파(예술, 비예술을 막론하고)나 소그룹들, 잡지나 특정 신문들, 심지어는 특정한 주요 예술작품들이나 개인들까지도 모두 그 나름의 사회적 의의에 따라 언어를 분화시킬 수 있다. 그들 자신의 특징적 의도와 강조체계를 통해 언어와 형식을 자신들의 궤도 속으로 끌어들이며, 그렇게 함으로써 그것들을 여타 유파나 당파, 예술작품이나 개인들로부터 어느 정도 소외시킬 수 있는 것이다.

사회적 의미를 지니는 모든 언어행위는 자신의 의미표현상의 충동에 의해 영향을 받는 언어상의 특정 측면에 특수한 의미의 뉘앙스와 가치의 톤을 부과함으로써 자기 자신의 의도를 부여할 능력을 소유하고 있으며, 이러한 능력은 때로 오랜 기간 동안 지속되기도 하고 넓은 범위의 사람들을 대상으로 하기도 한다. 그것이 슬로건의 말, 저주의 말, 칭찬의 말 따위를 만들어낼 수 있는 것도 그 때문이다.

언어·이념적 삶의 특정한 역사적 순간에 각 사회계층 내의 각 세대는 각기 고유의 언어를 갖게 마련이며, 나아가 사실상 모든 연령집단이 그 나름의 언어와 어휘 및 강조체계를 갖는바, 이는 사회적 계층이나 교육기구(사관생도와 고등학생, 실업계학생의 언어는 모두 다르다), 그 밖의 다른 문화요인들과 관련해 다양하게 나타난다. 이 모든 언어는 그것들을 사용하는 사회집단의 규모가 아무리 작다 해도 모두 사회적 전형성을 지닌 언어이다. 심지어는 한 가족 내에서 통용되는 언어, 예컨대 똘스또이의 작품 속에 등장하는, 고유의 어휘와 강조체계를 가진 이르쩨네프(Irténiev)가족(똘스또이의 자전 삼부작『유년·소년·청년시절』에 나오는 주인공의 집안—역주)의 언어도 일종의 사회적 언어이다.

끝으로, 특정한 한 순간의 언어란 다양한 시기의 사회적 이념을 표현하는 언어들의 공존체이다. 심지어 매일 매일 그날 특유의 언어가 존재한다. 오늘과 어제는 어떤 의미에서는 사회적 이념상으로나 정치적으로 동일한 언어를 공유하고 있지 못하다. 하루하루가 서로 다른 사회적 이념을 표현하는 의미론적 '상황'과 어휘, 강조체계, 독자적 슬로건 및 비난과 칭찬의 방식을 갖고 있다. 시는 언어 속의 이같은 매일매일의 개성을 제거하지만, 산문은——앞으로 살펴보게 되겠지만——그 차이를 의도적으로 강조하고 구체화시키며 화해하기 어려운 대화 속에 대립시키는 일이 더 많다.

이렇듯 역사의 특정 시점의 언어는 철두철미하게 다의적(多意的)이다. 그것은 현재와 과거, 과거의 서로 다른 시기, 현재의 서로 다른 사회·이념적 집단, 기타 여러 유파나 학파, 소그룹들 사이의 사회·이념적 모순의 구체적 공존을 표현하고 있다. 그러한 개별언어들은 다양한 방식으로 서로 교류함으로써 사회적 전형성을 띤 새로운 개별언어들을 형성시킨다.

이러한 다양한 개별언어들은 모두 다른 개별언어들과는 구별되는 방법론을 요구한다. 각각의 언어들은 전적으로 독자적인 선택과 구성의 원칙에 기초하고 있다. (이 원칙은 어떤 경우에는 기능상의 것이고, 다른 경우에는 주제와 내용에 따른 것이며, 또다른 경우 그것은 엄밀한 사회방언학적 원칙에 기초한다.) 따라서 개별언어들은 서로를 배척하는 것이 아니라 오히려 다양한 방법으로 상호교류한다. (우끄라이나 언어와 서사시의 언어, 초기 상징주의의 언어와 학생의 언어, 특정 세대에 속하는 어린이들의 언어, 평범한 지식인의 언어, 니체식의 언어 등등의 관계를 생각해보라.) 이 과정 속에서 심지어 '언어'라는 단어 자체의 의미가 상실되는 것처럼 보이기도 한다. 얼핏 보아 이 모든 '언어들'의 병치가 가능한 단 하나의 평면이란 존재할 수 없는 것처럼 보이기 때문이다.

그러나 실제로는 물론 그것들의 병치를 방법론상으로 정당화해주는 공통의 평면이 존재하고 있다. 언어적 다양성을 구성하고 있는 모든 언어들은 그것들을 구별하게 해주는 저변의 원칙이 무엇이든 세계를 바라보고 개념화하는 관점, 각각 자기 나름의 대상과 의미와 가치로 특징지어지는 특수한 세계관들이라는 점에서 동일한 것이기 때문이다. 그렇기 때문에 그것들은 공존할 수도 상호 보완하거나 혹은 대립할 수도 있으며, 대화적 상호관련을 맺을 수도 있다. 또한 그렇기 때문에 그것들은 실제 인간들의 의식, 특히나 소설을 쓰는 작가들의 창조적 의식 속에서 만나고 공존한다. 그렇기 때문에 이러한 언어들이 생명을 갖고 사회적인 언어적 다양성의 환경 속에서 투쟁, 진화하는 일이 가능하다. 그리하여 그들 모두가 (영국의 희극소설의 예에서처럼) 다양한 장르에 속한 언어들의 패러디적 양식화라든가, 직업적·시대적 언어들과 세대별 언어, 사회적 방언들 등을 양식화하고 예시하는 다양한 형식들을 자신의 내부에서 결합시키는 소설의 단일한 평면 속으로 들어갈 수 있다. 그것들 모두가 소설 주제의 관현악적 편성과 소설가의 의도 및 판단의 굴절된(즉 간접적인) 표현을 위해 도입될 수 있는 것이다.

이것이 우리가 일반 문예언어를 분화시키는 힘으로서 지시·표현적인 요인들, 즉 의도와 관련된 요인들을 지속적으로 거론하는 이유이자, 장르적·전문적 언어 등을 표현해주는 언어학적 표지들 (어휘의 구별이라든가 뉘앙스 따위)——이것들은 의도의 실현과정에서 발생해 굳어진 찌꺼기, 즉 의도의 생생한 실현의 도중(의도가 일반적인 언어학적 규범에 의미를 부여하는 과정중)에 남겨진 흔적에 지나지 않는다——에 별다른 주의를 기울이지 않는 이유이다. 언어학적 관찰과 규정이 가능한 이같은 외적 표지들은 의도가 그들에게 부과하는 구체적 개념화의 과정을 이해하지 않은 채 그것 자체만으로 이해나 연구의 대상이 될 수는 없다.

담론의 생명은 요컨대 담론 그 자체를 넘어선 곳에, 즉 대상을 향한 생생한 충동 속에 있다. 만일 우리가 이 충동에 대해 전적으로 초연한 입장을 취한다면, 우리에게 남겨지는 것은 벌거벗겨진 시체로서의 말일 뿐이며, 그러한 말은 우리에게 자신이 처한 사회적 상황이라든지 자신의 운명 같은 것에 대해 아무것도 알려주지 않는다. **말을 그것 자체만으로 즉 그것 너머에 가닿으려는 충동을 무시한 채 연구하는 것은 심리학적 체험을 그것이 지향하고 또 그것을 결정하는 실제 삶의 맥락과 별개로 연구하는 것과 마찬가지로 무의미한 일이다.**

문예언어의 분화에 있어 의도의 차원을 강조함으로써 우리는 앞서도 이야기했던 것처럼 직업적·사회적 방언과 세계관, 개인의 예술작품 따위와 같이 방법론상으로 이질적인 현상들을 동렬에 놓을 수 있다. 그것들의 의도라는 차원 속에 그것들 모두가 병치될 수 있고 그것도 대화적으로 병치될 수 있는 공통의 평면이 존재하기 때문이다. 중요한 것은 '언어들' 사이에서 고도로 특수한 대화적 관계가 이루어질 수 있으며, 그 생성과정이야 어찌됐든 이 언어들 모두가 특정한 세계관의 표현으로 간주될 수 있다는 점이다. 분화의 작업을 수행하는 사회적 힘들, 즉 직업이나 장르, 특정 유파, 개인의 개성 따위가 아무리 다양하다 해도 분화작업이란 결국 모든 곳에서 특수한(따라서 한정된) 의도와 강조를 다소 지연된 형태로, 또한 사회적(집단적)인 의미를 담아서 언어에 침투시키는 일에 다름아니다. 분화를 위한 이러한 침투가 길면 길수록, 그리고 그것이 포괄하는 사회집단의 규모가 크면 클수록, 그리하여 그러한 언어분화를 가져오는 사회적 세력이 견고하면 견고할수록, 이러한 사회적 세력의 작용의 결과로 언어에 남겨지는 흔적인 언어학적 표지 내지 상징——안정된(따라서 사회적인) 의미상의 뉘앙스에서부터 사회적 방언의 논의를 가능케 하는 순수한 방언학적 표지들(음성학적, 형태론적 표지들 따위)에 이르기까지——에 나타나는 언어학적 변화는 더욱 촛점이 분명해지고 안정된 것이 된다.

분화를 요구하는 이 모든 세력들이 언어 속에서 행하는 작업의 결과 중립적인, 즉 아무에게도 속하지 않는 말이나 형식이란 애초부터 존재하지 않는다. 언어는 역사적으로 줄곧 의도와 강조의 전적인 지배하에 놓여져왔다. 언어를 사용하며 살고 있는 어떤 개인의 의식에 대해서도 언어는 규범적 형식의 추상적 체계가 아니라 오히려 다양한 구체적 세계관이다. 모든 말은 하나의 직업, 하나의 장르, 하나의 유파, 하나의 당파, 어떤 특정 작품, 특정 개인, 특정 세대, 특정 연령집단, 특정한 날과 시간의 '맛'을 지닌다. 각각의 어휘는 그것으로 하여금 사회적인 의미로 채워진 삶을 살도록 해온 여러 맥락의 맛을 지닌다. 모든 어휘와 형식이 의도들로 채워진다. 언어가 문맥상의 함축, 장르적·유파적·개인적 함축을 갖는 것은 불가피한 일이다.

사회·이념적 구체성을 지닌 살아있는 사물로서의 언어, 즉 다양한 견해로서의 언어는 개인의식의 편에서 보자면 자기 자신과 타인 사이의 경계선상에 놓여 있다. 언어 속의 말은 절반은 남의 것이다. 말은 화자가 자기 자신의 의도와 강조로 그것을 채웠을 때, 즉 자기 자신의 의미, 표현상의 의도에 맞게 그것을 차용했을 때에만 '자기 자신의 것'이 된다. 이러한 차용의 순간 이전에 말이 존재하는 곳은 중립적이고 몰개성적인 언어 속이 아니다.(화자가 자신의 말을 찾는 곳이 결국 사전은 아닌 것이다!) 말은 오히려 타인들의 입, 그들의 문맥 속에 존재하면서 그들의 의도에 봉사하고 있다. 우리가 말을 취하고 우리 것으로 만드는 것은 바로 그곳에서이다. 그리고 이러한 차용, 즉 탈취에 의한 사유재산으로의 변용에 모든 언어가 다 응하는 것도 아니요, 누구에게나 똑같이 쉽게 응해주는 것도 아니다. 많은 말들이 완강하게 저항하며, 어떤 것은 그같은 차용에 일단 응한 후에도 끝내 타인의 것으로 남아서 화자의 입 속에서 이질적으로 겉돈다. 그의 문맥 속에 동화되지 못한 채 그것으로부터 떨어져 나오는 것이다. 이것은 마치 말이 화자의 의지에 대항하여 인용부호 속으로 들어가버리는 형국이다. 언어란 화자의 의도를 실현하는 사유재산으로 자유롭고 쉽게 전환되는 중립적 매체가 아니다. 그것은 타인들의 의도로 (그것도 과도하게) 채워져 있다. 그것을 전유하는 일, 즉 자신의 의도와 강조에 순응시키는 일은 어렵고도 복잡한 과정을 요한다.

우리는 이제까지 문예언어의 추상적·언어학적(방언학적) 통일성이라는 가정에 입각하여 논의를 전개해왔다. 그러나 심지어 문예언어조차도 완결된 하나의 방언으로 존재하는 것은 아니다. 문예언어의 영역 내에 이미 일상회화의 언어와 문어 사이에 어느 정도 분명한 경계가 존재한다. 장르들 사이의 차이는 종종 방언학적 차이와 일치하며(예컨대 18세기에 고급장르는 교회슬라브어와, 저급장르는 구어와 일치했었다), 몇몇 방언들은 문학작품 속에 등장하여 합법적 지위를 획득함으로써 문예언어 속에 어느 정도 수용되기도 했다.

이 경우 방언들이 문학작품 속에 수용되고 문예언어의 일부가 됨에 따라, 이러한 새로운 맥락 속에 옮겨진 방언들은 자체완결적인 사회·언어학적 체계로서의 성질을 상실하게 된다. 그것들은 변형을 겪게 되며, 그들이 단순한 하나의 방언으로 존재하던 시절과는 사실상 다른 존재로 된다. 뿐만 아니라 이러한 방언들은 문예언어 속으로 들어가기는 가되 그 속에서 그들 고유의 방언학적 유연성 내지 다른 언어로서의 성격을 유지함으로써 원래의 문예언어를 변화시키는 효과도 갖는다. 그리하여 문예언어 또한 자체완결적인 사회·언어학적 체계로서의 이전의 모습을 더이상 갖지 않게 된다. 문예언어는 그것을 사용하는 교육받은 사람의 언어의식과 마찬가지로 매우 독특한 현상이다. 자체완결적인 체계로 존재하는 모든 살아있는 방언 속에 들어 있는 담론의 의도상의 다양성은 문예언어의 내부에서 언어의 다양성으로 전화하며, 그 결과는 단일한 언어가 아닌 언어들 간의 대화이다.

잘 발달된 산문예술을 가진 민족의 문예언어의 경우에, 특히 그 산문이 풍부하고 긴장 넘치는 언어·이념적 역사를 이룩해온 소설적 산문인 경우라면, 그것은 사실상 그 민족 내부의 다양한 언어뿐 아니라 전유럽의 다양한 언어를 망라하는 대우주를 유기적으로 반영하는 소우주이다. 어떤 하나의 문예언어가 지니는 통일성이란 단일한 자체완결적 언어체계의 통일성이 아니라, 서로 접촉하고 상대방을 인식해온 여러 언어들——좁은 의미의 시어는 그 중의 하나일 따름이다——사이에 이룩되는 매우 특수한 종류의 통일성이다. 바로 이 점이 문예언어를 취급함에 있어 그 방법론적 특이성을 구성하는 요인이기도 하다.

시와 예술적 산문에 있어서 언어적 다양성

구체적인 사회·이념적 언어의식은 그것이 창조적으로 됨에 따라, 즉 문학적으로 활성화됨에 따라 자기 자신이 애초부터 언어적 다양성에 의해 포위되어 있는 것이지 결코 (침해할 수도 논의할 수도 없는) 단 하나의 언어가 아님을 알게 된다. 문학적으로 활성화된 언어의식은 언제 어디서나 (즉 역사적으로 우리에게 알려진 모든 시대의 문학에서) **언어들**을 만나는 것이지 **언어**를 만나는 것은 아니다. 따라서 의식은 자기 자신이 그 중 **단 하나의 언어를 선택해야만 한다**는 사실을 알게 된다. 의식은 문학언어적 작업을 수행할 때마다 언어적 다양성의 한가운데에서 능동적으로 자신의 방향을 찾고 자리를 잡아야 한다. 다른 말로 하면 하나의 **언어**를 선택하는 것이다. 오직 사회·이념적 역사발전의 현장에서 전적으로 동떨어진 채, 글을 쓰지도 사유하지도 않는 폐쇄된 환경에 남아 있을 경우에만 우리는 이같은 언어선택 활동을 인식하지 못하고 자기 자신의 언어가 절대적이며 미리부터 주어진 것이라는 믿음을 견지할 수 있다.

그러나 이런 경우에도 실은 하나의 언어가 아닌 언어들을 다루는 것이다. 다만 각각의 언어들이 차지하고 있는 위치가 고정불변의 것이고 한 언어에서 다른 언어로의 이동이 사유를 거치지 않은 채 미리 정해진

대로 이루어지는 것일 따름이다. 이것은 마치 여러 개의 언어들이 따로 따로 자기 방을 차지하고 있는 것과도 같은 상황이다. 그의 의식 속에서 그것들이 충돌하는 일도 없고 그것들을 상호관련시켜 그 중 한 언어를 다른 언어의 눈으로 바라보려는 시도도 없다.

그리하여 변화도 없고 스스로 변화시킬 수도 없는 일상적 세계 속에 젖은 채 도시로부터 아주 멀리 떨어져 순진하게 살고 있는 무식한 농부조차도 여러 개의 언어체계 속에 살고 있다. 그는 하나의 언어(교회슬라브어)로 예배를 보고, 다른 언어로 노래를 하며, 또다른 언어로 그의 가족과 이야기하고, 지방관청에 보낼 청원서를 위해 구술을 할 때는 또다른 언어(공식적이고 정확한 '문서식' 언어)를 사용한다. 이 모든 언어들은 추상적인 사회·방언학적 표지의 관점에서 보더라도 **다른 언어들**이다. 그러나 이 언어들은 그 농부의 언어의식 속에서 대화적으로 협력하고 있지는 않다. 그는 아무런 생각 없이 자동적으로 한 언어로부터 다른 언어로 넘어간다. 각각의 언어는 자기 자리를 가지고 있고 그 자리는 논박의 여지 없이 명백하다. 아직까지 그는 한 언어(및 그에 상응하는 언어세계)를 다른 언어의 눈을 통해 (예컨대 일상생활과 세계의 언어를 기도의 언어나 노래의 언어를 통해 혹은 그 역으로) 바라볼 줄을 모르는 것이다.[14)]

이 농부의 의식 속에서 언어들 사이의 비평적 상호조명이 시작되자마자, 즉 이런 언어들이 상호구별되는 다양한 언어들일 뿐 아니라 내적으로도 다양한 언어들임이 분명해지자마자, 그리고 이런 언어들과 불가분으로 연결되어 있는 이념체계나 세계관들이 서로 모순되며 따라서 평화롭고 조용하게 산다는 것이 전적으로 불가능하다는 것이 명백해지자마자, 이런 언어들의 상호불가침성과 선험성은 종말을 고하고 그들 가운데서 능동적으로 자신의 방향을 선택할 필요성이 대두한다.

기도의 언어와 세계, 노래의 언어와 세계, 노동과 일상생활의 언어와 세계, 이제 막 도시로 전입한 노동자들의 새로운 언어와 세계, 이 모든 언어와 세계들이 조만간 평화롭고 무기력한 평형상태를 떨치고 일어나

14) 이것은 물론 지나친 단순화이다. 실생활 속의 농부는 위와같은 일을 어느 정도는 행하고 있는 것으로 보아야 옳을 것이다.

언어적 다양성을 드러내는 것이다.

당연한 이야기이지만 문학적으로 활성화된 언어의식은 문예언어의 외부에서보다도 내부에서 더 다양하고 심도있는 언어적 다양성과 만나게 된다. 어떤 말의 문체를 근본적으로 연구하려 한다면 이같은 기본적인 사실로부터 출발해야 할 것이다. 우리가 거기서 마주치게 되는 언어적 다양성의 성격과 그 속에서 방향을 잡아나가는 방식이 그 말의 구체적인 문체를 결정하기 때문이다.

시인은 언어란 단일한 것이며 개별발언 또한 단일한 독백과도 같이 폐쇄적인 것이라는 관념을 받아들이는 한도 내에서만 시인이다. 이같은 관념은 시인의 작업의 장(場)인 시장르에 내재한다. 이것이 시인이 실재하는 언어적 다양성 속에서 방향을 설정하는 과정을 결정하는 요인이다. 시인은 자신의 언어에 대해 홀로 완벽한 주도권을 가져야 하며, 그 언어가 지닌 모든 측면에 대해 똑같은 책임감을 지니고 그것을 오직 자신의 의도에만 종속시켜야 한다. 모든 말은 시인의 의도를 직접적으로 매개 없이 표현해야 한다. 시인과 그의 말 사이에 거리가 있어서는 안된다. 의미는 단일한 의도를 표현하는 총체로서 떠올라야 한다. 언어의 다양성은 물론이려니와 그것의 어떤 식의 분화 내지 개별발언 차원의 다양성도 작품 속의 본질적인 측면에 반영되어서는 안된다.

이것을 달성하기 위해서 시인은 자신이 사용하는 말로부터 타인들의 의도를 제거해버리며, 구체적인 여러 겹의 의도와의 연계나 특수한 고유문맥과의 관련을 상실한 상태의 말과 형식만을 따다가 그 상태 그대로 사용한다. 어떤 시 작품에 사용된 언어의 배후로부터 그 시에서 활용된 것 이외의 다른 장르라든지 다른 직업, 혹은 다른 유파, 다른 방향, 시인 자신이 선택한 것과는 다른 세계관을 전형적이고 객관적으로 드러내는 형상이나 다양한 화자들의 전형적이고 개성적인 형상들, 그들의 독특한 화법이나 억양 따위가 감지될 것을 기대해서는 안된다. 시 작품 속에 들어가는 것은 어떤 것이든지 레테(Lethe: 그리스 신화에 나오는 망각의 강, 이 강물을 마시면 일체의 과거를 잊는다고 함—역주)에 몸을 담그고 이전에 다른 맥락에서 그것이 지녔던 의미를 잊어버린다. 언어는 시적 맥락 속에서의 의미만을 기억하며, 이런 경우라면 구체적 회상까지도 가능하다.

물론 다소간의 구체적 맥락을 암시하는 제한된 영역은 어떤 말에고 항상 남아 있게 마련이며 따라서 그런 맥락과의 관련은 시적 담론 속에서도 은근하게 감지될 수 있다. 그러나 이러한 맥락이란 순전히 의미론적인 것으로, 그것에 주어지는 강조도 추상적인 수준을 벗어나지 못한다. 그것은 자신의 개성을 언어의 차원으로 표현하지는 못하며, 그것의 배후에서는 개성이 최소한으로 드러내주는 언어적 특징이라 할 만한 것(예컨대 화법)에 있어서의 차이조차 느껴지지 않는다. 화자의 개성과 사회적 전형성이 아울러 나타나는 언어적 표정이 드러나는 일은 없다. 모든 곳에 단 하나의 표정, 즉 모든 말을 자신의 말로 변형시키는 작가의 표정만이 있을 뿐이다. 어떤 시어에서도 떠오르게 마련인 위와같은 의미와 강조상의 갈래나 연상, 암시, 상호관련이 아무리 다양하다 하여도 단 하나의 언어, 단 하나의 개념적 지평이면 그들에게 족하다. 다양한 언어로 표현되는 사회적 맥락은 그들에게는 불필요하다. 더우기 시적 상징의 운동——예컨대 은유의 전개——은 바로 이와같은 언어의 통일성, 즉 언어와 그 대상 간의 직접적인 상응관계를 전제로 한다. 발언의 사회적 다양성은 그것이 작품 표면에 나서서 그 언어를 분화하려 들면 작품의 자연스러운 전개나 그 내부의 상징의 활동 모두를 불가능하게 만든다.

시 장르 고유의 리듬조차 분화의 촉진이라는 면에서는 아무런 실질적 기여도 하지 못한다. 리듬은 효과가 매우 직접적인 리듬 통일체를 활용하여 작품 전체의 강조체계가 지닌 모든 측면 사이의 무매개적 연관을 창조함으로써 어떤 말 속에도 잠재되어 있게 마련인 화자 및 발언의 사회적 성격을 그 맹아로부터 파괴한다. 리듬은 최소한 그것에 명확한 제한을 가함으로써 그것의 전개나 구체화를 막는다. 리듬은 시적 문체의 표면과 이 문체가 제시하는 단일한 언어가 지니고 있는 일원론적이고 폐쇄적인 성격을 강화하고 더욱 집중시키는 일에 봉사하는 것이다.

언어의 모든 측면으로부터 타인의 의도를 제거하고 언어에 내포된 사회적 다양성의 흔적을 모조리 파괴하는 이러한 작업의 결과, 긴장감 넘치는 언어의 통일성이 시 작품 속에 이룩된다. 이같은 통일성은 물론 시가 아직까지 언어와 이념의 분화를 겪은 바 없는 폐쇄적이고 일원론적이며 미분화된 사회의 한계를 넘어서지 못했던 매우 드문 시기에만 순수한 형태로 존재하는 것인지도 모른다. 우리의 경우에는 보통 어떤 작품의 단일한 시어가 동시대의 문예언어의 혼란스러운 사회·언어적 다양성을 뚫고 나오는 데서 비롯되는 엄청난 의식적 긴장을 체험하게 된다.

이것이 시인의 방식이다. 산문으로 작업하는 소설가——그리고 거의 모든 산문작가——는 전적으로 다른 길을 택한다. 그는 문예, 비문예언어의 사회·언어적 다양성을 환영하며, 그것을 약화하기보다는 오히려 강화한다. (그는 그런 언어들의 자의식과 상호작용을 한다.) 소설가는 바로 이런 언어의 분화, 즉 말과 언어의 다양성에 근거하여 자신의 문체를 구성하며, 그러면서도 그는 그 특유의 창조적 개성에서 비롯되는 통일성이나 자신의 문체적 통일성(이는 물론 시와는 다른 차원의 통일성이다)을 유지시킨다.

산문작가는 자신이 사용하는 단어들로부터 자신의 것과 구별되는 의도와 어조를 씻어내버리거나, 그 속에 숨겨져 있는 사회·언어적 다양성의 맹아를 파괴해버리지 않는다. 자기 작품의 궁극적인 의미론적 핵, 즉 자신의 독자적 의도의 중심으로부터 가까이 또는 멀리 떨어진 채 단어들과 형식들의 배후에서 어렴풋이 빛나고 있는 저 언어적 인격과 화법들(잠재적인 화자들)을 제거하지 않는 것이다.

산문작가의 언어는 작가, 즉 작가의 궁극적 의도에 때로는 접근하고 때로는 멀어지면서 펼쳐진다. 언어의 어떤 측면들은 작가의 의미 및 표현상의 의도를 (시에서처럼) 직접 드러내지만, 또다른 측면들은 그것을 굴절시킨다. 그는 자신을 자신이 사용하는 어떠한 말과도 전적으로 동일시하지 않으며, 오히려 그것들 하나 하나에 특정한 방식으로——유머러스하게, 아이러니칼하게, 혹은 패러디적으로 등——강조를 준다.[15] 개중에 어떤 부분은 작가의 궁극적 의도로부터 대단히 멀리 떨어져서 그의 의도를 더욱 철저히 굴절시키기도 한다. 작가의 의도를 전적으로 거부하는

15) 작가가 사용하는 말은 작가의 의도를 직접적으로 표현하지 않는다는 점에서는 작가의 말이라고 볼 수 없지만, 아이러니칼하게 전달·제시된다는, 즉 작가에 의해 유머와 아이러니와 패러디 등에 알맞는 거리만큼 멀어지는 말이라고 이해한다면 그것은 작가의 것이기도 하다.

경우도 있다. 그리하여 작가는 그 속에서(그것의 저자로서) 자신을 표현하는 것이 아니라, 오히려 그것을 독특한 하나의 발언물로서 제시한다. 그 말은 그와는 전적으로 소원한 어떤 것으로 기능하는 것이다. 그러므로 다양한 언어의 층들, 즉 장르나 직업, 신분에 따른 언어들, 세계관이나 사조(思潮), 개성에 따른 언어들, 그리고 사회적 의미의 방언들이 소설 속에 들어옴과 더불어 그것들은 소설의 내부에 자신들 고유의 특별한 질서를 수립하고 독특한 예술적 체계를 성립시키는데, 바로 이러한 체계가 작가가 의도한 주제를 교향시키는 것이다.

산문작가는 이렇게 자기 작품의 언어로부터 거리를 두며, 그 여러 층과 측면들로부터 다양하게 거리를 둔다. 그는 언어를 사용함에 있어 그 언어에 전적으로 자신을 내맡기지 않으며, 그것이 자기 자신에게 반쯤 혹은 전적으로 이질적인 것인 양 취급하면서도 궁극적으로는 그것을 자신의 의도에 합치시킨다. 그는 (그가 다소간 거리를 두는) 주어진 언어로 말하는 것이 아니라, 그의 입을 통과하는 객체로서의 언어를 통해서 말한다.

소설가로서의 산문작가는 자기 작품 속의 다의적(多意的) 언어로부터 타인의 의도를 제거하지 않으며, 그 언어의 배후에 펼쳐져 있는 저 크고 작은 사회·이념적 문화의 지평을 파괴하지 않는다. 오히려 그것을 기꺼이 자기 작품 속에 받아들인다. 산문의 작가는 이미 타인의 사회적 의도들로 채워져 있는 말들을 활용하고, 그것들을 자신의 새로운 의도에, 제 2 의 주인에 봉사하도록 요구한다. 따라서 산문작가의 의도는 굴절을 통해 표현되며, 그 굴절의 각도는 그가 다루는 굴절되고 다의적인 언어가 사회·이념적으로 낯선 정도, 객체화된 정도에 따라 달라진다.

타인의 발언과 언어 속에서 담론이 지향하는 방향과 이러한 지향에 연관된 특수한 현상들은 소설의 문체와 관련하여 미학적 의미를 지닌다. 음성과 언어의 다양성이 소설 속에 들어가서 그 안에서 스스로를 구조화된 예술적 체계로 조직화해낸다. 이 점이 장르로서의 소설이 지니는 변별적 특징을 구성한다.

장르로서의 소설이 지니는 독특함을 다루는 어떠한 문체론도 사회학적 문체론이어야 한다. 소설적 담론에 내재하는 사회적 대화성은 그 담론의 구체적인 사회적 맥락이 그 담론의 전체 문체구조, 즉 그 '형식'과 '내용'을 결정하는, 그것도 밖에서부터가 아니라 안으로부터 결정하는 힘으로서 노출되고 드러나기를 요구한다. 그 까닭은 실상 사회적 대화가 담론의 모든 측면, 즉 '내용'뿐 아니라 '형식'의 측면 속에서도 공명(共鳴)하기 때문이다.

소설의 발전은 그 대화적 성격의 심화, 즉 그 범위의 확장과 정교화로 이루어진다. 대화에 흡수되지 않은 채 중립적으로 굳건히 남아 있는 요소들('반석 같은 진리')은 점점 줄어든다. 대화는 분자 속으로, 더 나아가서는 원자 속으로까지 침투하게 된다.

물론 시적 언어도 사회적 성격을 지닌다. 그러나 시적 언어형식은 보다 지속적인 사회적 과정들, 즉 사회의 삶 속에서도 그 전개에 수세기를 필요로 하는 경향들을 반영한다. 반면에 소설적 언어는 사회환경의 가장 미세한 변동과 일탈조차 극도로 섬세하게, 그러면서도 총체적이고 다면적으로 기록한다.

언어적 다양성이 소설 속으로 들어가면 그것은 예술적 재구성에 종속된다. 언어(모든 어휘와 모든 형식)를 채우고 있으면서 그것을 구체적이고 특수하게 개념화하는 사회·역사적 음성들은 작가가 자기 시대의 언어적 다양성의 한가운데에서 차지하고 있는 독특한 사회·이념적 위치를 소설 속에 표현해주는 구조화된 문체체계로 조직되는 것이다.

3. 소설 속의 언어적 다양성

희극소설에 있어서 언어적 다양성의 조직화

소설 속에 언어적 다양성을 도입하고 조직하는 데 쓰여지는 문장구성의 형식들은 소설장르의 오랜 역사적 발전경로를 통해 그 장르적 유형에 있어 극도로 이질적이고 다양한 모습으로 나타난다. 각각의 문장구성 형식들은 특정한 문체적 가능성들과 연관되어 있으며, 따라서 그것들은 소설 속에 도입된 다양한 '언어들'의 예술적 취급을 위해 특정한 형식들을 요구한다. 여기서는 대다수의 소설유형에 공통된 가장 기본적인 형식들만을 다루기로 하겠다.

이른바 희극소설은 언어적 다양성을 도입하고 조직하는 형식 중에서도 가장 명료하고 역사적 중요성도 있는 형식을 창출했다. 영국의 필딩, 스몰렛, 스턴, 디킨즈, 색커리(William Makepeace Thackeray: 1811～1863, 19세기 영국의 대표적 대중소설가. 『허영의 시장』 *Vanity Fair*, 1843이 대표작—역주) 등과 독일의 히펠(Theodor von Hippel, 1741～1796) 장 파울(Jean-Paul: 1763～1825, 독일의 풍자소설가. 히펠, 스위프트, 스턴 등의 영향을 받음—역주) 등이 그 고전적인 예이다.

영국의 희극소설 속에서 우리는 당시에 통용되던, 구어와 문어를 막론한 거의 모든 수준의 문예언어가 희극적 패러디에 의해 재구성되어 있음을 발견한다. 방금 이러한 장르유형의 고전적 대표로 언급했던 작가들의 거의 모든 소설들은 모든 종류의 문예언어를 집대성해놓은 백과사전이다. 묘사대상에 따라 이야기는 우선 의회연설의 형식을, 다음에는 법정웅변의 형식을, 혹은 의회 의정서나 법정문서의 특정 형식, 기자가 신문기사를 쓰는 형식이나 도시의 메마른 사업언어, 투기꾼의 거래언어, 학자의 현학적인 언어, 고상한 서사시적 문체, 성서적 문체나 위선적인 도덕적 설교의 어투, 그리고 이야기의 주체인 이런저런 구체적이고 사회적인 규정성을 가진 인물이 말하는 독특한 방식을 패러디해서 재생시킨다.

장르나 직업 따위에 의해 구분되는 다양한 언어에 대한 대체로 패러디적인 이러한 양식화는 때때로 작가의 의미 및 가치상의 의도를 굴절시키지 않고 직접적으로 구현하고 있는 작가의 말——이 경우 대개는 파토스, 혹은 감상적이거나 목가적인 감수성을 표현한다——에 의해 중단되기도 한다. 그러나 희극소설 속의 언어사용에 있어 일차적인 원천은 '일반언어'에 대한 고도로 특수한 취급이다. 대체로 주어진 사회집단에서 말하고 쓰는 언어의 평균적 규범인 이 '일반언어'는 **일반적인 견해,** 즉 주어진 사회영역에서 정상적인 것으로 여겨지는 인간과 사물에 대한 언어적 접근방식, 다시 말하면 **당대에 통용되고 있는 시각과 가치로** 작가에 의해 받아들여진다. 작가는 이 일반언어로부터 다양하게 거리를 두고 물러서서 그것을 객체화함으로써 언어 속에 구현된 이같은 일반적인 견해――항상 피상적이며, 종종 위선적이기까지 한 견해――를 매개로 자신의 의도를 굴절시켜 표현한다.

일반적인 견해로 여겨지는 언어에 대해 작가가 맺는 관계는 정태적이지 않다. 그 관계는 항상 움직임 속에 있으며 때로는 규칙적인 진동을 보이기도 한다. 작가는 '일반언어'의 이런저런 측면을 때로는 강하게 때로는 약하게 과장하며, 때로 '일반언어'가 그 지시대상과 걸맞지 않음을 느닷없이 폭로하는가 하면 때로는 이와 반대로 '일반언어'와 거의 감지할 수 없을 정도의 거리를 유지하면서 하나가 된다. 심지어는 '일반언어'와 작가의 '진실'이 직접 공명하는 경우도 생기는데 이러한 현상은 작가가 자신의 음성과 일반적인 견해를 완전히 융합시킬 때 발생한다. 그리고 이러한 융합의 결과 다른 경우에 패러디적 과장의 대상이나 단순한 객체로 취급되었던 '일반언어'의 여러 측면들이 일정하게 변화한다. 희극적인 문체는 작가가 언어에 대한 자신의 관계에 있어 활기찬 거리조정의 움직임을 보여주기를 요구한다. 작가와 언어 사이의 거리가 끊임없이 변화할 것을 요구하며, 그럼으로써 언어의 이런저런 측면이 경우에 맞게 부각될 것을 요구하는 것이다. 만일 그렇게 되지 않는다면 문체가 단조로와지거나, 혹은 작중화자를 더욱 개성이 뚜렷한 인물로 만들 필요성이 생길 것이며, 어떤 경우든 언어적 다양성을 도입하고 조직할 전적으로 새로운 수단을 요구하게 될 것이다.

희극소설 속에서 우리는 '일반언어', 즉 비개성적인 여론을 배경으로 직접적인 작가의 말――파토스에 차 있거나 교훈적이거나 감상적·비가적이거나, 혹은 목가적인 작가의 말――이 집약된 부분과 더불어, 다양한 장르 및 직업의 언어들에 대한 패러디적 양식화도 추려낼 수 있다. 그러므로 희극소설 속의 직접적인 작가의 말은 시적 장르(목가나 비가 등)의 직접적 양식화나 수사적 장르(파토스를 자아내는 장르나 교훈시 등)의 양식화를 통해 표현된다. 일반언어로부터 다양한 유형의 언어에 대한 패러디로 이동하거나 직접적인 작가의 말로 이동하는 일은 점진적으로도 돌발적으로도 일어날 수 있다. 이같은 것이 바로 희극소설 속에서 언어체계가 움직이는 방식이다.

이제 디킨즈의 소설 『작은 도리트』(*Little Dorrit*)로부터 몇 개의 예를 들어 살펴보기로 하자.

(1) 그 회의는 오후 네다섯시 경에 개최되었는데, 이때 캐번디쉬 스퀘어(Cavendish Square)의 할리(Harley) 가(街) 전지역에서는 마차바퀴 소리와 노크소리가 울려퍼지고 있었다. 이 시각은 머들(Merdle)씨가 **세계적 규모의 상업과, 기술과 자본의 거대한 결합 이 양자의 의미를 올바로 평가할 줄 아는 문명세계의 모든 지역에서 영국의 이름이 더욱더 존경받도록 도모하는 그의 일상업무**를 마치고 집에 돌아온 때였다. 머들씨가 하는 일이 무엇인지에 대해서는 그것이 돈을 벌어들이는 일이라는 것 외에는 그 누구도 정확히 알지 못했지만, 모든 사람들은 공식석상에서 바로 위와같은 말로 머들씨의 사업을 정의했으며, 이 말을 의문없이 받아들이는 것이 낙타와 바늘구멍의 우화에 대한 가장 최신의 품위있는 해석이었다. (제 1 권, 33 장)

위 예문의 고딕체 부분은 (의회나 연회석상에서 행해지는) 격식을 갖춘 연설언어에 대한 패러디적 양식화를 보여준다. 이러한 양식으로의 이동은 문장의 구조——처음부터 다소 의례적인 서사적 어조의 범위를 벗어나지 않고 있는 구조——에 의해 준비되고 있다. 더 나아가면 작가 자신의 언어로(따라서 다른 문체로) 머들의 일이 지니는 격식성의 패러디적인 의미가 밝혀진다. 그러한 성격은 '타인의 언설'로서, 인용부호 속에 넣어 받아들여져야 할 것("모든 사람들은 공식석상에서 바로 위와 같은 말로 머들씨의 사업을 정의했으며")임이 판명되는 것이다.

이렇듯 타인의 말은 작가의 담론, 즉 이야기 속에 **숨겨진 형태**로, 다시 말하면 그런 말에 직접적이든 간접적이든 따르게 마련인 **형식적** 표지없이 도입된다. 그러나 이것은 같은 '언어'로 남이 한 말이라기보다 작가와는 '다른' 언어——위선적인 공식 의례에서 쓰여지는 연설의 장르에 속하는 의고(擬古)적 언어——로 타인이 한 발언이다.

(2) 하루 이틀 만에, 세계적 명성을 가진 저명한 머들씨의 양아들인 에

드먼드 스파클러 나리(Edmund Sparkler, Esquire)가 번문욕례청의 귀족들 중 하나로 임명되었다는 사실이 전(全)도시에 알려졌다. 그리고 이 경탄할 만한 **임명은 위대한 상업국의 항상적 관심사인 상업적 이익에 대해 친절하고 자비로운 데시머스(Decimus)께서 보내주신 친절하고 자비로운 경의의 표시로서 환호로써 받아들여져야 할 것——그외의 말은 트럼펫 취주로 때워졌다**——이라는 포고가 모든 진실한 신자(信者)들에게 선포되었다. 그리하여 정부가 보인 이 존경의 표시 덕분으로 저 **경이로운** 은행과 모든 다른 **경이로운** 사업들이 지속적으로 번창해나갔다. 그리고 많은 사람들이 오로지 이 황금의 경이가 살고 있는 집을 바라보기 위한 목적만으로 캐번디쉬 스퀘어의 할리가를 찾아왔다. (제 2 권, 12 장).

위 인용대목의 고딕체 부분에서는 타인의 언어(공식적이고 의례적인)에 의한 타인의 발언이 간접인용 담론으로서 공개적인 형태로 도입되고 있다. 그러나 이처럼 보다 쉽게 타인의 발언임을 알 수 있고 그런 까닭에 더욱 충분한 굴절을 겪게 되는 형태의 도입은, 곳곳에 숨겨진 채 그것을 둘러싸고 그것의 도입을 위해 길을 터주는 타인의 발언(이것 역시 공식적·의례적 언어에 의한다)에 힘입고 있다. 길트기는 스파클러라는 이름에 딸린 '나리'라는 공식적 언사에서 비롯된다. 그리고 이것이 타인의 발언이라는 점에 대한 최종적인 확인은 '경이로운'이라는 수식어에 의해 이루어진다. 이 수식어는 물론 작가의 견해와는 무관하며 머들의 부풀려진 사업을 둘러싸고 소란을 피웠던 '일반 여론'에 속하는 것이다.

(3) 그는 비록 식욕이 없었지만, 그것은 식욕을 돋구는 식탁이었다. 호화롭게 요리되어 호화롭게 차려진 진귀한 음식들, 정선된 과일과 최고급 포도주, 금은세공으로 만들어진 경이로운 식기와 도자기 및 유리그릇 등 미각과 후각과 시각에 즐거운 수많은 것들이 그 식탁을 구성하고 있었다. **오, 이 머들은 얼마나 경이로운 인간이며, 얼마나 위대한 인간이고, 대가(大家)인가, 얼마나 축복된, 부럽도록 재능있는 인간인가——** 한마디로 말해 얼마나 부유한 사람인가! (제 2 권, 12 장)

전반부는 고상한 서사시적 문체의 패러디적 양식화이다. 이어지는 부분(고딕체 부분)은 머들에 대한 열광적 찬사인데 이것은 은폐된 타인의 말이라는 형식으로 나타난 머들 숭배자들의 합창이다. 이 부분의 요점은 그러한 찬사의 진정한 기반을 폭로하는 일, 즉 위와같은 합창의 위선을 폭로하는 일이다. 여기서 '경이로운'이나 '위대한', '대가', '재능있는' 따위의 말들은 모두 '부유한'이라는 한 단어로 대치될 수 있다. 단문의 범위 안에서 노골적으로 행해진 이같은 작가의 폭로행위는 타인의 발언에 대한 폭로와 혼융되어 있다. 찬사에 부여되는 의례적 의미규정은 분개하며 비꼬는 제 2의 의미규정과 중첩되어 있으며, 바로 이 제 2의 의미규정이 문장 마지막 부분의 폭로어귀 속에서 궁극적 우세를 점하게 되는 것이다.

우리는 여기서 이중의 강조와 이중의 문체를 가진 전형적인 **혼성구문**(hybrid construction)을 보게 된다.

우리가 여기서 혼성구문이라고 부르고자 하는 것은 그 문법적·성문적(成文的, compositional) 표지로 보면 단일한 화자에게 속해 있는 것이면서도 실제로는 그 안에 두 가지 발언, 두 가지 어법, 두 가지 스타일, 두 가지 '언어', 두 가지 세계관(의미 및 가치상의)이 혼합되어 있는 발언을 말한다. 거듭 말하지만 이같은 두 가지 발언과 스타일과 '언어'와 세계관 사이에는 어떠한 형식적 경계——구문에 있어서나 화법에 있어서나——도 없다. 음성과 음성, 언어와 언어 사이의 분리는 단일 구문의 한계 내에서 이루어지며, 이러한 분리가 단문의 한계 내에서 이루어지는 일조차 종종 있다. 심지어는 동일한 한 단어가, 하나의 혼성구문 속에서 교차하는 두 언어, 두 세계관에 동시에 속하는 일도 자주 일어난다. (아래의 예를 보라.) 이제 살펴볼 것이지만, 이같은 혼성구문은 소설의 문체에서 엄청난 중요성을 지닌다.[16)]

(4) 그러나 타이트 바나클(Tite Barnacle)씨는 웃옷의 단추를 턱밑까지 채워 입는 사람이었고, **따라서 중요한 인물이었다.** (제 2권, 12장)

위 문장은 타인의 말——여기서는 '당대의 여론'——을 감춰 표현하

16) 혼성구문과 그 의의에 대한 세부적인 논의는 이 글의 제 4절을 참조하라.

기 위해 사용되는 여러 형식 중 하나인 **의사(擬似)객관적 동기부여**의 한 예이다. 형식적 표지로만 판단한다면 이 문장 내의 동기부여 논리는 작가에게 속하는 것처럼 보인다. 즉 형식상으로는 작가와 논리가 일치하고 있는 것이다. 그러나 실상은 이 부분의 동기부여 논리는 작중인물들 내지 일반적 여론의 주관적 신념체계 내에 놓여 있다.

의사객관적인 동기부여는 소설문체의 일반적 특징 중의 하나로서[17] 혼성구문에서 타인의 말을 감추는 다양한 형태 중 하나로 쓰인다. 논리적 연관관계를 나타내는 데 사용되는 어휘들('그러므로', '따라서' 등)뿐 아니라 종속접속사나 접속어구들('그리하여', '왜냐하면', '그런 까닭에', '그럼에도 불구하고' 등)조차 작가의 직접적 의도를 표현하기보다는 타인의 언어를 부분적으로 표현하고 그럼으로써 의미가 굴절되거나 전적인 객체로 전화되고 만다.

이같은 동기부여 형식은 타인의 말——구체적 인물들의 말일 경우도 있고 집단의 음성일 경우도 있다(후자의 경우가 더 잦은 편이지만)——이 중요한 역할을 하는 희극적 문체에서 특히 두드러진다.[18]

> (5) 거대한 불이 나면 멀리 떨어져 있는 곳까지 그 불타는 소리로 가득 차듯이, 막강한 바나클 일족이 부채질해 피운 성스러운 불꽃은 머들의 이름이 대기중에 더욱 널리 울려퍼지도록 하였다. 머들의 이름은 모든 이의 입에 올랐고, 모든 이의 귀에 전해졌다. 머들씨와 같은 인물은 현재에도 없고, 과거에도 없었으며, 미래에도 두번다시 나타나지 않을 것이었다. 앞서도 말했지만 머들씨가 무슨 일을 해왔는지를 아는 이는 한 사람도 없었다. 그러나 **그가 일찌기 이 세상에 출현했던 가장 위대한 인물임은 모든 사람이 알았다.** (제 2 권, 13 장)

여기서는 서사시적이고 '호메로스적'인 도입부(이는 물론 패러디이다)에 머들에 대한 군중의 찬사(타인의 언어에 의한 타인의 말)가 덧붙여진다. 그리고 이어서 작가의 직접적 발언이 나오는데, 작가는 '모든 사람

17) 이같은 장치의 활용은 서사시에서는 상상도 할 수 없다.

18) 고골리의 작품에 나오는 그로테스크한 의사객관적 동기부여의 예를 참조하라.

이 알았다'라는 말을 통해 이 '방백'에 객관적 톤을 부여한다. 작가 자신도 그같은 사실을 믿어 의심치 않는 것처럼.

(6) 저 빛나는 인물이요 국가에 광채를 더해주는 위대한 사람인 머들씨는 그의 빛나는 행로를 계속 걸어나갔다. **사회로부터 그렇게 많은 돈을 벌어들이는** 경탄할 만한 봉사를 사회에 대해 행한 사람을 평민으로 남겨둘 수는 없다는 사실이 널리 인식되기 시작하였다. 준남작의 작위가 자신있게 거론되었으며, 귀족의 작위도 종종 언급되었다. (제 2 권, 24 장)

우리는 여기서 머들에 대한 위선적인 의례적 여론과 작가 사이에 앞서 살펴본 바와 같은 허구적 일치를 본다. 첫 문장에서 머들을 지칭하는 모든 수식어는 일반적 여론으로부터 따온 것이다. 감춰진 타인의 말인 것이다. "……는 사실이 널리 인식되기 시작하였다" 운운하는 두번째 문장은 주관적인 견해를 표현한다기보다는 객관적이고 전적으로 논박의 여지가 없는 사실을 기록하는, 객관성을 강조하는 문체의 범위를 벗어나지 않고 있다. 그런데 여기서 "경탄할 만한 봉사를 사회에 대해 행한"이라는 수식어는 여론에 따른 공식적 찬양을 되풀이하는 것으로서 전적으로 그와 동일한 수준에 있지만, 그러한 찬사를 수식하는 "사회로부터 그렇게 많은 돈을 벌어들이는"이라는 구절은 작가 자신의 말(인용부호 속에 넣어진 것으로 볼 수 있다)이다. "평민으로 남겨둘 수는 없다"의 부분은 여전히 여론과 동일 수준에 있다. 이것은 종속절은 작가의 직접적인 발언으로 이루어져 있고 주절은 타인의 말로 이루어져 있는 전형적인 혼성구문의 예이다. 주절과 종속절이 (의미와 가치에 있어) 서로 다른 개념체계에 속한 채 하나의 문장으로 결합되어 있는 것이다.

머들과 그의 주변인물에 초점을 맞추고 있는 이 부분의 이야기 전개는 대체로 머들에 관한 위선적인 의례적 여론언어——더 정확히는 언어들——에 의한 묘사로 이루어져 있다. 더불어 여기에는 진부한 사교계 잡담에서 사용되는 일상언어의 패러디적 양식화나, 공식포고나 연회석상의 연설에서 쓰이는 의례적 언어에 대한 패러디적 양식화, 혹은 고상한 서사시적 문체나 성서적 문체의 패러디적 양식화도 활용된다. 머들을 둘러싼 이러한 분위기, 그와 그의 사업에 대한 여론은 급기야 이 작품에 등장하는 긍정적 인물들, 심지어 냉정하고 침착한 인물인 팽크스(Pancks)조차 감염시켜, 그로 하여금 그의 전재산——자신의 것과 꼬마 도리트의 재산까지——을 머들의 허울뿐인 사업에 투자케 하는 것이다.

> (7) 의사는 할리가에 그 정보를 알려주기로 약속했었다. 변호사는 그가 지금까지 배심원석에서 본 중에 가장 양식있고 훌륭한 인물로서, 귀하에게 자신있게 말씀드리건대 여하한 얄팍한 궤변도 용납치 않고, 그 어떤 불행하게 오용된 직업적 수단과 기술(이것이 그가 그들을 상대로 써먹으려던 것이었다)도 통하지 않을 배심원에 대한 자신의 유인책략으로 즉시 되돌아갈 수 없었다. 그래서 그는 그 또한 함께 가서, 그의 친구가 집안에 있는 동안 그 집의 근처에서 왔다갔다하며 기다리겠노라고 말했다. (제 2 권, 25 장)

여기서 우리는 혼성구문의 명백한 예를 보는데, 이 구문에서는 작가의 정보전달용 발언이라는 틀 내부에, 작가가 이야기하려는 대상인 '배심원'을 수식하는 수식어이면서도 다른 한편 변호사가 준비한 변론의 도입부인, 그런 부분이 삽입되어 있다. (두번째 문장) '배심원'이라는 어휘는 패러디적으로 양식화된 변호사의 변론이라는 문맥과 정보를 전달하려는 작가의 발언이라는 문맥에('유인책략'이라는 말의 대상으로서) 함께 속한다. '유인책략'이라는 작가의 말이 바로 변호사의 재구성된 변론이 지니는 패러디적 성격을 강조하는 것인바, 변호사의 말이 지니는 위선적 성격은 바로 그렇게 뛰어난 배심원을 유인해서 기만하는 것이 불가능하리라는 점으로부터 유추될 수 있는 것이다.

> (8) 따라서 **상스러운 야만인의 간계에 희생된**(머들씨는 그의 주머니사정이 밝혀진 바로 그 순간 머리끝부터 발끝까지 정체를 드러냈던 것이다) 명문출신의 상류사회 여성인 머들부인은 그녀 계층의 사람들에 의해 그녀 계층의 이익을 위해 적극 옹호되어야만 하는 것이었다. (제 2 권, 33 장)

이것은 사회의 일반적 견해가 제공하는 정의——"상스러운 야만인의 간계에 희생된" 운운——가 작가의 말과 결합하여 그러한 일반적 여론의 기만성과 탐욕성을 드러내는, 앞서 든 예와 유사한 혼성구문이다.

디킨즈의 소설 전체가 이와같다. 실로 그의 작품 전체가 사방에서 밀려드는 다양한 언어의 파도로부터, 작가의 직접적 발언이라는 점점이 흩어져 있는 조그만 섬들을 구분해주는 인용부호로 점철되어 있다. 그러나 그러한 인용부호를 실제로 삽입하는 것은 불가능하다. 앞서도 살펴보았듯이 하나의 어휘가 동시에 작가의 말이자 타인의 말인 경우가 흔하기 때문이다.

타인의 말은 그것이 서술된 것이건, 희화화해서 흉내내어진 것이건, 특정한 시각에서 조명된 것이건, 한 곳에 모여 있는 것이건, 여기저기 흩어져 있는 것이건, 혹은 흔히 그렇듯 비개성적인 것('여론'이나 직업적, 장르적 언어들)이건, 어느 경우에도 작가의 발언과 명확히 구별되지는 않는다. 경계선의 유동성과 모호성은 의도적인 것이다. 그것은 하나의 구문이나 단문, 때로는 그 단문 내부의 주된 부분들조차 갈라놓는다. **말의 유형과 유형, 언어와 언어, 세계관과 세계관 사이의 경계와 관련된 이같은 유동성**은 희극적 문체의 가장 기본적인 특징을 이룬다.

그러므로 (이같은 영국적 유형의) 희극적 문체는 일반언어의 분화와, 이렇게 분화된 언어 중 어느 하나에도 전적으로 자신을 일치시키지 않으면서 거리를 조정해가며 자신의 언어(의도)를 분리해낼 수 있는 현실적 가능성에 기반한다. **문체의 기초는 언어의 다양성 그 자체인 것이지, 규범적인 일반언어의 통일성이 아닌 것이다.** 그러한 언어적 다양성이 언어학적 통일체(즉, 추상적인 언어학적 표지에 의해 규정되는 언어)로 파악되고 있는 문예언어의 범위를 넘어서서 진정한 언어적 다양성으로 나아가지 못한 채, 통일적인 것으로서의 (즉, 다양한 방언과 언어에 대한 지식을 불필요한 것으로 만드는) 언어라는 추상적 개념에 기초하고 있는 것은 물론 사실이다. 그러나 단순한 '언어'에 대한 관심은 소설 속에 도입되어 예술적으로 조직된 살아있는 언어적 다양성에 대한 구체적이고 능동적인(곧 대화적인) 이해의 추상적 측면에 지나지 않는다.

영국 희극소설의 창시자들이자 디킨즈의 선배들인 필딩이나 스몰렛,

스턴에게서도 우리는 다양한 수준, 다양한 유형의 문예언어에 대한 패러디적 양식화를 찾아볼 수 있다. 그러나 이들의 경우 패러디적 양식화의 대상인 문예언어와의 거리는 디킨즈의 경우보다 훨씬 멀고, 그 방법도 더 난폭하다. (특히 스턴의 경우.) 이들 작품 속에서(특히 스턴의 경우) 이루어지는 다양한 유형의 문예언어에 대한 패러디 내지 객체화는 문학적·이념적 사유의 심층을 파고들며 그럼으로써 모든 이념적 담론(학문적·윤리적·수사적·시적 담론 등)의 논리구조나 표현구조 그 자체에 대한 패러디, 그런 면에서 라블레만큼이나 과격한 패러디를 낳는다.

좁은 의미의 문학적 패러디는 필딩과 스몰렛, 스턴의 작품에서 언어를 조직하는 근본원리이다. (필딩과 스몰렛은 리차드슨(Samuel Richardson: 1689~1761, 서간체 소설 『패밀라』 *Pamela* 로 유명한 영국 작가—역주)류의 소설을 패러디하고 있으며, 당대의 거의 모든 소설유형이 스턴에 의해 패러디되고 있다.) 문학적 패러디는 여기서 작가와 언어 사이의 거리가 더욱 멀어지게 하는 데 기여하며 소설 고유의 영역 속에서 이루어지는 작가와 자기 시대의 문예언어 사이의 관계를 더욱 복합적으로 만드는 데 기여한다. 그리하여 특정 시대의 지배적인 소설담론은 자기 자신도 하나의 대상으로 전화하여 새로운 작가적 의도를 굴절시키는 수단이 된다.

지배적 소설유형에 대한 문학적 패러디는 유럽의 소설사에서 광범위한 역할을 수행했다. 가장 중요한 소설의 유형과 모형은 바로 이러한 이전 단계의 소설세계에 대한 패러디적 파괴의 한가운데에서 등장하였다고 해도 과언이 아니다. 이것은 세르반떼스, 멘도싸(Mendoza: 1580~1639 : 스페인의 극작가—역주), 그림멜스하우젠, 라블레, 르싸지(Lesage: 1668~1747, 프랑스의 소설가 겸 극작가. 피카레스크 소설인 *Gil Blas* 로 유명—역주) 등의 작가에 모두 해당되는 사실이다.

온갖 종류의 소설적 산문과 그 중에서도 특히 희극소설에 막강한 영향력을 행사했던 라블레는 거의 모든 형태의 이념적 담론, 즉 철학적·윤리적·학문적·수사적·시적 담론과 특히 파토스로 충만된 담론형식들(라블레에 있어 파토스란 대체로 거짓에 해당한다)에 대해 패러디적 태도를 보이는데, 그의 경우 이는 언어로 무언가를 개념화하는 행위 자체에 대한 패러디의 경지로까지 나아갔다.

우리는 또한 그가 구문의 구조에 대한 패러디적 파괴를 통해 인간 언어 자체의 기만적 성격을 조롱하고 그럼으로써 많은 단어들의 논리적이고 표현적인 측면(예컨대 단정이나 설명 따위를 나타내는 측면)을 부조리한 것으로 만들어버렸다는 사실을 지적할 수 있다. 언어로부터의 등돌림(이는 물론 언어를 수단으로 한 것이지만)이라든가 이데올로기적 담론에 흔히 나타나는 의도의 직접적 표출이나 과도한 표현(지나치게 '무게'를 잡는 진지성)에 대한 불신, 모든 언어가 관습적이고 허위에 물들어 있으며 악의적으로 현실을 왜곡하고 있다는 가정, 이 모든 것들이 라블레의 작품 속에서 산문에서 가능한 가장 순수한 형태로 표현되고 있다. 그러나 그러한 허위에 대적하고 있는 진실은 그의 작품 속에서 직설적 언어로 표현되지 않는다. 자기 자신의 말을 갖지 않는 것이다. 진실은 오직 거짓말의 제시에 수반되는 패러디적이고 폭로적인 강조(액센트) 속에서만 반향된다. 진실은 거짓을 부조리의 차원으로 환원시킴으로써 확보될 뿐 자기 자신의 어휘들을 구하지는 않는다. 진실은 말에 연루됨으로써 말의 파토스로 자신을 오염시킬까 두려워한다.

라블레의 '언어철학'——직접적 발언보다는 문체적 실천 속에 표현된 철학——은 이후의 모든 소설산문, 특히 희극소설의 대표적 양식들에 지대한 영향을 끼쳤다. 그 점을 염두에 두고 스턴의 작중인물인 요릭(Yorick)에 대한 철두철미 라블레적인 정식화를 살펴보자. 이 정식화는 유럽소설사에서 가장 중요한 지위를 차지해온 문체유형의 발전사에 대한 제사(題詞, epigraph)라 할 만하다.

> 내가 아는 한 그러한 소란의 근저에는 때를 잘못 만난 지혜의 불운이 놓여 있는 것도 같다. ——왜냐하면, 사실을 말하자면 요릭이라는 인물은 근엄함이라는 것에 대한 확고한 혐오감과 적의를 본능적으로 타고난 사람이었기 때문이다——이것은 근엄함 그 자체에 대한 것은 물론 아니다——왜냐하면 근엄함이 요청되는 경우 그는 몇날 며칠이고 이 세상에서 가장 근엄한 사람이 될 것이기 때문이다——그러나 근엄함이 무지나 어리석음에 대한 은폐물이 될 때만큼은 그는 근엄함을

가장하는 행위에 대해 적이 되었고 그것에 대해 공공연히 선전포고를 하였다. 그리고 그것이 아무리 가리워지고 엄폐된 채 나타난다 하여도 그는 그것을 용서치 않았다.

때때로 그는 그 특유의 거친 말투로 근엄함이란 떠돌이 악당이라고 말하곤 했으며, 덧붙여 말하기를 악당 중에서도 가장 위험한 악당이며 그 까닭은 그것이 솔직하지 못한 놈이기 때문이라고 했다. 그는 또한 말하기를 진실로 믿노니 아무리 정직하고 좋은 의도를 가진 사람도 7년 동안 소매치기와 도둑을 만나 잃는 것보다 더 많은 양의 재산과 돈을 근엄함 때문에 잃을 것이라 했다. 그는 또한 쾌활한 성품의 사람이 보이는 우직함에는 아무 위험도 없지만——자신에 대해서를 제외한다면——이와는 달리 근엄함은 그 본질이 술수이며 따라서 사기라고 말하곤 했다.——그것은 자기가 가진 것 이상의 분별력과 지식을 가진 것으로 보이려는 계획적인 사기라는 것이다. 그리고 그 모든 겉치레에도 불구하고——오래 전에 한 프랑스 현인이 정의했던 것 이상이 아니며 오히려 그보다 못하다는 것인데——즉 '정신의 결함을 감추기 위한 신비스러운 육체적 자태'인데——이러한 근엄함에 대한 정의는 금으로 아로새겨놓을 가치가 있다는 것이 요릭의 대담한 지론이었다. (『트리스트람 섄디』(*Tristram Shandy*), 제 1 권, 11 장)

라블레와 유사하지만 모든 소설적 산문에 미친 결정적 영향력이라는 면에서 때로 그를 능가하기조차 하는 인물이 세르반떼스이다. 영국의 희극소설은 철두철미 쎄르반테스적인 정신의 침투를 받고 있다. 앞서의 인용문에 나오는 요릭이 그 임종시에 산쵸 판자의 말을 인용하는 것도 우연은 아니다.

독일의 희극적 작가들, 히펠과 특히 장 파울의 경우도 언어와 언어의 분화(장르적, 직업적 분화 등)에 대한 태도가 기본적으로 스턴적 유형을 띠는바, 이러한 그들의 태도는 스턴 자신의 경우와 마찬가지로 문학적이고 이념적인 발언 그 자체의 가능성이라는 순수한 철학적 차원의 문제로 고양된다. 작가가 자신의 언어에 대해 보이는 태도의 철학적이고 이념적인 측면이 작가의 의도와 문예언어의 구체적인 장르적이고 이데올로기적인 수준들간의 상호작용의 전면에 나서는 것이다. (장 파울의

미학이론에는 바로 이와같은 사실이 반영되어 있다.)[19]

이렇듯 희극적인 문체에는 문예언어의 분화, 그 다중언어성이 필수불가결한 전제조건이다. 희극적인 문체에서는 다양한 문예언어의 요소들이 서로 다른 언어학적 평면으로 투사되는 한편 작가의 의도는 이러한 평면을 통해 굴절될 뿐 그중 어느 한 평면에도 전적으로 자신을 내맡기지 않는다. 작가는 자신의 언어를 소유하고 있는 것이 아니라 자신의 문체, 즉 다양한 언어들을 다루는 방식과 자신이 진정으로 의도하고 있는 의미와 표현을 그 언어들을 통해 굴절시켜내는 방식을 통제하는 특유의 조직과 통합의 원칙을 소유하고 있는 것이다. '언어들'에 관한 이러한 방식의 취급은 (그리고 종종 직접적 담론의 전적인 결여는) 물론 어떤 경우에도 작품 곳곳에 깊숙이 스며들어 자리잡고 있는 의도, 즉 하나의 전체로서의 작품이 행하고 있는 포괄적인 이데올로기적 개념화의 가치를 절하시키는 것은 아니다.

희극소설에서 발견되는 언어적 다양성과 그것의 문체적 활용은 다음과 같은 두 가지 특징을 뚜렷이 보인다.

(1) 소설 속에는 다양한 '언어들'과 언어·이념적 신념체계들, 즉 장르별, 직업별, 계급·이해집단별로 각기 세분되는 언어(귀족언어, 농민언어, 상인언어, 농업노동자의 언어 등)와 경향적·일상적 언어(소문의 언어, 사교계 잡담의 언어, 하인의 언어 등) 따위가 포함된다. 그러나 이러한 언어들은 구어이든 문어이든 대체로 문예언어의 범위를 벗어나지 않고 있다. 동시에 이러한 언어들은 대체로 주인공이나 작중화자 따위의 특정한 인물들에 의해 대변되기보다는, 작가에 의한 직접적 담론과 번갈아 나오면서(이런 언어들과 작가의 직접적 담론 사이의 형식적 경계는 분명치 않다) '작가'로부터 직접 유래하는 단일한 객관적(비개성적) 형식 속에 통합된다.

(2) 작중에 삽입된 언어들과 사회·이념적 신념체계들은 작가의 의도

19) 언어·이념적 사유의 형식과 방법에 구현된 지성, 즉 인간의 정상적인 지적 활동의 언어학적 지평은 장 파울의 견해에 따르면 '이성'의 빛에 비추어 볼 때 한없이 사소하고 우스꽝스러운 것이 되고 만다. 그리하여 그의 유머는 지적 활동과 그 형식에 대한 희롱에서 파생된다.

를 굴절시켜 표현하는 데 활용되는 한편 그 과정에서 자기 자신들은 그릇되고 위선적이며 탐욕스러운 어떤 것이자 한계가 분명하고 설혹 합리적인 경우라도 편협하게 합리적인 어떤 것, 현실에는 맞지 않는 어떤 것임을 드러냄으로써 파괴된다. 이미 완성된 형식을 갖춘 공인된 언어로서 권위주의적이고 반동적인 지배언어인 이러한 언어들은 실생활 속에서 대부분 사멸과 대치의 운명에 처해 있다. 소설 속에서 그에 포함된 언어들에 대한 다양한 형식, 다양한 정도의 **패러디적 양식화**가 지배적인 것은 이 때문이다. 이러한 양식화는 이같은 소설유형의 가장 라블레적인[20] 대표작들 예컨대 스턴이나 장 파울의 작품 속에서 어떠한 형태의 직접적인 진지성의 표현도 거부하는 것으로 나타나며[21](진정한 진지성은 모든 그릇된 진지성, 파토스나 감상 따위를 파괴하는 데서 나온다는 것이 이들의 주장이다) 언어 그 자체에 대한 근원적 비판에 근접한다.

인물로서의 작가, 작중화자(narrator) 및 등장인물들의 말

소설 속에 언어적 다양성을 통합하고 조직하는 위와 같은 형식과는 전적으로 구별되는 것으로서 구체적 작중인물의 형태를 띠는 작가(문어)나 작중화자(구어)의 활용에 의해 특징지어지는 다른 형식도 있다.

구체적 작중인물로서의 작가의 활용 역시 가령 스턴이나 히펠, 장 파울 등에 의한 희극소설의 특징을 이루고 있는, 『돈 끼호떼』 이래의 유산이다. 그러나 이러한 희극소설들의 경우 그러한 작가의 활용은 이제부터 살펴볼 예에서와는 달리 문학적 형식들과 장르들의 패러디를 통해 상대성과 객관화를 지향하는 전체적 흐름을 강화하는 데 기여하는 순전한 구성상의 장치이다.

인물로서의 작가와 작중화자(narrator)는 그것이 특정한 세계관과 특정한 가치 판단, 특정한 억양을 가진 특정한 언어·이념적, 언어학적 신

20) 엄밀히 말해서 물론 라블레 자신의 작품을 희극소설의 범주에 포함시키기는 시기상으로나 그 본질적 성격에 비추어서나 불가능하다.

21) 그럼에도 불구하고 감상과 '엄숙한 진지성'이 전적으로 배제되지는 않는다. (특히 장 파울의 작품 속에서.)

념체계의 담지자인 경우에는 전적으로 다른 의미를 띤다. (여기서 '특정한'이라 함은 작가, 곧 작가의 진정한 직접적인 담론과 '평상적'인 문예서술 내지 문예언어의 양자로부터 함께 구별된다는 의미에서이다).

인물로서의 작가나 작중화자와, 진짜 작가 및 관습화된 문학적 기대 사이의 거리를 규정하는 이와같은 특정성은 그 정도나 성격이 다양하다. 그러나 어떤 경우에도 다른 어떤 사람의 특정한 신념체계나 세계관이 사용되는 까닭은 그것의 활용이 가능케 하는 고도로 생산적인 결과와 관련된다. 한편으로 그것은 작가가 표현하고자 하는 사물을 새롭게 조명하게 해주며(새로운 측면이나 차원을 드러낸다), 다른 한편으로는 통상적으로 기대되는 문학적 지평——인물로서의 작중화자가 지니는 특정성은 이것을 배경으로 지각된다——을 새롭게 조명하도록 해주기도 한다.

예를 들어보자. 뿌쉬낀의 작중화자인 벨낀(Belkin)은 그가 전통적으로 시적인 것으로 여겨졌던 사물이나 플롯에 대해 '비(非)시적'인 견해를 지녔기 때문에 선택된 인물이다. (「평민아씨」(Mistress into Maid)에서 이루어진 『로미오와 쥴리엣』 플롯의 잘 계산된 활용이나 「관 짜는 사람」(The Coffinmaker)에서 이루어진 '죽음의 무도'라는 낭만적 주제의 활용을 보라.*) 벨낀은 그가 자신의 이야기를 빌어온 제3의 화자들과 동일한 평면에 있으면서 시적 파토스와는 담을 쌓은 '산문적'인 사람이다. 플롯의 성공적인 '산문적' 귀결과 이야기 전개방식 자체가 시적 효과에 대한 전통적 기대를 여지없이 무너뜨린다. 벨낀의 관점은 바로 그것이 지닌 산문성이 이렇게 시적 파토스를 좌절시키고 있기 때문에 유용하다.

『우리 시대의 영웅』(러시아의 시인이자 소설가인 레르몬또프[Mikhail Lermontov, 1814~1841]의 대표작—역주)에 나오는 막심 막시므이치(Maxim Maximych), 루드이 빤꼬(Rudy Panko: 고골리의 작품 『디깐까 부근 농장의 저녁』의 화자—역주), 「코」와 「외투」(두 편 모두 고골리의 주요 작품들—역주)에 나오는 작중화자, 도스또예프스끼의 작품에 나오는 연대기 기록자들,

* 두 작품 모두 뿌쉬낀의 『벨낀의 이야기』(1830)에 수록된 것들이다. —영역자 주

메르니꼬프 뻬체르스끼(Melnikov-Pechersky: 1819~1883, 볼가강 유역지방의 삶과 풍속을 즐겨 다룬 작가—역주)와 마민 시비랴끄(Mamin-Sibiryak: 1852~1912, 우랄지역 출신으로 민중적·사회적 주제를 주로 다룬 작가—역주)의 작중인물로 나오는 민담 서술자들, 레스꼬프(Leskov: 1831~1895, 러시아 시골 마을의 삶을 소재로 작품을 쓴 작가—역주)의 작품에 나오는 순박한 작중화자들, 인민주의 문학 속의 인물로서의 화자들, 그리고 상징주의 및 후기상징주의 산문(레미조프(Remizov: 1877~1957, 예술에 대한 전통적 관념에 반기를 든 독창적 언어론을 펼친 작가—역주), 자먀찐(Zamyatin : 1884~1937, 독창적이고 유토피아적인 풍자소설을 쓴 작가. 헉슬리나 오웰에 앞서 『우리들』 *We* 라는 미래소설을 씀—역주) 등에 나오는 작중화자들 이들 모두는 그 서술형식상의 차이(구어체, 문어체)나 서술언어상의 차이(문예언어, 직업어, 사회적·전문적 이익집단어, 일상어, 속어 등)에도 불구하고 통상적인 문학적 기대나 작중에서 배경으로 작용하는 관점들과는 구별되는 특수하고 제한적인 언어·이념적 관점 내지 신념체계로 나타난다. 이들의 유용성은 바로 이러한 특수성과 제한성의 덕분이다.

이러한 작중화자들의 말은 항상 **타인의 언어**(작중화자의 말과 충돌하는 것이 문예언어의 한 형태인 한)에 의한 **타인의 말**(작가의 직접적 담론——실재하는 것이건 잠재하는 것이건——에 대한)이다.

이는 타인의 언어를 매개로 작가의 의도를 굴절시켜 표현한다는 점에서 언어**로** 말하는 것이라기보다는 언어를 **통한** 말하기이며 그런 의미에서 우리는 이를 '간접적 화법'이라고 부를 수 있겠다.

작가는 자신과 자신의 관점을 작중화자와 그의 말, 그의 언어(정도의 차이는 있지만 항상 객체인)를 통해서만 드러내지 않고 작가 스스로 작중화자의 관점과 구별되는 다른 관점으로서 서술자의 이야기 내용에 영향을 미침으로써도 그와같은 일을 수행한다. 서술자의 이야기 뒤에서 제 2 의 이야기, 즉 작가의 이야기가 읽히는 것이다. 작가는 작중화자가 하는 이야기를 해주는 사람인 동시에 작중화자 자신에 대해서도 말해주는 사람이다. 이야기의 매순간마다 이중의 차원이 예리하게 감지된다. 그 하나는 작중화자의 사물, 작중화자의 의미, 작중화자의 정서적 표현으로 채워져 있는 하나의 신념체계인 작중화자의 차원이며, 다른 하나는 비록 굴절이라는 방식을 통해서이기는 하나 작중화자의 이야기를 통해서, 작중화자의 이야기를 수단으로 자신의 이야기를 하는 작가의 차원이다. 작중화자 자신은 그의 담론, 그가 말한 모든 것과 더불어 이러한 작가의 신념체계 속에 소속된다. 그리하여 우리는 이야기와 이야기 전개 속에서 드러나는 작중화자의 성격을 읽어내는 동시에 이야기 내용에 겹쳐 놓인 작가의 의도 또한 간파하게 된다. 따라서 만일 이러한 제 2의 차원, 즉 작가 자신의 의도와 강조를 감지하지 못하는 사람이 있다면 그는 작품의 이해에 실패한 것이다.

앞서도 언급한 바 있지만 작중화자의 이야기, 즉 인물로서의 작가의 이야기는 규범적 문예언어라는 문학적 기대 지평을 배경으로 해서 구성된다. 이야기의 매순간이 이와같은 규범적 문예언어 및 그 신념체계와의 의식적 관계 속에 있으며, 이 관계는 실상 적대적인 관계, 즉 **대화적으로** 적대적인 관계이다. 하나의 관점이 다른 관점에, 하나의 가치평가가 다른 가치평가에, 하나의 강조가 다른 강조에 대립한다. (이 말은 곧 그들이 두 개의 '추상적인' 언어학적 현상으로서 대립하는 것이 아님을 의미한다.) 이러한 상호작용, 즉 두 종류의 언어와 두 가지 신념체계 사이의 이러한 대화적 긴장은 우리로 하여금 작품의 모든 지점에서 작가의 의도를 예리하게 감지하도록 허용하며 요구한다. 작가는 작중화자의 언어 속에서도 이에 대립하는 규범적 문예언어 속에서도 발견되지 않는다(작중화자의 언어와 규범적 문예언어 사이의 거리가 근접하는 경우는 물론 있을 수 있다.) 오히려 작가는 그 둘 중 어느 하나와 전적으로 똑같아지는 경우를 피하기 위해 때로는 이 언어를 때로는 저 언어를 활용한다. 언어에 대해 싸우는 두 사람 사이의 제 3자(둘 중 어느 한 편에 더 경사된 제 3자일 수는 물론 있다)와 같은 중립적 위치를 지키기 위해 작품의 전(全)지점에서 이같은 언어적 왕복, 즉 언어들 사이에서의 대화를 활용한다.

작중화자나 인물로서의 작가를 포함하는 모든 형식들은 자신의 존재를 통해 작가의 단일언어로부터의 자유, 즉 문학적 언어의 체계가 지니는 상대성과 관련된 자유를 나타낸다. 그러한 형식들은 직접적인 언어로 자신을 정의하지 않을 수 있는 가능성과 자신의 의도를 한 언어체계로부터 다른 언어체계로 옮겨 표현할 수 있는 가능성을, '진리의 언어'와 '일상의 언어'를 뒤섞고, 타인의 언어로 '나는 나'라고 말하고, 나 자신의 언어로 '나는 타인'이라고 말할 가능성을 열어주는 것이다.

이같은 굴절을 이용한 작가의도의 관철은 이러한 유형의 모든 형식들(작중화자의 이야기나 인물로서의 작가, 혹은 작중인물의 이야기 등) 속에서 일어난다. 그러므로 이러한 형식을 활용한 작품들 속에서는 희극소설의 경우에 그러했듯 서술자의 언어와 작가의 언어 사이에 다양한 거리가 존재하게 마련이다. 굴절은 때로는 크고 때로는 작으며 언어의 어떤 측면과 관련해서는 음성들간의 거의 완벽한 일치가 가능해지기도 한다.

소설 속에 언어적 다양성을 통합하고 조직하는 또다른 형식으로, 모든 소설에서 예외없이 활용되는 형식인 등장인물들에 의해 사용되는 언어 또한 빼놓을 수 없다.

소설 속에서 등장인물들이 사용하는 언어와 그들이 말하는 방식은 언어로서도 의미상으로도 자율적이다. 각 인물들의 말은 다 자기 자신의 신념체계를 소유하고 있고 그런 의미에서 타인의 언어에 의한 타인의 말이다. 따라서 그들의 말 또한 작가의 의도를 굴절시켜 표현하기 위한 수단이 될 수 있으며, 그 결과 어느 정도는 작가를 위한 제 2의 언어가 될 수도 있다. 더우기 인물들의 말은 작가의 말에 타인의 어휘들(은폐된 형태의 타인의 말로서의 인물의 말)을 삽입함으로써 작가의 말에 언어 분화 내지 언어적 다양성을 도입하는 방식으로, 거의 언제나 그리고 때로는 아주 강력하게 작가의 말에 영향을 미친다.

그러므로 패러디나 아이러니 따위의 희극적 요소도 없고, 작중화자나, 인물로서의 작가, 작중화자로서의 인물 따위가 없는 경우에도 언어적 다양성과 분화는 여전히 소설문체의 기초가 된다. 처음 보아서는 작가가 단선적이고 일관된 목소리로 직접적 의도를 표출하는 것처럼 보이는 경우에도 우리는 저 매끄러운 단일언어의 표면 아래 산문적 입체성, 즉 문체형성시에 개입하여 그 결정요인으로 작용하는, 산문 특유의 본질적인 언어적 다양성이 숨겨져 있음을 발견할 수 있다.

그리하여 뚜르게네프 소설의 언어와 문체는 겉보기에는 하나의 언어로 이루어져 있는 순수한 언어인 것처럼 보이지만 이 단선적 언어조차도 실상 시 언어 특유의 절대주의와는 거리가 멀다. 이 언어의 구체적인 구성부분들은 다양한 작중인물들에 의해 도입되는 관점들과 판단들, 강조들 사이의 투쟁으로 인도되고 있다. 뚜르게네프 언어의 구성부분들은 상호모순적인 언어들과 의도들의 침투를 받고 있는 것이다. 그의 작품 속에서는 타인들의 의도가 침투된 어휘들과 진술, 표현, 정의, 수식어 따위가 여기저기 흩어져 있으면서 작가의 의도에 대립하고 또 그것을 굴절시켜 표현한다. 여기서는 작가와, 타인들의 사회적 환경이나 신념체계를 암시해주는 작가 언어의 다양한 측면들 사이에 존재하는 가깝고 먼 거리들이 감지된다. 작가언어의 다양한 측면들 속에서 작가의 존재 내지 그의 **궁극적 의도**가 때로는 가깝게 때로는 멀게 느껴지는 것이다. 뚜르게네프의 작품 속에서 언어적 다양성과 분화는 가장 근본적인 문체적 요건이다. 다양한 언어들이 각기 제나름의 작가적 진실을 교향하고 있는 것이다. 뚜르게네프의 작가적 언어의식은 상대화에 기반을 둔 산문작가의 언어의식인 것이다.

뚜르게네프의 경우 언어의 사회적 다양성이 소설 속에 도입되는 것은 무엇보다도 인물들의 직접적인 발언, 즉 대화를 통해서이다. 그러나 앞서도 말했듯이 이러한 언어적 다양성은 인물들을 둘러싼 채 고도로 특수한 **인물영역**(character zone)을 창조하고 있는 작가의 발언에도 골고루 침투해 있다. 이러한 인물영역은 인물들에 의한 단편적인 발언이라든가, 다양한 형태로 숨겨진 채 전달되는 타인의 발언, 여기저기 산재되어 있는 타인의 어휘나 어구, 작가의 말에 침투해 있는 타인의 어법(생략, 의문, 감탄 따위) 등에 의해 형성되는데, 이러한 인물영역이야말로 인물의 음성이 이런저런 방법으로 작가의 목소리를 침범하게 해주기 위한 활동의 장(場)이다.

그러나 다시 한번 이야기하건대 뚜르게네프에 있어 주제의 소설적 교향화는 직접적인 대화에 집중되어 있다. 그의 인물들은 그들의 주변에 자신의 영향력이 침투된 영역을 창조하지 않는 편이다. 뚜르게네프의 작품 속에는 충분히 발전된 복합적인 혼성문체는 드문 편이다.

이제 뚜르게네프의 작품에 드문드문 나타나는 언어적 다양성의 예를 살펴보기로 하자.

(1) 그의 이름은 니꼴라이 뻬뜨로비치 끼르사노프이다. 역마차가 멈추는 역으로부터 십 마일 가량 떨어진 곳에 이백여 명의 농노를 거느린——혹은 이제 그가 자기 땅의 일부를 농민들에게 나누어주고 '농장'을 시작한 뒤로 표현하듯 오천 에이커로 이루어진 그의 자그마하지만 나무랄 데 없이 훌륭한 영지가 있다. (『아버지와 아들』, 제 1 장)

여기서는 시대의 분위기를 반영하는, 자유주의자풍의 새로운 표현들이 인용부호로 묶여지거나 단서로 붙여져 있다. ("혹은…… 오천 에이커로 이루어진.")

(2) 그는 남몰래 짜증이 나기 시작했다. 바자로프의 철저한 무관심이 그의 귀족적 천성을 건드렸던 것이다. **이 의사 나부랭이의 아들놈은 자신감에 넘쳐 있을 뿐 아니라 대답을 할 때에도 마지못해 불쑥 내뱉었고, 그럴 때의 그의 음성에는 거칠고 거의 무례하기까지 한 기색이 깃들여 있었다.** (『아버지와 아들』, 제 4 장)

이 단락의 세번째 문장은 그 형식적인 구문상의 표지로 판단하면 작가발언의 일부이지만 그 표현의 선택에 있어서나("이 의사 나부랭이의 아들놈") 정서 및 표현의 구조에 있어서나 숨겨진 타인(즉 빠벨 뻬뜨로비치)의 말이다.

(3) 빠벨 뻬뜨로비치는 식탁 앞에 앉았다. 그는 영국식으로 재단된 우아한 양복을 입고 있었으며 밝은 빛의 조그만 붉은 터키모(帽)가 그의 머리를 장식하고 있었다. 붉은 터키모와 아무렇게나 매듭을 지은 넥타이는 자유스러운 전원생활을 암시하고 있었지만 셔츠의 빳빳한 칼라——**아침 의상의 격식에 맞게** 흰색이 아니라 줄무늬가 든——는 면도가 잘된 그의 턱을 향하여 무자비하도록 바짝 치켜세워져 있었다. (『아버지와 아들』, 제 5 장)

빠벨 뻬뜨로비치의 아침 복장에 관한 이처럼 아이러니칼한 묘사는 신사의 어조, 정확히 말해서 빠벨 뻬뜨로비치의 문체를 반영한 것이다. "아침 의상의 격식에 맞게"라는 진술은 물론 단순한 작가의 말이 아니고 빠벨 뻬뜨로비치가 속한 신사그룹의 규범을 아이러니칼하게 표현한 것이다. 따라서 그것은 인용부호로 묶어도 무방한 부분이다. 이것은 의사객관적 동기부여의 일례라 하겠다.

(4) **마뜨베이 일리치가 보이는 품행의 유연성은 그의 당당한 태도에 못지않게 뛰어났다.** 그는 모든 사람들을 칭찬했다——때로는 혐오를, 때로는 존경을 실어서. 그는 모든 숙녀들에게 친절했고, '진짜 불란서 신사'로 통했으며, 끊임없이 고관의 지위에 어울리는 큰 소리의 유쾌한——그러나 아무도 따라 웃어주지 않는——웃음을 터뜨렸다. (『아버지와 아들』, 제14장)

이 대목에서는 고관 자신의 관점을 차용한, 앞의 경우와 유사한 아이러니컬한 인물묘사가 이루어지고 있다. 가령 '고관의 지위에 어울리는'과 같은 부분은 의사객관적 동기부여의 또다른 예인 것이다.

(5) 이튿날 아침 네쥬다노프는 시빠긴이 살고 있는 읍내의 저택을 방문했다. 그리고 거기, **자유주의적 정치가이자 현대적인 신사의 품위에 아주 잘 어울리는** 중후한 스타일의 가구로 치장된 으리으리한 서재에서… (『처녀지』, 제 4 장)

이것 역시 의사객관적 동기부여의 예이다.

(6) 세묜 뻬뜨로비치는 궁정각료의 한 사람이며 **왕실시종관**의 직함을 가지고 있었다. 그런데 그는 모든 면에서——교육이나, 세상에 대한 식견, 여성들에 대한 인기, 그의 모습에 이르기까지——그에게 안성마춤인 **외교관직을 오로지 애국심 때문에 거절한** 인물이기도 하다. (『처녀지』, 제 5 장)

외교관직을 거절하는 이유는 의사객관적이다. 인물묘사 전체가 일관된 어조를 띠고 있는데, 이는 깔로미예쩨프 자신의 관점으로부터 오는 것인바 깔로미예쩨프의 직접적 발언("모든 면에서…… 그에게 안성마춤인")이 작가의 발언에 종속어구――적어도 문법적으로는――로 덧붙여져 있는 것이다.

> (7) 깔로미예쩨프는 두 달간의 휴가를 얻어 S라는 지방으로 왔는데, 그가 여기에 온 목적은 물론 자신의 영지를 돌보기 위해서, 즉 "몇 놈들은 겁을 주고, 다른 몇 놈들은 쥐어짜기 위해서"이다. **그렇게 하지 않고서는 아무 일도 되지 않음은 물론이다.** (『처녀지』, 제 5 장)

이 단락의 결론 부분은 의사객관적 진술의 특징적 예이다. 이 부분은 바로 앞의 깔로미예쩨프 자신에 의한 진술의 경우와는 달리 작가 자신의 객관적 판단처럼 보이게 하기 위해 의도적으로 인용부호를 생략한 부분이다. 이 문장이 작가의 말에 통합된 채 깔로미예쩨프의 말 바로 뒤에 놓여진 것도 우연은 아니다.

> (8) 그러나 깔로미예쩨프는 그의 코와 눈썹 사이에 그의 동그란 안경을 조심스럽게 끼워 넣은 채, 그의 '염려'를 **감히 공유하려 하지 않는 학생놈**을 뚫어지게 바라보았다. (『처녀지』, 제 7 장)

이것은 전형적인 혼성구문이다. 수식어구("감히 공유하려 하지 않는") 뿐 아니라 작가의 발언인 주부(主部)의 직접목적어("학생놈")조차 깔로미예쩨프의 어조를 차용하고 있다. 여기에 선택된 어휘들("학생놈", "감히 공유하려 하지 않는")은 일차적으로는 깔로미예쩨프의 짜증스런 억양의 규정을 받고 있지만, 동시에 작가의 발언이라는 맥락 속에서 작가 자신의 아이러니칼한 억양의 침투를 받고 있기도 하다. 그 결과 이 구문은 두 가지 의도, 즉 아이러니칼하게 전달하려는 작가의 의도와 인물의 짜증을 모방하려는 의도를 함께 지니게 되는 것이다.

마지막으로 작가의 말이라는 구문론적 체계 속에 타인의 말이 지니는 정서적 측면(생각·의문·감탄 등)이 삽입된 예를 살펴보자.

> (9) 그의 심적 상태는 정말 기묘했다. 지난 이틀 동안 그렇게 많은

새로운 감정과 새로운 얼굴들이…… 난생 처음으로 그는 한 소녀, 그가 사랑하고 있음에 틀림없는 한 소녀와의 교제를 시작했다. 그는 그의 모든 정력을 요구할 것임에 틀림없는 일의 시발점에 서 있었다…… 그러니 어떻단 말인가? 그는 지금 기뻐하고 있는 것인가? 그렇지는 않다. 그렇다면 망설이고 두려워하며 당황하고 있는 것인가? 오, 이것 역시 사실은 아니다. 최소한 자기 전존재의 긴장, 즉 전투가 임박했을 때 흔히 느끼는, 전장의 최전선을 향한 저 충동을 느끼고 있는가? 그렇지도 않다. 그렇다면 이 일의 의의라도 믿고 있는 것인가? 자기 자신의 사랑을 믿고 있기나 하는가? "오, 망할 놈의 예술적 기질! 회의주의자!" 하고 그의 입술은 아주 조그맣게 중얼거렸다. 이러한 권태, 비명을 지르거나 발광하지 않고서는 말조차 하기 싫은 이 심정은 도대체 어디서 연유하는 것인가? 이러한 발광으로 그는 도대체 어떠한 내면의 소리를 질식시키려는 것인가?(『처녀지』, 제18장)

여기서 우리는 작중인물의 의사 직접담론 형식의 훌륭한 예를 본다. 구문상의 표지로만 보면 이 단락은 작가의 말로 이루어져 있지만, 그 전체적인 정서의 구조는 네쥬다노프에 속한다. 이것은 그의 내적 독백이다. 작가는 다만 네쥬다노프의 정서를 보존하는 가운데 더러 도발적인 질문을 던지고 아이러니칼한 단서(……에 틀림없는)를 붙임으로써 그것을 통제하고 있는 것이다.

내적 독백의 제시에 이용되는 위와 같은 형식은 뚜르게네프의 작품에서 흔히 찾아볼 수 있다. (이 형식은 또한 소설 속에서 내적 독백을 제시하는 가장 일반적인 형식 중의 하나이기도 하다.) 이 형식은 어떤 인물의 내적 독백이 지니는 무질서하고 충동적인 성격에 질서와 균형을 주며(이러한 형식이 없다면 무질서와 충동은 직접적 발언으로 재편성되어야 할 것이다), 아울러 그 구문상의 표지(3인칭 서술)나 기본적인 문체적 표지들(어휘, 기타)에 힘입어 타인의 내적 독백이 작가의 문맥에 조직적으로 통합되도록 허용한다. 그러나 물론 이러한 형식의 작용은 통합에만 그치는 것이 아니다. 그것은 인물의 내적 독백이 지니는 독특한 표현구조, 그 불완전성 및 유동성을 보존하는 최선의 형식 중 하나이기도 하다. (이것은 간접화법이라는 논리적이고 건조한 형식으로는 결코 가능하지 않은 일이다.) 이 형식이 지닌 바로 이와같은 특징들이 그것으로 하여금 인물들의 내적 독백을 제시하는 가장 편리한 형식이 되게 하였다. 작가의 목소리가 제시의 대상이 된 독백 속에 제 2 의 강조(아이러니칼한 강조나 짜증스러운 강조 등)로 참여하는 방식 등으로 다양하게 관여한다는 점에서 이것은 물론 혼성형식이다.

작가의 말과 타인의 말 사이에 강조를 혼합하고 경계선을 제거함으로써 이룩되는 혼합은 인물의 발언에 대한 다른 전달형식에서도 가능하다. 직접화법과 간접화법 및 의사직접화법이라는 세 종류의 전달형식만 가지고서도 인물의 발언을 취급함에 있어, 즉 인물의 상호 중첩과 상호 침투의 면에서 엄청난 다양성이 가능해진다. 중요한 것은 다양한 전달형식들을 활용하고 그것들을 재분화하는 일에 작가의 문맥이 어느 정도 성공할 수 있느냐이다.

위에서 인용한 뚜르게네프 작품의 대목들은 소설의 언어를 분화하고 그 안에 언어적 다양성을 통합시키는 작업에서 인물이 차지하는 역할을 전형적으로 보여주는 예이다. 앞서도 말했듯이 소설 속의 인물은 자신의 특수영역, 즉 자신에게 할당된 직접담론의 범위를 (때로는 아주 멀리) 넘어서 그를 둘러싼 작가의 문맥에 영향을 미치는 독특한 영역을 가지고 있다. 작품에서 주요 인물들이 차지하는 영역은 어떤 경우에도 그가 직접 말하는 '실제' 발언의 영역을 넘어서게 마련이다. 소설 속의 주요 인물들을 둘러싸고 있는 이러한 영역은 문체상으로 대단히 특이한 영역이다. 수많은 다양한 혼성구문들이 그 영역을 지배하고 있으며, 따라서 이 영역은 정도의 차이는 있을지라도 항상 대화화되어 있는 영역이다. 이 영역의 내부에서 작가와 그가 창조한 인물들 사이의 대화——진술과 그에 대한 응답으로 나누어지는 극적 대화가 아닌, 겉보기에는 독백으로 보이는 구문의 한계 내에서 실현되는 저 특이한 유형의 소설적 대화——가 이루어진다. 그러한 대화에의 잠재력이야말로 소설적 산문이 지니는 가장 근본적인 특권이며, 극이나 순수하게 시적인 장르에서는 가능하지 않은 특권이다.

인물영역은 문체론적 분석이나 언어학적 분석에 있어 대단히 흥미로운 연구대상이다. 그 속에서 우리는 구문론이나 문체론상의 문제들을 전적으로 새롭게 조명하도록 해주는 새로운 문장구성형식을 발견하게 된다.

장르통합

마지막으로 소설 속에 언어적 다양성을 통합하고 조직하는 형식을 논함에 있어 빼놓을 수 없는 것으로 '장르통합'의 경우를 살펴보자.

소설 속에는 예술적 장르(단편소설, 서정가곡, 시, 극적 장면 등) 비예술적 장르(일상적·수사적·학문적·종교적 장르 등)를 막론한 다양한 장르가 통합된다. 원칙적으로 소설의 구조 속에 통합될 수 없는 장르란 있을 수 없으며, 또 사실상 역사의 일정 시점에서 소설에 통합되어 보지 못한 장르를 발견하기란 어렵다. 소설 속에 통합된 장르들은 소설 속에서 대체로 고유의 언어적, 문체적 특징뿐 아니라 그 구조적 통일성과 독립성 또한 보존한다.

소설의 구성에 특히 중요한 역할을 담당하고 때로는 그들 자체만으로 소설의 전체구조를 구성하며 그 결과 자신의 이름을 본딴 소설유형을 만들어내는 일단의 특수한 장르들이 있다. 그러한 장르들로는 가령 고백록이나 일기·여행기·전기·편지 등이 있다. 이러한 장르들은 모두 소설 구조의 핵심적 구성요소로서 소설 속에 통합되는 동시에 소설 전체의 형식을 결정한다. (고백체 소설, 일기체 소설, 서간체 소설 등.) 이러한 장르들은 모두 현실의 다양한 측면을 포착하는 독자적 언어형식, 의미부여형식을 소유하고 있으며, 소설이 이들 장르들을 이용하는 이유도 바로 그 점, 즉 잘 다듬어진 하나의 형식으로서 이들 장르들이 지니는 그와같은 현실포착 능력에 있다.

소설 속에 통합되는 이러한 장르들의 역할이 워낙 크기 때문에 심지어는 마치 소설이라는 장르는 애당초 현실포착을 위한 기본적 수단, 즉 독자적인 언어적 접근방법을 가지고 있지 않으며 따라서 현실의 재구성을 위해 다른 장르의 도움을 받지 않으면 안되는 것처럼 보일 지경이다. 소설 그 자체는 다른 일차적 장르들의 단순한 이차적 통합에 지나지 않는 것처럼 보인다.

이 모든 장르들은 소설 속에 들어갈 때 그들 자신의 언어를 가지고 들어가며 그럼으로써 소설의 언어적 통일성을 깨뜨리고 나아가 그 언어적 다양성을 새로이 강화시킨다. 그리하여 가령 어떤 비예술적 장르(예컨대 편지)의 언어의 도입으로 인해 소설의 역사와 나아가서는 문예언어의 역사에 새로운 장(場)이 열리는 경우도 종종 발생한다.

이렇게 소설 속에 도입된 언어들은 한편으로 작가의 의도를 곧이곧대로 표현해주는 수단이 되기도 하지만, 다른 한편 작가의 의도와는 전적으로 무관한 객체, 즉 말하기 위한 언어가 아닌, 사물이나 대상으로서의 언어로 취급되기도 한다. 그러나 이 언어들이 작가의 의도를 표현하는 방식은 대체로 굴절에 의한다. 따라서 많은 경우 소설 속에 통합된 언어들의 개별요소들은 작품의 궁극적 의미와는 다양한 거리를 두고 불일치한다.

그리하여 한편으로 어떤 운문시 장르들(예컨대 서정시 장르들)은 소설 속에서 자신의 본래 의도를 고스란히 가지고 있다. 괴테의 『빌헬름 마이스터』에 도입된 시들이 그 좋은 예이다. 낭만주의자들이 자신의 산문에 자신의 시를 통합할 때 사용했던 방식이 대개 이와같다. 잘 알려진 바와 같이 그들은 소설 속에는 반드시 운문(작가의 의도를 담고 있는 운문)이 포함되어야 한다고 여겼으며, 이는 그 구성상의 특징이라고 생각했다. 이와는 달리 어떤 운문들의 경우 그것들은 작가의 의도를 굴절시키기 위한 수단에 불과하다. 『예브게니 오네긴』에 나오는 렌스끼의 시, "어디로, 오 어디로 그대는 떠났는가……"는 그 좋은 예이다. 『빌헬름 마이스터』에 나오는 운문들은 괴테 자신의 것으로 보아도 무방하지만(실제로 그러하다) "어디로, 오 어디로 그대는 떠났는가……"의 경우는 결코 뿌쉬낀 자신의 발언이라 할 수 없으며 이 시를 뿌쉬낀 자신의 것으로 귀속시키는 일은 '패러디적 양식화'(『대위의 딸』에 나오는 그리네프의 시도 여기에 속할 것이다)라는 특별한 집단의 일원으로서만 가능하다. 마지막으로 소설 속의 시는 예컨대 도스또예프스끼의 『악령』에 나오는 레뱌드낀 대위의 시처럼 전적으로 객체일 수도 있다.

유사한 상황은 격언이나 금언 따위를 소설 속에 통합시키는 경우에도 나타난다. 격언이나 금언 역시 순수한 객체('전시용 언어')와, 작가의 의도를 대변하는 것, 즉 작가의 의도 그 자체를 개념화한 철학적 금언(단서나 조건이 붙어 있지 않은 담론) 사이를 오락가락한다. 그리하여 우리는 가령 장 파울의 소설들——여기에는 정말 경구가 풍부하다——속에서 순수히 객체적인 것에서부터 작가의 의도를 그대로 드러내는 것에 이르기까지, 제각기 서로 다르게 작가의 의도를 굴절시킨 다양한 층위의 경구들을 발견하게 된다.

『예브게니 오네긴』에서는 격언이나 금언의 제시가 패러디나 아이러니의 평면에서 이루어진다. 즉 작가의 의도는 이 작품에 나오는 금언들을 통해 다소 굴절되어 제시된다. 가령 다음과 같은 경구는 전체적으로 작가의 의도에 가깝고 그것과 거의 구분될 수 없을 정도이지만, 그럼에도 불구하고 경쾌한 패러디적 평면에 놓여 있는 것으로 보인다.

> 살아서 사고해본 사람이라면,
> 결코 경멸 없이는 인간을 바라보지 못하리라.
> 느낄 줄 아는 사람이라면 누구나
> 다시는 돌아오지 않을 날들에 사로잡히리라.
> 그는 더 이상 거짓된 외양에 매혹되지는 않으리라.
> 그는 기억의 뱀에 의해 갉아먹히고 있노라.
> 회한이 또한 그의 마음을 부식시키노라.
>
> (제 1 장 제46절)

그러나 이에 이어지는 다음과 같은 시행들(이 부분은 인물로서의 작가와 오네긴 사이의 대화로 이루어진다)은 패러디적이고 아이러니적인 작가의 의도를 강화시키면서 위 인용부분의 진술을 무효화하는 데 기여한다.

> 이 모든 말이
> 대화에 매력을 더해주는 듯하도다.

이 대목을 통해 우리는 윗 부분의 경구가 오네긴의 음성이 지배하는 공간 속에서 오네긴의 신념체계에 따라 오네긴의 억양으로 형성되었음을 깨닫게 된다.

그러나 오네긴의 음성이 지배하는 오네긴의 영역에서 일어나는 이와 같은 작가의도의 굴절은 가령 렌스끼의 영역에서 일어나는 굴절과는 다르다. (그의 시를 거의 전적으로 객체화하는 노골적인 패러디를 보라.)

이 예는 또한 우리가 앞서 논의한 바 있는, 인물의 언어가 작가의 발언에 미치는 영향력을 보여주는 예이기도 하다. 문제의 경구에는 오네긴의 의도(바이런적 유행을 따른)가 스며들어 있으며, 이것이 작가로 하여금 오네긴에 대해 일정한 거리를 유지하면서 그와 전적으로 일치하지 않게 해주었던 요인이다.

소설장르의 발전에 핵심적인 역할을 담당했던 고백록이나 일기 등과 같은 장르들의 경우에는 문제가 더욱 복잡하다. 물론 이러한 장르들 역시 그것들 자신의 언어를 소설 속에 가지고 들어온다. 그러나 이러한 언어들이 갖는 중요성은 무엇보다도 그것들이 새로운 장르의 관점을 활용하도록 해준다는 점에 있다. 그러한 관점은 문학적 관습의 외부에 존재하고 있으며, 그렇기 때문에 문학적 언어의 지평을 넓혀주고, 새로운 언어감각의 영역——이미 다른 비문학적 언어권에서 개척하고 부분적으로 정복한 세계——을 열어줄 수 있는 것이다.

이제까지 우리는 다양한 종류의 언어들에 대한 희극적인 취급, '작가로부터 나오지 않는', 즉 작중화자나 인물로서의 작가 혹은 작중인물로부터 나오는 이야기, 인물의 발언과 인물영역, 그리고 다양한 장르들의 부분적 혹은 전체적 통합 등, 소설 속에 언어적 다양성을 도입하고 조직하는 기본적인 형식들에 대해 고찰하였다. 이러한 형식들은 모두 간접적이고 제한적인, 거리를 둔 언어사용을 고무한다. 그것들은 모두 언어에 대한 의식의 상대화를 요구하며 언어의식에 언어의 객체성(상대성), 그 역사·사회적인 나아가 본원적인 경계의 객체성(상대성)에 대한 인식을 가져다준다. 그러나 언어의식의 이같은 상대화가 반드시 의미하는 바(의미론적 의도)의 상대화를 요하는 것은 아니다. 산문적인 언어의식의 내부에서도 의도가 절대적일 수는 있다. 그러나 단일언어(신성한 절대언어)라는 관념은 산문과는 무관한 것이어서, 산문적인 의식은 자신의 의도가 비록 절대적인 것이라 하더라도 그것을 교향하게 되어 있다. 산문적 의식은 다양한 언어들 가운데 오직 하나에만 국한될 때 갑갑함을 느끼며, 그것은 단일언어의 음색이 자신에게는 맞지 않기 때문이다.

우리가 이제까지 살펴본 것들은 유럽 소설의 가장 대표적인 유형들 속에서 흔히 발견되는 전형적인 형식들의 예이다. 그러나 이것들이 소설 속에서 언어적 다양성을 통합, 조직하는 수단의 전부가 아님은 물론이다. 이 모든 형식들간의 다양한 조합이 개별적인 소설 속에서는 물론 그러한 소설들에 의해 생성된 다양한 장르유형들 속에서도 가능하다. 소설장르의 가장 순수하고 고전적인 예로서, 다양한 언어의 내적 대화로 이루어지는 소설담론이 지니고 있는 예술적 가능성을 엄청난 폭과 깊이 속에 담아내고 있는 세르반떼스의 『돈 끼호떼』가 바로 그러한 경우인 것이다.

산문의 이중음성성과 시의 이중의미성

소설 속에 통합된 언어적 다양성은(그 통합의 형식이 어떠한 것이건간에) 굴절에 의해서만 작가의 의도를 표현하는, **타인의 언어에 의한 타인의 발언**이다. 이러한 발언은 이중음성적 담론이라는 특수한 유형의 담론을 만들어낸다. 이것은 동시에 두 사람의 화자에 봉사하고 서로 다른 두 의도, 즉 이야기하는 인물의 직접적 의도와 작가의 굴절된 의도를 함께 표현해주는 담론이다. 그 속에는 두 개의 음성, 두 개의 의미, 두 개의 표현이 있다. 게다가 이 두 음성은 시종일관 대화적인 상호관련을 갖는다. 즉 이 두 음성은 대화하는 두 사람이 서로를 알고 상대방에 대한 이러한 상호인식 속에서 자신의 발언을 구성하는 것처럼 서로가 서로를 안다. 이 점은 그들이 상대방과의 실제 대화에 참여하는 경우와도 다를 바가 없다. 이중음성적 담론은 항상 내적으로 대화화되어 있다. 이러한 담론의 예로 앞서 살펴보았던 희극적, 아이러니적, 패러디적 담론이라든가, 작중화자의 굴절된 담론, 작중인물의 언어에 의해 굴절된 담론, 그리고 통째로 통합된 장르의 담론 등이 있지만, 이 모든 담론들이 다 두 개의 음성을 가지고 있으며 내적 대화를 담고 있다. 두개의 음성, 두 개의 세계관, 두 개의 언어가 한데 압축된 잠재적 대화가 그 속에 들어 있는 것이다.

두 개의 음성에 의한 내적 대화를 담는 담론은 산문적 의식 특유의 언어학적 상대주의를 알지 못하는 순수하고 통일적이며 절대적인 언어체계 속에서도 물론 가능하다. 순수히 시적인 장르 속에서도 그러한 담론은 가능하다. 그렇기는 하지만 이러한 체계 속에는 그러한 담론을 의미있는 본질적인 방향으로 발전시켜줄 수 있는 토양이 전혀 마련되어 있지 않다. 가령 수사적 장르 속에도 이중음성적 담론은 매우 널리 퍼져 있다. 그러나 그럼에도 불구하고 수사적 장르는 단일언어 체계의 범위를 고수하고 있다. 언어의 분화에 기여하는 역사적으로 생성되어 나오는 여러 세력들과 깊이있게 유대함으로써 스스로 비옥해질 수 있는 길을 저버렸던 것이다. 따라서 수사적 장르가 기껏 달성한 것이란 이러한 역사적 생성과정의 먼, 개인적 논쟁의 수준으로 협애화된 반향에 지나지 않는다.

언어적 분화의 과정으로부터 단절된 이러한 시적·수사적인 이중음성성은 개인적인 대화, 즉 두 개인간의 논의와 대화로 전개될 수도 있다. 그러나 이러한 경우에도 대화 속에서 교환되는 말들은 모두 동일한 언어에 속한다. 그들이 서로 일치하지 않거나 심지어 대립할 수도 있지만 그들 사이에 언어의 차이가 존재하는 것은 아니다. 문체의 측면에서 볼 때 근본적인 사회·언어학적 교향화의 뒷받침이 없이 절대적이고 신비한 통일적 언어체계의 범위 안에 남아 있는 이러한 이중음성성은 대화나 논쟁의 형식에 수반되는 부차적 현상에 불과하다.[22] 단일한 통일적 언어와 일관된 독백적 문체에 부합하는 담론내적 이중음성성은 결코 그러한 담론의 근본 형식이 될 수 없다. 그것은 단순한 장난, 즉 찻잔 속의 폭풍우에 지나지 않는다.

우리가 산문 속에서 발견하는 이중음성성은 이와는 성격이 다르다. 거기, 소설적 산문의 비옥한 토양에서는 이중음성성이 개인적인 불화나

22) 신고전주의에 따르면 이러한 이중음성성은 저급한 장르들, 특히 풍자(satire)에서나 유용한 것이다

오해, 모순으로부터——그것들이 아무리 비극적이고 개인들의 운명에 핵심적인 것이라 할지라도——그 활력, 그 대화적 애매성을 끌어내지는 않는다.[23] 소설적 이중음성성의 뿌리는 근원적 다중언어성(多重言語性) 즉 사회·언어적 의미에서의 언어적 다양성에 내려져 있다. 물론 대개의 경우 소설 속에서도 언어적 다양성은 인물들 개개인 속에 구현되어 있다. 논쟁이나 대립이 개인화되어 있는 것이다. 그러나 그러한 개인의 의지, 개인의 정신들 간의 대립은 **사회적인** 언어적 다양성의 일부로서 그것을 통해 재해석되는 성격의 것이다. 개인들간의 대립은 사회적인 언어적 다양성 속의 길들여지지 않은 요소들의 표면적인 모습이며, 그러한 개인적 대립에 작용하여 그들을 모순적인 것으로 만들고 그들의 의식과 담론을 보다 근본적인 언어적 다양성으로 물들이는 그런 요소들의 표면적 현현인 것이다.

따라서 이중음성적 산문담론의 내부에서 일어나는 대화의 내용은 (언어가 지니는 은유적 활력의 내용이 그러하듯) 남김없이 규명되는 것이 불가능한 성격의 것이다. 언어적 다양성의 내부에 들어 있는 대화적 잠재력을 송두리째 구현해줄 명시적 대화의 소재로는 발전될 수 없는 것이다. 진정한 산문담론 내부의 대화는 분화된 다양한 언어로부터 유기적으로 성장한 것으로서, 근본적으로 극화(劇化)될 수 없는 성격의 것이며 그렇게 해서 충분한 설명이 이루어질 수도 없다. 궁극적으로 그것은 명시적 대화라는 틀, 즉 단순한 인물들 간의 대화라는 틀에 끼워맞춰질 수 없으며, 경계가 뚜렷한 대화로 분리될 수는 없다.[24] 산문 속의 이중음성성이란 신화나 진정한 은유의 경우에 그러하듯 언어 속에——역사 속에서 생성·발전하며, 그러한 생성·발전의 과정 속에서 부대끼며 사회적 분화를 겪는 하나의 사회적 현상인 언어 속에——미리 주어져 있는 것이기 때문이다.

언어의식의 상대화, 생성·진화 중인 언어들이 이룩해내는 사회적 다

23) 시와 단일언어의 세계에서는 그러한 불일치와 모순은 직접적이고 순수한 극적 대화 속에서만 펼쳐질 수 있으며, 또 그래야만 한다.

24) 언어가 일관되고 통일적인 것이면 것일수록, 그러한 대화는 일반적으로 더욱 극적이며 완결적이다.

양성에의 빠짐없는 참여, 다양하되 저마다 다 훌륭하게 개념화되어 있는 객관적인 언어들 속에서 이러한 언어의식이 수행하는 의미와 표현상의 의도들에 대한 탐색, 그리고 그러한 언어의식에 필수적인 간접적이고 제한적이며 굴절적인 어법의 활용, 이 모든 것들이 진정한 이중음성적 산문담론의 필수적 전제조건이다. 이러한 이중음성성은 소설가에게 언어 속에 살아 있는 다양한 언어, 그의 의식을 둘러싸고 그것에 자양분을 공급하는 다중언어성 속에서 자신의 존재를 감지시킨다. 따라서 그것은 타인과의 피상적이고 고립적인 수사적 논쟁 속에서 생겨나는 이중음성성과는 거리가 멀다.

만일 소설가가 산문 문체의 이같은 언어적 토대를 상실한다면, 그리하여 그가 만약 상대화된 갈릴레이적 언어의식을 획득할 수 없다면, 그리고 만일 그가 생성·진화하는 살아있는 담론 내부의 유기적인 이중음성성, 그 내적 대화를 들을 줄 모른다면, 그렇다면 그는 하나의 장르로서 소설이 가지는 임무와 그 실제적 가능성을 결코 이해할 수도 실현시킬 수도 없을 것이다. 그도 물론 내용과 형식의 양(兩) 측면에서 소설과 유사한, 소설과 꼭 같은 모습으로 '제조된' 예술작품을 만들어낼 수는 있다. 그러나 그렇게 함으로써 그가 한 편의 소설을 창작해냈다고는 볼 수 없다. 작품의 문체가 필연코 그를 배반할 것이기 때문이다. 그러한 작품 속에서 우리는 단일한 음성을 가진 매끄럽고 순수한 언어(여기에는 더러 아주 초보적이고 인위적이며 피상적인 이중음성성이 수반되어 있기도 하다)가 지니는 통일성, 순진함과 둔감성에서 비롯된 자신감의 산물인 통일성을 읽을 수 있다. 그러한 작가가 자신의 작품으로부터 말의 다양성을 제거하는 일을 가볍게 생각하고 있다는 사실을 감지하기는 쉬운 일이다. 그는 단지 실제의 언어에 깊이 내재해 있는 언어적 다양성에 귀를 기울이지 않고 있는 것이며, 어휘들에 독특한 음조를 부여하는 사회적 의미들을 자신이 제거해야 할 짜증스런 잡음으로 오해하고 있는 것이다. 그리하여 이렇듯 진정한 언어적 다양성으로부터 분리된 소설은 대개의 경우 세밀하고도 풍부하며 '예술적으로 완성된' 무대지시가 달린 '레제드라마'(이것은 아주 좋지 않은 드라마이다)로 전락하고 만다. 그리고 그런 소설 속의 작가 언어는 그 언어적 다양성을 제거당함

으로써 불가피하게 희곡 속의 무대지시어라는 어색하고 부자연스런 지위로 격하되고 만다.[25]

이중음성적 산문언어는 이중의 의미를 갖는다. 그러나 좁은 의미의 시어 역시 이중의, 때로는 여러 겹의 의미를 갖는다. 시어를 개념이나 용어로서의 언어와 기본적으로 구별지어주는 요인이 바로 시어의 이러한 특징이다. 그 안에 내포된 두 가지 의미를 정확히 포착할 것을 요구하는 시어를 우리는 비유라 부른다.

그러나 하나의 시적 상징(하나의 비유)의 내부에서 일어나는 상호작용은 결코 대화적 성격의 것이라고는 볼 수 없다. 어떤 경우에도 우리는 하나의 비유(가령 하나의 은유)가 하나의 대화를 구성하는 두 개의 발언, 즉 두 개별적 음성들 사이에 할당된 두 개의 의미로 나누어지는 것을 상상할 수 없다. 이런 이유 때문에 어떤 상징이 지니는 이중의, 혹은 여러 겹의 의미는 결코 이중의 강조를 파생시키지는 않는다. 시적 애매성을 표현하기 위해서는 오히려 하나의 음성, 하나의 강조체계면 충분하다. 하나의 시적 상징 속에 들어 있는 여러가지 의미의 상호작용을 논리적으로 예컨대 고유명사의 상징화에서와 같이 부분 혹은 개인과 전체의 관계라든지, 구체와 추상의 관계 따위처럼 해석하는 것은 가능하다. 이러한 관계는 또한 철학적, 존재론적으로도 가령 어떤 하나로 다른 하나를 대표하는 이런저런 관계라든지, 본질과 현상의 관계라는 식으로 파악될 수도 있다. 그런 관계들의 정서적, 평가적 차원 또한 고찰될 수 있다. 그러나 다양한 의미들 사이의 관계를 규정하는 이 모든 관계유형들은 하나의 어휘와 그 대상 사이의 관계라는 범주, 혹은 한 대상 내의 다양한 측면들 간의 관계라는 범주를 벗어나지 못하고 있다. 일어나는 일 전체가 하나의 어휘와 그 대상 사이에 국한되어 있으며, 시적 상징의 활동 전부가 그러한 공간 속에서 이루어진다. 하나의 상징은

25) 슈필하겐(Friedrich Spielhagen: 1829~1911 : 독일의 대중소설가—역주)은 소설의 이론과 기법에 관한 그의 유명한 저작 『소설의 이론과 기법에 대하여』(*Beiträge zur Theorie und Technik des Romans*, 1883)에서 정확히 그러한 비소설적 소설에 촛점을 맞추고 장르로서의 소설이 특수하게 지니고 있는 잠재력은 무시하고 있다. 이론가로서의 그는 다중음성적 언어와 그것이 야기하는 이중음성적 담론을 듣지 못하고 있는 것이다.

타인의 언어, 타인의 음성과의 사이에 벌어질 수 있는 어떠한 본질적 관계도 전제하지 않는다. 시적 상징의 다의성(多意性)은 자신과 음성 사이의 동일성 및 통일성을 전제하며 그 음성 혼자서 자신의 담론을 지배해주기를 요구한다. 그리하여 타인의 음성, 타인의 강조, 타인의 관점이 이러한 상징활동을 뚫고 들어오는 경우, 그러한 침투가 일어나자마자 시적 평면은 파괴되고 상징은 산문의 평면으로 이전되어버린다.

시적 이중의미성과 산문적 이중음성성 사이의 차이를 이해하기 위해서는 아무 상징이나 잡아서 그것에 (그에 상응하는 적절한 문맥 속에서) 아이러니칼한 강조를 부여하는 것, 즉 그 속에 새로운 음성을 도입하고 새로운 의도를 굴절시켜보는 것으로 족하다.[26] 이런 과정 속에서 시적 상징은 하나의 상징으로 남아 있는 동시에 산문의 평면으로 전이되어 이중음성적 담론으로 된다. 담론과 그 대상 사이에 타인의 담론, 타인의 강조가 끼어들고, 상징 위에 객체성의 그림자가 드리워진다. (이런 류의 작용은 의당 그럴 것이라고 짐작되듯, 다소 단순하고 초보적인 이중음성적 구조를 귀결시킬 것이다.)

시적 상징의 이같은 단순한 유형의 산문화의 예로 우리는 『예브게니 오네긴』의 렌스끼에 관한 연(聯)을 들 수 있다.

> 사랑에 순종하여, 그[렌스끼]는 사랑을 노래했으니,
> 그의 곡조는 순진하고도 수줍기가
> 순결한 처녀의 명상과도 같았고,

---

26) 가령 똘스또이의 『안나 까레니나』에 나오는 알렉세이 알렉산드로비치 까레닌은 어떤 어휘들과 그와 연관된 표현을 피하는 습성을 가지고 있다. 그리하여 그는 그런 말을 문맥에서 떼어내어 그것에 자기 식의 억양을 부여함으로써 이중음성적 구조를 만들어낸다.

> "그래, 어떤가, 다정한 남편이지, 결혼 첫해만큼이나 다정해. 당신이 보고싶어 견딜 수 없을 지경이니 말이오." 그는 느리고 가는 목소리로, 그녀에게 말할 때 항상 그러하듯 실제로 그런 식으로 말하는 놈이 있다면 정말 우스꽝스럽지 않느냐는 듯한 어조로 말했다.

잠자는 아기들, 달과도 같았도다.

이 연의 시적 상징은 동시에 두 평면에서 조직되고 있다. 그 하나는 렌스끼의 서정시의 평면——'괴팅겐 정신'의 의미와 표현의 체계에 따른——이고, 다른 하나는 뿌쉬낀의 발언의 평면——그에게는 '괴팅겐 정신'이란 그 언어, 그 시학과 더불어 자기 시대의 다양한 문학적 언어 중 하나로서 새롭긴 하지만 이미 하나의 전형이 된 예(문학적 언어, 문학적 세계관, 그리고 이러한 세계관의 규제를 받는 삶 속의 다양한 음성 가운데 하나인 새로운 음조, 새로운 음성)에 지나지 않는다——이다. 문학과 동시대의 삶 속에 존재하는 언어적 다양성을 구성하는 언어들 가운데에는 오네긴의 바이런적이고 샤또브리앙적인 언어, 시골에서의 따띠아나의 리차드슨적 언어와 세계, 라린의 저택에서 쓰여지는 친근미 넘치는 시골풍의 언어, 그리고 따띠아나의 뻬쩨르부르그에서의 언어와 세계, 그 외에도 작품 속에서 변전하는 다양한 다른 언어들——작가의 간접적 언어들을 포함하여——이 있다. 이러한 언어적 다양성의 총체(『예브게니 오네긴』은 당대의 문체와 언어를 총망라해놓은 백과사전이다)가 작가의 의도를 교향하고 있으며 이 작품의 문체를 진정한 소설적 문체로 만들어주고 있는 것이다.

그리하여 위의 연에서 쓰인 이미지들은 한편으로 렌스끼의 신념체계에 따라 렌스끼의 의도에 봉사하는 이중의미의 (은유적인) 시적 상징들이지만, 다른 한편으로는 뿌쉬낀의 언어체계에 따른, 이중음성적인 산문적 상징이 되고 있다. 이것들은 물론 피상적인 수사적 패러디나 아이러니가 아닌 진정한 산문적 상징들, 변전하는 당대의 문학언어에 내재해 있는 언어적 다양성으로부터 솟아나온 상징들이다.

이러한 것이 소설적으로 사용된 진정한 이중음성성과 순수하게 시적인 상징으로 표현되는 단성적(單聲的)인 이중 혹은 다중 의미성 사이의 차이이다. 내적으로 대화화되어 있는 이중음성적 담론의 애매성에는 대화가 실려 있으며, 실제로 개별적인 음성들로 이루어지는 대화——이것은 물론 극적 대화와는 다르며, 그보다는 오히려 무한하게 펼쳐지는 산문적 대화라고 보는 것이 타당하다——를 낳을 수도 있다. 더우기 이중음성성은 이러한 대화 속에서 완벽하게 자기 자신을 표현해낼 수가 없으며 어떠한 방법으로도, 즉 개별적 부분들을 합리적·논리적으로 분리한 뒤에 담론의 독백적 단위를 나타내는 마침표를 그 부분 부분에 찍어줌으로써도(수사에서처럼), 희곡에서 일어나는 것 같은 경계가 명확한 대화의 하나 하나를 분리해냄으로써도 완벽하게 담론으로부터 추출되지 않는다. 진정한 이중음성성은 비록 그것이 소설 특유의 산문적 대화를 탄생시키기는 하지만 그러한 대화로는 결코 다 설명되지 않은 채 담론 속에, 그리고 언어 속에 결코 마르지 않는 대화의 샘으로——담론의 내적 대화란 언어의 사회·역사적, 모순적 생성과정의 필수적 산물인 까닭에——남아 있는 것이다.

그리하여 시 이론의 중심문제가 시적 상징의 문제라면, 산문 이론의 중심문제는 담론의 이중음성적인 내적 대화와 그 다양한 유형의 문제이다.

산문을 사용하는 소설가에게는 그 대상이 항상 그것에 관한 타인의 담론 속에 얽혀 있다. 소설가의 대상에는 이미 단서가 달려 있다. 그것은 언어적 다양성으로 표현되는 사회적 지각(知覺)과 밀접하게 연관을 맺으면서 다양하게 개념화되고 평가된, 논쟁의 대상이다. 소설가는 또한 이 '이미 단서가 달린' 세계를 사회의 분화를 토대로 분화된 내적 대화성을 지닌 언어로 이야기한다. 그리하여 대상과 언어 양자는 소설가에게 그들의 역사적 차원, 그 사회·언어적 생성의 과정 속에서 모습을 드러낸다. 소설가에게는 다양한 사회·언어적 지각의 범위를 벗어난 세계도, 그 세계를 분화하는 다양한 사회적 의도의 범위를 벗어난 언어도 존재하지 않는다. 그러므로 소설 속에서도 언어(더 정확히는 언어들)와 그 대상, 그 세계 사이에 심오하고도 독특한 통일성, 우리가 시 속에서 발견하는 것과 같은 종류의 통일성을 성취하는 것이 가능하다. 시적 형상이 언어 그 자체로부터 탄생하였고, 그것으로부터 유기적으로 솟아나왔으며, 언어 속에 미리 형성되어 있던 것이라 말해도 좋은 것처럼 소설적 형상들도 그들 자신의 이중음성적 언어에 유기적으로 결합된 것이고 그 안에서, 즉 그 언어의 유기적 일부인 다중언어성의 내부에서 미리 형성된 것처럼 보인다. 소설 속에서는 세계의 이와같은 '미리 말하여진' 성격과 언어의 '이미 대화하고 있는' 성격이 결합하여 사회적 의식과 언어 양자에 있어서 세계의 다중언어적(多語的) 형성 내지 발전이라는 단일한 사건으로 전개되는 것이다.

좁은 의미의 시어도 그 대상, 즉 그 대상에 얽혀 있는 타인의 언어를 뚫고 들어가야 한다. 그것은 또한 사회적 다양성을 지닌 언어를 만나 그것을 뚫고 들어갈 때에라야만 통일성과 의도의 순수한 구현——이것은 결코 주어지는 것도 미리 만들어져 있는 것도 아니다——을 이룩할 수 있다. 시적 담론이 그 대상과 언어의 통일성을 성취하기 위해 밟아나가는 길은 그 시적 담론이 자신의 것과 상호작용하는 타인의 담론을 계속 마주치게 되는 길이다. 이 길의 기록은 창작과정 속에서 산출되는 잿더미 속에 남게 되는데, 이 재는 이내 치워지므로(건축이 완성되면 비계가 치워지듯) 완성된 작품은 순결한 에덴동산에 관한 이야기와도 같이 그 대상과 외연을 공유하는 통일적 발언으로 전화하게 된다. 그러나 그렇게 만들어진 시적 담론 속의 의도가 소유하게 되는 이러한 단일음성적 순수성과 직접성은 시어라면 어쩔 수 없이 많건 적건 지니게 되는 상투성의 댓가를 치르고 얻어진 것이다.

순수하게 시적인 역사외적 언어, 일상생활의 다람쥐 쳇바퀴 도는 듯한 흐름과는 거리가 먼 언어, '신들의 언어'라는 관념이 장르들의 유토피아적 철학으로서의 시 예술로부터 나온 것이라면, 산문예술은 구체적인 역사 속의 삶을 영위하는 것으로서의 언어 개념에 더 가깝다. 산문예술은 살아있는 담론의 상대성과 그 역사·사회적 구체성에 대한 섬세한 감각, 즉 그것이 역사적 전개와 사회적 투쟁에 참여한다는 사실에 대한 감각과 그 참여의 구체적 양상에 대한 감각을 전제로 한다. 산문예술은 그러한 투쟁과 적의로 아직도 뜨거운 담론, 적대적 의도들과 강조들이 실려 있는 담론을 다룬다. 그것은 이러한 상태의 담론을 자신의 문체 고유의 역동적 통일성에 종속시키는 것이다.

4. 소설 속의 화자

소설 속의 화자와 그의 언어

우리는 이제까지 사회적인 언어의 다양성, 즉 한 소설의 주제를 다중적으로 교향하게 하는 세계와 사회에 대한 다중언어적 감각이 장르적, 직업적, 사회적 언어들의 탈개성적인——탈개성적이기는 하나 동시에 화자들의 형상을 함축하고 있는——양식화로서, 혹은 인물로서의 작가나 작중화자, 그리고 최종적으로는 등장인물이라는 형태로 작품에 들어옴을 살펴보았다.

소설가는 일원론적이고 단일하며, 소박하게 (혹은 조건부로라도) 논박의 여지가 없는 신성불가침의 언어라는 것을 인정하지 않는다. 소설가에게 있어서 언어란 오로지 분화되어 있고 의미가 다중적인 어떤 것으로서만 존재한다. 그러므로 언어의 사회적 다양성이 소설의 외부에 남아 있을 때, 즉 소설가가 일원론적이고 자신의 의도와 완전히 일치하는 (어떤 거리나 굴절이나 제한조건이 없는) 언어를 들고나올 때일지라도 소설가는 그런 언어가 자명한 것도 아니고 본질적으로 논의의 여지가 없는 것도 아니라는 점과 그 언어 역시 다양한 의미가 교차하는 환경 내에서 말해진다는 점, 그리고 그런 언어는 의도적으로 옹호되고, 순수해지도록 방어되고, 외부로부터 동기를 부여받아야만 가능해진다는 사실을 알고 있다. 소설 속에서는 그러한 일원론적이고 직접적인 언어조차도 논쟁적이며 변론적이다. 다시 말해서, 언어의 사회적 다양성과 변증법적으로 상호 관련을 맺고 있는 것이다. 소설 속의 담론이 취하는 매우 뚜렷한 **지향성**——스스로 시험되고 시험될 수 있으며, 다른 것을 시험하기도 하는 것으로 나타나는——을 규정하는 것이 바로 이것이다. 왜냐하면 이러한 담론은 우연이건 의도적이건간에 자신을 둘러싸고 있는 여러 사회적 그룹에 따른 언어적 다양성을 잊거나 무시할 수 없기 때문이다.

그리하여 언어의 사회적 다양성은 한편으로 (이를테면) 몸소 소설 속에 들어가 구체적인 화자들의 모습을 취해 나타나거나, 다른 한편 대화화의 배경으로서 소설적 담론의 특별한 방향을 결정하는 것으로 나타난다.

이러한 사실로부터 하나의 장르로서의 소설에 결정적이고도 독특한 중요성을 지니는 다음과 같은 특징이 생겨난다. 즉 소설에서의 인간은 다른 무엇보다도 최우선적으로, 그리고 언제나 **말하는** 인간이며, 또한 소설은 자신들에게 고유한 이념적 담론, 즉 그들 자신의 언어를 가지고 소설 속에 들어오는 말하는 사람들을 필요로 한다.

소설을 소설로 만들어주며 소설의 문체적 고유성을 보장해주는 근본적인 조건이 바로 **말하는 사람과 그의 담론**이다.

이 말을 올바르게 이해하기 위해서는 다음의 세 측면을 주의깊게 구별해야 한다.

(1) 소설에서는 말하는 사람과 그의 담론이 **언어에 의한** 예술적 묘사의 대상이다. 소설에서 어떤 화자의 담론은 단순히 전달되거나 재생되는 것이 아니다. 정확히 말해서, 그것은 **예술적으로 묘사되는 것**이며, 극(劇)과는 대조적으로 다른 (곧 작가의) **담론에 의하여** 묘사되는 것이다. 그런데 화자와 그의 담론은 담론의 대상으로서는 매우 독특한 존재이다. 우리는 여타의 대화 거리들, 즉 말 못하는 사물들이나 현상이나 사건들 따위에 대해 이야기하듯이 담론에 대해 이야기할 수는 없다. 담론은 이야기를 위한 매우 특별한 형식상의 장치들과 어휘의 묘사를 위한 고유한 방식들을 필요로 하는 것이다.

(2) 소설 속의 화자는 본질적으로 구체적인 역사에 의해 규정되는 **사회적** 개인이며, 그의 담론도 '개인적 방언'이 아닌 (맹아상태의) 사회적 언어이다. 개개의 등장인물과 개개인의 운명들, 그리고 오로지 이것들에 의해서만 결정되는 개별적인 담론은 그 자체로서 소설의 관심사는 아니다. 한 등장인물이 행하는 담론의 개성적 측면들은 언제나 어떤 사회적 의미, 사회적인 넓이를 추구한다. 그러한 담론들은 언제나 잠재적인 언어들이다. 그러므로 한 인물의 담론은 또한 언어를 분화시키고 언어 속으로 사회적 다양성을 도입하는 한 요인일 수도 있게 된다.

(3) 소설 속의 화자는 언제나 어떤 정도로든 **이념인**(理念人, ideologue)이며, 그의 말은 언제나 **이념소**(理念素, ideologeme)들이다. 소설 속의 특

정 언어는 언제나 세계를 바라보는 특정 방식이며, 따라서 사회적 의미를 추구하게 마련이다. 담론이 소설 속의 묘사대상이 되는 것은 바로 이러한 이념소의 자격으로서이며, 소설이 결코 단순한 무의미한 말장난에 빠질 염려가 없는 것도 바로 그러한 이유 때문이다. 소설은 이념과 사상으로 가득찬, 그리고 대부분의 경우 실재하는 담론을 대화화하여 묘사한 것이기 때문에, 언어로 이루어진 모든 장르들 중에서 유미주의(唯美主義)라든가 순전히 형식주의적인 언어유희로 흐를 가능성이 가장 적다. 그러므로 유미주의자가 소설을 쓰게 되면 그의 유미주의는 소설의 형식적 구조로 드러나는 것이 아니라, 유미주의의 옹호자로서 그 소설 내에서 시험받게 되어 있는 특정 신념을 언명하는 어떤 화자가 묘사된다는 사실로서만 드러나게 된다. 와일드(Oscar Wilde, 1856~1900)의 『도리안 그레이의 초상』(*Picture of Dorian Gray*)이 그런 작품이며, 토마스 만과 앙리 드 레니에의 초기 작품들,* 그리고 초기의 위스망스*나 초기의 바레스*, 초기의 앙드레 지드도 여기에 속한다. 이와같이 소설을 쓸 경우에는 심미주의자조차 자신의 이념적 입장을 변호하고 검증해야만 하고 또 논쟁가이자 변론가 이어야만 하는 한 사람의 이념인이 되는 것이다.

지금까지 이야기한 바와 같이 화자와 그의 담론이야말로 소설을 소설로 만들어주는 것, 장르로서의 소설의 고유성을 보장해주는 요소이다. 그러나 물론 어떤 소설에서 그려지는 모든 것이 화자는 아니며 사람들도 오로지 화자로서만 그려질 필요는 없다. 극이나 서사시 속의 인물과 마찬가지로 소설 속의 인물도 행동할 수 있다. 그러나 그러한 행동은 언제나 이념에 의해 조명되며, 언제나 등장인물의 담론——비록 그 담론

---

* Henri de Régnier (1864~1936)의 『행복한 기쁨』(*Le Bon Plaisir*, 1904) 등의 작품을 가리킨다.—영역자주
* Joris Karl Huysmans (1848~1907)의 『반대로』(*À Rebours*, 1884)에 대한 언급.—영역자주
* Maurice Barrès (1862~1923)의 삼부작 『나의 숭배』(*Culte du moi*)——『야만인 앞에서』(*Sous l'oeil des Barbares*, 1888), 『자유로운 인간』(*Un Homme libre*, 1889), 『베레니스의 정원』(*Le Jardin de Bérénice*, 1891)——를 가리킨다.—영역자주

이 아직까지는 잠재적인 것에 불과하다 할지라도――과 연결되어 있고, 이념적인 모티프와 관련되어 명확한 이념적 입장을 표현하게 된다. 소설 속의 사건과 등장인물의 개별적인 행동은 그의 이념적 견해인 그의 담론을 검증하고 또 드러내기 위해서도 본질적인 것이다. 실로 19세기의 소설은 중요한 소설유형을 하나 창조해냈다. 그런 소설 안에서 주인공은 오로지 말만 하고 행동은 못 하는, 그야말로 말뿐인 말들, 즉 동상이라든가 효과없는 설교, 학교식 가르침, 쓸모없는 명상 따위만을 하게끔 운명지어진 사람이다. 지식인 공론가의 체험을 그리는 러시아의 소설유형이 바로 이런 유형에 속한다. (그 가장 단순한 모델이 뚜르게네프의 『루딘』이다.)

이러한 비활동적인 주인공은 소설의 주인공에 있을 수 있는 여러 유형들 중의 하나일 따름이다. 소설 속의 주인공은 대체로 서사시의 주인공만큼이나 활동적이다. 소설의 주인공과 서사시의 주인공 사이의 결정적 차이는 전자는 행동을 할 뿐 아니라 말도 한다는 사실, 그리고 그의 행동은 공동체 속에서 공동의 의미를 획득하지 않으며, 모든 의미가 공유되는 서사시적 세계 속에서 일어나지 않는다는 사실에 있다. 그러한 행동은 언제나 어떤 이념적 조건을 요구하며 그 행동 뒤에는 항상 어떤 이념적 견해가 있다. 그리고 그것이 가능한 단 하나의 견해도 아니다. 따라서 그러한 견해에는 언제나 논쟁의 여지가 있다. 서사시의 주인공이 취하는 이념적 위치는 공동체 전체와 서사시적 세계 전체에게 의미심장한 것이다. 서사시의 주인공은 가능한 여러 이념체계들 중의 하나로 기능하는 어떤 **특정한** 이념체계를 가진 것이 아니다. 물론 서사시의 주인공도 긴 대사를 이야기할 수 있다. (소설의 주인공이 침묵을 지킬 수 있는 것과 마찬가지로.) 그러나 서사시의 주인공이 말하는 담론은 이념적으로 경계를 정할 수 없다(그것은 단지 형식면에서, 즉 구성이나 플롯에 의해서만 구분될 뿐이다.) 왜냐하면 그것이 작가의 담론과 합쳐지기 때문이다. 그러나 작가 또한 자기 자신의 이념적 경계를 분명히 하지 않는다. 그것은 가능한 단 하나의 이념인 공동체의 이념과 융합된다. 서사시에는 단 하나의 일원론적이고 단일한 신념체계만이 존재한다. 반면 소설에는 그러한 신념체계가 여러 개 있으며, 주인공은 대체로 자기 자신의 체계 내에서만 행동한다. 이런 이유로 해서 서사시에는 다양한 여러 언어들의 대변자들로서 기능하는 화자들이 없다. 서사시에서 화자는 본질적으로 작가뿐이며, 서사시의 담론은 단일하고 일원론적인 작가의 담론이다.

소설에서도 작가가 바라는 바대로 생각하고 행동하는 (그리고 물론 말하는) 인물, 즉 그가 그렇게 행동하리라고 추정되는 바 그대로 완전무결하게 행동하는 인물이 묘사될 수는 있다. 그러나 이러한 소설적 완전무결함은 서사시의 특징인 소박한 무갈등상태와는 거리가 멀다. 그런 인물의 이념적 위치가 작가의 그것과 구분되지 않는다고 해도(즉 작가의 이념적 위치와 융합되어 있다고 해도), 어떤 경우에건 그 인물의 이념적 입지는 그것을 둘러싸고 있는 다양한 사회적 언어와는 구별되어 제시된다. 그 인물의 완전무결함은 변론적이고 논쟁적인 방식으로 이러한 다양한 언어유형들과 대비된다. 바로끄 소설의 완전무결한 주인공들이나 그랜디슨(Grandison: 리차드슨의 소설 『그랜디슨경의 이야기』 *The History of Sir Charles Grandison*, 1754의 주인공—역주) 같은 감상주의 소설의 주인공들이 그 예이다. 그런 인물들의 행위는 이념적 측면에서 조명되고, 변론적이고 논쟁적인 담론에 의해 한정된다.

소설 속에서 한 등장인물의 행동은 언제나 명확한 이념적 경계 안에서 일어난다. 그는 서사시의 단일한 세계가 아닌 자기 자신의 사상적 세계 안에서 살고 행동하며, 그의 행동과 담론에 구현되는 자기 자신의 세계인식을 가지고 있다. 그러나 과연 어떤 인물의 담론을 묘사하지는 않은 채 그의 행위들을 통해서, 그리고 그 행위들만을 통해서 그의 이념적 견해와 그 이념체계의 핵심을 밝히는 것은 불가능한 일인가?

그것은 불가능한 일이다. 왜냐하면 먼저 어떤 낯선 이념적 세계가 소리를 내게끔 해주지 않고서, 그리고 우선 그 세계에 고유한 특별한 담론을 밝히지 않고서 그 세계를 적절하게 묘사한다는 것은 불가능하기 때문이다. 결국 어떤 세계에 고유한 이념을 그리는 데에 진정으로 적절한 담론은 그 세계 자신의 담론——비록 그 담론 자체가 아니라 오로지 작가의 담론과 연결되는 경우에 한한다 해도——일 수밖에 없다. 소설가는 자신의 인물에게 그 자신의 직접적인 담론을 부여하지 않는 편을 택하여 그 인물의 행위들만을 그릴 수도 있다. 그러나 그러한 작가의 묘사에서도 그것이 완전하고 적절한 한 항상 이질적인 담론(즉 등장인물 자신의 담론)이 작가의 목소리와 더불어 들리게 마련이다. (앞절에서 분석된 혼성구문을 참조하라.)

앞절에서도 살펴본 것처럼 소설 속의 화자는 반드시 어떤 특정 등장인물로 구현될 필요는 없다. 등장인물은 어떤 화자가 취할 수 있는 여러 형태들 중의 하나일 뿐이다. (물론 가장 중요한 것이긴 하지만.) 다양한 사회적 언어들은 (영국과 독일의 희극소설들에서처럼) 탈개성적이고 패러디적인 양식화의 형태로, 혹은 비교적 덜 희화화된 문체의 형태로, 즉 장르의 삽입이나 인물로서의 작가, 혹은 다양한 일상의 구어체 서술(스까즈)을 양식화한 형태로 소설 속에 들어올 수 있다. 그리고 마지막으로, 순전한 작가의 말조차 그것이 논쟁적이며 변론적인 한, 다시 말해서 그것이 어느 정도 스스로에게 촛점을 맞춤으로써 다중적 의미를 지닌 언어세계 내에서 다른 언어들과는 구별되는 하나의 뚜렷한 언어로서 스스로를 부각시키는 한, 즉 작가의 언어가 묘사할 뿐 아니라 그 스스로 묘사**되는** 것인 한, 그것은 이러한 의미의 언어에 속한다.

이 모든 언어들은 어떤 등장인물에 구현되어 있지 않은 경우일지라도 사회·역사적으로 구체화되어왔으며, 어느 정도 대상화되어왔다. (다른 언어들을 인정하지 않는 일원론적이고 단일한 언어만이 대상화에 종속될 수 있다.) 따라서 그 언어들의 배후로부터 화자들의 형상이 역사·사회적 특수성의 옷을 입은 채 나타나게 마련이다. 장르로서의 소설에 중요한 것은 그 자체로 존재할 권리를 지닌 사람의 형상이라기보다는, 더 정확히 말해서 어떤 **언어의 형상**인 사람이다. 그러나 언어가 예술적 형상으로 되기 위해서는 말하는 사람의 형상과 결합하여 말하는 입술에서 나온 이야기가 되어야 한다.

다중적 언어세계 내의 뚜렷한 하나의 언어로서 사회적인 의미와 보다 광범위한 일반적 적용을 추구하는 화자와 그의 담론이 소설을 소설답게 만들어주는 주체로 규정된다면, 소설문체론의 중심문제는 **언어의 예술적 묘사**의 문제, 즉 **언어의 형상의 문제**라고 표현될 수 있을 것이다.

이러한 문제는 아직까지도 그 문제의 범위라든가 그것과 관련된 기본

원칙들에 합당한 용어로 제기되지는 못하고 있는 실정이다. 이런 이유로 해서 소설문체론의 특수한 측면들이 연구자들의 눈에 뜨이지 않았다. 그러나 시험적인 몸짓들은 더러 있었다. 산문연구에 있어서 점차로 언어들의 양식화나 언어의 패러디, 그리고 다양한 일상 구어체 서술 등과 같은 독특한 현상에 학문적인 관심이 쏠리게 되었다. 이런 현상들 안에서는 담론이 다른 것을 묘사할 뿐 아니라 **스스로도 묘사된다**는 점이 특징적이다. 여기에서 '사회적' 언어——장르적 언어이든, 전문적 언어이든, 혹은 문학적 언어이든간에——는 재가공과 재형성 및 자유로운 상태에서 예술을 지향하는 예술적 변형의 대상이 된다. 그리하여 한 언어의 전형적 측면들이 그 언어의 특징으로서, 혹은 그 언어에 상징적으로 중요한 것으로서 추출된다. 이러한 상황 아래에서는 묘사된 언어가 경험적 현실로부터 이탈하는 것이, 주어진 언어에 고유한 어떤 측면들에 대한 과장이거나 혹은 편향적인 선택이라는 의미에서뿐 아니라, 그런 이탈이 새로운 요소들을 자유롭게 창조하는 것이라는 의미에서, 즉 주어진 언어의 정신에 충실하면서도 실제 언어의 경험적 자료들과는 전혀 이질적인 것이라는 의미에서 매우 의미심장하다. 바로 이와같이 언어의 전형적 측면들을 그 언어의 상징으로 고양시키는 것이 스까즈, 즉 양식화된 일상 구어체 서술의 특징이다.(레스꼬프와 특히 레미조프의 경우.) 앞서 살펴본 바와 같이 이 모든 현상들, 즉 양식화, 패러디, 스까즈는 이중음성적이고 이중언어적인 현상들이다.

양식화, 패러디, 스까즈에 대한 관심과 병행하여 다른 사람의 말을 전달한다는 문제와 이런 전달에 유용한 구문형식 및 문체형식의 문제에 대한 관심도 동시에 발달하였다. 이러한 관심은 특히 독일에서 프랑스어와 독일어에 관한 문헌학적 연구를 하는 도중에 대두했다. 이 방면의 대표적인 연구자들은 주로 이런 문제의 언어학적이고 문체적인 (심지어는 좁은 의미의 문법적인) 측면에 관심을 집중시켰으나, 몇몇 학자들 특히 스피쩌(Leo Spitzer)의 경우는 소설적 산문의 중심과제인, 타인의 말에 대한 예술적 재현의 문제에 근접하기도 했다. 그러나 이들 역시 언어의 형상이라는 문제를 명확하게 제기하지는 못했으며, 사실상 타인의 말을 전달하는 수단에 관한 문제는 그 문제에 합당한 폭과 원칙에 근거한 취급을 받지 못하였다.

타인의 말의 전달과 묘사

타인의 말, 타인의 담론을 전달하고 평가하는 것은 사람들이 나누는 대화에서 가장 일반적이고 본질적인 요소들 중의 하나이다. 삶과 이념적 행위의 모든 분야에서 우리의 말은 타인들의 말로 가득차 넘칠 지경이다. (물론 타인들의 말이 어느 정도로 정확하고 공평하게 전달되느냐 하는 것은 별개의 문제이다.) 어떤 말하는 집단의 사회적 생활이 더욱 강렬하고, 더욱 분화되어 있으며, 고도로 발달된 상태일수록 가능한 여러 화제거리 중에서 타인의 말, 타인의 담론이 차지하는 중요성이 더욱 커진다. 왜냐하면 타인의 말은 열정적인 대화의 주제이자 해석과 토론과 평가와 반박과 지지와 그 이상의 의견개진의 대상이 될 것이기 때문이다.

어디에서나 화자와 그의 담론이라는 주제는 화법상의 특별한 형식적 장치를 필요로 한다. 이미 이야기했던 대로 담론의 주제로서의 담론은 결국 독특하고도 독자적인 주제인바, 언어의 모든 영역에서 우리의 언어에 대해 특별한 과업을 부과하는 주제이다.

그러므로 언어의 형상으로 파악된 타인의 말을 예술적으로 재현하는 문제를 거론하기에 앞서 우리는 삶과 이념의 예술외적 영역에서 화자와 그의 담론이 지니는 화제거리로서의 중요성에 관해 언급해야 한다. 소설의 외부에서 타인의 말을 전달하는 데 사용되는 많은 방식들이 언어의 형상이라는 문제의 직접적 관심사는 아니지만, 그런 방식들 또한 소설 안에서 소설을 풍요롭게 하는 데에 이용되기 때문이다. 그러나 그렇게 되기 위해서는 먼저 그것들이 소설 내에서 변형되어 소설 자체가 이룩하는 새로운 전체적 통일성에 종속되어야 한다. (그리고 역으로 소설들 또한 예술 아닌 영역에서 타인의 말을 인식하고 전달하는 방식에 지대한 영향을 미친다.)

화자에 관한 논의는 일상생활에서 매우 중요하다. 실생활에서 우리는 어디에 가건 수많은 화자들과 그들의 담론에 관해 듣는다. 심지어 실제

생활에서 사람들은 무엇보다도 남들이 이야기한 것에 관해 이야기한다고까지 말할 수 있다. 사람들은 다른 사람들의 말, 의견, 주장, 정보를 전달하고 되새기며, 그 무게를 가늠해보고 판단을 내린다. 사람들은 다른 사람들의 말을 듣고 혼란되기도 하고, 동의하거나 논박하기도 하며, 혹은 그 말을 언급하기도 한다. 길에서나 군중들 사이에서나 휴게실에서나 사람들의 전화대화에서 우리는 "그가 말하기를" "사람들이 말하기를" "그가 얘기했는데" 따위의 말이 얼마나 자주 반복되는지를 들을 수 있다. 그리고 군중 속에서 사람들이 나누는 각양각색의 대화가 결국은 하나의 커다란 "그는 이렇게 말하는데, 너는 이렇게 말하고, 나는 이렇게 말한다"로 용해된다는 것을 알게 된다. 여론이나 소문, 잡담이나 중상모략 따위에서 "모두가 얘기하는데"와 "그렇게들 얘기하더라"의 위력이 얼마나 막강한지를 생각해보라. 또한 우리는 남들이 우리에 관해 이야기하는 것이 우리의 삶에서 심리적으로 얼마나 중요하며, 이러한 타인들의 말을 이해하고 해석하는 것('살아있는 해석학')이 우리에게 얼마나 중요한지를 생각해 보아야 한다.

보다 고차원적이고 잘 조직된 일상의 의사소통에서도 이같은 주제의 중요성은 전혀 감소되지 않는다. 모든 대화는 전달되고 해석된 타인의 말로 가득 차 있다. 한 걸음 내딛을 때마다 우리는 '인용'이나 어떤 특정한 사람이 이야기한 것에 대한 '언급,' 불특정 다수가 말한 것("사람들이 말하는데" "모두가 말하기를" 따위)에 대한 언급, 자기와 같이 이야기하고 있는 사람의 말, 자기 자신이 이전에 했던 이야기에 대한 언급, 신문과 공공포고령, 서류, 책 따위에 관한 언급에 부딪힌다. 우리가 가지고 있는 정보나 의견의 대부분이 우리 자신의 것으로서 직접적으로 전달되기보다는, 주로 어떤 불확정적이고 일반적인 출처에 대한 언급과 더불어 전달된다. "내가 듣기로는" "보통 그렇게 주장되고 있다더군" "그들은 그렇게 생각하던데" 따위가 그것이다. 우리의 일상생활에 널리 퍼져 있는 사례의 하나로 어떤 공적인 회담에 관한 대화를 생각해보자. 그런 대화들은 모두 다양한 종류의 언설——즉 결의안과 그 안에 대해 행해진 수정안에 대한 거절 혹은 승인 따위——에 대한 전달과 해석과 평가에 의해 이루어진다. 이와같이 어디에서나 화자와 그의 말에 관한 이야기가 계속된다. 이러한 주제는 거듭거듭 반복되며, 일상생활에서 그것은 다른 화제들의 개진을 동반하거나, 혹은 주도적인 화제로서 대화를 직접 지배한다.

일상생활에서 화자라는 주제가 얼마나 중요한지를 보여주는 예를 더 든다는 것은 부질없는 일일 것이다. 우리 주변에서 항상 들려오는 말에 귀를 기울이기만 하면 우리는 다음과 같은 결론에 도달할 수 있다. 즉 사회 내에서 살고 있는 어떤 사람의 일상대화에서도 적어도 그가 말하는 얘기의 평균 절반 정도는 다른 사람의 말(이것은 의식적인 주제이다)——그 정확성과 공평성(더 정확히 말하자면, 편파성)의 정도는 천차만별이지만——이라는 것이다.

글로 옮겨졌을 때, 전달된 타인의 말 모두가 인용부호 속에 들어가지는 않는다는 점에 대해서는 새삼 언급할 필요도 없다. 타인의 말이 글로 옮겨졌을 때 요구되는 만큼의——이것은 화자 자신의 의도, 즉 그가 결정하는 정도에 따른다——타자성(他者性)과 순수성도 일상의 회화에서는 요구되지 않는다.

더우기 전달된 타인의 말을 형성하는 구문적(句文的) 수단에는 직접화법과 간접화법이라는 두 가지 문법적 패러다임만 있는 것이 아니다. 타인의 말을 접합시켜 모양을 갖추고 그것에 다양한 정도의 음영을 부여하는 수단은 매우 여러가지이다. 일상생활에서 이야기되는 것의 적어도 절반 이상이 누군가 다른 사람의 말이라는 우리의 주장을 입증하기 위해서는 이러한 사실을 꼭 염두에 두어야 한다.

일상회화에서 화자와 그의 담론은 예술적 묘사의 수단이라기보다는 실용적인 정보의 전달을 위한 수단으로서의 주제이다. 그렇기 때문에 일상의 회화는 묘사의 형식에는 관심이 없고, 전달의 수단에만 관심을 가진다. 타인의 말을 언어로 양식화해서 전달하는 방식이자 그 해석의 틀, 즉 재개념화와 재강조를 위한 틀을 제공하는 방식인 이러한 수단들은 아주 다양하다. 거기에는 직접적인 원문 그대로의 인용에서부터 타인의 말을 악의적이고도 고의적인 방식으로 패러디하여 왜곡하는 비방에 이르기까지 여러 방법들이 있는 것이다.[27)]

27) 타인의 말을 그 말의 극단까지 몰고가서 그 잠재적 의미를 드러냄으로써

우리는 다음과 같은 점, 즉 타인의 말이 일단 어떤 문맥 속에 들어오게 되면, 그것이 아무리 정확하게 전달된다 해도 반드시 의미상의 변화를 겪게 마련이라는 사실을 염두에 두어야 한다. 타인의 말을 포함하게 되는 문맥은 타인의 말을 대화화하는 배경으로서 매우 큰 영향력을 행사하게 된다. 적절한 기본틀이 주어지면 매우 정확히 인용된 타인의 말에서조차 근본적인 변화가 일어난다. 교활하고 심술궂은 논객이라면 누구든지 상대방이 말한 것의 의미를 왜곡하기 위해서 상대방의 말을 매우 정확히 인용한 뒤에 어떠한 대화적 배경을 가져와야 하는지를 잘 안다. 문맥의 효과를 잘 조정하기만 하면 타인의 말이 지니는 생경한 객체성을 강조하고, 그러한 객체성과 관련된 대화상의 반응을 유도하는 것은 매우 쉬운 일이다. 그리하여 가령 가장 심각한 발언조차도 쉽사리 우스꽝스러운 것으로 전이될 수 있다. 타인의 담론은 어떤 발언의 문맥 속에 도입될 때, 의미론적 수준에서나 감정표현의 수준에서 기계적인 연결이 아닌 화학적 통합 속에 그것을 틀짓는 발언 속으로 들어가는 것이다. 그리고 이때 대화화의 영향력의 정도는 매우 엄청날 수도 있다. 이런 이유로 해서 타인의 말을 전달하는 다양한 형식들을 연구할 때는 그것의 문맥을 형성하는(대화화하는) 수단을 반드시 고려해야 한다. 전자와 후자는 불가분의 관계에 있다. 타인의 말을 가져다가 형태를 부여하는 일——타인의 말을 도입하기 위한 준비는 텍스트의 훨씬 앞부분에서부터 이루어질 수도 있다——은 그 말과의 대화적 상호작용——이것은 전달된 말 전체의 성격, 그 전달의 과정에서 발생하는 의미와 강조의 변화 전부를 결정하는 관계이다——이라는 독특한 행위를 뜻하는 것이다.

앞서도 말했듯이 일상대화에서의 화자와 그의 담론은 묘사의 **수단**이 아니라 실용적인 정보의 전달을 목적으로 묘사되는 **주제**로 구실한다. 사실상 타인의 담론을 전달하는 모든 일상적 형식들은 이런 형식들과 연결되어 일어나는 담론상의 변화들——의미와 강조에서의 미묘한 뉘앙스로부터 야비한 노골적 왜곡에 이르기까지——과 마찬가지로 이같은 실용

왜곡하는 방법에는 여러가지가 있다. 논쟁술이자 '발견적 지도법'(heuristics)의 수사학이 이러한 영역을 약간 탐구해주고 있다.

적인 과업에 의해 규정된다. 그러나 담론의 실용에 대한 이와같은 강조가 그 묘사적 측면을 전적으로 배제하는 것은 아니다. 일상생활에서 다른 사람들이 하는 말의 진정한 의미를 가늠하고 판단하기 위해서는 다음의 사항, 즉 정확히 누가 말하고 있으며, 어떤 구체적인 상황에서 말하고 있는가 하는 점이 대단히 중요하다. 일상생활 속에서 어떤 말을 이해하고 평가하고자 할 때 우리는 (이념적 담론의 경우와는 달리) 말을 하는 사람과 그의 담론을 분리시켜 생각하지 않는다. 그렇게 하기에는 그 인물은 우리에게 너무나 구체적으로 주어져 있다. 그리고 그 말을 할 때의 전반적인 상황, 가령 그 말을 할 때 누가 거기에 참석해 있었으며, 말하는 사람은 어떤 표정을 지었으며, 어떤 억양으로 그 말을 했는가 따위 또한 매우 중요하다. 타인의 말을 일상적으로 전달하는 가운데 화자의 개성뿐 아니라 담론 복합체 전체가 표현되며, 심지어 조롱의 대상이 되기도 한다. (이것은 정확한 모방에서부터 몸동작이나 억양의 패러디적 조롱이나 과장에 이르기까지 어떠한 형태로도 이루어질 수 있다.) 이러한 묘사는 언제나 실용적인 전달이라는 과업에 종속되며, 전적으로 그 과업에 의해 결정된다. 물론 이것은 화자의 예술적 형상이나 그 담론의 예술적 형상을 포함하지 않으며, 언어의 형상은 더우기 포함하지 않는다. 그렇지만 동일한 인물에 관계되는 일상의 에피소드들은 그것들이 서로 연결될 경우 이미 타인의 말을 이중음성적으로, 나아가 이중언어적으로 재현하기 위한 산문적 장치를 수반하게 된다.

일상생활에서 행해지는 화자들 및 그들의 담론에 관한 이러한 회화들은 담론의 표면적 측면, 즉 그것이 특정 상황 속에서 지니는 의미의 경계를 넘어서지 않는다. 담론의 보다 깊은 의미론적·감정표현적 수준은 문제가 되지 않는 것이다. 화자라는 주제는 우리 의식의 일상적인 이념적 전개에서, 우리의 의식을 이념세계에 동화시키는 과정에서 또다른 중요성을 띤다. 이런 관점에서 볼 때는 한 인간의 이념적 형성의 과정은 타인의 말에 선택적으로 동화되는 과정이다.

학교에서 말과 관련된 원칙들을 배울 때 우리는 다른 사람의 말——그것이 텍스트이건 규칙이건 전범이건 관계없이——을 전유하고 전달하는 두 가지 기본 양식, 즉 '외어 암송하는 것'과 '자신의 말로 다시 이야기하는 것'을 배운다. 여기서 후자의 양식은 모든 산문의 문체론에 내포되어 있는 과제를 작은 규모로 제기하는 것이다. 어떤 텍스트를 자기 자신의 말로 다시 이야기하는 것은 어느 정도는 타인의 말에 대한 이중음성적 서술을 의미한다. 왜냐하면 '자기 자신의 말'이 타인의 말을 고유한 것으로 만들어주는 자질을 완전히 희석시켜서는 안되기 때문이다. 자기 자신의 말로 다시 이야기하는 것은 혼합적 성격을 가져야 한다. 필요한 경우 전달되는 텍스트의 문체와 표현을 재생시킬 수도 있어야 하는 것이다. 타인의 말을 전달하는 동안 전유되는 텍스트의 성격과 그 텍스트에 대한 이해와 평가가 이루어지는 교육환경에 따른 일련의 전유형식을 형성시키는 것은 바로 타인의 담론을 전달하기 위해 학교에서 사용하는 이 두번째 양식, 즉 '자신의 말로 다시 이야기하는 것'이다.

타인의 담론을 동화·융합하려는 경향은 가장 근본적인 의미에서의 한 개인의 이념적 형성의 과정에서 더욱 깊고, 더욱 기본적인 중요성을 띤다. 이제 타인의 말은 더 이상 정보나 규칙, 본보기의 구실에 머물려 하지 않으며, 그보다는 오히려 우리와 세계 사이의 이념적 상호관계의 바로 근저, 우리 행동의 바로 그 근저를 결정지으려 한다. 타인의 담론은 여기서 **권위적 담론, 그리고 내적 설득의 담론**으로 기능한다.

타인의 담론의 이 두 범주 사이에 존재하는 커다란 차이에도 불구하고 담론의 권위와 내적 설득력은 하나의 말, 즉 권위와 내적 설득력을 동시에 가지고 있는 말 안에서 결합될 수도 있다. 그러나 실제로는 이러한 통합은 거의 이루어지지 않는다. 오히려 이 두 범주 사이의 첨예한 차이가 한 개인의 이념적 형성의 과정을 특징짓는 경우가 더 자주 일어난다. 한편에는 내적인 설득력과는 무관한 권위주의적인 담론——종교적·정치적·도덕적 담론과 아버지와 어른과 선생의 말 등이 이에 속한다——이 있고, 다른 편에는 모든 특권을 거부하는, 어떠한 권위의 뒷받침도 받지 못하는, 그리고 종종 법조항은 물론이려니와 사회에 의해서도(여론에 의해서나, 학문적 표준에 의해서나, 비평에 의해서도) 인정받지 못하지만 내적 설득력을 갖는 말이 있다. 대개 이념적 담론의 이러한 범주들 사이에서 생기는 갈등과 대화적 상호관계가 한 개인의 이념적 자각의 역사를 결정해준다.

권위적인 말은 우리가 그것을 인정하고 우리 자신의 것으로 만들어주기를 요구한다. 그것은 내적으로 우리를 설득함으로써 가질 수 있는 힘과는 전혀 무관한 힘으로 우리를 결박한다. 그것은 이미 자신의 내부에 융합되어 있는 권위를 가지고 우리를 대면한다. 그것은 먼 거리에 위치하고 있으며, 위계상으로 보다 높은 것으로 여겨지는 과거와 유기적으로 연결되어 있다. 말하자면 그것은 선조들의 말이다. 그 권위는 과거에 이미 **인정받은** 것이다. 그것은 **선험적** 담론이다. 그러므로 권위적인 담론은 그것과 동등한 여타의 가능한 담론들 중에서 그것을 선택한다는 식의 접근을 허용치 않는다. 그것은 친숙하게 접촉할 수 없는 높다란 곳에서 주어지며 들려온다. 그 언어는 특별한 (이를테면 신성한) 언어이므로 그에 대한 모독은 신성에 대한 모독이다. 그것은 금기(taboo), 즉 함부로 들먹거려서는 안되는 이름과도 유사하다.

우리가 여기서 수많은 다양한 유형의 권위적 담론(예를 들어, 종교의 교리라든가, 이미 공인된 과학적 진실, 혹은 현재 유행중인 책 등의 권위)을 개괄하거나, 혹은 권위적 담론이 내포하고 있는 권위의 다양한 수준을 살펴볼 겨를은 없다. 권위적 담론의 전달과 묘사에 나타나는 형식상의 특징들, 그러한 담론의 모든 유형과 모든 수준에 공통되는 특성들만이 우리의 관심사이다.

말과 권위 사이의 유대는 우리가 그 권위를 인정하느냐 마느냐와는 무관하게 독특한 방법으로 말을 부각시키고 개별화해낸다. 말은 자기 자신과 관련하여 **거리**——이 거리는 긍정적인 것일 수도 부정적인 것일 수도 있으며, 다른 말로 하면 그에 대한 우리의 태도는 열렬한 지지일 수도 적의일 수도 있다——를 요구한다. 권위적 담론도 자신의 주위에 수많은 다른 유형의 담론들——다양한 방법으로 그것을 해석하거나 찬양·적용하는 담론들——을 조직해낼 수 있다. 그러나 권위적 담론은 이것들과 (가령 점진적인 전이에 의해서라도) 융합하지 않는다. 권위적인 담론은 구분이 확실하고 일말의 내적 흐트러짐도 없는 상태로 남아 있다. 그것은 말하자면 인용부호만이 아니라 더욱 권위적인(고압적인) 경계선, 예컨대 특별한 문자 같은 것을 요구한다.[28] 그러한 담론에는 틀

28) 권위적인 담론은 실제로 타인이 외국어로 한 말일 경우가 많다. (가령 대

을 만들어주는 문맥의 도움이 있다 하더라도 의미론적 변화를 통합시키기가 다른 담론의 경우보다 훨씬 어렵다. 그 의미구조는 정적(靜的)이며 생명이 없다. 왜냐하면 그 의미가 자체완결적이며 단일한 것으로서 문자 속에 고착되어 있기 때문이다. 권위적인 담론이 우리에게서 끌어내고자 하는 것은 말 그 자체의 자유로운 전유나 융합이 아니다. 오히려 그것은 우리의 무조건적인 충성을 요구한다. 그러므로 권위적인 담론은 그 틀이 되는 문맥과의 교류나 그 경계선의 넘나듦, 어떠한 종류의 점진적이고 유연한 전이도 용납하지 않으며, 그에 대한 생기있고 창조적인 양식화에 의한 변형은 더더욱 용납하지 않는다. 그것은 우리의 언어의식에 단단히 결합되어 있어 분리가 불가능한 하나의 덩어리로 들어온다. 우리는 그것을 전적으로 수긍하거나 혹은 전적으로 부정해야 한다. 그것은 그 권위——그것은 정치권력일 수도 어떤 제도나 사람일 수도 있다——와 떼어낼 수 없게 융합되어 있으며, 따라서 그 권위와 더불어 부침(浮沈)을 공유한다. 권위적인 담론은 그것을 조각내서 한 부분에는 동의하고, 다른 부분은 부분적으로 받아들이며, 또다른 부분은 완전히 거부한다든가 할 수는 없다. 그러므로 우리가 이 권위있는 담론에 대하여 유지하고 있는 거리는 처음부터 끝까지 변화하지 않는다. 거리의 신축성 있는 조절, 융합과 해체, 접근과 후퇴 등의 활용은 여기서는 불가능하다.

이 모든 것들이 담론의 전달과정 속에서 스스로를 형성하는 구체적인 수단으로서, 그리고 문맥에 의해 틀지어지는 독특한 방식으로서 권위적인 담론의 고유성을 결정한다. 틀을 부여하는 문맥의 영역 역시 거리가 떨어져 있어야 한다. 여기에서도 친숙한 접촉은 불가능하다. 이 담론을 지각하고 이해하는 주체는 담론이 형성된 시기와는 거리가 먼 훗날의 후손이다. 그러므로 그와의 논쟁이란 있을 수 없는 일이다. 이러한 요인들은 또한 권위적인 담론이 산문예술 속에서 수행하는 역할을 결정한다. 권위적인 담론은 묘사되지 않는다. 그것은 다만 전달될 뿐이다. 그것의 불활성, 그 의미상의 완결성과 화석화, 그 경계의 선명성과

부분의 문화권에서 종교적 텍스트가 외국어로 씌어 있다는 사실을 생각해보라.)

자족성, 어떤 자유로운 양식적 전개도 용납하지 않는 성질, 이 모든 것이 권위적인 담론의 예술적 묘사를 불가능하게 한다. 소설 속에서 권위적인 담론이 할 수 있는 역할은 대단치 않다. 그것은 본성상 이중적 음성을 낼 수도 혼종구성을 이룰 수도 없다. 만일 그것으로부터 완전히 권위를 제거해버린다면 그것은 단순한 하나의 대상, 하나의 유물, 혹은 하나의 사물이 되어버리고 만다. 그것은 이질적인 물체로서 예술적 문맥 안에 들어오며, 그 주위에는 끼어들어 놀 만한 공간도 어떠한 모순적인 감정도 없다. 그것의 주변에는 활발하게 움직이면서 불협화음을 야기하는 대화적 삶이 생성되지 못하며, 그 주위의 문맥은 죽어버리고, 어휘들은 건조해진다. 이런 이유 때문에 소설에서는 공식적이고 권위적인 진실의 형상이나 미덕의 형상——금욕적·정신적·관료적·도덕적 미덕의 형상들 중 어떤 것도——이 성공을 거두지 못했던 것이다. 이 점에 관해서는 고골리와 도스또예프스끼의 헛된 시도를 언급하는 것만으로도 충분하리라. 이와 같은 이유 때에서 소설 속의 권위적인 텍스트는 언제나 생기없는 인용, 즉 예술적 문맥으로부터 분리되어 있는 어떤 것으로 느껴진다. (예를 들어, 똘스또이의 『부활』 끝부분에 나오는 복음서의 경우를 보라.)[29]

권위적인 담론은 권위 그 자체라든가, 전통의 권위, 공인된 진리의 권위, 관료적 권위 및 그와 유사한 다른 여러 권위 등의 다양한 내용을 포괄한다. 이러한 담론들은 또한 상정된 청자나 해석자에 대한 다양한 관계(담론이 미리 상정하고 있는 지각배경, 즉 담론과 청자 사이의 일정한 정도의 상호작용)와 관련된 다양한 영향권들(이는 접촉의 영역에서 떨어져 있는 거리에 따라 결정된다)도 가질 수 있다.

문예언어의 역사에서는 접촉의 영역에 거리를 두려는 경향을 지닌 공식노선을 극복하려는 투쟁, 다양한 종류와 다양한 정도의 권위에 대항하는 투쟁이 끊임없이 벌어진다. 이런 과정에서 담론은 점차 접촉의 영

29) 소설 속의 권위적 담론의 구체적 사례를 분석할 때, 오늘날에는 순전히 권위적인 것처럼 보이는 담론일지라도 다른 시대에는 내적인 설득력을 가졌던 것일지도 모른다는 사실을 염두에 두어야 한다. 윤리학의 경우에는 이 점을 특히 더 염두에 두어야 할 사실이다.

역으로 끌려가며 그 결과 의미와 감정 표현상의(억양의) 변화가 일어난다. 그리하여 은유를 생성하는 능력이 약화되고 퇴화되는 한편, 담론은 더욱 대상화되고 더욱 구체화되며 일상의 요소들로 더 가득 채워지게 된다. 이러한 변화는 심리학의 영역에서도 연구된 바 있다. 그렇지만 심리학은 그것이 형성중인 인간들의 내적 독백, 일생 동안 지속되는 내적 독백 안에서의 언어적 형성이라는 관점을 결하고 있다. 우리가 직면하고 있는 것은 사실상 그러한(대화화된) 독백의 표현을 가능케 해주는 형식들이라는 복합적인 문제이다.

다른 누군가의 이념적 담론이 우리를 내적으로 설득하며, 그런 의미로서 승인될 때는 전혀 다른 가능성이 열린다. 그러한 담론은 한 개인의 의식의 발달과정에서 결정적인 중요성을 갖는다. 의식이 독립적인 이념적 삶에 눈뜨게 되는 것은 바로 자신을 둘러싸고 있는 다른 담론의 세계에서인데, 처음에는 물론 그러한 세계로부터 자기 자신을 분리해내는 것이 불가능하다. 자신의 담론과 타인의 담론, 자신의 생각과 타인의 생각을 구별하는 과정은 다소 뒤늦게 활동을 개시한다. 독립적이고 실험적이며 변별적인 사고의 작동이 시작될 때 맨 처음 발생하는 현상은, 우리의 문제와는 아무런 관련도 없고 우리에게는 무의미한 그런 담론들을 거부하는 것과 동시에, 내적으로 설득하는 담론과 권위로써 강제된 담론을 분리해내는 일이다.

내적으로 설득하는 담론은 외적으로 강제되는 권위적인 담론과는 반대로 동화(同化)의 과정을 통해 승인되기 때문에 '자기 자신의 말'과 긴밀하게 얽혀 있다.[30] 우리의 일상적 활동 속에서 내적으로 설득하는 담론은 반쯤은 우리 것이고 반쯤은 타인의 것이다. 내적으로 설득하는 말이 갖는 창조성과 생산성은 바로 그것이 새롭고 독립적인 말들을 일깨우고, 그 내부로부터 수많은 우리의 말들을 조직해내며, 고립된 정적(靜的) 환경을 고수하지 않는다는 사실에 있다. 그것은 우리에 의해 해석되는 대상이라기보다는 그것 스스로가 더욱 자유롭게 발전하여 새

30) 자기 자신의 담론은 이미 승인되고 모방된 타인의 말로부터 점진적으로 서서히 형성되며, 따라서 얼핏 보아서는 그 둘 사이의 경계를 거의 알아차릴 수 없을 정도이다.

로운 질료와 새로운 조건에 응용되는 주체이다. 새로운 문맥 속에 들어감으로써 그것은 그 새로운 문맥과 서로를 활성화시키는 관계를 맺게 된다. 이것은 단순한 상호작용이 아니다. 오히려 내적으로 설득해오는 다른 담론과의 투쟁이라고 하는 편이 정확한 표현이 될 것이다. 이념적 발전이란 바로 다양한 언어적·이념적 관점들과 접근법들과 방향들과 가치들이 헤게모니를 잡기 위해 우리의 내부에서 벌이는 강렬한 투쟁인 것이다. 내적으로 설득하는 담론의 의미구조는 **자체완결적이지 않고** 열려 있다. 그것을 대화화하는 새로운 문맥들 속에서 이런 담론은 거듭거듭 더욱 **새로운 의미**를 띠게 된다.

내적으로 설득하는 말은 아직 완결되지 않은 현재와의 접촉영역에서 태어난 동시대적인 말이거나, 혹은 동시대성으로 인해 재생된 말이다. 이러한 말은 동시대인들뿐 아니라 그 후손들에 대해서도 마치 **양자**가 다 동시대인이기라도 한 것처럼 취급한다. 청자와 독자와 지각자(知覺者)에 대한 특수한 개념이 이러한 말을 구성하는 것이다. 모든 담론이 다 청자와 그의 지각 배경과 그의 반응의 정도에 대한 특별한 개념을 미리 상정하게 마련이다. 그것은 특수한 거리를 전제로 하는 것이다. 이 모든 것이 담론의 역사적 삶을 다루는데 매우 중요하다. 이런 측면과 뉘앙스를 무시하게 되면, 말의 물신화(物神化, reification), 그리고 말에게는 생래적이라 할 수 있는 대화성을 질식시키는 결과를 초래할 뿐이다.

위에서 이야기한 모든 것이 내적 설득력의 담론을 문맥 안에 끼워넣는 방법과, 그 담론을 전달하는 가운데 그것을 표현하는 방법을 결정한다. 그러한 방법들이 타인의 말과 그 문맥 사이에 가능한 최대의 상호작용을 일으키며, 그로 인해 양자 사이에 대화적 영향력이 행사되고, 타인의 말이 자유롭고 창조적인 발전을 이룩하며, 양자 사이의 점진적 전이가 가능하게 된다. 그 방법들은 경계의 넘나듦, 즉 문맥이 타인의 말을 받아들일 준비를 시작하는 지점과 그 말이 실제로 도입되는 지점(어떤 '주제'는 말 그 자체가 텍스트 안에 실제로 등장하기 오래 전부터 자기 음성을 표현할 수도 있다) 사이의 거리를 결정한다. 이러한 방법들은 또한 내적으로 설득하는 담론의 본질을 표현하는 다른 특징들, 즉 그러한 담론이 지니고 있는 의미상의 개방성이라든가 그것이 우리의 이념적 의식의 맥락 안에서 창조적으로 생명을 이어나갈 수 있는 가능성, 그것과 우리 사이의 대화적 상호작용이 완결될 수도 고갈될 수도 없다는 사실 등도 설명해준다. 그러한 담론이 우리에게 말해줄지도 모르는 모든 것을 다 알아내는 일은 불가능하다. 우리는 그러한 담론을 새로운 문맥 속에 집어넣고, 새로운 재료와 결합시키며, 새로운 상황으로 몰아넣음으로써 그러한 담론으로부터 새로운 대답을 얻어내고 그 의미에 대한 새로운 통찰력을 얻으며, 심지어는 그것으로부터 그 담론 자신의 새로운 말을 비틀어낼 수도 있다. (타인의 말은 그것이 생산적인 것이기만 하다면 우리의 요구에 응해 새로운 말을 낳을 수도 있는 것이다.)

내적 설득력의 담론을 구성하고 표현하는 수단은 매우 유연하고 역동적이다. 그리하여 이러한 담론은 때때로 문자 그대로 문맥 안 어디에나 존재하면서, 모든 것에게 자신의 특이한 어조를 부여하다가 가끔씩 완전하게 구체화된 존재로서 자기 정체를 뚜렷이 드러내기도 한다. (이런 일은 '인물영역'에서 발생한다.) 타인의 담론이라는 주제에 대한 이런 식의 취급은 모든 창조적인 이념적 활동의 분야에, 그리고 심지어는 좁은 의미의 과학적 활동의 분야에도 널리 퍼져 있다. 낯선 세계관들을 정의하는 훌륭하고 창조적인 설명은 모두가 이런 유형에 속한다. 그런 설명은 언제나 타인의 담론에 대한 자유로운 양식적 변형이다. 그러한 설명은 새로운 재료와 새로운 문제제기 방식에 타인의 생각을 적용시키는 바로 그 순간에조차 그 타인의 사고양식으로 타인의 생각을 설명한다. 다시 말해 그것은 타인의 담론에 사용되는 언어로 실험을 하고 해답을 얻는 것이다.

이보다는 덜 명백한 다른 경우에도 우리는 유사한 현상을 목격한다. 무엇보다도 타인의 담론이 어떤 작가에게 강력한 영향력을 행사한 경우들을 생각해보라. 그런 영향력을 들추고 보면, 타인의 담론이 그 작가의 새로운 문맥 안에서 영위해오던 반쯤 감추어진 삶이 드러난다. 그 영향력이 심오하고 생산적인 것일 때, 거기에는 어떤 표면적인 모방이나 단순한 재생의 행위가 개재되어 있다기보다는 새로운 문맥과 새로운 조건하에서 타인의 (보다 엄밀히 말하자면 반쯤 타인의 것인) 담론의 더 나은 창조적 발전이 있게 된다.

이 모든 경우에 있어서 타인의 담론을 전달하는 형식들도 중요하지만 더욱 중요한 것은 타인의 담론을 예술적으로 묘사하는 데 요구되는 것의 맹아가 그런 형식들 속에서 항상 발견된다는 사실이다. 그 지향에 약간의 변화만 가한다면 내적으로 설득하는 말은 쉽사리 묘사의 대상으로 전화된다. 왜냐하면 어떤 종류의 내적 설득의 담론은 '화자'의 형상과 근본적으로 그리고 유기적으로 융합될 수 있기 때문이다. 예를 들어 설교가의 형상과 융합된 윤리적 담론이나, 현자(賢子)의 형상과 융합된 철학적 담론, 그리고 지도자의 형상과 융합된 사회·정치적 담론 등이 그것이다. 타인의 담론을 창조적으로 양식화하고 실험하면서, 우리는 권위를 지닌 어떤 인물이 주어진 환경에서 어떻게 행동할는지, 그리고 그와 그의 담론이 그 상황을 어떻게 조명할는지를 추측하고 상상해보려고 노력한다. 그러한 실험적인 추측에서 화자와 그 담론의 형상이 창조적이고 예술적인 상상력의 대상이 되는 것이다.[31]

설득하는 담론을 화자들로 바꿈으로써 실험해보는 이러한 과정은 그런 형상들에 대한 투쟁과 갈등이 이미 시작된 경우에, 즉 누군가가 대상화라는 수단을 통해 그러한 형상과 담론의 영향으로부터 스스로를 해방시키려고 하거나 혹은 그 형상과 담론의 한계를 폭로하려고 하는 경우에 특히 중요해진다. 타인의 담론과 그 영향력에 대한 이러한 투쟁의 과정은 한 개인의 이념적 의식의 형성과정 속에서 엄청난 중요성을 갖는다. 자기 자신의 담론과 자기 자신의 목소리는 그것이 비록 타인의 것으로부터 태어났거나, 혹은 타인에 의해 역동적 자극을 받은 것이라 할지라도, 조만간 타인의 담론의 권위로부터 자신을 해방시키기 시작할 것이다. 더우기 이러한 과정은 다양한 타인의 음성들이 한 개인의 의식 내에서 영향력을 행사하기 위해 다투어 그 투쟁의 장으로 들어온다는 사실 때문에 더욱더 복잡해진다. (이는 그런 음성들이 주변의 사회현실 속에서 서로 투쟁을 벌이는 것과 마찬가지이다.) 이 모든 것이 타인의

31) 플라톤에게 있어서 쏘크라테스는 바로 그와같은 현자와 스승에 대한 예술적 형상, 실험의 목적을 위해 채택된 형상인 것이다.

담론에 대한 실험적 대상화에 필요한 비옥한 토양을 만들어준다. 우리가 이미 저항하기 시작한 내적 설득력을 지닌 말과 대화를 계속할 수도 있긴 하다. 그러나 그것의 성격은 변화한다. 그것은 의문의 대상이 되며, 새로운 상황 속에 던져짐으로써 그것의 취약한 측면이 폭로되고, 그 경계선이 드러나며, 문자 그대로 하나의 객체로서 체험된다. 이런 이유로 해서 담론을 어떤 사람의 것으로 귀속시킴으로써 양식화할 때 종종 어느 정도의 희화화가 불가피해진다. 그러나 이것은 조야한 희화화와는 거리가 멀다. 왜냐하면 이전 단계에서 내적 설득력을 가졌던 타인의 말은 이러한 과정에 대해 저항을 하며, 종종 패러디적인 어조를 배제한 음성을 내는 데 성공하기 때문이다. 이중음성성과 이중언어성에 깊이 물들어 있는 소설의 형상들도 이러한 토양에서 태어나 한때 작가에 대해 지배력을 행사했던 모든 유형의 내적 설득의 담론들과 작가 사이의 투쟁을 객관화하고자 한다. (뿌쉬낀의 오네긴이나 레르몬또프의 뻬쵸린이 그런 유형에 속한다.) 시험(시련)소설(Prüfungsroman)의 핵심에도 이와 똑같은 것, 즉 내적으로 설득하는 타인의 담론과 주체 사이의 투쟁과, 이 담론을 하나의 객체로 만듦으로써 그것으로부터 해방되려 하는 성향이 있다. 성장소설(Bildungsroman) 또한 내적 설득의 담론과 주체 사이의 투쟁의 사례를 제공하지만, 이 경우에는 성숙, 즉 이념적 선택의 과정이 소설 내의 한 주제로 전개되고 있는 반면, 시험소설에서는 작가 자신의 주관성이 작품의 바깥에 존재한다.

이런 관점에서 볼 때 도스또예프스끼의 작품들은 특이하고도 독자적인 위치를 차지하고 있는 것으로 여겨진다. 그의 소설에는 타인의 말들 사이에 벌어지는 강렬하고 예리한 상호작용이 두 가지 방식으로 존재한다. 첫째로, 그의 작품 속에 등장하는 등장인물들의 언어에는 실제적인 경험의 차원에서('나에 관한 타인의 말'), 윤리적 삶의 차원에서(타인의 판단, 타인에 의한 인정, 혹은 불인정), 그리고 최종적으로 이념의 차원에서(완결되지 않았고 또 완결될 수 없는 대화의 형태로 나타나는 등장인물들의 세계관), 타인의 말들 사이에 벌어지는 심오한 미완의 갈등이 있다. 도스또예프스끼의 인물들이 하는 말은 삶과 창조적인 이념 활동의 모든 영역에서 그것과 타인의 말들 사이에 벌어지는 끝없는 투쟁의 장(場)을 이룬다. 이런 이유 때문에 도스또예프스끼의 인물들이 하는 발언은 타인의 말을 전달하고 구성하는 다양한 방식들의 뛰어난 본보기가 될 수 있는 것이다. 둘째로, 그 자체 작가의 발언으로 취급될 수 있는 총체로서의 작품들(소설들) 또한 다양한 관점들의 화신인 등장인물들 사이에, 그리고 작가 자신과 인물들 사이에 벌어지는 똑같이 끝없는 미완의 대화이다. 등장인물들의 담론은 (작가 자신의 담론 역시 그러하듯이) 결코 작품 속에 완전히 통합되지 않으며, 자유롭게 열린 상태로 남아 있다. 도스또예프스끼의 소설에서 등장인물들의 인생경험과 그들의 담론은 플롯의 차원에서는 완결될 수도 있으나, 본질적으로는 불완전한 미완의 상태에 머물러 있는 것이다.[32)]

화자라는 주제의 중요성은 윤리적이고 법적인 사유와 담론에서 더욱 명백하다. 이런 분야에서는 화자와 그의 담론이 사유와 대화의 주요 초점이다. 윤리적이고 법적인 판단과 평가의 기본적인 범주들, 즉 양심('양심의 목소리,' '내면의 소리'), 참회(솔직한 시인(是認), 잘못을 인정하는 고백), 진실과 거짓, 신뢰가능성 여부, 투표권 등은 모두 화자를 언급한다. 독립적이고 신뢰할 수 있는 능동적 담론이야말로 윤리적이고 법적이고 정치적인 인간을 가리키는 근본적 지표이다. 이런 담론에 대한 도전·도발·해석과 평가 및 그 담론의 활동영역과 활동형태의 확립(시민적·정치적 제권리의 확립), 다양한 의지와 담론의 병치, 이 모든 활동이 윤리학과 법의 영역에서 엄청난 비중을 지니는 것이다. 좁은 의미의 사법적 영역에서 증언과 선언, 계약 등 모든 종류의 서류 및 다양한 유형의 타인의 발언에 대한 '분석'과 '해석', 그리고 법의 해석학이 차지하는 역할을 보면 이 점이 충분히 입증될 수 있다.

이 모든 것을 제대로 이해하기 위해서는 더 많은 연구가 필요하다. 타인들의 담론을 다루고, 그 신뢰가능성을 확립하고, 진실성의 정도를 측정하기 위한 법적인 (그리고 윤리적인) 기술들이 발달되어 있기는 하다. (일

---

32) 『도스또예프스끼 창작의 제문제』(Leningrad, 1929)와 그 제 2, 3판인 『도스또예프스끼 시학의 제문제』(Moscow, 1963; Moscow, 1972)를 참조할 것. 이 책에서는 등장인물들의 발언을 문체론적으로 분석하면서, 전달과 문맥형성에 사용되는 다양한 방식들을 밝히고 있다.

례로 공중이나 그와 유사한 기술을 들 수 있다.) 그러나 그런 종류의 담론을 정식화하는 데 사용되는 방법과 관련된 문제들, 구문론과 문체론과 의미론상의 문제들은 아직껏 제대로 제기된 적이 없다.

이제까지는 재판을 위해 준비되는 조사과정 속의 고백(혹은 자백)의 문제(고백을 유발하고 강제하는 과정의 문제)가 오로지 법률과 윤리학과 심리학의 차원에서만 해석되었다. 도스또예프스끼의 경우는 이 문제를 언어철학(담론)의 차원에서 제기하는 데 도움이 되는 풍부한 자료들, 가령 진정한 생각과 욕망과 동기의 문제(예를 들어, 이반 까라마조프의 경우)라든가 이러한 문제들이 취하는 언어적 형식의 문제, 즉 담론 형성시에 작용하는 타인의 역할, 심리(審理)와 관련된 문제들 등을 제공해준다.

사유와 대화의 주제로서의 화자와 그의 담론에 대한 윤리학이나 법률 분야에서의 취급은 그것이 윤리학이나 법률의 특수한 관심사에 보탬이 되는 한에서만 이루어진다. 타인의 담론을 전달하고 표현하고 구성하는 모든 방법들은 그 분야 특유의 관심사와 방향에 종속되는 것이다. 그러나 여기에서조차도 타인의 말을 예술적으로 묘사할 가능성은 존재한다. 윤리적인 영역에서는 특히 그러하다. 예컨대 어떤 사람의 내부에서 양심의 목소리가 다른 목소리들과 벌이는 갈등, 즉 참회로 이어지는 내적 대화의 묘사 같은 것이 있겠다. 윤리학적 팜플렛이나 특히 고백록 따위에 존재하는 예술적 산문(즉 소설)의 요소는 매우 의미심장한 바 있다. 가령, 에픽테투스라든가 마르쿠스 아우렐리우스, 아우구스티누스, 뻬뜨라르까 등의 저작에서 우리는 시험소설 및 교양소설의 단초를 엿볼 수 있다.

우리의 주제는 종교적(신화적·신비적·마술적) 사유와 담론에서 더욱 큰 비중을 차지한다. 이런 담론의 으뜸가는 주체는 말을 하는 존재——신이나, 귀신, 점장이, 예언자 따위——이다. 신화적인 사유는 일반적으로 살아 있지도 않고 반응하지도 않는 존재를 인정하지 않는다. 신이나 귀신(착하건 악하건)의 의지를 탐색하고, 분노나 자비의 표시, 전조나 징조들, 나아가 신이 직접 말한 것(계시)이나, 예언자와 성인, 점장이들을 통해 말한 것을 전달하고 해석하는 것——요컨대 신성한 영감을 부여받은 말(신성을 모독하는 말과는 정반대의 말)을 전달하고 해석하는 것이 종교적 사유와 담론에서 가장 중요한 행위인 것이다. 모든 종교적 체계는 그것이 아무리 원시적인 것이라 해도 다양한 종류의 성스러운 말을 전달하고 해석하기 위한 고도로 전문화된 방법적 장치(해석학)를 가지고 있다.

과학적 사유의 경우에는 상황이 조금 달라진다. 여기서는 담론 그 자체의 중요성은 상대적으로 약화된다. 수학이나 자연과학은 담론이 그 자체로서 의미있는 주제라고는 인정하지 않는다. 물론 과학적인 활동을 할 때에도 타인의 담론, 즉 앞선 연구자들의 말이나, 비평가들의 판단, 다수의 의견 등을 다루는 것은 필수적이다. 그리하여 타인의 담론을 전달하고 해석하는 다양한 형식들——권위적인 담론과의 투쟁이나 영향의 극복, 논쟁, 언급, 인용 등——도 문제가 된다. 그러나 이 모든 것은 단지 과정상의 필요에 그칠 뿐, 과학의 제재 그 자체에 영향을 끼치지는 않는다. 과학적 제재의 구성에는 화자와 그의 담론이 끼어들 여지가 없는 것이다. 수학 및 자연과학의 모든 방법적 장치들은 말로써 자신을 표현하지도, 자신에 대해 논평하지도 않는 말없는 대상, 순수한 사물 그 자체의 지배를 꾀한다. 이런 분야에서는 지식을 획득하는 일과 검토중인 대상 자체에 관한 말이나 기호를 받아들이고 해석하는 일 사이에 아무런 관련이 없다.

자연과학이나 수학과는 뚜렷이 구별되는 인문학의 분야에서는 타인의 말을 확립하고 전달하고 해석하는 작업이 그 분야의 특수한 과제로 대두한다. (예를 들어 역사학 분야의 방법론에 등장하는 사료(source)의 문제를 상기해보라.) 또한 문헌학의 분야에서도 화자와 그의 담론이 근본적인 탐구의 대상임은 새삼스런 언급이 필요치 않다.

문헌학은 그 나름의 특수한 목적과 그 주제(즉 화자와 그의 담론)에 대한 특수한 접근방식을 가지고 있어서 그것이 타인의 말을 전달하고 묘사하는 그 나름의 방식을 결정한다. (가령, 언어사 속의 연구대상이 된 담론의 경우를 보라.) 그러나 인문학의 범위 내에서는, 그리고 심지어는 좁은 의미의 문헌학의 범위 내에서조차 우리의 이해대상인 타인의 말에 대한 접근은 두 가지 방식으로 이루어질 수 있다.

우선 그 말은 순수한 하나의 객체(그 본질에 있어 하나의 사물에 불과한 존재)로 지각될 수가 있는데, 언어학의 분야에서 대체로 그렇게 인식되고 있다. 그러한 객체(사물)로서의 말에서는 의미조차도 사물이 된다. 그러한 말에 대해서는 깊이있고 실질적인 이해에 필수적인 대화적 접근이란 애당초 불가능하다. 이런 식의 이해는 물론 추상적일 수밖에 없으며, 그 말이 지닌 살아있는 이념적 의미능력으로부터, 즉 그 말의 진실성과 허위성, 의미심장함과 무의미함, 아름다움과 추함으로부터 완전히 분리된 것이다. 따라서 이러한 사물로서의 말은 그 의미에 대한 대화를 통한 접근의 시도로써는 이해될 수 없다. 이러한 말과의 대화란 있을 수 없는 것이다.

그러나 말에 대한 대화적 통찰은 문헌학에는 필수적인 것이다. (그러한 통찰이 없고서는 어떤 종류의 이해도 불가능하다.) 말의 대화화란 그 말의 새로운 측면들(넓은 의미의 의미론적 측면들)에 대한 개방을 뜻하는 것인데, 그런 새로운 측면들은 대화라는 수단을 통해 드러났기 때문에 더욱 직접적으로 지각된다. 말에 대한 우리의 지식이 내딛는 단계마다에 '독창적인 하나의 단계' 즉 **그 말에 대한 첨예화된 대화적 관계**가 선행하며, 이러한 관계가 그 말의 내부에서 새로운 측면을 들추어내는 것이다.

우리에게 요구되는 것은 바로 이러한 접근방식, 즉 더욱·구체적이고 또 현실의 이념적 삶 속에서 담론이 실제로 지니고 있는 의미능력을 없애지 않으며, 대화적 활력 및 담론 자체에 대한 보다 심오한 통찰이 이해의 객관성과 연결되는 그런 접근방식이다. 사실상 이것 이외의 어떠한 접근방식도 시학이나 문예사(그리고 일반 사상사)의 분야나 담론철학의 분야를 제대로 설명해줄 수 없다. 이런 분야에서 이루어지는 가장 메마르고 가장 평면적인 실증주의적 접근조차도 말을 그것이 마치 하나의 사물인 양 중립적으로 다룰 수는 없으며, 말의 이념적 의미를 통찰하기 위해서는 말에 **관해서**뿐만 아니라, 말**로써**도 이야기를 시작하지 않으면 안된다. 왜냐하면 말의 이념적 의미란 오로지 대화적으로만 파악될 수 있으며, 그러한 파악에는 평가와 반응이 포함되기 때문이다. 이러한 대화적 이해를 실현시키는 전달과 해석의 형식들은 그 이해가 심오하고 강력한 것일 경우, 우리가 산문문학에서 발견하게 되는, 타인의 담론에 대한 이중음성적 묘사와 유사해질 수도 있다. 소설은 그 본질상 타인의 말을 이해하게 되는 활동(그런 이해로 나아가는 과정이 소설에 묘사된다)을 내포할 수밖에 없다는 사실을 잊어서는 안된다.

마지막으로 수사적 장르에 있어 우리의 주제가 갖는 중요성에 관해 몇 마디 해야겠다. 화자와 그의 담론이 수사적 회화의 가장 중요한 주제 중의 하나라는 점에 대해서는 이론(異論)의 여지가 없다. (그리고 그 이외의 모든 주제들도 담론이라는 논점과 밀접한 관련을 맺고 있다.) 예를 들어 법정의 수사에서 수사적 담론은 그 재판의 대상(피고)——그 역시 말하는 사람이다——을 고발하거나 변호하며, 그렇게 하는 과정에서 그의 말에 의존하여 그것을 해석하고, 그것에 대해 논평하며, 피고나 원고의 잠재적 담론을 창조적으로 수립하기도 한다. (말해질 만한, 그러나 결코 실제로 말해지지는 않은 말들을 자유로이 창출하는 것——"그라면 틀림없이 그렇게 말했을 것입니다"라든지, 혹은 "그라면 아마 이렇게 말했을 것입니다" 등——은 고대의 수사학에 널리 퍼져 있던 기법이다.) 수사적 담론은 자기에게 닥쳐올 가능성이 있는 반박을 가지고 도리어 상대방의 의표를 찌르고자 하며, 헛점을 찾기 위해 증인들의 말을 새로이 편집하기도 한다. 예를 들면 정치적 수사학의 경우에 담론은 한편으로 어떤 후보자를 지지하고 그의 인격을 묘사하며 그의 견해와 그의 발언을 제시·옹호하는 데 사용되는가 하면, 다른 한편 어떤 포고령이나 법률·명령·선언·중재에의 항의, 즉 그 담론이 대화의 대상으로 삼고 있는 특정 발언에 대한 항의에 쓰이기도 하는 것이다.

정치평론적 담론 또한 말 그 자체와 그 말의 발화자(發話者)로서의 개인을 다룬다. 그것은 어떤 연설·기사·관점을 비판하며, 그것들과 논쟁하거나 그것들을 폭로하거나 조롱하는 따위의 일을 한다. 정치평론적 담론이 어떤 행위를 분석할 때는 그 담론은 그 행위의 근거가 되는 관점을 폭로하고, 그러한 관점을 적절한 강조(가령 아이러니칼하게 또는 분노에 차서)와 더불어 말로 정식화한다. 이는 물론 수사가 말의 외부에 행위와 행동과 현실이 있다는 사실을 망각한다는 말과는 다르다. 그러한 수사는 언제나 사회적 인간과 관련을 맺고 있다. 다만 사회적 인간의 가장 근본적인 몸짓들이 말을 통해 이념적 의미를 획득하거나, 혹은 말 그 자체에 구현되는 것일 따름이다.

수사에서는 그 주제로서 타인의 발언이 차지하는 비중이 너무나 크기 때문에 말이 현실을 가리고 현실을 대신하는 경우도 더러 생긴다. 이런 경우에는 말 그 자체도 축소되고 피상적인 것이 된다. 수사는 종종 말을 상대로 해서 거둔 순전한 **말**의 승리에 국한되기도 하는바, 이러한 경우 수사는 형식주의적 말장난으로 전락하고 마는 것이다. 그러나 다시 한번 말하거니와, 담론이 현실과 유리될 때 그것은 말 그 자체에게도 치명적이다. 어휘들은 약화되고 의미상의 깊이와 유연성, 즉 살아있는 문맥에서 스스로의 의미를 확장하고 쇄신하는 능력을 상실한다. 그것들은 담론으로서는 본질적으로 죽은 것이다. 왜냐하면 어휘란 본래 자기 자신을 넘어선 곳에서 사는 것이며, 자신의 합목적성을 자신의 외부에 돌림으로써만 살 수 있기 때문이다. 그러나 타인의 담론을 하나의 주제로 삼아 그것에만 배타적으로 집중한다고 해서 그것이 반드시 담론과 현실 사이의 그와같은 균열로 나타나는 것은 아니다.

수사적 장르들은 타인의 말을 전달하는 형식들을 가장 다양하게 소유하고 있으며 이런 형식들은 대부분 고도로 대화화된 것들이다. 그리하여 수사는 그것이 전달하는 말에게 그 말을 틀짓는 새로운 문맥 속에서 재차 새로운 강조를 부여하는(종종 그 의미를 완전히 왜곡할 정도로) 과정이다. 그리하여 수사적 장르들은 타인의 말을 전달하는 다양한 형식들과 그런 말을 표현하고 그 틀을 형성하는 다양한 수단들을 연구하는데 풍부한 자료를 제공해준다. 수사를 사용함으로써 우리는 화자와 그의 담론을 산문예술에서와 같은 방식으로 묘사할 수조차 있게 된다. 그러나 그런 경우의 수사적 이중음성성의 수준은 대체로 그다지 깊지 못하다. 진화하는 언어의 대화적 본질에까지 그 뿌리가 이르지 못하는 것이다. 그것은 진정한 언어적(사회적) 다양성 위에 세워진 것이라기보다 단순한 음성의 다양성 위에 세워진 것이다. 대개의 경우 수사의 이중음성 상태는 추상적이다. 그리하여 수사의 이중음성성에 관한 분석은 개개의 음성에 담겨 있는 관념들을 순수하게 형식적이고 논리적으로 분석하는 것 이상을 필요로 하지 않는다. 그렇기 때문에 다른 것과 구별되는

수사적 이중음성성, 즉 소설 속에서 이루어지는 타인의 말에 대한 **언어의 형상**을 지향하는 이중음성적 **재현과** 대비되는 것으로서, 타인의 말에 대한 수사적으로 이중음성적인 전달(여기에는 약간의 예술적 측면이 포함될 수도 있다)을 따로 논하는 것이 필요해진다.

이상에서 우리는 화자와 그의 담론이 언어·이념적 삶에서뿐 아니라 일상의 모든 영역에서도 하나의 화제로서 얼마나 중요한 역할을 하는가를 살펴보았다. 이제까지의 논의를 바탕으로 우리는 한 사람의 사회적 인간이 말하는 거의 모든 발언——일상의 대화에서 쓰이는 짧은 응답으로부터 중요한 언어·이념적 저작들(문학적 저작이나 학문적 저작 따위)에 이르기까지——을 구성하는 상당수의 말들이 다양한 방법으로 전달된(암묵적으로건 분명하게건) 타인의 말임을 주장할 수 있다. 거의 모든 발언의 장(場)에서 화자 자신의 말과 타인의 말 사이에 강렬한 상호작용 및 투쟁이 벌어지며 그 과정에서 그것들 사이의 대립과 대화적 상호활성화가 일어나는 것이다. 이렇게 볼 때, 어떤 발언은 그것을 말하는 사람의 의도를 음성으로 나타낸 단순한 하나의 사물로 파악할 때보다 훨씬 복잡하고 역동적인 유기체임이 드러난다. (말하는 사람의 의도를 음성으로 나타낸 사물로 발언을 파악하는 것은 표현을 위한 직접적이고 단일음성적인 매개물로 그것을 보는 것과 다름없다.)

인간들이 하는 말의 주요 주제 중의 하나가 바로 담론 그 자체라는 이러한 사실이 이제까지는 충분한 고려의 대상이 되지 못했다. 하물며 그 결정적 중요성이 제대로 인식될 수는 없었다. 따라서 이 사실로부터 파생해 나온 모든 결과들 또한 철학적인 면에서 포괄적으로 파악될 수 없었다. 대화의 주제로서 담론이 지니는 특수한 성격, 즉 타인의 말을 전달하고 재배열하기를 요구하는 성격도 지금까지 제대로 이해된 적이 없었다. 우리는 사실상 타인의 담론 그 자체의 도움이 있어야만 그 담론에 대해 이야기할 수 있다. (그 과정에서 화자가 타인의 말 속에 자기 자신의 의도를 집어넣거나 자신의 방식으로 그런 말들의 문맥을 조정하는 것도 사실이지만.) 다른 주제에 관해 이야기하듯 담론에 대해 이야기하는 것은, 다시 말해서 그 담론을 대화화해서 전달하지 않고 이야기하는 것은 그런 담론이 완전히 물화된 사물일 때에만 가능하다. 가령 문법에서라면 어떤 말에 대해 그런 식으로 이야기하는 것이 가능하다. 그러나 이 경우 그 말은 우리에게 흥미를 주는 말이 아니라 죽은 상태의 사물 같은 껍데기의 말에 지나지 않는다.

일상생활에서, 그리고 예술외적인 이념적 의사소통에서 타인의 말을 대화화해서 전달하기 위해 사용되는 매우 다양한 형식들 모두가 소설에서는 두 가지 방식으로 활용된다. 첫째로, 이 모든 형식들은 소설의 인물들이 하는 일상적인 발언과 이념적인 발언 속에 존재하고 재생되며, 또한 그것들은 소설 속에 삽입된 장르들——일기·고백록·신문기사 등——에도 존재한다. 둘째로, 타인의 말을 대화화해서 전달하는 모든 형식들은 화자와 그의 담론을 예술적으로 재현하는 과업에 직접적으로 종속된다. 이 경우에 타인의 말은 특별한 예술적 재형성 과정을 겪어야 한다.

예술외적 세계에서 타인의 말을 전달하는 형식들과 소설 속에서 이루어지는 예술적 전달과 재현의 형식 사이에 존재하는 근본적인 차이점은 무엇인가?

모든 예술외적 형식들은 예술적 묘사에 근접하는 형식들일지라도 (예를 들어 이중음성적인 수사적 장르들[패러디적 양식화]의 경우처럼) 개개인의 발언에 관심을 갖는다. 이것들은 타인들의 개별적 발언들에 대한 실용적 전달이며, 개별적 발언을 일반적 발언으로, 그리하여 사회적으로 전형적이거나 특징적인 발언으로 끌어올리는 것이 그것들이 도달할 수 있는 최상의 수준이다. 이러한 예술외적 형식들은 발언의 전달이 전달(이 전달이 아무리 자유롭고 창조적이라 해도 사태에는 변함이 없다)에만 골몰할 뿐, 사회적 언어의 개별적 발언 **뒤**에 놓여 있는 형상들을 인식하거나 강화하려는 노력은 기울이지 않는다. 사회적 언어는 그러한 개별적 발언들 안에서 구현되기는 하지만 결코 완전한 설명에 도달하지는 않는다. 사회적 언어는 하나의 **형상**이지, 그것에 대한 실증주의적이고 경험주의적인 재생물은 아닌 것이다. 진정한 소설에서라면 개별적 발언(parole) 뒤에서 사회적 언어(langue)들의 본질적인 힘이 그 언어들의 내적 논리 및 내적 필연과 더불어 감지될 수 있다. 그러한 경우에 사회적 언어의 형상은 주어진 언어의 실체뿐 아니라, 그 언어의 잠재력과 관념적 포괄범위의 한계까지를, 요컨대 그 언어의 총체적 의미 및 그 한계와 더불어 진실까지도 드러내준다.

이와같이 소설에서의 이중음성 상태는 수사적 장르나 그밖의 장르에서와는 달리 언제나 그 자신의 바깥 경계로서 이중언어성을 지향하고 있다. 그러므로 소설적 이중음성성은 논리적 모순이라든가 순수하게 극적인 대조로 귀결될 수는 없다. 소설적 대화의 독특함, 즉 서로 다른 언어로 말하는 사람들 상호간의 몰이해를 극한까지 밀고가는 특성을 결정하는 것은 바로 이런 성질이다.

여기서 '사회적 언어'라는 말이 의미하는 바가 어떤 언어를 방언으로 구성하고 개별화하는 방식을 결정하는 언어학적 표지들의 집합체가 아니라, 그 언어에 사회적 윤곽——의미 변화와 어휘선택을 통해 스스로를 규정함으로써 언어학적으로 일원적인 언어의 경계 내에서도 확립될 수 있는 윤곽——을 부여하는 모든 표지들로 이루어진 구체적이고 생생한 집합체라는 점을 다시 한번 강조해야겠다. 그러므로 하나의 사회적 언어란 오로지 추상적인 차원에서만 '하나'인 한 언어의 경계 내에서 독자적 정체성을 소유하는, 구체적인 사회·언어적 관점이다. 그러한 언어체계는 종종 엄격한 언어학적 정의를 허용하지 않지만, 그러나 여기에는 그 이상의 방언적 개별화를 향한 가능성들이 함축되어 있다. 그것은 태아가 미처 형성되기 이전의 잠재적 방언이다. 언어의 역사, 그 다양한 전개와 발전의 과정은 그러한 잠재적 방언들로 가득차 있다. 그것들은 여러 방식으로 서로 교차한다. 그리하여 어떤 것들은 성장하지 못한 채 죽어버리지만, 다른 것들은 번성하여 진정한 언어가 되기도 한다. 되풀이해서 말하지만, 언어란 역사적 구체성을 지닌 존재이며, 다양한 사회적 의미를 지닌 언어로의 분화과정이고, 미래의 언어와 과거의 언어, 오만하되 사멸중인 귀족적 언어와 벼락부자의 언어, 그밖에 언어의 지위를 넘보는 헤아릴 수 없이 많은 존재들——그것들이 언어의 지위를 획득하느냐 못 하느냐는 그것들이 사회 속에서 차지하고 있는 범위의 정도와 그것들이 채택된 이념적 영역의 범위에 따라 결정된다——로 가득찬 과정이다.

소설 속에서 그러한 언어가 취하는 형상은 일련의 사회적 신념이 취하는 형상, 즉 자기 자신의 담론, 자기 자신의 언어 속에 포함된 사회적 이념소의 형상이다. 그러므로 그러한 형상은 결코 형식주의적 형상일 수 없으며, 그런 언어에 대한 예술적 유희는 형식주의적 말장난과는 거리가 멀다. 소설에서 언어와 양식과 문체를 표시하는 형식적 표지들은 다양한 사회적 관점에 대한 상징이다. 외면적인 언어학적 특징들이 사회·언어적 차이를 표시하는 주변적인 수단으로 사용되며, 이는 심지어 등장인물들의 언어에 대한 작가의 직접적 논평이라는 형식을 유도하기도 한다. 가령 『아버지와 아들』에서 뚜르게네프는 가끔 자신이 직접 나서서 등장인물들이 단어사용이나 발음에서 보여주는 특징을 강조한다. 그런 경우 등장인물의 언어사용에 나타나는 특이성은 물론 사회·역사적인 관점에서도 전형적인 의미를 지니는 것이기가 쉽다.

그리하여 소설 속에서는 똑같은 '원칙'이라는 단어도 발음되는 방식 여하에 따라 역사적·사회적·문화적으로 상이한 세계를 나타내는 데 쓰일 수 있다. 이 말은 한편으로 프랑스 문학의 토양에서 자랐으나 라틴어나 독일의 학문에 대해서는 문외한인 1820~30년대 지주귀족 문화의 세계를 나타내지만, 다른 한편 라틴어와 독일의 학문 위에서 성장한 신학도나 의사의 어조를 지닌 50년대 잡계급출신 지식인들의 세계를 나타내기도 한다. (『아버지와 아들』의 제 5 장 참조—역주) 그 당시의 러시아어에는 '원칙'이란 단어를 라틴어나 독일어식으로 딱딱하게 발음하는 습관이 형성되었었다. 또다른 예로 우리는 '사람'이라는 말 대신 '신사'라는 말을 사용하는 꾸끄쉬나의 어휘사용법에 주목할 수 있겠는데, 이는 저급하거나 중간적인 문예언어의 유형에 뿌리박고 있는 용법이다(『아버지와 아들』의 제13장 참조—역주)

등장인물들의 언어에 나타난 특성들에 관한 그와같은 직접적이고 외부적인 논평은 장르로서의 소설에 전형적으로 나타나는 것이지만, 그러한 논평을 통해 소설 속에 언어의 형상이 창조되는 것은 물론 아니다. 그러한 논평은 그 자체가 이미 하나의 객체로 변화한다. 그런 상황에서는 작가의 말도 대화화되며, 이중음성적이고 이중언어적인 공명을 갖게 된다. (가령 저자의 말이 앞 절에서 논의된 바 있는 인물영역과 상호작용하는 경우처럼.)

묘사된 말을 둘러싸고 있는 문맥은 언어의 형상을 창조하는 데 있어 중심적인 역할을 수행한다. 문맥은 조각가의 끌과도 같이 타인이 한 말의 거친 외곽선을 다듬고, 순전히 경험적인 자료로부터 언어의 형상을 조각해낸다. 문맥은 묘사된 언어의 내적 충동을 응집시켜 그 언어가 지시하는 외부적 대상과 그것을 융합시킨다. 타인의 말을 묘사하고 짜맞추는 작가의 말은 타인의 말을 바라보는 하나의 시각을 창출한다. 그것은 빛과 그림자를 분리하고, 타인의 말이 제 소리를 내는 데 필요한 상황과 조건을 만들어낸다. 그리하여 마침내 작가의 말은 자신의 강조체계와 표현법을 가지고 타인의 말 속으로 뚫고 들어가 그 타인의 말을 대화화하는 배경을 창출해낸다.

다른 언어의 외부와 내부에서 한편으로는 그 언어에 **대해** 말하면서 동시에 다른 한편으로는 그 언어**로써** 말하는 능력을 보유한 채 타인의 말을 묘사할 수 있는 언어의 능력 덕분에, 그리고 묘사의 대상으로 기능하는 동시에 말하는 주체의 위치를 계속 견지할 수 있는 언어의 능력 덕분에 특수하게 소설적인 언어형상을 창조하는 일이 가능해진다. 바로 그렇기 때문에 작품의 틀을 구성하는 작가의 문맥이 그것이 묘사하고 있는 언어를 하나의 사물로, 말없고 무반응적인 객체로, 다른 화제거리(대상)들처럼 작가의 문맥 외부에 남아 있는 어떤 것으로 취급할 수 없는 것이다.

소설 속에서 언어의 형상을 창조하는 데 사용되는 수법들

소설 속에서 언어의 형상을 창조하기 위해 사용되는 수법들은 다음과 같은 세 가지 기본 범주로 구분될 수 있다. (1) 혼성(混成, hybridization) (2) 언어들 간의 대화화된 상호관련 (3) 순수한 대화들.

이 세 가지 범주들은 단지 이론상으로만 이렇게 구분될 수 있다. 왜냐하면 실제로는 이것들 모두가 서로 얽혀서 단일한 예술적 형상의 구조물을 구축하기 때문이다.

혼성이란 무엇인가? 그것은 단일한 발언이라는 경계 안에서 두 개의 사회적 언어가 섞이고, 단일한 발언이라는 장(場)에서 시대와 사회적 차이, 혹은 어떤 다른 요소에 의해 서로 격리되었던 두 개의 상이한 언어의식 사이에 만남이 이루어지는 것을 말한다.

이와같이 단일한 발언의 영역 안에서 두 개의 언어가 혼합되는 것은 소설에서는 의도적인 예술적 장치(좀더 정확히 표현하자면, 장치들의 체계)이다. 그러나 의도되지 않은 무의식적 혼성은 모든 언어의 역사적 진화과정을 구성하는 가장 중요한 양식 중의 하나이다. 심지어 언어 및 언어들이 역사적으로 변화하는 것은 주로 혼성에 의해서, 즉 언어들의 고(古)생물학적 과거에서뿐 아니라 역사적 과거 속에서 단일한 방언, 단일한 민족언어, 단일한 어족(語族), 다양한 어족들로 이루어진 단일한 어군(語群), 혹은 여러 개의 어군들의 경계 내에 공존하던 다양한 '언어들'의 혼합으로부터이다라고 말할 수 있을 정도이다. 이러한 혼합에 쓰이는 도가니가 언제나 '발언'임은 새삼스런 언급이 필요치 않은 사실이다.[33]

어떤 언어의 예술적 형상은 그 본성상 언어적 혼성물(의도적 혼성어)일 수밖에 없다. 즉 서로 다른 언어체계에 속한 두 개의 언어의식이 하나는 묘사되고 다른 하나는 묘사하면서 공존하는 것이 언어의 예술적 형상에는 필수적인 것이다. 실제로 묘사하는 제 2의 의식, 즉 묘사를 수행하는 제 2의 언어의도가 없다면, 그때 생기는 것은 언어의 **형상**이 아닌, 어떤 타인의 언어에 대한 **견본**(진짜건 조작된 것이건)에 불과할 것이다.

언어의 형상은 의도적 혼성어로서 무엇보다도 **의식적** 혼성어(역사적·유기적인[생리적인] 모호한 혼성어와는 달리)이다. 의도적인 혼성이란 바로 한 언어의 다른 언어에 의한 의식적 지각, 다른 언어의식에 의한 조명에 다름아닌 것이다. 언어의 형상이란 오로지 규범으로 기능하는 다른 언어의 관점에 의해서만 구성될 수 있다.

여기서 중요한 것은 의도적이고 의식적인 혼성어가 두 개의 몰개성적 언어의식들(상호 관련된 두 언어)의 혼합이라기보다 오히려 두 개의 **개별화**된 언어의식들(단순히 두 언어가 아닌, 상호관련된 두 특정 발언)과

33) 이와같은 무의식적인 역사적 혼성어들은 혼성어이기 때문에 이중언어적이긴 하지만, 그 음성에 있어서는 물론 단일음성적이다. 문예언어체계의 특징은 그것이 반쯤 의도적이고 반쯤 구조적인 혼성으로 이루어져 있다는 점이다.

두 개별적 언어의도들——한편으로 묘사하는 작가 개인의 의식과 의지, 다른 한편으로 묘사대상인 등장인물 개인의 언어적 의식과 의지——의 혼합이라는 사실이다. 구체적이고 개별적인 발언들이 구축하는 것이 사실상 바로 이 묘사된 언어의식인 까닭에, 묘사된 언어의식은 반드시 어떤 종류의 구체적 '작가들'[34]——주어진 언어로 '발언'을 구성하고 그 주어진 언어의 가능성 속에 그들 자신의 언어의도를 도입, 현실화하는——속에 구현되게 마련이다. 그리하여 의도적이고 의식적인 예술적 혼성어에는 언제나 두 가지 의식, 두 가지 언어의도, 두 가지 **음성**, 그리고 두 가지 강조가 참여하게 된다.

의도적 혼성어들에서의 개인적 요소에 주목하면서도 우리는 **언어의 형상**을 구축하는 소설 속의 예술적 혼성어들의 경우에 그런 개인적 요소가 언어의 구체화와 소설이라는 예술적 총체에 대한 언어의 종속에 필수불가결한 요소이지만(여기서 언어들의 운명은 그것을 말하는 사람들의 개별 운명과 뗄 수 없는 관계에 있다) 그런 요소는 또한 사회·언어적 요소와도 뗄 수 없는 관계에 있다는 사실을 다시 한번 강조해야겠다. 다시 말하면, 소설적 혼성어는 이중음성적이고 이중강세적(수사학에서처럼)일 뿐 아니라 이중언어적이기도 하다는 것이다. 두 개의 개인적 의식, 두 개의 음성, 두 개의 강조뿐 아니라(혹은 이것들이라기보다), 두 개의 사회·언어적 의식과 두 개의 시대가 있는 것이다.(이 두 의식과 두 시대는 역사적·유기적〔생리적〕 혼성어에서와는 달리 무의식적으로 혼합되어 있는 것이 아니라 의식적으로 적대하며, 발언의 영역을 차지하기 위해 서로 싸운다.)

더우기 의도적인 소설적 혼성어에서는 주된 활동이 언어학적 형식들——두 개의 언어와 문체를 표시하는 표지들——사이의 혼합일 뿐 아니라 (사실상 이런 혼합이라기보다) 이러한 형식들 안에 들어 있는 상이한 세계관 사이의 충돌이다. 그러므로 의도적인 예술적 혼성어는 또한 **의미론적**——추상적인 의미에서 의미론적이거나 논리학적인 것(수사학에서처럼)이 아닌, **구체적**이고 **사회적**인 의미에서의——혼성어이다.

34) 이 '작가들'은 다양한 장르의 언어와 여론의 양식화에서처럼 익명적인 전형일 수도 있다.

물론 역사적·유기적인 혼성어에도 두 언어뿐 아니라, 두 사회·언어적(그리하여 유기적인) 세계관들이 혼합되어 있는 것이 사실이다. 그러나 이 경우에 그 혼합은 불투명한 무언의 혼합이며, 결코 의식적인 대조나 대립을 이용하지 않는다. 한편 여기서 우리는 유기적 혼성어들 속에서 이루어지는 언어적 세계관의 혼합이 불투명한 무언의 혼합이긴 하지만 동시에 그러한 무의식적 혼성어들이 역사적으로 매우 생산적인 것이었다는 사실——그것들은 새로운 세계관의 가능성, 말로 세계를 파악하는 새로운 '내적 형식들'을 함축하고 있다——을 지적하지 않으면 안된다.

의도적인 의미론적 혼성어들은 필연적으로 내적 대화를 포함한다.(유기적 혼성어들과는 달리.) 여기서는 두 개의 관점이 혼합되기보다는 대화적으로 상호병치된다. 소설적 혼성어들에 내재하고 있는 본질적인 대화적 측면은 사회·언어적 관점들로 이루어진 대화로서, 물론 그나름의 개별적 의미론을 지닌 뚜렷한 완결적 대화로 전개되지는 않는다. 소설적 혼성어 속의 대화에는 어떤 본원적이고 유기적인 활력과 미완결성이 필수적인 것이기 때문이다.

끝으로, 의도적인 이중음성과 내적 대화로 이루어진 혼성어는 다른 어디에서도 찾아볼 수 없는 독특한 구문(句文)구조를 갖는다. 즉, 그 속에서는 단일한 발언의 경계 내에서 두 개의 잠재적인 발언이 융합되며, 요컨대 두 개의 대답이 하나의 잠재적인 대화 속에 결합되는 것이다. 물론 이러한 잠재적 답변들은 결코 온전한 실체를 획득할 수 없으며, 완결된 발언이 될 수 없다. 그러나 그럼에도 불구하고 이와같이 완결되지 않은 잠재적 답변이 이중음성적인 혼성어의 구문구조 안에서 느껴진다는 사실은 분명하다. 물론 여기서 문제가 되는 것은 다양한 언어체계들의 특징을 이루는 이질적 구문형식의 혼합(이러한 혼합은 **유기적 혼성어**에서도 일어날 수 있다)이 아니라, 바로 **두 개**의 발언이 융합하여 하나로 되는 현상이다. 그러한 혼합은 단일언어적인 수사적 혼성어에서도 가능하다. 이 경우에 그런 혼합은 구문론적으로 더욱 분명한 형태를 취한다. 그러나 사회적 의미가 뚜렷이 구분되는 두 개의 발언을 하나의 발언으로 혼합시키는 것은 소설적 혼성어에만 독특하게 나타나는 현상이다. 의도적인 혼성어의 구문구조는 두 개의 개인적 언어의도로 분리되는 것이다.

소설적 혼성어의 특징들을 요약하면 다음과 같다. 즉 역사적 진화과정 중의 언어에 의한 **살아있는** 발언들 속에서 일어나는 불투명한 언어혼합과는 달리(본질적으로 살아있는 언어에 의한 살아있는 발언들은 모두 어느 정도는 혼성어이다), 소설적 혼성어는 **상이한 언어들을 서로 접촉시키기 위해 예술적으로 조직한 체계**, 곧 하나의 언어로 다른 언어를 조명하고, 다른 언어의 살아있는 형상을 조각해내는 것을 목표로 삼는 체계이다.

의도적인 예술적 지향을 지닌 혼성은 언어의 형상을 구성하는 데 쓰이는 가장 기본적인 장치들 중의 하나이다. 이 문제와 관련하여 우리는 혼성이 일어날 때, 타인의 언어(여기에는 대체로 당대의 문예언어체계가 이용된다)를 조명하기 위해 사용되는 언어 또한 객체로 전화하며 자기 자신이 언어의 형상으로 되고 만다는 사실에 주목해야 한다. 소설 속에서 혼성의 기법이 더욱 광범위하고 깊이있게(하나의 언어가 아닌 몇 개의 언어를 대상으로) 쓰이면 쓰일수록, 묘사하고 조명하는 언어 자신도 더욱 객체화되며, 마침내는 그 소설이 포함하고 있는 다양한 언어의 형상들 중 하나가 되고 마는 것이다. 이 점에 대한 고전적 사례로 우리는 『돈 끼호떼』라든가 영국의 희극소설(필딩, 스몰렛트, 스턴), 그리고 독일의 낭만적 희극소설(히펠과 장 파울 등)을 들 수 있다. 이러한 작품들의 경우에는 대체로 소설가의 형상만이 아니라 소설을 쓰는 과정 그 자체가 객체로 된다.(이러한 현상은 이미 『돈 끼호떼』에서 부분적으로 나타났으며, 후에 스턴, 히펠, 장 파울 등에 이르러 더욱 완벽해진다.)

엄밀한 의미의 혼성은 내적 대화를 통한, 총체로서의 언어체계들간의 상호조명과는 다르다. 혼성의 경우에는 하나의 발언 안에서 두 언어가 직접 혼합되는 일은 없다. 발언 속에 실제로 나타나는 것은 오직 하나의 언어뿐이다. 다만 그것이 **다른 언어에 의해 조명**되는 것이다. 그러나 이 제2의 언어는 발언 속에 구체화되지는 않고 그 발언의 외부에 남아 있게 된다.

내적 대화를 통해 언어들간의 상호조명을 행하는 가장 명백하고 가장 특징적인 형식은 **양식화**(stylization)이다.

모든 진정한 양식화는 앞서도 얘기했듯이, 타인의 언어양식의 예술적 재현, 즉 타인의 말에 대한 예술적 형상이다. 그 안에는 두 개의 개인적 언어의식이 필연적으로 존재하게 되는바, 그 하나는 **재현하는** 의식(즉 양식화하는 주체의 언어의식)이며, 다른 하나는 **재현되는** 의식(즉 양식화되는 객체의 언어의식)이다. '양식화'는 그것이 특수한 언어의식(양식화를 행하는 시점의 양식화 주체 및 청중의 언어의식)——이 언어의식의 영향 하에서 하나의 양식이 **양식화**되며, 이 언어의식을 배경으로 새로운 의미를 획득하는——을 요구한다는 점에서 '양식' 그 자체와 구별된다.

이 두번째 언어의식, 즉 양식화의 주체와 그 동시대인들의 의식은 양식화의 대상이 되는 언어를 하나의 원료로 이용한다. 양식화의 주체는 자기 자신의 언어가 아닌 양식화의 대상이 되는 언어에 의해서만 자신이 말하려는 바에 대해 직접 이야기할 수 있다. 그러나 이 경우 양식화의 대상인 언어는 동시대의 양식화 주체의 언어의식에 의해 조명됨으로써만 드러난다. 동시대의 언어는 양식화되는 언어 위에 특별한 빛을 던진다. 어떤 측면은 부각시키고, 다른 측면은 그늘에 남겨두며, 양식화되는 언어의 다양한 측면들을 모두 언어의 측면으로 만드는 특수한 강조 패턴을 창조하여, 양식화되는 언어와 양식화하는 시점의 언어의식 사이에 특수한 반향을 만들어내는 것이다. 요컨대 그것은 타인의 언어에 대한 자유로운 형상을 창조하는바, 그 형상은 양식화**되는** 언어의 의도뿐 아니라 양식화**하는** 언어의 의도와 그 예술적 의도를 표현하는 것이다.

이상이 양식화의 본질이다. 상호조명의 또다른 유형으로서 양식화와 매우 밀접한 관련을 맺고 있는 것이 **변형**(變形, variation)이다. 양식화에 있어서는 양식화 주체의 언어의식은 전적으로 그 양식화의 대상인 언어가 제공하는 원료만을 가지고 작업을 한다. 그것이 양식화의 대상언어를 조명하는 것은 그 언어 속에 자신의 이질적' 관점을 집어넣음으로써이지, 자신의 시점(時點)에 속하는 '이질적 '재료'(언어)를 도입함으로써는 아닌 것이다. 따라서 양식화 그 자체는 고도의 내적 일관성을 지닌다. 만일 양식화 주체의 시점(時點)에 속한 언어적 재료(어휘·형식·구절 등)가 양식화의 과정에 끼어든다면, 이는 양식화에 있어서의 오점이나 실수, 즉 시대착오나 좋지 않은 의미의 현대화가 될 것이다.

그러나 이러한 불일치는 때로 조직적이고 의도적인 것일 수도 있다. 양식화의 주체가 되는 언어의식이 양식화의 대상언어를 단순히 조명해 주는 데 그치지 않고, 자신의 주제적·언어적 재료를 그것에 통합시키는 경우도 있는 것이다. 이러한 경우는 더 이상 양식화로 불릴 수 없다. 이러한 경우가 바로 변형이다. (이것은 종종 혼성에도 근접한다.)

변형은 타인의 언어들이라는 재료를 자유로이 자기 시대의 주제들과 접합시키며, 양식화의 대상이 되는 세계를 자기 시대의 의식세계와 연결시키고, 양식화의 대상이 되는 언어를 새로운 시나리오 속으로 투사시킴으로써 그 언어 자체만이었다면 불가능했을 새로운 상황에서 그것을 검증한다.

소설의 역사에서는 변형뿐 아니라 직접적인 양식화의 중요성이 매우 크며, 그러한 직접적 양식화의 중요성은 아마도 패러디의 중요성 이외에는 능가하는 것이 없을 것이다. 양식화야말로 예술적으로 언어들을 묘사하기 위해 산문에 의해 사용되었던 최초의 방법이다. 물론 처음에는 그러한 언어들이 형식적으로나 문체(양식)상으로나 완결적인 것이었고 (그들은 이미 하나의 문체[양식]이었다), 살아 움직이는 언어의 사회적 다양성(여기서는 언어들이 계속적인 진화과정 속에 있으며, 아직 고유의 문체를 소유하지 못한다)을 반영하는 가공 이전의, 아직은 잠재적인 언어는 아니었다. 그리하여 양식화에 의해 창조된 언어의 형상은 형상들 가운데에서도 가장 덜 함축적이고 가장 완결적인 것이었고, 따라서 소설산문에서 허용가능한 최대치의 유미주의를 가능케 해준다. 이런 이유로 메리메(Prosper Mérimée: 1803~1870, 프랑스의 낭만주의 작가—역주) 라든가 프랑스(Anatole France: 1844~1924, 프랑스의 소설가·시인·비평가 겸 극작가—역주), 앙리 드 레니에(Henri de Régnier, 1864~1936) 같은 양식화의 대가들이 소설에 있어 유미주의의 원칙(협소한 한계 내에서만 이 장르에 적용될 수 있는)을 대변할 수 있었던 것이다.

소설적 담론의 기본적인 경향과 문체의 윤곽이 형성되던 시기에 양식화가 얼마나 중요한 역할을 담당했는가 하는 점은 그것 자체로 특별한 하나의 주제가 되며, 이 논문의 마지막 절에서 이 문제가 취급될 것이다.

언어들간의 내적 대화에 의한 상호조명의 유형 중에는 재현하는 담론의 의도와 재현되는 담론의 의도가 서로 싸우는 또다른 유형이 있다. 재현하는 담론은 재현되는 담론에 대해 투쟁하며, 재현되는 담론의 생산적인 도움을 얻기보다는 그 담론의 실상에 대한 폭로를 통해 그것을 파괴함으로써 실제 대상들의 세계를 그린다. 이것이 바로 **패러디적 양식화**의 본질이다.

그러나 그러한 패러디적 양식화에 의한, 언어의 형상 및 그에 상응하는 세계의 창조는 그러한 양식화가 수사적 패러디에서와는 달리 타인의 언어에 대한 조야하고 피상적인 파괴를 수반하지 않을 때라야만 가능하다. 진정하고 생산적인 것이 되기 위해 패러디는 정확하게 패러디적 **양식화**가 되어야 한다. 즉 패러디는 패러디되는 언어를 하나의 진정한 총체로 재창조해야 하며, 그것이 자기 자신의 내적 논리를 가진 언어로서, 자신과 밀접하게 연관된 고유의 세계를 드러낼 수 있다는 사실을 인정해주어야 한다.

양식화와 패러디라는 두 극단의 사이에는 언어들간의 상호조명 및 직접적 혼성의 지극히 다양한 형태들——단일한 발언의 경계 내에서 마주치는 언어들과 언어의지들 간의 지극히 다양한 상호작용에 의해 결정되는 형태들——이 분포되어 있다. 담론 내부의 투쟁, 패러디되는 언어가 패러디하는 언어에 대해 저항하는 정도, 재현되는 사회적 언어의 완결성의 정도와 그 개별화의 정도, 그리고 마지막으로 그것을 둘러싸고 있는 사회적 언어의 다양성(이것이 항상 대화화의 배경 내지 공명체로 기능한다), 이 모든 것이 타인의 언어를 재현하는 다양한 수법들을 창조한다.

소설에 있어서 **순수한 언어들간의 대화적 대립**은 혼성과 더불어 언어의 형상을 창조하는 강력한 수단이 된다. **언어들**간의 대화적 대립(한 언어의 내부에서 일어나는 의미들간의 대립이 아닌)은 언어들간의 경계를 뚜렷이 해주고, 이러한 경계에 대한 감각을 창조하며, 우리로 하여금 다양한 언어들이 취하는 여러가지 형태들을 물리적으로 지각하게 해주는 것이다.

소설 속의 성문(成文) 형식으로서의 대화 그 자체는 언어들간의 대화

——그 혼성어들에서나 대화화를 수행하는 소설적 배경에서 들리는 대화——와 불가분의 관계에 있다. 따라서 소설 속의 대화는 특별한 종류의 대화이다. 첫째로 그리고 무엇보다도 (앞서도 말했듯이) 소설 속의 대화는 등장인물들의 실제 대화들로만 이루어지는 것이 아니다. 소설적 대화는 무한히 많은 대화적 대결들로 충만해 있는데, 이것들 또한 소설적 대화를 다 설명하는 것도, 또 다 설명할 수 있는 것도 아니다. 오직 부분적으로만(여러 가능한 대화들 중의 하나로서만) 언어들간의 이 무한하고 본질적인 대화를 설명하는 것이다. 소설의 대화는 언어와 사회의 사회·이념적 진화 그 자체에 의해서 결정되기 때문이다. 언어들간의 대화는 여러 사회세력들간의 대화로서 이는 정적(靜的) 공존상태에 있는 여러 세력들간의 대화일 뿐 아니라, 상이한 시대들과 나날들 사이의 대화, 영원히 죽고 살며 태어나는 대화인 것이다. 여기서 '공존'과 '형성'은 상호 모순적이고 다중언어적이며 이질적인 그러나 분해할 수 없는 구체적 통일체 속에 통합된다. 거기에는 소설적 형상들이 실려 있다. 그리하여 소설적 형상들은 언어들간의 이러한 대화로부터 결론의 개방성, 즉 어떤 것에 대해 단번에 최종적인 결론을 내리지 않는 성질이라든가 생생한 구체성 및 '자연주의적 성질' 등 소설적 형상을 극(劇)의 대화와 확연히 구별해주는 모든 특질들을 취하는 것이다.

소설의 등장인물들이 하는 대화와 독백으로 나타나는 순수한 언어들도 언어의 형상을 창출한다는 똑같은 과업에 종속된다.

플롯 역시 언어들을 상호연결시키고 상호대비하여 드러내는 과업에 종속한다. 소설의 플롯은 사회적 언어들과 이념들을 드러내고 제시·경험하도록 구성되어야 한다. 하나의 담론과 세계관과 이념적 행동에 대한 시험이라든가, 사회·역사·국가적 세계와 소(小) 세계들의 일상적인 모습에 대한 제시(풍속소설이나 기행소설의 경우), 여러 시대의 사회·이념적 세계들에 관한 묘사(회고담 소설이나 역사소설의 경우), 혹은 시대와 사회·이념적 세계와 연관된 연배(年輩)집단과 세대들에 대한 묘사(교양소설과 성장소설의 경우) 등등이 소설의 플롯에서 이루어져야 하는 것이다. 한마디로 말해 소설의 플롯은 화자들과 그들의 이념세계를 재현하는 데 기여한다. 소설 속에서 이루어지는 것은 타인의 언어를 통해 자신의 언어를 인식하고 타인의 신념체계 속에서 자신의 신념체계를 알게 되는 과정이다. 소설 속에서는 타인의 언어에 대한 이념적 번역과 그 타자성——오직 우연적이고 외면적이며 환상적일 따름인 타자성——의 극복이 이루어진다. 특히 역사소설의 경우에는 적극적 비중이 주어진 현대화, 시간적 경계의 삭제, 과거 속에서 영원한 현재를 인식하는 것 등이 특징이다. 언어의 형상을 창조하는 것은 소설장르의 양식(문체)상의 최우선 과제인 것이다.

모든 소설들은 온갖 언어들과 그 속에 구현된 언어의식들의 총체이고, 이러한 총체로서의 소설은 모두가 그 자체 하나의 혼성어라고 볼 수 있다. 다만 여기서 다시 한번 강조해야 할 것은 그것이 예술적으로 조직된 의도적이고 의식적인 혼성어로서, 언어들간의(더 정확히 표현하자면 언어요소들간의) 불투명하고 기계적인 혼합과는 거리가 멀다는 사실이다. **언어의 예술적 형상**, 이것이야말로 소설적 혼성이 추구하는 목표인 것이다.

이러한 까닭에 소설가는 그가 자신의 텍스트에 끌어들인 낯선 언어들에 관한 경험적 자료들을 언어학적(방언학적)으로 정확하고 완벽하게 재생하기 위해 노력하지는 않는다. 그는 단지 이러한 언어들의 **형상**에 예술적 일관성을 부여하고자 할 뿐이다.

예술적 혼성어는 엄청난 노력을 필요로 한다. 그 양식화는 처음부터 끝까지 철저하게 의식적인——사전 심사숙고나 완성과정 및 거리두기에 있어——과정이다. 바로 이 점이 예술적 혼성어와 피상적이고 무의식적인 비체계적 언어혼합(이류 산문작가의 특징이기도 한 이러한 언어혼합은 종종 문맹 그 자체에 근접하기도 한다)을 구별짓는 요인이다. 후자에서는 일관된 언어체계들의 결합이 없고, 단지 언어를 구성하는 요소들간의 자의적인 조합이 있을 뿐이다. 이것은 언어적 다양성에 의한 교향화가 아니라 대개의 경우 단지 불순하고 덜 다듬어진 직접적 작가언어일 뿐이다.

그러므로 소설은 문예언어를 깊이있고 폭넓게 이해하기 위해 노력해야 할 뿐 아니라, 그에 덧붙여 언어적 다양성을 구성하는 다른 모든 언어들 또한 알아야 한다. 소설은 언어지평의 확대와 심화, 곧 사회·언어적 차이에 대한 감각의 첨예화를 요구하는 것이다.

5. 문체로 본 유럽소설 발달양식의 두 흐름

소설과 언어·이념적 탈중심화

소설은 언어에 대한 갈릴레오적 인식, 즉 단일한 일원론적 언어의 절대성을 부정하는 인식의 표현으로서, 이는 그 자신의 언어를 이념적 세계의 유일한 언어적·의미론적 중심으로 인정하기를 거부하는 인식이다. 이는 여러 민족들의 언어, 그리고 보다 정확히 말하자면 여러 사회적 언어들의 무진장한 풍부함에 대해 의식하고 있는 인식인데, 이 모든 언어들은 똑같이 '진리의 언어'가 될 수 있지만, 실제로는 단지 사회적 집단이나 직업을 비롯한 일상생활의 단면들의 언어들인 관계로 모두 똑같이 상대적이고 객체화되고 제한된 것들이다. 소설은 이념적 세계의 언어적·의미론적 탈중심화, 즉 문학적 의식이 아무 언어에도 소속되어 있지 않다는 것을 가정함으로써 시작되는데, 이때 문학적 의식은 이념적인 사고를 담는 지극히 신성하고 단일한 언어적 매개를 더이상 갖지 않게 된다. 이 문학적 의식은 한 민족의 언어에 둘러싸여 있는 여러 사회적 언어들 가운데에서 표출되고, 또한 단일한 문화(그리스 문화, 기독교 문화, 개신교 문화 등)나 혹은 단일한 정치·문화적 세계(그리스 왕국, 로마 제국 등)에 둘러싸여 있는 여러 민족의 언어들 가운데에서 표출되는 것이다.

여기에는 인간의 담론의 운명에 있어서 매우 중요하고 사실상 근본적인 혁명이 관련되어 있다. 즉 문화·의미론적이고 정서적인 의도들이 단일하고 일원적인 언어의 지배로부터 근본적으로 해방되며, 따라서 동시에 언어를 신화, 즉 사고의 절대적 형태라고 느끼지 않게 되는 것이다. 그러므로 한 문화세계 내에 존재하는 언어의 다양성을 밝히거나 어느 특정한 민족의 언어 내에 존재하는 말의 다양성을 밝히는 것만으로는 충분하지 못하다. 우리는 이 혁명의 핵심을 꿰뚫어보고, 이로 인해 발생하면서 매우 특정한 사회·역사적 조건들 하에서만 가능한 그런 결과를 모두 꿰뚫어보아야 할 것이다.

사회적 언어들에 대한 심오한 예술적 작용을 가능케 하기 위해서는 일반문학이나 언어의 수준에서 담론에 대한 감각을 근본적으로 변화시킬 필요가 있다. 담론을 객체적이고 '전형적'이면서 동시에 의도적인 현상으로 절충시켜 이해할 필요가 있으며, 다른 언어의(훔볼트*적 의미에서의) '내적 형식'과 이질적 형태로서의 자기 자신의 언어의 '내적 형식'에 민감해지는 법을 배워야 한다. 담론의 객체성이나 전형성에 대한 예민한 감각을 발달시키는 법을 배워야 하는 것인바, 이는 행위나 몸짓, 혹은 개별적 단어나 표현 등의 본질적 속성일 뿐만 아니라 세계를 바라보고 느끼는 방식이나 관점의 기본적인 성분이기도 한데, 이러한 관점들은 이를 표현하는 언어의 중요한 유기적 일부를 차지하는 것이다. 이러한 인식은 서로를 조명하는 언어들의 세계에 유기적으로 참여하고 있는 의식에게만 가능하다. 이러한 일이 일어나기 위해서는 여러 언어들이 그것에 똑같이 참여하는 하나의 주어진 의식 안에서 근본적으로 교차하는 것이 필요하다.

소설 속에 표현되는 언어·이념적 세계의 탈중심화는 다른 사회집단들과 강렬하고 생생한 상호작용을 하면서 존재하되 그것들과는 근본적으로 구별되는 사회집단들을 상정함으로써 비롯된다. 단일하고 불변하는 내적 핵심을 갖는 폐쇄적인 이익집단이나 계급, 계층 등은 여기저기 부패하거나 어떻게든 내적 균형과 자족적 상태를 바꾸지 않는 한 소설의 발달을 위한 사회적으로 생산적인 토양이 될 수 없다. 그 까닭은 그 자신의 의심할 여지 없이 권위적인 단일한 언어의 절정으로부터 작용하는 문학적·언어적 의식은 언어적 다양성과 다중언어성을 고려하지 못하기 때문이다. 그 자신의 문학적 언어를 소유하고 있는 폐쇄된 문화적 세계의 영역을 넘어서만 작용하게 마련인 언어적 다양성은 저급한 장르들에

* Freiherr von Wilhelm Humboldt: 1767~1835. 독일 저술가, 문헌학자, 18세기말~19세기초 인문주의의 대표적 인물. 그는 언어를 인간성품 및 각 시대의 여러 민족이 갖고 있는 정신과 문화적 표준의 표현으로 보았다. —영역자 주

게서는 순전히 객체화된 비의도적인 말의 형상만을 보여줄 수 있을 뿐인데, 이러한 객체로서의 말은 소설적·산문적 의도를 전적으로 결여하고 있다. 언어적 다양성이 그 문화의 자기 인식과 자신의 언어에 대한 인식을 씻어버리고 그 핵심까지 꿰뚫어서 그 이념과 문학의 저변에 깔린 근본적 언어체계를 상대화시키고 갈등의 부재상태에서 벗어나도록 하는 것이 필요한 것이다.

그러나 이것조차도 충분하지는 않다. 사회적 갈등이 풍부한 공동체라 할지라도 그것이 만일 한 민족적 실체로서 고립적이고 폐쇄적인 상태로 남아 있을 경우에는 가장 깊은 수준에서의 문학적·언어적 의식의 상대화, 새로운 산문적 조(調)로의 조바꿈을 위한 토양이 되기에는 불충분할 것이다. 문학적 방언과 그 주변의 문학외적 환경 내부의 말의 다양성, 즉 주어진 민족언어의 전체적인 방언 구성은 언어적 다양성이라는 바다로 둘러싸여 있다는 것을 의식해야 하는데, 이때의 언어적 다양성이란 더우기 그 무엇에도 우선하는 것으로, 충분한 의도성, 즉 그에 속한 다른 문화적·이념적 체계들과 함께 그 자체의 신화적·종교적·정치사회적·문학적 체계들을 드러내야 한다. 민족외적인 다중언어성이 실제로 문학언어의 체계나 산문장르의 체계를 (한 언어 내의 여러 문학외적인 방언들이 실제로 이들 체계를 꿰뚫는 만큼) 꿰뚫지는 못한다 하더라도, 그래도 이러한 외적인 다중언어성은 문학언어 자체의 내적 모순성을 강화시키고 심화시킨다. 다중언어성은 계속해서 우리의 언어의식을 속박하는 관습과 전통의 권위를 침식하며, 언어와 유기적으로 융합된 민족적 신화의 체계를 침식하여, 언어와 말에 대한 신화적이고 마술적인 태도를 단번에 완전히 파괴해버린다. 이질적 문화와 이질적 언어에 대한 깊은 관심(이질적 문화에 대한 관심과 이질적 언어에 대한 관심은 뗄 수 없는 관계에 있다)은 필연적으로 언어와 의도, 언어와 사고, 언어와 표현 사이의 분열에 대한 깨달음으로 이어지는 것이다.

여기에서 '분열'이라고 할 때에는 언어와 이념적 의미 사이의 절대적인 결합의 파괴를 의미하는데, 이러한 결합이야말로 신화적이고 마술적인 사고의 결정적 요인이다. 말과 구체적인 이념적 의미 사이의 절대적 결합이 신화의 가장 근본적인 구성요소라는 점은 의심할 여지가 없는바,

이는 한편으로 신화적 형상의 발달을 결정지으면서, 다른 한편으로 언어의 형식과 의미와 문체조합에 대한 특수한 감각을 결정짓는다. 신화적 사고를 담은 언어——이 언어는 자기 자신으로부터 자신의 언어적 연관관계와 상호관계를 갖춘 신화적 실재를 만들어낸다——의 세력하에서 신화적 사고는 그 자신 대신에 현실 자체의 연관관계와 상호관계를 대체시킨다. (이것은 언어적 범주와 그에 딸린 것들이 신의 계보와 우주발생의 범주로 바뀌는 과정이다.) 하지만 언어 자신도 신화적 사고를 지배하는 그런 종류의 형상들의 세력하에 있으며 이러한 형상들이 언어가 목적하는 자유로운 움직임을 속박하여 언어의 범주들이 보다 다양한 응용력과 탄력적인 유연성, 보다 순수한 형식적 구조를 성취하는 것을 더욱 어렵게 만든다. (이러한 성취는 언어의 범주들이 보다 구체적인 물질적 관계들과 융합할 때 가능해지는 것이다.) 신화적 사고를 지배하는 형상들은 말로 하여금 보다 많은 것을 표현하게 해주는, 말의 표현적 잠재력을 제한한다.[35]

언어에 대한 신화의 절대적인 지배와 현실의 인식과 개념화에 대한 언어의 지배는 물론 언어의식의 선사시대(그러므로 당연히 가상적인 시대)에 위치하고 있다.[36] 그러나 이 지배의 절대성이 이미 오래 전에 제거된

35) 여기에서 언어와 신화의 상호관계의 문제에 대해 깊이 다룰 수는 없다. 이와 관련된 문헌에서 이 문제는 지금까지 주로 심리학적인 차원에서만 다루어져왔으며, 언어의식의 역사의 구체적인 문제들과 연결시키지 않고 전설과 연관시켜 접근하는 경향이 많았다. (스타인탈(Steinthal), 라짜루스(Lazarus: 1824~1903, 독일의 철학자·심리학자—역주), 분트(Wundt) 등.) 러시아에서는 뽀쩨브냐(Alexander Potebnja: 1836~91, 시어와 산문의 기능을 구분하여 이론화함으로써 러시아 형식주의자들에게 영향을 준 언어학자—역주)와 베셀로프스끼(Alexander Veselovskij : 1838~1909, 사회과학, 민속심리학, 비교민속학에 대한 관심을 거쳐 문학연구와 비평의 주요한 주제로서 테마와 모티프, 플롯 등을 연구한 문학자. 주제학(thematics)과 비교문학에 대한 그의 관심은 이후 형식주의자들에게 영향을 주었다—역주)가 이 두 문제 사이의 근본적인 관계를 보여주었다.

36) 이러한 과학의 분야는 야벳론자(Japhetist: N.J. 마르(1865~1935)에 대한 언급. 마르는 고생물학적 의미론에 입각하여 까프까즈 언어가 바스키스어, 에트루리아어, 헤티투스어 등과 발생론적 친족관계에 있다고 주장하는 논의를 펼친 바 있다—역주)들의 '의미의 고생물학'에서 처음으로 과학적으로 연구할 가치가 있는 것으로 여겨진다.

시대(이미 역사화된 언어의식의 시대)에도 언어의 권위에 대한 신화적 감각과, 전체 의미와 전체 표현력이 곧바로 그 언어의 절대적 통일성에 귀속한다는 믿음은 아직도, 주된 문학 형식들 속에서 언어의 다양성을 예술적으로 사용할 어떤 가능성도 배제할 만큼 모든 고급의 이념적 장르에서 강력한 힘을 갖고 있다. 언어적 다양성이 문학적·언어적 의식을 상대화하고 탈중심화하기에는 여전히 흔들리지 않는 통일성에 기반하고 있는 민족신화의 단일하고 규범화된 언어의 저항이 아직도 너무 강하다. 이러한 언어·이념적 탈중심화는 민족의 문화가 폐쇄적이고 자기충족적인 성격에서 탈피했을 때, 즉 그 자신이 다른 여러 문화나 언어 중의 하나에 불과하다는 것을 의식하게 될 때라야만 가능해질 것이다. 이것을 알아야만 언어와 이념적 의미 사이의 절대적 융합에 그 기초를 두고 있는 언어에 대한 신화적 감각의 뿌리가 뽑힐 것이다. 이때 언어의 경계(사회적·민족적·의미론적 경계)에 대한 예리한 감각이 생길 것이고, 그렇게 되어야만 언어가 그 본질적인 인간적 특성을 드러낼 것이다. 민족적인 특징과 사회적인 전형성을 지닌 얼굴들, 즉 말하는 인간들의 형상이 그 말과 형식과 문체로부터 드러나게 되는 것이다. 더우기 이러한 현상은 언어의 모든 층에서 예외없이 일어나며, 최대의 의도성을 지닌 언어층, 즉 고급의 이념적 장르의 언어에서조차 일어난다. 언어(보다 정확히 말하자면 언어들) 그 자체가 세계를 바라보고 느끼는 인간 특유의 방식에 대한 완벽한 예술적 형상화가 될 것이다. 언어가 더 이상 지극히 신성하고 유일한 의미와 진리의 구현체로 인식되지 않게 되면서, 언어는 이제 의미의 가설을 세우는 여러가지 가능한 방법 중의 하나에 불과하게 된다.

단일하고 일원론적인 언어가 동시에 타인의 언어인 경우에도 상황은 비슷하다. 이때에는 필연적으로 그 언어와 연관된 종교적·정치적·이념적 권위가 부식되고 붕괴된다. 이러한 부식의 과정 속에서 산문예술의 탈중심화된 언어의식이 실제로 말해지는 민족언어의 다양성에 의지하면서 무르익게 되는 것이다.

이렇게 해서 헬레니즘 시대의 복합언어적이고 다중언어적인 세계와 로마제국 시대, 그리고 교회를 향하여 중심화되었던 중세의 담론과 이데올로기의 분열과 붕괴의 과정에서 소설적 산문의 싹이 트게 되었던 것이다. 현대에도 소설의 융성기는 항상 안정된 언어·이념적 체계가 붕괴되고, 이전에 지배적이던 안정된 체계와 대조적으로 언어의 다양성이 강화되고 의도화되는 것(이러한 활동은 문학방언 자체의 영역 내외에서 함께 진행된다)과 연관되어 있다.

고대의 소설적 산문

고대의 소설적 산문의 문제는 매우 복잡하다. 고대에는 진정한 이중음성적·이중언어적 산문의 맹아가 항상 뚜렷한 구성과 주제라는 구조를 갖춘 소설의 지위에 도달하지는 않았다. 소설적 산문은 대체로 다른 장르의 형식 속에서 융성했는데, 사실적인 짧은 이야기들이나 풍자문학,[37] 전기나 자서전 형식,[38] 순전히 수사적인 장르들(예를 들어, 비방

37) 호라티우스가 자신의 풍자시에서 자아에 대하여 아이러니컬하게 경의를 표한다는 것은 잘 알려져 있는 사실이다. 풍자문학에 나오는 '나', 즉 자신의 자아에 대한 해학적인 태도에는 공인된 접근법이나 다른 사람들의 관점, 현행 의견들에 대한 패러디적 양식화의 요소가 항상 포함되어 있다. 바로(Varro)의 풍자시는 의미를 소설적으로 교향화하는 것에 보다 가깝다. 오늘날까지 남아 있는 그의 단편적인 글들을 보면 학술적이고 도덕적으로 교훈적인 발언의 패러디적 양식화의 특성에 대해 짐작할 수 있다.

38) 쏘크라테스의 『변명』에서 언어의 다양성에 의한 교향화의 요소들과 진정한 산문체의 맹아를 볼 수 있다. 플라톤의 글에서 쏘크라테스의 모습과 그의 발언들은 대체로 진정한 산문으로 되어 있다. 그런데 이보다 더 흥미로운 것은 후기 헬레니즘과 기독교의 자서전 형식인데, 이들은 개종의 과정에 대한 고백을 모험소설 및 풍속소설의 요소와 연관시킨다.(글로 쓴 작품은 남아 있지 않지만 이런 소설에 관한 정보는 전해져 내려오고 있다.) 이러한 자서전 형식의 예로는 크리소스토모스(Dion Chrysostomos: 40~112?, 철학자·수사학자—역주), 순교자 유스티누스(Justinus Martyr: 100~165, 기독교 순교자—역주), 키프리아누스(Cyprianus: ?~258, 카르타고의 주교—역주) 전설집과 소위 클레멘스(Clemens) 전설집(3세기경에 성립했던 초기 기독교 성자전 문학—역주) 등이 있다. 끝으로, 보에티우스(Boethius: 480?~524, 로마의 철학자. 반역죄로 재판 없이 처형됨. 감옥에서 『철학의 위안』 *Consolation of Philosophy*을 집필하였는데, 이 책은 중세에 가장 널리 읽힌 책 중의 하나였다—역주)의 작품에서도 같은 요소가 발견된다.

문),[39] 역사물, 또는 서간체 장르[40] 등이 그 예들이다. 이 모든 문학형식에서 소설적 산문의 싹이 보인다. 즉 언어의 다양성에 의해 의미가 교향되는 것이다. 이 이중음성적인 진정한 산문의 차원에서 다양한 변형태들이 (사이비 루씨안(Lucian: A.D. 120년 경에 활약한 그리스의 문필가—역주)적이고 아풀레이우스(Lucius Apuleius: 124?~170? 로마의 시인·철학자·수사가. 『황금 당나귀』를 비롯한 여러 작품을 남김—역주)적인) '당나귀에 관한 소설'(당나귀로 변한 젊은 철학자의 모험을 다룬 이 소설양식을 본딴 많은 작품들이 있다—역주)이라든가 페트로니우스의 소설의 주제를 바탕으로 구성되었다. (그리고 이런 형태로 남아 있다.)

고대에는 이중음성적이고 이중언어적인 소설의 가장 중요한 요소들이 이런 식으로 포함되었는데, 이 요소들은 중세시대에 와서 가장 중요한 소설형식에 매우 강한 영향을 끼쳤으며, 근대에도 그 영향력은 계속되고 있다. 그 가장 중요한 소설형식들이란 시험(시련)소설(이는 고백형식의 성도전(聖徒傳)이나 고행담이나 모험담 같은 종류의 소설들이 속한 부류로서, 도스또예프스끼를 거쳐 오늘날까지 이어지고 있다), 교양소설과 성장소설(특히 자서전적인 부류), 일상적인 풍자소설 등이다. 다시 말해서 위의 요소들은 대화적 성격의 언어적 다양성, 즉 저급 장르와 일상대화를 특징지어주는 그런 종류의 다중언어를 소설 구성에 **직접적으로** 편입시키는 바로 그런 유형의 소설에 영향을 끼쳤던 것이다. 하지만 고대의 경우 이 요소들은 각기 상이한 장르들에 흩어져 있었던만큼, 소설이라는 거대한 장르를 형성할 정도로 집중되지는 않았다. 이 요소들

39) 모든 헬레니즘 문학형식 중에서 비방문에 소설적 산문의 잠재력이 가장 많다. 비방문은 매우 다양한 어투를 사용하고 다른 관점들을 아이러니칼하고 패러디적으로 극화하여 전유하는 것을 허용하고, 심지어는 요구하기조차 한다. 비방문은 운문과 산문의 혼합 따위를 허용한다. 수사적 형식과 소설의 관계에 대해서는 이 글의 뒷부분을 참조하라.

40) 아티쿠스(Atticus, 109~32 B.C.: 키케로의 친구. 정치인은 아니나 정치인들과 친밀하게 교유한 인물—역주)에게 쓴 키케로(Marcus Tullius Cicero, 106~43 B.C: 로마의 웅변가이자 정치가—역주)의 편지(키케로가 남긴 편지 중 가장 흥미로운 편지. 공식 연설문에서는 발견되지 않는 당대 정치인 및 사건에 대한 견해가 솔직하게 개진되어 있다—역주)를 언급하는 것만으로도 충분할 것이다.

은 고립되어 있었고 충분히 복합적이지 못했던 관계로 소설의 발달양식에 있어서 특정한 조류를 이룰 만한 모델이 되지는 못했다. (아풀레이우스와 페트로니우스의 경우.)

소위 '궤변소설'[41]이라고 불리는 것은 완전히 다른 발달 계열에 속한다. 이러한 소설은 모든 소재가 분명하게 사정없이 양식화된다는 특성, 즉 문체가 순전히 독백적이고, 추상적으로 관념화된 일관성을 지닌다는 특성을 갖고 있다. 이런 궤변소설들이야말로 소설이라는 장르의 고대적 형태의 주제나 구성의 본질을 가장 잘 표현해준다. 이들은 19세기까지의 유럽소설의 고급장르유형의 발달에 강력한 영향을 끼쳤으며, 또한 중세의 소설, 15세기와 16세기의 '연애담소설'(『아마디스』(*Amadis*: 굉장한 인기를 누렸던 스페인의 기사도 로맨스—역주) 그리고 특히 전원소설), 바로끄 소설, 그리고 계몽주의 소설(예를 들어 볼떼르 같은 경우)에까지 영향을 끼쳤다. 궤변소설은 18세기말까지 지배적이었던, 장르로서의 소설과 그 규범에 대한 이론의 설정에 상당한 영향력을 행사했다.[42]

매우 추상적이고 이상화된 경향을 지닌 궤변소설의 문체는 그럼에도 불구하고 어느 정도 다양한 양식화의 방법을 허용했는데, 이는 이런 소설들에 다양한 상대적으로 독립적인 구성단위와 장르가 다량으로 편입되는 데서 비롯되는 필연적인 결과이다. 궤변소설 속에는 다른 작가의 이야기나, 주인공들과 증언자들의 이야기, 시골, 자연, 도시, 중요한 장소, 예술작품 등에 대한 묘사(이러한 묘사는 묘사하는 소재에 대하

41) 그리프꼬프(B. Grifcove)의 『소설의 이론』(*Teorija romana*)(모스끄바, 1927)과 아킬레우스 타티우스(Achilles Tatius)의 소설 『뢰키페와 클리토폰』(*Leucippe and Clitophon*), (모스끄바, 1925)의 번역에 붙인 볼드이레프(A. Boldyrev)의 서문을 참조할 것. 이 글은 궤변소설에 관한 문제를 다소 해명해줄 것이다.

42) 이러한 이론은 소설에 대한 최초이자 가장 권위있는 전문서인 위에(Huet)의 책(1670)에서 처음 제시되었다. 고대소설과 연관되어 생기는 그런 특수한 문제들을 다루는 데 있어서 이 책을 계승했다고 할 수 있는 것은 200년이 지나서야 등장한 어윈 로드(Erwin Rohde)의 책(1876)이었다. (『그리스의 소설과 그 선구자』 *Der griechische Roman und seine Vorläufer* 에의 언급—역주.)

여 정의를 내리려고 하거나 심지어는 평가를 내리려고까지도 한다), 격언, 삽입된 이야기, 여러 수사적 형식과 관련된 수사문, 편지나 발달된 대화형식 등이 포함되는 것이다. 소설의 문체에서 이러한 구성단위가 갖는 독립성의 정도가 그들의 구조적 독립성의 정도, 혹은 그것들 자체로서 얼마나 결정적인 장르가 될 수 있느냐와 전적으로 일치하는 것이 아니기는 하지만, 그러나 (그리고 이것이 가장 중요한 점이다) 이 모든 요소들은 궤변소설에서 마치 **똑같이** 의도적이고 **똑같이** 관습적인 것처럼 다루어진다. 이들은 모두 같은 언어적·의미론적 차원에 존재하며, 작가의 의도를 표현하는 데에 직접적이고 동등한 자격으로 사용된다.

더구나 이러한 양식화 특유의 관습성과 극단적인 추상적 일관성은 자기 자신에게만 해당된다. 그 뒤에는 종교적이든 정치적이든 철학적이든간에, 단일하고 주요하고 안정된 이데올로기 체계가 존재하지 않는 것이다. 이념적 관점에서 보자면 궤변소설은 ('제2궤변론자들'의 수사학에서와 마찬가지로) 절대적으로 탈중심화되어 있다. 문체의 단일성 자체가 처음부터 자기충족적인 것으로 상정된다. 이 문체는 아무것에도 뿌리박고 있지 않으며, 그렇다고 어떤 문화적·이념적 세계의 통일성에 의해 강화되지도 않는다. 이 문체의 동일성은 말초적 현상이며 단순한 '말의 문제'일 뿐이다. 그러나 우리는 이러한 문체의 추상성과 극단적 고립 그 자체 속에서 통일된 언어를 가진 이러한 작품들을 분출시키는 원초적인 언어적 다양성의 거대한 바다를 읽을 수 있다. 물론 이러한 작품 속의 언어적 통일성은 여러 계층의 다양한 언어를 그 주제에 도입함으로써 언어적 다양성을 동화(同化)시키는 형태로 분출되지는 않는다.(이러한 동화행위는 진정한 시의 경우도 피한다.) 애석하게도 우리는 이러한 문체가 작품 속에 받아들여질 때 바로 그 언어적 다양성이라는 배경에 대해서 어느 정도까지 근거를 두고 있었는지 정확히 알지 못한다. 이 문체의 여러 측면들과 현존하는 여러 계층의 다양한 언어들 사이의 대화로 이루어지는 상호관계의 가능성도 전적으로 배제될 수는 없다. 예를 들어서 우리는 그런 소설들을 채우는 셀 수 없을 정도의 매우 다양한 지시적 언급들이 거기서 어떤 기능을 수행하는지를 알지 못한다. 그것이 시적 언급의 경우처럼 직접적인 의도적 기능인가, 아니면 다른 것, 어쩌면 산문적 언급인가? (즉 이러한 언급들이 이중음성적인 체계를 가진 말일 수도 있는가.) 선언문이나 격언들이 항상 작가의 직접적인 의도를 담고 있으며, 문자 그대로의 의미를 내포하고 있는가? 이것들이 아이러니칼하거나 노골적인 패러디의 성격을 지닌 것일 수도 있지는 않은가? 이런 발언들이 작품상에서 차지하는 위치로 보아서 이런 정도는 가정해보게 되는 경우가 많다. 그리하여 가령 추상적인 긴 토론이 이야기의 가장 강렬하고 긴장된 순간에 끼어들어 이야기의 진행을 방해하고 논의를 지연시킬 때 (특히 현학적으로 확산된 토론을 삽입한 구실이 자의적인 것이라는 점이 분명할 때) 이러한 방해가 부적절하다는 사실 자체가 모든 것에 객체성의 덮개를 씌워서 우리로 하여금 이 모든 것이 패러디적으로 사용된 것은 아닌가 의심하도록 만든다.[43]

겉으로 노골적으로 드러나는 경우를 제외하면 패러디가 투사된 이질적 담론의 배경을 알지 못하면, 즉 제2의 문맥을 모르면 패러디가 사용되었는지의 여부를 확인하기란 매우 어렵다. (즉 패러디가 노골적으로 드러나는 경우가 드문 문학적 산문에서는 패러디의 존재를 정확하게 확인하기가 어렵게 마련이다.) 세계의 문학 중에는 작품의 패러디적 성격을 짐작조차 못한 경우들도 많을 것이다. 그런데 세계문학 중에는 순전히 단일한 목소리로 조건없이 발언을 한 경우는 아마도 매우 드물 것이다. 그럼에도 불구하고 우리는 시간과 공간이 제한된 작은 섬이라는 관점, 단조롭고 단일한 목소리로 된 언어문화라는 입장에서 세계문학을 바라본다. 그리고 앞으로 살펴보게 되겠지만 이중음성적인 담론의 유형들과 그 변형들 중에는 이들의 이중음성이 지각의 과정에서 쉽게 포착되지 않고, 직접적이고 단일음성적인 방식으로 재강조된다 할지라도 그들의 예술적 중요성이 전적으로 상실되지는 않는 그런 유형들이 있다. (이들은 대개 저자의 막대한 양의 직접적인 발언의 흐름 속에 섞여 있다.)

궤변소설에 패러디적인 양식화가 (그리고 이중음성적인 담론의 그밖

---

43) 스턴은 이러한 장치를 극단적인 정도까지 사용한다. 또한 장 파울의 경우에는 패러디의 정도가 스턴보다 훨씬 더 다양하다.

의 변형체들이) 존재한다는 사실[44]은 의심할 여지가 없지만, 그러한 담론이 그 속에서 차지하고 있는 실제적인 비중을 가늠하기는 어렵다. 우리는 이러한 소설들과 대화적 상호작용을 하면서 그 바탕의 구실을 해주었던 다중언어적인 말과 의미의 배경을 실질적으로 영원히 상실하고 말았다. 이 소설들의 추상적이고 딱딱한 양식화가 지금은 우리에게 이토록 단조롭고 지루하게 느껴지지만 그들 당대의 다중언어적인 세계의 배경하에서는 지금보다는 더 생생하고 다양한 것으로 느껴졌을지도 모른다. 아니면 이러한 양식들이 이 다중언어적인 세계의 어떤 측면들과 이중언어적인 상호작용으로 들어가 이들과 대화를 교환하기 시작했을는지도 모른다.

궤변소설은 유럽소설 **발달양식의 첫번째 흐름**(임의로 이렇게 지정하겠다)의 출발점이다. 두번째 흐름이라고 지칭하게 될 것과는 대조적으로 첫번째 흐름은 궤변소설에서 충분하고도 완결된 표현을 얻었다. 두번째 흐름은 고대에는 다양한 여러 장르의 형태로 그 바탕만 마련되었을 뿐, 그것들이 모여서 그 자체로서 온전한 소설형식을 이루지는 못했다. (아풀레이우스의 소설이나 페트로니우스의 소설조차 이 두번째 흐름의 완전한 전형이라고 볼 수는 없다.) 반면 궤변소설은 (이미 말한 대로) 첫번째 흐름의 이후의 발달사 전체에 결정적인 영향을 끼쳤다. 그 특징은 우선 그것이 단일한 언어와 (비교적 엄격한 일관성을 지닌) 단일한 문체만으로 되어 있다는 점이다. 언어적 다양성은 소설의 언어와 세계가 논쟁과 토론을 벌이게 하는 대화적 배경으로서 소설에 영향을 끼치기는 하지만 어디까지나 소설 **밖**에 남아 있는 것이다.

이후의 유럽소설사에서 우리는 계속해서 문체발달양식의 두 가지 근본적인 흐름에 주목할 것이다. 소설이라는 장르의 가장 위대한 대표들(그 개별적인 대표적 예뿐만 아니라 하부장르의 대표들)이 속하는 두번째 흐름은 소설의 구성에 언어적 다양성을 **통합**시켜서 그것이 자기 자

44) 볼드이레프는 앞(주 41)에서 언급된 글에서 아킬레우스 타티우스가 '꿈을 통한 예언'이라는 전통적인 모티프를 패러디적으로 사용하는 것에 주목한다. 볼드이레프는 타티우스의 소설이 전통적 유형에서 벗어나서 희극적 풍속소설 쪽으로 기울고 있는 것이라고 판단한다.

신의 의미를 굴절시키도록 만들며, 중재되지 않은 순전한 작가의 담론은 전적으로 거부하는 경우가 많다. 궤변소설의 영향이 매우 강하게 드러나는 첫번째 흐름은 언어적 다양성을 그 자신, 즉 소설의 언어, 소설 특유의 방식으로 양식화된 언어의 외부에 남겨둔다. 하지만 이미 말했듯이 이러한 지각(知覺)조차 언어적 다양성을 그 배경으로 상정하며, 언어적 다양성의 여러 측면과 대화를 주고받는다. 결과적으로 이러한 소설의 추상적이고 이상화된 양식화는 (순전한 시적 담론의 경우처럼) 그 자신의 주제와 말하는 사람의 직접적 표현에 의해서만 결정되는 것이 아니라 **다른 사람**의 말, 즉 언어적 다양성에 의해서도 결정되는 것이다. 이러한 양식화에는 다른 언어, 다른 관점, 그리고 제각기 자신의 목적과 의미를 가진 다른 개념체계들을 곁눈질로 바라보는 행위가 포함되어 있다. 이것이 소설적 양식화와 시적 양식화 사이의 가장 근본적인 차이점이다.

유럽소설 발달양식의 첫번째와 두번째 흐름은 둘 다 각기 그 나름의 방식대로 일련의 특수한 문체상의 변형태들로 나누어진다. 두 가지 흐름은 서로 교차되며 여러가지 방식으로 서로 뒤섞이기도 한다. 즉 궁극적으로는 소재의 양식화와 다양한 언어에 의한 굴절화 사이에 통일성이 생겨나기도 하는 것이다.

기사도 로맨스의 문체

이제 운문으로 된 고전적 기사도 로맨스에 대해 간략하게 다루어보자.

이 소설들의 창작자와 독자들의 문학적·언어적 (보다 넓게 말하자면 이념적·언어적) 의식은 매우 복잡했다. 한편으로 이 의식은 사회적으로 그리고 이념적으로 매우 중심화되어 있었으며, 확고하고 안정된 사회경제적 계층에 기반을 둔 것이었다. 이 의식은 매우 폐쇄적이고 자기충족적이었다는 점에서 특권계급의 의식에 가까운 것이었다. 그러나 다른 한편으로는 그것이 이처럼 대단히 중심화된 의식이었음에도 불구하고 여기에는 그 자신의 신화·관습·신앙체계·전통·이념체계 등으로 이루어지는 문화·이념적 세계와 유기적으로 융합된 단일한 언어가 결여되어 있었다. 이 의식을 표현하기 위해 이용할 수 있는 문화언어라는 측면에서 보면 이 의식은 심히 탈중심화된 것이었으며, 상당한 정도로 국제적인 것이기도 하였다. 이 문학·언어적 의식의 결정적인 요소는 (한편으로는) 무엇보다도 언어가 표현하는 내용과 언어 사이의 괴리였으며, (다른 한편으로는) 이 내용과 당대 현실 사이의 괴리였다. 이 의식은 이질적 언어와 이질적 문화의 세계에 살고 있었다. 이러한 이질적 언어와 문화가 변형되어 계급사회와 그 이상(理想)에 특유한 신념체계의 통일성에 동화되고 종속되면서, 그리고 이들이 하층 민중에 의해 창조된 주변의 다중언어적인 세계와 궁극적으로 대조되면서, 운문으로 된 기사도 로맨스의 작가와 독자의 문학·언어적 의식이 형성되고 탄생됐던 것이다. 이 의식은 끊임없이 이질적 담론과 이질적 세계를 상대해야 했다. 고대문학, 초기 기독교의 전설, 브리타니아와 켈트계의 구전설화(여기에 토착적인 민족 서사시는 포함되지 않는다. 이것은 기사도 로맨스와 같은 시대에 절정에 도달했으며 그와 유사하기는 하지만, 서로 아무 영향도 주고받지 않았다), 이 모든 것들이 기사도 로맨스의 사회경제적인 계급의식의 통일성을 둘러싸고 있는 다중언어적이고 복합언어적인 소재(이것은 라틴어에 다양한 민족언어들이 합쳐진 것이다)를 강화하는 데 기여했는데, 이러한 이질적 소재는 옮겨지는 과정에서 다시 기사도 로맨스의 특권적 계급의식의 강화로 모아졌다. 번역, 개작, 재형상화, 재강조를 비롯하여 이질적 담론, 이질적 의도와의 사이에 일어나는 다양한 정도의 상호적응, 이러한 것들이 기사도 로맨스를 창조한 문학의식을 형성시킨 움직임이었다. 어느 특정한 기사도 로맨스의 작가 개인의 의식이 이러한 이질적 담론과의 상호작용의 모든 단계를 활용한 것은 아니었지만 이러한 과정이 그 시대의 문학·언어적 의식에서 완전히 성취되었고 각각의 개인들의 창조적 활동을 결정지은 것은 사실이었다. 소재와 언어가 (서사시의 경우처럼) 이음새가 없는 전체로 주어진 것이 아니라 오히려 단편적으로 서로 분리된 상태로 주어져서 서로를 애써 찾아내야만 했던 것이다.

기사도 로맨스의 문체의 독특함을 규정하는 것이 바로 이것이다. 여기에는 언어나 말에 있어서 소박함이란 전혀 없다. 소박함이 다소나마 있다면 그것은 아직 미분화된 지배계급의 엄격한 통일성에 기인한다. 이러한 통일성은 이질적 소재의 모든 측면에 침투하여 이 소설들의 세계가 서사시와 같은 단일성을 가진 것처럼 보이게 할 정도로, 이질적인 소재들을 재형상화하고 재강조할 수 있었다. 운문으로 된 기사도 로맨스는 실제로는 서사시와 소설의 경계선에 놓여 있지만, 분명히 소설 쪽으로 더 기울어져 있다. 엣센바하(Wolfram von Eschenbach: 1165?~1220?, 독일의 서사시인—역주)의 『파르찌발』(*Parzival*: 아더왕 전설을 소재로 성배(聖杯, Holy Grail) 찾기 모험을 다룬 로맨스—역주)처럼 이 장르의 가장 진지하고 완벽한 모델은 이미 진정한 소설이라고 볼 수 있다. 엣센바하의 『파르찌발』은 이미 소설 발달양식의 첫번째 흐름에 속하는 순수한 보기로 간주될 수 없는 것이다. 그것은 깊이있고 근본적인 이중음성을 지닌 최초의 독일소설이었으며, 그 의도의 무조건성이 언어에 대한 미묘하고 의도적인 거리두기와 결합한 작품으로서 이러한 결합의 과정 속에서 언어는 희미한 미소를 통해 작가의 입술로부터 아주 살짝 떨어져나와 다소 객체화되고 상대화되어 있는 것이다.[45]

최초의 산문소설들도 언어에 관한 한 비슷한 상황이었다. 번역과 개작의 요소는 산문소설에서 오히려 더 명백하고 두드러지게 드러난다. 이는 **유럽의 산문소설은 다른 사람의 작품을 자유롭게(즉 재형상화하여) 번역하는 과정에서 탄생하고 형성되었다**라고 말할 수 있을 정도이다. 엄밀한 의미에서의 번역이라는 측면이 초기에 그다지 두드러지지 않았던 것은 프랑스 산문소설의 경우뿐이다. 프랑스에서는 서사적인 운문을 산문으로 '전환'시키는 과정이 더욱 중요했었다. 이런 점에서 독일에서 소설적

---

45) 『파르찌발』은 최초의 '문제' 소설이며 최초의 성장소설이다. 이러한 장르 유형은 순전히 교훈적(수사적)이고 근본적으로 단일음성적인 시련소설 『키루스의 교육』(*Cyropaedia*: 그리스 역사가이자 장군이었던 크세노폰(Xenophon, 430?~354? B.C)의 작품. 키루스(Cyrus the Younger)의 아르타크세르크세스(Artaxerxes Ⅱ)에 대항한 원정전투를 다룬 작품—역주), 『텔레마끄』(*Télémaque*, 프랑스의 신학자이자 저술가겸 교육자였던 페늘롱(Fenelon, 1651~1715)의 교육소설—역주), 『에밀』과는 달리 이중음성적인 담론을 필요로 한다. 신랄한 패러디의 경향을 지닌 해학적인 시련소설은 이 유형의 특수한 변형이다.

산문이 탄생하는 과정이 특별히 규범적이다. 이는 독일화된 프랑스 귀족들이 프랑스의 산문과 시를 번역하고 전환시키는 과정에서 창조되었던 것이다. 이것이 독일에서의 소설적 산문의 시초였다.

산문소설을 창조한 사람들에게 특징적인 언어의식은 전적으로 탈중심화되고 상대화된 성격의 것이었다. 이들의 언어의식은 그 자신의 것으로 만들 수 있는 소재를 찾아서 여러 언어들 사이를 자유롭게 돌아다녔으며, 어떤 언어든지 (즉 사용가능한 언어들 가운데서 어떤 언어든지) 그로부터 어떤 소재도 쉽게 분리시켜서 그것을 '자기 자신의' 언어와 세계에 동화시켰다. 그리고 여전히 불안정한 상태에 있었고 여전히 융합의 과정에 있었던 이 '자기 자신의 언어'는 번역자—전환자에 대하여 전혀 저항을 하지 않았다. 그 결과 언어와 그 소재가 완전히 괴리되었고, 서로에 대하여 대단히 무관심하게 되었다. 산문소설 특유의 '문체'는 언어와 소재 간의 이러한 상호이질성에 그 근원이 있다.

이 경우 문체에 대하여 이야기하는 것은 사실상 불가능하며, 오로지 해설(exposition)의 형식에 대해서만 말할 수 있다. 왜냐하면 순수한 해설이 문체를 대신하는 현상이 여기서 일어나는 일이기 때문이다. 문체란 담론과 그 대상, 담론과 화자 자신, 담론과 타인의 담론 사이의 근본적이고 창조적인 삼중관계라고 정의될 수 있다. 문체는 소재를 언어에, 언어를 소재에 유기적으로 동화시키려고 노력한다. 문체는 이러한 제시를 넘어서는 것, 이미 모양을 갖추고 말로 형성된 주어진 것은 어떠한 것도 수용하지 못한다. 이러한 문체는 물론 시에서처럼 아무 중재없이 직접 그 대상에 침투할 수도 있으며 문학적 산문에서처럼 그 자신의 의도를 굴절시킬 수도 있다. (산문소설가조차 다른 사람의 말을 단순히 해설(제시)하는 차원에 그치지는 않는다. 오히려 그에 대한 예술적 형상을 구성하는 것이라고 보는 것이 타당할 것이다.) 그리하여 운문으로 된 기사도 로맨스는 소재와 언어 사이에 괴리가 있음에도 불구하고 이 괴리를 극복하고 소재를 그 언어에 동화시킬 수 있으며, 따라서 진정한 소설문체의 특수한 한 유형을 창조하게 된다.[46] 유럽 최초의

46) 이질적 소재를 번역하고 동화시키는 것은 여기에서 소설작가 개인의 의식에서 완성되는 것이 아니다. 여러 단계를 거치는 이 긴 과정은 그 시대의

산문소설은 바로 '해설적 산문'이라는 형태로 형성되었으며, 이 사실이 오랫동안 소설산문의 운명을 지배했다.

이 해설적 산문의 특성을 결정짓는 것은 물론 그 작가들이 외국의 책들을 제멋대로 번역한다거나, 문화적으로 국제적인 성격을 지닌다거나 하는 기본적 사실만은 아니다. 실은 운문 기사도 로맨스의 작가뿐 아니라 청중도 그 문화에 있어 상당한 정도로 국제적이었다. 또한 이러한 산문이 확고하고 단일한 사회적 기반을 결여하고 있었고, 고정된 사회계층과 관계를 맺음으로써 갖게 될 수 있는 침착하고 확실한 자신감을 지니지 못했다는 사실도 매우 중요한 역할을 하였다.

잘 알려져 있듯이 인쇄술의 발달은 책의 인쇄와 더불어 독자층의 전이가 일어났다는 사실로 말미암아 기사도 로맨스의 역사에서 매우 중요한 역할을 했다.[47] 이는 또한 담론을 무언의 지각방식으로 바꾸는 역할을 했는데, 이러한 변화는 장르로서의 소설에 결정적인 영향을 끼쳤다. 산문소설에 나타나는 이러한 사회적인 '방향상실'은 소설이 계속 발전함에 따라 더 심화되고 더 널리 퍼지게 되며, 14~15세기의 산물인 기사도 로맨스는 이제 다양한 사회계급들 사이에서 방황하는 시기를 맞게 된다. 이 방황은 하층 사회집단으로 구성된 독서대중의 '민속문학'으로 흡수되어서야 끝나게 되는데, 이는 다시 낭만주의자들에 의해서 이 낮은 수준으로부터 문학적으로 세련된 의식의 수준으로 끌어올려지게 된다.

이 최초의 산문소설의 특성에 대하여 잠시 살펴보도록 하자. 그것은 소재로부터 분리된 담론이며, 통일적인 사회적 이념이 침투되지 않은 담론이다. 이것은 언어의 다양성뿐만 아니라 말의 다양성에 둘러싸여 있으며 의지할 만한 중심이 없다. 사회계층들 사이를 왔다갔다하는 아무 뿌리도 없는 이 담론은 여러 관습적 규칙들의 혼합이라는 특성을 띨 수밖에 없었다. 그러나 이것은 시적 담론의 건강한 관습성이 아니라 이

문학·언어적 의식에서 성취되는 것이다. 개인의 의식은 그 과정을 시작하거나 끝내는 것이 아니라 그 과정의 일부일 뿐이다.

47) 15세기말과 16세기초에 그때까지 창작되었던 거의 모든 궁정 로맨스의 인쇄본이 등장했다.

런 상황하에서 담론을 예술적으로 충분히 활용하거나 다양한 측면에서 형상화하는 것이 불가능한 데 기인하는 관습성이었다.

소재로부터 분리되거나 자신을 받쳐줄 수 있는 유기적인 이념적 통일성으로부터 분리된 담론에는 진정한 예술적 개념화에 아무 쓸모가 없는 불필요한 것들이 많이 있다. 따라서 그것이 방해가 되지 않도록 담론에서 이 불필요한 것들을 중화시키거나 어떻게든 조직할 필요가 있다. 담론은 단순한 원료의 지위로부터 해방되어야 하는 것이다. 이런 담론에 특수한 관습성은 바로 그러한 목적에 도움이 된다. 개념화될 수 없는 모든 것은 관습이라는 주형 위에서 매끄럽게 다듬어지고, 똑바로 펴지며, 윤기있게 마무리된다. 작품 속에서 개념화를 이룰 수 없는 모든 것은 무차별하게 적용되는 관습이나 단순한 장식성이라는 형식으로 대체될 수밖에 없는 것이다.

이념적 통일성뿐만 아니라 소재로부터도 분리된 상태에서 담론은 그 소리에 의해 암시되는 모든 연상작용을 어떻게 다루어야 하는가? 무진장하게 풍부한 구문구조나 강조구조, 사물들이나 사회적 현실에 할당되는 무진장하게 다양한 의미 등을 어떻게 다룰 것인가? 해설적 담론에서는 이러한 것들이 고려될 필요가 없다. 왜냐하면 해설적 담론은 어떤 상황하에서도 그 소재와 유기적으로 융합될 수 없고, 의도로써 그것을 꿰뚫을 수 없기 때문이다. 그리하여 해설적인 담론은 관습적인 외적 구조에 순응해야 한다. 소리가 암시하는 형상은 공허한 발음상의 편의를 추구할 뿐이며, 구문구조나 강조구조는 공허한 안정성, 겉만 매끄러운 완결성을 추구할 뿐이거나, (다른 방향에서) 똑같이 공허한 수사적 복잡성, 현란하고 정도가 지나친 화려함, 장식된 외양, 또는 의미론적 다의성을 공허한 단일 의미로 축소시키는 것 따위를 추구한다. 해설적 산문은 심지어 시적 비유어구로 자신을 장식하기도 하지만 이러한 상황속의 시적 비유어구는 그것이 시에서 갖는 의미를 상실하고 만다.

이렇게 해설적 산문은 언어와 소재 사이의 절대적인 괴리를 합법화하고 (말하자면) 규범화하며 이 괴리가 문체에 의해(그 문체가 얼핏 보아 아무리 판에 박히고 인위적인 것처럼 보인다 해도) 극복될 수 있도록 허용하는 형식을 추구한다. 이 형식은 출처에 관계없이 모든 소재를 이용할 수 있다. 이런 식으로 쓰인 언어는 중립적인 요소로서, 치장을 통해 소재 자체의 표면적 매력, 순전한 외적 의미, 그 기지와 파토스가 강조될 수 있도록 해준다는 점에 그 쓸모가 있다.

기사도 로맨스의 해설적 산문은 이러한 방향으로 계속 발전하여 『아마디스』,[48] 그리고 다시 전원소설에서 그 절정에 도달한다. 해설적 산문은 이러한 발달과정에서 새로운 중요한 요소들에 의해 풍부해졌으며, 이 요소들의 덕택에 진정한 소설적 문체에 가까워졌고 유럽소설 발달의 첫번째 흐름의 형성에 결정적 영향을 끼치게 되었다. 물론 언어와 그 소재가 완전히 유기적으로 통합되고 상호작용을 하는 것은 여기에서 일어나는 일이 아니라 두번째 흐름, 즉 그 자신의 의도를 단편화해서 교향하는 문체에서 일어나는 것이 사실이다. 즉 이는 이후의 유럽소설사에서 매우 중요하고 대단히 생산적인 것으로 등장할 흐름에서 일어나는 것이다.

해설적 소설산문이 발달하면서 '언어의 문학성' 혹은 (이 범주를 이해하는 본래의 정신에 보다 가깝게 보자면) '언어를 품위있게 만들기'라는 특별한 가치범주가 생겨난다. 이것은 엄격한 의미의 문체의 범주는 아닌데, 그것은 이 범주 뒤에는 장르에 필요한 특정한 규범적인 예술적 조건들이 없기 때문이다. 하지만 그렇다고 해서 이것이 언어의 범주인 것도 아니다. 언어의 범주였다면 그것은 문학언어를 특수한 사회—방언학적인 단위체로서 고립시켰을 것이다. '문학성'과 '품위있음'이라는 범주는 한편으로는 **문체**에 포함되어 있는 필요조건 및 가치평가와 관련되면서, 다른 한편으로는 **언어**의 본질적인 필요조건 및 규범적인 필요조건과 관련을 맺고 있는 개념이다. (즉 전자의 경우 주어진 형식을 특정한 방언의 한 부분으로 보느냐 마느냐 하는 문제와 관련되며 후자의 경우 언어학적인 정확함을 확립하는 일과 연관된다.)

여기에는 대중성과 접근가능성이라는 범주가 중요하다. 발언들이 그

48) 『아마디스』는 고국 스페인으로부터 다른 나라로 전래되었을 때 완벽하게 국제적인 소설로 변모했다. (『아마디스』의 첫 4권은 스페인에서 출판되었지만, 5권 이하는 포르투갈, 프랑스 등의 작가들에 의해 덧붙여진 것이며, 1540년경 프랑스에서 씌어진 『돈 아마디』(*Don Amadi*)는 이 작품에 대한 패러디이다.—역주)

배경과의 상호관계 속에서 대화화되지 않고, 문맥과 말 사이의 날카로운 불협화음을 불러일으키지 않으면서 용이하게 취급되기 위해서, 즉 문체를 매끄럽게 만들기 위해서는 이러한 조건들이 필요하게 되는 것이다.

'문예언어'라는 일반적이면서 말하자면 장르외적인 범주는 민족과 시대에 따라 각기 다른 다양한 구체적 내용을 갖게 된다. 그것이 문예언어사뿐만 아니라 문학사에서 갖게 되는 중요성도 경우에 따라 정도에 차이가 있다. 그러나 언제 어디서나 '문예언어'의 활동영역은 문예교육을 받은 집단의 회화체 언어(앞에서 언급한 예에서 보자면 '품위있는 상류사회'의 언어), 그들의 일상적인 글들과 반(半)문학적인 장르의 글(편지, 일기 등), 사회·이념적인 장르의 언어(모든 종류의 연설, 선언문, 설명문, 출판된 글 등), 그리고 궁극적으로는 예술적 산문장르 특히 소설이다. 다른 말로 하면 이 범주는 아직 이전에 형성된 엄격한 장르들에 의해 통제되지 않은 문학언어와 일상언어(방언학적이라는 의미에서의)의 영역을 그러한 장르들 특유의 언어적 요구들을 가지고 정리하려고 한다. 따라서 '일반적 문학성'이라는 범주는 서정시나 서사시, 그리고 비극의 영역에는 전혀 적용되지 않는다. '일반적인 문학성'이라는 범주는 엄격하게 고정된 규범을 가진 시적 장르, 그 요구가 회화체언어나 혹은 일상적인 문장체언어로부터도 비롯되지 않는 시적 장르를 향하여 모든 방향으로부터 소용돌이치면서 들어오는 여러 계층의 다양한 말과 글의 영역을 규제한다.[49] '일반적인 문학성'은 이러한 다양한 여러 언어에 질서를 부여하려고 하며 규범이 될 만한 단일하고 특정한 문체를 만들어내려고 한다.

되풀이하여 말하건대 언어의 이러한 장르외적 문학성의 구체적인 내용은 다양한 정도의 구체성과 개별성을 가진 매우 다양한 성격의 것이다. 그것은 다양한 문화·이념적 의도에 의지하거나, 여러가지 흥미나 가치들로 자신을 자극할 수 있다. 그리하여 예컨대 그것은 특권사회의 사회적 폐쇄성을 유지하기 위한 것('품위있는 상류사회의 언어')이거나

---

49) '문예언어'의 지평선은 어떤 시대에는 상당히 좁혀질 수도 있다. 이는 어떤 반(半)문학적인 장르가 뚜렷하게 구별되는 고정적인 규범을 성취했을 때 그러하다. (예를 들면 서간체 장르 같은 경우.)

한 지방의 자기이익을 민족적 차원에서 실현시키기 위한 것(예를 들어 이탈리아의 문예언어에 대한 터스커니 방언의 주도권을 강화하기 위한 노력), 혹은 17세기 프랑스에서 그랬듯이 문화적·정치적 중앙집권에 따른 이익을 수호하기 위한 것 등일 수 있다. 다양한 구체적 세력들이 이 범주에 포함될 수 있다. 강단의 문법, 학교, 사교계의 응접실, 문학의 유파, 특정 장르 등이 이 범주의 작용에 기여할 수 있다. 그리고 이 범주는 그 경계를 (문체가 아닌) **언어**의 한계까지, 즉 언어를 규정하는 외부 한계선까지 연장시키려고 할 수도 있다. 그런 경우 그것은 최대의 일반성을 성취하지만, 그 대신 거의 모든 이념적 색채와 특수성을 박탈당한다.(이런 경우 그것은 "언어의 정신은 이와같다"거나 혹은 "그것은 매우 프랑스어적이다" 등의 귀절들로 자신을 고무한다.) 하지만 그것은 또한 반대로 (언어가 아닌) **문체**의 한계를 찾으려고 할 수도 있다. 이런 경우 그 내용은 보다 큰 이념적 구체성을 성취하며, 사물이나 감정에 관한 어느 정도의 명확성을 성취한다. 이 경우의 새로운 필요조건들은 말하는 자와 글쓰는 자를 매우 상세하게 규정하게 된다.(이런 경우 다음과 같은 방식으로 자신을 격려한다. 즉 "품위있는 사람이라면 누구나 이렇게 생각하고 말하고 글을 써야 한다" 혹은 "세련되고 민감한 사람이라면 누구나 이렇게 한다. 그러니까……" 등등.) 후자의 경우 평범한 일상생활의 장르들(대화·편지·일기 등)을 규제하는 '문학성'은 필연적으로 우리 실생활의 사고방식, 그리고 우리의 생활방식에까지 깊은 영향력을 행사하게 되어 가령 '문학적 인물들'이니 '문학적 행위' 따위를 만들어내게 된다. 그리고 이 범주가 역사적으로 실현되고 문학사와 문예언어사에서 주요한 위치를 차지하게 되는 정도도 또한 매우 다양하다. 17세기와 18세기의 프랑스에서처럼 그 정도가 대단할 수도 있지만, 또한 사소할 수도 있다. 그리하여 다른 시대에는 언어의 다양성이(심지어는 다양한 방언들까지) 고급의 시적 장르를 침범하기도 하는 것이다. 이 모든 것, 즉 '문예언어'의 역사적 실현의 본질과 그 정도는 물론 '문예언어'의 내용, 즉 그것이 의존하는 문화·정치적 계기의 힘과 지구력에 달려 있다.

지금 우리는 '언어의 일반적 문학성'이라는 지극히 중요한 범주를 주마간산식으로 다루고 있을 뿐이다. 우리가 이 범주에 대해 관심을 갖는 부분은 그것이 소설적 문체의 역사에서 수행해준 역할의 부분이지 문학 일반이나 문학언어사에서 그 범주가 지니는 의미가 아니다. 소설적 문체의 역사에서 그것이 수행한 역할은 대단히 중요하다. 그것은 첫번째 흐름의 소설들에게는 직접적으로 중요하고, 두번째 흐름의 소설들에게는 간접적으로 중요하다.

첫번째 흐름의 소설들은 일상적인 글이나 반문학적인 장르의 언어적 다양성뿐만 아니라 회화체 언어의 다양성도 체계화하고 그것에 문체상의 질서를 부여하려고 한다. 그리하여 질서를 부여하고자 하는 이 충동은 그들이 다양한 여러 언어들과의 사이에 맺는 관계에 상당한 영향을 미친다. 그러나 두번째 흐름의 소설들은 이 이미 체계화되고 고상해진 일상언어나 문예언어를 자기 자신이 수행하는 교향화를 위한 중요한 소재로 바꾸고, 이 언어에 걸맞는 사람들, 즉 문학적 사고방식과 문학적 행동방식을 갖춘 '문학적 인물들'로 바꾼다. 즉 이러한 소설은 그들을 주요한 등장인물로 바꾸는 것이다.

첫번째 흐름의 문체의 본질을 이해하기 위해서는 다음과 같은 매우 중요한 사항, 즉 이 소설들이 회화체 언어와 맺는 관계, 그리고 삶의 일상적 장르들과 맺는 관계를 고려하지 않으면 안된다. 소설 속의 담론은 그것과 실제 삶의 담론 사이에 이루어지는 계속적인 상호작용을 바탕으로 구성되어 있다. 산문으로 된 기사도 로맨스는 자신을 삶의 모든 영역을 구성하는 '천하고' '저속한' 다양한 언어들과 비교하며 자기 특유의 이상화된 '고상한' 담론으로 그것에 균형을 맞춘다. 저속한 비문학적 담론은 비천한 의도와 거친 감정표현으로 가득차 있고, 편협한 실용주의의 경향이 있고, 하찮은 속물적 연상과 수상한 문맥 투성이다. 기사도 로맨스는 이 모든 것에 자신의 담론을 대치시키는데 이는 오직 가장 고귀하고 고급한 연상들과 연관되어 있으며 고상한 문맥(역사, 문학, 학문에 관한 책들)에 대한 언급으로 가득차 있다. 그리하여 마치 완곡어법이 거친 표현을 대신하듯이 (시적인 말과는 구별되는 것으로서의) 고상한 말이 대화나 편지 등의 일상적 장르들에서의 저속한 말을 대신하게 된다. (그것은 자신의 방향을 실생활의 담론과 같은 영역에서 결정지으려 한다.)

이렇게 기사도 로맨스는 **언어의 장르외적 문학성**의 매개체가 된다. 그것은 실생활에서 언어의 기준을 제공하고 좋은 문체와 기품, 사교계에서의 대화법, 편지쓰는 방법 등을 가르치려고 했다. 이런 면에서 『아마디스』의 영향력은 대단히 컸다. 이 소설에서 인용된 대화나 편지, 연설 등의 모범례를 모은 『아마디스 보전(寶典)』, 『모범찬사집(讚辭集)』과 같은 특수한 책들이 편찬되었는데, 이런 책들은 17세기 전체에 걸쳐 매우 널리 보급되었으며 영향력 또한 엄청났다. 기사도 로맨스는 언제 어디서나 저속한 담론과 그 조잡함에 자신을 대비시키면서 삶의 모든 가능한 상황과 사건에 그에 적합한 담론을 제공했다.

세르반떼스는 로맨스에 의해 사회적 지위를 획득한 품위있는 담론과 저속한 담론 사이의 대면, 소설과 삶 모두에 본질적인 상황 속에서의 대면을 탁월하게 묘사하였다. 『돈 끼호떼』에서 '품위있는' 담론과 여러 층의 다양한 언어들 사이의 논쟁은 그러한 품위있는 담론과 산초를 비롯한 다른 다중언어적인 있는 그대로의 삶의 현실을 대표하는 인물들 사이에 전개되는 소설적 대화를 통해서, 그리고 소설의 플롯의 움직임을 통해서 펼쳐진다. 품위있는 담론에 내재된 대화적 잠재력은 이렇게 대화나 플롯의 움직임을 통해서 실현되고 표면으로 드러나게 된다. 그러나 언어적 대화의 진정한 표현이 모두 그렇듯이 그러한 잠재력은 그 과정에서 완전히 다 소진되지 않으며 극적 해결에 이르지도 않는다.

협의의 시적 언어에 있어서는 문학외적인 언어적 다양성에 대한 그러한 관계는 물론 전적으로 배제되어 있다. 시적 담론 그 자체는 일상적인 상황이나 일상적인 장르들 속에 존재한다는 것이 불가능하며 그러한 경우는 상상조차 할 수가 없다. 시적 담론과 언어적 다양성 사이에는 아무런 공통의 평면도 마련되어 있지 않기 때문에 그것이 언어적 다양성을 직접적으로 대면할 길 자체가 막혀 있는 것이다. 시적 담론은 물론 일상적 장르들이나 나아가 회화체 언어에까지 영향을 미칠 수는 있다. 그러나 이러한 영향력은 어디까지나 간접적인 성격의 것이다.

일상어의 문체를 체계화하는 과업을 수행하기 위해서 산문으로 된 기사도 로맨스는 물론 문학외적인 이념적 장르들뿐만 아니라 일상생활의 수많은 다양한 장르들을 그 자신의 구조 내에 통합시켜야 했다. 로맨스는 궤변소설과 마찬가지로 그 시대에 이용할 수 있었던 거의 모든 장르를 담은 완전한 백과사전에 가까왔다. 통합된 모든 장르들은 그들 자신의 구조라는 관점에서 보자면 어느 정도의 완결성과 자기충족성을 가지고 있었다. 이 때문에 그들은 쉽게 로맨스로부터 자신을 분리시키고 분리된 상태에서 그들의 형태를 유지하여 별개의 모델이 될 수 있었다. 로맨스의 문체는 통합된 장르에 따라 어느 정도(그 장르의 최소한의 요구에 부응하여) 수정되기도 했다. 그러나 그 본질적인 측면에서는 로맨스의 문체는 항상 단일한 형상의 상태를 유지했다. 엄격히 말하자면 여기에서는 통합된 장르의 언어를 이야기한다는 것이 불가능하다. 통합된 장르들이 창출하는 다중형상적인 다양성 위에 '품위있는' 단 하나의 언어가 군림하며, 결과적으로 이것이 모든 것을 단일한 하나의 형상으로 수렴해내는 것이다.

고상한 언어의 통일성, 보다 정확하게 표현하자면 고상한 언어의 이 단일형상적인 특성은 자기충족적이지 못하다. 그것은 논쟁적이며 추상적이다. 그 중심에는 그것이 어떠한 상황하에서도 일관되게 취하는 비천한 현실에 대한 고상한 자세가 있다. 그러나 이러한 고상한 자세는 그 통일성과 일관성에도 불구하고 논쟁적 추상화의 댓가를 치르고 획득된 것이며 따라서 활력이 없고 정적이며 정체되어 있다. 실은 이 소설들의 통일성과 철저한 일관성은 그것들에 사회적 방향성이 없고 이념적 뿌리가 없다는 사실의 당연한 결과이다. 사물을 인식하고 그것을 표현하는 이러한 소설담론 특유의 방법은 실생활의 무한성 속으로 끊임없이 달아나는, 살아 움직이는 인간의 끊임없이 변화하는 세계관이 아니다. 그것은 오히려 한결같은 부동의 자세를 유지하려는 사람, 더 잘 보기 위해 움직이는 것이 아니라 반대로 외면하고 딴청을 부리기 위해서 움직이는 사람의 제한된 세계관인 것이다. 실생활의 사물들이 아닌 문학적 사물들과 형상들에 대한 언급으로 채워진 이 세계관은 현실세계에 존재하는 다양한 언어와 논쟁적으로 대결하며, 있는 그대로의 현실과의 사이에 존재할 수 있는 어떠한 관련도 고심해서 제거해버린다. (대결이 의도적으로 논쟁적인만큼 그 현실과의 관련성도 명확히 감지되는 성격의 것이기는 하다.)

두번째 흐름을 대표하는 작가들(라블레, 세르반떼스 등)은 이러한 회피의 장치들을 패러디를 사용하여 뒤집는다. 그들은 비교를 통해 일부러 일련의 조야한 연상을 만들어내는데, 이러한 행위는 비교의 대상을 산문에 응결된, 있는 그대로의 일상적 현실의 앙금 속으로 끌어내리는 효과를 발휘하여 논쟁적 추상화에 의해 성취되었던 높은 문학적 수준을 파괴하는 것이다. 언어적 다양성은 여기에서 자신이 배제되고 추상화되었다는 사실에 대한 복수를 수행한다. (산쵸의 말은 그 좋은 예이다.)[50]

두번째 흐름에 있어서는 기사도 로맨스의 품위있는 언어는 (그 모든 논쟁적 추상성과 더불어) 언어들간의 대화에 참여하는 여러 언어들 중의 하나가 된다. 그것은 작가 자신의 것과는 다른 새로운 의도에 대하여 내적인 대화를 통해서 저항하기도 하는 산문적 언어형상——홍분된 이중음성적 형상——이 되는 것이다. (이는 쎄르반테스에게서 가장 잘 드러난다).

바로끄 소설의 성립

17세기의 초쯤에 유럽소설의 첫번째 흐름이 다소 변화하기 시작한다. 현실의 역사적인 힘들이 보다 구체적인 논쟁과 변론의 과업들을 실현하기 위해 추상적 이상화나 추상적 논쟁을 이용하기 시작하는 것이다. 그리하여 사회적인 방향성이 없던 추상적인 기사도 로맨스가 사회

---

50) 독일 문학은 대상의 품위를 격하시키는 일련의 비유와 연상을 통해서 높은 수준의 담론을 낮은 수준으로 끌어내리는 이러한 기법을 특별히 즐겨 쓰는 경향이 있다. 엣센바하에 의해 독일 문학에 소개된 이 기법은 카이저버그(Hillary von Kaiserberg) 같은 15세기의 민간 설교사들의 문체에 결정적인 영향을 끼쳤고, 16세기에는 핏샤르트(Johann Fischart : 1550?~1589, 법률학자이자 인문주의자로서 종교개혁을 지지하는 풍자시를 썼다—역주)의 문체, 17세기에는 아브라함 아 잔타 클라라(Abraham a Santa Clara, 1644~1709 : 비인의 성직자였던 작가. Ulrich Megerle가 그 본명—역주)의 설교, 그리고 19세기에는 히펠과 장 파울의 소설들에 강력한 영향력을 행사했다.

적 · 정치적 방향성이 확실한 바로끄 소설로 대체된다.

가령 전원소설이 그 소재를 경험하고 그 문체의 방향을 결정하는 방식은 이미 근본적으로 다르다. 그 소재가 보다 자유롭게 다루어질 뿐만 아니라[51] 그 기능 자체가 바뀌는 것이다. 결론부터 말하자면 당대현실은 아직도 소설의 이질적 소재에 편입된 모든 것들의 원천은 못 되지만 그러나 현실이 그 이질적 소재라는 옷 속에 감싸여져 있는 것도 사실이며 따라서 현실은 그러한 소재를 통해서 스스로를 표현할 수 있게 된다. 소재에 대한 로맨스적 관계가 그것과는 완전히 다른 바로끄적 관계로 대체되기 시작하는 것이다. 이것은 소재와 관계를 맺는 새로운 방식이 발견되었다는 것을 의미한다. 소재를 예술적으로 활용하는 새로운 방식, 이는 거칠게 표현하자면 주위의 현실에 이질적인 내용의 옷을 입히는 것이라고 할 수 있는바 이것은 일종의 영웅적 가면극의 연기와도 비슷하다.[52] 한 시대의 자각은 더 거세지고 더 강렬해지며, 자기표현이라는 목적을 위해 다양한 이질적 소재들을 활용하기 시작한다. 소재에 대한 이러한 새로운 감각과 소재를 활용하는 이러한 새로운 방식은 전원소설에서 그 단초가 보일 뿐이며, 전원소설 그 자체는 아직은 시야가 너무 협소하고 시대의 역사적 힘을 충분히 집중하지도 못한 상태이다. 이 이른바 '실내(室內)' 소설들에서는 사사로운 서정적 자기표현의 측면이 여전히 지배적이다.

소재를 활용하는 이러한 새로운 방식은 역사적 영웅들을 다루는 바로끄 소설에서 발달되고 최대한으로 실현되었다. 이 시대에는 모든 시대, 국가, 문화로부터 영웅적인 이야기를 찾아내었다. 어느 문화나 어느 이념으로부터 유래했는지를 개의하지 않고 가능한 모든 종류의 영웅적 이

51) 여기에는 전원소설이 궁정로맨스에 비해 상대적으로 이룩한 가장 중요한 창작상의 성취, 즉 행동의 집중, 전체적인 완결성, 양식화된 풍경의 발달 등이 연관되어 있다. 또한 이와 관련해서 신화(고전신화)와 운문이 산문에 도입된 점도 지적되어야 할 것이다.

52) '죽은 자들의 대화'라는 광범위하게 분포되어 있는 기법은 이러한 관계와 관련된 특징적 현상이다. 이 형식을 통해서 우리는 어느 나라 어느 시대에 살았던 현자, 학자, 영웅 등과도 우리 당대의 화제(현대의 일상적 주제)에 대하여 이야기를 나눌 수 있다.

야기들을 유기적으로 흡수하려는 이러한 시도에는 자신에 관한 강한 자각이 있다. 이국적인 것은 모두 바람직한 것으로 여겨졌고 동양을 주제로 한 것에 못지않게 널리 퍼졌다. 자기 자신을 찾는 것, 이질적인 것 속에서 자기 자신을 실현하는 것, 이질적인 것 속에서 자기 자신과 자신의 투쟁을 영웅화하는 것, 바로끄 소설이 특히 집중적으로 추구한 것은 바로 이런 것들이었다. 역사적 소재에 스며들어 있는 모순적 통일성으로 말미암아 긴장이 극대화된 양극적인 바로끄적 세계관은 (이 소재를 창조했던) 이질적인 문화세계가 소유하고 있었던 **내적** 자기충족성이나 내적 저항의 흔적을 모두 지워버렸다. 바로끄적 세계관은 그러한 세계를 변화시켜서 자기 자신의 특별한 내용을 담기 위한 양식화의 외피로 삼았다.[53]

바로끄 소설의 역사적 중요성은 막대하다. 거의 모든 종류의 현대 소설들이 한두 가지 측면에서 바로끄 소설에 그 기원을 두고 있다. 그때까지의 소설의 발달을 모두 계승하고 그 유산(궤변소설, 『아마디스』, 전원소설)을 마음껏 활용했던 바로끄 소설은 이후에 소설의 독립적 범주로서 개별적으로 등장할 요소들, 즉 문제적, 모험적, 역사적 요소라든가 심리적, 사회적 요소 등을 모두 그 내부에 통합해 가지고 있었다. 따라서 바로끄 소설은 이후의 소설사 속에서 소설의 주제, 상황, 플롯 설정 등의 출전으로서 일종의 소재백과사전의 구실을 하게 된다. 고대나 동양으로부터 유래했다고 볼 수 있는 현대소설의 주제들은 대부분 바로끄 소설을 통해서 현대소설에 도입되었다. 현대소설의 계통에 대한 연구는 거의 대부분이 우선 바로끄 소설에의 연구로 통하며, 그런 다음에 바로끄 소설을 통하여 그 중세나 고대의 (그리고 더 나아가서는 동양의) 출처를 밝혀낼 수 있다.

바로끄 소설에 대하여 시련(시험)소설이라는 명칭을 사용하는 것은 아주 적합하다. 이러한 시험의 측면에서 바로끄 소설은 그 역시 '시험의 소설'이었던 궤변소설(헤어져 있는 연인들의 성실성과 순결을 시험한다)의 절정이 된다. 그러나 바로끄 소설에서는 주인공의 영웅적 자질과 성

53) 위르페(Honoré d'Urfé)의 『아스트레』(*L'Astrée*)에는 당대의 실제 인물들에게 문자 그대로 옷을 다시 입히는 장면이 있다.

실성에 대한 시험, 즉 다방면에 걸친 그의 미덕이 소설의 광대하고 매우 다양한 소재를 훨씬 유기적인 방식으로 통일시키는 역할을 한다. 바로끄 소설에서는 모든 것이 일종의 시금석으로서 바로끄적 영웅주의의 이상에 요구되는 주인공의 자질을 다각도로 시험하는 수단이 된다. 시험이라는 개념이 지속적이고 심화된 차원에서 소재 전체를 관통하고 조직화하는 것이다.

이제 이 시험이라는 개념, 그리고 장르로서의 소설을 조직화하는 다른 몇 가지 개념들을 잠시 살펴보도록 하자.

주인공을 시험하고 그의 담론을 시험한다는 관념은 소설을 구성하는 가장 기본적인 개념, 즉 소설을 서사시와 근본적으로 구별하는 개념이라고 불리어 마땅하다. 서사시의 영웅은 처음부터 시험의 반대편에 서 있었다. 서사시의 세계에서는 주인공의 영웅적 자질에 대한 의혹은 생각할 수도 없다.

시험이라는 개념은 다양한 소설의 소재를 주인공의 주위에 복합적으로 조직화하는 것을 가능케 한다. 그러나 시험이라는 개념의 내용 자체는 시대에 따라서, 그리고 서로 다른 사회집단간에 근본적으로 변화할 수 있다. 제 2 궤변학파의 수사적 궤변에 처음 등장하였던 이 개념은 궤변소설 속에서는 형식주의적이고 피상적인 조야한 방식으로 표현되어 있다. (여기에는 심리적 혹은 윤리적 차원이 전적으로 결여되어 있다.) 이 개념은 초기 기독교의 전설, 성자들의 전기, 참회적 자서전들 속에서 변화를 겪게 되는바, 이러한 장르들 속에서 이 개념은 보통 위기나 재생의 개념들과 결합되었다. (이것들은 모험 겸 고백의 시험소설의 맹아적 형태들이다.) 한편으로는 순교라는 기독교적인 개념(고통과 죽음에 의한 시험)이, 그리고 다른 한편으로는 유혹의 개념(유혹에 의한 시험)이 초기 기독교의 방대한 성인전(聖人傳)문학과 이후의 중세의 전기에서 시험이라는 조직 개념의 구체적인 내용을 결정했다.[54] 이러한 시험 개념의 또 다른 변형은 운문으로 된 고전적인 기사도 로맨스의 내용을 구성하는

54) 이와같은 시험의 개념은 유명한 프랑스 시(詩)『성(聖) 알렉시스전』(*Vie d'Alexis*, 1040)을 아주 세련되고 일관되게 구성하고 있다. 비슷한 경향의 작품으로 러시아에는 『성(聖) 뻬도샤 뻬세르스끼전』(12세기초)이 있다.

데 이 변형은 그리스 로맨스 특유의 시험의 요소들(연인들의 정절과 용기에 대한 시험)과 기독교적 전설 특유의 요소들(고난과 유혹에 의한 시험)을 함께 그 자체 내에 통합한다. 비록 약해지고 축소되기는 했지만 동일한 개념이 산문으로 된 기사도 로맨스를 구성하고 있으며, 다만 이것은 소재의 핵심까지 뚫고 들어가지는 못하고 이런 소설들의 구성에 미약하게 표면적으로만 작용한다. 이 개념은 결국 바로끄 소설에 이르러서야 웅대하고 다양한 소재를 특출한 구성력을 가지고 세련되게 통합시키는 일을 달성한다.

소설의 발전과 더불어 시험의 개념이 지닌 막대한 구성적 중요성 또한 지속된다. 그것은 각 시대에 따라 변화하되 전통과의 연계 또한 항상 유지하는 다양한 이념적 내용들로 채워지는바, 때로는 고대의 발전 경향이 때로는 성인전이나 바로끄적 발전 경향 등이 번갈아 지배적인 위치를 차지하게 된다. 19세기에 아주 널리 퍼졌던 특이한 시험의 개념은 그 자신의 소명에 대한 주인공의 성실성을 시험하는 것, 즉 그의 천재성과 그가 '선택된 인간임'을 시험하는 것이었다. 그 최초의 형태는 삶 속에서 도전받고 시련을 겪는 '선택된 인간'이라는 낭만주의적 개념이다. 이 '선택된 인간'이라는 주제의 이후의 변형 중에서 프랑스 소설에 나오는 나뽈레옹류의 벼락출세자들에게 구현되어 있는 유형(스땅달과 발자끄의 주인공들)은 매우 중요하다. 졸라에게서는 '선택된다'는 개념이 삶에 대한 적응, 생물학적 건강, 개인의 적응성 따위의 개념으로 변형되었다. 그의 소설에서는 소재가 주인공의 생물학적 가치를 시험하는 방향으로 구성되어 있는 것이다. (이때 결과는 항상 부정적이다.) 또다른 변형은 한 인물이 '천재성'을 지니고 있는 인물인가의 여부를 결정하는 시험이다. (이것은 '삶'에 대한 예술가의 적응이라는 유사한 시험과 연결되는 경우가 많다.) 19세기 소설에서 볼 수 있는 다른 변형들로는 우선 어떤 이유에서이건 사회에 반항하는 강력한 인물에 대한 시험이 있다. 그는 완전한 자기충족성과 당당한 고립을 성취하고자 하거나, 선택된 지도자의 자리를 갈망하는 인물이다. 또한 도덕적 개혁가나 초(超)도덕가에 대한 시험, 니체적인 초인에 대한 시험, 해방된 여성에 대한 시험 등이 있었는데, 이것들은 모두 19세기와 20세기초의 유럽소설에 매우 널리 퍼졌던 구성개념이었다.[55] 시험소설의 특이한 변형으로는 사회에서의 지식인의 적응과 가치를 시험하는 ('잉여인간'을 주제로 한) 러시아 소설이 있다. 나아가 이것은 (뿌쉬낀으로부터 혁명기의 지식인에 대한 시험에 이르기까지) 일련의 하위범주들로 나뉜다.

시험이라는 개념은 순수한 모험소설에서도 지대한 중요성을 지닌다. 이 개념이 얼마나 생산적인가에 대한 외적인 증거는 그것이 소설에서 생생하고 다면적인 모험의 요소와 심각한 딜레마나 복잡한 심리학 사이의 연결을 가능케 한다는 사실에서 찾을 수 있다. 모든 것은 소설의 내용을 구성하는 시험의 개념이 지닌, 주어진 시대 특유의 이념적 깊이나 사회·역사적 전개에 좌우된다. 이러한 자질에 의존하는 한 소설은 최대한의 폭과 깊이와 완전성을 성취할 수 있으며 자신의 모든 잠재력을 실현시킬 수 있다. 순수한 모험소설은 장르로서의 소설이 지닌 잠재력을 최소한도로 축소시키는 경우가 많은데, 그럼에도 불구하고 뼈대뿐인 플롯이나 맹목적인 모험이 그 자체로서 소설의 구성력이 되는 것은 아니다. 반대로 우리는 어떤 모험에서든지 그것을 이전에 체계화했던 어떤 개념, 주어진 플롯의 영혼으로서 그 몸체를 구성하고 그것을 활성화시켰던 어떤 개념의 흔적을 항상 찾아낼 수 있다. 이 개념은 순수 모험소설에서는 그 이념적 힘을 상실한다. 따라서 이 개념이 계속 나타나기는 하지만 그것은 아주 미약하다. 항상 그런 것은 아니지만 모험의 플롯은 희미하게나마 시험을 받는 주인공이라는 개념을 중심으로 구성되는 경우가 많다.

근대 유럽의 모험소설은 두 개의 근본적으로 구별되는 근원으로부터 유래한다. 모험소설의 유형 중 하나는 고급 바로끄 시험소설로 거슬러 올라갈 수 있으며(이것이 모험소설의 지배적인 유형이다), 또 하나는 『질 블라』(*Gil Blas*: 1715~1735, 르싸지의 소설—역주), 심지어는 더 멀리 『라자릴료』(1554, 원제는 *Lazarillo de Tormes*, 스페인의 피카레스크 소설—역주)까지 거슬러올라갈 수 있는데, 즉 이것은 '피카레스크 소설'과 연결되는 것이

55) 유행하는 모든 종류의 개념이나 경향을 대표하는 인물들이 겪는 유사한 시험은 대량생산된 이류소설가의 작품에서 커다란 역할을 한다.

다. 이 두 유형은 또한 고대에서도 발견되는바, 전자는 궤변소설로 대표되고 후자는 페트로니우스로 대표된다. 모험소설의 첫번째 기본유형은 바로끄 소설의 경우처럼 시험이라는 개념의 이런저런 변형을 중심으로 구성되어 있는데, 이 개념은 여기서 진정한 이념적 힘으로서는 소멸해가고 있으며 외형화되는 추세에 있다. 그럼에도 불구하고 이런 유형의 소설은 서사시나 기독교의 전설, 그리스 로맨스 등보다는 더욱 복잡하고 풍성하다. 왜냐하면 이는 문제적 성격과 심리적 요소로부터 완전히 분리되지는 않았기 때문이다. 이런 소설에서는 항상 바로끄 소설, 예컨대 『아마디스』라든가 기사도 로맨스 등과의 유사성이 발견된다. 이 점에 있어서는 영국과 미국의 모험소설들(디포우(Daniel Defoe: 1659~1731, 영국소설가. 대표작으로 *Robinson Crusoe, Moll Flanders* 등이 있음—역주), 수사(修士) 루이스(M.G. Lewis: 1775~1818, 영국의 극작가·소설가. 고딕소설로 유명. 대표작 『앙브로시오, 혹은 수사』 *Ambrosio, or the Monk* 의 제목을 따 수사 루이스라 불림—역주), 래드클리프(Ann, Radcliffe: 1764~1823. 영국의 소설가. 고딕 소설로 유명. 대표작으로 『유돌포의 신비』 *The Mysteries of Udolpo* 가 있음—역주), 월폴(Horace Walpole: 1717~1797. 영국의 소설가. 『오트란토의 성』 *The Castle of Otranto* 이라는 최초의 고딕소설로 유명—역주), 쿠퍼(James Fenimore Cooper: 1789~1851, 미국의 소설가. '가죽 양말 연작'을 비롯한, 변경지방을 소재로 한 로맨스로 유명—역주), 런던(Jack London: 1876~1916, 미국의 소설가. 『황야의 외침』 *The Call of the Wild* 등의 대표작이 있으며 로맨스적 모험소설을 주로 씀—역주) 등)도 마찬가지며 프랑스 모험소설의 대부분과 싸구려 소설들도 동일하다. 두 가지 유형이 혼합된 것도 꽤 자주 발견되는데, 그런 경우 첫번째 유형(시험소설)이 보다 강력하고 지배적인 까닭에 작품 전체를 조직하는 원천은 항상 첫번째 유형에 있다. 바로끄식으로 모험을 쌓아가는 경향이 이런 유형의 소설에서 두드러지는 것이다. 가장 저급하고 원시적인 싸구려 소설들의 구성에 있어서도, 바로끄 소설과 『아마디스』를 통해서 초기 기독교의 전기, 그리스 로마 시대의 자서전이나 전설 등의 형식으로 거슬러올라가도록 하는 측면들을 발견할 수 있다. 뽕송 뒤 떼라이유(Ponson du Terraille: 1829~1871, 프랑스 제2제정 시대에 뒤마의 아류였던 인기작가—역주)의 『로

깡볼르』(*Rocambolle*) 같은 악명높은 소설(이 작품은 *Les Exploits de Rocambolle*(1859), *La Resurrection de Rocambolle*(1866) 등의 수없이 많은 연작들로 이루어져 있다—역주)에도 고대의 작품에 대한 인용이 대단히 많다. 그 구조의 중심에서는 위기와 재생의 주제가 담긴 그리스 로마 시대의 시험소설 형식(아풀레이우스와, 죄인의 회계에 관한 초기 기독교의 전설)이 어렴풋이 감지된다. 여기에서 우리는 바로끄 소설과 『아마디스』, 나아가 운문으로 된 기사도 로맨스에까지 거슬러올라갈 수 있는 일련의 요소들을 발견할 수 있다. 그 구조에는 두번째 유형(『라자릴료』, 『질 블라』 등)의 요소들도 함께 내포되어 있지만, 물론 바로끄 정신이 지배적 지위를 차지한다.

이제 도스또예프스끼에 대하여 몇마디 하겠다. 그의 소설들은 모두 강렬한 시험소설이다. 그의 소설구조의 중심에 있는 독특한 시험 개념의 본질은 제쳐두고, 이 소설들에 흔적을 남긴 역사적 전통에 대해서만 잠시 살펴보자. 도스또예프스끼는 네 가지 요소에 의해 바로끄 소설과 연결되었다. 즉 영국의 '선정(煽情)소설'[56](수사 루이스, 래드클리프, 월폴 등), 하층의 삶을 탐구한 프랑스의 사회·모험소설(쒸(Eugène Sue: 1804~1857, 프랑스의 소설가—역주)), 발자끄의 시험소설, 그리고 독일의 낭만주의자들(특히 호프만(E.T.A Hoffman: 1776~1822, 독일의 화가·음악평론가 겸 소설가—역주))이 그것이다. 그러나 도스또예프스끼는 또한 성인전 문학과 정통적인 기독교 전설들, 그것들 특유의 구체적인 시험 개념과도 직접 연결되어 있었다. 그리고 이러한 개념이야말로 그의 소설들에 나오는 모험이나 고백, 문제적 상황, 성인들의 삶, 위기, 소생 등(아풀레이우스의 작품과 지금까지 전해지는 자서전이나 기독교의 성자전 전설들에 근거하여 판단할 때) 이미 그리스 로마 시대의 시험소설의 특징을 이루었던 모든 것에 유기적 통일성을 부여하는 요소이다.

그 장르의 이전의 발달을 반영하는 거대한 양의 소재를 흡수한 형태인 바로끄 소설에 대한 연구는 오늘날의 가장 중요한 소설 유형을 이해

---

56) 디벨리우스(M. Dibelius : 1883~1947, 독일의 신학자, 종교사가—역주)의 용어.

하는 데 특별한 중요성을 지닌다. 거의 모든 발달계열이 직접적으로는 이 장르로, 또 더 멀리는 그것을 통해 중세와 그리스, 로마 및 동양으로까지 거슬러 올라가는 것이다.

18세기의 빌란트, 베젤, 블랑켄부르크 및 그들 이후로 괴테와 낭만주의자들은 시험소설에 제동을 걸면서, **형성소설**(Entwicklungsroman) 내지 **성장소설**(Bildungsroman)이라는 새로운 개념을 주창하게 되었다.

시험의 개념은 그것 자체만으로는 한 인간의 '성장'을 다루는 데 요구되는 필수적인 수단들을 모두 포괄하지는 못한다. 여러 형태의 시험소설 속에는 위기나 갱생은 있지만, 발전이나 성장 즉 한 인간이 점진적으로 형성되어나가는 모습은 없다. 시험이란 이미 형성된 사람이 있음으로써 시작되는 것이며, 또한 인간은 이미 형성된 이상(理想)에 비추어 시험받게 된다. 기사도 로맨스와 특히 바로끄 소설은 그 주인공의 타고난 고정불변의 고결성을 곧바로 전제하는 이러한 경향의 전형이었다.

근대의 소설은 이러한 경향에 반발하여 한 인간의 형성의 과정이라든지, 살아있는 인간의 특징이라고 할 수 있는 일종의 이중성 내지 전체성의 결여, 인간 내부의 선과 악, 강함과 약함의 혼재상태 따위를 내세운다. 인간의 삶과 인생의 사건들은 더 이상 이미 형성된 성격을 시험하는 수단이나 시금석으로 (혹은 기껏해야 미리 형성되어 있고 이미 예정된 주인공의 발달을 촉진하는 계기의 요소로) 작용하지 않는다. 이제 인생과 인생의 사건들은 '형성'이라는 시각 속에서 그것들 자체가 주인공의 경험으로 그리고 주인공의 성격과 세계관을 최초로 만들고 형성하는 학교나 환경으로 나타난다. 생성과 성장의 개념으로 인하여 소재는 새로운 방식으로 주인공의 주변에 조직되고, 이 소재가 함축하고 있는 전적으로 새로운 측면들이 모습을 드러내게 된다.

근대소설의 범위 내에서는 생성과 '성장'의 주제와 시험의 주제는 결코 상호 배타적이지 않다. 오히려 그것들은 심오하고 유기적인 결합을 이룰 수 있다. 가장 대표적인 유럽 소설들은 이 두 가지 주제를 유기적으로 결합시키고 있다.(이 점은 특히 19세기에 두드러지는 현상으로 이 시기에는 순수한 시험소설이나 순수한 '형성소설'의 예는 드물다.) 그리하여 『파르찌발』조차 시험의 개념과 생성의 개념을 결합시키고 있다. (시험의 개념이 지배적인 것이기는 하지만.) '성장소설'의 고전이라 할 수 있는 『빌헬름 마이스터』에 대해서도 똑같은 말이 적용될 수 있다. 즉 이 소설에서도 성장의 개념(이미 지배적으로 된)이 시험의 개념과 결합되어 있는 것이다,

필딩이나 혹은 심지어 스턴에 의해 창조된 그러한 유형의 소설도 또한 이 두 가지 개념의 결합을 특징으로 하고 있는데, 여기에서는 이 둘이 거의 같은 비율로 나타난다. 필딩과 스턴의 영향하에서 빌란트, 베젤, 히펠, 장 파울 등이 대표하는 대륙적 유형의 성장소설이 씌어졌다. 여기에서는 이상주의자나 독창적인 사람에 대한 시험이 시험소설에서처럼 그들을 적나라하게 노출시키는 결과를 가져오는 것이 아니라, 오히려 그들로 하여금 더욱 현실적으로 사고하는 인물에 가깝게 성장하도록 도와준다. 이러한 소설에서 인생은 시금석일 뿐만 아니라 교육장이기도 하다.

이러한 두 유형의 소설을 결합하여 만들어진 많은 독특한 변형들 중에서 우리는 두 개의 주제를 중심으로 조직된 고트프리트 켈러(Gottfried Keller: 1819~1890, 19세기 독일의 소설가. 시적 사실주의의 대표적 인물 중 한 사람—역주)의 『녹색의 하인리히』(*Der grüne Heinrich*, 1879~80)를 들 수 있다. 또한 로맹 롤랑의 『장 크리스토프』(*Jean-Christophe*)도 이와 유사한 방식으로 구성되어 있다.

시험소설과 '성장소설'이 소설에 소재가 조직되는 방식의 전부는 물론 아니다. 이 점에 대해서는 전기나 자전류의 소설 구성방식에서 비롯되는 전적으로 새로운 조직의 개념을 지적하는 것만으로 충분하리라. 전기나 자서전은 그들의 발달 과정에서 특수한 조직의 규칙들에 의해 결정되는 일련의 형식들을 창출했던 것이다. 전기적 소재를 조직하는 토대로는 예컨대 '용기와 덕'이라든지, 혹은 '행위와 노동', '성공과 실패' 등이 사용되었다. 이제 방황을 마치고 우리의 주제였던 바로 그 시험소설로 되돌아가보자. 어떠한 조건들이 이 소설의 담론을 지배하는가? 그리고 이 담론과 언어적 다양성 사이에 맺어지는 관계는 어떠한 것인가?

바로끄 소설의 파토스적 담론

바로끄 소설의 담론은 **파토스의 담론**이다. 바로 이 바로끄 소설에서 시적 파토스와는 전혀 다른 특징을 지닌 소설적 파토스가 창조되었다. (혹은 좀더 정확하게 표현하자면, 그 발전의 정점에 도달하였다.) 바로끄 소설은 그 영향이 침투되고 그 전통이 보존된 어디에서나, 그리고 특히 시험소설에서 (또한 혼합된 유형의 소설 속에 포함된 시험의 요소에서) 특정한 종류의 파토스의 원천으로 작용하였다.

바로끄적 파토스는 **변명**과 논쟁의 양식에 의해 결정된다. 그것은 산문적 파토스이며, 이질적 담론들과 이질적 관점들에 의한 저항을 끊임없이 의식하는 파토스이다. 그것은 정당화(변명)나 비난과 관련된 그런 유형의 파토스이다. 바로끄 소설에서 볼 수 있는 주인공의 이상화는 서사시적인 것이라기보다는 오히려 기사도 로맨스의 그것에 가까운 것이며, 따라서 추상적이며 논쟁적이고 대체로 변명의 형식과 유사하다. 그러나 기사도 로맨스에서와는 달리 바로끄 소설 속의 이상화는 파토스에 의해 깊이 침윤되어 있고, 실제로 존재하고 스스로를 의식하는 사회·문화적 힘들에 의해 지탱된다. 이제 잠깐 이 소설적인 파토스의 독특한 성질을 고찰해보자.

파토스의 담론은 자기 자신에 대해서나 그 대상에 대해서 아무런 부족함도 없는 완벽한 존재로서 스스로를 드러낸다. 화자는 실제로 그러한 담론에 완전히 빠져버리며 화자와 담론 사이에는 어떠한 거리도 어떠한 단서조항도 존재하지 않는다. 파토스의 담론은 의도를 직접적으로 드러내는 담론의 형태를 띠는 것이다.

그러나 파토스가 항상 그러한 형태만을 띠는 것은 아니다. 파토스의 담론은 또한 단서가 붙어 있을 수도 있으며, 이중음성적 담론처럼 이중적일 수조차 있다. 실상 소설 속의 파토스는 거의 언제나 이중음성적이다. 왜냐하면 소설에서는 그것이 어떠한 실제적 기반도 가지지 못하며 가질 수도 없기 때문에 부득이 다른 장르에서 그 기반을 찾아야 하기 때문이다. 소설적 파토스는 자신에게만 속하는 담론을 가지지 않는다.

따라서 그것은 다른 장르의 담론을 빌어와야만 한다. 어떠한 주제가 진정한 파토스를 '내포'하고 있다면 그것은 시적 파토스일 것이며 이러한 일은 시적 파토스일 경우에만 가능하다.

소설적 파토스는 소설 속에서 항상 현실 속에서는 자신의 기반을 상실한 다른 어떤 장르를 순수한 형태로 복원시키는 역할을 한다. 소설 속에서 파토스의 담론은 거의 언제나 주어진 시기나 주어진 사회세력에 대해 더이상 유용하지 않은 다른 어떤 장르의 대용물이다. 그러한 파토스는 설교단을 잃어버린 목사, 더 이상 어떠한 판결권이나 처벌권도 가지지 못하는 준엄한 판사, 사명을 부여받지 못한 전도사, 정치적 힘을 상실한 정치가, 교회를 갖지 못한 교인 등의 담론에 비유될 수 있다. 어느 곳에서건 파토스의 담론은 작가가 그 본질적 의미나 논리구조에는 접근할 수 없지만 그러나 그럼에도 불구하고 자신의 담론 속에 세한적으로나마 재현해야 하는 지향성이나 입장과 연관되어 있다. 언어에 내포되어 있는 파토스의 모든 수단과 형태들(어휘적인 것, 구문적인 것과 구성적인 것)은 특수한 지향성 및 입장과 융합되어 있으며, 이들 모두는 어느 정도의 조직력을 이룩하고 있고 화자들에 대한 어느 정도 명확하고 체계적인 사회적 재현을 포함하고 있다. 소설을 쓰는 사람에게는 순수하게 자기 자신만의 것인 파토스를 표현하도록 주어지는 언어란 없다. 그는 자신의 의지와는 무관하게 설교단에도 올라가고 목사나 판사 등의 역할도 떠맡아야만 한다. 협박이나 신성모독, 약속이나 축복 따위와 무관한 파토스란 존재하지 않는다.[57] 파토스로 채워진 말 속에서는 어느 누구도 먼저 어떤 세력이나 계급, 지위 등을 부여받지 않고서는 한 발짝도 내딛을 수 없다. 바로 여기에 직접적으로 표현되었을 때의 소설적 파토스에 따르는 '저주'가 놓여 있다. 이것이 소설에서의 (그리고 문학 일반에서의) 파토스가 그것이 진정한 것이라면 자신의 대상으로부터 미처 분리되지 않은 노골적으로 정서적인 담론을 피하게 되는 이유

57) 우리가 여기서 이야기하고 있는 것은 당연히 오로지 타인의 담론에 논쟁적이고 변론적으로 관여하는 그런 파토스의 담론이지 재현 자체의 파토스 즉 그 대상 자체에 내재해 있고 따라서 그것 자체로 예술적이며 아무런 특수한 조건도 필요치 않은 그런 파토스는 아니다.

이다.

파토스의 담론과 그것이 허용하는 그런 유형의 재현은 거리를 둔 형상 속에서 탄생하고 형성된다. 따라서 그것들은 높은 지위를 가지는 것으로 판단된 과거의 개념과 유기적으로 연결되어 있다. 이러한 형태의 파토스는 계속 진화 발전하고 있는 동시대와 인접한 낯익은 구역에서는 발견되지 않는다. 왜냐하면 그러한 파토스는 필연적으로 인접구역을 파괴하게 되기 때문이다.(가령 고골리의 경우가 그러하다.) 그것은 이러한 구역에서는 불가능한(만약 그런 일이 시도된다면 그것은 작품을 본궤도로부터 이탈시키고 작품에 무리를 가할 것이다) 계층적으로 특권화된 지위를 요구하는 것이다.

바로끄 소설의 변명적이고 논쟁적인 파토스는, 영웅의 시험이라는 바로끄 특유의 개념과 유기적으로 결합되어 있다. 그리고 이 영웅은 물론 완벽성을 타고난, 언제까지나 변함이 없는 인물이다. 중요한 모든 측면에서 주인공과 작가 사이에는 아무런 거리도 없다. 소설 속의 모든 말이 하나의 평면 위에 놓여 있으며 따라서 모든 면에서 같은 정도로 언어의 다양성과 연관되어 있고, 다양한 언어 내부의 대립적 요소를 자신의 외부에 남겨둔 채 자신의 구성 내부에 병합하지 못한다.

바로끄 소설은 매우 다양한 장르들을 그 내부에 통합시킨다. 그것은 또한 그 시대에 존재했던 모든 유형의 문예언어들의 백과사전, 나아가서는 가능한 모든 유형의(철학적, 역사적, 정치적, 지리적 등) 지식과 정보의 백과사전이 되고자 한다. 소설문체의 첫번째 흐름의 필수요건인 백과사전적 충동이 바로끄 소설에서 가장 멀리까지 나아갔었다고 말할 수 있을 것이다.[58]

바로끄 소설의 두 지류

바로끄 소설은 그 발전과 더불어 두 가지 방향으로 갈라지게 된다. (이 두 방향의 지류는 함께 첫번째 흐름의 특징을 이룬다.) 첫번째 지류는 바로끄 소설의 영웅 모험담 쪽 측면을 지속시키고(루이스, 래드클리프,

58) 특히 독일의 바로끄 소설에서 그러하다.

월폴 등등), 반면 다른 지류 즉 대체로 서간체적인 17~18세기 소설은 심리적 측면과 파토스로 특징지어진다. (라파예뜨(La Fayette: 1634~93, 프랑스의 여류 문인—역주), 루쏘, 리차드슨 등.) 이 후자의 유형에 대해서는 몇마디 더 첨가해야만 하겠다. 그것은 이 유형의 소설이 그 이후의 소설의 역사에 있어서 대단한 문체론적 중요성을 지니기 때문이다.

감상주의적 심리소설은 바로끄 소설 속에 삽입된 편지, 즉 편지의 형식을 빈 사랑의 표현에 그 기원을 둔다. 바로끄 소설에서는 이러한 종류의 감상적 감정이 단지 더욱 일반적인 논쟁적·변명적 파토스의 일면으로서, 더우기 그 부차적 측면에 지나지 않았다.

감상주의적 심리소설에서는 파토스의 담론이 그 성격을 달리하게 된다. 그것은 보다 익숙한 상황들과 관련을 가지게 되는바 바로끄 소설의 특징이었던 광범위한 정치·역사적 영역을 상실하고 대신 일상생활에서의 도덕적 선택에 대한 교훈적 접근과 결합하게 되며, 개인과 가족의 협소한 영역에 만족하게 된다. 감상주의적 심리소설의 파토스는 오로지 자신의 내실(內室) 안에서나 일어날 만한 사적(私的) 측면과 연관을 맺게 된다. 이러한 변화와 더불어 소설의 언어와 언어적 다양성 사이의 상호관계에도 변화가 일어났다. 양자 사이의 상호관계는 점점 덜 매개적이 되고, 편지나 일기, 평상적 대화와 같은 순전히 일상적인 장르들이 전면으로 나서게 되었다. 감상주의적 파토스 이면의 교훈적 목적은 보다 구체적인 상황과 연결되었고 일상생활의 깊숙하고 세세한 부분, 사람들 사이의 사사로운 관계, 그리고 개인의 내면적인 삶에까지 뻗어나가게 되었던 것이다.

그 결과 여기에서는 개인의 내실(內室)과 연관된 감상적 파토스 특유의 시·공간적 영역이 탄생한다. 그것은 바로 편지와 일기의 영역이다. 공공 광장의 영역과 접촉과 친근함('가까움')의 사적 내실의 영역은 전적으로 다르다. 그 차이는 궁전과 개인의 집, 혹은 신전(성당)과 집에 좀더 유사한 개신교의 교회 사이의 차이와도 같다. 이것은 물론 규모의 문제가 아니다. 오히려 공간을 조직하는 방식의 문제이다. (이 점은 건축과 회화의 차이에도 비견될 수 있겠다.)

감상주의적 파토스의 소설은 그것이 회화체의 규범에 보다 가깝게 문예언어를 변모시키는 데 기여한다는 점에서, 어디에서나 문예언어상의 근본적 변화와 관련되어 있다. 그러나 그러한 소설 속의 회화체 언어는 여전히 '문학성'의 관점에 따라 자신을 배열하고 규범화한다. 즉 그것은 작가의 다양한 의도들을 교향화하는 다양한 언어들 중의 하나에 그치는 것이 아니라, 작가의 의도를 직접적으로 표현해주는 단일언어가 되는 것이다. 삶뿐만 아니라 문학에 대해서도 진정한 의도와 진실한 인간적 표현에 알맞는 유일한 진정한 언어로서 그것은 무질서하고 투박한 실생활 속의 다양한 언어와 고풍스럽고 관습적인 고급의 문학장르 양자에 대해 대립하고 있는 것이다.

과거의 문예언어와 그 언어가 받쳐주고 있는 고급 시 장르에 대한 대립이라는 면모는 감상주의 소설 속에서 대단한 중요성을 지닌다. 감상주의는 실생활 속에서 발견되는 천하고 비속한 다양한 언어에도 적대적이지만(그것들은 감상주의에 의해 정돈되고 모양새를 갖추게 된다), 동시에 또한 문예언어에서 발견되는 겉만 고양된 거짓된 언어적 다양성에도 적대적이다.(그것은 감상주의적 담론에 의해 폭로되고 무력해진다.) 그러나 후자(문학적인 언어적 다양성)에 대한 이러한 적대적 지향성은 단지 논쟁적인 수준에 그친다. 대립의 대상이 되는 문체와 언어가 소설 속에 도입되지는 않고, 작품의 외부에 대화를 위한 배경으로만 남아 있는 것이다.

감상주의적 문체의 기본적 면모들은 추상적 전형의 창출로 이어지는 고도로 영웅주의적인 파토스에 대한 바로 이와같은 대립에 의해 결정된다. 고도의 세부적인 묘사라든가, 사소하고 부차적인 일상생활의 세부적 측면에 대한 묘사를 전면에 부각시키는 데 작용하는 '고의성' 그 자체, 대상 그 자체로부터 끌어낸 '직접적 인상'으로 자신을 제시하려는 '재현'의 경향, 그리고 마지막으로 영웅적 힘이 아닌 무력함과 약함에 의한 파토스의 산출이라든가, 한 인간의 개념적 지평이나 경험의 폭을 그와 가장 밀착된 소세계(그 자신의 방)에 고의로 한정시키려는 경향 등이 모두 문학적 문체에 대한 논쟁적 거부의 과정으로 설명될 수 있는 것이다.

그러나 감상주의는 하나의 관습을 대신하여 현실의 다른 측면들로부터 우리의 주의를 돌린다는 면에서 마찬가지로 추상적인 또다른 관습을 만들어낸다. 감상주의의 파토스에 의해 좋은 모양새를 갖추게 된, 즉 실생활의 투박한 담론을 대신하게 된 담론 또한 필연적으로 『돈 끼호떼』의 상황과 대화에 나타나는 바와 꼭같이 실생활 속의 언어적 다양성에 대한 절망적인 대화적 갈등이나 『아마디스』의 '모양새 좋은' 담론의 특징을 이루는 해소될 길 없는 대화적 오해로 끝나고 만다. 감상주의 소설에서 발생한 일면적 대화성은 소설 문체의 두번째 흐름에 속하는 소설들 속에서 보다 발전되는데, 이러한 소설들에서는 감상주의의 파토스가 여러 언어들 중의 한 언어로서 그리고 한 인간과 그의 세계를 둘러싸고 있는 다양한 언어들 사이에서 이루어지는 대화의 다양한 측면들 중의 한 측면으로서 패러디적 울림을 갖게 된다.[59)]

파토스를 노골적으로 표출하는 담론은 물론 바로끄 소설(영웅주의와 공포의 파토스를 가진)의 쇠퇴와 더불어, 혹은 감상주의(사실(私室) 속에서 경험하는 사적 감정)의 쇠퇴와 더불어 완전히 사라진 것은 아니었다. 그것은 작가의 의도를 굴절이나 매개 없이 직접적으로 표현하는 그런 종류의 담론, 즉 작가의 직접적 담론 일반의 기본적인 하위 범주들 중의 하나로서 계속해서 존재했다. 그러나 파토스를 직접적으로 표출하는 담론은 계속 존재하기는 하였지만 다시는 어떠한 중요한 소설 유형의 문체적 기초도 되지 못했다. 파토스를 노골적으로 표출하는 담론의 성격은 그 담론이 나타나는 장소가 어디이건 변화하지 않은 채 지속된다. 화자(작가)는 판관이나 설교가, 교사 따위의 관습적 자세를 취하거나 혹은 그의 담론이 스스로 어떠한 이념적 전제의 방해도 받지 않고 대상이나 삶으로부터 직접 이끌어낸 인상이라고 여기는 것에 기초해서

59) 이런 형상은 이런저런 장르적 형태를 취하는 가운데 필딩이라든가 스몰렛, 스턴 등에서 그리고 독일의 무조이스, 빌란트, 뮐러(Muller) 등에서 발견된다. 감상주의의 파토스(그리고 교훈적 태도)와 실제 경험 사이의 관계라는 측면에서 그 문제를 취급하는 방식에 있어서 이 모든 작가들은 『돈 끼호떼』의 본보기를 따르고 있는바 이 작품의 영향은 결정적으로 중요하다. 러시아의 경우에는 『예브게니 오네긴』 속에서 일어나는 다양한 언어 사이의 교향화에서 리차드슨식 언어(시골생활 시기의 따띠아나와 그녀의 어머니인 라리나 부인의 언어)가 담당하는 역할을 참조하라.

논쟁적 호소를 한다. 그리하여 가령 똘스또이의 소설에서는 작가의 직접적 담론이 논쟁적 극단과 무매개적 극단 사이를 오락가락하게 된다. 그의 담론은 어디에서나 대화적으로——논쟁적으로건 설교적으로 건——그 담론에 스며드는 언어적 다양성(문학적인 그리고 실생활 속에서의)에 의해 결정된다. 예컨대 직접적이고 '무매개적인' 묘사는 그의 작품 속에서 사실은 가령 코카서스인이나 전쟁, 군사적 무공, 심지어는 자연 그 자체에 대한 고도로 논쟁적인 탈영웅화임이 판명되는 것이다.

소설에는 어떠한 예술적 본질도 없다고 주장하는 사람, 소설적 담론은 의사(擬似)시적 형상들에 의해 피상적으로만 장식되었을 뿐인 일종의 수사적 담론에 불과하다고 보는 사람들은 대개 소설 문체의 첫번째 흐름에 속하는 소설들을 주로 염두에 두고 있는 것이다. 왜냐하면 표면적 수준에서는 그 소설들이 정말로 그러한 주장을 뒷받침하고 있는 것처럼 보이기 때문이다. 실제로 이 흐름의 극단적인 예들에서는 소설적 담론이 그 독특한 잠재력을 실현시키지 못한 채 종종(항상 그러한 것은 물론 아니지만) 공허한 수사나 거짓된 문학성으로 끝나버리는 것이 사실이다. 그러나 그럼에도 불구하고 첫번째 흐름에서조차도 소설적 담론은 아주 독특하며 수사나 시의 담론과는 근본적으로 구별된다. 그리고 소설적 담론의 이러한 독특함은 그것이 언어적 다양성과의 사이에 맺고 있는 근본적으로 대화적인 관계에 의해 결정된다. 진화의 과정을 밟아나가는 언어의 사회적 분화는 소설문체의 이러한 첫번째 흐름에서도 담론의 문체형성을 위한 토대가 된다. 소설의 언어는 그것을 둘러싸고 있는 언어들과 그것 사이에 이루어지는 끊임없는 대화적 상호관계 속에서 형성되는 것이다.

시 또한 분화된 것으로서의 언어, 끊임없는 이념적 진화의 과정에 있는 언어, 이미 '언어들'로 분열된 언어를 상대한다. 그리고 시 또한 자신의 언어가 다른 언어들, 즉 다양한 문학적·문학외적 언어로 둘러싸여 있음을 알고 있다. 그러나 시는 최대한의 순수성을 추구한다는 자신의 목표를 달성하기 위해 마치 스스로 단 하나의 유일한 언어라도 되는 것처럼, 즉 자신의 외부에 다양한 언어들이 존재하고 있지 않다는 듯이 행동한다. 시는 마치 자기 자신이 자신의 언어 영역의 중심부에 살고 있는 것처럼 행동하고 이 언어의 경계선을 향해 너무 가까이 다가가지 않으려 한다. 왜냐하면 그곳에서는 다양한 언어들과의 대화적 접촉이 불가피하기 때문이다. 그렇기 때문에 시는 가능한 한 자기 언어의 경계선 너머를 보려 하지 않는 것이다. 만일 언어적 위기의 시기 동안 시의 언어가 **변화**하는 경우가 발생하더라도 시는 즉각적으로 그 새로운 언어를 유일한 단 하나의 언어로 성화(聖化)하여 받아들인다. (이 경우 역시 이 새로운 언어 외에는 다른 어떠한 언어도 존재하지 않는 것으로 전제된다.)

소설 문체의 첫번째 흐름에 속하는 소설적 산문은 자기 언어의 경계선 바로 **위**에 서 있으며, 거기서 자신의 주위를 둘러싸고 있는 다양한 언어들과 암암리에 대화적 관련을 맺으면서 그 가장 본질적인 특징들에 공명하고 언어들간의 지속적 대화에 참여한다. 그것을 제대로 인식하려면 반드시 언어의 다양성이라는 배경을 상정해야 하는바, 이러한 종류의 산문이 갖는 예술적 의미는 언어적 다양성이라는 배경과의 대화적 관계 속에서만 밝혀질 수 있다. 이러한 담론은 언어적 다양성과 다중음성성에 의한 본질적 상대화를 겪은 바 있는 언어의식의 표현이다.

소설 속의 문예언어는 자기 내부에 이질적 언어들을 지각하기 위한 감각기관을 소유하고 있다. 즉자적(即自的)인 언어적 다양성이 소설 속에서 그리고 소설 덕분에 대자적(對自的)인 언어적 다양성으로 변모한다. 다양한 언어들이 서로 서로의 **내부에** 함축될 뿐 아니라, 서로 서로를 **위해서** (대화 속에서 주고받는 말과도 비슷하게) 존재하기 시작하는 것이다. 언어가 서로 상호 조명할 수 있게 된 것은 바로 소설 덕분이다. 문예언어는 소설 속에서, 서로를 알고 또한 이해하는 여러 언어들 사이의 대화로 변모했던 것이다.

소설문체의 두번째 흐름

첫번째 흐름에 속하는 소설들은 언어적 다양성에 위로부터 접근하며, 이는 마치 그 소설들이 언어적 다양성 위에 **내려앉는** 형국이다. (이와 관련해 감상주의 소설의 위치는 특별하다. 그것은 언어적 다양성과 고급

장르 사이의 중간 어디쯤에 위치하고 있는 것이다.) 반면에 두번째 흐름의 소설들은 아래로부터 언어적 다양성에 접근한다. 그것들은 가장 깊은 언어적 다양성의 바닥으로부터 가장 고급스런 문예언어의 영역으로까지 나아가 그곳을 점령한다. 그리고 둘 중 어느 경우에나 출발점은 언어적 다양성이 문학성에 대해 취하는 관점이다.

두 흐름 사이의 명료한 발생론적 차이를 논하기는 무척 어려운 일이다. 그들의 발생 초기에는 특히 그러하다. 운문으로 된 고대의 기사도 로맨스가 첫번째 흐름의 틀에 의해 완전히 이해될 수 없다는 사실은 이미 지적한 바 있다. 가령 엣셴바하의 『파르찌발』만 해도 이미 사실상 두번째 흐름의 소설에 속하는 훌륭한 예인 것이다.

그 이후의 유럽 산문의 역사에서 이중음성을 가진 담론은 고상한 기사도 로맨스의 본류에서 벗어나 고대에 그러했던 것처럼 부차적인 서사장르(우화나 소극(笑劇)을 비롯한 부차적인 패러디 장르)에서 발전되었다. 이러한 배경 속에서 이후에 두번째 유형에 속하게 되는 위대한 소설의 문체(다양한 뉘앙스와 강도를 가진, 즉 아이러니칼하거나 희극적이거나 서술적인 패러디적 담론의 문체)에 영향을 미치는 이중음성적 담론의 기본 유형들과 하위 장르들이 발달하게 되는 것이다.

바로 여기 부차적인 저급 장르나, 순회무대, 장날의 광장, 거리의 노래와 재담에서 언어의 형상을 구성하기 위한 장치, 특정한 유형의 화자의 모습과 담론을 연결시키기 위한 장치, 특정한 유형의 화자와 더불어 객관적으로 담론을 제시하되 모든 사람들에게 동일하게 받아들여지는 몰개성적 언어로서가 아니라 특정한 종류의 사람들에게 특징적이면서도 사회적으로도 전형적인 그런 담론, 가령 성직자나 기사, 혹은 상인이나 농부, 법률가 등의 언어로서 제시하기 위한 장치들이 소규모로나마 최초로 만들어졌던 것이다. 모든 담론에는 그것 자체를 자신의 것으로 아끼고 사랑하는 소유자가 있다. 모든 사람이 그 의미를 공유하는 말이나 '누구에게도 속하지 않은' 말이란 없다. 이 말은 풍자적이고 사실주의적인 민담이나 재담가에 의해 활용되는 저급한 패러디 장르에 내재되어 있는 '담론철학'이라고 불릴 만한 내용을 담고 있다. 더우기 이러한 장르들의 핵심에는 인간의 담론 그 자체에 대한 깊은 불신이 관통하고 있다. 우리가 어떤 단어의 의미를 이해하고자 할 때 중요한 것은 그 단어가 사물과 감정에 부여하는 직접적인 의미가 아니다. 이것은 그 단어의 거짓 전면(前面)이다. 중요한 것은 오히려 그 의미의 실질적인 그리고 항상 누군가의 이익에 봉사하는 **쓰임새**이고 화자의 직업적, 사회계층적 지위나 구체적 상황에 의해 결정되는 화자의 표현방식이다. **누가** 말하며 **어떤** 조건 하에서 말하는가, 이것이 그 단어의 실질적 의미를 결정하는 요인이다. 모든 직접적 의미와 직접적 표현은 그릇된 것이니, 특히 정서적 의미나 표현에 있어서는 더욱 그러하다.

바로 이 점이 모든 직접적 담론과 모든 직접적 진지성에 대한 근본적 회의, 거짓되지 않은 직접적인 담론이 존재할 가능성조차 거부할 정도의 회의가 가능한 근거이다. 이러한 회의는 특히 비용(Villon)이나, 라블레, 쏘렐, 스까롱 등의 작품에서 가장 깊이있는 표현을 얻었다. 또한 위와같은 사실은 유럽 소설(단지 소설에서만은 아니지만)의 역사에서 대단히 중요한 역할을 했던 새로운 대화적 범주로서, 파토스의 형태를 띤 속임수에 대한 효과적인 언어적 대응인 **유쾌한 속임수**라는 범주가 탄생하기 위한 근거이기도 했다. 모든 공인된 체계적 직업과 사회적 직단 및 계급의 언어에 축적되어 있는 **파토스의 거짓**에 대항하여 직접적 진실(파토스라는 점에서 동일하다)이 아닌 유쾌하고 지적인 기만이 제시되며 이것은 **거짓말장이**에 대항하는 거짓이기 때문에 정당한 것으로 인정된다. 사제와 수도승, 왕과 영주, 기사나 부유한 시민, 학자와 법률가의 언어, 즉 권력을 쥐고 있고 풍족한 생활을 하는 모든 사람들의 언어에 대항하여 유쾌한 **악한**의 언어가 제시된다. 그리하여 이 언어는 필요한 곳이라면 어디서든 어떠한 파토스라도 희화적으로 재생시키지만 이럴 경우 언제나 그 언어를 미소나 가식을 통해 '입으로부터 떼어냄으로써' 그 언어를 중립화하고 그것의 거짓됨을 조롱하며 그럼으로써 거짓말을 유쾌한 속임수로 바꾸어놓는다. 허위는 반어적 의식에 의해 조명되며 유쾌한 악한의 입을 통해 스스로를 패러디한다.

두번째 흐름에 속하는 위대한 소설들의 형태에 선행하면서 그 토대를 마련해주는 것으로 풍자적이고 패러디적인 짧은 이야기의 특징을 이루는 독특한 주기성(週期性)의 문제가 있다. 여기서는 그러한 소설적 산문 속의 주기성의 문제, 즉 그것과 서사시적 주기성의 사이에 존재하는 근본적인 차이라든지, 짧은 이야기의 다양한 유형들 및 유사한 다른 특징들을 논의할 겨를은 없다. 이 모든 문제는 문체론의 범위 밖에 존재한다.

악한의 형상과 더불어 (더러는 그와 혼합되어) **바보**의 형상이 등장한다. 이 바보는 실제 바보일 수도 있고 악한이 쓰는 가면일 수도 있다. 파토스를 이해하지 못하는, 혹은 왜곡된 방법으로 엉뚱하게 이해하는 바보의 순진함이 거짓된 파토스와 대비되는바, 이러한 순진함은 유쾌한 속임수와 더불어 파토스의 담론이 주장하는 고양된 현실에의 어떠한 요구도 '낯설게' 하는 효과를 가진다. 제대로 이해하지 못하는 어리석음(단순함, 순진함)을 통해 전통적인 파토스의 담론을 '낯설게' 만드는 이 산문적인 방법은 이후의 전체 소설사에서 대단한 중요성을 지닌다. 바보의 형상이나 악한의 형상이 이후의 소설적 산문의 발달과정에서 근본적인 조직적 기능을 상실하였음에도 불구하고 사회의 관습(그 관습성의 정도)을 **파악하지 못하거나** 사물과 사건에 대한 고상한 파토스로 가득한 명칭을 이해하지 못한다는 바로 그러한 측면은 거의 모든 곳에서 산문문체의 본질적 요소로 남게 된다. 산문작가는 세상을 이해하지 못하고 세상의 시적이거나 학문적이거나 기타 고상하고 중요한 레테르를 이해하지 못하는 **작중화자**의 말을 통해 세상을 묘사해주거나, 혹은 세상을 잘 모르는 **등장인물**을 도입하기도 하고, 경우에 따라서는 작가 자신의 직접적인 문체가 세상을 파악하는 관습적인 방식에 대한 고의적인 (논쟁을 위한) 몰이해를 담고 있기도 하다. (똘스또이가 이 마지막 경우에 해당한다.) 물론 위에 든 세 차원의 몰이해, 어리석음의 산문적 형태 모두를 동시에 사용하는 것도 가능하다.

이러한 무지는 때때로 작품을 구성하는 근본원리로서 기본적인 문체형성의 요인이 된다. (볼떼르의 『깡디드』(*Candide*)라든가, 스땅달, 똘스또이의 경우.) 그러나 세상의 관습적 의미의 파악에 나타나는 무지는 종종 특정한 언어나 삶의 특정한 측면에만 국한된다. 예컨대 이야기꾼으로서의 벨낀의 경우가 그러한데, 그의 문체의 산문적 성격은 그가 자신이 서술하는 사건의 이런저런 측면이 지닌 시적 무게를 이해하지 못한다는 것으로 나타난다. 그는 마치 모든 시적 잠재력과 시적 효과를 놓쳐버리는 것처럼 보인다. 모든 풍부한 시적 측면들을 그는 메마르고 간결한 문체로 열거한다.(의도적으로 그렇게 하는 것이다.) 그리네프(Grinev) 역시 바로 그러한 의미에서의 서투른 시인이다.(그가 서투른 시를 쓰는 것은 결코 우연이 아닌 것이다.) 막심 막시므이치의 작품인 『우리 시대의 영웅』에서 강조되는 것도 바로 그가 바이런적 언어와 바이런적 파토스에 대해 보이는 무지이다.

무지와 이해의 결합, 어리석음·단순함·순진함과 지적인 것의 결합은 소설적 산문에 광범위하게 퍼져 있는 대단히 전형적인 현상이다. 무지와 특정한 종류의 어리석음(의도적인 어리석음)이라는 측면은 정도의 차이는 있지만 거의 언제나 두번째 흐름의 소설적 산문의 결정적 요인이 된다고 말해도 좋을 것이다.

소설 속의 어리석음 혹은 무지는 항상 논쟁적이다. 그것은 자신이 논쟁을 통해 그 가면을 찢어내려고 하는 대상인 지성(고상한 거짓 지성)과 대화적으로 상호작용을 한다. 어리석음은 유쾌한 속임수 따위와 같은 다른 소설적 범주들처럼 대화적인 범주이며 소설적 담론 특유의 대화성에서 비롯되는 범주이다. 이러한 이유로 해서 소설 속에서는 어리석음이나 무지가 항상 언어와 말 그 자체 내에 함축되어 있다. 그 핵심에는 항상 다른 사람의 담론, 즉 세상을 파악하고 개념화하는 다른 사람들의 파토스로 채워진 거짓말에 대한 논쟁적 몰이해, 사물과 사건을 묘사하는 고상한 레테르를 단 일반적으로 받아들여지고 신성시되는 고질적인 거짓말들(시적 언어, 학문적·현학적 언어, 종교적·정치적·법률적 언어 등)에 대한 논쟁적 몰이해가 가로놓여 있다. 바로 이와같은 것이 다양한 소설적 대화의 상황이나 대화적 대립들, 즉 바보와 시인, 바보와 현학자인 학자, 바보와 도덕가, 바보와 사제, 바보와 성자, 바보와 판관, 바보와 정치가, 혹은 궁정이나 극장 혹은 학문적 회합 등에서 말을 알아듣지 못하는 바보 등으로 나타나는 대립의 원천이다. 이와같이 다양한 상황들은 『돈 끼호떼』에서 광범위하게 활용되고 있다.(특히 산초가 통치자 노릇을 하는 부분은 이와같이 다양한 대화적 상황의 창출을 위한 좋은 원천이 되고 있다.) 혹은 문체상으로는 크게 다르지만 이러한 상황의 활용은 똘스또이에게서도 발견된다. 전쟁터에서의 삐에르라든가 귀족원 선거와 시의회에서의 레빈, 그리고 꼬즈니셰프와 철학교수 사이의 대화나 경제학자와의 대화상황 속의 레빈, 법정이나 상원의회에서의 네흘류도프 등, 다양한 상황과 제도 속에서 그것을 이해하지 못하는 사람의 활용이 바로 그 예인데 이 모든 경우에 똘스또이는 과거로부터 전해 내려오는 유서깊은 소설적 상황을 재현하고 있는 것이다.

관습적인 파토스의 세계를 낯설게 할 목적으로 작가에 의해 도입되는 바보는 그 자신 하나의 바보로서 작가의 경멸의 대상이 될 수도 있다. 작가가 그러한 인물과의 완전한 유대를 표현할 필요는 없는 것이다. 이런 바보 같은 인물을 조롱하는 일이 더욱 중요한 것일 수도 있다. 그러나 작가는 어쨌든 이러한 바보를 필요로 한다. 이해하지 못하는 바로 이러한 존재가 있음으로써 작가가 사회적 관습의 세계를 낯설게 만들 수 있기 때문이다. 어리석음에 대한 묘사를 통해 소설은 산문적 지성과 산문적 지혜를 가르친다. 바보들을 통해 바보들과 세상을 봄으로써 소설가의 눈은 관습적인 파토스와 허위로 혼탁해진 세상에 대한 일종의 산문적 비전을 배운다. 일반적으로 받아들여지고 보편적인 것으로 보이는 언어들에 대한 몰이해는 소설가에게 언어를 그야말로 **대상**으로 인식하고 언어의 상대성을 알고 그것을 객관화하며 그 한계를 감지하도록 가르쳐준다. 요컨대 그것은 소설가로 하여금 사회적 언어들의 형상을 드러내고 구성하는 방법을 배우게 해주는 것이다.

여기서 소설의 역사적 발전과정에서 산출된 바보와 무지의 다양한 유형들을 다룰 생각은 없다. 소설이나 예술적 조류들은 저마다 어리석음이나 무지의 이런저런 측면들에 의해 특징지어질 것이며, 그러한 측면에 의존해서 자기 나름의 바보의 형상을 구축할 것이다.(낭만주의 문학의 아동 숭배라든가 장 파울의 기인(奇人) 등이 그 예이다). 어리석음과 무지에 수반되는 '낯설게' 하는 언어는 많고도 다양하다. 어리석음과 무지가 소설 전체에서 수행하는 기능 역시 많고도 다양하다. 어리석음과 무지 및 그와 연관된 문체론적·구성적 변형들에 대한 역사적 연구는 소설사의 기본적인 (그리고 매우 흥미로운) 과제이다.

산문은 고상한 파토스와 모든 종류의 진지성 및 관습성에 대해 두 가지 대응, 즉 악한의 유쾌한 속임수(이는 거짓말장이를 향한 거짓이기 때문에 정당화될 수 있다)와 어리석음(이 역시 거짓에 대한 몰이해이기 때문에 정당하다)을 제공한다. 그런데 이러한 악한과 바보의 사이에서 그 둘을 교묘하게 결합한 **광대**의 형상이 등장한다. 그는 언어들과 레테르들을 왜곡하고 교묘하게 피해나가기 위해 바보의 가면을 쓰는, 그리하여 그 언어들과 레테르들을 이해하지 못함으로써 그들의 정체를 폭로하는 악한이다. 광대는 문학작품에 등장하는 형상들 중에서 가장 오래된 것 중의 하나이며, 사회 속에서 그만이 독특하게 갖는 지위(광대로서의 그의 특권)에 의해 결정되는 광대의 말은 인간의 담론 중에서 가장 오래된 예술적 형태 중의 하나이다. 소설 속에서 광대가 갖는 문체론적 기능은 악한이나 바보의 경우와 마찬가지로 전적으로 그가 언어적 다양성(더 정확하게는 그 높은 층들)과의 사이에 맺는 관계에 의해 결정된다. 광대란 다른 경우라면 받아들여질 수 없는 언어로 말할 권리와 흔히 받아들여지는 언어를 악의적으로 왜곡할 권리를 가진 사람인 것이다.

이렇듯 고상한 언어를 풍자적으로 모방하는 악한의 유쾌한 속임수와 고상한 언어를 뒤집어버리는 광대의 악의적인 왜곡, 그리고 마지막으로 고상한 언어를 이해하지 못하는 바보의 순진한 몰이해 등 소설사의 여명기에 소설 속에서 언어적 다양성의 구성을 담당하였던 이 세 가지 대화적 범주는 근대에 악한과 광대와 바보를 상징적으로 표현하는 형상 속에 구현된 채 뚜렷한 윤곽을 가진 모습으로 대두한다. 이러한 범주들은 그 역사적 전개와 더불어 더욱 세련되어지고 분화되며 그들의 외면적인 상징적으로 고정된 형상에서 벗어나게 된다. 그러나 그럼에도 불구하고 소설문체의 구성에서 그들이 차지하는 중요성은 감소하지 않는다. 소설적 대화의 특성은 이러한 범주에 의해 결정된다. 왜냐하면 소설적 대화는 언제나 언어 내부의 대화적 본질에, 즉 다른 언어를 말하는 사람들은 서로 상대방을 이해할 수 없다는 사실에 깊이 뿌리박고 있는 것이기 때문이다. 반대로 극적 대화의 조직에 있어서는 이러한 범주들은 단지 부차적인 중요성만을 갖는다. 이러한 범주들에는 극적 해결의 능력이 없기 때문이다. 악한과 광대와 바보는 결코 해결이 있을 수 없는 일련의 에피소드와 모험의 주인공이며 또한 결코 해결될 수 없는 일련의 대화적 대립의 주인공이다. 그러한 형상의 주변에 형성되는 이야기의 산문적 주기성이 그래서 가능해진다. 그러나 똑같은 이유 때문에 극에서는 그러한 형상을 쓸 수 없다. 순수한 극은 단일한 언어, 즉 그 언어를 말하는 극중인물을 통해서만 개별화되는 언어를 가지려 한다. 극적 대화는 단일한 세계와 단일한 언어의 한계 내에 존재하는 개인들 사이의 충돌에 의해 결정된다.[60] 희극의 경우는 어느 정도 예외적이다. 그러나 그럼에도 불구하고 악한희극(picaresque comedy)이 악한소설이 성취한 수준에 훨씬 못미친다는 사실은 의미심장하다. 피가로(Figaro)라는 인물은 이러한 유형의 희극에 의해 산출된 유일하게 탁월한 인물이다.[61]

위에서 간략히 살펴본 세 가지 범주는 소설의 문체를 이해하는 데 대단히 중요하다. 악한과 광대와 바보는 근대 유럽소설의 요람 속에 등장하여 그 배내옷 사이에 그들의 방울 달린 모자를 남겨두었다. 이 세 가지 범주는 또한 산문정신의 선사시대적 뿌리를 이해하고 그것과 민간전승 사이의 연계를 파악하는 데도 마찬가지로 중요하다.

악한의 형상은 두번째 흐름에 속하는 최초의 주요한 소설 형태인 피카레스크적(악한적) 모험소설의 모습을 결정한다.

이 소설의 주인공과 그의 담론이 지니는 독특한 성격은 고상한 기사도 시험소설이라든가 비문학적인 수사적 장르(전기, 고백록, 설교 등)와 나중의 바로끄 소설을 배경으로 파악할 때에라야만 제대로 이해될 수 있다. 피카레스크 소설의 주인공과 그 특유의 담론이 갖는 근원적

60) 이것은 물론 극 장르의 이상적 원형인 순수 고전극을 전제로 해서 하는 이야기이다. 현대의 사실주의적 사회극이 언어적 다양성을 포함하고 있음은 두말할 여지도 없다.

61) 여기서는 희극이 소설에 미친 영향의 문제나 혹은 악한·광대·바보의 여러 변종에 미친 희극적 요소의 영향의 문제를 다루지는 않을 것이다. 이러한 변종들의 기원이 무엇이건간에 소설 속에서는 그 기능이 달라지며 소설적 상황 하에서는 이러한 형상 내부에 잠재해 있던 전적으로 새로운 가능성들이 펼쳐진다.

새로움과 개념적 깊이는 이러한 배경과 대조될 때에만 명확하게 그 윤곽이 드러날 수 있는 것이다.

유쾌한 속임수의 대행자인 그러한 소설의 주인공은 영웅적인 혹은 감상주의적인 모든 파토스의 반대편에 위치하는바, 그의 이러한 위치는 물론 의도적인 것이다. 그의 반(反)파토스적 성격은 전체 이야기의 분위기를 암시하는 우스꽝스러운 자기소개와 자기추천에서부터 피날레에 이르기까지 모든 곳에서 분명하다. 이 주인공은 시험소설 속에서 주인공 형상의 핵심을 이루던 기본적으로 수사적인 모든 범주들을 넘어선 곳에 있다. 그는 모든 판단, 모든 방어와 비난, 모든 자기합리화나 후회를 넘어선 곳에 있는 것이다. 근본적으로 새로운 어조, 파토스로 가득찬 어떠한 진지성과도 판이한 어조가 여기서 인간들에 대한 담론에 주어지는 것이다.

앞서도 이야기했듯이 시험소설 속의 주인공의 형상이나 대부분의 수사적 장르에 등장하는 인간들의 형상은 전적으로 파토스로 가득찬 범주들에 의해서 결정된다. 전기에서라면 찬양과 옹호가, 자서전에서라면 자화자찬과 자기합리화가, 고백록이라면 회한이, 법률적·정치적 수사에서라면 방어와 비난이, 수사적 풍자라면 파토스로 가득찬 폭로가 주인공이나 인물들의 형상을 결정하는 것이다. 주인공의 옹호, 주인공의 변명, 주인공의 찬양 혹은 (반대로) 주인공에 대한 비난이나 폭로 등이 그의 형상을 구성하는 방식, 즉 그의 특징들을 선택하고 그것들을 서로 연관시키는 방식이라든가 주인공의 형상을 행위나 사건과 관련시키는 방식을 결정하는 유일한 수단이다. 주인공에 대한 이러한 개념들의 핵심에는 인간에 대한 규범적이고 정태적인 관념이 자리잡고 있다. 그것은 인간이란 본질적으로 형성되는 존재라는 사실에 대한 어떠한 암시도——그것이 아무리 미미한 것이라 할지라도——배제하는 개념이다. 따라서 주인공은 **전적으로** 긍정적이거나 **전적으로** 부정적인 존재로만 평가된다. 수사적이고 법률적인 범주들이 궤변소설과 고대의 전기와 자서전, 그리고 후에는 기사도 로맨스와 시험소설 및 그와 유사한 수사적 장르에서의 주인공들에게서 발견되는 인간개념을 지배한다. 한 인간의 통일성과 그의 행동(행위)의 일관성은 수사적이고 법률적인 성격을 지닌 것이며 그렇기 때문에 인성에 대한 이후의 심리학적 개념에 비추어볼 때 그것은 피상적이고 순전히 형식적인 것처럼 보인다. 궤변소설이 수사학자의 법률적·정치적 실제 삶과는 아무런 연관도 가지지 못한 채 법에 대한 유토피아적 환상으로부터 비롯되었다는 점은 결코 우연이 아니다. '죄'라든지 '미덕', '무공', '정치적 정직성' 등에 대한 수사학적 분석과 묘사가 소설 속의 인간행위에 대한 분석과 묘사를 위한 구도를 제공했다. 이 구도가 행위의 통일성과 그 범주적 자격을 규정한다. 이러한 구도들은 또한 인성 묘사의 핵심에도 관여하였다. 모험과 연애, 그리고 (원초적인) 심리학적 제재들은 이미 그러한 수사적이고 법률적인 핵의 주위에 모여들고 있었다.

인간의 품성과 그 행동이 지니는 통일성에 대한 이와같은 외면적인 수사적 접근 외에도 인간과 그 행위의 형상을 구성하는 **자체적** 구도를 가지고 자아에 대해 고백적이고 '참회적'으로 접근하는 방식 또한 (아우구스티누스 시대 이래로) 존재했던 것이 사실이다. 그러나 인간의 내면에 대한 이러한 고백적 관념(그리고 그에 상응하는 인간형상의 구성)은 기사도 로맨스나 바로끄 소설에 별다른 영향을 주지 못했다. 그것이 중요해진 것은 현대에 이르러서였던 것이다.

그러한 배경에 대항해 최초로, 그리고 가장 선명하게 대두하였던 것이 피카레스크 소설에 의한 부정(否定)의 작업, 즉 인성과 행위와 사건의 수사학적 통일성을 파괴하는 작업이었다. '피카로(악한)'는 누구인가? 라자릴료와 질 블라와 그외의 다른 인물들은 어떤 사람들인가? 범죄자인가, 정직한 사람인가? 악한 자인가, 선한 자인가? 겁장이인가, 용감한 자인가? 그의 됨됨이를 만들고 규정하는 미덕이니 범죄니 무공이니에 대해 이야기하는 것이 가능하기라도 한 것인가? 그는 방어와 비난, 찬양과 폭로를 넘어선 곳에 있으며, 후회도 자기합리화도 알지 못하고, 어떤 규범이나 요건이나 이상에도 얽매이지 않는다. 수사학적 통일성을 상정하는 인성개념에 비추어본다면 그는 한 덩어리도 아니고 일관되지도 못하다. 말하자면 인간은 여기에서 그러한 관습적 통일성의 모든 굴레로부터 해방되며, 그것에 의해 규정되지도 파악되지도 않는다. 오히려 인간은 심지어 그 통일성들을 비웃을 수조차 있다.

인간과 그의 행동, 그리고 어떤 사건과 그 사건에 참여하는 사람들 사이의 모든 낡은 연결고리가 끊어진다. 이제 인간과 그가 차지하고 있는 외적인 입지, 즉 지위나 공적, 가치, 사회계급 등의 사이에는 첨예한 간극이 생겨난다. 인간이 그렇게 엄숙하고도 위선적으로 스스로를 치장하던 모든 종교적·세속적 지위와 상징은 악한 앞에서는 가면으로, 가장무도회의 의상으로, 그리고 익살로 바뀌어버린다. 이 모든 고상한 상징과 지위의 해체와 재형성 및 근본적 재강조는 유쾌한 속임수의 분위기 속에서 발생한다.

특정한 직업과 연관된 고상한 언어 또한 우리가 이미 지적한 것과 마찬가지로 근본적 재강조의 과정에 종속된다.

소설의 담론은 그 주인공과 마찬가지로 여러 '강조'체계 중의 어느 하나에 자신을 구속시키지 않는다. 그것은 단 하나의 가치체계 및 강조체계에 자신을 종속시키지는 않는 것이다. 소설적 담론은 패러디나 조롱을 하지 않는 경우에는 전적으로 강세가 없는 메마른 사실전달적 담론이라는 인상을 주고자 한다.

시험과 유혹의 소설의 주인공과는 정반대로 피카레스크 소설의 주인공은 어느 것에 대해서도 충실하지 않고 모두 배반하지만 그러나 그는 그럼에도 불구하고 자기 자신, 즉 파토스를 경멸하며 회의로 가득차 있는 자신의 성향에는 충실하다. 인간성에 대한 새로운 개념이 결실을 보게 되는바, 그것은 수사적이지도 고백적이지도 않으며, 계속해서 자기 자신의 담론을 더듬어 찾으면서 그것을 위한 발판을 마련한다. 피카레스크 소설은 아직은 그 자신의 의도들을 말 그대로 교향시키지는 않는다. 그러나 그것은 이전에 자신을 억압했던 무거운 파토스와 모든 죽어버린 강조와 거짓된 강조로부터 담론을 해방시켜서 담론의 무게를 덜어주고 어느 정도는 담론을 비워줌으로써 그같은 교향화를 위한 필수적 준비를 해나간다. 바로 여기에 그것이 풍자적 피카레스크 단편이나 패러디적 피카레스크 단편, 패러디적 서사시, 그리고 광대와 바보의 형상을 중심으로 형성된 유사한 계열의 단편들과 공유하는 이 유형 특유의 중요성이 있다.

이 모든 것들이 가령 『돈 끼호떼』 같은 두번째 흐름에 속하는 소설의 위대한 본보기를 위한 길을 준비했다. 이러한 위대한 맹아적 작품들 속에서 소설 장르는 그 참다운 모습을 갖추게 되며 그 잠재력을 충분히 발휘하게 된다. 그러한 작품들 속에서 진정으로 이중음성적인 소설적 형상이 완전히 성숙하게 되어 이제는 시적 상징과는 근본적으로 다른 모습, 즉 그것이 궁극적으로 갖추게 될 독특한 모습을 형성하게 된다. 피카레스크적 산문이나 희극적 패러디의 산문 속에서, 유쾌한 해방적 속임수의 분위기 속에서 거짓된 파토스로 인해 왜곡된 얼굴이 엉터리로 '예술적인' 반(半) 가면으로 전화되는 것이라면 이러한 작품들, 즉 두번째 흐름의 위대한 소설 속에서는 이 반가면이 얼굴 그 자체의 진정한 산문적 형상으로 대체되는 것이다. 언어는 이제 더 이상 순전히 논쟁적이거나 자기목적적인 패러디의 단순한 대상은 아니다. 언어들은 그 패러디적 색채를 완전히 잃지는 않으면서도 그것 자체로 독자적인 가치를 지니는 예술적 재현의 기능을 갖기 시작한다. 소설은 다른 언어들과 수법들과 장르들을 이용하기 시작한다. 소설은 이미 낡고 폐물이 된, 사회·이념적으로 낯선 모든 세계들로 하여금 자신의 언어, 자신의 문체로 자신에 대해서 이야기하도록 강제한다. 그러나 작가는 이 모든 언어 위에 자신의 의도와 강조로 이루어진 상부구조를 세우며, 이 상부구조는 다시 이 언어들과 대화적 상호관련을 갖는다. 작가는 다른 사람의 언어가 지닌 자율성이나 개성에 손상을 가하지 않은 채 다른 사람의 언어형상 속에 자신의 생각을 집어넣는다. 자신과 자신이 살고 있는 세상에 대한 주인공의 담론은 그와 그의 세상에 대한 작가의 담론과 유기적으로 결합된다. 이와같이 하나의 담론에 두 가지 관점과 두 가지 의도와 두 가지 표현을 내적으로 결합시킴으로써 그러한 담론의 패러디적 본질은 독특한 성격을 띠게 된다. 패러디의 대상이 되는 언어는 다른 언어의 패러디하려는 의도에 대해 살아있는 대화적 저항을 한다. 그리하여 끝이 없는 대화가 언어형상 내에서 시작된다. 그리고 이 형상은 세계들과 관점들과 강조들 사이의 개방적이고 생생한 상호작용이 된다. 이러한 것은 그 언어형상을 재강조하고 그 형상 내부의 논쟁에 대해 다양한 태도를 채택하며 이 논쟁 속에서 다양한 입장을 취하고, 결과적으로 형상 자체에 대한 해석을 다양하게 하는 것을 가능하게 해준다. 형상은 상징처럼 다의적이 된다. 이렇게 해서 시대마다 다른 삶을 사는 불멸의 소설적 형상이 창조되는 것이다. 돈 끼호떼의 형상이 바로 그렇게 이후의 소설사에서 다양한 방식으로 재강조되고 재해석되어왔다. 이러한 재강조와 해석이 그 형상의 필연적인 유기적인 발전으로서, 그 속에 깊이 새겨진 끝이 없는 논쟁의 지속이었던 것이다.

그러한 형상의 내적 대화성은 두번째 흐름에 속하는 소설의 고전적 모범 속에 등장하는 다양한 언어에 일반적으로 내재해 있는 대화적 성격과 연결되어 있다. 그러한 형상들 속에서 다양한 언어들의 대화적 본질이 드러나고 실현된다. 언어들이 서로 긴밀히 연관되고 서로 상대방에게 생명을 부여한다.[62] 모든 기본적인 작가의 의도들은 주어진 시기에 활용가능한 다양한 언어를 통해 이런저런 각도로 굴절되어 교향된다. 작가의 직접적인 담론에서는 단지 부차적이고 순전히 정보전달적인 '무대지시어'적 양상만이 나타난다. 소설의 언어는 예술적으로 조직된 언어들의 체계가 된다.

첫번째 흐름과 두번째 흐름 사이의 이러한 차이점들에 관한 논의를 심화시키고 세련되게 하기 위해서 이제 그 둘이 언어적 다양성에 대해 가지는 상이한 관계를 부각시켜주는 두 가지 측면을 잠시 살펴보기로 하자.

언어적 다양성의 소우주

첫번째 흐름의 소설들은 앞서도 살펴본 것처럼 일상생활에서 끌어온 많은 서로 다른 반(半) 문학적 장르들을 자신의 내부에 통합시켜서 그들이 지니고 있는 투박한 언어적 다양성을 제거하고 모든 곳에서 그것을 단일한 형상을 표현하는 '고상한' 언어로 바꾼다. 이 계열의 소설은 언어의 백과사전이라기보다는 장르의 백과사전이다. 이 모든 장르들이 자신들을 대화화하는 언어적 다양성을 배경으로 제시되며, 그 과정에서 그

62) 첫번째 흐름의 품위있는 언어에 잠재해 있는 대화성, 즉 그것과 투박한 언어적 다양성과의 사이에 벌어지는 논쟁적 관계가 실재화되는 것이 바로 여기에서라는 점에 대해서는 앞서 이미 이야기한 바 있다.

장르들 자신이 논쟁적으로 거부되거나 순화되는 것은 사실이지만, 그러나 그럼에도 불구하고 다양한 언어의 배경 그 자체는 계속해서 소설의 바깥쪽에 남아 있게 된다.

소설 문체의 두번째 흐름에서도 우리는 (비록 똑같은 정도로는 아니지만) 장르의 백과사전을 지향하는 동일한 경향을 볼 수 있다. 이 점에 대해서는 통합된 장르들이 그렇게도 풍부한 『돈 끼호떼』를 언급하는 것만으로도 충분하다. 그러나 두번째 흐름의 소설들에서는 통합된 장르들의 기능에 큰 변화가 생긴다. 그 장르들은 언어의 다양성, 즉 한 시대의 수많은 다양한 언어들을 소설 속에 도입한다고 하는 기본적인 목적에 봉사한다. 비문학적 장르들(예를 들면 일상적 장르들)이 소설 속에 도입되는 것은 그들을 '고상하게' 하고 그들에게 '문학성'을 부여하기 위해서가 아니라 그들의 비문학성 그 자체를 위해서, 즉 비문학적 언어를 (혹은 심지어 방언까지도) 소설 속에 도입시켜 줄 가능성을 위해서인 것이다. 소설 속에서 묘사되어야 하는 것은 바로 이와 같은 한 시대의 언어적 다양성 그 자체이다.

두번째 흐름에 속하는 소설 속에서 다음과 같은 요건이 등장하였는바, 그것은 후에 종종 다른 서사장르와는 구별되는 소설장르 특유의 구성적 특징으로 환영받기도 하였는데 이는 보통 '소설은 한 시대를 충분하고 포괄적으로 반영하는 것이어야 한다'는 말로 정식화된다.

이 임무는 조금 다른 방식으로 정식화되어야 옳다. 즉 '소설은 한 시대의 모든 사회·이념적 음성들, 곧 한 시대의 모든 중요한 언어들을 묘사하는 것이어야 한다. 소설은 다양한 언어들의 소우주가 되어야만 하는 것이다'라고.

이러한 방식으로 정식화된다면 이 요건은 사실상 『돈 끼호떼』와 더불어 시작되는 가장 중요한 대부분의 근대 소설유형의 창조적 발전을 유발했던 바로 그 소설개념과 관련해 새로운 중요성을 띠게 된다. 여기서는 자기 자신의 선택에 기초한 한 인간의 형성과 발전이라는 개념 그 자체가 자신의 시험과 선택의 결과인 주인공의 형성이 이루어지는 배경인 한 시대의 사회적 세계들과 음성들과 언어들을 풍부하고 완전하게 묘사할 것을 요구하기 때문이다. 그러나 이렇게 풍부한(거의 전체라 해도 좋을) 사회적 언어들의 공급을 반드시 필요로 하는 것이 성장소설만이 아님은 물론이다. 이 요구는 또한 극도로 다양한 비전들과도 유기적으로 결합될 수 있다. 예컨대 위젠느 쒸의 소설은 가능한 한 완벽하게 모든 사회적 세계들을 묘사하려 한다.

자기 시대의 사회적 언어들을 가능한 한 풍부히 담아달라는 소설적 요구의 핵심에는 소설적인 언어적 다양성의 본질에 대한 정확한 인식이 자리잡고 있다. 어떤 언어의 개성이 뚜렷이 부각되는 것은 그 언어가 다른 언어들과 관련을 맺으면서 그것들과 함께 다양성 속의 통일을 이루고 있는 언어의 사회적 형성과정 속에 참여할 때뿐이다. 소설 속의 모든 언어는 하나의 관점이며 실재하는 사회집단과 그 집단의 구체화된 전형들이 가지고 있는 사회·이념적 개념체계이다. 언어가 독특한 사회·이념적 체계로 인식되지 않는 한 그것은 교향화의 재료가 될 수 없으며 언어의 형상도 될 수가 없다. 더불어 소설의 본질을 이루는 어떠한 세계관도 구체적인, 즉 사회적으로 구체화된 관점이어야지 추상적이고 순수한 의미론적 입장이어서는 안된다. 따라서 그것은 자신과 유기적으로 결합하고 있는 자기 자신의 언어를 가져야 한다. 소설은 추상적인 의미상의 차이에 기반을 두어서도 단순한 이야기의 충돌에 기반을 두어서도 안되며 구체적인 사회언어의 다양함을 기반으로 해야 한다. 그러므로 소설이 추구하는 구체화된 관점의 풍부함도 모든 가능한 관점을 논리적, 체계적, 의미론적으로 포괄하는 것과는 다르다. 그것은 주어진 시대에 이루어지는 언어들간의 상호작용에 참여하면서 단일하게 전개되는 모순적 통일체에 속하는 실질적인 사회·역사적 언어들의 역사적이고 구체적인 풍부함이다. 같은 시대의 다른 언어들과의 사이에 이룩되는 대화적 상호작용을 배경으로 하고 그 언어들과의 직접적인 대화를 통한 직접적인 대화적 상호관계를 가지는 가운데 각 언어는 (다른 언어와는 무관하게) 그 '자체'의 소리를 낼 때와는 다른 소리를 내기 시작한다. 개별 언어들과 그들의 역할 및 실질적인 역사적 의미는 한 시대의 다양한 언어가 이룩하는 총체성 내에서만 충분히 드러나는바, 이는 대화를 할 때 개인들이 주고받는 말의 확실한 궁극적 의미가 그 대화가 완료되고 모든 사람이 각자 할말을 하고 난 뒤에라야, 즉 완결된 전체 대화의 맥락 속에서만 드러나는 것과 마찬가지이다. 그리하여 돈 끼호떼의 입을 빈 『아마디스』의 언어는 세르반떼스 시대의 언어들 전체가 이룩하는 대화 내에서만 그 실체를 드러내며 그 역사적 의미의 복잡한 갈래를 충분히 드러낸다.

첫번째 흐름과 두번째 흐름의 발전상에 나타나는 차이점을 해명해주는 두번째 측면으로 넘어가보자.

'문학성'에 대한 평형추로서, 두번째 흐름의 소설은 문학적 담론 그 자체에 대한, 그리고 무엇보다도 소설적 담론에 대한 비판을 전면에 부각시켰다. 이러한 **담론의 자기비판**은 장르로서의 소설을 다른 장르들과 구별지어주는 기본적인 특징 중의 하나이다. 담론은 그것과 현실 사이의 상호관계, 즉 현실을 충실히 반영하려 하거나 그것을 관리하고 옮겨놓으려는 시도(담론의 유토피아적 지향성)와 심지어는 현실을 다른 것으로 대체하려는 시도(꿈과 환상에 의한 현실의 대체)라는 측면에서 비판의 대상이 된다. 이미 『돈 끼호떼』에서 우리는 삶과 현실에 의해 시험되는 문학적·소설적 담론을 볼 수 있다. 그리고 보다 발전된 단계에 도달한 두번째 흐름의 소설은 대부분 문학적 담론을 시험하는 소설로 남는다. 그러한 시험은 두 가지 유형으로 나뉘어진다.

첫번째 유형은 주인공, 즉 문학의 눈을 통해 삶을 바라보고 '문학에 따라' 살려고 노력하는 '문학적 인간'을 둘러싼 문학적 담론에 대한 비판과 시험에 집중된다. 『돈 끼호떼』나 『보바리 부인』은 이 유형에 속하는 가장 잘 알려진 본보기이다. '문학적 인간'과 그와 연결된 문학적 담론에 대한 시험은 대부분의 모든 주요 소설들에서 발견되는데(정도의 차이는 있지만 발자끄, 도스또예프스끼, 뚜르게네프 등의 작중인물들이 이에 속한다), 그것들은 소설 전체에서 이런 특징들이 갖는 상대적 비중에 있어서만 서로 차이가 있다.

시험의 두번째 유형은 소설을 쓰고 있는 작가를 도입하는데 이 경우 작가는 등장인물의 자격으로 도입되는 것이 아니라 그 작품의 진짜 작가로서 도입된다. (형식주의자의 용어로는 '장치의 드러냄'이다.) 여기에는 명백한 소설과 더불어 '소설에 관한 소설'의 편린들이 있다. (그 가장 고전적인 본보기는 물론 『트리스트람 샌디』이다.)

나아가 문학적 담론을 시험하는 이 두 가지 유형 모두가 하나로 혼합되는 경우도 생긴다. 그리하여 이미 『돈 끼호떼』에서 소설에 관한 소설의 요소가 나타난다. (계획된 제 2 부의 저자에 대한 저자의 논쟁.) 그리고 문학적 담론을 시험하는 형태들은 매우 다양하다(두번째 유형의 변형물이 특히 많다.) 마지막으로 우리는 문학적 담론들이 패러디되는 정도가 아주 다양하다는 사실을 특별히 강조해야겠다. 일반적으로 담론에 대한 시험은 그것에 대한 패러디와 연관되어 있다. 그러나 패러디의 대상이 되는 담론의 대화적 저항의 정도와 더불어 패러디의 정도도 외면적이고 조야한 형태의 문학적 패러디(여기서는 패러디 그 자체만이 목적이다)로부터 패러디의 대상이 되는 담론에 대한 거의 완벽한 유대('낭만적 아이러니')에 이르기까지 아주 다양하다. 이 두 극단의 중간에, 즉 문학적 패러디와 '낭만적 아이러니' 사이의 어딘가에 철저하되 교묘하게 균형잡힌 대화성으로 이루어진 패러디적 담론을 가진 『돈 끼호떼』가 속한다. 하나의 예외로서, 소설 속에서 문학적 담론에 대한 시험을 함에 있어 이러한 패러디적 의도가 전적으로 결여되어 있는 경우도 발견된다. 이에 대한 흥미로운 최근의 본보기가 미하일 쁘리쉬빈(Mikhail Prishvin: 1873～1954, 러시아의 독창적인 문장가. 예리하고 감성적인 단편을 많이 썼다—역주)의 『두루미의 고향』(*Zuravlinaja rodina*, 1905, 프리쉬빈의 원시적 자연에 대한 예찬을 주제로 한 일련의 작품 중 하나—역주)이다. 이 소설에서는 문학적 담론에 대한 자기비판——소설에 관한 소설——이 창작의 과정 그 자체라는 주제에 대한 패러디와는 무관한 철학적 소설로 발전한다.

이렇게 첫번째 흐름의 특징인 문학성의 범주는 두번째 흐름의 소설에서 자신이 실제 생활을 주도한다고 하는 독단적 주장과 더불어 소설적 담론 자신에 의한 자기비판과 시험에 의해 대체된다.

19 세기의 초엽에 이르면 소설 문체의 두 가지 흐름 사이에 존재하던 이와같은 첨예한 대립은 종말을 고한다. 한편으로 『아마디스』와 다른 한편으로 『가르강뛰아와 빵따그뤼엘』(*Gargantua and Pantagruel*)과 『돈 끼호떼』 사이의 대립이, 한편으로 고상한 바로끄 소설과 다른 한편으로 『짐

플리씨시무스』(*Simplicissimus*)와 쏘렐과 스까롱의 작품들 사이의 대립이, 한편으로 기사도 로맨스와 다른 한편으로 패러디적 서사시와 풍자적 단편과 피카레스크 소설 사이의 대립이, 끝으로 루쏘, 리차드슨과 필딩, 스턴, 장 파울 사이의 대립 등이 끝났던 것이다. 물론 오늘에 이르기까지 다소 순수한 두 흐름의 발전경로를 추적하는 것이 가능하기는 하지만 이것은 현대 소설의 주류와는 거리가 멀다. 19세기와 20세기에 발표되었으면서 다소라도 중요성을 지닌 어떠한 소설도 비록 두번째 흐름이 지배적이라고는 하지만 전체적으로는 혼합적 성격을 가진다. 첫번째 흐름의 측면이 상대적으로 강한 19세기의 순수한 시험소설에서조차 두번째 흐름이 문체론적으로 지배적이라는 사실은 특기할 만하다. 19세기에 이르러서 두번째 흐름의 두드러진 특징이 소설장르 전체의 기본적인 구성적 특징이 된다고까지 말할 수 있을 정도이다. 소설적 담론이 자기 특유의 모든 특수한 문체론적 잠재력을 발전시킨 것이 바로 두번째 흐름에서였던 것이다. 두번째 흐름은 장르로서의 소설에 깊이 묻혀 있던 모든 가능성들을 결정적으로 열어주었다. 그 속에서 소설은 소설 그 자체가 되었다.

소설 문체의 두번째 흐름에서 소설적 담론의 사회적 전제는 무엇인가? 그것은 언어들간의 상호작용과 상호조명을 위한 최적의 조건, 즉 '즉자적' 상태(언어들이 서로 상대방을 인식하지 못하고 무시하는 상태)의 언어적 다양성을 '대자적' 상태(다양한 언어들이 서로 상대방의 존재를 드러내주고, 서로에 대해 대화적 배경의 구실을 하는 상태)의 언어적 다양성으로 전환시키기 위한 최적의 조건이 존재하던 시기에 형성되었다. 다양한 언어들은 각자 자기 나름의 방식으로 세계의 편린들과 구석구석을 반영하면서 서로 마주보고 있는 거울들처럼 우리로 하여금 그들이 상호조명하면서 반영하고 있는 부분적 측면들의 배후에서, 단일한 언어, 단일한 거울에 포착되는 것보다 더욱 많은 다양한 지평을 가진 세계를 짐작하고 파악하도록 요구한다.

중세의 언어·이념적 집중화에 대한 파괴의 작업을 수행한 르네쌍스와 종교개혁의 시대는 거대한 천문학적, 수학적, 지리적 발견의 시대로서 낡은 지리적 세계의 한계를 이동시키고 낡은 우주의 완결성과 폐쇄성, 수학적인 수량적 완결성을 파괴한 시대였다. 시대의 성격이 이러했던 까닭에 두번째 흐름 특유의 소설적 담론에 구현된 그러한 유형의 갈릴레오적 언어의식만이 이 시대의 요구를 제대로 충족시킬 수 있었던 것이다.

문체론의 방법론

이 글을 마치면서 방법론에 관하여 몇마디 언급하고자 한다.

전통적인 문체론은 오직 프톨레마이오스적인 언어의식만을 인정하기 때문에 소설적 산문 고유의 특성에 직면할 때는 무력해지고 만다. 전통적인 문체론의 범주들이 언어의 통일성, 즉 언어가 시종일관 아무것으로도 매개되지 않은 채 직접 작가의 의도를 표현하는 것이라는 선제에 의존하고 있기 때문이다. 그리하여 타인의 담론, 즉 타인의 담론을 통한 간접적이고 '제한적인' 화법의 양식이 문체를 형성하는 데 있어서 매우 중요하다는 사실은 간과되어왔다. 그리고 이로 인해서 문체의 측면에서 소설적 산문을 분석하는 대신에 어떤 작품, 혹은 (더 나쁘게는) 어떤 작가의 언어를 언어학적인 관점에서 대체로 중립적으로 묘사하는 상황이 연출되어온 것이다.

그러나 언어에 대한 그와같은 묘사만으로는 소설의 문체를 이해할 수 없다. 더구나 그러한 묘사는 언어에 대한 일반적인 언어학적 묘사가 흔히 그러하듯이 방법론적으로 잘못된 것이다. 왜냐하면 소설 속에는 어떠한 단일한 언어도 존재하지 **않기** 때문이다. 소설 속에는 오히려 언어**들**이 있으며, 이것들은 언어학적 통일성과는 전적으로 구별되는 순전한 **문체상의** 통일성 속에서 서로서로와 연결되어 있다. (이는 상이한 방언들이 함께 모여서 어떤 새로운 방언학적 통일체를 형성할 때와도 같은 상황이다.)

두번째 흐름에 속하는 소설들의 언어는 언어들의 혼합을 통해 발생학적으로 형성된 하나의 언어가 아니라 이미 누차 강조했듯이 동일 평면에 놓여 있지 않은 여러 언어들로 이루어진 독특한 예술적 체계이다. 등장인물들의 말이나 삽입된 장르들을 배제하고 작가의 언어 그 자체만을 본다 하더라도 그것은 여전히 여러 언어들로 이루어진 문체적 체계이다. 작가의 말은 상당 부분이 타인들의 언어로부터 그들의 문체를(직접적으로든 패러디나 아이러니를 사용해서든) 취함으로써 이루어진다. 그리고 이러한 작가의 문체적 체계는 인용부호 속에는 들어 있지 않은 타인의 어휘들, 즉 형식상으로는 작가의 말에 속하지만 아이러니칼하거나 패러디적이거나 논쟁적인 억양, 혹은 그 외에 이전부터 존재했던 어떤 '제한'이 가해진 억양에 의해 작가의 입으로부터 분명한 거리를 두고 있는 어휘들로 점철되어 있다. 작가와의 사이에 이렇게 어느 정도 거리를 둔 채 교향하는 담론들 모두를 어떤 작가의 일원적 어휘라고 분류하거나, 이렇게 서로 상호공명하는 말들과 형식들이 지닌 의미론 및 구문론적 측면에서의 특징들을 그 작가 특유의 의미론 및 구문론 속에 포함시키는 것, 다시 말해서 모든 것을 어떤 작가의 단일한 언어체계에 속하는 언어학적 특징으로 파악하고 설명하는 것은 등장인물들을 생생하게 표현하기 위해 작가가 일부러 채택한 문법적 오류들을 가지고 작가를 나무라는 것만큼이나 터무니없는 일이다. 물론 이렇게 거리를 둔 채 서로 공명하는 언어의 모든 요소들 속에는 작가 특유의 강조체계가 관여하고 있으며, 이 모든 요소들이 최종적으로는 작가의 예술적 의지에 의해 결정되는 것이 사실이다.(그것들은 전적으로 작가의 예술적 책임하에 놓여 있다.) 그러나 그것들이 작가의 **언어**에 속하는 것은 아니며 또한 동일한 차원에 놓여 있는 것도 아니다. 방법론적 관점에서 보자면 '소설의 **언어**'를 묘사한다는 것은 도무지 말이 되지 않는다. 그러한 묘사의 대상이 되어야 하는 단일한 소설의 언어라는 것이 도대체 존재하고 있지 않기 때문이다.

소설에 존재하고 있는 것은 언어들의 예술적 **체계**, 혹은 보다 정확히 이야기해서 언어들의 **형상들**의 체계이다. 그리고 문체 분석의 진정한 임무는 소설을 구성하면서 서로 공명하고 있는 모든 언어들을 드러내고 각각의 언어와 작품 전체의 궁극적인 의미론적 심급(審級, instance) 사이의 거리의 정도 및 그 각각의 언어가 지니는 의도들이 작품 내에서 굴절하는 각도를 파악하고 그 언어들의 대화적 상호관계를 이해하며 최종적으로는——이는 직접적인 작가의 담론이 **있을** 경우에만 해당되지만——

담론을 대화화하는, 작품 외부의 다양한 언어적 배경을 밝혀내는 것에 있다. (첫번째 흐름에 속하는 소설들의 경우에는 이 마지막 작업이 가장 중요하다.)

이러한 문체론상의 임무들을 해결하기 위해서는 우선 무엇보다도 어떤 소설에 대한 심오한 예술적, 이념적 통찰이 필요하다.[63] 오직 그러한 통찰(이는 물론 사실에 대한 지식에 입각한 통찰이어야 한다)에 의해서만 작품 전체의 예술적 의미를 파악할 수 있으며, 그러한 예술적 의미로부터 출발하여 언어의 개별적 측면들과 작품의 궁극적인 의미론적 심급 사이의 가장 미세한 거리상의 차이라든가 작가의 강조방식에 존재하는 가장 미묘한 뉘앙스의 차이 따위를 감지할 수 있는 것이다. 순전히 언어학적인 관찰과 평가로서는 그것이 아무리 미묘하고 섬세한 것이라 해도 상이한 언어들과 그 언어들의 상이한 측면들 사이에서 작용하고 있는 작가의도의 움직임을 결코 밝혀낼 수 없다. 그러므로 모든 경우에 어떤 소설 전체에 대한 예술적이고 이념적인 통찰이 그 문체에 대한 분석의 지침이 되어야 한다. 그리고 이러한 과정에서 우리는 소설에 도입된 언어들(이들은 가공 이전의 언어학적 자료가 아니다)이 예술적 형상의 형태를 취한다는 점과 이러한 형태가 예술적이고 성공적인 것이 되는 정도나 묘사대상 언어들의 힘과 정신에 반응하는 정도에 다양한 편차가 있을 수 있다는 점을 잊어서는 안된다.

그러나 물론 예술적 통찰만으로는 충분치 않다. 문체에 대한 분석은 일련의 갖가지 어려움에 봉착하게 마련인데, 특히 시간적으로 멀리 떨어져 있거나 외국어로 된 작품들을 다룰 때 더욱 그러하다. 왜냐하면 이런 경우에는 우리의 예술적 지각이 언어에 대한 생생한 느낌에 의존하는 것이 불가능하기 때문이다. 그러한 경우에는 (비유적으로 말하자면) 작품의 전체 언어가 우리가 그 언어로부터 멀리 떨어져 있다는 사실로 말미암아 마치 동일한 하나의 평면에 놓여 있는 것처럼 보인다. 우리는 그 언어 안에서 어떠한 입체성(삼차원성)도, 거리와 높이의 차이도

63) 이러한 통찰에는 그 소설에 대한 가치판단이 포함된다. 이것은 물론 좁은 의미에서의 예술적 판단일 뿐 아니라, 이념적인 측면에 대한 판단이기도 하다. 왜냐하면 평가와 무관한 예술적 이해란 있을 수 없기 때문이다.

느낄 수가 없다. 이와 관련해서는 어떤 주어진 시대에 통용되었던 사회적·직업적·장르적·유파적 언어체계들 및 문체들에 대한 역사·언어학적 연구가 그 소설의 언어에 입체성을 재창조하는 데 강력한 도움을 줄 수도 있을 것이며 또한 그 언어들을 구분하고 그것들 사이의 거리를 측정하는 데 도움이 될 수도 있을 것이다. 아울러 언어학적인 분석이 당대의 작품을 연구할 때에도 필수불가결한 요소임은 새삼스런 논의가 필요치 않은 사실이겠다.

그러나 이상과 같은 것만으로도 충분치는 않다. 언어의 사회적 다양성에 대한 깊은 이해, 즉 어떤 시대에 실제로 일어나고 있는 다양한 언어들간의 **대화**에 대한 이해 없이는 소설의 문체에 대한 제대로 된 분석이 이루어질 수 없는 것이다. 그런데 그러한 대화를 이해하기 위해서, 아니 우선 어떤 대화가 진행중이라는 사실만이라도 인식하기 위해서는 거기에 관련된 언어들의 언어학적·문체론적 윤곽을 단순히 안다는 것만으로는 충분치 못하다. 진정으로 필요한 것은 각 언어의 사회·이념적 의미에 대한 심오한 이해와 그 시대의 다른 모든 이념적 음성들의 사회적 분포와 배열에 대한 올바른 지식인 것이다.

소설 문체의 분석은 모든 언어 현상에서 빠짐없이 발생하는 변형의 과정들 즉 **규범화**의 과정이라든가 **재강조**의 과정 따위가 대단히 빠른 속도로 일어난다는 사실로 인해 독특한 어려움에 직면한다.

다양한 언어의 어떤 측면들, 예를 들어 사투리나 특정 직업 혹은 기술의 표현 등이 어떤 소설의 언어 속으로 통합되었을 때 그런 측면들은 경우에 따라서는 작가의 의도를 교향시키는 데 공헌하는 것이 된다.(그 결과 그것들은 언제나 거리를 지닌 '제한된' 언어가 된다.) 그러나 다양한 언어 속의 어떤 다른 측면들은 마찬가지로 어떤 주어진 순간에 이미 '다른 언어에 속한다'는 성격을 상실했을 수도 있다. 다시 말해서 그런 측면들은 이미 문예언어에 의해 규범화되었고, 따라서 작가는 그러한 측면들을 지방색 짙은 방언이나 전문적 용어의 체계 내에 있는 것으로 인식하지 않고, 도리어 문예언어의 체계에 속한 것으로 느낄 수도 있다는 것이다. 이런 측면들에 교향화의 기능이 있는 것으로 파악하는 것은 터무니없는 잘못일 것이다. 그러한 측면들은 이미 작가의 언어와 동일한 평면에 존재하고 있는 것이거나, 혹은 작가의 언어와 당대의 문예언어가 일치하지 않는 경우에는 교향화하는 다른 언어(방언이 아닌 문예언어)의 내부에 존재하는 것이다. 작가에게 있어 무엇이 이미 규범화된 문예언어의 요소이고, 작가는 어떤 것에서 여전히 언어적 다양성의 존재를 감지하느냐를 결정하는 일이 대단히 어려운 또다른 경우도 또한 많다. 분석의 대상이 되는 작품이 분석 당대의 의식에서 멀면 멀수록 이런 어려움은 더욱 심각해진다. 그런데 다양한 언어의 이런저런 측면들이 대단히 쉽게 규범화되고 한 언어체계에서 다른 언어체계로, 즉 일상생활에서 문예언어로, 문예언어에서 일상의 언어로, 전문적 용어에서 일반적 용어로, 한 장르에서 다른 장르로 등으로 급속히 전환되는 것은 바로 가장 첨예하게 다중언어적인 시대들, 즉 언어들간의 충돌과 상호작용이 유난히 강렬하고 막강할 때, 언어의 사회적 다양성이 사방에서 문예언어 위로 범람할 때, 요컨대 소설에는 가장 도움이 되는 바로 그러한 시대이다. 이러한 강렬한 충돌 속에서 새롭게 날카로운 경계선들이 그어지기도 하고 동시에 쉽사리 지워지기도 하며 따라서 때로는 정확히 어느 지점에서 경계선들이 지워졌고 어느 지점에서 한 전투부대가 다른 전투부대의 영토를 침범하였는가를 확실히 밝히는 것이 불가능하기도 하다. 이 모든 점들이 분석자에게는 상당한 어려움을 야기한다. 보나 안정된 시대에는 언어들이 더욱 보수적이다. 규범화의 과정이 더욱 천천히 그리고 더욱 어렵게 이루어지며 그렇기 때문에 추적은 더욱 쉽게 이루어질 수 있다. 그러나 규범화의 속도는 오직 사소한 문제들, 즉 문체 분석의 세부조항들, 주로 작가의 말 전체에 간헐적으로 분포되어 있는 타인들의 말을 분석하는 경우와 관련해서만 어려움을 낳는다는 점을 덧붙여 이야기해야 하겠다. 교향화에 참여하는 기본적 언어들과, 의도의 움직임을 결정하는 기본노선을 파악하는 사람에게는 규범화의 속도는 별다른 장애가 되지 않는다.

두번째 과정, 즉 재강조는 훨씬 더 복잡하여 소설의 문체에 대한 이해를 근본적으로 왜곡할 가능성을 내포한 과정이다. 이 과정은 작가가 언어에 부여하는 거리나 강조——이러한 행위를 통해 언어들이 본래 가지고 있던 미세한 뉘앙스가 흐려지기도 하고, 때로는 아주 없어지기도 한다——에 대한 우리의 '감(感)'과 관련된다. 이중음성적 담론의 몇 가지 유형 및 변형들의 경우에 그 지각의 과정에서 그들이 쉽사리 제 2의 음성을 상실하고 단일음성적인 직접적 발언이 되는 경우가 많다는 점은 앞서도 지적한 바 있다. 이렇듯 패러디적 성격은(특히 그것 자체가 목적이라기보다는 재현의 기능과 결합되어 있는 상황에서) 환경에 따라서는 쉽사리, 그리고 재빨리 그것에 대한 지각이 불가능해지거나 혹은 대단히 약화되는 특성을 지닌다. 우리는 이미 진정한 산문적 형상 안에서 어떻게 패러디의 대상인 담론이 패러디하려는 의도에 대해 내부적인 대화적 저항을 하는가를 살펴본 바 있다. 말이란 결국 그것을 주무르고 있는 작가의 손 안에 죽어 있는 물적 대상은 아니다. 그것은 **살아있는** 말이며, 따라서 모든 경우에 자기 자신에게 충실하다. 그것은 상황에 맞지 않거나 희극적이 될 수도 있지만 한번 실현된 그 의미는 결코 완전히 소멸되지 않는다. 그리고 이 의미는 조건이 변화하면 새롭게 밝은 빛을 발산하여 이제까지 자신의 주변에 형성되었던 물화의 껍질을 태워 없애고, 그리하여 패러디적 강조를 위한 어떠한 실제적 기반도 제거함으로써 그런 재강조의 힘을 약화시키거나 혹은 완전히 소멸시키기도 한다. 따라서 우리는 이 과정에서 모든 진정한 산문적 형상이 지니는 다음과 같은 특성을 반드시 염두에 두어야 한다. 즉 작가의 의도가 이러한 형상 속에서 움직이는 것이 마치 곡선을 따라 움직이는 것과도 같다는 점, 담론과 작가의 의도 사이의 거리는 항상 변화한다는 점(다시 말해서 굴절의 각도가 항상 변한다는 것), 작가와 그의 담론 사이의 완전한 결속, 그 음성들의 융합은 그 곡선의 정점에서만 가능하다는 점 등이다. 그 곡선의 최저점에서는 반대의 현상이 일어난다. 담론 형상의 완전한 객체화(그리고 결과적으로, 그 형상에 대한 조야한 패러디)가, 다시 말해서 어떤 진정한 대화성도 상실한 형상이 생기게 되는 것이다. 때로는 작가의 의도와 형상 사이의 혼합과 완전히 객체화된 형상이 곧바로 서로 번갈아가며 나타나기도 하는데, 이러한 일은 작품의 어느 한 부분에서마저 일어난다. (예를 들어 뿌쉬낀의 경우에 오네긴의 형상과 작가의 관계에서, 그리고 때로는 렌스끼의 형상과 작가의 관계에서 이런 현상을 볼 수 있다.) 작가의도의 움직임을 표현하는 곡선의 경사는 다소 급격해지기도 하며 그리하여 그 산문적 형상은 작가의 의도를 덜 싣는 동시에 더 균형잡힌 것이 되기도 한다. 또한 상황의 변화에 따라서는 그 곡선은 더욱 완만해지거나 아예 직선이 되기도 한다. 이때 그 산문적 형상은 전적으로 혹은 직접적으로 작가의 의도만을 표현하거나 또는 (정반대로) 순수한 객체로 전화하여 조야한 패러디가 되고 만다.

소설 속의 형상들과 언어들을 이렇게 재강조하게 하는 조건은 과연 무엇인가? 그것은 대화에 생명을 불어넣어주는 배경, 즉 언어의 사회적 다양성의 구성에서의 변화이다. 언어들간의 대화가 거대한 변화를 겪는 시대에는 개별적인 언어 역시 달라진 울림을 갖기 시작하며, 다른 빛의 조명을 받거나, 혹은 상이한 대화적 배경 속에서 지각된다. 이러한 새로운 대화 속에서 인물형상과 그 담론은 그 내부에서 작가의 의도를 보다 순수하게 직접적으로 표현하게 되기도 하고, 혹은 (정반대로) 스스로 전적인 객체로 전화하기도 한다.(희극적 형상이 비극적 형상으로, 폭로의 대상이었던 형상이 폭로의 주체로 변화하는 것이다).

이러한 종류의 재강조에서는 작가의 의지에 대한 조야한 위배는 결코 일어나지 않는다. 심지어는 이러한 과정은 변화된 지각배경에서뿐 아니라 **형상 그 자체의 내부에서** 일어나는 것이라고까지 말할 수조차 있다. 변화된 지각배경은 어떤 형상 안에 이미 내재해 있는 것을 단순히 실재화하는 조건일 뿐이다(이런 외적 조건들이 어떠한 가능성들은 강화시키고 어떤 가능성들은 약화시키기도 함은 물론이다.) 그 형상은 어떤 한 측면에서는 이전보다 더 잘 이해되고 더 잘 '들리는' 것이기도 하다. 어쨌든 이러한 과정 속에서 어느 정도의 몰이해가 새롭고 보다 심화된 이해와 짝을 이루게 되는 것만큼은 사실이다.

일정한 범위 내에서라면 재강조의 과정은 불가피할 뿐 아니라 정당한 것이며 심지어는 생산적이기조차 한 과정이다. 그러나 어떤 작품이 우리로부터 멀리 떨어져 있는 것일 때, 그리고 우리가 그 작품을 그것과는 전혀 이질적인 배경에서 지각하기 시작할 때 그러한 범위의 한계가 파괴되는 것은 아주 쉬운 일이다. 그와같은 상황 속에서라면 작품은 자신을 근본적으로 왜곡시키는 재강조에 종속될는지도 모르는 것이다. 이전 시대에 산출된 많은 소설들이 바로 그러한 운명을 겪었다. 그러나 특히 더 위험한 것은 이중의 음성을 지닌 형상을 평면적인 단일음성적 재현——그것이 과장된 영웅주의적 재현이건, 파토스로 가득찬 감상주의적 재현이건, 혹은 반대로 단순한 원시적 희극성을 담은 재현이건——으로 전화시키는, 저속하고 단순하며 어느모로 보나 작가나 그 시대의 정신의 수준에도 못 미치는 재강조이다. 『예브게니 오네긴』에 나오는 렌스끼의 모습이나 "어디로, 오 어디로 그대는 가버렸는가……"라는 그의 패러디적 시를 '진지하게' 받아들이는 유치하고도 속물적인 습관은 그 좋은 예이다. 뻬쵸린을 말린스끼 (Alexandre Bestoujev (1797~1837)의 필명. 수많은 로맨스작품을 남긴 작가—역주)의 주인공들처럼 순수한 영웅으로 해석하는 것 또한 유사한 유형의 예이다.

문학사 속에서 재강조의 과정은 엄청난 중요성을 지닌다. 각 시대는 자기 나름의 방식으로 전(前)시대의 작품들에 대해 새로운 강조점을 부여해왔다. 고전적 작품들의 역사적 삶이란 사실상 끊임없는 사회·이념적 재강조의 과정이었다. 그러한 작품들은 자신들 속에 내재해 있던 의도상의 잠재력 덕분에 새로운 시대를 맞이할 때마다, 그리고 끊임없는 자기 갱신의 과정을 밟고 있는 대화적 배경 속에서 항상 의미의 새로운 측면들을 드러낼 수 있었던 작품들이다. 그들의 의미내용은 문자 그대로 지속적으로 성장하는 것이며 스스로를 재창조해나가는 것이다. 이와 마찬가지로 그 작품들이 후대의 창조적 작품들에게 미치는 영향에도 불가피하게 재강조가 포함된다. 문학상의 새로운 형상들은 종종 예전의 형상들을 재강조함으로써, 즉 형상들을 어떤 한 강조체계로부터 다른 강조체계로(예를 들어, 희극적 평면에서 비극적 평면으로, 혹은 그 반대로) 옮겨 놓음으로써 창조된다.

디벨리우스는 그의 저서에서, 바로 이와같은 낡은 형상의 재강조를 통한 새로운 형상의 창조에 대한 흥미로운 사례들을 제공해주고 있다. 그에 따르면 영국소설에서는 전문직업이나 사회계층에 따른 전형들, 예컨대 의사나 법률가, 지주 등이 처음에는 희극적 장르에서 등장했었으나, 이후에는 부차적인 객체적 인물들로서 소설 내의 부차적인 희극적 평면으로 옮겨갔으며, 바로 그곳으로부터 다시 그들을 소설의 주인공으로 만들어주는 보다 높은 평면으로 올라갔다. 어떤 한 등장인물을 희극적 평면에서 보다 높은 평면으로 이동시켜주는 기본적인 방법은 그 인물을 불행과 고통을 당하고 있는 모습으로 재현해주는 것이다. 고통은 희극적 인물을 보다 높은 다른 차원의 인물로 바꾸는 데 도움을 준다. 그리하여 전통적으로 희극적인 인물인 수전노의 형상이 자본가라는 새로운 형상의 헤게모니 확립에 기여하며, 그러한 형상이 다시 돔비(Domby: 디킨즈의 『돔비와 아들』 *Domby and Son*의 주인공—역주)라는 비극적 형상으로 고양되는 것이다.

시적 형상의 재강조를 통한 산문적 형상으로의 전화나 그 역의 경우는 특별한 중요성을 지닌다. 소설 문체의 두번째 흐름을 준비하는 데 결정적 역할을 했던 패러디적 서사시(그 고전적 표현이 아리오스또(Lodovico Ariosto: 1474~1533, 이탈리아의 시인. 로맹 롤랑의 이야기를 풍자적으로 다룬 서사시 *Orlando Furioso*의 저자로서 셰익스피어에게 큰 영향을 줌—역주)였다)가 중세로부터 등장하게 된 것은 바로 이러한 방식에 의해서였다. 또한 문학으로부터 다른 예술형식들, 예컨대 극이라든가 오페라나 회화 등으로 형상을 전치시키는 과정에서 이루어지는 재강조도 매우 중요하다. 그 고전적 사례로 차이꼬프스끼에 의한 『예브게니 오네긴』에 대한 다소 무거운 분위기로의 재강조를 들 수 있다. 차이꼬프스끼의 작품은 이 소설의 형상에 들어 있는 패러디적 성격을 크게 약화시키면서, 이 소설의 형상들에 대한 속물적 인식태도에 상당한 영향력을 행사했다.[64]

이러한 것이 재강조의 과정이다. 우리는 문학의 역사에서 이것이 대단히 중요하며 근본적인 문제라는 점을 인식해야 한다. 과거의 소설들의 문체를 객관적으로 연구하려면 이러한 과정이 고려의 대상이 되어야만 하며, 연구의 대상인 문체를 그 문체의 대화적 배경으로 작용하는 시대 특유의 언어적 다양성과 강력하게 연관시켜야 한다. 이러한 작업이 이루어지고 나면, 어떠한 소설 속의 형상——이를테면 돈 끼호떼의 형상——에 대해 이후에 이루어진 모든 재강조의 목록에 대한 연구는 그러한 형상들에 대한 우리의 예술적이고 이념적인 이해를 심화, 확대시

64) 오페라나 음악, 안무(패러디적 무용)에 있어서 이러한 이중음성적인, 패러디적이고 아이러니적인 담론(더 정확히 표현한다면 담론에 해당하는 것들)의 문제는 대단히 흥미로운 주제이다.

켜줌으로써 대단한 중요성을 갖게 될 것이다. 다시 한번 이야기하지만 위대한 소설적 형상들은 그것들이 창조되고 난 이후에도 계속 자라고 발전한다. 그 형상들은 자신들이 처음 태어났던 날로부터 아주 멀리 떨어진 다른 시대에도 거듭거듭 창조적 변형을 겪을 수 있는 것이다.

소설 속의 시간과 크로노토프의 형식

1. 그리스 로맨스
2. 아풀레이우스와 페트로니우스
3. 고대 전기와 자서전
4. 역사적 전도와 민속적 크로노토프의 문제
5. 기사도 로맨스
6. 소설 속의 악한, 광대, 바보의 기능
7. 라블레적 크로노토프
8. 라블레적 크로노토프의 민속적 기초
9. 목가소설의 크로노토프
10. 맺음말

소설 속의 시간과 크로노토프의 형식

역사적 시학을 위한 소고(小考)

문학작품 속에 역사적 시간과 공간의 실상을 담는 과정은 그 시간과 공간에 실제로 살았던 역사적 인물들을 표현하는 일이 그러하듯 복잡하고 부정확한 역정을 그리고 있다. 그러나 시간과 공간의 개별적인 측면들, 즉 인류발전의 각 단계에서 그 시대에 접할 수 있었던 시간과 공간의 일정한 측면들이 문학작품 속에 담겨져왔고, 이렇게 담겨지는 현실의 측면들을 반영하고 예술적으로 흡수하기 위한 장르적 기법들도 이에 상응하여 고안되어온 것 또한 사실이다.

이 글에서는 문학작품 속에 예술적으로 표현된 시간과 공간 사이의 내적 연관을 '크로노토프' (chronotope) (문자 그대로 '시공간(時空間)'이라는 의미를 지닌다)라고 부르겠다. 시공간이라는 이 용어는 수학에서 사용되고 있는 용어로서 아인슈타인의 상대성 원리의 일부로 도입되어 변용된 용어이다. 우리에게는 상대성 원리에서 이 단어가 지니는 특수한 의미는 중요하지 않다. 다만 문학비평을 위한 비유적인(그러나 전적으로 비유적인 것만은 아닌) 표현으로 사용하고자 할 따름이다. 중요한 것은 이 용어가 공간과 시간(공간의 제 4 차원으로서의 시간) 사이의 불가분의 관계를 표현하고 있다는 사실이다. 또한 우리는 크로노토프를 문학의 형식적 구성범주로서 이해하며, 따라서 문화의 다른 영역[1]에 나타나는 크로노토프는 다루지 않을 생각이다.

---

1) 필자는 1925년 여름 생물학에서의 크로노토프에 관한 우흐똠스끼(A.A. Uxtomskij) 교수의 강의에 참여한 바 있다. 이 강의에서는 미학적인 문제에

문학예술 속의 크로노토프에서는 공간적 지표와 시간적 지표가 용의주도하게 짜여진 구체적 전체로서 융합된다. 말하자면 시간은 부피가 생기고 살이 붙어 예술적으로 가시화되고, 공간 또한 시간과 플롯과 역사의 움직임들로 채워지고 그러한 움직임들에 대해 반응하게 된다. 이러한 두 지표들간의 융합과 축의 교차가 예술적 크로노토프를 특징짓는 것이다.

문학작품 속의 크로노토프는 본질적으로 **장르를 규정하는** 의미를 지닌다. 크로노토프야말로 장르와 장르적 차이점들을 결정하는 요인이라고도 말할 수 있는바, 그것은 문학작품 속의 크로노토프에 있어서 주된 범주는 시간이기 때문이다. 또한 크로노토프는 형식적 구성범주로서 문학작품 내의 인간 형상(image)도 크게 좌우한다. 인간형상은 언제나 본질적으로 크로노토프적이다.[2)]

앞서 말한 대로 문학작품 안에 실제 역사의 크로노토프를 담는 과정은 복잡하고 일정치 않은 것이었다. 주어진 역사적 조건하에서 파악 가능한 크로노토프의 몇몇 개별적 측면들만이 완성되어져왔다. 예술작품 속에 반영된 것은 실제 크로노토프의 특수한 형태들일 따름이었다. 처음에는 생산적이었던 이러한 장르적 형식들은 이후에 전통에 의해 강화된다. 그리고 그들은 이후의 발전과정에서 실제로 생산적이지도, 새로운 역사적 상황에 적합하지도 않은 싯점에, 그리고 그 후에 이르기까지 끈질기게 지속된다. 바로 이 점이 문학사의 과정을 대단히 혼란스럽게 만드는, 서로 멀리 떨어진 시기들에 속하는 현상들이 문학작품 속에 공존하는 사태의 요인이다.

대해서도 다소 언급되었다.

2) 칸트는 (그의 『순수이성비판』의 주요 부분 중의 하나인) 「선험적 감성론」에서 공간과 시간이 기초적 지각과 표상을 비롯한 모든 인식의 필수불가결한 형식이라고 정의하고 있다. 이 글에서도 이러한 형식들이 인식작용 속에서 갖는 중요성에 대한 칸트의 판단을 받아들이고 있다. 다만 우리는 칸트와는 달리 이것들이 '선험적'인 형식이 아니라 직접적 현실의 형식이라고 본다. 우리는 이 글에서 이러한 시간과 공간의 형식이, 소설 장르라는 조건하에 이루어지는 구체적인 예술적 인식(예술적 시각표상)의 과정에서 수행하는 역할을 제시하기 위해 노력할 것이다.

여기 역사적 시학을 위한 소고에서 우리는 이와같은 과정을 밝혀내고자 하며 이를 위해 이른바 '그리스 로맨스'에서 라블레의 소설에 이르기까지 장르적 이질성을 띤 유럽소설의 다양한 역사에서 예를 취하게 될 것이다. 이 시기들에 산출된 소설적 크로노토프들이 지닌 상대적인 유형학적 안정성은 이후 시기의 다양한 소설유형들을 미리 내다보는 일에도 도움이 된다.

이 글에서 제시되는 이론적 정식이나 정의가 완벽하다거나 정확하다고 주장할 생각은 전혀 없다. 국내외를 막론하고 문학과 예술에서의 시간과 공간의 문제에 대한 진지한 연구는 이제 막 시작되고 있다. 이러한 연구들이 진전되면서 여기에 제시된 소설적 크로노토프들의 특징들이 언젠가는 보완될 것이며 짐작컨대 크게 수정되지 않을까 한다.

1. 그리스 로맨스

고대소설의 세 유형

고대에는 세 가지 기본유형의 소설이 발생했으며, 이에 따라 이 소설들 안에서 시간과 공간을 예술적으로 포착하는 방법도 세 가지로 나뉜다. 요컨대 세 종류의 소설적 크로노토프가 존재했던 것이다. 이 세 유형은 매우 생산적이고 유연한 것으로 판명되었으며, 18세기 중엽에 이르기까지의 모험소설의 발전방향을 결정하는 데 중요한 역할을 담당했다. 그러므로 유럽소설에서 발견되는 이 고대 유형의 변형들을 찾아내고 아울러 유럽의 토양에서 생겨난 새로운 요소들을 발견하려면 고대의 이 세 가지 유형에 대한 세밀한 분석으로부터 시작할 필요가 있다.

아래의 분석에서 우리는 크로노토프의 지배원리인 시간 및 시간과 직접적인 관계를 맺고 있는 것들에 대해서만 주의를 집중할 것이며, 이러한 유형들의 역사적 기원에 대한 문제는 다루지 않으려 한다.

시련의 모험소설

고대소설의 첫번째 유형(연대순으로 가장 앞선 것은 아니다)을 잠정적으로 '시련의 모험소설'(adventure novel of ordeal)이라고 부르기로 하자. 이 유형은 서기 2세기에서 6세기 사이에 씌어진 '그리스' 소설 또는 '궤변' 소설의 전부를 포함한다.

원본 그대로 우리에게 전해져서 러시아어로 번역되어 존재하는 예로는 헬리오도루스의 『에디오피아 이야기』,* 아킬레스 타티우스의 『뢰키페와 클리토폰』,* 카리톤의 『카레아스와 칼리로에』,* 에페수스의 크세노폰의 『에페시아카』,* 롱구스의 『다프니스와 클로에』* 등이 있다. 다

* Heliodorus(A.D. 220~250에 활동), *Aethiopica*: 현존 그리스 소설(erōtika pathēmata: 사랑의 시련소설) 중에 가장 길며, 가장 훌륭한 작품으로 여겨진다. 저자에 대해서는 구체적으로 정확히 확인된 바 없으나 그가 태양의 신인 헬리오스(Helios) 숭배와 관련된 인물임은 틀림이 없을 것으로 짐작된다. 이 작품은 후대에 강한 영향을 미쳤으니, 세르반떼스의 『불운한 페르실레스이 시히스문다』(*The Unfortunate Persilesy Sigismunda*)는 이 작품을 모방한 것이다.—영역자 주
* Achilles Tatius(A.D. 2세기에 활동), *Leucippe and Clitophon*: 그 다양한 인기전술(coup de théâtre)과 여주인공의 성(性)에 대한 방종한 태도로 유명하다. 비잔틴의 비평가들은 이 작품의 점잖은 아테네적 어법에는 감탄하였지만 그 방종함에 대해서는 분개를 금하지 못하였다. 하이저만(Arthur Heiserman)은 그의 저서 『소설 이전의 소설』(*The Novel before the Novel*, Chicago, 1977)에서 이 작품을 그리스 소설에 대한 패러디로 추측, 해석하고 있다.—영역자 주
* Chariton(A.D. 2세기경에 활동), *Chareas and Callirhoë*: 저자에 대해서는 거의 알려진 바 없지만 그리스 로맨스 중 최초의 것에 속하는 것으로 추정되는 작품. 로맨스로서는 굉장히 잘 짜여진 작품으로 알려져 있다.—영역자 주
* Xenophon of Ephesus, *Ephesiaca*(일명 *Anthia and Habracomes*): 로맨스 중 가장 서투른 예로서 저자에 대해서도 거의 알려진 바가 없는 작품이다.—영역자 주
* Longus, *Daphnis and Chloë*: 이 작품의 저자에 대해서도 거의 알려진 것이 없다. 로맨스들 중 그 심리적 측면이 가장 복합적인 작품으로 알려져 있다.—영역자 주

른 몇몇 특징적 예들은 발췌되거나 번안된 형태로 남아 있다.[3]

이러한 소설들에서 우리는 '모험의 시간'의 정교하고 고도로 세련된 유형을 그 모든 변별적 특징들 및 뉘앙스와 더불어 발견하게 된다. 이 모험의 시간과 소설 안에서 그것이 사용되는 기법은 이미 아주 충실하고 완벽한 것이어서 '순수한' 모험소설의 이후 발전과정에서 어떤 본질적인 요소도 첨가되는 일 없이 오늘날에 이르고 있다. 따라서 모험의 시간의 특징적 요소들은 이러한 소설들에서 가장 잘 드러난다.

이러한 로맨스들의 플롯들은 (그것의 가깝고도 직접적인 후계인 비잔틴 소설들의 경우와 마찬가지로) 서로 매우 유사하며, 사실상 동일한 요소(모티프)들로 구성되어 있다. 각각의 소설들은 이러한 요소들의 숫자나 전체 플롯에서 그것들이 지니는 상대적인 비중, 그것들이 결합되는 방식들에 있어서만 차이를 나타낸다. 개별적으로 이탈하거나 변형된 가장 중요한 형태들을 고려하더라도 이 플롯의 전형적인 개요를 합성해 내기는 어렵지 않다. 그 개요는 대략 다음과 같은 것이 될 것이다.

'결혼 적령기'의 청춘남녀가 있다. 그들의 혈통은 알려져 있지 않으며 신비스럽다. (그러나 항상 그런 것은 아니다. 가령 타티우스에서는 그런 예가 없다.) 그들은 '탁월한 미모'를 지니고 있다. 또한 그들은 대단히 순결하다. 그들은 서로 예기치 않게, 보통은 어떤 축제의 휴일에 만난다. 갑작스럽고 즉각적인 열정이 그들 사이에 불타오르는데 그 열정은 불치의 병처럼 운명적인 것이어서 그에 저항할 수 없다. 그러나 즉각적인 결혼이 이루어질 수는 없다. 그들은 그들의 결합을 방해하고 지연시키는 장애와 마주친다. 연인들은 어쩔 수 없이 헤어져서 서로를 찾다가, 서로를 발견한다. 다시 또 그들은 서로를 잃었다가, 다시 서로를 발견한다. 연인들의 장애물과 모험은 보통 다음과 같은 것들이다. 결혼 전날 밤 신부가 유괴당한다거나, 부모의 승낙을 얻지 못한다거나(부모가 있는 경우라면), 연인들 각각에게 다른 신랑·신부가 정해져 있다거나(잘못된 짝), 연인들의 도피, 여행, 바다에서 만나는 폭풍, 난파, 기적적

3) 안토니우스 디오게네스(Antonius Diogenes)의 『극북(極北)의 경이』(*Marvels beyond Thule*)라든가 니누스(Ninus) 소설, 키오공주(Princess Chio) 소설 등이 그 예이다.

인 구조, **해적의** 공격, **감금, 투옥,** 남주인공과 여주인공의 순결을 빼앗으려는 공격, 여주인공이 속죄의 제물로 바쳐짐, 전쟁, 전투, **노예로 팔려감, 가짜 죽음, 신분의 위장,** 인지(認知)와 비(非)인지, 가짜 배반, 정조와 정절의 시험, 죄의 거짓된 고발, 재판, 연인들의 정조와 정절에 대한 법적조사 등. 주인공들은 그들의 부모를 찾는다(알려져 있지 않았었다면). 또 예기치 않았던 친구나 적과의 마주침이 점(占), 예언, 예언적 꿈, 징조, 수면제 등과 함께 중요한 역할을 담당한다. 소설은 연인들이 결혼으로 결합됨으로써 행복한 결말을 맺는다. 이것이 플롯을 구성하고 있는 기본적인 요소들의 개요이다.

플롯의 진행은 보통 바다를 사이에 두고 떨어져 있는 셋 내지 다섯 나라(그리스, 페르시아, 페니키아, 이집트, 바빌론, 이디오피아 등등)의 아주 넓고 다양한 지리적 배경을 통해 펼쳐진다. 여러 나라와 도시의 특징이나 다양한 종류의 건축물들, 예술작품(예를 들어 회화), 주민들의 습관과 풍습, 여러가지 이국적이고 신기한 동물들, 신기하고 희귀한 것들에 대한 묘사가 때로는 아주 세밀하게 이루어진다. 이러한 소설은 또한 여러가지 종교적·철학적·정치적·과학적 주제(운명, 전조, 에로스의 힘, 인간의 정열, 눈물 등)에 대한 상당히 광범위한 토론도 포함한다. 이러한 소설의 많은 부분들은 (수사적 형식에 적합한 경우이거나 아니거나를 막론하고) 후기 수사학의 제반 규칙에 따라 구성되어 있는 등장인물들의 발언으로 이루어져 있다. 따라서 그리스 로맨스는 일종의 백과사전적 성격을 추구하고 있는바 이러한 성격은 이 장르의 특징이다.

우리가 위에서(그 추상적인 형식과 관련하여) 열거한 그리스 로맨스의 모든 측면들은 플롯에서나 또는 기술적(記述的), 수사적 측면에서나 전혀 새롭지 않다. 그리스 로맨스를 구성하고 있는 요소들은 모두 그 이전에도 존재했던 것들이며 고대문학의 다른 장르들에서 잘 발달되어 있던 것들이다. 사랑의 모티프들(첫 만남, 갑작스러운 열정, 멜랑콜리)은 헬레니즘시대의 연애시에서 완성된 것이었다. 폭풍, 난파, 전쟁, 유괴 같은 다른 모티프들은 고대 서사시에서 발전된 것이며 또다른 몇몇 모티프들(예컨대 인지(認知) 같은 것)은 비극에서 필수적인 역할을 담당했었다. 또한 기술(記述)적인 모티프들도 고대의 지리(地理) 소설이나 역사서(가령 헤로도투스의 경우)에서 잘 발달되어 있었으며 토론이나 연설은 수사학의 장르에서 사용되었던 것이다. 이러한 연애시, 지리소설, 수사학, 연극, 역사서 등의 장르가 그리스 로맨스의 발생에 대해 지니는 중요성은 여러가지 평가가 가능하겠지만, 이러한 장르의 특성들을 통합해놓았다는 사실만큼은 결코 부인할 수 없을 것이다. 그리스 로맨스는 그 구조 안에 고대문학의 거의 모든 장르를 활용하고 융합시켰다.

그러나 다양한 서로 다른 장르들에 그 근원을 둔 이러한 요소들은 한데 융합되고 통합되어 하나의 새롭고 특수하게 소설적인 통일성을 이루게 되며, 그러한 통일성의 구성적 특징은 모험적 시간이다. 다양한 서로 다른 장르들에 근원을 둔 이 요소들은 **모험적 시간 안에 존재하는 다른 세계**라는 전적으로 새로운 크로노토프 안에 있게 됨으로써 새로운 특성과 특별한 기능을 지니게 되고, 다른 장르에서와는 다른 존재가 된다.

모험적 시간의 본질

그렇다면 그리스 로맨스의 모험적 시간의 본질은 무엇인가?

남녀 주인공의 첫번째 만남과 갑작스럽게 불타오르는 서로에 대한 열정이 플롯 발전의 출발점이며, 종결점은 그들의 성공적인 결혼이다. 소설의 모든 사건은 이 두 지점 사이에서 펼쳐진다. 플롯 발전의 극(極)으로서 이 두 지점은 그 자체가 주인공들의 일생에서 결정적인 사건을 이루며 그 자체로서 전기적(傳記的)인 중요성을 지닌다. 그러나 소설이 구성되는 것은 이 두 지점을 중심으로 해서가 아니라 그 두 지점 사이에 놓여 있는 것들(일어난 일들)을 중심으로 해서이다. 그러나 **본질상**으로는 이들의 중간에 아무것도 존재할 필요가 없다. 소설이 처음 시작되는 바로 그 순간부터 남녀 주인공 간의 사랑은 의심할 여지가 없는 것으로서 이 사랑은 소설 전체를 통해 **절대적으로 불변**하기 때문이다. 그들의 순결 또한 보존되며 소설의 끝부분에서 일어나는 그들의 결혼은 그들의 사랑——소설의 첫부분에서 그들의 첫번째 만남을 통해 타올랐던 그 사랑——과 **직접적으로 연결**되어 있다. 마치 이 두 순간 사이에 전혀 아무런 일도 없었으며 그들이 만난 다음날 결혼이 이루어진 것과도 같은 것이다. 전기적 삶의 순간과 전기적 시간의 순간, 이 두 개의 인접한 순간들이 직접적으로 연결되어 있다. 밀접하게 연결된 이 두 개의 전기적 순간들 사이에 존재하는 간격, 그러면서도 전체 소설의 내용을 구성하고 있는 간격은 전기적인 시간의 전후관계에 포함되지 않고 전기적 시간의 외부에 놓여 있다. 그것은 주인공의 삶에 아무런 변화도 일으키지 않으며 아무런 새로운 것도 첨가하지 않는다. 그것은 정확히 말해서 전기적 시간의 두 순간 사이에 존재하는 시간외적 간격이다.

만약 그렇지 않고 주인공들이 겪는 모험이나 시련의 결과로 그들이 처음에 지녔던 즉각적인 열정이 더 강렬해진다거나 시험을 거침으로써 더 튼튼하고 확실한 것이 된다거나 혹은 주인공들이 더욱 성숙해짐으로써 서로를 더 잘 이해하게 된다면 그것은 결코 모험소설이라고는 할 수 없으며 그리스 로맨스와는 분명히 다른 훨씬 후대의 유럽소설의 한 유형이 될 것이다. 비록 최초의 열정과 결말의 결혼이라는 플롯의 양극은 동일하다 할지라도 결혼을 지연시키는 사건들이 어떤 전기적인——최소한 심리적인——의미를 지니게 될 것이기 때문이다. 그 사건들은 주인공들의 실제 삶의 시간 안에 통합되어 있으며 주인공들과 그들의 삶에 일어나는 사건들(가장 중심적인 사건들) 모두에 변화를 가져오는 것으로 나타날 것이다. 그러나 그리스 로맨스에서는 이러한 일은 있을 수 없다. 거기에는 전기적 시간의 두 순간 사이에 존재하면서 주인공의 삶이나 인격에는 아무런 흔적도 남기지 않는 명백한 간격만이 있을 뿐이다.

이 간격을 채우는 모든 사건들은 정상적인 삶의 과정으로부터의 순수한 이탈일 따름이며, 정상적인 전기를 구성하는 사건들이 일어나는 실제적인 기간으로부터 배제된다.

이와같은 그리스 로맨스의 시간은 기본적인 생물학적 생장기간조차도 인정하지 않는다. 소설이 시작될 때 결혼적령기에 서로를 만나게 되는 주인공들은 끝날 때에도 똑같은 결혼 적령기의 신선하고 아름다운 인물들로서 결혼에 도달한다. 주인공들이 믿기 어려울 만큼 많은 모험을 겪는 동안의 시간은 소설 속에서 측정되지도 합산되지도 않는다. 다만 개별적인 각 모험의 한계 내에서 낮, 밤, 시간, 순간 등과 같은 기술적(技術的)인 의미로만 측정될 뿐이다. 대단히 강렬하지만 차별성이 없는 이러한 모험적 시간은 주인공들의 연령에 아무런 영향도 끼치지 않는다. 열정이 생겨나고 그것이 충족되는 두 개의 생물학적 순간 사이에 존재하는 시간외적 간격만이 있을 뿐이다.

볼떼르가 그의 작품 『깡디드』(*Candide*)에서 17, 18세기에 유행하던 그리스 모험소설의 한 유형인 소위 '바로끄 소설'을 패러디했을 때 그는 이러한 로맨스의 주인공이 흔히 겪는 모험이나 '운명의 전환'이 실제로 일어나기 위해 필요하였을 시간을 고려하였다. 모든 장애가 극복되고 소설의 결말에 이르러 주인공들(깡디드와 뀌느공드)은 다른 경우와 마찬가지로 행복한 결혼을 하게 된다. 그러나 맙소사! 그들은 이미 늙어버렸고 그 아름답던 뀌느공드는 끔찍한 마귀할멈의 모습이 되고 만 것이다. 충족이 열정의 뒤를 잇게 되었지만 그때는 이미 충족이라는 것이 생물학적으로 불가능하게 된 뒤인 것이다.

그리스의 모험적 시간에 자연적이고 일상적인 순환성——이러한 순환성은 모험의 시간 안에 인간적 의미를 지닌 시간적 질서와 지표를 도입함으로써 그것을 자연과 인간의 삶이 지닌 반복적 측면에 연결시켜 줄 것이다——이 결여되어 있음은 두말할 나위도 없다. 그리스 로맨스의 세계에서는 어느 곳에 가든지 많은 나라와 도시, 건축물과 예술작품들이 있음에도 불구하고 역사적 시간의 지표, 즉 시대를 판별하게 해주는 흔적은 전혀 찾아볼 수 없다. 이러한 사실이, 아직까지도 그리스 로맨스의 정확한 연대표가 만들어지지 못하고 있으며 극히 최근까지도 각각의 소설들이 씌어진 연대에 대해 5 내지 6세기만큼이나 되는 견해의 차이가 존재하는 원인이 된다.

이렇게 그리스 로맨스의 모든 사건과 모험들은 역사적이지도 일상적이지도 전기적이지도 심지어 생물학적이지도 않은 시간진행을 구성한다. 사건들은 역사적·일상적·전기적 시간의 흐름 밖에서, 즉 이러한 시간의 진행 안에 내재하면서 인간의 규칙을 발생시키고 인간의 척도를 규정하는 힘이 미치는 범위를 넘어서서 존재한다. 이러한 종류의 시간 속에서는 아무것도 변화하지 않는다. 세계도 변화하지 않고 주인공의 전기적 삶도 그들의 감정도 변화하지 않으며, 심지어는 사람들이 나이를 먹는 일도 일어나지 않는다. 이 비어 있는 시간은 어느 곳에도 흔적을 남기지 않으며 그것이 경과한다는 것을 보여주는 어떤 지표도 남기지 않는다. 반복하건대 이것은 실제적 시간의 진행——이 경우에는 전기적 시간의 진행——의 두 순간 사이에 나타나는 시간외적인 간격이다.

모험적 시간의 내적 구성

이상이 하나의 실체로서의 모험적 시간이다. 그렇다면 그 내부의 모습은 어떠한가?

모험적 시간은 개별적인 모험들 각각에 대응하는 일련의 짤막한 단편들로 이루어져 있으며 그러한 각각의 모험에서 시간은 외부로부터 기술적으로 조직된다. 중요한 것은 탈출하거나 따라잡거나 추격을 벗어날 수 있는가 없는가, 주어진 순간에 주어진 장소에 있을 수 있는가 없는가, 만날 수 있는가 없는가 하는 것 등이다. 주어진 모험의 한계 내에서는 낮과 밤, 시간, 심지어 분, 초까지도 어떠한 투쟁이나 능동적인 외부적 모험에서와 마찬가지로 계산에 넣어진다. 이러한 시간구분은 '갑자기'라든가 '바로 그 순간'과 같은 특수한 연결어에 의해 도입되고 서로 교차한다.

'갑자기'나 '바로 그 순간' 같은 말들은 이러한 유형의 시간을 가장 잘 특징지어주는 예이다. 왜냐하면 모험의 시간은 대개 정상적이고 실제적이며 예견할 수 있는 사건의 전개가 중단되고, 그 나름의 특수한 논리를 가지고 있는 순수한 우연이 끼여들 수 있는 곳에서 생겨나고 진가를 발휘하게 되기 때문이다. 우연의 논리는 **임의의 우연성**, 말하자면 우연한 **만남**과 우연한 **헤어짐**, 즉 임의의 시간적 **불일치**의 논리이다. 이 임의의 우연성 안에서는 '그 이전(以前)'과 '그 이후(以後)'가 크나큰, 심지어는 결정적인 중요성을 지닌다. 만약 어떤 일이 일 분 먼저 또는 일 분 뒤에 발생한다면, 다시 말해 시간상의 우연한 동시발생이나 우연한 불일치가 없다면, 플롯이라는 것도 존재할 수 없고 소설을 쓸 건덕지도 없게 된다.

"내가 열아홉 살이 되어 아버지가 나의 결혼을 이듬해로 정해놓으셨을 때 운명의 장난이 시작되었다"라고 클리토폰은 말한다. (『뢰키페와 클리토폰』 1부 3장)[4]

이러한 '운명의 장난'과 '갑자기'와 '바로 그 순간' 따위가 이 소설의 내용 전체를 구성한다.

예기치 못했던 전쟁이 트라키아인과 비잔틴인 사이에 일어난다. 전쟁이 일어난 원인에 대해서는 소설 속에 아무런 언급이 없지만 어쨌든 이 전쟁 덕분에 뢰키페는 클리토폰의 아버지의 집에 나타난다. "그녀를 보자마자 나는 그자리에서 정신을 온통 빼앗겼다"고 클리토폰은 말한다.*

그러나 클리토폰의 아버지는 이미 그에게 다른 신부감을 정해놓고 있었다. 아버지는 결혼을 서둘러 그 이튿날로 결혼식 날짜를 잡고 혼례전 제물을 준비한다. "그 말을 듣고 나는 망했구나라고 생각하면서 결혼식을 연기시킬 교묘한 책략을 궁리하기 시작했다. 이런 생각에 골몰해 있을 때 예기치않게 남자들의 처소에서 어떤 목소리가 들려왔다."(2부 12장) 그것은 독수리 한 마리가 클리토폰의 부친이 준비해놓은 제사용 고기를 채갔기 때문이었다. 이것은 나쁜 징조였고 결혼식은 며칠 연기될 수밖에 없었다. 바로 그때 다행스럽게도 클리토폰의 신부될 여인이 그녀를 뢰키페로 오인한 사람들에 의해 유괴된다.

클리토폰은 뢰키페의 침실에 숨어들기로 결심한다. "그 처녀의 방에 들어가자마자 곧 그녀의 어머니에게 다음과 같은 기이한 일이 일어났다. 그녀는 꿈에 의해 경고를 받았던 것이다."(2부 23장) 그녀는 침실로 들어가서 거기서 클리토폰을 발견하지만 그는 몰래 빠져나올 수 있었다. 그러나 다음날에는 모든 것이 폭로될 위기에 놓이게 되고 클리토폰과 뢰키페는 몸을 피해야만 하게 된다. 도피행각은 주인공들을 도와주는 일련의 우연한 '갑자기'와 '바로 그 순간'으로 점철되어 있다. "언제나 우리를 감시하고 있던 코놉스가 그날 우연히 여주인의 심부름으로 집을

4) 아킬레스 타티우스, 『뢰키페와 클리토폰』(Moscow, 1925)에서 인용.

* 이 귀절은 『그리스 로맨스』(*The Greek Romances*, London, G. Bell, 1901)에서 취하고 있다.—영역자 주

비우게 되었다. ……우리는 운이 좋았다. 베리투스 항구에 이르러 정박용 밧줄을 막 풀고 출발하려는 배를 발견했다."

배 위에서는 "아주 **우연히** 한 젊은이가 우리 옆에 나타났다." 그는 주인공들과 친해져 뒤이은 모험들에서 중요한 역할을 한다.

그리고는 이런 경우에 흔히 등장하는 폭풍과 난파가 일어난다. "여행을 시작한 지 삼일째 되는 날, **갑작스러운** 안개가 맑은 하늘에 퍼져 햇빛을 가렸다." (3부 1장)

배가 난파될 때 운이 좋아 살아남은 주인공들을 제외하고는 모두 죽는다. "그리고 배가 가라앉을 때, 어떤 친절한 신이 배의 화물 중 일부를 우리를 위해 남겨주었다." 그들은 해안에 도달한다. "**다행히도** 우리는 저녁녘에 펠루지움에 도달해 기쁜 마음으로 육지에 올랐다." (3부 5장)

난파될 때 죽은 줄 알았던 다른 모든 사람들도 운이 좋아 살아남았음이 뒤에 밝혀진다. 소설이 진행되는 동안 주인공들에게 긴급한 도움이 필요한 경우에는 언제나 이들이 어떻게 해서든 적절한 시간에 적절한 장소에 나타난다. 뢰키페가 노상강도들에 의해 희생제물로 납치되었다고 믿은 클리토폰은 자살을 결심한다. "나는 뢰키페가 제물로 바쳐진 바로 그 자리에서 내 인생을 끝마치려고 칼을 빼어들었다. **갑자기** 나는 두 사람이 … 나를 향해 곧바로 달려오는 것을 보았다. (그날 밤에는 달빛이 있었다.) 그들은 메넬라우스와 사티루스였다. 나의 친구들이 살아 있었다는 사실은 물론 **예기치 못한** 일이었지만, 나는 그들을 끌어안지도 안았고 크게 기뻐하지도 않았다." (3부 17장) 물론 그 친구들이 그의 자살을 막고 뢰키페가 살아 있음을 알린다.

소설이 끝나갈 무렵 클리토폰은 무고(誣告)를 당해 사형을 선고받고, 사형에 처해지기 전에 고문을 당하게 된다. "그들은 나를 사슬로 묶고 옷을 벗긴 뒤 고문대에 매달았다. 고문하는 사람 몇 명은 채찍을, 다른 사람들은 올가미를 가져왔고 불이 붙여졌다. 클리니우스가 고함을 지르며 신들을 불렀다. 그때 모두가 목격하고 있는 바로 그 자리에 **갑자기** 월계관을 쓴 아르테미스 여신의 사제가 다가왔다. 그의 등장은 여신을 숭배하는 축제행렬의 도착을 의미했다. 이러한 일이 발생하게 되면 형의 집행은 그 행렬의 참가자들이 그들의 희생제를 마칠 때까지 며칠간

연기되어야만 한다. 이렇게 해서 그때 나는 사슬에서 벗어났다."(7부 12장)

형이 연기된 며칠 동안 모든 일이 해결되고 상황은 변화한다. 그렇게 되기까지에는 물론 많은 새로운 우연의 일치와 전환이 존재한다. 뢰키페가 살아 있었다는 것이 드러나고, 소설은 행복한 결혼으로 끝난다.

이상의 예에서 드러나듯이(우리가 여기에서 언급한 임의의 우연한 사건들은 극히 사소한 일부에 불과하다), 로맨스 안의 모험의 시간은 다소 긴장된 삶을 영위한다. 하루, 한 시간, 또는 단 일 분이라도 이르거나 늦거나 하는 것이 어디에서나 결정적이고 치명적인 중요성을 지닌다. 그러나 모험 그 자체는 시간외적인, 따라서 사실상 무한한 시리즈로 연결된다. 이러한 시리즈는 원하는 만큼 연장될 수 있으며 그것 자체에 필연적인 내적 한계는 존재하지 않는다. 그리스 로맨스들은 상대적으로 길이가 짧은 편이다. 17세기에는 유사한 구조를 가진 소설들의 길이가 10배에서 15배까지 증가한다.[5] 이러한 증가를 규제할 내적 한계는 존재하지 않는다. 개별적 모험의 테두리 안에서 흘러가는 날과, 시간과, 분들이 실제 시간의 연속에 합쳐지지 않기 때문에 그것들은 인간의 삶의 날들과 시간들이 되지 않는다. 이러한 날들과 시간들은 흔적을 남기지 않으며 따라서 그것들은 원하면 원하는 만큼 늘어날 수 있는 것이다.

우연의 지배

이 무한한 모험의 시간을 구성하고 있는 모든 순간들은 우연이라는 하나의 힘에 의해 통제된다. 앞서도 살펴본 것처럼 이 시간은 전적으로 우연성——우연한 만남이나 만나지 못함——에 의해 구성되어 있다. 모험적인 '우연의 시간'은 불합리한 힘이 인간의 삶에 끼여드는 특수한

5) 그러한 17세기 소설들 중 가장 잘 알려진 예들만 들어보더라도 6천 페이지에 달하는 분량에 전 5권으로 이루어진 뒤르페(D'urfé, 1567~1625)의 『라스트레』(*L'Astrée*)라든가, 전 12권에 5천 페이지가 넘는 라 깔프르네드(La Calprenède)의 『클레오파트라』(*Cléopâtre*), 3천 페이지 이상 전 2권인 로헨슈타인(Caspar von Lohenstein, 1635~1683)의 『아르미니우스와 투즈넬다』(*Arminius und Tusnelda*, 1689~1690) 등이 있다.

시간이다. 운명이나 신, 악마, 마법사, 또는 우연한 만남이나 만나지 못함을 자신들의 목적을 위해 활용하는 후기 모험소설의 소설적 악한들이 끼여드는 것이다. 이 악당들은 '숨어서 기다리고', '때를 기다린다' '갑자기'와 '바로 그 순간' 따위가 문자 그대로 수없이 쏟아진다.

모험적인 시간을 구성하는 순간들은 사건의 정상적인 흐름과 인생사의 정상적이고 의도적이며 목적을 지닌 흐름이 중단되는 순간에 발생한다. 이러한 순간들은 비인간적인 힘들——운명, 신, 악당——이 끼여들 수 있는 틈을 제공한다. 모험의 시간에서 주도권을 행사하는 것은 주인공들이 아니라 바로 이러한 비인간적인 힘들이다. 물론 주인공들도 모험의 시간 안에서 행동한다——그들은 탈출하고 자신을 방어하며 전투에 참가하고 자신을 구출한다. 그러나 그들은 말하자면 단지 육체를 가진 인간으로서 행동할 뿐 주도권은 그들에게 있지 않다. 사랑조차도 전능한 에로스에 의해 예기치 않게 그들에게 주어진다. 이러한 시간 안에서는 사람들에게 언제나 무슨 일이 우연히 일어나고 있다(심지어는 왕국 하나를 '우연히' 손에 넣을 수도 있다.) 모험적 인간의 핵심은 우연의 인간이다. 그는 무슨 일이 일어나는 대상으로서의 인간으로 모험의 시간 속에 등장한다. 이러한 시간에서의 주도권은 인간들의 것이 아니다.

이러한 모험적 시간의 순간들, 모든 '갑자기'와 '바로 그 순간'들을 분석이나 연구, 현명한 예견, 경험 등등만으로 예측할 수 없다는 것은 자명하다. 이러한 것들은 점(占)이나 징조, 전설, 신탁의 예언, 예언적인 꿈이나 전조를 통해 더 잘 이해될 수 있다. 실제로 그리스 로맨스들은 이런 것들로 가득차 있다. "운명이 장난을 시작하"자마자 클리토폰은 앞으로 있을 그와 뢰키페의 만남과 그들이 겪을 모험을 계시하는 예언적인 꿈을 꾼다. 그후에도 소설은 비슷한 사건들로 채워진다. 운명과 신들이 그 손아귀에 주도권을 쥐고 있으며 사람들에게 그들의 의도를 알려줄 따름이다. 아킬레스 타티우스는 클리토폰을 통해 이렇게 말한다. "신들은 밤이 되면 자주 사람들에게 미래를 계시하고픈 마음이 든다. 그것은 그들이 고통받지 않도록 하기 위한 것은 아니다. (사람은 운명이 명한 것을 조정할 수 없는 법이다.) 다만 그들이 고통을 더 쉽게 견딜 수 있도록 하기 위해서이다". (1부 3장)

이후의 유럽소설 발전과정에서 그리스적인 모험의 시간이 등장할 때면 주도권은 언제나 만남이나 만나지 못함을 결정하는 우연에 넘어가게 된다. 그러한 우연은 비인격적이고 익명적인 소설내적 힘으로 나타나기도 하고, 운명이나 신적인 선견지명, 혹은 낭만적인 '악한'이나 '숨겨진 시혜자'로 나타나기도 한다. 후자의 예는 월터 스코트의 역사소설에서까지도 발견된다. 다양한 형태의 우연과 더불어 많은 다른 유형의 예언들, 특히 예언적인 꿈이나 전조 등이 소설 속에 등장한다. 물론 한편의 소설 전체가 그리스적 유형의 모험의 시간으로 구성되어야 할 필요는 없다. 모험적 시간의 요소들이 시간의 다른 연쇄관계에 섞이기만 하면 그것이 동반하는 특수한 효과가 나타나도록 되어 있다.

17세기에는 국가와 왕국, 문화의 운명들 또한 이와같은 우연과 신과 악당들의 모험적 시간(특수한 자기 논리를 가진 시간) 인으로 끌어들여졌다. 이는 유럽의 초기 역사소설, 예컨대 드 스꾸데리의 『아르타멘느, 또는 위대한 키루스』(*Artamène, or the Grand Cyrus*),* 로헨슈타인의 『아르미니우스와 투즈넬다』(*Arminius und Tusnelda*)* 그리고 라 깔프르네드*의 역사소설 등에서 나타난다. 이러한 소설들을 지배하는 것은

---

* Madeleine de Scudéry(1607~1701)의 전10권(1649~1653)에 달하는 방대한 소설로 실화소설(roman à clef)의 최초의 예이며, 보알로(Boileau, 1636~1711 : 프랑스의 시인이자 비평가)의 유명한 저서 『소설의 주인공들에 관한 대화』(*Dialogue sur les héros des romans*, 1687)에서 공격대상이 되었던 것으로 알려진 작품. 이 작품의 표면적 의도는 기원전 4세기경의 페르시아 정복자에 대한 이야기이지만, 실제로는 랑부이에 저택(Hôtel de Rambouillet)의 세련된 귀부인들 사이에 통용되던 연애를 주제로 하고 있다.—영역자 주

* Caspar von Lohenstein(1635~1683)의 이 소설은 독일과 고대 로마 사이의 교전(交戰)의 전 역사를 망라하는 무한히 긴 소설로서, 군데군데 숙녀의 화장법이나 시리아와 중국의 이색적 역사, 고래, 다이아몬드 등에 관한 긴 논설도 삽입되어 있다.—영역자 주

* Gautier de La Calprènede(1614~1663)는 귀부인들의 인기를 끌었던 몇 편의 긴 역사소설을 쓴 작가이다. 그의 작품들은 목가소설의 유행이 종말을 고하고, 역사를 배경으로 활약하는 용감한 귀족을 주인공으로 하는 소설에의 취향이 싹트기 시작하던 싯점의 산물이다. 전10권으로 이루어진 『카싼드라』(*Cassandre*, 1642~1645)는 페르시아제국의 멸망을 다룬 작품이고, 전12권으로 이루어진 『파라몽드』(*Faramond*)——이 작품은 1670년 보모리에르

실제적인 시간진행의 두 지점 사이에 존재하는 시간외적인 간격에 역사적 운명의 결정을 양도하는 특이한 '역사철학'이다.

바로끄 역사소설의 이러한 시간연쇄는 '고딕 소설'이라는 연결고리를 통해서 월터 스코트의 역사소설에까지도 살아남아 그 몇 가지 특징——은밀한 시혜자와 악한의 숨겨진 행동, 우연의 특수한 역할, 그리고 여러가지 종류의 예언과 전조 등——을 결정짓고 있다. 물론 월터 스코트의 소설에서는 이러한 순간들이 지배적이지는 않다.

한마디 덧붙일 것은 우리가 여기서 이야기하는 것이 그리스적 모험의 시간에서 **특수한 주도권을 행사하는 우연**에 대해서이지 우연 일반에 대해서가 아니라는 점이다. 일반적으로 우연은 필연성이 발현되는 한 형태일 뿐이며, 그것이 실제 삶 속에 반드시 존재하는 것과 마찬가지로 어느 소설에도 나타나게 마련이다. 심지어 보다 더 현실적인——그 현실성의 정도는 다양한 것이지만——인간적 시간진행 속에서조차 주도권을 지닌 그리스적 우연의 순간들에 상응하는, 인간의 주도권을 기초로 한 인간적인 실수와 죄(이는 바로끄 소설에서조차 부분적으로 나타난다), 변동과 선택과 결정의 순간들이 존재한다. (물론 그것들의 '엄밀한' 상응을 일반화해서 말할 수는 없다.)

만남의 모티프

그리스 로맨스의 모험적 시간에 대한 분석을 끝마치기 전에 일반적인 측면을 한 가지 더, 즉 소설의 플롯을 구성하는 요소로 포함되는 개개의 모티프들에 대해 언급해야만 할 것이다. 만남과 헤어짐(이별), 분실과 취득, 수색과 발견, 인지와 비(非)인지 등은 다양한 시대의 다양한 유형의 소설뿐만 아니라 다른 장르——서사시, 극, 그리고 서정시——의 문학작품의 플롯에까지도 구성요소로서 등장한다. 이러한 모티프들은 본질적으로 크로노토프적이다. (비록 장르에 따라 크로노토프의 발전

(Vaumorière)에 의해 완성되었다——는 메로빙거제국의 멸망을 다룬 작품이다. 그의 작품으로는 이외에도 전12권으로 이루어진 『클레오파트라』(*Cléopâtre*, 1647~1658)가 있다. —영역자 주

양상이 다른 것은 사실이지만.) 여기서는 만남의 모티프라는 한 가지 모티프만을 다루려 하는데 그러나 이것이야말로 아마도 가장 중요한 모티프일 것이다.

그리스 로맨스의 분석에서 이미 나타난 대로 모든 만남에 있어 시간적 지표('같은 그 시간에')와 공간적 지표('같은 그 장소에')는 불가분의 관계에 있다. 부정적인 모티프('그들은 만나지 못했다', '그들은 헤어졌다')에 있어서는 크로노토프적인 성격은 유지되지만 크로노토프의 어느 한쪽이 부정적 부호를 지닌다. 그들은 주어진 장소에 같은 시간에 도착하지 않았기 때문에 혹은 같은 시간에 서로 다른 장소에 있었기 때문에 만나지 못했다. 시간적 지표와 공간적 지표의 떼어낼 수 없는 (그러나 서로 병합되지는 않는) 통일성은 만남의 크로노토프에 명확하고 형식적이며 거의 수학적인 특성을 부여한다. 그러나 이러한 특성은 물론 대단히 추상적인 성격의 것이다. 요컨대 만남의 모티프란 단독으로는 존재할 수 없는 것이다. 그것은 플롯을 구성하는 하나의 요소로서 항상 작품 전체가 이루는 구체적 통일체의 일부가 되며, 그 결과 그 모티프를 포함하는 구체적 크로노토프의 일부가 된다. 그리스 로맨스의 경우 만남의 모티프는 모험의 시간과 이국(異國)(그러나 이질적이지 않은)이라는 크로노토프의 일부이다. 만남의 모티프는 각 작품의 구체적인 상황에 따라, 예컨대 만남에 대한 정서적 평가(만남이 바람직할 수도 그렇지 않을 수도 있고, 기쁜 것일 수도 슬픈 것일 수도 있으며, 때로는 끔찍하고 심지어는 양면적인 경우까지도 있을 수 있다)에 따라 서로 다른 뉘앙스를 지닐 수 있다. 또한 만남의 모티프가 문맥에 따른 다양한 언어적 방책에 의해 표현될 수 있음은 물론이다. 그것은 여러 겹의 비유적인 의미를 지닐 수도, 또는 오직 한 가지의 비유적인 의미를 지닐 수도 있으며, 결국 하나의 (때때로 대단히 심오한) 상징이 될 수도 있다. 만남의 크로노토프는 문학작품에서 흔히 구성적 기능을 담당한다. 그것은 플롯의 출발점을 제공하기도 하고 때로는 절정을, 심지어 어떤 경우에는 파국(대단원)을 제공하기도 한다. 만남이란 서사시의 플롯을 축조하는 가장 오래된 방법 중의 하나이다. (소설에서는 더더욱 그러하다.) 만남의 모티프가 공간적 지표와 시간적 지표의 통일성이라는 면에서 만남의 모티프와 유사한, 이별, 탈출, 획득, 상실, 결혼 등등의 모티프들과 밀접한 연관을 맺고 있다는 사실은 특별히 중요하다. 그 중에서도 만남의 모티프가 길('대로(大路)')의 크로노토프 및 길에서의 만남과 관련한 다양한 유형의 크로노토프와의 사이에 가지는 밀접한 관계는 특별한 중요성을 지닌다. 길의 크로노토프에서는 시간적 지표와 공간적 지표 사이의 통일성이 대단히 정확하고 명백하게 드러난다. 문학에서 길의 크로노토프가 지니는 중요성은 지대하다. 거의 모든 작품이 이 모티프의 변형태를 포함하고 있으며 많은 작품들이 길의 크로노토프 및 길에서의 만남과 모험을 직접적인 기반으로 하여 구성되어 있다.[6]

만남의 모티프는 또한 다른 중요한 모티프들, 특히 인지·비인지의 모티프와 같이 문학(가령 고대 비극)에서 지대한 역할을 담당하는 모티프와 밀접한 관련을 맺고 있다.

만남의 모티프는 가장 보편적인 모티프 중의 하나로서 그것이 나타나는 범위는 문학뿐만이 아니라(이 모티프가 들어 있지 않은 문학작품을 발견하기란 힘들다) 문화의 다른 분야나 공적 생활과 일상적 생활의 다양한 영역에까지도 걸쳐 있다. 순수한 개념적 사고가 지배하는 과학기술의 영역에는 그러한 모티프가 없지만 대신 **접촉**의 개념이 만남의 모티프에 다소간 해당한다. 신화와 종교의 영역에서는 만남의 모티프가 당연히 주도적인 역할을 수행한다. 가령 성전(聖傳)과 성서에서(복음서와 같은 기독교적 저술과 불교 저술 모두에서), 또한 종교적 의식에서도 그러하다. 만남의 모티프는 종교의 영역에서 여타의 모티프들, 예컨대 출현('현현(顯現)')의 모티프 따위와 결합되어 있다. 엄밀하게 과학적이지 않은 철학의 영역에서도 만남의 모티프는 상당한 중요성을 띤다. (그 예로 셸링(Schelling)이나 막스 셸러(Max Scheler), 특히 마르틴 부버(Martin Buber)의 경우를 들 수 있다.)

실제 삶 속에서 만남의 크로노토프는 사회적·정치적 세상살이의 조직에 있어 결코 빼놓을 수 없는 존재이다. 우리들은 모두 그렇게 조직된 모든 종류의 사회적 만남에 익숙해 있으며 그것이 얼마나 중요한지

6) 이 크로노토프의 보다 발전된 형태가 지니는 특징에 대해서는 이 글의 결론부분에서 언급될 것이다.

를 잘 알고 있다. 한 국가의 삶에 있어서도 만남은 매우 중요하다. 이에 대해서는 언제나 엄격히 규제되는 외교적인 만남——여기서는 만남의 시간과 장소와 구성이 만나볼 사람의 지위에 따라 결정된다——의 경우를 예로 드는 것으로 충분하리라. 그리고 끝으로 인생에서, 그리고 모든 개인의 일상사에서 만남이 지니는 중요성——때로는 한 인간의 운명 전체가 이에 의존한다——에 대해서는 새삼스러운 언급이 필요치 않을 것이다.

이상이 만남의 크로노토프적 모티프가 갖는 특성이다. 크로노토프와 크로노토프적 성격에 관한 더욱 일반적인 문제에 대해서는 이 글의 끝 부분에서 다시 다루기로 하겠다. 이제 그리스 로맨스의 분석으로 되돌아가보자.

공간의 추상성

그리스 로맨스의 모험적 시간은 어떤 종류의 공간에서 실현되는가?

그리스적인 모험의 시간이 작용하기 위해서는 공간의 **추상적인** 확장이 반드시 필요하다. 그리스 로맨스의 세계는 물론 크로노토프적이다. 그러나 그 세계에서의 공간과 시간의 연결관계는 유기적인 것이 아니라 순전히 기술적(그리고 기계적)인 성격의 것이다. 모험이 전개되기 위해서는 공간이, 그것도 매우 넓은 공간이 필요하다. 사건들을 지배하는 우연성은 일차적으로는 **거리**라는 기준에 의해, 다른 한편으로는 **근접성**이라는 기준에 의해(그리고 양자의 다양한 정도라는 기준에 의해) 측정되는 공간과 불가분의 관계에 있다. 클리토폰의 자살을 막기 위해 그의 친구들은 그가 자살하려고 하는 바로 그 장소에 나타나야만 한다. 이것을 **실현**하기 위해, 즉 **적절한 시간**에 **적절한 장소**에 있기 위해 그들은 **달린다**. 다시 말해 그들은 **공간적 거리**를 극복한다. 소설 끝부분에서 클리토폰의 생명이 구해지기 위해서는 아르테미스 여신의 제사장이 이끄는 행렬이 사형이 집행되기 전에 사형집행장소에 도착해야만 한다. 납치는 납치된 사람을 **재빨리 멀고 알려지지 않은 장소**로 옮겨놓는 것을 뜻하며, **추적**은 다른 **공간적 방해물**과 더불어 거리를 극복하는 것을 뜻한다. **감금**

과 투옥은 뒤이어 계속될 주인공의 목적지를 향한 공간적인 운동을 방해하면서, 즉 그의 계속적인 추적과 수색 등을 방해하면서 공간상의 일정한 장소에 주인공을 고립시키고 감시하는 것을 뜻한다. 납치, 탈출, 추적, 수색은 모두 그리스 로맨스에서 커다란 역할을 수행한다. 그러므로 그리스 로맨스는 광대한 공간, 육지와 바다, 많은 나라들을 필요로 한다. 이러한 로맨스들의 세계는 거대하고 다양하다. 그러나 그 크기와 다양성은 철저히 추상적이다. 배가 난파되려면 반드시 바다가 필요하지만 그것이 어느 특정한 바다(지리적 · 역사적 의미에서)인지는 전혀 상관이 없다. 탈출하기 위해서는 다른 나라로 가는 것이 중요하고 납치범들에게는 그들의 희생자를 다른 나라로 보내는 것이 중요하다. 그러나 어떤 특정한 나라인지는 역시 아무런 상관이 없다. 그리스 로맨스의 모험적 사건들은 자신의 사회 · 정치적 구조와 문화 · 역사 등을 지니고 소설 속에 나타나는 개별 국가들의 특정한 세부사항과는 어떠한 본질적인 연관관계도 지니지 않는다. 이러한 특징적 세부사항 중 어느 것도 어떠한 방식으로건 규정적 요인으로 사건에 작용하지는 않는 것이다. 사건은 우연에 의해서만, 즉 주어진 공간적 위치(주어진 국가, 도시 등)상의 임의의 우연성에 의해서만 결정된다. 주어진 장소의 특성은 사건의 구성요소가 되지 못하며 그 장소는 단지 순수하고 추상적인 공간으로서만 등장한다.

이렇듯 그리스 로맨스를 구성하고 있는 모든 모험은 공간의 교환가능성에 의해 지배된다. 바빌론에서 일어나는 일이 이집트나 비잔티움에서도 꼭같이 일어날 수 있으며 그 반대 경우, 즉 이집트나 비잔티움에서 일어나는 일이 바빌론에서 일어나는 것도 가능하다. 각각의 모험들은 또한 그 자체로서 완결된 것이어서 그 모험들간의 시간적 교체도 가능하다. 모험의 시간은 어떠한 규정적 흔적도 남기지 않으며 따라서 뒤바뀔 수 있음을 그 본질로 하기 때문이다. 그리하여 모험의 크로노토프는 공간과 시간 사이의 기술적이고 추상적인 연관관계, 그 시간적 연쇄를 구성하는 계기들 사이의 전환가능성 및 공간의 교환가능성을 그 특징으로 한다.

이 크로노토프에서는 모든 주도권과 힘이 우연에 주어져 있다. 따라서 이 세계의 특수성과 구체성의 정도는 필연적으로 극히 제한된다. 왜냐하면 모든 구체화——그것이 지리적인 것이든 또는 경제적, 사회·정치적, 일상적인 것이든——는 모험의 자유와 유연성을 구속하고 우연이 지니는 절대적인 힘을 제한하기 때문이다. 모든 구체화는 그것이 가장 단순하고 일상적인 변화에 관한 것이라고 하더라도 그것 고유의 규칙산출력과 그것 고유의 질서 및 불가피한 속박 따위를 인간의 삶과 그 삶의 특수한 시간에 도입하게 된다. 사건들은 결국 그러한 규칙에 짜넣어지게 될 것이며, 그러한 질서에 다소간 참여하고 속박에 묶이게 될 것이다. 그렇게 되면 우연의 힘은 결정적으로 제한되며 모험의 운동은 유기적으로 국지화되고 시간적·공간적으로 구속된다. 그런데 자신의 나라와 자신을 둘러싼 고유한 현실을 그리게 될 때에는 이러한 특수성과 구체화가 전적으로 불가피하다. (적어도 일정한 만큼은.) 자신의 세계를 그려서는——그것이 어느 곳의 어떤 상황의 세계이든——결코 그리스적 모험의 시간에 꼭 필요한 만큼의 추상성을 달성할 수가 없는 것이다.

따라서 그리스 로맨스의 세계는 자신의 것과는 다른 세계이다. 그 세계의 모든 것은 불명확한 미지의 낯선 것들이다. 주인공들은 그곳에 처음으로 가보며 그 세계와 아무런 유기적인 인연이나 관계를 가지지 않는다. 그곳의 사회·정치적이고 일상적인 삶을 좌우하는 법칙은 그들에게는 낯선 것으로 그들은 그 규칙을 알지 못한다. 따라서 이 세계에서 그들은 임의의 우연성만을 경험하게 된다.

그러나 그리스 로맨스에서는 이 세계의 이질적 성격이 강조되지는 않으며 따라서 우리는 그것을 이국적이라고 부를 수는 없다. 이국 취향(exoticism)은 자신의 것과 자신의 것이 아닌 다른 것을 의도적으로 대립시키며, 낯선 것의 타자성(他者性)을 강조하거나 이를테면 맛을 내고, 배경으로 함축되어 있는 자신의 평범하고 친밀한 세계와 그것을 대립시켜 정교하게 그려내는 것을 전제로 한다. 그리스 로맨스에는 이러한 것이 없다. 그리스 로맨스에서는 주인공들의 모국을 포함한 모든 것이 낯설다. (남주인공과 여주인공은 보통 다른 모국을 가진다.) 낯선 것의 타자성과 이질성이 선명하게 투영될 수 있는 배경으로서 함축되어 있는 평범하고 친근한 모국(작가와 독자의 모국)이 없는 것이다. 물론 이러한 로맨스에도 평범하고 정상적인 모국의 세계(작가와 독자들의 세계)가 최소한도로 전제되기는 한다. 다른 세계의 이상하고 희귀한 것들을 인지할 수 있는 지표는 있는 것이다. 그러나 그 정도는 아주 미미해서 이 로맨스에서 전제되고 있는 작가의 '실제 세계'와 '실제 시대'를 분석해낼 방법을 찾는 것은 연구자들에게조차 거의 전적으로 불가능한 형편이다.

그리스 로맨스의 세계는 **추상적이고 다른** 세계이며, 그것도 철저하게 배타적으로 다른 세계인데, 그 까닭은 **작가가 태어났고** 작가가 로맨스의 세계를 바라보는 근거지인 그 모국을 로맨스의 어디에서도 찾아낼 수 없기 때문이다. 따라서 이 세계에서는 아무것도 우연의 절대적인 힘을 제한하지 못하며 그로 인해 모든 유괴와 탈출, 감금과 해방, 거짓 죽음과 부활, 그밖의 다른 모험들이 그토록 놀랄 만한 속도로 그토록 손쉽게 진행되는 것이다.

그러나 앞서도 말한 것처럼 이 추상적이고 낯선 세계의 많은 항목과 사건들은 대단히 상세하게 기술된다. 이것은 추상성의 원칙과 어떻게 양립할 수 있는가? 추상성은 여전히 지속된다. 왜냐하면 그리스 로맨스에 기술되는 모든 특징들은 마치 **고립되고 단일하며 독특한** 것인 양 그려지기 때문이다. 어디에서도 관계들의 모형(母型) 안에서 한 나라를 다른 나라와 구별짓는 변별적 특징들을 지닌, 하나의 전체로서의 나라가 기술되지 않는다. 총괄적인 전체와는 아무런 연관이 없는 상태로 단지 개별적인 구조물들만이 묘사되는 것이다. 따라서 예컨대 주어진 한 나라에서 자라는 신기한 동물들 따위의 고립된 자연현상들이 나타난다. 주민의 풍습과 일상적 삶은 어디에도 묘사되지 않으며 그 대신 다른 어떤 것과도 연관되지 않은 신기하고 고립된 기벽(奇癖)만이 묘사될 뿐이다. 이 고립과 비연관성은 소설에 묘사되는 모든 대상에 침투한다. 따라서 이 대상들을 모두 모아보아도 소설에 묘사된(보다 정확히 말하면 열거된) 나라를 특징짓지 못하며 각각의 대상은 자족적이다.

소설에서 묘사되는 이러한 고립적인 것들은 모두 색다르고 기이하며 희귀하다. 그것들이 묘사되는 이유가 바로 그러한 점들 때문인 것이다. 『뢰키페와 클리토폰』에는 예컨대 '나일의 말'(하마)이라고 불리는 기이한 짐승에 대한 묘사가 있다. "전사들이 우연히 **주목할 만한** 강 짐승을 잡았다"로 묘사가 시작된다. 뒤이어 코끼리가 묘사되며 "그것의 출생에 관계된 진기한 것들"이 이야기된다. (4부 2~4장) 다른 곳에서는 악어가 묘사된다. "나는 또다른 나일의 짐승을 보았는데 그것은 강의 말보다도 더 비상하게 힘이 센 것이었다. 그것은 악어라고 불리었다." (4부 14장)

이러한 항목들과 사건들을 측정할 척도가 없고 색다른 것들을 색다른 것으로 인식하게 해주는 평범한 자신의 세계라는 명확한 배경도 없기 때문에 이러한 항목과 사건들은 진기하고 불가사의하며 희귀한 것이라는 성격을 띤다.

따라서 그리스의 로맨스에서 낯선 세계의 공간은 서로 아무런 관련을 맺고 있지 않은 진기하고 희귀한 것들로 채워진다. 이렇게 진기하고 괴이하며 불가사의한 자족적인 사물들은 모험 자체만큼이나 임의적이고 갑작스럽다. 그것들은 모험과 똑같은 재료로 만들어져 있는, '갑자기'들의 응결물이자 사물화된 모험이며 똑같은 우연의 산물이다.

그 결과 그리스 로맨스의 크로노토프——모험의 시간과 낯선 세계——는 특유의 일관성과 통일성을 지니게 되며 그것의 특징 전부를 결정하는 확고한 자기 논리를 가진다. 앞서 살펴본 대로 추상적으로 따로 떼어보면 새로울 것이 전혀 없는 개별적인 모티프들은——이것들은 이미 그리스 로맨스 이전의 다른 장르들에서 잘 발달되어 있었다——이 새로운 크로노토프와 결합됨으로써 그것의 확고한 논리에 종속되어 전적으로 새로운 의미와 특별한 기능을 획득한다.

다른 장르에서는 이러한 모티프들이 더욱 구체적이고 밀도있는 크로노토프와 연결되어 있었다. 알렉산더 시행(詩行)의 시에서는 사랑의 모티프들(첫 만남, 갑작스러운 사랑, 연인들의 슬픔, 첫 입맞춤 등등을 포함하는)은 주로 목가적·전원적 크로노토프 안에서 전개되었다. 이러한 소규모이면서도 매우 구체적이고 밀도있는 서정적·서사적 크로노토프는 세계문학에서 상당한 역할을 담당해왔다. 여기에서는 그 특유의 회귀적인, 그러나 엄격히 말하여 순환적이라고는 할 수 없는 목가적 시간이 작용하는바, 그것은 순환적인 자연시간과 다소간 전원적인(때로는 농업적인) 일상적 시간의 혼합이라 할 만하다. 이 시간은 특유의 일정한 반(半)순환적 리듬을 가지고 있으며 세밀한 묘사를 동반하는 고립된 목가적 풍경에 통합된다. 이것은 꿀처럼 농도짙고 향긋한 시간이자 다정한 연인들이 이룩하는 장면과 서정적 감정의 분출의 시간이며, 엄격하게 제한되고 격리된, 철저하게 양식화된 특유의 자연공간에 의해 침윤된 시간이다. (여기에서는 헬레니즘시대와 로마시대의 시에 나타난 목가적 사랑의 크로노토프의 또다른 변형을 다루지는 않을 것이다.) 더말할 나위도 없이 그리스 로맨스에는 이러한 크로노토프가 전혀 남아 있지 않다. 단 한 가지 예외가 있을 뿐인데 롱구스의 『다프니스와 클로에』가 그것으로서 하나의 별종인 셈이다. 그것의 핵심에는 목가적 · 전원적 크로노토프가 있지만 그 크로노토프는 이미 퇴락하기 시작한 것으로서 철저한 고립과 스스로 부과한 한계가 파괴되고, 사방으로 낯선 세계에 둘러싸여서 그 자신 이미 절반은 다른 세계가 된 상태이다. 자연적 · 목가적 시간도 더 이상 밀도있는 것이 되지 못하며 모험의 시간이 끼여들어 뚫고 지나간다.

물론 롱구스의 목가는 엄밀히 말해 그리스적 모험 로맨스의 범주에 속한다고는 볼 수 없다. 또한 이 작품은 소설의 그 이후의 역사 전개에 있어 자기 계열의 후예를 가지게 된다.

그리스 로맨스에서 외국여행과 관련된 이야기 및 구성상의 요소들은 고대 여행소설에서 이미 잘 발달된 바 있다. 그러나 여행소설의 세계는 그리스 로맨스의 낯선 세계와는 전혀 다르다. 여행소설의 핵심에는 무엇보다도 먼저 작가 자신의 진짜 고향이 있어서 그것이 관점을 구성하는 중심, 비교의 척도, 낯선 세계와 문화에 대한 관찰과 이해를 결정하는 접근방식과 가치평가로서 작용한다. (모국이 반드시 긍정적으로 평가되어야 할 필요는 없으나 그것이 척도와 배경을 제공해야 함은 필수적이다.) 여행소설에서는 이러한 모국에의 인식, 즉 관찰과 서술을 위한 내적 구성의 중심으로서의 '고향'에 대한 인식이 타국의 풍경 전체를 근본적으로 변화시킨다. 더우기 이러한 소설의 주인공은 정치사회적 · 철학적 · 유토피아적 관심에 의해 지배되는, 고대의 공적(公的)이고 정치적인 인간이다. 또한 여행 자체의 일정도 사실적이어서 그것이 소설의 시간적 진행의 구성에 실질적이고 본질적인 중심을 부여한다. 마지막으로 이러한 소설에서는 전기(傳記)가 시간을 구성하는 핵심적 원칙이다. (여기에서는 여행소설이 취할 수 있는 다양한 형식에 대해서는 다루지 않을 것이다. 모험의 요소는 그 중의 어느 한 형식과 일정한 관계를 맺기는 하지만 그러한 소설의 지배적인 구성원칙은 아니며 그와는 전혀 다른 역할을 수행한다.)

여기에서 서사시나 극과 같은 주요 장르를 비롯한 고대문학의 다른 장르들의 또다른 크로노토프들을 자세히 살펴볼 겨를은 없다. 단지 그러한 장르의 심층에는 민속적·신화적 시간이 자리잡고 있으며, 그러한 시간 속에서 (그 나름의 한계를 지닌) 고대의 역사적 시간이 온전한 모습을 갖추기 시작한다는 점만을 지적하고자 한다. 고대 서사시와 극의 시간은 대단히 특수화된 것으로서, 그리스의 자연환경 및 '인위적 환경', 즉 특수하게 그리스적인 행정단위와 도시와 국가들의 구체적인 특징들과 절대적으로 떼어낼 수 없는 관계에 있다. 그리스인들은 자신들 주변의 자연세계의 모든 측면에서 신화적 시간의 흔적을 발견했다. 즉 그 세계에서 신화적 장면이나 그림으로 펼쳐질 수 있는 압축된 신화적 사건을 보았던 것이다. 역사적 시간도 똑같이 구체적이고 지역적인 것이었으며, 서사시와 비극에서는 역사적 시간이 신화적 시간과 긴밀하게 얽혀 있었다. 고전시대 그리스의 이러한 크로노토프는 우리가 그리스 로맨스에서 보는 낯선 세계와는 다소간 대척적이다.

이처럼 고대의 다른 장르에서 완성되고 존속되어온 이야기 및 구성상의 다양한 모티프와 요소들은 그 **특유의 크로노토프**를 가진 그리스의 모험 로맨스에서와는 전혀 다른 특성과 기능을 지녔던 것이다. 그리스 로맨스에서 그것들은 새롭고 독특한 예술적 통일성에 편입되는데, 그 통일성은 고대의 여러 장르들을 단지 기계적으로 혼합한 것과는 전혀 달랐다.

그리스 로맨스의 인물 묘사

이제 그리스 로맨스의 특수한 성격을 보다 잘 이해하게 되었으니 이러한 소설에서 **인물을 그려내는 방법**에 대해 논의해보기로 하자. 이러한 소설 속에서 이야기를 전달하는 모든 방식의 특징도 이 논의의 과정에서 밝혀질 것이다.

우리가 앞서 대략 밝힌 것처럼 모든 일이 우연히 동시에 발생하고 또 우연히 동시에 발생하지 못하기도 하며 사건들의 인과관계도 없고 항상 주도권이 전적으로 우연에게만 주어져 있는 '모험의 시간'에서 정말이지 인간은 어떻게 그려질 수 있을 것인가? 이러한 유형의 시간에서는 개인은 두말할 나위도 없이 철저히 **수동적**이며 철저히 **불변적**인 존재일 수밖에 없다. 앞서 언급했듯이 이러한 개인에게는 일들은 단지 **발생**할 뿐이다. 그 자신은 모든 주도권을 박탈당한다. 그는 행위의 물리적 주체일 뿐이며 따라서 그의 행동은 대체로 기본적으로 공간적인 성격을 지닌다. 그리스 로맨스에 등장하는 인물의 모든 행위는 본질적으로 **강요된 공간적 이동**(탈출, 추적, 탐험 등), 즉 공간적 위치의 변화로 환원된다. 인간의 공간적 이동이 바로 그리스 로맨스의 공간과 시간을 측정하는 기본적 지표들, 즉 크로노토프의 지표들을 제공하는 것이다.

그러나 공간적 이동을 하는 것은 문자 그대로의 의미에서의 물리적 육체만은 아닌 **살아있는 인간**이다. 그의 인생은 '운명'이 지배하는 철저히 수동적인 것이기는 하지만 그는 또한 운명이 벌이는 장난을 **견뎌내는** 존재이기도 하다. 단지 견디어낼 뿐만이 아니라 **동일한 인간으로 남아 있다.** 자신의 '정체성'(正體性, identity)을 전혀 손상시키지 않은 채로 운명과 우연의 모든 우여곡절을 겪어내는 것이다.

하나의 정체와 한 특정한 자아 사이의 이러한 특징적 상응이 바로 그리스 로맨스의 인간형상을 구성하는 **구성적 중심**이다. 우리는 인간의 정체성과 관련한 이러한 요소가 지니는 의의, 즉 그 심오한 이념적 함축을 과소평가해서는 안된다. 이러한 방식으로 그리스 로맨스는 **계급분화 이전의 민속**과의 강한 유대를 드러내며, 민속의 다양한 측면들, 특히 민담에 아직까지도 남아 있는 민속적 인간개념의 본질적 요소들 가운데 하나를 융합하고 있는 것이다. 그리스 로맨스에서의 인간의 정체성이 아무리 빈약해지고 벌거벗겨진다 해도 거기에는 민속적 인간성의 귀중한 핵이라 할 만한 것이 늘 보존되어 있다. 자연과의 투쟁, 모든 비인간적인 힘과의 투쟁에서 인간이 보여주는 불멸의 능력에 대한 신뢰가 항상 느껴지는 것이다.

그리스 로맨스의 이야기 및 구성의 측면을 면밀히 살펴볼 때 우리는 인지, 위장, 일시적인 옷 바꿔입기, 잘못 추정된 죽음(그리고 이후의 부활)과 잘못 추정된 배반(그리고 이후의 변함없는 신의의 확인), 그리고 기본적인 구성적(즉 조직적) 모티프로서의 주인공들의 성실성과 자아에 대한 시험 따위의 장치들이 작중에서 수행하는 역할이 지대함에 놀라게 된다. 이러한 모든 경우에 이야기는 인간 정체성의 특성과 직접적인 관련을 갖고 펼쳐진다. 심지어 만남과 이별, 탐색과 발견 같은 기본적인 모티프군(群)까지도 개별인간의 정체성에 대한 동일한 관심을 반영하는 또다른 이야기적 표현일 따름이다.

우선 주인공의 시험이라는 구조적이고 구성적인 장치를 살펴보자. 이 글의 첫머리에서 우리는 최초의 고대소설 유형을 시련의 모험소설이라고 정의했다. '시련 혹은 시험소설'(Prüfungsroman)이라는 용어는 문학사가들에 의해 오랫동안 17세기의 바로끄 소설에 붙여져왔는데, 그들은 바로끄 소설을 그리스 소설이 유럽에서 발전한 최후의 단계로서 파악한다.

시험이라는 개념이 지니는 형상화의 능력은 그리스 로맨스에서 극명하게 드러나는데 시험이라는 일반적 주제는 실제 문자 그대로 재판과 법 등으로 표현된다.

그리스 로맨스에서 대부분의 모험은 바로 남녀 주인공의 시련, 특히 그들의 정조와 서로간의 신의에 대한 시험으로 구성된다. 그러나 다른 것들도 마찬가지로 시험된다. 그들의 성품, 용기, 힘, 대담성, 그리고 드물게는 지적 능력까지 시험 대상이 되는 것이다. 우연은 주인공들의 여정에 위험뿐만 아니라 온갖 가능한 종류의 유혹들을 마련해놓지만, 그들은 가장 까다로운 상황에 처하였으면서도 언제나 그들의 명예를 고스란히 지키고 이겨낸다. 이렇게 극도로 복잡한 상황들의 인위적인 짜임 속에서 우리는 그리스 로맨스에 담겨 있는 제 2 궤변론자(the Second Sophistic)들의 지나치게 정교한 궤변의 요소를 찾아볼 수 있다. 따라서 시련은 다소 피상적이고 형식적이며 법적이고 수사적인 성격까지도 띠게 된다.

여기에서 중요한 것은 개별 모험들의 구성만이 아니다. 소설 전체가 바로 주인공들의 시험으로 이루어져 있는 것이다. 그리스 로맨스의 시간은 우리가 이미 알고 있듯이 세계에게도 인간에게도 흔적을 남기지 않는다. 소설 속에서 전개되는 사건의 결과로서 어떤 중요한 변화가——그것이 내적이건 외적이건——일어나는 일은 결코 없다. 소설의 끝부분에 이르면 우연에 의해 파괴되었던 시초의 평형상태가 다시 회복된다. 모든 것이 그 근원으로 돌아가 제자리를 찾는다. 그 긴 소설의 결과라는 것이 주인공이 그의 연인과 결혼한다는 것뿐이다. 그러나 사람이나 사물 모두 무엇인가를 **거치기는** 하는데, 그 무엇은 그들을 변화시키지는 못하지만 이를테면 그들이 정확히 어떠한 인물들인가를 확인시켜주며 그들의 정체성과 내구성 및 지속성을 증명하고 확립시켜준다. 사건이라는 망치는 아무것도 부수거나 만들어내지 못하고 단지 이미 완성된 제품의 내구성을 시험해줄 뿐이다. 그리고 그 제품은 시험에 통과한다. 그리스 로맨스의 예술적·이념적 의미는 이렇게 구성되어 있다.

어떠한 예술장르도 긴장만을 중심으로 구성될 수는 없다. 긴장이 많기 위해서도 우선 그와 관련된 실질적 내용이 있어야만 하는 것이다. 그리고 오직 인간의 삶만이, 혹은 적어도 인간의 삶과 직접적으로 관련된 것만이 이러한 긴장을 불러일으킬 수 있다. 이러한 인간적 요인은 아무리 미미하더라도 어떤 실질적인 측면을 통해 드러나야 하며, 다시 말하면 그것은 일정한 정도의 생생한 현실성을 지녀야만 한다.

그리스 로맨스는 소설 장르 중에서 매우 융통성이 있는 예이자 대단한 생명력을 지닌 예이다. 구성개념으로서의 시험의 사용이야말로 소설의 역사 속에서 특별히 생산적이었던 것으로 판명되었다. 시험의 이러한 사용은 초기와 특히 말기의 중세 궁정 로맨스에서 발견된다. 그것은 『아마디스』*와 『영국의 팰머린』*의 중요한 구성원칙이기도 하다. 구성개념으로서의 시험의 사용이 바로끄 소설에 미친 영향에 대해서는 이미 언급하였는바, 바로끄 소설에서는 시험이라는 개념이 특수한 이념적

* *Amadis de Gaula*(14세기) : 스페인의 기사도 로맨스로서 『돈 끼호떼』의 제일차적 풍자의 대상이 된 작품이다. 아더왕 이야기에 의존한 느슨한 줄거리를 가진 이 작품은 당대에 대단한 인기를 끌었다.—영역자 주
* *Palmerin de Inglaterra*(1547) : 『아마디스』를 모방한 일련의 작품들인 『올리바의 팰머린』(*Palmerine de Oliva*, 1511), 『프리말레온』(*Primaleon*, 1512) 중 하나.—영역자 주

내용으로 채워지며, 일단의 특수한 이상들이 '시험을 거치는 주인공'이나 '두려움을 모르는 완전무결한 기사'에 구현되어 등장한다. 주인공의 이러한 절대적인 완전무결함은 다소의 과장을 낳게 되기도 하는바, 보알로(Boileau)가 루씨안(Lucian, 약 A.D. 120년경에 태어나 활동한 그리스의 산문작가—역주)적 유형의 『소설의 주인공들에 관한 대화』에서 바로끄 소설을 신랄하게 비난한 것은 바로 이 때문이다.

바로끄 시대의 이후에는 시험의 구성적 중요성이 급격히 감소한다. 그러나 시험의 개념이 완전히 사라지는 것은 아니며, 그것은 그 이후의 모든 시기에 소설의 구성개념의 하나로서 보존된다. 그것은 다양한 이념적 내용으로 채워지게 되었으며 시험을 위한 시험은 부정적 결과에 이르게 되는 경우가 점차 많아진다. 시험의 주제에 대한 이러한 변형은 19세기와 20세기에도 발견되는바, 특히 주인공의 사명과 '선민성(選民性)', 재능 등을 확인하기 위한 시험을 많이 볼 수 있다. 그러한 변형 중의 하나가 프랑스 소설에 나타나는 나뽈레옹식의 벼락출세자에 대한 시험이다. 또다른 변형은 주인공의 육체적 건강과 성공적 처세능력에 대한 시험이다. 마지막으로 우리는 도덕적 혁신가나 니체식의 인물, 도덕무용론자, 여성해방론자 등의 시험을 다루는 수많은 삼류소설에서 시험의 주제에 관한 그 이후의 변형들을 보게 된다.

그러나 시련소설에 대한 이 모든 유럽적 변종들은 순수한 형식의 것이건 혼합적 형식의 것이건간에 그리스 로맨스에서 간결하면서도 강력한 표현을 얻었던 정체성의 시험과는 매우 거리가 있다. 인간의 정체성에 대한 관심이 인지라든가 잘못 추정된 죽음의 모티프 등을 통해 어느 정도 남아 있다고는 하지만, 그러한 것들은 이제 보다 복잡해졌으며 원래의 간결한 힘을 잃고 말았다. 그리스 로맨스에서 이러한 모티프들과 민속 사이에 존재했던 연관은——그리스 로맨스 역시 이미 민속과는 충분한 거리를 가진 것이었지만——훨씬 더 직접적인 것이었다.

그리스 로맨스에 나타난 인간형상과 그 정체성의 특성(그리고 그 정체성이 시험을 겪게 되는 특징적인 방식)을 온전히 이해하기 위해서는, 이 로맨스 작품 속의 인간들이 고대문학의 다른 모든 고전적인 장르들에서와는 달리 개인, 즉 사적 인간이라는 점을 고려해야 할 것이다. 이러한 특성은 그리스 로맨스의 **추상적이고 낯선 세계**와 상응한다. 이 세계에서 인간은 그가 속한 국가나 도시, 사회집단, 족벌, 심지어는 가족과의 어떠한 유기적 관계도 박탈당한 채 고립되고 사적인 **개인으로서만** 행동한다. 그는 자신을 사회 전체의 일부로서 느끼지 않는다. 그는 낯선 세계에서 길을 잃은 고독한 인간이다. 그는 이 세계 속에서의 아무런 사명도 가지고 있지 않다. 고독한 사적 인간이 그리스 로맨스적 인간상의 본질적 특징이며 그것은 모험적 시간과 추상적 공간이 지니는 특성과 필연적으로 연관되어 있다. 바로 이것이 그리스 로맨스의 인간이 보다 오래된 장르들의 **공적** 인물들이나, 특히 여행소설의 **공적·정치적** 인간과 원칙적으로 그렇게도 판이한 이유이다.

그러나 그리스 로맨스의 이 사적이고 고립된 인간은 때로는 수사적이고 역사적인 장르의 공적 인간과 표면상 똑같이 행동하기도 한다. 그는 수사적으로 구성된 긴 연설을 하기도 하는바, 그러한 연설 속에서 그는 그의 연애편력이나 무훈(武勳), 모험의 사적이고 내밀한 세부사항을 알려주지만 이 모든 이야기는 사적 고백의 형식이 아닌 '공적 설명'의 형식으로 전달된다. 마지막으로 대부분의 이러한 소설에서는 법적 절차가 중대한 역할을 수행하는데 그것은 주인공의 모험을 요약하고 주인공들의 정체성, 특히 그것의 가장 중요한 측면인 연인들의 서로에 대한 성실성(특히 여주인공의 정절)을 법적으로 확인해준다. 그 결과 소설의 모든 주요한 순간들은 공적·수사적으로 조명되고 정당화되며('변명'으로서), 이 모든 순간들이 하나의 전체로서 최종적인 법적 승인을 받는다. 결국 그리스 로맨스에서 **인간형상의 통일성**을 규정하는 것이 무엇인가를 찾는다면, 그것은 바로 그 **수사적·법적** 성격일 것이다.

그러나 이러한 수사적이고 법적이며 공적인 순간들은 개별인간의 참된 내적 내용과는 **일치하지 않는** 외적 형식이다. 그의 내적 내용은 **절대적으로 사적**이다. 그 삶의 기본적 소여, 그를 인도하는 목적, 그의 시련과 무훈 모두는 철저히 개인적인 것이며 사회적이거나 정치적인 의미는 전혀 지니지 않는다. 내용을 구성하는 중심축은 결국 주요 등장인물들 상호간의 사랑과 이 사랑이 겪게 되는 내적·외적 시험인 것이다. 다른 모든 사건들은 이 축과의 관계에 의해서만 소설 안에서 의미를 가진다. 그러한 특성을 잘 보여주는 것이 '전쟁'과 같은 사건조차도 단지 주인공들의 사랑과 관련된 행위의 차원에서만 의미를 지닌다는 사실이다. 예컨대 『뢰키페와 클리토폰』에서 사건은 비잔틴인과 트라키아인 사이의 전쟁으로 시작되는데, 이 전쟁이 언급되는 유일한 목적은 뢰키페로 하여금 클리토폰의 부친의 집에 도착하게 함으로써 그들 사이의 첫 만남을 가능케 하는 데 있다. 작품의 말미에 전쟁은 다시 한번 언급되지만 이때의 목적은 종전(終戰)을 축하하는, 아르테미스 여신의 찬송행렬이 클리토폰을 고문과 처형에서 구출하게 하는 데 있다.

사적 삶이 사회·정치적 사건에 비추어 해석되는 것이 아니라 그 반대로 사회적이고 정치적인 사건들이 사생활과의 관계를 통해서만 소설적 의미를 획득한다는 것이 이러한 소설의 특징이다. 또한 이러한 사건들은 소설 안에서 개인의 운명에 관련되는 만큼만 조명되며 순전한 사회·정치적 사건으로서의 본질은 소설 밖에 머문다.

따라서 인간형상의 공적이고 수사적인 통일성은 순수한 사적 내용과 모순관계를 이루며 이 모순이 그리스 로맨스의 큰 특징이다. 뒤에 살펴볼 것이지만 이것은 그 이후의 몇몇 수사적 장르들, 그 중에서도 특히 자서전의 특징이기도 하다.

일반적으로 고대의 세계는 사적 개인과 그의 삶에 적절한 형식과 통일성을 창출하는 일에 성공적이지 못했던 것이 사실이다. 인간의 삶은 이미 사적인 것이 되었고 인간은 개인화되었으며 또 이러한 사적인 것에 대한 인식이 고대의 문학에 침투하기 시작했음에도 불구하고, 그것에 적절한 형식은 이류의 서정·서사적 장르와 짧은 일상적 장르, 서민생활을 다룬 희극이나 짧은 소설류에서만 발전시킬 수 있을 따름이었다. 주요 장르에서는 개체화된 인간의 사생활이 외적으로만 불충분하게 그려졌으며 따라서 공적·관료적이거나 혹은 공적·수사적인 성격의 비(非)유기적이고 형식주의적인 형태로만 표현되었다.

개인에게 통일성을 부여해주고 그가 모험을 거치는 동안 내내 유지되는, 개인의 이러한 공적이고 수사적인 측면은 그리스 로맨스에서 외면적이고 형식주의적이며 인습적인 성격을 띤다. 일반적으로 말해 그리스 로맨스에서 찾아볼 수 있는 모든 이질적인 요소의 동질화 과정(하나의 장르로서의 그것의 본질에서뿐만 아니라 그것의 기원의 역사에 있어서) 은 거의 백과사전적이라고까지 할 만한 방대한 장르를 낳게 되며 그러한 과정은 모든 구체적이고 국지적인 것을 제거하고 도식화하는 극도의 추상성을 통해서만 달성된다. 그리스 로맨스의 크로노토프는 모든 소설적 크로노토프 중 가장 추상적인 것이다.

가장 추상적인 이 크로노토프는 또한 가장 정적(靜的)이기도 하다. 이러한 크로노토프에서는 세계와 개인은 완결된 항목이며 절대적인 부동(不動)의 성격을 지닌다. 거기에는 발전이나 성장, 혹은 변화할 수 있는 잠재력이 없다. 소설에서 묘사되는 행위의 결과로 어떤 것도 파괴되거나 다시 만들어지지 못하며, 변화되거나 새롭게 창조되지도 못한다. 우리가 얻는 것은 시작할 때에 존재했던 것과 결말에 나타나는 것 사이의 동일성에 대한 확인에 불과하다. 모험의 시간은 아무런 흔적을 남기지 않는 것이다.

이상이 고대소설의 첫번째 유형의 특징이다. 그것의 개별 측면에 대해서는 소설에서의 시간표현 방법의 그 이후의 발전과 관련하여 다시 살펴보게 될 것이다. 이미 언급한 바대로 이 소설유형과 그 몇몇 규정적 특징(특히 모험의 시간 자체)은 이후의 소설사에서 커다란 생명력과 유연성을 보여준다.

2. 아풀레이우스와 페트로니우스

일상생활의 모험소설과 변신의 개념

이제 고대소설의 두번째 유형으로 넘어가보자. 우리는 그것을 잠정적으로 **일상생활의 모험소설**(adventure novel of everyday life)이라고 부르기로 하겠다. 엄밀한 의미에서는 오로지 두 작품——몇 편의 단편만이 전해지는 페트로니우스(Petronius: 20?~66, 고대 로마 네로 황제 시대의 문인—역주)의 『싸티리콘』(*Satyricon*)과 작품 전체가 보존된 아풀레이우스(Lucius Apuleius: 124?~170?, 시인·철학자·수사가로 활약한 고대 로마의 저술가—역주)의 『황금 당나귀』(*The Golden Ass*)——만이 이 범주에 속한다. 그러나 이러한 유형의 특징들은 다른 장르들, 무엇보다도 풍자문학이나 헬레니즘시대의 욕설문학(diatribe)에, 그리고 성인(聖人)들의 삶(유혹으로 가득 차 있으며 위기와 재생으로 이어지는 죄많은 삶)을 다룬 초기 기독교문학의 몇몇 작품들에도 나타난다.

여기서는 이 두번째 유형의 고대소설을 분석하기 위한 열쇠로 아풀레이우스의 『황금 당나귀』를 활용하고자 하며, 이 유형에 속하는 다른 몇몇 예에서 나타나는 특징들에 대해서도 다소 언급할 것이다.

이 두번째 유형에서 무엇보다도 먼저 우리의 눈에 띄는 것은 우리가 이 유형을 '일상생활의 모험소설'이라고 잠정적으로 이름붙임으로써 표현하려고 했던, 모험적 시간과 일상적 시간의 혼합이라는 특질이다. 물론 이 두 개의 상이한 시간을 기계적으로 혼합한다는 것은 불가능하다. 모험적 시간과 일상적 시간은 이러한 소설에 의해 창조되는 전적으로 새로운 크로노토프라는 조건에 종속됨에 따라 이러한 결합체 속에서 자신의 형태를 근본적으로 변화시킨다. 그리하여 그리스 로맨스의 모험적 시간과는 전혀 다른 새로운 유형의 모험적 시간, 즉 특별한 종류의 일상적 시간이 나타난다.

『황금 당나귀』의 플롯은 삶의 실제적 흐름 속의 인접한 두 순간 사이에 존재하는 시간외적 간격은 결코 아니다. 그와는 반대로, 바로 주인공(루씨우스)의 인생행로를 구성하는 주요한 순간들이 소설의 플롯을 구성한다. 그러나 이러한 인생의 묘사에는 두 가지의 필수적인 특별한 선행조건이 있는바, 이것이 이 소설에서 시간의 특성을 규정한다.

그 선행조건이란 다음과 같다. 첫째, 루씨우스의 인생행로는 '변신'(metamorphosis)으로 가장되어 독자에게 제시되어야 한다. 둘째, 그의 인생행로가 **실제 여행경로**, 즉 루씨우스가 당나귀의 모습으로 세계를 **방황**하는 경로와 어느 정도 상응해야만 한다.

변신으로 감싸여진 루씨우스의 이야기는 루씨우스의 삶이라는 기본플롯 및 그 의미적 변형으로 제시되는 큐피드와 푸쉬케의 이야기라는 삽입단편을 통해 우리에게 전달된다.

변신(**변형**), 그 중에서도 특히 인간의 변형의 주제와 **정체성**(그 중에서도 특히 인간의 정체성)의 주제는 계급분화 이전의 세계 민속의 보고(寶庫)에서 유래한 것이다. 민속의 인간상은 변형 및 정체성의 개념과 밀접하게 결합되어 있다. 이러한 결합은 민담(民譚)에서 특히 분명하게 찾아볼 수 있다. 엄청나게 다양한 민담들을 통틀어 민담의 인간상은 언제나 **변형과 정체성**이라는 모티프를 중심으로 전개된다. (이 모티프의 구체적 표현이 아무리 다양할지라도 역시 마찬가지다.) 개인에 대한 관심에서 비롯된 이 변형과 정체성의 모티프는 전체 인간세계와 자연, 그리고 인간 자신의 창조물들에게까지 전이된다. 이러한 변형과 정체성의 모티프가 인간형상 속에 표현되는 민중적 민담적 시간의 특성은 라블레와 관련하여 뒤에 다시 다루게 될 것이다.

변신의 개념은 고대에 극도로 복잡다기한 발전의 경로를 거쳤다. 이 경로에 합쳐진 지류(支流)들 중의 하나가 그리스 철학이며 여기에서 변형의 개념은 정체성의 개념과 함께 지대한 역할을 수행한다. 실제로 이러한 개념의 핵심적인 **신화적 외피**는 데모크리투스(Democritus: 460?~370 B.C., 플라톤의 관념론 철학에 대립하는 유물론 철학을 수립한 그리스 철학자—역주)와 아리스토파네스(Aristophanes: 448?~385 B.C., 그리스의 풍자희극작가—역주)에 이르기까지 잔존하였으며 그들조차도 이것을 완전히 떨쳐버리지는 못하였다.

또하나의 지류는 고대의 신비의식, 특히 엘레우시스의 신비의식(Eleusinian mysteries: 아테네 근처 Eleusis에서 행해졌던 고대 그리스의 가장 유명한 종교의식—역주)에 등장하는 변신(변형) 개념의 의식(儀式)적 발전이다. 이러한 고대의 의식은 그 후기의 발전단계에서 점차 특유의 변신의 형태를 가진 동양적 의식의 영향에 종속된다. 기독교 의식의 최초의 형태도 이러한 발전과정 선상에 포함될 수 있을 것이다. 이 부류에는 또한 서기 1~2세기경에 대단히 널리 퍼져 온갖 종류의 협잡꾼들에 의해 행해졌으면서 당대의 일상생활에서 확고부동한 지위를 차지하고 있었던 조잡한 마술적 형태를 띤 변형이 포함될 수 있다.

세번째 지류로는 순수한 민중적 민속에 지속적으로 존재했던 변형의 모티프들을 들 수 있다. 물론 이러한 민속은 순수한 형태로 우리에게 전해 내려오지는 않으나 우리는 그 존재를 그것이 행사했던 영향을 통해, 즉 큐피드와 푸쉬케에 대한 아풀레이우스의 짧은 이야기(novella)의 예에서와 같은 문학적 반영을 통해 알 수 있다.

마지막으로 네번째 지류는 문학 고유의 변신 개념의 발전이다. 이 네번째 지류만이 현재 우리의 관심사이다.

이 개념의 문학적 발전이 그것이 취했던, 우리가 앞서 열거한 것과 같은 여러 다른 형식들과 고립되어 별개로 이루어진 것은 물론 아니다. 그 점은 엘레우시스의 신비의식의 전통이 그리스 비극에 미친 영향만을 들어보아도 충분히 알 수 있다. 변형의 철학적 형태와 앞서 언급한 민속이 문학에 영향을 미친 것 또한 의심할 여지가 없다.

변신 또는 변형은 발전의 개념에 대한 신화적 외피로서, 그 발전은 직선적이기보다는 간헐적인, 즉 '마디'를 가진 선을 따라 전개되는 형태의 것이며, 따라서 독특한 유형의 **시간연쇄**를 구성한다. 이 개념의 구성은 지극히 복합적인데 이 점이 그 개념으로부터 파생된 시간연쇄의 유형들이 지극히 다양한 이유이다.

헤시오도스(Hesiodos: B.C. 8세기경의 그리스 시인—역주)는 그의 『노동과 나날』(*Works and Days*)과 『신통기(神統記)』(*Theogony*)에서 이 복잡한 신화적 주제를 다양한 시간연쇄로 공들여 분해해놓았는바, 그 내용은 다음과 같다. 특정한 가계(家系)의 선개, 세대와 시대의 연쇄적 변화(금, 은, 동, '트로이' 또는 영웅, 철의 시대라는 다섯 시대의 신화), 그리고 곡식 변화의 주기적 연쇄와 포도덩굴 변화의 유사한 연쇄 등을 포함하는, 자연 속의 역행할 수 없는 신족적(神族的) 연쇄.

나아가 헤시오도스의 경우에는 일상적인 농업노동의 주기적 연쇄도 일종의 '농부의 변신'이라는 형태로 구성되어 있다. 이상의 예들 외에도 헤시오도스의 작품 속에는 **변신**의 개념을 신화적 원천으로 사용한 시간연쇄들이 무척 많다. 이런 모든 연쇄들은 몇 가지 항목들이 연속적으로 진행된다는 특성을 공유하지만, 그 연쇄의 구성단위들은 극도로 다양한 형태(형상)——전적으로 상이한 형태——를 취한다. 그리하여 신의 족보에 따라 제우스의 시대가 크로노스(Cronos: Uranus와 Gaea의 막내아들로 제우스를 포함한 올림피아 열두 신의 아버지—역주)의 시대를 대체하는가 하면, 황금시대, 은의 시대 등으로 시대가 바뀜에 따라 인간의 세대도변화하며, 또 다른 연쇄에서는 계절의 변화가 그 내용을 구성한다. 다양한 시대와 세대, 계절과 농업노동의 단계 등에서 볼 수 있는 형상들은 서로 무척 다르다. 그러나 이러한 다양성 속에서도 신의 족보, 역사적 진전, 자연과 농촌생활 각각의 일관성은 유지된다.

헤시오도스의 경우 변신이라는 개념은 다른 초기 철학체계나 고전적 신비의식에서와 마찬가지로 광범위한 의미를 가진다. 헤시오도스의 작품 속에서 '변신'이라는 단어 자체는 한 존재가 다른 존재로 갑작스럽게 기적적으로 변화한다는(마술적 정의에 가까운) 특수한 의미로 사용되지 않는다. 변신이라는 단어가 이러한 특수한 의미를 갖게 된 것은 로마시대와 헬레니즘시대에 들어선 뒤의 일이다. '변신'이라는 단어가 그러한 의미로 사용된 것은 '변신'의 주제가 발달하는 과정에 있어 후기의 일인 것이다.

오비디우스(Publius Ovidins Naso: 43 B.C.~A.D. 18, 로마의 시인—역주)의 『변신』(*Metamorphosis*)은 이 후기 단계의 전형적인 예이다. 이 작품에서 '변신'의 일반적인 개념은 이미 고립된 개인의 사적(私的) 변신으로 변화되었으며 또한 이미 외면적·기적적 변화라는 특성을 띠기 시작했다. 변신이라는 관점에서 전세계의 우주진화론적이고 역사적인 발달과정을 그려낸다는 기본개념——혼돈으로부터 질서를 창조하는 것에서 시작하여 케사르가 하나의 별로 변화하는 것으로 끝나는 과정——은 유지된다. 그러나 이 단계에 이르러서 변신의 개념은 이제 신화적·문화적 전통 전체로부터 선택된 몇가지 변신들——그 개별적 사례들은 겉으로 보아서는 생생하나 서로 아무런 상관관계도 갖고 있지 않다——속에 구현된다. 그것들은 좁은 의미에서의 변신일 뿐이며 아무런 내적 통일성이 없이 전개된다. 각각의 변신은 그 자체로 완전한, 폐쇄된 시적 전체를 구성한다. 중요하고 본질적인 각각의 시간연쇄들을 통일시켜줄, 변신의 신화적 외피가 더이상 존재하지 않는 것이다. 시간은 스스로를 기계적으로 배열하여 단일한 연쇄들만을 나열하는 고립된 자족적 편린들로 해체된다. 고대의 시간연쇄가 지닌 신화적 통일성이 해체되어가는 이와같은 과정은 오비디우스의 『파스티』(*Fasti*)에서도 찾아볼 수 있다. (이 작품은 로마와 헬레니즘 시대의 시간개념을 연구하는 데 큰 도움을 준다.)

아풀레이우스에 와서 변신은 한층 개인적이고 고립된, 공공연하게 마술적인 성격을 띤 것이 된다. 이전에 그것이 지녔던 폭과 힘은 거의 완전히 사라졌다. 변신은 우주적·역사적 전체와 단절된 개인적이고 개별적인 운명을 개념화하고 그려내는 도구에 불과하게 되었다. 그러나 이러한 변신의 개념에도 직접적인 민속적 전통의 영향 덕분으로, **한 개인의 전 생애에 걸친 운명**을 그 모든 중요한 **전환점**과 더불어 포용할 만한 활력이 충분히 유지되고 있었다. 바로 이 점에 변신의 개념이 소설장르에 대해 지니는 중요성이 있는 것이다.

지금은 변신 그 자체——루씨우스의 당나귀로의 변신, 인간으로의 재변신, 신비적 정화(淨化)——의 본질을 깊이있게 분석할 계제가 아니다. 그러한 분석이 우리의 당면과제에 필수적인 것도 아니다. 게다가 '당나귀로의 변신'이라는 주제의 생성과정 자체도 무척 복잡하다. 아풀레이우스가 그 주제를 취급하는 방식 또한 복잡한 것이며 오늘날까지도 충분히 설명되지 못하고 있다. 우리의 당면논의를 위해서는 이러한 모든 것이 반드시 규명되어야 하는 것은 아니다. 우리의 관심사는 두번째 유형의 소설의 구조에서 변신이 지니는 기능일 뿐이기 때문이다.

변신은 개인의 전인생을 가장 중요한 **위기**의 순간들을 중심으로 그려내기 위한, 즉 **개인이 어떻게 그 이전의 자신과 다르게 변화하는가**를 보여주기 위한 방법적 기초로 사용된다. 우리에게 동일한 개인이 취하는 상이한 여러가지 형상들이 제시되는데 이러한 형상들은 그의 인생행로를 구성하는 다양한 시기와 국면으로서의 통일성을 지닌다. 여기에서도 엄밀한 의미에서의 진화란 존재하지 않으며 대신 위기와 재탄생을 찾아볼 수 있다.

이 점이 아풀레이우스적인 플롯과 그리스 로맨스의 플롯을 구별하게 해주는 기본적인 차이이다. 아풀레이우스가 묘사하는 사건들은 주인공의 일생을 결정하며 그의 전인생을 규정한다. 그러나 유년기에서 노년기와 죽음에 이르는 그의 전인생이 우리에게 제시되지는 않는다. 따라서 이것은 온전한 형태의 **전기적 인생**이 아니다. 이러한 위기를 중심으로 하는 유형의 묘사에서 우리는 한 인간의 운명을 결정하고 그 전체적 방향을 결정짓는 한두 순간만을 보게 된다. 이러한 원칙에 따라 이러한 유형의 소설은 우리에게 한 개인의 두세 가지 서로 다른 형상을 제공하며, 그 형상들은 그 개인의 위기와 재생을 통해 분해되고 재결합된다. 아풀레이우스는 주요 플롯에서 루씨우스의 형상을 세 가지로 보여준다. 즉 당나귀로 변형되기 이전의 루씨우스, 당나귀가 된 루씨우스, 신비하게 정화되고 새로와진 루씨우스가 그것이다. 보조 플롯에서는 푸쉬케의 형상이 두 가지로만 나타난다. 속죄의 고난으로 정화되기 이전의 푸쉬케와 그 이후의 푸쉬케가 그것이다. 이 경우에는 여주인공의 재생의 과정은 루씨우스의 경우처럼 뚜렷하게 구별되는 세 개의 상이한 형상으로 구분되어 있지는 않은 것이다.

이러한 유형에 속하는 초기 기독교의 **위기의 성인전**(crisis hagiography)에서도 우리는 대개 한 개인의 두 가지 형상만을 보게 된다. 그것은 (재생 이전의) 죄인과 (위기와 재생 이후의) 성인의 형상으로서 위기와 재생을 통해 분해되고 재통합된다. 여기서도 때때로 세 개의 형상으로 이루어진 연쇄가 발견되며, 성인의 일생 중에서 특히 고난을 통한 정화와 스스로와의 투쟁의 기간(루씨우스가 당나귀로서 보내는 시간에 상응하는)을 강조하고 발전시키는 경우에 그러하다.

이상에서 살펴본 바로 알 수 있듯이 이러한 유형의 소설은 엄밀한 의미의 **전기적 시간**에 따라 전개되지 않는다. 단지 한 인간의 생애에서 **예외적**이며 극히 **색다른** 순간만이 묘사되며 그 순간들은 인간의 생애 전기간에 비하면 무척 짧다. 그러나 이러한 순간들이 주인공의 **그 이후 전생애의 성격뿐 아니라 바로 그를 규정하는 형상과 그의 본질까지도 틀짓는다.** 그러나 재생 이후의 인생여정은 그의 활동 및 노동과 함께 전기적인 진행을 따라 이어지므로 결과적으로 이미 소설의 영역을 벗어나 있다. 그리하여 루씨우스도 세 단계의 깨우침을 거친 후에야 수사학자겸 성직자로서 그의 전기적 삶을 시작하는 것이다.

모험적 시간의 측면

이상이 두번째 유형의 모험적 시간이 지닌 구성적 특징이다. 이것은 아무런 흔적도 남기지 않는 그리스 로맨스의 시간과는 다르다. 오히려 그것은 한 인간의 인생과 그 인간 자체에 지울 수 없는 깊은 흔적을 남긴다. 그러나 이것 역시 모험적 시간임에는 틀림이 없다. 그 까닭은 이것이 예외적이고 색다른 사건들, 우연에 의해 결정되는 사건들, 우연한 만남(시간적 접합)과 우연한 못 만남(시간적 분리)으로 나타나는 사건들로 이루어지기 때문이다.

그러나 두번째 유형의 모험적 시간에서는 이러한 우연의 논리가 그것을 포함하는 또하나의 더 높은 논리에 문자 그대로 종속된다. 마녀의 하녀 포티스(Fotis)는 **우연히** 틀린 상자를 가져와 사람을 새로 변화시키는 크림 대신에 사람을 당나귀로 변화시키는 크림을 루씨우스에게 준다. **마침 그때** 이 변화를 역전시키는 데 필요한 장미가 **우연히도** 집에 없다. **우연히 바로 그날 밤** 강도가 들어 그 당나귀를 몰고 가버린다. 그 이후 당나귀와 그의 여러 주인들이 겪는 모험들에서도 우연은 계속 주요한 역할을 담당한다. 당나귀가 다시 사람으로 복귀하는 변화를 번번이 가로막는 것 역시 우연이다. 그러나 우연의 힘과 그것이 지니는 주도권은 제한되어 있어서, 우연은 자신에게 할당된 영역 안에서만 힘을 발휘한다. 루씨우스가 위태로운 마법에 휘말리게 되는 것은 우연 때문이 아니라 그의 방탕함과 젊은이다운 경솔함, 그리고 '음탕한 호기심' 때문이다. 잘못은 **그 자신**에게 있으며, 그의 음탕함이 우연의 장난을 야기한 것이다. 따라서 **일차적인 주도권**은 **주인공 자신**과 그의 **됨됨이**에 있다. 물론 이 주도권은 **창조적인 의미로 능동적이지는 못하다.** (그러나 이 점은 그다지 중요한 사실은 아니다.) 여기에서 주도적인 힘을 발휘하는 것은 잘못과 도덕적 나약성, 실수(그리고 실수의 기독교 성인전식(式) 변형인 죄)이다. 주인공의 최초의 모습은 이와같은 소극적 주도권에 의해 특징지어진다. 그는 젊고 경솔하고 제멋대로이며 방탕하고 무책임한 호기심에 차 있다. 그가 스스로에게 우연의 힘을 불러들인다. 따라서 모험적 연쇄의 최초의 고리는 우연에 의해서가 아니라 주인공 자신과 그의 됨됨이에 의해 좌우된다.

마지막 고리, 즉 모험의 연쇄 전체의 결론도 마찬가지로 우연에 의해 결정되지 않는다. 루씨우스는 인간의 형태를 되찾기 위해 해야 할 일을 그에게 가르쳐주는 여신 아이시스(Isis: 농사와 수태를 관장하는 여신—역주)에 의해 구원된다. 여기에서 여신 아이시스의 역할은 (그리스 로맨스의 신들이 지니는 것과 같은) '행운'의 동의어로서의 역할이 아니고, 그에게 정화의 방향을 알려주고 고도로 세심한 정화의식과 고행을 요구하는 후원자로서의 역할이다. 아풀레이우스에게 있어서는 환상과 꿈 또한 그 이전 그리스 로맨스에서와는 전혀 다른 의미를 지닌다. 그리스 로맨스에서는 꿈과 환상은 사람들에게 신과 우연의 뜻을 알려주는 것이었다. 그것들은 운명의 강타를 피하거나 그에 대한 대비책을 마련하기 위한 수단으로 사용될 수는 없다. 다만 "인간이 그들의 고난을 더 쉽게 참아낼 수 있도록 하기 위해"(아킬레스 타티우스) 주어지는 것일 뿐이다. 따라서 꿈과 환상은 주인공으로 하여금 어떤 행위를 하도록 유발시키지는 않는다. 그와는 반대로 아풀레이우스에게 있어서는 꿈과 환상은 주인공에게 지시를 내리고, 운명을 바꾸기 위해서는 무엇을 할 것이며 어떻게 행동해야 할 것인가 등을 가르쳐준다. 다시 말해서 꿈과 환상은 주인공으로 하여금 결정적인 조치를 취하고 행동하도록 요구하는 것이다.

이렇듯 모험을 구성하는 고리들 중 최초의 고리와 마지막 고리 모두가 우연의 힘이 미치지 않는 곳에 있다. 그 결과 전체 고리의 성격이 바뀌게 된다. 그것은 더욱 능동적인 것이 되고, 주인공 자체와 그의 운명에 변화를 가한다. 주인공이 겪는 일련의 모험들은 단순히 그의 정체성을 확인하는 데 그치지 않고 주인공의 새로운 형상, 즉 정화되어 다시 태어난 인간의 모습을 구축하는 것이다. 따라서 개별적 모험들의 한계 안에서 지배력을 발휘하는 우연도 새로운 방식으로 해석될 필요가 있다.

루씨우스가 정화된 후 아이시스의 사제가 하는 발언은 이상에서 살펴본 내용을 특징적으로 나타내준다. (『황금 당나귀』 제 2 권)*

자, 이제 루씨우스 그대는 운명이 그대에게 보낸 많은 불행을 다 겪

* Apuleius의 인용문은 Apuleius, *The Golden Ass*(William Adlington 역, Harry C. Schnur 편, New York; Collier, 1962)에서 취한 것이다.—영역자 주

고 수없이 많았던 폭풍을 견디어낸 뒤 마침내 평화로운 항구, 자비로운 제단에 이르렀소. 그대의 고귀한 태생이나 지위, 뛰어난 학식도 소용없이 그대는 젊은 혈기로 **관능의 노예**가 되어 그 음탕한 호기심에 대한 **치명적인 댓가를 치렀소.** 그러나 **눈먼 운명**은 그대를 최악의 위험으로 괴롭히는 가운데 **자신도 모르게 그대를 지금의 축복된 상태로 인도하였소.** 이제 운명은 다른 곳으로 가 힘을 떨쳐야 할 것이며 그 잔인함에 희생될 다른 사람을 찾아야 할 것이오. 우리의 최고의 여신에게 자신의 인생을 바친 사람들은 **파괴적인 우연이 건드릴 수 없기** 때문이오. 도둑과 야수와 노예생활과 곳곳에서의 잔인한 결정과 일상적인 죽음에의 대기상태에 자기 자신을 맡겼던 것이 어떻게 해서 결국 그대의 운명에 보탬이 되었는지를 아시겠소? 이제 그대는 이제까지와는 다른 운명, 즉 눈먼 운명이 아닌 **앞을 볼 수 있는** 운명의 보호를 받게 될 것이며, 그 운명의 광명이 다른 신들도 또한 밝혀줄 것이오.

여기서 강조되는 것은 루씨우스의 **개인적 잘못**으로 이것이 그를 우연('눈먼 운명')의 힘에 넘겨주게 되는 요인이다. 우리는 또한 여기에서 한편으로 '눈먼 운명'과 '파괴적인 우연', 다른 한편으로 '앞을 볼 수 있는 운명', 즉 루씨우스를 구원해준 여신의 지배권 사이의 명백한 대립을 볼 수 있다. 결국 '눈먼 운명'의 본질적인 의미는 한편으로는 루씨우스의 개인적인 잘못에 의해, 다른 한편으로는 '앞을 볼 수 있는 운명'의 힘, 즉 여신의 보호에 의해 그 힘이 제한되는 운명으로서 우리에게 드러난다. 이러한 본질적인 의미는 **치명적인 댓가**와, '눈먼 운명'이 '자신도 모르게' 루씨우스를 이끌어간 **지금의 축복된 상태로의 인도**라는 이 두 표현에 담겨 있다. 따라서 모험의 연쇄 전체는 '처벌'과 '구원'으로 해석되어야 한다.

주요 플롯과 평행을 이루는 부차적 플롯(큐피드와 푸쉬케에 대한 짧은 이야기)의 모험적·민담적 연쇄도 전적으로 동일한 방식으로 구성되어 있다. 푸쉬케의 개인적인 잘못이 연쇄의 최초의 고리를 이루며, 마지막 고리는 신들의 보호이다. 푸쉬케가 겪는 모험과 민담식의 고난도 처벌과 응보로 해석된다. 여기에서는 우연, 즉 '눈먼 운명'의 역할이 루씨우스의 이야기에서보다도 훨씬 더 제한되고 부차적으로 되어 있다 따라서 여기 두번째 유형에서는 모험의 연쇄가 비록 일차적으로 우연에 의해 지배당하고는 있지만 그것을 포함하고 해석해주는 다른 연쇄, 즉 '잘못→처벌→구원→축복'이라는 연쇄에 철저히 종속되어 있음을 알 수 있다. 이 후자의 연쇄는 모험의 논리와는 아무런 상관이 없는 전혀 다른 논리에 의해 지배된다. 이것은 우선 변신 그 자체, 즉 주인공의 겉모습의 변화를 결정하는 능동적인 연쇄이다. 그리하여 '경솔하고 무책임한 호기심에 차 있던 루씨우스'가 '당나귀'가 되었다가 고난을 겪은 뒤에 '정화되고 깨우침을 얻은 루씨우스'가 되는 것이다. 더 나아가 이 연쇄에는 일정한 형태와 정도의 불가피성이 필수적인바, 이러한 불가피성은 그리스적 모험의 연쇄에서는 전혀 찾아볼 수 없다. 잘못에는 응보가 **따라야만 하며**, 응보 후에는 정화와 축복이 **따라야만 한다**. 또한 이러한 불가피성은 기계적이고 탈개인적인 것이 아니라 인간적인 것이다. 잘못은 개인의 됨됨이에 달려 있으며, 응보——개인의 정화와 발전에 있어 잘못 못지않은 필수적 힘을 지니는——역시 그러하다. 연쇄 전체가 **개인의 책임**에 근거하고 있는 것이다. 마지막으로 동일한 개인의 외양의 변화 역시 이러한 연쇄에 본질적인 인간다움을 부여한다.

지금까지 살펴본 바로 그리스적 모험의 시간에 비해 이러한 연쇄가 지니는 우월성을 분명히 알 수 있다. 변신에 대한 순수한 신화적 개념에서 출발하여 이제 시간의 더욱 중대하고 사실적인 특징들을 보다 적절하게 표현할 수 있는 방법이 고안된 것이다. 시간은 이제 단순히 기계적인 것이 아니며, 뒤집어놓거나 바꾸어놓을 수 있고, 내적인 제한이 없는 나날과 시간과 순간들의 일직선상의 배열에 불과한 것이 아니다. 이제 시간의 연쇄는 **역전이 불가능한** 통합적 **전체**인 것이다. 그리고 그 결과, 그리스적 모험의 시간의 큰 특징이었던 추상성이 사라지게 된다. 그와는 반대로 이 새로운 시간의 연쇄는 매우 구체적인 표현을 요구한다.

그러나 이러한 발전적 양상과 함께 몇몇 결정적인 한계는 그대로 남아 있다. 그리스 로맨스에서와 마찬가지로 개인은 **사적**이고 **고립**되어 있다. 따라서 그의 잘못과 응보와 정화와 축복 등은 사적이고 개인적인 성격을 띤다. 그러한 것들은 **특정한 고립적** 개인의 **사적인** 문제일 뿐이다. 그러나 행위를 결정하는 데 이러한 개인이 갖는 잠재력은 창조적인 성격의 것은 아니다. 그러한 잠재력은 경솔하고 성급한 행위라든가 실수, 잘못 등 오로지 부정적인 측면으로만 실현된다. 따라서 전체 연쇄의 전개는 개개인의 특정한 양태와 그의 운명에 의해 제한된다. 그리스 로맨스에서처럼, 이러한 시간연쇄는 주위의 세계에 아무런 흔적도 남기지 않는다. 따라서 개인의 운명과 세계 사이의 관계는 외면적인 것에 불과하다. 개인은 세계와 아무런 관련이 없이 변화하고 변신하며, 세계 자체는 변화하지 않은 채 남는다. 따라서 변신은 단순히 개별적이고 비생산적인 성격만을 지닌다.

이와같이 소설의 기본적인 시간연쇄는 그 역전불가능한 통합적 특성에도 불구하고 역사적 시간으로 구체화되지 않은 고립적 폐쇄회로를 이루고 있다. (다시말해 그것은 역전불가능한 역사적 시간연쇄에 참여하지 못하고 있는데, 그 까닭은 소설이 아직까지 그러한 시간연쇄를 알지 못하고 있기 때문이다.)

일상적 시간의 측면

이상이 두번째 유형의 소설이 지닌 기본적인 모험의 시간이다. 그런데 이러한 소설에는 일상적 시간 또한 존재한다. 그러면 그것은 어떠한 것이며, 우리가 위에서 언급한 특징적인 모험의 시간과 어떻게 조화되어 하나의 소설적 총체를 형성하는가?

이러한 소설의 가장 두드러진 특징은 개인의 인생경로가 그 주요 전환점에서 그의 실제 공간상의 경로, 즉 그의 방황과 융합되는 방식에 있다. '인생행로'라는 은유적 표현이 여기서 실현되는 것이다. 길 그 자체는 이국적이거나 낯설거나 기이한 것이라고는 전혀 없는 친숙한 고향땅을 통과하여 펼쳐진다. 이렇게 하여 소설 장르의 역사에서 막대한 역할을 담당하는 소설 고유의 크로노토프가 생겨난다. 그 핵심에 있는 것은 민속이다. '인생행로'라는 은유적 표현을 실현하는 다양한 방식들은 민속의 모든 측면에서 큰 역할을 담당한다. 민속에서는 길은 거의 언제나 단순한 실제의 길이 아니고 항상 '인생행로'의 전체 혹은 일부를 암시한다고까지 말할 수 있을 정도이다. 실제 여행일정의 선택은 '인생행로'의 선택과 일치한다. 가령 교차로는 항상 민속적 인물의 일생에서 어떤 전환점을 의미한다. 출생지로부터 길을 떠나는 것과 집으로 되돌아오는 것은 대개 개인의 삶 속의 연령적 분수령을 의미한다.(젊은이로서 길을 떠나 성인이 되어 돌아온다.) 도로표지들은 그의 운명의 지표이다. 이처럼 길이라는 소설적 크로노토프는 독특하고 유기적이며, 민속적 모티프들과 깊이 연관되어 있다.

개인의 공간적 이동, 즉 순례는 그리스 로맨스에서 그것이 지녔던 추상적이고 기술적인 성격을 상실한다. 그리스 로맨스에서의 이동은 공간적 좌표(가까움과 멈)와 시간적 좌표(같은 때와 다른 때)를 틀에 박힌 방식으로 짝짓는 것일 따름이었으나 이제 공간은 더욱 구체적인 것이 되고 한층 더 실질적인 시간의 침투를 받게 된다. 공간은 실체가 있는 살아있는 의미로 채워지며 주인공 및 그의 운명과 결정적인 관계를 형성한다. 이러한 유형의 공간은 이 새로운 크로노토프에 매우 속속들이 침투해 있어서 만남이라든가 이별, 충돌, 탈출 등의 사건은 훨씬 더 구체적이고 새로운 시공간적 의미를 지니게 된다. 이 길이라는 크로노토프가 지니는 구체성은 일상생활이 그 안에서 구현되는 것을 가능하게 해준다. 그러나 일상생활은 이를테면 길 자체의 가장자리를 따라 그리고 샛길을 따라 펼쳐진다고 할 수 있다. 주인공과 그의 인생의 주요한 전환점은 일상생활을 벗어나 있다. 그는 일상생활을 단순히 관찰할 뿐이며 때때로 일종의 외부세력으로서 간섭할 뿐이다. 때로 그는 평범하고 일상적인 가면을 쓰기도 한다. 그러나 그가 이 생활에 본질적으로 참여하는 것은 아니며 이 생활에 의해 결정되는 것도 아니다.

주인공은 '잘못→응보→구원→축복'이라는 연쇄에 의해 결정되는, 일상과는 철저하게 구별되는 사건들을 경험한다. 루씨우스의 경험이 바로 그와 같다. 그러나 응보에서 구원으로 나아가는 동안, 즉 변신을 한 바로 그 기간 동안 루씨우스는 비천한 일상생활로 전락해야만 했으며 그러한 상황 속에서도 가장 굴욕적인 역할, 심지어 노예도 아닌 당나귀의 역할을 수행해야만 했다. 짐 나르는 짐승인 당나귀로서 그는 하층생활의 가장 밑바닥인 노새몰이꾼들의 생활에까지 내려가서 방앗간 주인을 위해 맷돌을 돌리고 정원사, 병사, 요리사, 빵 굽는 사람 따위를 섬긴다. 그는 끊임없는 매질을 견뎌야 하고 잔소리 심한 아낙네들(노새몰이꾼의 아내나 빵 굽는 사람의 아내)의 학대를 받는다. 그러나 이 모든 상황에서 루씨우스는 루씨우스가 아닌 당나귀로서 행동한다. 소설의 끝부분에 이르면 그는 당나귀의 외양을 벗어던지고 당당한 예식을 거쳐 일상적 사건의 외부에 존재하는 가장 고귀하고 특권적인 삶의 영역으로 복귀한다. 덧붙여 말하면 루씨우스가 일상생활 속에서 보낸 시간은 그가 죽은 것으로 되어 있는 시간(그의 가족들은 그가 죽었다고 생각한다)과 일치하며, 그가 그러한 생활에서 벗어나는 것은 곧 그의 부활에 해당한다. 루씨우스의 변신에 담긴 고대의 민속적 핵심은 사실상 다름아닌 죽음, 즉 지옥으로의 여행과 부활이다. 이 경우에 일상생활은 지옥 또는 무덤에 상응한다. 『황금 당나귀』의 이야기 모티프들 모두가 그에 상응하는 신화적 등가물들을 가지고 있다.

일상생활에 대한 주인공의 이와같은 자세는 이러한 두번째 유형의 고대소설의 특징이며 그것이 지니는 중요성은 매우 크다. 이러한 특징은 그 유형의 이후 발전과정 전체를 통해 (변형된 모습으로서이긴 하지만) 유지된다. 주인공이 일상생활의 일부가 되는 것은 그의 본질상 절대 불가능하다. 그는 일상생활을 마치 다른 세계에서 온 사람처럼 스쳐 지나간다. 매우 빈번하게 이 주인공은 건달, 즉 매일매일 마음 내키는 대로 자신의 존재를 바꾸고 일상생활 속의 어떤 고정된 자리도 차지하지 않으며 인생을 진지하게 받아들이지 않고 장난으로 여기는 사람이다. 주인공은 또한 귀족으로 변장한 떠돌이 배우거나 자신의 혈통을 알지 못하는 명문 출신의 신사(즉 '주운 아이')일 수도 있다. 일상생활은 주인공이 벗어나려고 노력하며 또 결코 내적으로 융화되지는 않는 최하층의 존재영역이다. 주인공의 인생행로는 일상생활의 외부에 존재하는 비범한 것이며, 단지 그 중의 한 단계가 우연히 일상의 영역을 통과할 뿐인 것이다.

사회의 최하층에서 가장 비천한 역할을 수행하면서도 루씨우스는 그 생활에 내적으로 참여하지는 않으며 따라서 그것을 관찰하고 그 비밀을 알아내기에는 더욱 좋은 위치에 있게 된다. 그에게 있어 이것은 인간을 탐구하고 이해하는 **경험**이 된다. 루씨우스는 "나 자신은 내가 당나귀로 살았던 것을 대단히 감사하게 생각합니다. 왜냐하면 이 당나귀가죽 밑에서 운명의 변천을 겪으면서 내가 더 현명해지기까지는 못했을지 몰라도 적어도 더 풍부한 경험을 하게는 되었기 때문입니다"라고 말한다.

당나귀의 위치는 일상생활의 비밀을 관찰하기에는 특별히 편리하다. 당나귀가 있다고 해서 거리끼는 사람은 아무도 없으며 누구나 거침없이 속마음을 드러내기 때문이다. "괴로운 나날 중의 오직 한 가지 위안은 나의 타고난 호기심을 한껏 만족시킬 수 있었다는 점입니다. 사람들이 나의 존재는 아랑곳하지 않고 하고 싶은 대로 말하고 행동했기 때문이지요."(제 9 권)

이러한 관점에서 당나귀에게는 또 하나 유리한 면이 있으니 그것은 바로 그의 귀이다. "나는 나를 새가 아닌 당나귀로 만들어버린 포티스의 실수에 미칠 것만 같았지만, 나의 큰 귀 덕분에 멀리서 일어나는 일들까지도 아주 잘 들을 수 있게 되었다는 사실 하나만큼은 당나귀가 되어서 얻은 이득으로 위로가 되었읍니다."(제9권)

소설 안에서 당나귀가 차지하는 이러한 특이한 위치는 대단히 큰 중요성을 지닌다.

루씨우스가 관찰하고 탐구하는 일상생활은 철저하게 개별적이고 사적인 삶이다. 거기에는 그 본질상 여하한 공적인 것도 존재할 수 없다. 모든 사건들은 고립된 개인들의 사적인 일들이다. 그 사건들은 코러스의 면전에서, '세상의 눈 앞에서' 공적으로 일어날 수는 없다. 그것들은 넓다란 광장에서 대중들에 의해 따져질 수는 없는 성격의 것이다. 사건들은 그것이 범죄가 되었을 때에야 비로소 그 자체로서 공적인 의미를 획득하게 된다. 범죄행위는 사적인 삶이 이를테면 본의아니게 공적인 것이 되는 계기이다. 이 삶의 나머지는 침실의 비밀(잔소리 심한 아낙네들의 간통이나 남편의 성적 불능 따위)이나 비밀스런 부당이득, 자잘한 일상적 사기 등으로 이루어져 있다.

이러한 사적 삶은 그 본질상 사색적인 인간, 즉 이러한 삶에 대해 숙고하고 판단하고 평가를 내릴 위치에 있는 '제삼자'가 존재할 여지를 마련해놓지 않는다. 이러한 삶은 네 개의 벽으로 둘러싸인 채 진행되며 두 쌍의 눈만이 그것을 보게 된다. 그 반면 공적인 삶, 즉 사회적 의미를 지닌 어떠한 사건도 자연히 스스로를 공표하기 마련이므로, 필연적으로 관찰하고 판단하고 평가할 사람의 존재를 전제로 한다. 그리고 사건 속에는 항상 그러한 인물이 존재할 자리가 만들어진다. 그는 사실상 그 사건 내부의 필수적이고 의무적인 참여자이다. 공적 인간은 언제나 세계 속에 살고 행동하며 그 삶의 모든 순간은 본질적으로나 원칙적으로나 공개가 가능하도록 되어 있다. 공적 삶과 공적 인간은 그 본질상 공개되어 있고 눈에 보이며 들을 수 있다. 공적 삶은 자신을 공표하고 설명하는 데 여러가지 방식을 사용한다. (이를 다루는 문학의 경우도 마찬가지이다.) 따라서 이러한 삶을 관찰하거나 엿들을 수 있는 사람('제삼자')의 특정한 위치나 이러한 삶을 공개하는 데 필요한 특정한 형식의 문제는 제기되지 않는다. 공적 삶과 공적 인간의 문학이었던 고대의 고전문학에서 이러한 문제가 존재하지 않았던 것은 바로 그와같은 이유에서이다.

그러나 헬레니즘시대에 들어와 사적 개인과 사적 삶이 문학에 등장하게 되자 그러한 문제들이 필연적으로 따르게 되었다. 문학형식의 공적 성격과 그 내용의 사적 성격 간에 모순이 생겨났다. 사적 장르를 완성하는 과정이 시작되었는데, 이 과정은 고대에는 미완성인 채 남아 있었다.

이 문제는 더 큰 규모의 서사적 형식('주요 서사시')과 관련하여 특히 중요하다. 이 문제를 해결하는 과정에서 고대소설이 등장하였기 때문이다.

이 시기에 소설에 등장하는 순수하게 사적인 삶은 그 본성상 공적 삶과 대립하는 폐쇄된 삶이다. 본질적으로 그것은 엿보거나 엿들을 수밖에 없는 삶이다. 사적인 삶의 문학은 본질상 "다른 사람들은 어떻게 사는가"를 기웃거리고 엿듣는 문학이다. 이러한 사적 삶은 형사상의 재판을 통해 드러나고 공개되는바, 그것은 재판——수색과 취조를 포함하여——을 소설에 삽입하거나 사생활에 범죄행위를 삽입하는 직접적인 방법이나 혹은 증인의 진술이라든가 피고의 자백, 재판문서, 증거, 수사상의 육감 등을 사용하는 정황적, 조건적, 간접적 방법을 통해 이루어진다. 또한 개인적인 편지, 개인의 일기, 고백 등과 같은 일상생활에 흔히 있을 수 있는 자기표현 형식도 활용된다.

그리스 로맨스가 개인적 삶과 사적 개인을 그려내는 문제를 어떻게 해결했는가는 이미 살펴본 바 있다. 그리스 로맨스는 사적 삶이라는 내용을 외적인 형식, 즉 공적이고 수사적인 부적절한 형식——그 무렵에는 이미 경직되고 죽어버린 형식——에 담으려고 시도했으며, 그러한 시도는 그리스적 모험의 시간이라는 맥락, 즉 그 묘사를 관통하는 극도의 추상성에 의해서만 가능했다. 이러한 수사적 기초 위에 그리스 로맨스는 또한 작품 내의 주요 요소로서 형사재판을 도입하였고, 편지와 같은 일상적 형식들도 자주 사용했다.

그 이후의 소설사에서 직·간접적 형식의 '형사재판'과 법적·범죄적 범주들 일반은 지대한 구성적 중요성을 갖게 된다. 범죄 역시 이후 소설의 실제 내용 속에서 상당히 크고 중요한 역할을 수행한다. 소설의 다양한 형식과 변형들이 여러가지 방식으로 이 복합적인 법적·범죄적 범주들을 활용하고 있다. 이 점에 대해서는 한편으로 탐정—모험소설(수사와 단서, 단서들의 도움에 의한 사건의 종합 등)과 다른 한편으로 도스또예프스끼의 소설(『죄와 벌』 및 『까라마조프가의 형제들』)을 언급하는 것으로 충분할 것이다.

소설에서 법적·범죄적 범주들이 지니는 중요성과, 사적인 삶을 공표하고 드러내는 특수한 형식으로서 그러한 범주들이 활용되는 다양한 방식은 소설사에서 흥미있고 중대한 문제이다.

아풀레이우스의 『황금 당나귀』에서도 이러한 범죄적 측면은 커다란 역할을 담당한다. 삽입되어 있는 짧은 이야기 중 몇몇은 바로 이와같은 범죄행위에 관한 이야기이다.(여섯, 일곱, 여덟, 아홉번째 이야기들.) 그러나 아풀레이우스에게 중요했던 것은 범죄 그 자체가 아니라 인간의 본성을 드러내는 사생활의 일상적 비밀들, 즉 엿보고 엿들어야만 알 수 있는 모든 것들이다.

사생활을 엿보고 엿듣는 데 있어 당나귀로서의 루씨우스의 위치는 대단히 편리한 것이다. 이 때문에 시간이 흘러감에 따라 그러한 위치는 더욱 강조되었고, 그 수많은 변형들이 이후의 소설사에서 나타났다. 당나귀로의 변신으로부터 계속 보존된 것은 사적 일상생활에 대하여 '제삼자'의 입장을 취하는 주인공으로 하여금 엿듣고 엿볼 수 있도록 해주는 바로 이와같은 특수한 위치이다. 일상생활의 내부에 참여하지 않고 어떤 명확한 고정된 위치를 차지하지도 않으면서 동시에 그 일상을 통과하여 그것이 돌아가는 모습을 은밀한 구석구석까지 샅샅이 알아내지 않으면 안되는 '악한'이나 '모험가'의 위치도 마찬가지이다. 이 주인에서 저 주인으로 옮겨다니는 '하인'의 위치도 또한 동일한 성격을 지닌다. 하인은 주인의 사생활에 있어서 영원한 '제삼자'이다. 하인은 사생활을 목격하기에는 가장 유리한 위치에 있다. 사람들은 하인들 앞에서 당나귀 앞에서만큼이나 거리낌없이 행동하며, 또한 하인은 사생활의 모든 은밀한 측면에 가담하도록 요구되기도 한다. 따라서 두번째 유형의 모험소설(일상생활의 모험소설)의 후기 단계에서는 하인이 당나귀를 대신하게 된다. 피카레스크 소설들은 『라자릴료 데 또르메』(*Lazarillo de Tormes*, 최초의 스페인 피카레스크 소설로서 1554년 인쇄된 작자미상의 작품—역주)에서 『질 블라』(원제는 *Histoire de Gil Blas de Santillane*, 1715~35년 출판된 르싸지의 피카레스크 소설—역주)에 이르기까지 하인의 역할을 널리 사용한다. 그러나 『황금 당나귀』의 다른 측면이나 모티프들도 이 고전적(순수한) 피카레스크 소설에 살아남아 있으니, 무엇보다도 그들은 동일한 크로노토프를 공유하고 있다. 일상생활의 모험소설의 순수한 변형이라고는 할 수 없는 보다 복잡한 유형에서는 하인의 모습은 배경으로 물러나지만 그럼에도 그 중요성은 유지된다. 또한 다른 유형의 소설들, 심지어 다른 장르에서까지도 하인은 동일한 핵심적 중요성을 지닌다. (디드로의 『운명주의자 자끄』(*Jacques le fataliste*), 보마르쉐(Beaumarchais: 1732~99, 프랑스의 극작가. 『세빌리아의 이발사』『피가로의 결혼』 등을 썼음—역주)의 희곡 삼부작 등.) 하인은 사적 삶을 다루는 문학에 없어서는 안되는, 사적 삶의 세계에 대한 독특하고 구체화된 관점인 것이다.

'고급 매춘부'나 '창녀'도 소설 안에서 그 기능상 하인의 그것과 유사한 위치를 차지한다. (예를 들면 디포우(Defoe, 1660~1731, 『로빈슨 크루소』를 쓴 영국의 소설가—역주)의 『몰 플랜더즈』(*Moll Flanders*, Defoe의 1722년작 소설—역주)와 『록싸나』(*Roxana*, Defoe의 1724년작 소설—역주).) 그들의 위치 역시 사생활의 모든 비밀과 은밀한 이야기를 엿보고 엿듣기에 대단히 편리하다. 부차적인 인물로서 주로 이야기꾼의 기능을 수행하는 뚜쟁이도 소설 안에서 동일한 의의를 지닌다. 예를 들어 『황금 당나귀』에 삽입된 아홉번째의 짧은 이야기는 늙은 뚜쟁이 할멈에 의해 서술된다. 또 하나 기억할 만한 것으로는 쏘렐(Charles Sorel, 1599~1674)의 『프랑씨옹』(원제는 *La vraie Histoire Comique de Francion*, 1623년도 작품으로 『질 블라』와 다소 유사하며 17세기 빠리의 가난한 학생 및 작가 지망생의 삶을 비교적 사실적으로 묘사하였다—역주)에서 늙은 뚜쟁이 할멈이 하는 뛰어난 이야기가 있는데, 그것은 사생활을 사실적으로 그려내는 능력에 있어 발자끄에 필적할 정도이며 졸라의 작품에 나오는 유사한 부분과는 비교가 안될 만큼 훌륭하다.

마지막으로, 앞서 말했듯이 넓은 의미에서의 '모험가'와 특히 '벼락출세자'도 소설 안에서 유사한 기능을 담당한다. 모험가나 벼락출세자의 역할은 삶에서 아직 명확한 또는 고정된 자리를 잡지 못한 채 경력을 쌓고 부를 축적하며 명예를 얻어가면서(이 모든 일들은 항상 '개인적인 이익을 위해' 행해진다.) 개인적인 성공을 노리는 사람의 역할이다. 이 역할은 그로 하여금 사적 삶을 알아내고 그것의 숨은 작용을 발견하며 그 가장 은밀한 비밀들을 엿보고 엿듣게 만든다. 그리하여 그는 '밑바닥으로' 그의 여행을 시작한다.(그곳에서 그는 하인, 창녀, 뚜쟁이들과 사귀며 그들로부터 '있는 그대로의' 삶에 대해 배운다.) 이 인물은 위로 상승하여(보통 고급 매춘부가 되어서) 사생활의 정점에 도달할 수도 있으며, 도중에 내리막길을 걷거나 끝까지 비천한 빈민굴의 모험가로 남을 수도 있다. 이러한 인물들의 위치는 사적 삶의 모든 층, 모든 단계를 드러내고 그려내는 데 대단히 잘 들어맞는다. 그리하여 모험가나 벼락출세자의 역할은 더 복잡한 유형의 일상생활의 모험소설의 구조를 결정한다고 볼 수도 있다. 넓은 의미에서의 모험가로는 쏘렐의 『프랑씨옹의 희극적 이야기』의 주인공(물론 그는 벼락출세자는 아니다)과 스까롱(Paul Scarron, 1610~1660)의 『희극적 로맨스』(*Le Roman Comique*: 1651, 순회극단 배우의 모험을 지방생활의 풍자와 더불어 그리고 있다—역주)의 주인공, 디포우의 (넓은 의미에서의) '피카레스크' 소설의 주인공들인 '싱글턴 선장'과 '잭 대령'을 들 수 있다. 최초의 벼락출세자는 마리보(Pierre Marivaux, 1688~1763)의 『벼락출세한 촌뜨기』(*Le Paysan Parvenu*: 1735~

36, 물질을 매개로 행복과 성공을 추구하고 획득하는 신흥중산계급에 대한 심리학적 탐구를 담고 있는 작품—역주)에 나타나며, 좁은 의미의 모험가는 스몰렛(T.G. Smollett: 1721~71, 영국의 작가로 『돈 끼호떼』 번역을 포함하여 모험적 소설을 여럿 남김—역주)의 주인공들에서 시작한다고 할 수 있다. 디드로의 작품에 등장하는 라모(Rameau)의 조카는 당나귀와 악한과 부랑자와 하인과 모험가와 벼락출세자와 배우의 온갖 특성들을 추출하여 놀랄 만큼 완전하고 심오하게 그 자신 안에 구현하고 있다. 그는 **사적 삶에서의 제삼자의 철학**을 강력하고 깊이있게 보여주는 예이다. 이 철학은 사적인 삶만을 알고 그것만을 갈망하면서도, 그것에 참여하지 않고 그 안에 자리잡지 못하며 그 결과 사적인 삶에 정확하게 촛점을 맞추어 전체로서 샅샅이 그것을 보고 그 모든 역할을 수행하면서도 그의 존재가 그 중 어느 것과도 융합되지 않는 인물의 철학이다.

프랑스의 위대한 리얼리즘 작가인 스땅달과 발자끄의 복합적이고 종합적인 소설에서도 모험가와 벼락출세자의 위치가 그 구성상의 중요성을 충분히 유지하고 있다. 사적 삶의 다른 모든 종류의 '제삼자적' 대변인들——고급 매춘부, 창녀, 뚜쟁이, 하인, 교회 서기, 전당포 주인, 의사——도 그들이 등장하는 소설의 배경 속에서 생활하고 행동한다.

디킨즈와 색커리 같은 영국의 고전적 리얼리스트들의 작품에서는 모험가나 벼락출세자의 역할은 덜 중요하다. 그들의 작품에서는 이와같은 인물들은 부차적인 역할을 수행한다.(색커리의 『허영의 시장(市場)』에 나오는 베키 샤프는 예외적인 경우이다.)

한 가지 짚고 넘어가야 할 사실은 우리가 분석한 모든 예에서 변신이라는 요인이 일정한 정도로, 그리고 이런저런 형식으로 계속 보존된다는 점이다. 악한이 역할이나 가면을 바꾸는 것, 거지가 부자로 변하는 것, 집 없는 부랑자가 부유한 귀족으로 또는 도둑이나 소매치기가 회개하는 선량한 기독교 신자로 변하는 것 따위가 모두 그와같은 예이다.

악한이나 하인, 모험가, 뚜쟁이 같은 인물 외에도 소설에는 사적 삶을 엿보고 엿듣기 위해 고안된 다른 수단들 또한 존재하는데, 이런 수단 중에는 때로 매우 정교하고 섬세한 예도 있지만 이것들은 소설 장르 자체에 본질적이고 전형적인 경우는 되지 못했다. 예를 들어 르싸지의 소설 『절름발이 악마』(*Le Diable boiteux*: 1797, Guevara 의 *El Diablo cojuelo* (1641)의 번안작품으로 18세기초 부르조아지의 생활을 주요 내용으로 하고 있는 작품—역주)에 나오는 절름발이 악마는 집의 지붕을 떼어냄으로써 '제삼자'의 존재가 허용될 수 없는 순간들마다 사생활을 드러낸다. 스몰렛의 『페리그린 피클』(원제는 *The Adventures of Peregrine Pickle*, 1751년작—역주)에서는 주인공이 캐드월래더(Cadwallader)라는 영국인을 알게 되는데, 그 영국인은 완전한 귀머거리로서 그의 면전에서는 (루씨우스가 당나귀였을 때와 마찬가지로) 누구나 거리낌없이 모든 이야기를 다 한다. 뒤에 캐드월래더는 귀가 먹었던 것이 아니라 사생활의 비밀을 엿듣기 위해 귀머거리를 가장했을 뿐이라는 것이 밝혀진다.

일상모험 시간의 특성

지금까지 당나귀 루씨우스가 사생활의 관찰자로서 갖게 되는 특별히 중요한 위치를 살펴보았다. 그러면 이러한 사적 삶은 어떤 종류의 시간을 펼쳐보이는가?

『황금 당나귀』와 기타 고대의 일상적 모험소설의 예들에서 '일상적 시간'은 결코 순환적이지 않다. 일반적으로 이러한 소설에서는 반복 그 자체, 즉 동일한 특징(현상)의 주기적 반복의 예를 찾아보기가 힘들다. 고대문학에 존재하는 유일한 순환적 시간은 자연의 시간 및 신화의 시간과 얽혀 있는 이상화된 농업의 일상적 시간이다. (그것의 기본적 발전단계는 헤시오도스, 테오크리투스(Theocritus: C. 270 B.C., 전원시를 발전시킨 그리스 시인—역주), 베르길리우스(Publius Vergilius Maro: 70~19 B.C., 로마의 시인—역주)로 이어진다.) 소설 속의 일상적 시간은 순환적 시간의 이러한 변형들과는 전혀 다르다. 우선 무엇보다도 소설적 시간은 자연 및 자연적이고 신화적인 순환으로부터 완전히 절연되어 있다. 이러한 일상적 지평의 자연으로부터의 소외는 사실상 강조되기까지 한다. 아풀레이우스에 있어 자연이라는 주제는 잘못→구원→축복이라는 연쇄의 테두리 내에서만 나타난다. (예컨대 루씨우스의 귀향여행 직전의 바닷가 장면을 보라.) 일상생활은 지하세계이자 무덤으로서, 거기에는 태양도

비치지 않고 별들이 반짝이는 창공도 없다. 따라서 일상생활은 독자들에게 실제생활의 이면으로서 제시된다. 그 핵심에는 음탕함, 즉 생식이나 자손의 번식, 가족과 종족의 구조에서 소외되어 있는 성애(性愛)의 어두운 측면이 놓여 있다. 여기에서 일상생활은 음란한 것이며 그 논리는 음탕함의 논리이다. 그러나 비속한 삶의 이와같은 성적(性的) 중심(간통이나 성적 동기에 의한 살인 등)의 주위에는 일상의 다른 측면들, 즉 폭력이라든가 절도, 여러가지 유형의 사기와 매질 등도 분포되어 있다.

사적 삶의 이러한 일상적 대혼란 속에서 시간은 그 통일성과 전체성을 상실한다. 시간은 고립된 파편들로 쪼개지며 그 각각의 파편은 일상생활 속의 단 하나의 에피소드만을 포함한다. 파편화된 에피소드 하나하나는 모두 완전하고 완성된 모습이지만(일상생활을 다루는 삽입된 짧은 이야기들에 있어서는 더욱 그러하다), 동시에 고립되어 있고 자족적이다. 일상의 세계는 산만하게 흩어지고 조각이 나 있으며 본질적인 연계가 결핍되어 있다. 그 세계는 자신의 특수한 체계와 논리를 지니는 단일한 시간연쇄에 의해 침윤되어 있지 않다. 따라서 일상생활을 구성하고 있는 에피소드들이 이루는 이러한 시간적 파편들은 이를테면 잘못→처벌→구원→정화→축복의 연쇄로 이루어지는 소설의 중추적 축에(정확히 말해 처벌→구원의 순간에) 수직으로 배열되어 있다. 일상생활의 시간은 이러한 기본축에 평행을 이루지도 이에 얽혀들지도 않으며, 일상생활의 시간을 이루는 각각의 파편들이 이 기본축에 수직을 이루면서 직각으로 교차할 뿐이다.

일상적 시간의 이러한 파편성과 자연주의적 특성에도 불구하고 이 시간이 아무런 영향력을 행사하지 못하는 것은 아니다. 전체적으로 보면 그것은 루씨우스를 정화하는 처벌로서 이해될 수 있으며, 각 에피소드의 순간에서 보면 그것은 루씨우스에게 인간의 본성을 드러내주는 **경험**이 되어준다. 아풀레이우스에 있어 일상의 세계 그 자체는 **정적**(靜的)이며 '형성'이 없는 세계이다. 이것이 바로 **단일한** 일상적 시간이 존재하지 못하는 이유이다. 그러나 일상의 세계가 **사회적 이질성**을 드러내주는 것은 틀림없는 사실이다. 이 이질성 속에서는 아직 사회적 **모순**이 드러나고 있지 않으나 상황 자체는 모순으로 가득차 있다. 이러한 모순이 표면화하게 되면 세계는 움직이기 시작할 것이고 미래로 떠밀려가게 될 것이며, 시간은 충만함과 역사성을 얻게 될 것이다. 그러나 이러한 과정은 고대에는 완성되지 못했으며 아풀레이우스도 물론 예외는 아니었다.

페트로니우스에 오면 이러한 과정이 다소 진전되는 것은 사실이다. 그의 세계에서는 사회적 이질성을 지닌 요소들이 모순에 가까와진다. 그 결과 그의 세계는 역사적 시간의 최초의 흔적인 특정 시대의 독특한 특징들을 증거하고 있다. 그러나 그의 작품에서도 그 과정은 결코 완성되지 못했다.

페트로니우스의 『싸티리콘』은 앞서도 살펴본 바와 같이 동일한 일상적 모험소설의 유형에 속한다. 그러나 이 작품에서는 모험의 시간이 일상의 시간과 밀접하게 얽혀 있다. (따라서 『싸티리콘』은 피카레스크 소설의 유럽적 유형에 더 가깝다.) 엔콜피우스(Encolpius, 『싸티리콘』의 주인공—역주)와 기타 인물들의 방랑과 모험의 배후에는 분명히 정의할 수 있는 변신도 없고, '잘못→응보→구원'의 특수한 연쇄도 없다. 물론 이러한 주제는 비록 희미한 풍자적 형태로이긴 하나, 분노한 프리아푸스 신에 의한 박해라는 유사한 모티프에 의해 대체된다. (이 주제는 오디쎄우스(Odysseus)와 아이네아스(Aeneas)의 서사적 방랑이라는 널리 알려진 선례를 패러디한 것이기도 하다.) 그러나 평범한 사적 삶의 일상성에 대한 주인공의 위치는 모든 면에 있어서 당나귀 루씨우스의 그것과 동일하다. 그들은 사적 삶의 일상적 영역을 통과하나 그것에 내적으로 참여하지는 않는다. 이 악한들은 사생활의 모든 요소들을 냉소적으로 엿보고 엿듣는 정탐꾼, 협잡꾼, 아첨꾼 들이다. 여기에서 볼 수 있는 사적 삶은 한층 더 음란하다. 그러나 되풀이 말하지만 이 사적 삶의 세계가 지닌 사회적 이질성으로부터 역사적 시간의 흔적이 아주 불안정한 형태로나마 등장하게 된다. 트리말치오(Trimalchio)의 향연의 이미지와 그것이 서술되는 방식은 그 시대의 독특한 특징을 보여주는 데 기여한다. 일상생활의 분리된 에피소드를 포괄하고 통일시키는 **시간적 총체**가 어느 정도 형성되고 있는 것이다.

일상적 유형의 모험 중 성인전의 예에서는 변신의 요인이 전면에 내세워진다. (죄많은 삶→위기→구원→성인이 됨.) 일상적 차원의 모험은 죄많은 삶을 폭로하는 형식으로 혹은 뉘우침을 고백하는 형식으로 나타나는데, 이러한 형식들, 특히 고백의 형식은 이미 고대소설의 세번째 유형에 근접하고 있다.

3. 고대 전기와 자서전

그리스 자서전의 두 유형

고대소설의 세번째 유형으로 논의를 옮겨가면서 우리는 처음부터 하나의 결정적인 단서를 달아야만 한다. 이 세번째 유형과 관련하여 우리가 염두에 두고 있는 것은 **전기적 소설**인데, 고대에는 우리가 (우리의 용어로) '소설'이라고 부르는 것과 같은 종류의 소설, 즉 전기적 모형들에 의해서 영향을 받은 거대한 픽션이 생산된 적은 없었기 때문이다. 그렇지만 고대에 유럽의 전기문학의 발전뿐만 아니라 유럽소설 전체의 발전에 깊은 영향을 끼친 일련의 자서전적·전기적 형식들이 산출된 것 만큼은 사실이다. 이 고대적 형식들의 핵심에는 새로운 유형의 **전기적 시간**이 놓여 있으며 새로운 세목(細目)에 따라 구성된 인간형상, 즉 생애의 전과정을 거쳐나가는 개인의 형상이 자리잡고 있다.

우리는 이 새로운 유형의 시간과 새로운 인간형상에 의해 가능하게 된 관점에서 고대의 자서전적·전기적 형식들을 간략히 개관하고자 한다. 아래의 개관에서 자료가 완벽하게 포괄되었다거나 분석되었다고 보기는 힘들다. 단지 우리의 연구주제와 직접적인 관련을 가지고 있는 세목들만이 추려져 있다.

고전시대의 그리스에서는 두 가지 본질적인 유형의 자서전에 주목할 필요가 있다.

그 중 첫번째 유형을 잠정적으로 **플라톤적** 유형이라고 부르기로 하자. 이 유형이 『쏘크라테스의 변명』이나 『파이돈』과 같은 플라톤의 저작들에서 최초로 가장 정확한 표현을 얻고 있기 때문이다. 한 개인의 자서

전적 자기의식을 포함하고 있는 이 유형은 신화에서 발견되는 바와 같은 보다 엄격한 변신(metamorphosis)의 형태들과 관련된다. 이 유형의 핵심에는 '진정한 앎을 추구하는 사람의 인생행로'라는 크로노토프가 자리잡고 있다. 그러한 사람의 삶은 정확하고 뚜렷하게 구분지어지는 시기나 단계들로 나누어진다. 그의 행로는 자만에 찬 무지로부터 자기비판적인 회의를 거쳐 자기인식으로, 그리하여 궁극적으로 진정한 앎(수학과 음악)으로 나아간다.

'구도자의 행로'라는 이 초기의 플라톤적 도식은 헬레니즘과 로마 시대에 와서는 매우 중요한 여러 모티프들——구도자가 일련의 철학학파들이 제시하는 다양한 시험을 거쳐나가는 과정이라는 모티프와 그 과정을 자신의 전기적 기획에 의해 결정된 시간적 구역으로 구획짓는 것——이 추가됨으로써 더욱 복합적으로 되었다. 이 복합적인 도식은 대단히 큰 중요성을 지닌 것이므로 나중에 다시 논의하겠다.

플라톤적 도식에도 또한 위기와 재생의 순간이 존재한다.(쏘크라테스의 인생행로에서 전환점이 되는 신탁의 말들을 상기하여보라.) 이러한 유형의 '구도자의 행로'가 가진 특수한 성격은 이와 유사한 다른 도식——영혼이 형상(形相, Form)의 인식으로 나아가는 상승과정(『향연』, 『파이드로스』 및 기타)——을 참조해볼 때 보다 명확하게 드러난다. 그러한 저작들에 있어서는 도식의 토대가 되는 신화와 신비의식이 명백하게 드러난다. 그러한 토대는 이 도식과 우리가 앞 절에서 논의했던 '개종의 이야기들' 사이의 친화성을 강화해준다. 『변명』에서 우리에게 드러나는 쏘크라테스의 인생행로는 동일한 변신의 공적이고 수사적인 표현이다. 여기서 진정한 전기적 시간은 변신의 이상적인 (그리고 심지어는 추상적인) 시간 속에 거의 전적으로 용해되어 있다. 따라서 쏘크라테스라는 인물에 있어서 중요한 점은 이와같은 이상화된 전기의 도식에서는 발견되지 않는다.

두번째 유형은 **수사적** 자서전과 전기이다.

이 유형의 기저에는 '찬사'(encomium)——고대의 애가(哀歌, trenos)를 대신해서 행해지는 공적 추도사와 기념사——가 자리잡고 있다. 찬사의 형식은 또한 고대 최초의 자서전인, 아티카의 연사 이소크라테스

(Isocrates: 436~338 B.C., 그리스의 연사로 쏘크라테스의 제자였으며 아테네의 수사학파의 창시자—역주)의 변호연설을 규정하고 있다.

이러한 두번째 유형의 고전적 자서전에 대해 이야기할 때 우리는 무엇보다도 다음과 같은 사실을 명심해야 한다. 이 고전적 형식의 자서전과 전기는 자신들의 견해를 소리높여 공표하려는 구체적인 사회적·정치적 행위로부터 초연한 순수문학적 혹은 탁상공론적 성격의 저작들이 아니었다. 오히려 이 형식들은 전적으로 사회적 사건들에 의해 규정되었던 것들로서 공적·정치적 행위들의 찬양이거나 실제의 인간들이 자신들에 관하여 공개적으로 해명하는 것이었다. 따라서 여기서 중요한 것은 그 내적인 크로노토프(즉 거기에 제시되어 있는 삶의 시공간)뿐만이 아니다. 아니 이 내적인 크로노토프라기보다는 오히려, 그리고 무엇보다도 자기 자신의 혹은 다른 사람의 삶을 공적·정치적 행위에 대한 찬사로서 혹은 자기 자신에 대한 해명으로서 제시하는 저 외적인 실제 삶의 크로노토프이다. 어떤 인물의 한계나 그가 영위하는 삶이 구체적으로 조명되는 것은 바로 자기 자신의 혹은 다른 사람의 삶을 드러내는(즉 공표하는) 이와같은 실제 삶의 크로노토프라는 조건 아래에서이다.

이 실제 삶의 크로노토프는 공공의 광장(agora)에 의해 구성된다. 고대에는 한 개인과 그의 삶의 자서전적·전기적 자기의식이 공공의 광장에서 처음으로 드러나고 형성되었던 것이다.

극예술은 "광장에서 탄생하였다"고 뿌쉬낀이 말했을 때* 그가 염두에 둔 것은 '평민'의 광장, 즉 13, 14세기 및 그 이후의 세기에 유럽의

---

* 빠고진(Pogodin : 1800~1875, 러시아의 역사가겸 작가. 러시아 리얼리즘 초기의 대표작가—역주)의 신작극에 대해 논한 뿌쉬낀의 미발표 평론 「민족극과 『마르파 빠싸드니짜』(*Marfa Posadnitsa*)에 대하여」(1830)에 나오는 말. 그 전후문맥을 좀더 살펴보면 다음과 같다. "우리가 알기로는 민족비극은 광장에서 탄생하였고 거기서 발달되었으며, 그것이 귀족의 사교계로 옮겨간 것은 훨씬 뒷날의 일이다. ……라씬느를 본따 쓰여진 우리의 비극이 귀족적 습관을 청산하려면 무엇을 해야 하는가? 그 정연하고 화려하며 까다로운 대화로부터 민중적 열정에 기반한 조야한 솔직성과 공공의 광장에서 통용되는 파격성으로 옮겨가려면 어떻게 해야 하는가?"—영역자 주

도시들에 존재했던 시장과 인형극장과 주점이 이루는 광장이었다. 그는 또한 국가와 '공식' 사회(즉 특권계급)는 그 '공식' 예술 및 과학과 더불어 대체로 광장의 외부에 자리잡고 있었다는 사실을 염두에 두고 있었다. 그러나 그 이전의 시기, 즉 고대에는 광장 그 자체가 국가를 구성하였다. (뿐만 아니라 모든 공식적 기관을 포함한 국가기구 전체를 구성했다.) 광장은 최고의 법정이었으며, 전(全)과학, 전예술, 전주민이 광장에 참여하였다. 광장은 '국가'에서부터 '드러난 진실'에 이르기까지의 모든 가장 드높은 범주들이 구체적으로 실현되고 완전히 구현되며 가시화되고 그 면모를 부여받는 탁월한 크로노토프였다. 그리고 이 구체적이고 이를테면 모든 것을 포괄하는 크로노토프에서 한 시민의 전생애를 드러내고 검토하는 작업이 이루어졌으며 그 공적·공민적 승인을 받았다.

이와같은 방식으로 '전기화된' 개인(그러한 인간형상)에게 있어 은밀하고 사적인 것, 비밀스럽고 개인적인 것, 자기 자신에게만 관련된 것, 원칙적으로 고립적인 어떤 것도 존재하지 않았으며 존재할 수도 없었다는 사실은 충분히 이해할 만하다. 개인은 여기서 그 모든 방면에서 개방되어 있으며 모든 것이 드러나 있고 '자기 자신을 위해서만' 존재하는 것이란 하나도 없으며 공적·국가적 통제와 평가에 종속되지 않는 것은 가지고 있지 않다. 여기서는 말단의 세부에 이르기까지 모든 것이 전적으로 공적이다.

그러한 조건하에서라면 타인의 삶에 대한 접근방법과 자신의 삶에 대한 접근방법 사이에, 즉 전기적 관점과 자서전적 관점 사이에 원칙적으로 아무런 차이가 있을 수 없다는 사실은 충분히 이해할 만하다. 다만 나중에 개인의 공적 통일성이 해체되기 시작했던 헬레니즘 시대와 로마시대에 와서 타키투스(Cornelius Tacitus: ? 55~117, 로마의 역사가·연사—역주)와 플루타르크를 비롯한 여러 수사가들이 구체적으로 '자기 자신에 대한 평가를 쓰는 일이 허용될 수 있는가'라는 질문을 제기하였다. 그리고 이 질문은 긍정적인 대답을 얻는 쪽으로 풀렸다. 플루타르크는 호메로스에게까지 소급되는 자료들을 뽑아내어(호메로스의 영웅들은 스스로를 미화하였다) 자기미화를 허용하는 것이 가능하다는 사실을 입증하였으며 자기미화가 타인의 눈에 거슬리지 않게 하려면 어떠한 형식을 취해야 하는가를 일일이 적시하였다. 이류의 수사가인 아리스티데스(Aelius Aristides: ? 120~189, 그리스의 웅변가—역주)도 마찬가지로 이 문제에 관한 방대한 양의 자료를 정리하여 긍지에 찬 자기미화는 순수한 헬레니즘적 특성이며 따라서 충분히 허용될 수 있는 올바른 것이라는 결론을 내렸다.

그러나 그러한 문제가 제기된다는 사실 자체는 매우 의미심장한 것이다. 자기미화란 결국 삶에 대한 전기적·자서전적 접근의 가장 중심적이고 가장 생생하게 특징적인 측면일 따름이다. 따라서 자기미화의 타당성이라는 특수한 문제의 기저에는 보다 일반적인 문제, 즉 자신과 자신의 삶에 대해 타인과 타인의 삶에 대해서와 동일한 접근방법을 취해도 되는가 하는 문제가 숨어 있다. 그러한 문제의 제기 그 자체는 개인의 고전적인 **공적 총체성**(public wholeness)이 붕괴되었으며 전기적 형식과 자서전적 형식 사이의 분화가 시작되었음을 나타내는 증거이다.

그러나 그리스의 공적 광장이라는 조건에서 생성된 개인의 자기의식과 관련해서는 그러한 분화에 대해 이야기할 여지가 없었다. 내적인 인간이라든가 '자기 자신을 위한 인간'(나 자신을 위한 나), 혹은 자기 자신의 자아에 대한 어떠한 형태의 개인화된 접근도 아직은 존재하지 않았다. 한 개인의 통일성과 자기의식은 전적으로 공적인 것이었다. 인간은 문자 그대로 전적으로 **표면**에 존재하고 있었다.

이러한 극도의 외향성은 우리가 고전적인 예술과 문학에서 발견하는 인간형상의 대단히 중요한 특징이다. 이 외향성은 다양한 방식으로 드러나며 대단히 다양한 수단에 의해 표출된다. 여기서 낯익은 예를 하나만 들어보자.

이미 호메로스의 시대에, 문학작품에 반영된 그리스인들은 가장 거리낌없는 태도로 행동했던 인간들이었다. 호메로스의 영웅들은 자신들의 감정을 생생하게 소리 높여 표현한다. 우리는 특히 그들이 대단히 자주 그리고 대단히 큰 소리로 흐느끼고 운다는 사실에 놀란다. 아킬레스와 프리아무스(Priamus, 그리스 신화의 트로이 최후의 왕—역주) 사이에 벌어지는 낯익은 장면에서는 아킬레스가 자신의 막사에서 어찌나 큰 소리로 흐느꼈던지 그리스 진영 전체가 그의 울음소리를 들을 수 있을 정도였다. 이러한 특성에 대해서는 다양한 설명이 시도되어왔다. 원시적 심리의 특성이나 문학규범 특유의 임의적 전제조건, 혹은 호메로스의 언어가 지닌 특별한 성격——감정의 다양한 층위가 그 외적 표현의 다양한 층위에 의해 전달되는——따위가 그 원인으로서 지적되었다. 혹은 때때로 감정을 표현하는 방법들 사이에 존재하는 일반적 '상대성'이 거론되기도 하였다. (예를 들어 계몽주의시대의 합리적 인간들인 18세기의 사람들이 자주 기꺼이 울곤 했다는 사실은 잘 알려져 있다.) 그러나 중요한 것은 이것이 고대의 영웅이 지니고 있는 다른 특성들과 고립되어 나타나는 것이 아니라 오히려 그것들과 조화를 이루고 있는 특성이며, 일반적으로 생각하는 것보다 더 큰 원칙에 뿌리박고 있는 특성이라는 사실이다. 이 특성은 우리가 지금까지 논의해온, 저 공적 인간 특유의 완벽한 외향성이 현현되는 형태 중 하나일 따름인 것이다.

고전적인 그리스인의 경우 그 실존의 모든 측면들을 볼 수 있었고 들을 수 있었다. 원칙적으로(본질적으로) 그는 보이지 않고 들리지 않는 현실을 알지 못했다. 이 점은 존재 전체에 해당되는 것이었지만 특히 인간의 존재에 현저하게 적용되었다. 소리없는 내면적 삶, 소리없는 슬픔, 소리없는 생각 등은 그리스인에게는 전적으로 낯선 것이었다. 이 모든 것, 즉 그의 내면적 삶 전체는 들을 수 있고 볼 수 있는 형태로 외적으로 현현되는 경우에만 존재할 수 있었다. 예를 들어 플라톤에게 있어 사유란 인간이 자기 자신과의 사이에 수행하는 대화로서 이해되었다. (『테아이테토스』와 『쏘피스트』를 보라.) 소리없는 사유라는 개념은 신비주의자들에게서만 최초로 나타나며, 이 개념은 동양에 그 뿌리를 두고 있다. 더우기 사유에 대한 플라톤의 이해에 있어, '자기 자신과의 대화'로 이해된 바의 사유란 자기 자신에 대한(다른 사람들에 대한 관계와는 구별되는) 특별한 관계를 수반하는 것은 아니었다. 자기 자신과의 대화와 다른 사람과의 대화 사이의 전환은 양자 사이에 경계가 존재하고 있다는 데 대한 어떠한 암시도 없이 이루어진다.

개인 자신에게는 소리 없고 보이지 않는 어떠한 핵심도 존재하지 않는다. 그는 전적으로 들을 수 있고 볼 수 있는 상태에 있으며 그의 모든 것은 표면에 드러나 있다. 또한 일반적으로도 인간이 참여해서 자신의 형성에 영향을 받을 수 있는, 그러한 소리 없고 보이지 않는 존재의 영역은 존재하지 않는다. (플라톤이 상정한 '형상(形相)'의 영역조차도 전적으로 볼 수 있고 들을 수 있는 영역이다). 인간의 삶에 대한 기본적 통제의 지점들을 소리 없고 보이지 않는 중심에 위치시키는 것은 고전적인 그리스의 세계관과는 더더욱 거리가 멀다. 이것이 고전적 개인과 그의 삶에서 즉각적으로 눈에 띄는 외향성을 규정하는 특징이다.

존재의 모든 영역——개인의 외부에 있는 세계뿐만 아니라 개인 자신의 내부에 있는 영역——이 **소리 없는 음역**으로, 그리고 (원칙에 있어) 보이지 않는 어떤 것으로 옮겨가는 과정이 시작되는 것은 헬레니즘시대와 로마시대에 와서이다. 그러나 이 과정 또한 고대에는 결코 완료되지 않았다. 의미심장하게도 아우구스티누스의 『고백록』은 심지어 오늘날까지도 '자기 혼자서' 속으로 읽어서는 안되며 소리내어 낭송해야만 한다. 『고백록』 속에는 그만큼 그리스의 광장, 유럽인의 자기의식이 최초로 결집되었던 그 광장의 정신이 여전히 살아 있는 것이다.

우리가 그리스인의 전적인 외향성에 대해서 이야기할 때 그러한 이야기는 물론 우리 자신의 관점에 입각한 것이다. 내적인 것과 외적인 것의 구분은 바로 우리의 것이며, 그리스인은 이러한 구분을 알지 못하였다. 따라서 그리스인은 '소리 없는'이라든가 '보이지 않는'과 같은 범주들을 범주로서 인정하지 않았다. 그리스인의 인간관에서 우리가 말하는 '내적인 것'이란 우리가 말하는 '외적인 것'과 동일한 축 위에 놓여 있다. '내적인 것' 역시 볼 수 있고 들을 수 있는 것이었으며, 자신에게나 타인에게나 똑같이 표면에 드러나 있었다. 따라서 인간형상의 모든 측면들은 서로서로 연관되어 있었다.

그러나 개인의 이와같은 전적인 외향성은 공허한 공간 속에('별이 빛나는 하늘 밑에, 벌거벗은 대지 위에') 존재하는 것이라기보다는 유기적인 인간집단 속에, '민중 속에' 존재하는 것이었다. 그런 까닭에 인간의 모든 측면이 존재하고 드러나는 이 '표면'은 생소하고 차가운 어떤 것('사막 같은 세계')이 아니었다. 그것은 바로 인간 자신의 원천인 민중이었다. 외향적이라 함은 타인들을 위해, 집단을 위해, 자기 자신의 민중을 위해 존재함을 뜻하는 것이었고, 인간은 전적으로 외향적인 존재가 되었지만, 그러한 일은 인간적 요소 속에서만, 자기 자신의 민중이라는 인간적 매체 속에서만 일어났다. 따라서 인간의 외화된 총체성이 지니고 있는 **통일성**은 **공적**인 성격의 것이었다.

이 점이 고대의 고전적 예술과 문학에 나타난 인간의 형상이 지니는 고유한 특성을 설명해준다. 고전적 인간형상에서는 육체적이고 외적인 모든 것은 보다 원기왕성하고 강렬한 반면, (우리의 관점에서 볼 때) 정신적이고 내적인 모든 것은 육체적이고 외적인 것으로 된다. 이 형상은 '속도 껍질도 없고', 안과 밖도 없으며 괴테가 보았던 자연과 비슷하다. (그가 말하는 '근원현상' (Urphaenomenon)을 제공했던 것도 실상은 바로 이러한 형상이었다.) 이 점에 있어서 이 형상은 후대의 인간 개념과는 본질적인 차이가 있다.

다음 시대의 인간형상은 인간이 점차로 소리가 없고 눈에 보이지 않는 존재의 영역에 참여하게 됨으로써 왜곡되었다. 인간은 말 그대로 무언(無言)과 불가시성(不可視性) 속으로 젖어들었다. 그와 함께 고독이 찾아왔다. 개인적이고 고립된 인간——'자기 자신을 위해 존재하는 인간'——은 자신의 기원의 공적 성격의 산물이었던 통일성과 총체성을 상실하게 되었다. 일단 광장이라는 민중적 크로노토프를 상실하고 나자 그의 자기의식은 똑같이 생생하고 통일된 총체적 크로노토프를 발견해낼 수 없었다. 따라서 그의 자기의식은 붕괴되고 완전성을 잃었으며 추상적이고 관념적인 성격을 띠게 되었다. 대개의 경우 공표되지 않거나 (성(性)적인 영역 따위) 혹은 은밀하고 조건부적이며 감추어진 표현만을 허용하는, 의식과 대상의 무수한 새 영역들이 사적 개인의 사적인 삶에 등장했다. 인간의 형상은 다층적이고 다면적인 것이 되었고 속과 겉, 안과 밖이 그것의 내부에서 분리되었다.

우리는 완전히 외면화된 개인을 복원하려는——비록 고대적 모형의 양식을 빌지는 않았지만——가장 뚜렷한 세계문학사상의 실험이 라블레에 의해서 이루어졌다는 사실에 대해 나중에 논의해보기로 하겠다.

고대의 총체성과 외향성을 부활시키고자 하는 또하나의——그러나 전혀 다른 토대 위에 선——시도는 괴테에 의해서 행해졌다.

이제 다시 그리스의 '찬사'와 최초의 '전기'로 돌아가보자. 우리가 분석했던 대로 고대세계 특유의 자기의식을 규정하는 특징은 삶에 대한 전기적인 접근법과 자서전적인 접근법이 동일하고 따라서 양자가 모두 필연적으로 공적이라는 사실이었다. 그러나 찬사에서는 인간의 형상이 극도로 단순하고 미리 완성된 것이어서 그 형상에는 '형성'이라는 특성은 거의 존재하지 않는다. 찬사의 출발점은 어떤 명확한 삶의 유형, 즉 특정한 직업의 이상화된 형상——군대의 지휘관, 통치자, 정치가의 이상화된 형상——이다. 이러한 이상화된 형태는 주어진 직업이 지니고 있는 모든 속성들의 집적, 가령 지휘관의 경우 지휘관에게 요구되는 모든 특성, 그 자질과 미덕의 집적에 다름아니다. 이러한 모든 이상화된 자질과 미덕은 이제 예찬되는 사람의 삶 속에서 발견된다. 이상은 고인(故人)의 모습과 융합된다. 예찬되는 사람의 모습은 이미 완성되어 있는 모습이며, 그 모습은 대개 생애중 대단히 원숙하고 충만한 순간의 것이다.

변호연설의 형태를 띤 최초의 자서전——후에 세계의 모든 문학에 (그리고 특히 이탈리아와 영국의 인문주의자들에게) 막대한 영향을 끼치게 되는 이소크라테스의 자서전——은 바로 이와같은 '찬사'를 위해 발달된 전기적 도식을 기초로 하여 발생하였다. 이 작품은 한 개인의 삶을 '변명'(apologia)의 형식을 빌어 공적으로 해명하고 있다. 이러한 형식에서 인간의 형상은 찬사 속의 고인의 형상과 동일한 원칙에 의해 형성된다. 그것의 핵심에는 수사가의 이상형이 놓여 있다. 이소크라테스는 수사가의 활동이 마치 이 세상에서 가장 숭고한 활동인 양 미화한다. 이소크라테스의 직업적 자의식은 완벽하게 구체화된다. 그의 작품에는 그의 물질적 형편이 아주 세밀하게 제시되어 있는바 그는 심지어 수사가로서의 자신이 얼마나 많은 돈을 벌고 있는가에 대해서까지 언급한다. (우리의 관점에서 보면) 순전히 개인적이거나 혹은 (역시 우리의 관점에서 보면) 지나치게 직업적인 요소들, 혹은 사회와 국가에 관련된 문제들, 심지어는 철학적 관념들까지도 모두가 긴밀하게 상호연관된 세세한 하나의 계열로 펼쳐져 있다. 이 모든 요소들은 전적으로 동질적인 것으로 인식되며, 이것들이 모여서 완전하고 완성된 단일한 인간형상을 만들어내게 된다. 자기 자신에 대한 개인의 의식은 그런 경우에 그의 인격과 삶 중에서도 외부를 향하고 있는 측면, 즉 남들에 대해서도 자기 자신에 대해서와 똑같은 방식으로 존재하고 있는 그러한 측면들에 전적으로 의존한다. 자기의식은 그러한 측면들 속에서만 지지를 구하고 통일성을 유지할 수 있다. 자기의식은 이것들과는 다른 측면들, 즉 사사롭고 개성적이며 자아로 충만된 측면들에 대해서는 전혀 아는 바가 없다.

이상이 바로 초기의 자서전이 지닌 규범적이고 교육적인 성격이다. 자서전의 결론에는 인격의 형성에 도움을 주는 교육적인 도덕이 노골적으로 진술된다. 사실 이같은 규범적이고 교육적인 특성은 자서전 전체를 뒤덮고 있다.

그러나 우리는 최초의 자서전을 낳았던 시대가 또한 그리스적인 인간형상이 지닌 공적인 총체성(서사시와 비극에서 현현되었던 총체성)이 와해되는 최초의 단계들을 목격했던 시대임을 잊어서는 안된다. 따라서 이 자서전은 어딘가 형식적이고 수사적이며 추상적이다.

로마의 가족문서와 점(占)

로마시대의 자서전과 회고록의 생성에는 또다른 실제 삶의 크로노토프가 기여한다. 이 두 형식 모두 로마적 가문(家門, family)의 토양에서 탄생하였다. 그 형식들은 가문의 구성원으로서의 자기의식을 증언하는 기록이다. 그러나 그와같은 가문이라는 토양 위에 서 있기 때문에 이러한 자서전의 자기의식은 사적이거나 내밀하게 개인적인 것이 되지는 않는다. 그것은 공적인 성격을 깊이 간직하고 있다.

로마의 귀족가문은 사적이고 내밀한 모든 것의 상징이었던 부르조아 가족과는 거리가 멀다. 로마의 가문은 분명한 하나의 가문으로서 국가와 직접적으로 결합한다. 국가가 통상적으로 수행하는 일정한 기능들이 가문의 우두머리들에게 위임된다. 가문 혹은 씨족(clan)의 종교예식은 (이것의 역할은 지대하다) 국가적 예식의 직접적 확대로서 기능한다. 국가적 이상은 조상들에 의해 대표된다. 자기의식은 씨족과 선조들에 대한 구체적인 기억을 둘러싸고 구성되며 동시에 장래의 후손들을 향하고 있다. 가문과 씨족의 전통은 아버지에게서 아들로 전승되어야 했다. 따라서 모든 가문은 씨족 내의 모든 계통들에 관한 문서기록을 보관하는 문서보관소를 각자 소유하고 있었다. 자서전은 씨족과 가문의 전통이 계통에서 계통으로 이어지는 과정을 질서정연하게 '기록해나가며', 이러한 기록들이 문서보관소에 보존되었다. 이러한 상황이 자서전의 의식조차도 공적이고 역사적이며 국가적인 것으로 만들었다.

로마가 자서전적인 자기의식에 부여했던 특수한 역사성은 살아 있는 동시대인, 즉 실제로 광장에 존재하고 있는 사람들을 대상으로 하고 있던 그리스의 자서전적 자기의식과는 확실하게 구별된다. 로마의 자기의식은 기본적으로 자기 자신을 한편으로 죽은 선조들과 다른 한편으로 아직 정치적 삶에 입문하지 않은 후손들 사이의 연결고리라고 여겼다. 따라서 그러한 자기의식은 그리스의 모형에서처럼 이미 완성된 형태를 갖춘 것이 아니고 더욱 철저하게 시간의 침윤을 받고 있다.

로마의 자서전(그리고 전기)가 지닌 또다른 특성은 점(占, prodigia)의 역할, 즉 다양한 전조와 그것의 해석이 수행하는 역할에 있다. 로마의 자서전의 맥락에서 그것은 (17세기 소설에서 그러한 것처럼)이야기의 표면적 특성이 아니라 자서전적인 질료를 유발하고 형성하는 하나의 중요한 수단이다. 이와 밀접하게 연관되는 것으로 '행운'(fortuna)이라는 중대하고도 순수하게 로마적인 자서전적 범주가 있다.

한 인간의 운명——그의 삶 전체뿐만 아니라 그 개별행위와 시도까지——을 나타내주는 점(占), 즉 전조에서는 개별화된 개인적 요소들이 국가 및 공적 요소들과 밀접하게 융합되어 있다. 점은 모든 국가적 활동과 사업의 시작과 완성에 하나의 중요한 계기가 된다. 국가의 행위는 점을 친 이후에야 이루어진다. 점은 길흉을 예언함으로써 국가의 운명을 지시해준다. 점은 또한 국가의 차원으로부터 집정관이나 지휘관——그들의 운명은 국가의 운명과 떼어낼 수 없는 관계에 있으며 국가를 위해 점을 치는 일은 그의 개인적 운명과도 결합되어 있다——이라는 개별인물의 차원으로 옮아간다. 가령 행운의 팔을 지닌 집정관 쑬라(Lucius Cornelius Sulla: 138~78 B.C., 로마의 집정관—역주)와 행운의 별을 타고난 집정관 케사르(Caesar)가 그러한 예이다. 이런 문맥에서 행운이라는 범주는 삶을 규정하는 독특한 의미를 지닌다. 그것은 개인의 정체성과 삶 전체의 행로를 표현하는 형식('자신이 타고난 별에 대한 신앙')이 된다. 바로 이와같은 상황이 쑬라가 그의 자서전에서 보인 자기의식의 원천이다. 그러나 반복해서 말하건대 쑬라나 케사르의 행운에서 국가의 운명과 개개인의 운명은 하나의 전체로 융합된다. 엄밀하게 개인적인 것, 사적인 행운이란 있을 수 없다. 이것은 따지고 보면 공적(功績), 국가의 기획, 전쟁에 있어서의 행운이다. 이 행운은 공적과 창조적 활동 및 노동——객관적이고 공적(公的)이며 국가지향적인 내용——과 절대적으로 불가분의 관계에 있다. 따라서 이러한 행운이라는 개념에는 또한 오늘날의 '재능'과 '직관'의 개념 및 18세기 후반의 철학과 미학(가령 영(Edward Young: 1683~1765, 영국의 성직자이자 시인 겸 극작가—역주), 하만(Johann Georg Hamann: 1730~1788, 이성편중의 계몽주의에 대하여 감정과 감각의 권위를 내세우려 한 독일의 사상가로 헤르더에게 큰 영향을 줌—역주), 헤르더(Johann Gottfried Herder: 1744~1803, 독일 질풍노도운동의 실질적인 선도자로서 많은 저술과 비평을 남김—역주) 및 '질풍노도'(Sturm und Drang, 1770년대 폭풍과 같이 독일의 문단을 휩쓴 문학개혁운동—역주)의 작가들)에서 대단히 중요했던 특수한 의미의 '천재성' 개념[7]이 포함되어 있다. 이 행운이라는 범주는 이후의 세기에 보다 파편화된 사사로운 범주로 되었다. 행운은 창조적이고 공적이며 국가적인 속성 모두를 상실했고 사적이고 개인적이며 궁극적으로 비생산적인 하나의 원리를 대표하게 되었다.

헬레니즘기 자서전

헬레니즘기 그리스의 자서전적 전통은 이와같은 로마 특유의 전통과 나란히 일정한 영향력을 행사하였다. 그리하여 로마에서는 고대의 비가(悲歌, naenia)가 소위 찬가(讚歌, laudatiae)라고 불리는 장례사로 대치

7) 이러한 행운의 개념에는 천재성의 개념과 성공의 개념이 융합되어 있다. 따라서 이 경우 '인정받지 못한 천재'라는 말은 일종의 '명사(名辭) 모순'(*contradictio in adjecto*)이다.

되었으며, 그리스와 헬레니즘기의 수사적 도식들이 최상의 것으로 군림하였다.

'자신의 저술에 관한' 작품들이 로마-헬레니즘적인 맥락에서 하나의 진정한 자서전 형식으로 등장했다. 위에서 살펴본 바에 비추어볼 때 이 형식은 플라톤의 도식, 즉 진리를 추구하는 자의 인생행로라는 도식의 결정적 영향력을 반영하고 있다. 그러나 그러한 도식에 대한 전적으로 다른 객관적 토대가 이 새로운 맥락에서 발견되었다. 이 새로운 형식의 작품을 구성하는 것은 자신의 작품목록, 그 주제의 해설, 대중적 성공의 기록 및 작품에 대한 자서전적 주석이다. (키케로와 갈렌(Galen: 129~199, 로마의 법정의사가 된 그리스의 의사. 의학과 철학 분야 저술을 남김—역주) 등등.) 한 개인의 생애에서 시간의 경과를 인지할 수 있게 해주는 견고한 토대는 바로 그가 쓴 작품들의 연쇄에 의해 제공된다. 어떤 사람에 의해 창작된 일련의 작품들은 전기적인 시간을 나타내는 중요한 연쇄적 지표, 즉 전기적 시간의 객관물을 제공한다. 나아가 이러한 맥락에서의 자기의식은 어떤 일반적인 '누군가'를 상대로 드러나는 것이 아니라 특정한 집단의 독자들, 즉 자기 작품의 독자들을 대상으로 드러난다. 자서전은 자기가 이전에 발표한 작품의 독자들을 위해 구성된다. 자기 자신과 자신의 삶에 대한 자서전적인 몰두는 여기에서 일정한 최소량의 기본적 '공공성'을 획득하지만 그 유형은 전적으로 새로운 것이다. 성 아우구스티누스의 『철회』*는 이러한 유형의 자서전이다. 더 근대로 오면 일련의 인문주의적 작품들 일체(예컨대 초서(Geoffrey Chaucer, ?1343~1400))가 이 유형에 포함될 수 있으며 좀더 후대로 오면 이 유형은 예술적 전기들의 한 측면(물론 매우 중요한)으로 축소되고 만다. (예컨대 괴테의 경우.)

이상에서 살펴본 것들이 고대 자서전의 유형들인데 이것들은 모두 인간의 **공적인 자기의식**을 기술하는 형식들로 분류될 수 있다.

---

* 아우구스티누스의 『철회』(*Retractions*, A.D. 427)에서 그는 자신의 93권에 달하는 방대한 저서들을 그가 평생토록 추구하였지만 최근에야 획득한 것으로 느꼈던 종교적 관점에서 비판하고 있다.—영역자 주

로마-헬레니즘기 자서전의 두 유형

이제 로마-헬레니즘시대의 성숙한 전기 형식들에 대해 간략하게 살펴보기로 하자. 여기서 우리는 무엇보다도 먼저 아리스토텔레스가 고대의 전기작가들이 사용한 독특한 방법들에 미친 영향, 그 중에서도 특히 발전의 궁극적인 목적이자 동시에 그 제일의 동인(動因)인 엔텔레케이아(entelecheia: 아리스토텔레스 철학의 주요 개념 중의 하나로, 그에 의하면 생성의 운동은 가능태로서의 질료가 그 목적인 형상을 실현하는 것이고, 엔텔레케이아는 목적이 실현되어 운동이 완결된 상태를 가리킨다—역주)의 이론을 주목해야만 한다. 궁극적인 목적과 기원(origin) 사이의 이와같은 아리스토텔레스적 동일시는 불가피하게 전기적 시간의 특성에 중대한 영향을 미쳤다. 그러한 동일시로부터 가장 원숙한 상태의 인물이 발전의 진정한 기원이라는 결론이 나오게 된다. 바로 이와같은 동일시가 등장인물에 있어 어떠한 진정한 '형성'도 배제하는, 저 독특한 '인물발전에 있어서의 역전'을 가능케 하는 원동력이다. 한 사람의 청춘 전부가 그의 성숙을 위한 예비단계로서만 취급된다. '운동'(movement)이라는 친숙한 요소는 오로지 대립적인 충동들의 갈등으로서만, 즉 열정의 폭발이나 혹은 (미덕에 영원성을 부여하기 위한) 미덕의 훈련으로서만 전기에 도입되고 있다. 그러한 갈등과 훈련은 인물이 이미 지니고 있는 자질들을 강화하는 데 기여하기는 하지만 결코 새로운 것을 창조하지는 못한다. 토대는 동일한 것으로, 즉 이미 완성된 인물의 안정된 본질로 남아 있다.

고대의 전기를 구성하는 두 가지 모형이 이러한 토대 위에서 창조되었다.

첫번째 모형은 '활동적인' 유형으로 불릴 수 있다. 그것의 중심에는 아리스토텔레스의 에너지(energia)라는 개념, 즉 인간의 충만한 존재 곧 본질은 그의 조건에 의해서가 아니라 그의 활동 및 활동력('에너지')에 의해서 실현된다는 개념이 자리잡고 있다. 이 '에너지'는 행위와 진술을 통해 인물의 성격을 드러내는 가운데 현현한다. 그리고 한 인간의 이러한 행위와 말과 여타의 표현법들은 그것들의 효과와는 별도로 그것들에 앞서서 그것들 밖에 위치하고 있는 인물내적 '본질'을 외적으로(즉 다른 사람들, '제삼자'를 위해서) 표현한 것과는 거리가 멀다. 외적인 현현 그 자체가 인물의 존재를 구성하며, 인물의 존재는 에너지를 벗어나서는 가능하지 않다. 외면적 현현, 스스로를 표현할 수 있는 능력, 볼 수 있고 들을 수 있는 성질이 없다면 작중인물은 어떠한 현실적·존재적 충만함도 소유할 수 없다. 자기표현의 능력이 크면 클수록 존재는 더욱더 충만해진다.

따라서 인간의 삶(bios)과 인격은 더 이상 인간의 인격학적 자질들(그의 악덕과 미덕)을 분석적으로 열거함으로써, 혹은 그러한 자질들을 하나의 안정된 형상으로 통일함으로써 묘사될 수 없는 것이다. 오히려 그의 행위와 말, 다른 외연과 표현들에 의해서 묘사되어야 한다.

이러한 활동적인 유형의 전기는 (전기문학뿐만 아니라) 세계문학에 지대한 영향을 미쳤던 플루타르크에 의해 최초로 확립되었다.

플루타르크에 있어서 전기적 시간은 특수하다. 그것은 인격을 드러내 보여주는 시간이긴 하지만 결코 한 인간의 '형성' 혹은 성장의 시간은 아니다.[8] 인물이 이러한 드러냄과 '현현'의 외부에 존재하지 않는 것도 사실이지만, 나아가 그는 엔텔레케이아의 원칙에 맞추어 미리 결정된 채 오로지 하나의 확정된 방향으로만 드러날 수 있다. 인물의 드러냄을 둘러싸고 있는 역사현실 그 자체는 이러한 드러냄을 위한 수단으로서만 기여할 따름이며, 말과 행위를 통해 인물의 현현을 위한 매개물을 제공한다. 그러나 역사현실은 인물 그 자체를 결정하는 여하한 영향력도 박탈당하며, 그를 형성하지도 창조하지도 못하고 다만 드러낼 따름이다. 역사현실은 인간의 성격을 드러내고 보여주는 장(場)일 뿐 절대 그 이상은 아니다.

전기적 시간은 개인의 삶 속에서 역사적 사건들과 분리되지 않는 사건들에 관하여서는 순서가 뒤바뀔 수 없다. 그러나 인물의 성격에 관한한 그 시간은 역전이 가능하다. 인격을 구성하는 이러저러한 개별적 특성들은 먼저 나타날 수도 나중에 나타날 수도 있다. 인격을 구성하는

8) 시간은 현상적인 것이며 인격의 본질은 시간의 외부에 있다. 따라서 인격에 그 실체성을 부여하는 것은 시간이 아니다.

특성들은 그 자체가 연대적인 것이 아니며 그 사례들은 시간상으로 순서를 바꿀 수 있다. 인격 그 자체는 성장하지도 변화하지도 않으며 단지 **채워질** 따름이다. 처음에 그것은 미완성이고 불완전하게 드러난 파편적인 것이다가 오로지 끝에 가서야 **채워지고** 완성된다. 따라서 인격을 드러내는 과정은 역사현실 속에서의 진정한 변화 혹은 '형성'으로 인도되지 않고 오히려 단순한 **완성**으로, 다시 말해서 맨처음부터 윤곽이 잡혀 있던 형식을 채워넣는 것으로만 인도될 따름이다. 이러한 점이 플루타르크적인 전기유형의 특징이다.

두번째 유형의 전기는 **분석적** 유형이라고 부를 만한 것이다. 그것의 중심에는 잘 규정된 항목들을 갖춘 도식이 자리잡고 있어서 그러한 항목들 하에 모든 전기적 자료가 분류된다. 이 유형의 전기를 구성하는 항목들로는 가령 사회생활, 가정생활, 전쟁에서의 행동, 친구관계, 기념할 만한 명언, 미덕과 악덕, 외모, 습관 등을 들 수 있다. 인격을 구성하는 다양한 특성과 자질들이 주인공의 삶의 **서로 다른 시기**에 발생하는 여러 사건들로부터 발췌되어, 이것들이 미리 정해진 항목들에 따라서 배열된다. 그 항목이 타당하다는 것을 증명하기 위해서는 주어진 인물의 생애에서 단지 한두 가지 예만이 제공되어도 족하다.

이런 식으로 전기상으로 연속된 시간의 진행은 파괴된다. 그리하여 동일한 한 가지 항목이 한 사람의 생애 중 크게 거리를 두고 떨어진 시기들로부터 발췌된 순간들을 포괄하게 된다. 여기서도 또한 처음부터 인격의 **전체**가 작품을 지배한다. 이러한 관점에서 보면 시간은 전혀 중요하지 않으며 이 전체를 구성하는 여러 다양한 부분들이 등장하는 순서도 중요하지 않다. 최초의 필치에서부터, 즉 인격의 최초의 현현에서부터 전체의 윤곽은 이미 뚜렷이 결정된 상태이며, 그 이후에 오는 모든 것은 이미 현존하는 윤곽 내에서 체계적인 순서로(시간을 초월한 두번째 유형) 혹은 시간적인 순서로(활동적이고 플루타르크적인 첫번째 유형) 배열된다.

이 두번째 유형의 고대 전기의 주요 대표 작가는 쑤에토니우스(Suetonius: 70~140, 로마의 역사가—역주)이다.* 플루타르크가 문학에, 특히

* 트라얀(Trajan : 53~117, 로마의 황제—역주)의 통치기간 동안 씌어진 『위

극에 심오한 영향력을 행사했다면(활동적인 유형의 전기는 본질적으로 극적이다), 쑤에토니우스는 주로 엄격한 의미의 전기적 장르에, 특히 중세에 걸쳐 영향을 미쳤다. 항목들에 의해 구조화된 전기는 오늘날까지도 존속하고 있다. '인간'으로서, '작가'로서, '가장(家長)'으로서, 그리고 '지식인'으로서의 누구라는 식의 항목들을 모은 전기가 그 예이다.

자의식의 자전적 표현

우리가 지금까지 언급했던 전기와 자서전 형식들은 본질적으로 공적인 성격을 지녔다. (원칙적으로 이 두 형식에 의해 채택된 접근방식 사이에는 아무런 차이가 없다.) 이제 인간의 이러한 공적인 외향성이 이미 명백하게 붕괴되고 고립된 개인의 사적인 자의식이 싹을 틔우기 시작하여 그 삶의 사적인 영역들을 표면화하게 되는 그러한 자서전 형식들을 언급하기로 하자. 고대에는 자서전의 영역에서도 인간과 그의 삶이 사적인 것으로 되어가는 과정의 시작만이 나타날 따름이다. 따라서 **혼자만의 자의식**을 표현하는 새로운 자서전 형식들은 아직 진전되지 않은 상태였나. 내신 이미 현존하고 있던 공적이고 수사적인 형식들을 특수하게 변형시킨 것들만이 생겨났다. 우리는 세 가지의 기본 변형을 살펴볼 것이다.

첫번째 변형은 자기 자신과 자신의 삶을 풍자와 비방(diatribe) 속에 풍자적 및 반어적으로 혹은 해학적으로 다루어놓은 것이다. 호라티우스(Quintus Horatius Flaccus: 65~8 B.C., 로마의 서정시인 및 풍자시인—역주)와 오비디우스(Publius Ovidius Naso: 43 B.C.~A.D. 17, 로마의 시인—역주)와 프로페르티우스(Sextus Propertius: ?54~16 B.C., 로마의 시인. 그의 비가는 18세기 비가의 전범이 되었다—역주)에 의해 운문으로 씌어진 친숙하고 아이러니컬한 자서전들과 자화상들은 특별히 주목해 볼 필요가 있다. 이것들은 공적이고 영웅적인 형식들을 패러디하는 요소들을 포함하고 있

인들의 생애에 관하여』(*De viris illustribus*)를 언급한 것이다. 이 전기는 로마시대의 문인들을 그 장르별로 분류하여 다루고 있다.—영역자 주

다. 여기에서는 자신을 표현할 적극적 형식을 찾아낼 수 없는 개인적이고 사적인 화제들은 아이러니와 해학이라는 옷을 입고 나타난다.

중요한 역사적 반향을 지녀왔던 것이기도 한 두번째 변형은 친구 아티쿠스(Atticus)에게 보낸 키케로의 편지들로 대표된다.

인간의 통일적 형상을 표현하는 공적이고 수사적인 형식들은 점차 정형화되기 시작하였으며 공식적이고 인습적인 것으로 되어버렸다. 영웅화와 예찬은(자기 예찬은 물론이려니와) 상투적이고 과장된 것으로 느껴지게 되었다. 더우기 기존의 공적이고 수사적인 장르들은 그들의 본성상, 더욱 더 넓어지고 깊어지는 동시에 자신 속으로 더욱 더 침잠하는 사적인 삶을 표현하기 위한 준비가 되어 있지 않았다. 그런 상황에서 응접실적 수사(drawing-room rhetoric)의 형식들이 점차 중요해졌으며 그중에서도 가장 중요한 형식은 친밀한 편지였다. 이와같이 친근하고 친밀한 분위기에서(물론 이것도 반(半)인습적인 것이다) 응접실에 적합한 새로운 사적 자기의식이 등장하기 시작했다. '자의식'을 비롯하여 하나의 삶을 전기로 변화시킬 때 사용되는 일련의 범주들——성공, 행복, 업적 등——은 그 공적이고 국가적인 의미를 상실하기 시작하였으며 사적이고 개인적인 차원으로 넘어갔다. 심지어 자연 그 자체도 이러한 새로운 사적 응접실의 세계 속으로 유입됨으로써 본질적으로 변화하기 시작한다. 그리하여 '풍경'(landscape)이 탄생한다. 다시 말해 자연은 자신과 아무런 상호작용도 갖지 않는 완전히 사적인 낱낱의 개인을 위한 하나의 지평(인간이 바라보는 대상)이자, 환경(배경, 장식)으로 간주되는 것이다. 이런 종류의 자연은 서사시나 비극에서의 자연은 말할 것도 없고 전원적 목가시(牧歌詩, idyll)나 농업시(農業詩, georgic)에서의 자연과도 뚜렷하게 구별된다. 자연은 사적인 개인들이 산책하거나 휴식하면서 주위의 경관을 무심하게 둘러볼 때 단순히 아름다운 단편들로서 그들의 응접실 세계로 들어온다. 이 아름다운 단편들은 교양있는 로마인의 사적 삶이 이루는 불안정한 통일 속으로 얽혀들어간다. 그러나 이 단편들은 우리가 서사시나 비극에서 보는 것과 같은 단일하고 강력하며 생동하는 독립적인 자연복합체(예컨대 『속박된 프로메테우스』(*Prometheus Bound*: 아이스퀼로스가 쓴 비극—역주)에서의 자연)를 형성하지는 못했다. 그러한 단편들은 오로지 완결되고 폐쇄된 고립된 문학적 풍경들만을 구성할 수 있을 뿐이다. 다른 범주들 역시 이같이 새로운 작고 사적인 응접실의 세계 속에서 유사한 변화를 겪는다. 사적인 삶 속의 수많은 사소한 세목들이 중요성을 띠기 시작하며, 개인은 그것들 속에서 '편안함'을 느낀다. 그의 사적인 자기의식은 이러한 사소한 세목들로부터 의미를 획득하기 시작한다. 인간적인 것은 폐쇄적이고 사적인 공간으로, 다시 말해서 내밀한 것에 가까운 어떤 것은 가능하지만 기념비적인 조형성(造形性)과 전적으로 공적인 외향성은 상실되는 사적인 공간으로 옮아가기 시작한다.

이와같은 것이 아티쿠스에게 보내는 키케로의 편지들이 지니고 있는 특징적인 공간이다. 그럼에도 불구하고 그 편지들 속에는 여전히 생생하고 역동적인 많은 것들뿐 아니라 공적이고 수사적이며 인습적이고 정형화된 많은 것들이 계속 존속하고 있다. 이는 마치 오래전부터 있어왔던 인간 형상의 공적이고 수사적인 통일성이 철저하게 사적인 미래적 인간의 단편들로 흠뻑 적셔진 형국이다.

마지막 세번째의 변형은 **금욕적** 유형의 자서전이라고 불릴 수 있을 것이다. 맨 먼저 우리는 소위 '위안문'(慰安文, consolations)의 형식을 이 부류에 포함시켜야 한다. 이 위안문의 형식은 '위안자인 철학'(Philosophy the Consoler)과 대화를 나누는 형식으로 구성되어 있다. 지금 남아 있지는 않으나 그 첫번째 예로서 우리는 딸의 사후에 쓴 키케로의 『위안』(*Consolatio*)을 들어야 하며, 그의 『호르텐시우스』(*Hortensius*)도 역시 이러한 형식에 속한다. 그 다음 시대에 우리는 아우구스티누스와 보에티우스(Anicius Manlius Severinus Boethius, ?480~524: 로마의 철학자로 테오도리쿠스 대왕에 대한 반역죄로 투옥되었다가 처형당함—역주), 그리고 끝으로 페트라르카에게서 이러한 위안문의 형식을 보게 된다.

또한 쎄네카의 편지들, 마르쿠스 아우렐리우스의 자전적인 저술 「나에게」(To myself)*와 끝으로 성 아우구스티누스의 『고백록』 및 기타의 자전적 저작들도 이 세번째 변형에 포함되어야 한다.

---

* 아우렐리우스가 원래 자신의 지침으로 삼기 위해 적어놓았으며 그의 사후에 출판되었던 『명상』(*Meditations*)을 언급하는 듯함. —영역자 주

위에 지목한 모든 작품들의 전형적인 특징은 그것들이 저자 자신과 관련된 새로운 형식의 출현을 의미한다는 데 있다. 이 새로운 관계의 특징은 아우구스티누스의 용어인 '독백' (Soliloquia), 즉 '자신과 혼자서 나누는 대화'라는 말로 가장 잘 묘사될 수 있다. 위안문에서 위안자인 철학과 나누는 대화들도 물론 이러한 혼자 하는 대화의 예들이다.

이것은 아무런 목격자도 두지 않고 그가 누가 되었든 '제삼자'의 목소리에 어떠한 권리도 부여하지 않는, 자기 자신 즉 특정한 '나'와의 새로운 관계이다. 여기에서 고립된 개인의 자의식은 자기 자신 속에서 그리고 아무런 매개 없이 자신의 사상과 철학의 영역 속에서 지주(支柱)를 찾으려 하고 자신의 운명에 대한 더욱 권위있는 해석을 찾아내려 한다. 예컨대 마르쿠스 아우렐리우스의 경우에서와 같이 여기에서도 '타인의' 관점에 대한 투쟁이 벌어진다. 우리에 대한 타인의 관점(이것을 우리는 중요하게 생각하고 이것에 의해 우리 자신을 평가한다)은 허영과 헛된 자만심의 원천으로 혹은 불쾌함의 원천으로 기능한다. 그것은 우리의 자의식과 자기평가 능력을 흐려놓기 때문에 우리는 그것으로부터 벗어나야 한다.

이 세번째 변형이 지니는 또다른 변별적 특징은 자신의 개인적이고 내밀한 삶과 관련되는 사건들의 비중이 뚜렷하게 증가한다는 점이다. 주어진 한 개인의 사적인 삶에서 지대한 중요성을 지니는 사건들이 다른 사람들에게는 전혀 중요하지 않으며, 사회적 혹은 정치적 의미를 거의 지니지 못한다. (가령 키케로의 『위안』에서의 딸의 죽음이 그러하듯이.) 그러한 사건들 속에서 인간은 자신이 유별나게 혼자라고 느낀다. 또한 공적인 의미를 지니는 사건들 속에서는 이제 이 사건들의 개인적인 측면이 강조되기 시작한다. 이 과정의 일부로서 선한 모든 것의 덧없음, 또는 결국 죽어야 할 인간의 운명과 같은 문제들이 매우 두드러진 주제가 된다. 일반적으로 개인의 죽음이라는 주제(그리고 이 주제에 관한 다양한 변형들)는 개인의 자전적 자의식 속에서 중대한 역할을 담당하기 시작한다. (공적인 자의식 속에서는 개인의 죽음이라는 주제의 역할은 물론 거의 무(無)에 가까울 정도로 축소되었었다.)

이러한 새로운 특징들에도 불구하고 이 세번째 변형조차도 의미심장하달 정도로 공적이고 수사적인 상태로 남아 있다. 아직까지는 중세에 겨우 등장하여 그 이후의 유럽소설에서 그렇게도 막대한 역할을 담당했던 저 진정으로 고립된 개인은 존재하지 않았던 것이다. 여기에서는 고독은 아직까지는 매우 상대적이고 순진한 것이었다. 자기의식은 여전히 공적인 영역에 굳건히 뿌리박고 있었다. 비록 이 영역의 영향력이 상당히 무력화되기는 했지만, 타인의 모욕에 민감한 자신의 성격을 극복하려는 노력의 일환으로 '타인의 관점'을 배제했던 바로 그 마르쿠스 아우렐리우스조차도 공적인 인물로서의 자신의 위엄에 대한 깊은 존경심으로 충만해 있으며, 자신의 미덕에 대해 운명과 다른 사람들에게 오만하게 감사하고 있다. 이 세번째 변형의 자서전이 취하고 있는 형식 자체는 공적이고 수사적인 성격을 띠고 있다. 심지어 아우구스티누스의 『고백록』조차도 소리높여 낭독할 필요가 있다는 점은 앞서도 언급한 바 있다.

지금까지 고대의 자서전 및 전기의 기본형식들을 살펴보았다. 그것들은 소설의 발전뿐 아니라 유럽문학의 유사한 형식들의 발전에도 지대한 영향력을 행사하였는바, 그 점에 대해서는 뒤에 다시 살펴볼 기회가 있을 것이다.

4. 역사적 전도와 민속적 크로노토프의 문제

고대소설에 사용된 시간형식의 일반적 특징

고대의 소설형식들에 관한 개관을 마무리지으면서 시간을 표현하기 위해 이 작품들에서 사용된 방법들의 몇 가지 일반적 특징을 주목해보기로 하자.

고대의 소설에서 시간의 충만함은 어떻게 다루어지고 있는가? 우리는 이미 어떠한 시간적 재현에 있어서도 충만한 시간에 대한 일정한 최소한의 인식은 필연적이라는 (그리고 문학의 기본적인 재현양식은 **시간적**이라는) 사실을 알고 있다. 더우기 시간의 경과 외부에서, 혹은 과거 및 미래와 어떠한 접촉도 갖지 않은 채 충만한 시간의 외부에서 한 시대를 반영한다는 것은 있을 수 없는 일이다. 시간의 진행이 없는 곳에는 또한 완전하고 본질적인 의미에서 시간의 구성요소를 이루고 있는 순간도 존재하지 않는다. 만일 과거 및 미래와의 관계 밖으로 떨어져 나오게 되면 현재는 그 통일성을 잃은 채 고립된 현상이나 사물로 분해되며 그것들의 단순한 추상적 집적(集積)에 불과하게 된다.

고대소설조차도 그 특유의 일정한 최소한의 시간적 충일성을 지니고 있다. 말하자면 그러한 시간은 그리스의 소설에서는 최소한으로 나타나고 일상의 모험소설에서는 그보다는 조금 더 중요해진다. 고대의 소설에서는 이러한 시간적 충일성은 이중적 성격을 갖는다. 우선 첫째로 그것은 충만한 시간에 대한 민중신화적 이해에 뿌리박고 있다. 그러나 민중신화의 고정된 시간형식들은 이마 쇠퇴의 길을 걷고 있었으며, 그 당시에 느껴지기 시작했던 뚜렷한 사회적 분화(分化)라는 조건 하에서 그것들은 물론 새로운 내용을 통합하여 그에 적합한 형식을 부여할 수 없었다. 그럼에도 불구하고 충만한 시간을 표현하는 민속적 형식들은 여전히 고대소설 속에서 작용하였던 것이다.

다른 한편, 고대소설은 또한 충만한 시간을 표현할 새로운 형식들——사회적 모순의 폭로와 관련된 형식들——을 찾으려는 최초의 미약한 노력을 담고 있다. 모든 그같은 폭로는 필연적으로 시간을 미래로 나아가게 한다. 사회적 모순들이 더욱 깊이있게 폭로되고 그 결과 더욱 온전한 모습으로 드러나게 되면 될수록 예술가의 재현 속의 시간은 더욱더 진정하고 포괄적인 온전성을 갖게 된다. 우리는 시간의 이와같은 현실적 통일성의 단초를 이미 일상생활의 모험소설 속에서 살펴본 바 있다. 그러나 이러한 최초의 노력들은 너무 미약한 것이어서 주요한 서사적 형식들이 소설적인 것으로 붕괴되는 것을 막지는 못했다.

여기에서 문학적 형식들과 이미지들의 발전에 거대한 결정적 영향력을 행사했던 당대의 시간감각이 지니는 한 특징을 잠시 생각해보는 것이 긴요하겠다.

역사적 전도와 종말론

이 특징은 소위 **역사적 전도**(顚倒)라고 불릴 수 있는 것에서 가장 잘 드러난다. 이 전도의 본질은 신화와 예술의 사유가 목적이나 이상, 정의, 완전성, 인간과 사회의 조화로운 상태와 같은 범주들을 **과거**에 위치시킨다는 사실에 있다. 천국에 관한 신화, 황금시대 및 영웅시대, 고대의 진리에 관한 신화들이라든가 이후의 '자연상태'(state of nature)나 천부인권 따위의 개념들 모두가 다 이러한 역사적 전도의 표현이다. 다소 단순화해서 이야기한다면 전적으로 **미래**에서만 실현될 수 있고 또 실제로 실현되어야 할 어떤 것이 여기서는 **과거**로부터 나오는 어떤 것, 즉 결코 과거현실의 일부는 아니지만 그 본질상 목적이며 의무인 어떤 것으로 묘사되고 있다.

인류 발전의 다양한 시대의 신화·예술적 사유양식들을 전형적으로 대표하는 이와같은 독특한 시간의 '전환' 혹은 '전도'는 시간에 대한 특수한 개념, 특히 미래의 시간에 대한 특수한 개념으로 특징지어진다. 현재, 그리고 특히 과거는 미래를 희생한 댓가로 풍요로와진다. 현실적인 힘과 설득력은 현재와 과거에만, 즉 '…이다'와 '…였다'에만 귀속된다. 미래에는 이와 다른 종류의 더 단명(短命)한 실재가 귀속된다. 즉 '…일 것이다'는 '…이다'와 '…였다'에 필수적으로 따르게 마련인 물질성과 밀도, 현실적 중량감을 박탈당하는 것이다. 미래는 현재 및 과거와 동질적인 것이 아니며, 미래가 아무리 많은 시간을 차지하고 있다고 할지라도 그것은 기본적인 구체성을 부정당한다. 또한 미래는 어쩐지 공허하고 파편화되어 있다. 왜냐하면 긍정적이고 이상적이며 필수적이고 또 소망스런 모든 것이 역전을 통해서 과거(혹은 부분적으로 현재) 속으로 옮겨졌기 때문이다. 그 과정에서 과거는 더 무게있고 더 확실하며 설득력있는 것이 되었다. 어떤 이상에 확실한 근거를 부여하기 위해서 우리는 그 이상이 전에 어느 황금시대의 '자연상태'에 존재한 적이 있었다거나, 혹은 현재에 존재한다면 세상의 반대편 끝 어딘가 태양의 동쪽과 달의 서쪽에, 지상이 아니라면 지하에, 지하가 아니라면 천상에 존재하는 것으로 상상하는 것으로 족하다. 그리고 우리는 시간의 수평축을 따라 앞으로 전진하기보다는 상하의 수직축을 따라 현실(현재)의 상부구조를 건설하는 일에 더욱 기꺼이 참여한다. 만일 이 수직적 구조 역시 내세적이고 이상주의적이며 영원하고 시간을 초월한 것에 근거하고 있다면, 이 경우 그러한 시간을 초월한 영원성은 현재 속의 주어진 순간과 동시적인 어떤 것으로 파악된다. 다시 말해서 현재적인 것, 이미 존재하고 있는 것이 아직 존재하지 않고 있으며 결코 존재한 적이 없는 미래보다 더 좋은 것으로 인식된다. 엄밀한 의미에서의 역사적 전도는 현재적 현실이라는 관점에서 과거——더 무게있고 더 구체적인——를 미래보다 선호한다. 그리고 이러한 수직적이고 내세적인 구조는 또한, 그러한 과거에 비해, 시간을 초월한 영원한 것, 그러면서도 마치 현재적인 실재인양 작용하는 것을 선호한다. 이러한 구조화에 활용되는 형식들은 모두 자기 나름의 방식으로 미래를 비운다. 말하자면 미래를 해부하여 그 피를 전부 쏟아버린다. 철학적 구조에서의 역사적 전도 또한 이에 상응하여 모든 존재의 투명하고 순수한 근원이요, 이상적이고 시간을 초월하는 영원한 가치와 존재양식의 근원으로서의 '시작'을 가정하는 특징을 지닌다.

미래에 대해 이와 유사한 관계를 보여주고 있는 또 다른 형식이 종말론(終末論)이다. 여기에서 미래는 또다른 방식으로 공허해진다. 미래는 존재하고 있는 모든 것의 종말로서, 즉 모든 존재——그 과거 및 현재적 형태——의 종말로서 파악된다. 이런 점에서는 종말이 순수하고 단순한 재앙과 파괴로 파악되건, 혹은 새로운 혼돈으로, 혹은 신들의 황혼으로, 혹은 하나님 왕국의 도래로 파악되건 모두 마찬가지이다. 중요한 것은 다만 종말이 존재하고 있는 모든 것에 영향을 미친다는 점, 그리고 더우기 이 끝이 비교적 가까이에 있다는 점이다. 종말론은 항상 현재와 종말의 중간에서 현재를 종말로부터 분리시키는 미래를 가치가 결여된 것으로 간주한다. 시간의 이러한 일부, 즉 미래는 그 의미와 중요성을 상실한다. 그것은 불확실하게 연장된 현재의 불필요한 연속에 지나지 않는다.

이와같은 것이 바로 미래에 관한 신화적·문학적 관계의 특수한 성격이다. 진정한 미래는 이러한 관계를 공유하는 모든 형식들 속에서 그 실체를 제거당한다. 그러나 그럼에도 불구하고 각 형식의 한계 내에서는 서로 다른 정도의 가치를 지닌 구체적 변형들이 가능하다.

역사적 전도의 현실적 기능

그러나 이러한 개개의 변형들을 다루기 전에 우리는 이러한 형식들과 실제적인 미래 사이의 관계를 더 자세히 규명해야만 한다. 왜냐하면 심지어 이러한 형식들에서도 결국 모든 것은 필연적으로 실제의 미래로, 즉 아직 존재하지는 않고 있지만 어느 지점에 가면 반드시 존재하게 될 바로 그러한 것으로 인도될 것이기 때문이다. 이러한 형식들은 그 본질상, 의무와 진실이라고 여겨지는 것을 현실화시키고, 그것에 존재를 불어넣으며, 그것을 시간에 연결시키려고 노력한다. 그리고 그것을 실제로 존재하는 동시에 진실된 것으로서, 역시 존재하고는 있지만 그것과는 대조적으로 좋지 못하고 진실되지 않은 현존하는 현실에 대립시키고자 한다.

이와같은 미래의 형상들은 필연적으로 과거 속에 위치하거나 또는 칠대양 너머의 어느 환락향(歡樂鄕, Land of Cockaigne)으로 이동하게 되었다. 잔인하고 사악한 현재의 현실과 이러한 형상들의 차이는 시·공간적 거리에 의해서 측정되었다. 그러나 그러한 형상들은 시간 그 자체로부터 취해진 것은 아니며 지금 이곳의 실재하는 구체적인 세계로부터 분리되어 있는 것도 아니다. 그와는 반대로 이 추측된 미래가 지니는 모든 에너지가 구체적인 지금 이곳의 현실에 존재하는 형상들, 그리고 무엇보다도 육체를 지닌 살아 있는 인간의 형상을 심화하고 강화하는 데에만 기여하고 있다고까지 말할 수 있을 정도이다. 인간은 미래를 희생하고 성장했으며 현재의 세대와 비교됨으로써 용사(勇士, bogatyr)가 되었다. ("당신들은 용사가 아니다" : 레르몬또프의 시 『보로지노의 전투』(1837) 제2연 제3행—역주) 그는 눈에 보이지 않는 신체적 힘과 일할 수 있는 커다란 능력에 접근했다. 자연과의 싸움은 영웅적으로 묘사되었고 그의 침착하고 실용적인 지성도 영웅적이었으며 심지어는 그의 건강한 식욕과 갈증까지도 영웅적인 것으로 되었다. 이러한 작품들에서 상징적인 크기와 힘, 그리고 인간이 지닌 상징적 중요성은 결코 공간적 크기 및 시간적 길이로부터 분리되지 않았다. 위대한 사람은 체구도 크고 보폭도 큰, 따라서 대단히 넓은 공간을 필요로 하는 인물인 동시에 수명도 남다르게 긴 장수(長壽)하는 인물이었다. 몇몇 민속 형식들 속에서 이와 같은 위대한 인물이 변신의 과정――이 과정에서 그는 실제로 크기가 작아지기도 하며 그의 잠재력을 시간과 공간 속에 충분히 실현시키지 못하기도 한다(때로 그는 태양처럼 지며, 지하세계로 내려간다)――을 거치는 것도 사실이다. 그러나 그는 결국 언제나 그의 잠재력을 시·공간적으로 실현시키며, 다시 한번 키가 크고 오래 사는 인물이 된다. 우리는 물론 진정한 민속 고유의 이러한 특징을 다소 단순화하고 있다. 그러나 민속은 시간과 공간 속에서의 구체화와는 분리된 관념만의 체계는 알지 못한다는 점을 강조하는 것은 중요하다. 의미를 지닌 모든 것은 결국 시간과 공간의 측면에서 의미있는 것일 수 있고 또한 의미있는 것이어야만 하기 때문이다. 민속에서의 인간은 그의 완전한 실현을 위한 시간과 공간을 요구한다. 그는 전적으로 이러한 시·공간적 차원에서만 존재하고 또 그 안에서 편안하게 느낀다. 이상적인 것을 시·공간적으로 빈약한 형식 속에 수용하는 것(이렇게 하면 시간과 공간의 중요성을 축소시키는 효과가 생길 것이다)과 같이, 관념적인 중요성과 넓은 의미에서의 물리적인 크기의 사이를 의도적으로 대립시키는 것은 민속에서는 전적으로 불가능하다. 이와 관련하여 우리는 진정한 민속이 지니는 또하나의 특징을 강조해야 하겠다. 민속의 인물은 자신의 타고난 권리로 위대한 것이지 다른 어떤 이유에 의해서 그러한 것이 아니다. 그 자신이 실제로 키가 크고 힘이 세며, 그만이 의기양양하게 적군을 물리칠 수 있는 것이다. (울라드(Ulad)들이 겨울잠을 자는 동안의 쿠츌라인(Cuchulainn)처럼.) 그는 '키가 큰 백성을 다스리는 키작은 황제'와는 정반대이다. 민속의 인물이야말로 바로 키가 큰 백성이며, 그는 그 자체로 위대하다. 그가 노예로 삼는 유일한 것은 자연이며, 그 자신은 오로지 야생동물들에 의해서만 봉사를 받는다. 그리고 심지어는 야생동물들도 그의 (사회적 범주로서의) 노예는 아니다.

지금 이곳의 구체적 현실 속에서 취하는 형태로 측정되는, 인간의 이러한 시간적·공간적 성장은 앞에서 언급한 외형적인 크기와 힘이라는 측면으로만 민속에 등장하는 것은 아니며 매우 다양하고 미묘한 다른 형식들로도 나타난다. 그럼에도 불구하고 그 논리는 어디서나 동일하다. 그것은 지금 이곳의 현실세계 속에서 자신의 타고난 권리로 위대한 사람의 솔직한 직접적 성장이며 그릇된 자기비하와도, 허약과 결핍에 대한 관념적인 보상과도 거리가 먼 성장이다. 인간의 성장을 표현하는 다른 형식들에 대해서는 라블레의 위대한 소설들을 분석하는 가운데 보다 자세하게 살펴보기로 하겠다.

따라서 민속에 나타나 있는 환상적인 요소는 **리얼리즘적** 환상이다. 그 환상은 실재하는 지금 이곳의 구체적 세계라는 한계를 결코 넘지 않으며 그 세계 속의 간극을 관념적이거나 비(非)현세적인 어떤 것에 의해 메꾸려 하지 않는다. 그것은 보통 크기의 시간과 공간을 단위로 하여 지각(知覺)하되 그 폭과 깊이를 확대하는 것일 따름이다. 이러한 환상적 요소는 인간발전의 현실적 가능성——즉각적인 실천적 행동을 위한 프로그램이라는 의미에서가 아니라 인간본성의 부정되어서는 안될 영원한 필요로서의 인간의 욕구와 가능성이라는 의미에서의 가능성——에 의존하고 있다. 이러한 필요는 인간이 존재하는 한 영원히 존속할 것이다. 그것은 억압되려 하지 않을 것이며 인간본성 그 자체만큼이나 현실적인 것이어서 조만간 완전한 실현에 이르기 위한 길을 찾아나갈 것이다.

그리하여 민속의 리얼리즘은 소설을 포함한, 문자로 씌어진 모든 문학에서의 리얼리즘을 위한 무한한 원천인 것으로 드러난다. 리얼리즘의 이러한 민속적 원천은 중세, 그리고 특히 르네쌍스 시대에 특별한 중요성을 갖는다. 이 문제는 라블레를 분석하면서 다시 거론될 것이다.

5. 기사도 로맨스

기사도 로맨스의 시간형식

이 절에서는 기사도(騎士道) 로맨스에 나타나는 시간의——따라서 크로노토프에도 해당되는——특징들을 간략하게 언급해보기로 하자. (개별 작품들의 분석은 생략될 수밖에 없겠다.)

기사도 로맨스는 기본적으로 그리스적 유형의 모험의 시간에 준하는 구조를 가지고 있다. (물론 아풀레이우스에 의해 사용된 것과 같은 일상적 모험의 시간유형에 더 가까운 작품들도 없는 것은 아니다——볼프람 폰 엣셴바하(Wolfram von Eschenbach, 1170?~1220?: 독일의 서사시인—역주)의 『파르찌발』(Parzival)이 그 좋은 예이다.) 시간은 분해되어 추상적이고 기술적으로 조직된 단편적 모험들의 연쇄가 된다. 시간과 공간의 연관 역시 단순히 기술적이다. 우리는 여기서 그리스 로맨스에서와 동일한 시간상의 일치와 불일치, 거리의 원근에 대한 조작, 그리고 지연(遲延) 따위를 보게 된다. 기사도 로맨스의 크로노토프는 그리스 로맨스의 그것과 마찬가지로 낯설고 다양하며 다소 추상적인 세계의 크로노토프이다. 또한 주인공들(그리고 사물들)의 정체성에 대한 시험——기본적으로 사랑에의 성실성에 대한 시험과 기사도적 규범의 요구에의 충실성에 대한 시험——이 마찬가지로 구성적 역할을 담당한다. 그리하여 그들의 정체성에 치명적인 위기의 순간들——예컨대 잘못 추정된 죽음이나 인지/비(非)인지, 변성명(變姓名) 등과 같은——또한 필연적으로 등장한다. (사랑받는 이졸데와 사랑받지 못하는 이졸데를 함께 등장시킨 『트리스탄』의 경우는 정체성의 문제에 대한 보다 복잡한 취급의 예이다.) 여기서는 또한 궁극적으로 정체성의 문제와 연관되는 동양적이고 동화적인 모티프들, 즉 어떤 사람을 일상적인 사건의 진행으로부터 일시적으로 격리시켜 기이한 세계로 옮겨놓는 온갖 종류의 마술들도 발견된다.

그러나 이와 더불어 기사도 로맨스의 모험시간에서는 근본적으로 새로운 요소도 나타난다. (이 요소는 기사도 로맨스의 크로노토프를 구성하는 모든 부분에 스며든다.)

모든 모험의 시간은 우연이나 운명, 신 따위와 같은 요소를 지니게 마련이다. 실제로 이러한 유형의 시간은 정상적이고 현실적이며 '법칙에 따르는' 시간적 연쇄들 속의 균열의 순간(어떤 틈새가 벌어지는 순간), 즉 이 법칙들——그것들이 어떤 종류의 법칙이건간에——이 갑자기 위반되면서 사건들이 예기치 못한 의외의 경향성을 띠게 되는 순간에만 등장한다. 그런데 기사도 로맨스에서는 바로 이 '갑자기'가 정상적인 것이 된다. 그것은 일반적으로 적용 가능한 어떤 것, 사실상 거의 평범한 어떤 것이 된다. 세계 전체가 기적적인 것이 되며, 따라서 기적적인 것은 기적적인 동시에 일상적인 것이 된다. 심지어 '의외성'조차 그것이 늘 우리 곁에 있다는 이유로 인해 의외가 아니게 된다. 의외의 것이, 아니 오로지 의외의 것만이 우리가 기대하는 바이다. 온 세계가 '갑자기'에 의해, 즉 기적적이고 예기치 않은 우연이라는 범주에 의해 지배된다. 그리스 로맨스의 주인공은 일정한 '체계성'을 확립하고, 인생의 정상적인 진행의 사슬로부터 끊어진 고리를 다시 연결시키며, 운명의 장난에서 벗어난 평범한 정상적인 삶으로 복귀하려고 노력했다. (물론 평범한 삶은 소설의 테두리 밖에 존재하였다.) 그는 모험을 그것이 마치 천상으로부터 보내어진 재앙이라도 되는 양 견뎌냈으나 그 자신이 직접 모험을 찾아나서는 모험가다운 모험가와는 거리가 멀었다. (이 점에서 그에게는 아무런 주도권도 없었다.) 그 반면 기사도 로맨스의 주인공은 모험이 자신의 타고난 요소라도 되는 양 곤두박질치듯 모험 속으로 뛰어든다. 그에게 세계는 기적적인 '갑자기'의 표지(標識)하에서만 존재하며, 이와같은 상태가 그의 세계의 정상적인 상태이다. 그는 모험가이며 또한 사심이 없는 모험가이다. (그는 물론 비상한 수단을 통해서 자신의 탐욕스런 목적을 냉혈적으로 추구하는 인간이라는 후대에 생긴 의미에서의 모험가가 아니다.) 그의 본성상 그는 오로지 이러한 기적과 같은 우연의 세계 속에서만 살 수가 있다. 왜냐하면 이러한 세계만이 그의 정체성을 보존해주기 때문이다. 그의 정체성을 판단하게 해주는 규범조차 바로 이와같은 기적과 같은 우연의 세계에 맞추어 정해진다.

더우기 기사도 로맨스에서는 우연——시간상의 우연적 일치와 우연적 불일치 등——의 성격이 그리스 소설과는 전혀 다르다. 그리스 소설에서는 시간상의 분리와 결합의 역할이 담백하다. 시간상의 우연적 분리와 결합은 희귀하고 진기한 것들로 충만한 추상적인 공간 속에서 발생한다. 이와는 대조적으로 기사도 로맨스에서는 우연이 기적적이고 불가사의한 성격을 지닌다. 그것은 착한 요정과 악한 요정, 착한 마법사와 악한 마법사의 형태로 의인화하여 나타나기도 하고, 마법에 걸린 숲이나 성 혹은 그밖의 장소에 숨어서 기다리는 형태로 나타나기도 한다. 대부분의 경우 주인공은 진짜 '불운'은 견뎌내지 못한다.(불운은 독자들만의 흥미거리이다.) 오히려 그는 그에게도 또한 흥미있고 매력있는 '기적적인 모험'의 삶을 산다. 그리하여 '모험'은 그것을 둘러싸고 있는 전적으로 기적과 같은 세계라는 맥락 안에서 새로운 성격을 띠게 된다.

나아가 이 기적적인 세계에서는 주인공의 영웅적인 행위가 주인공 **자신을 영예롭게 하는** 동시에 타인(그의 주군(主君)과 그 부인)을 **영예롭게 한다.** 영웅적 행위는 기사도 로맨스와 그리스 로맨스를 뚜렷하게 구분지어주는 특징이자 전자를 **서사적 모험**에 더 가깝게 만들어주는 특징이다. **영예**와 **칭송**은 그리스 로맨스와는 완전히 이질적인 특징이지만 다른 한편으로는 기사도 로맨스와 서사시 간의 유사성을 고조시켜주는 특징이다.

그리스 로맨스의 주인공들과는 대조적으로 기사도 로맨스의 주인공들은 **개별화**되어 있으며 또한 동시에 **상징적**이다. 그리스 로맨스에서는 서로 다른 작품의 주인공들이 그 서로 다른 이름에도 불구하고 서로서로 닮았다. 그러한 주인공에 관해서는 오직 하나의 작품만이 씌어질 수 있을 뿐, 여러 작가들에 의한 순환연작(循環聯作, cycle)이나 변형, 혹은 연작소설들은 씌어질 수 없다. 그 소설의 주인공은 작가의 사적 소유물로서 하나의 물건이 그러하듯이 그에게 귀속된다. 앞서도 살펴보았듯이 그 주인공들 모두는 자기 자신 외의 어떤 것도 혹은 어떤 사람도 대표하지 않으며 다만 그 자체로 존재할 뿐이다. 이와는 대조적으로 기사도 로맨스의 여러 주인공들은 그들의 신체적 외양이나 가지각색의 운명에 있어서 결코 서로 닮지 않았다. 랜슬롯(Lancelot)은 결코 파르찌발과 닮지 않았으며 파르찌발은 또 트리스탄과 닮지 않았다. 그 반면 몇 편의 소설들이 이 인물들 각각에 관해 씌어졌다. 엄밀히 말해서 이들은 개별 소설들의 주인공이 아니라(일반적으로 독립된 **개별적인** 기사도 로맨스란 없다), 순환연작의 주인공들이다. 따라서 그들은 소설가들 개인의 사적 소유물로 귀속될 수 없으며(이는 물론 저작권의 부재를 지칭하는 것과는 거리가 먼 이야기이다), 서사시의 주인공들처럼 형상들의, 공통적인 국제적——서사시에서 이는 단순히 민족적인 것이었다——보고(寶庫)에 속한다.

끝으로, 주인공과 그의 활동공간인 기적적인 세계, 이 양자는 서로 일치한다. 둘 사이에는 간격이 없다. 이 세계는 분명 그의 민족적 모국이 아니다. 이 세계는 어느 곳에서나 동일하게 '타국'이다. (그러나 이 '타국'이라는 점이 강조되지는 않는다.) 주인공은 이 나라에서 저 나라로 옮겨 다니면서 다양한 영주들과 접촉하며 다양한 바다를 건너다닌다. 그러나 어느 곳에서든지 그 세계는 하나이며, 영예와 영웅적 행위와 불명예라는 동일한 개념으로 충만해 있다. 주인공은 이 세계의 어느 곳에서나 자기 자신과 타인들에게 영예를 가져다줄 수 있다. 어느 곳에서나 동일한 이름들이 명성을 떨치고 영예를 누리고 있다.

이러한 세계에서 주인공은 비록 고향에 있는 것은 아니지만 '집에 있는' 듯이 편안하다. 주인공 역시 모든 면에서 그 세계만큼 기적적이다. 그의 혈통은 경이로운 것이며 그의 출생과 유년기 및 청년기의 상황, 그의 체격 등등이 모두 그러하다. 그는 이 기적적인 세계의 살 중의 살이요 뼈 중의 뼈, 즉 그 세계의 가장 훌륭한 대표자이다.

기사도적 모험소설의 위와같은 특징들 모두가 그것을 그리스 로맨스로부터 명확하게 분리시키는 동시에 서사시에 더욱 근접하도록 만든다. 사실상 초기의 운문으로 된 기사도 로맨스는 서사시와 소설의 경계선에 위치한다. 그리고 바로 이 점이 소설의 역사에서 기사도 로맨스의 위치를 결정했다. 위에서 언급한 특징들은 또한 이러한 유형의 소설이 지닌 독특한 크로노토프——**모험적 시간 속의 기적적인 세계**——를 결정한다.

이 크로노토프는 그 나름으로 매우 유기적이며 내적 일관성도 지니고 있다. 그것은 더이상 희귀하고 진기한 것들로 가득차 있지 않고, 대신 기적적인 것들로 충만해 있다. 그 안의 모든 것, 가령 무기나 의복, 샘이나 다리 등은 기적적인 어떤 속성을 지니고 있거나 아니면 아예 마술에 걸려 있다. 또한 이 세계에는 많은 상징이 있는데, 이것은 수수께끼 그림 같은 조야한 종류가 아니며 오히려 동양의 동화(童話)에 가까운 유형이다.

기사도 로맨스에서 모험의 시간 그 자체는 기적적인 것을 지향하는 이러한 경향에 의해 구성된다. 그리스 소설 속의 모험의 시간은 개별 모험들의 한계 내에서는 기술적 핍진성(逼眞性)이 있었다. 즉 하루는 실제 하루와, 한 시간은 실제 한 시간과 같았다. 기사도 로맨스에서는 이와는 달리 시간 자체도 어느 정도 기적적인 것이 된다. 그리하여 동화에 전형적으로 나타나는 시간상의 과장이 생겨난다. 시간의 길이가 늘어나는가 하면 며칠이 순간으로 압축되기도 한다. 시간 자체에 마법을 거는 것도 가능해진다. 시간은 꿈에 의해 영향을 받기 시작한다. 즉 꿈에 특징적으로 나타나는, 시간적 원근법상의 독특한 왜곡이 생겨나기 시작한다. 꿈은 더이상 내용의 한 요소로서의 기능에 머무르지 않고, (꿈과 유사한) '비전'(vision, 환상)과 마찬가지로 형식을 발생시키는 기능을 획득하기 시작한다. ('비전'은 중세문학에서 대단히 중요한 구성형식이다.)[9] 기사도 로맨스는 (위에서 언급한 동화적이고 몽상적인 변형 외에도) 일반적으로 **시간의 주관적인 조작**, 즉 시간의 정서적이고 서정적인 확장과 압축을 보여준다. 그리하여 사건 전체가 마치 전혀 존재하지 않았던 것처럼 사라지는 따위와 같은 일이 발생한다. (가령 『파르찌발』에서는 주인공이 왕을 알아보지 못하는 몬트잘바트(Montsalvat)에서의 에피소드가 사라지고, 아예 없었던 일로 되어버린다.) 시간의 이같은 주관

9) 물론 고대에도 꿈이나 그와 유사한 비전의 형태로 사건을 구조화하는 외적 형식은 존재했었다. 루씨안과 그의 작품 『꿈』(*Dream*: 자기 생애의 전환점을 꿈의 형식으로 표현한 자전적인 작품)은 그 점을 잘 보여주는 예이다. 그러나 거기에는 꿈 특유의 내적 논리는 결여되어 있다.

적 조작은 고대에는 전혀 알지 못하던 것이다. 사실상 그리스 로맨스에서의 시간은 적어도 개별 모험의 경계선 안에서는 무미건조하고 신빙성 있는 정확성에 의해 특징지어진다. 고대인들은 대단한 존경심을 갖고 시간을 다루었고(시간은 신화의 재가를 받았다) 시간에 관한 주관적인 조작의 자유를 허용하지 않았다.

시간의 주관적인 조작, 즉 기본적인 시간적 관계들과 원근법의 침해로 특징지어지는 기적적인 세계의 크로노토프는 그에 상응하여, 기본적인 공간적 관계들과 원근법의 위반으로 나타나는 공간의 주관적 조작을 낳는다. 더우기 대부분의 경우 여기에서는 민속이나 동화에서 긍정되는 바와 같은 인간의 공간적 '자유'의 흔적은 없다. 이러한 크로노토프에서 발견되는 것은 공간의 정서적이고 주관적이며 부분적으로는 상징적이기도 한 왜곡이다.

이상과 같은 것이 기사도 로맨스의 특징이다. 그런데 이 장르의 이후의 발전과정에서 이 기적적인 세계의 크로노토프를 특징지었던 거의 서사시에 가까운 총체성과 통일성은 와해된다. (이러한 일은 그리스적 요소가 더 큰 힘을 발휘하였던 후기의, 산문형식의 기사도 로맨스에서 일어난다.) 그리고 이러한 총체성과 통일성은 다시는 그 서사시적 충만함의 상태로 부활하지 못한다. 그러나 이러한 대단히 특징적인 크로노토프의 개별 측면들——특히 공간적 원근법과 시간적 원근법의 주관적 조작——은 이후의 소설사 속에서 이따금 다시 등장하기도 한다. (물론 그 기능은 다소 변모한다.) 그러한 개별 측면들은 낭만주의자들(가령 노발리스(Novalis: 1772~1801, 독일낭만주의의 대표적 시인—역주)의 『하인리히폰 오프터딩겐』(*Heinrich von Ofterdingen*, 1799, 『푸른 꽃』 *Die blaue Blume* 이라는 부제가 붙은 노발리스의 대표작—역주)이나 상징주의자들, 표현주의자들(가령 마이링크(Gustav Meyrink: 1868~1932. Gustav Meyer 의 가명. 매우 독특한 작가로서 때로 카프카에 비교된다—역주)의 『찰흙 인형』(*Der Golem*, 1915)에 나타나는 매우 섬세한 시간의 심리적 조작), 그리고 가끔은 초현실주의자들에게서도 나타난다.

'비전'의 수직적 시간구조

중세 말기에 즈음하여 백과사전적인 (그리고 종합적인) 내용과 '비전'으로서의 구조를 지닌 특별한 유형의 작품이 등장하기 시작한다. 우리가 여기서 염두에 두고 있는 것은 기욤 드 로리스(Guillaume de Lorris ?~1238: 프랑스의 시인—역주)에 의해 씌어진 『장미의 로맨스』(*Roman de la Rọse,* 궁정연애를 주제로 한 중세의 대표적인 알레고리적 로맨스. 처음 4058행은 로리스에 의해 씌어졌고(1230년경), 나머지 17622행은 장 드 묑에 의해 완성됨(1275년경)—역주)와 장 드 묑(Jean de Meung, 1240~1305: 프랑스의 시인—역주)에 의해 씌어진 그 속편, 그리고 랭글랜드(William Langland, 1330?~1386?: 그의 생애에 관해서는 거의 알려진 바 없으나 *Piers Plowman*을 쓴 것으로 추정된다—역주)의 『농부 피어즈』(*Piers Plowman*), 마지막으로 단떼의 『신곡(神曲)』(*The Divine Comedy*)이다. 이 작품들이 시간을 다루는 방법은 대단히 흥미로운데 여기서는 그것들 모두에 공통되는 가장 기본적인 특징만을 언급하게 될 것이다.

이 작품들에 미친 중세적, 내세적, 수직적 축의 영향력은 매우 강력하다. 시·공간적 세계 전체는 상징적인 해석에 종속된다. 심지어는 이 작품들에서 시간은 행위로부터 완전히 배제된다고까지 말할 수 있을 정도이다. 작중의 행위는 결국 하나의 '비전'인데, 그것은 현실적인 시간상으로 보면 대단히 짧은 순간이다. 또 사실 드러난 것의 의미 그 자체는 시간외적이다. (물론 그것은 시간과 일정한 관련을 맺고 있다.) 단떼의 작품에서는 비전이 두 개의 다른 유형의 시간, 즉 특정한 전기적 시간(인생의 시간) 및 역사적 시간과 교차하는 순간뿐만 아니라 비전의 현실적 시간도 순전한 상징적 성격을 지닌다. 시·공간적인 모든 것, 행위뿐 아니라 사람과 사물의 형상들까지도 알레고리적 의미를 갖든가(특히 『장미의 로맨스』에서), 아니면 상징적 의미를 갖는다(이따금 랭글랜드에서, 그리고 단떼에게서 최고도로).

이들 작품들——특히 『농부 피어즈』와 『신곡』——에서 가장 두드러진 것은 오래 전부터 무르익어온 당대의 모순에 대한 예민한 감각, 즉 본질적으로 한 시대의 종말에 대한 감각이라 할 만한 것이 그 중심에 자리잡고 있다는 사실이다. 이러한 감각으로부터 복합적인 당대 모순의 전모를 가능한 한 충분히, 그러면서도 통일적인 하나의 방식으로 설명해 내려는 노력이 솟아나오게 되는 것이다.

랭글랜드는 페스트가 창궐하던 시기의 들판에서 일하는 농부 피어즈의 형상 주위에 왕에서 거지에 이르기까지 봉건사회의 모든 계급과 계층의 대표자들 및 모든 직업과 모든 이데올로기적 신념의 대표자들——이들은 모두 한 가지씩의 상징적인 행위에 가담하고 있다(진리를 찾기 위한 순례길에 농부 피어즈를 찾아온다든가 그의 농사일을 도우러 오는 등)——을 불러모은다. 랭글랜드와 단떼 두 사람 모두에게 이러한 모순적 다양성의 상황은 진정으로 역사적인 성격의 것이다. 그러나 랭글랜드와 특히 단떼는 이러한 다양한 모순들을 쌓아올린 뒤에 하나의 수직적인 축을 따라 전개시킨다. 문자 그대로, 또한 천재적인 일관성과 위력을 보이면서 단떼는 세계——본질적으로 역사적인——를 수직적인 축을 따라 전개시키는 일을 실현시킨다.

그는 뛰어난 건축술이 돋보이는 하나의 세계상을 구축한다. 그 세계의 삶과 운동은 수직적인 축을 따라 팽팽하게 긴장되어 있다. 지하에는 아홉 개의 원으로 된 지옥이 있고 그 위에 일곱 개의 원으로 된 연옥이 있으며 또 그 위에 열 개의 원으로 된 천국이 있다. 아래에는 사람들과 사물들로 이루어진 거친 물성(物性, materiality)이 존재하고, 위에는 오로지 '빛'과 '목소리'만이 있을 뿐이다. 이 수직적 세계의 시간의 논리는 발생하는 모든 일의 완전한 동시성(혹은 '영원성 속의 만물의 공존')에 있다. 지상에서 시간에 의해 분리되는 모든 것들이 여기 이 수직의 세계에서는 영원 속으로, 완전한 동시적 공존의 상태로 융합된다. 시간이 도입하는 '그 이전' 및 '그 이후'와 같은 구분들은 여기에서는 아무런 실체도 지니지 못한다. 그것들은 이러한 수직적 세계를 이해하기 위해서는 무시되어야 한다. 모든 것은 단 하나의 시간, 즉 단 하나의 순간이라는 공시성(共時性) 속에서 인식되어야 한다. 순수한 동시성의 상태하에서만, 혹은 다른 말로 하면 전적으로 시간의 외부에 존재하는 환경 속에서만, '과거에도 그러하였고 현재에도 그러하며 미래에도 그러할 터인 것'의 진정한 의미가 드러날 수 있다. 그 이유는 과거와 현재와 미래이 셋을 갈라놓았던 힘(즉 시간)이 그 진정한 현실성 및 사유의 구체화 능력을 박탈당했기 때문이다. '통시성(通時性)을 공시화하는 것', 모든 시간적이고 역사적인 구분들 및 결합들을 순수하게 해석적이고 시간외적이며 위계적인 구분 및 결합으로 대체하는 것, 바로 이것이 단떼에게서 형식을 발생시키는 충동이었으며, 이것은 순전한 수직성에 따라 구조화된 세계상에 의해 규정된다.

그러나 동시에 이러한 수직적 세계를 채우고 있는 (이 세계에 거주하고 있는) 인간들은 대단히 역사적이며, 시간 특유의 표지들을 담지하고 있다. 그들 모두에게 시대의 흔적이 각인되어 있다. 나아가 단떼가 지닌 역사적이고 정치적인 관념과 역사발전의 진보적 및 반동적 힘들에 관한 매우 심오한 이해도 이러한 수직적 위계 속으로 합류한다. 따라서 이러한 수직적인 세계를 채우고 있는 형상들과 개념들은 그들 나름대로 이 세계를 벗어나 역사적 생산성을 지닌 수평면을 따라, 위를 향해서가 아니라 앞을 향해 배치되기를 원하는 강한 욕망으로 가득차게 된다. 각 형상은 역사적 가능성으로 충만해 있으며, 그리하여 역사적인 사건에 참여하기 위해——시간적이고 역사적인 크로노토프에 참여하기 위해——자신의 전(全) 존재를 걸고 노력한다. 그러나 예술가의 강력한 의지는 그것으로 하여금 시간외적인 수직축의 영원불변한 한 장소에 머물도록 선고한다. 때때로 이러한 시간적 가능성들은 개별 스토리들 속에 실현되며 이 경우에 그 스토리들은 짧은 이야기(novella)처럼 자기완결적인 상태이다. 프란체스카와 파올로의 이야기, 혹은 우골리노 백작과 루기에리 대주교의 이야기 등은 단떼의 시간외적인 수직적 세계와 직각을 이루고 있는, 시간으로 충만한 수평적 가지라고 할 수 있다.

이것이 바로 단떼의 세계 전체에 널리 퍼져 있는 특별한 긴장의 원천이다. 이것은 살아있는 역사적 시간과 시간외적인 내세적 이상 사이의 투쟁의 결과이다. 요컨대 수직적인 것이 그 자체 내에 수평적인 것을 압축하고 있는데 이 수평적인 것이 수직적인 것을 강력하게 밀고 나오려 하는 것이다. 전체적인 형식을 발생시키는 원리와 개별적인 부분을 구성하고 있는 역사적이고 시간적인 형식 사이에는 모순과 대립이 있다.

결국은 전체의 형식이 승리한다. 그러나 바로 이와같은 갈등의 예술적 해결이 단떼의 작품에 긴장을 가져다주고, 또한 그 시대를, 아니 더 정확히 말하면 두 시대 사이의 경계선을 표현하는 특별한 능력을 제공해주고 있는 것이다.

이후의 문학사에서 단떼적인 수직적 크로노토프는 두번 다시 그와같은 힘과 내적 일관성을 지닌 채로 나타나지는 못한다. 그러나 역사적 모순들을 이를테면 '수직축을 따라' 해결하려는 빈번한 시도, 다시 말해서 '이전' 혹은 '이후'가 갖는 사유의 구체화능력을 근본적으로 부정하려는 시도, 즉 시간적 구분과 결합을 부정하려는 시도는 있었다. (이러한 시도의 관점에서 보면 모든 본질적 요소들은 동시에 공존할 수 있다.) 순수한 공시성과 동시성의 횡단면으로서 세계를 열어놓으려는 시도(어떠한 역사적인 시간개념에도 함축되어 있는 시간 전체의 파악 불가능에 대한 거부)는 없었던 것이다. 단떼 이후에 이러한 수직성을 확립하려는 가장 심오하고 일관된 시도는 도스또예프스끼에 의해 이루어진다.

6. 소설 속의 악한, 광대, 바보의 기능

중세의 저급장르와 세 가지 인물유형

중세에는 고급 문학형식들과 함께 풍자와 패러디로 기우는 경향을 지닌 저급한 민속적, 반(半)민속적 형식들에 있어서도 발전이 일어났다. 이 저급 형식들은 순환연작화하는 경향이 있었으며, 그리하여 패러디적 혹은 풍자적 서사시가 생겨나게 되었다. 중세에 이러한 사회적 하층계급의 문학은 유럽소설의 이후의 발전에서 지대한 중요성을 지니게 되는 뚜렷한 세 가지 인물유형을 등장시킨다. 이 세 인물이 다름아닌 바로 **악한**(rogue)과 **광대**(clown)와 **바보**(fool)이다. 물론 이들은 결코 새로운 인물들이라고는 말할 수 없다. 이들은 고전적 고대와 고대 동양에서도 친숙한 인물들이다. 만일 이들의 예술적 형상 속으로 역사적인 측연(測鉛)을 내려보낸다 하더라도 그 측연은 셋 중 어느 것 속에서도 그 맨 밑바닥에까지 가닿을 수 없을 것이다. 이들의 형상은 그렇게도 유서가 깊은 것이다. 이러한 인물들과 부합하는 제의적(祭儀的) 중요성을 지닌 고대가면들은 그리 멀리 거슬러올라가지 않아도 역사시대의 환한 빛 속에서 발견된다. 그러나 그러한 형상들 자체는 계급구조가 존재하기 이전의 민속의 심연 속으로 훨씬 더 거슬러올라간다. 그러나 이 글의 다른 부분에서와 마찬가지로 여기에서도 발생(기원)의 문제는 우리의 관심 밖에 놓여 있다. 우리 논의의 주된 관심사는 오로지 이러한 가면들이 중세 말기의 문학에서 취하는 특별한 기능들인데 그것은 바로 이러한 기능들이 유럽소설의 이후의 발전에 결정적인 영향을 미쳤기 때문이다.

악한과 광대와 바보는 그들의 주위에 자신의 특별한 소(小)세계, 즉 자신의 크로노토프를 창조한다. 우리가 지금까지 논의해온 크로노토프들과 시대들에서는 (일상적 모험의 크로노토프를 부분적인 예외로 한다면) 이들 중 어느 누구도 핵심적인 위치를 차지하지 못했다. 첫째로 이 인물들은 문학 속에 자신들과 더불어 광장의 간이무대나 가면극의 무대장치에 대한 생생한 연관을 끌어들인다. 그들은 평민들이 모이는 광장이라는 대단히 특수하고 극히 중요한 영역과 관련을 맺고 있는 것이다. 둘째로——이는 물론 첫번째 특징과 관련되는 현상이다——이들의 존재 그 자체는 직접적인 의미가 아닌 은유적(隱喩的)인 의미를 갖는다. 그들의 외양과 그들의 언행(言行)은 직접적이고 무(無)매개적인 방식으로 이해될 수 없으며 반드시 은유적으로 파악되어야만 한다. 그들의 의미는 때때로 뒤집어질 수조차 있다. 그들은 문자 그대로 받아들여져서는 안된다. 그들과 그들의 겉모습과는 차이가 있기 때문이다. 세째로——이것 역시 앞서 말한 첫째 및 둘째 특징과 연관이 된다——그들의 현존은 다른 어떤 것의 존재양식을 반영한 것이며, 그나마도 간접적인 반영이다. 그들은 삶의 가면극배우들이다. 따라서 그들의 존재는 그들이 맡은 역할과 일치하며 이 역할을 벗어나면 그들의 존재는 곧 없어진다.

이 세 인물은 대단히 중요한, 동시에 하나의 특권이기도 한 한 가지 특징——이 세계 속에서 '타자'가 될 권리, 즉 현존하는 인생의 범주들 중 어느 하나와도 협력하지 않을 권리——을 지닌다. 그 범주들 중 어느 하나도 그들에게는 적합하지 않은데, 그 까닭은 그들이 모든 상황의 이면과 허위를 보기 때문이다. 따라서 그들은 그들이 선택하는 어떠한 위치도 활용할 수 있지만, 이는 단지 하나의 가면일 뿐이다. 그 중에서도 악한은 그를 현실에 묶어두는 일정한 유대를 그나마 아직 간직하고 있는 반면, 광대와 바보는 '이 세상 사람이 아니며', 때문에 그들 자신만의 독특한 권리와 특권을 소유하고 있다. 이 인물들은 자기 자신을 다른 사람들뿐 아니라 자기 자신의 웃음거리로 만든다. 그들의 웃음은 사람들이 모이는 광장의 특징을 담고 있다. 그들은 인간의 공적인 성격을 재확립한다. 요컨대 그들과 같은 인물의 전(全)존재는 완전히 표면에 드러난다. 말하자면 모든 것이 광장에 내놓아진다. 그들의 전(全)기능은 사물의 외형화에 있다. (물론 그들이 외형화하는 것은 그들 자신의 존재가 아니라 그들이 반영하는 다른 존재이지만, 그러나 그것이 그들의 전부이다.) 그렇기 때문에 패러디적인 웃음이라는, 인간의 외형화를 위한 특징적인 방법이 창출되는 것이다.

이 인물들은 현실의 사람들로 남아 있는 동안에는 충분히 이해할 수 있는 인물들이다. 그들은 아주 당연하게 받아들여지며, 전혀 아무런 문제도 일으키지 않는 것처럼 보인다. 그러나 그들이 현실로부터 문학적 허구의 세계로 옮아가면 그들은 앞서 언급한 모든 속성들을 지니게 된다. 여기에서, 즉 소설 텍스트에서 그들은 스스로 일련의 변모를 겪는 동시에 소설의 주요한 측면들까지도 어느 정도 변화시킨다.

이 글에서 우리는 이같이 매우 복잡한 문제의 표피만을 건드릴 수 있을 뿐이다. 요컨대 소설의 몇 가지 형식, 특히 라블레에게 (그리고 일정한 정도로 괴테에게) 나타나는 형식에 대한 앞으로의 분석에 필수적인 만큼만 다루어질 것이다.

우리가 분석하고 있는 이러한 형상들의 영향력은 두 개의 방향으로 가지를 뻗쳤다. 그들은 작가의 시점(視點)에 영향을 미쳤을 뿐 아니라 무엇보다도 소설 안에서의 작가 자신의 위치에 (그리고 만일 작가 자신이 소설 속에 다소라도 모습을 드러내고 있다면 그와같은 작가형상의 위치에) 영향을 미쳤다.

실로 서사시, 극, 서정시와 같은 장르에 비교해볼 때, 작품 속에 묘사된 삶에 대한 소설작가의 위치는 일반적으로 매우 복잡하고 문제적이다. 여기서 개인의 저작(authorship)이라는 일반적인 문제('자필서명'이 달린 문학은 수많은 익명의 민중문학이 이루는 대해에 비하면 한 방울의 물방울에 지나지 않기 때문에 이것은 오로지 최근에 발생한 하나의 특수한 문제이다)는, 그가 그려내는 삶에 대한 작가의 위치(즉 소설 속의 한 사람의 참여자로서의 그가 이러한 모든 개인적 삶을 어떻게, 그리고 어떤 각도에서 보고 폭로할 수 있는지)와 또한 독자대중(그들에게 작가는 판사로서, 형사로서, 보고담당국장으로서, 정치가로서, 설교자로서, 광대로서 등등의 자격으로 삶을 '폭로'해야 하는 매개물이다)에 대한 작가의 위치를 동시에 결정할 수 있는 능력을 지닌 어떤 실질적이고 '비(非)환상적'인 가면을 가져야 한다는 필요로 인해 복잡하게 된다. 물론 이와같은 문제들은 개인의 저작이 문제가 될 때면 언제나 존재하게 마련이고 작가를 '전문문인'의 범주에 할당한다고 해서 해결될 수는 없는 문제이다. 그러나 서사시, 서정시, 극과 같은 다른 문학장르들과는 대조적으로 소설에 있어서는 개인저작의 문제가 철학적, 문화적 혹은 사회정치적 차원에서 제기된다. 다른 장르들(극이나 서정시 혹은 그것의 변형들)에서는 질료에 형체를 부여하는 데 필수적인, 가능한 한 가장 근접한 시점(視點)으로서의 작가의 위치가 장르 그 자체에 의해 결정된다. 다시 말해서 질료에 대해 작가의 위치가 갖는 그와같은 최대한의 근접성은 장르 자체에 내재해 있다. 소설 장르에는 그와같은 내재적인 작가의 위치가 존재하지 않는다. 자신의 실제의 일기를 출판해서 그것을 소설이라고 부를 수도 있고, 한 묶음의 사업기록이나 사사로운 편지들(서간체 소설) 혹은 누구를 위해 씌어졌는지, 누가 썼는지, 누가 어디에서 발견해냈는지 아무도 모르는 원고 등도 마찬가지로 소설이라는 이름 하에 출판될 수 있다. 따라서 소설에서는 다른 장르들과 달리 저작의 문제가 여러 문제들 중의 단지 한 문제에 그치는 것이 아니다. 그것은 또한 형식적이고 장르적인 문제이다. 우리는 이미 사생활을 몰래 엿보고 엿듣는 형식들과 관련하여 이 문제를 언급한 바 있다.

소설가는 그가 바라본 삶을 공표(公表)할 수 있는 위치뿐만 아니라 그가 삶을 바라보는 위치를 결정하는 데 기여할 수 있는 어떤 본질적인 형식적이고 장르적인 가면을 필요로 하고 있다.

여러가지로 변형된 광대와 바보의 가면들이 소설가를 돕게 되는 곳이 바로 여기이다. 이 가면들은 새로이 발명된 것이 아니라 민중 속에 깊이 뿌리박혀 있다. 그것들은 삶에 참여하지 않아도 될 유서깊은 바보의 특권을 통해서, 그리고 그의 유서깊은 거친 언어를 통해서 민중과 유대를 맺는다. 또한 그들은 광장의 크로노토프나 무대의 장식물과도 관련이 있다. 이 모든 것이 소설에서 최고의 중요성을 지닌다. 드디어 삶을 살아가면서도 삶의 일부가 아닌, 삶의 영원한 첩자요 반사물(反射物)인 인간의 존재양식을 묘사할 수 있는 형식이 발견되었다. 마침내 사적인 삶을 반영하면서 그것을 공적인 것으로 만드는 특수한 형식이 발견되었던 것이다.(여기서 한 가지 덧붙일 것은 특수하게 비(非)공적인 삶의 영역——가령 성(性)의 영역——을 공적인 것으로 만드는 일이 광대의 보다 오래된 기능들 중의 하나였다는 점이다. 사육제에 관한 괴테의 설명을 참조하라.)

인간형상 전체가 지니는 간접적이고 은유적인 의미 및 전적으로 우의적(寓意的)인 성격은 대단히 중요하다. 왜냐하면 이러한 측면은 의당 변신(metamorphosis)과 연결되기 때문이다. 광대와 바보는 황제의 신의 변신을 표현하지만 변신하여 나타난 그 인물들은 지하세계, 곧 죽음 속에 위치하고 있다.(로마의 농신제(農神祭, Saturnalia, 12월 17일경의 수확제—역주)와 예수의 수난기에 신이나 왕이 노예나 죄수 혹은 광대로 변신하는 이와 유사한 특징을 참조하라.) 이러한 조건 하에서 인간은 우의(allegory)의 상태에 있게 된다. 소설에 있어 이와같은 **우의적 상태는** 형식을 발생시키는 중대한 의미를 지닌다.

이들 모두는 소설의 가장 기본적인 임무들 중의 하나가 모든 종류의 인습을 폭로하는 것, 즉 인간관계들 속에서 잘못 인식되고 그릇되게 상투화된 모든 것을 폭로하는 것이라는 점을 생각해볼 때 더욱 특별한 중요성을 획득하게 된다.

인간의 삶에 널리 스며 있는 잘못된 인습은 무엇보다도 먼저 시간적, 공간적 범주들의 타당성을 경시하는 봉건적 이데올로기와 더불어 봉건적 구조로 나타난다. 위선과 허위가 인간의 모든 관계들에 침투한다. 인간 본성의 건강하고 '자연스러운' 작용들은 지배 이데올로기가 그것들을 허용하지 않으려 하기 때문에, 말하자면 오로지 금지된 야만적 방식으로만 충족된다. 이에 모든 인간의 삶에 허위와 표리부동성이 생겨난다. 모든 이데올로기적 형태, 즉 제도들은 위선적이고 거짓된 것으로 되는 반면 어떠한 이데올로기적 지향도 거부당한 현실은 거칠고 야만적인 것이 된다.

우화시(寓話詩, fabliaux: 12∼14세기의 8음절 운문으로 된 짧은 풍자적 우화—역주)와 풍자시(Schwänke: 민중적 전통과 깊이 관련된 풍자적 운문—역주), 소극(笑劇, farce). 패러디적이고 풍자적인 순환연작에서 이같은 봉건적 배경과 잘못된 인습 및 모든 인간관계에 침투하게 된 허위를 공격하는 싸움이 시작된다. 인습에 대항하여 인습을 폭로하는 힘으로서 기능하는 것이 바로 악한이 지닌 침착하고 쾌활하며 영리한 꾀와(이때 악한은 악당이나 미천한 도회인 도제(徒弟), 젊은 순회설교 목사, 어떤 계급에도 속하지 않는 부랑자 등의 형태를 취한다), 광대의 풍자적인 조롱 및 바보의 순진한 몰이해이다. 답답하고 우울한 기만에 대해서는 악당의 명랑한 속임수가, 탐욕스러운 허위와 위선에 대해서는 바보의 이기적이지 않은 단순성과 건강한 몰이해가, 인습적이고 거짓된 모든 것에 대해서는 풍자적 폭로를 위한 종합적 형식인 광대가 대항하고 있다.

세 가지 인물유형의 소설로의 유입과 피카레스크 소설

소설은 인습에 대항하는 이와같은 투쟁을 계속해나가는데, 그 투쟁의 방향은 더욱 심오한 의미를 지니고 있으며 더욱 복잡하게 조직된 것이다. 작가가 변신을 만들어내는 최초의 수준은 광대와 바보(어리석은 인습을 이해하지 못하는 것으로 나타나는 순진성)의 형상을 활용하는 것이다. 인습에 대항하고, 진정한 인간을 제멋대로 끼워 맞추려는 현존하는 모든 삶의 형식들이 지닌 부적절성에 대항하는 투쟁에서 이 가면들은 특별한 중요성을 갖는다. 그것들은 이해하지 않을 권리, 삶을 혼란시키고 조롱하며 과장할 권리, 이야기 속에서 다른 사람들을 패러디하면서도 말 그대로 받아들여지지 않을 권리, 자기 자신이 아닐 수 있는 권리, 막간의 크로노토프 즉 무대공간의 크로노토프 속에서 삶을 영위하며 삶을 희극으로서 연출하고 다른 사람들을 배우로서 다루며 그들의 가면을 찢어버리고 그들에게 거의 제의적(祭儀的)이라 할 만한 원시적 분노를 퍼부을 수 있는 권리, 마지막으로 대중에게 개인의 삶을 그 가장 사적이고 음란한 세세한 비밀에 이르기까지 폭로할 수 있는 권리를 허락한다.

악한, 광대, 바보의 변신에 있어서 두번째 수준은 그들이 (직접 혹은 변형된 형태로) 주요 주인공으로서 소설의 내용 속에 도입될 때 도달된다.

이 형상들이 기능하고 있는 두 개의 수준은 상당히 빈번하게 하나로 합쳐진다. 이는 주요 주인공이 거의 항상 작가의 시점의 담지자이기 때문에 더더욱 그러하다.

다양한 형태로 그리고 다양한 정도로 우리가 지금까지 분석해온 모든 양상들은 피카레스크 소설과 『돈 끼호떼』, 께베도(Quevedo y Villegas, Francisco Gomez de: 1580∼1634, 스페인의 소설가·풍자가·도덕가 겸 시인—역주)와 라블레, 독일 인문주의의 풍자문학(에라스무스(Desiderius Erasmus: 1466∼1536, 네덜란드의 인문주의자. 『우신예찬』이 유명—역주), 브란트(Sebastian Brandt: 1458?∼1521, 『바보들의 배』 *Das Narrenschiff* 의 작가—역주), 무너(Thomas Murner: 1475∼1537, 독일의 풍자문학가—역주), 모쉐로쉬(Johann Michael Moscherosch: 1601∼1669, 독일의 풍자문학가로 30년전쟁의 파괴적인 모습을 그린 『필란더의 얼굴들』 *Gesichte Philanders von Sittewald* 가 알려짐—역주), 비크람(Jörg Wickram: 1520∼1562, 최상의 풍자운문집 *Das Rollwagenbüchlein*(1555)를 남김—역주), 그림멜스하우젠(Grimmelshausen)과 쏘렐(『이상한 양치기』와 『프랑씨옹』), 스까롱(Scarron)과 르싸지와 마리보에 나타난다. 그리고 그 이후의 계몽주의 시대에 볼떼르(『아카키오스 박사』(*Le Docteur Akakios*: 1752, 이 작품은 베를린 아카데미학장 Maupertuis를 풍자적으로 공격한 것임—역주)에서 특히 성공적으로)와 필딩(『조셉 앤드류즈』(*Joseph Andrews*)와 『조나산 와일드』(*Jonathan Wild*), 그리고 『톰 존스』(*Tom*

Jones)에서 약간), 그리고 이따금 스몰렛과 그 나름의 독특한 방식으로 스위프트(Jonathan Swift: 1667~1745, 『걸리버 여행기』를 쓴 영국의 작가—역주)에게서도 나타난다.

내면적 인간——순수하게 '본래적인' 주관성——은 오직 광대와 바보의 도움이 있어야만 폭로될 수 있다는 특징을 지닌다. 왜냐하면 그와 같은 인간의 삶을 표현할 수 있는 적절하고 직접적인 (다시 말해서 우의적인 시각에서가 아니라 실제적인 삶의 시각에서 보는) 수단이 없기 때문이다. 이와 관련하여 우리는 소설의 역사 속에서 매우 중요한 역할을 해온 **기인**(奇人, čudak)이라는 인물을 가령 스턴(Laurence Sterne: 1713~1768, 『트리스트람 섄디』를 쓴 영국의 작가—역주)이라든가 골드스미스(Oliver Goldsmith: ?1730~74, 『웨이크필드의 목사』 *The Vicar of Wakefield*를 쓴 영국의 작가—역주), 히펠(Theodor von Hippel: 1746~1796, 독일의 작가—역주), 장 파울(Jean Paul: 1763~1825, Johann Paul Friedrich Richter의 필명. 루쏘와 스위프트와 히펠 및 스턴의 영향을 받은 독일 작가—역주), 디킨즈(Charles Dickens, 1812~1870) 등의 작품에서 만나게 된다. 개인의 특수한 괴벽성 혹은 스턴의 용어를 빌면 '섄디즘'(Shandyism)은 르네쌍스 시대에 수미일관한 외면적 인간을 드러내는 데 기여했던 '빵따그뤼엘리즘'(Pantagruelism)과 유사하게 '내면적 인간'과 그의 '자유롭고 자족적인 주관성'을 폭로하는 하나의 중요한 수단이 된다.

'몰이해'——작가 편에서는 의도적이고, 주인공들 편에서는 어리석고 순진한——라는 장치는 잘못된 인습을 폭로해야 한다는 문제가 생길 때는 항상 커다란 구성적 잠재력을 발휘하게 된다. 일상생활과 관습, 정치, 예술 등등에서 이런 식으로 폭로되는 인습은 대개 그 인습에 동조하지 않으며 또한 그것을 이해하지 못하는 사람의 관점에서 묘사된다. 이러한 '몰이해'라는 장치는 18세기에 '봉건적인 불합리성'을 폭로하는 데 널리 이용되었다. (볼떼르의 유명한 사례들이 있으며, 또한 프랑스의 사회구조를 이해하지 못하는 이방인의 관점에서 그 사회구조를 묘사하는 이국적 서간문이라는 장르 전체를 발생시킨 몽떼스끼외(Montesquieu)의 『페르시아인의 편지』(*Lettre persanes*)가 있고, 스위프트는 『걸리버 여행기』(*Gulliver's Travels*)에서 이 장치를 아주 다양하게 활용한다.) 똘스또이도 이 장치를 매우 광범위하게 사용하고 있다. 예를 들면 순진한 삐에르(Pierre, 『전쟁과 평화』의 등장인물—역주)의 관점에서 보로지노 전투를 기술한다든지(이 부분은 스땅달의 영향이 느껴지는 대목이다), 귀족원의 선출과 모스끄바 의회(Duma)의 회기(會期)를 그것을 전혀 이해하지 못하는 레빈(Levin, 『안나 까레니나』의 등장인물—역주)의 관점에서 서술한다든지, 또는 『부활』에서의 연극 상연이나 궁정의 묘사와 미사에 관한 유명한 서술 등이 그것이다.

피카레스크 소설은 전반적으로 일상모험 소설의 크로노토프 안에서, 자신의 고향땅을 이리저리 누비고 지나가는 길을 따라 움직이게 된다. 악한의 위치는 우리가 이미 말했던 대로 당나귀 루씨우스의 위치와 비슷하다. 피카레스크 소설에서 새로운 점은 잘못된 인습을 대단히 강도있게 폭로하며, 실제로 현존하는 사회구조 전체를 폭로한다는 데 있다. (특히 『구스만 알파라체』(*Guzman Alfarache*: 스페인의 작가 마떼오 알레만(Mateo Aleman, 1547~1614)에 의해 씌어진 작품—역주)와 『질 블라』에서 그러하다.)[10]

『돈 끼호떼』의 특징은 기사도 로맨스의 '이국적이고 기적적인 세계'의 크로노토프와 피카레스크 소설에 전형적으로 나타나는 '자신의 고향땅을 누비고 있는 대로(大路)'의 크로노토프를 패러디적으로 혼종화한다는 점이다.

세르반떼스의 소설은 문학이 역사적 시간을 동화(同化)시켜온 장구한 역사 속에서 커다란 중요성을 지닌다. 그의 소설의 중요성은 물론 두 개의 이미 친숙한 크로노토프를 혼합하여 혼종을 만들어냈다는 단순한 사실에 그치지 않는다. 실은 혼종을 만들어내는 과정 자체가 두 크로노토프의 성격을 근본적으로 변화시키며, 그 결과 둘 다 은유적 의미를 띠게 되고 현실세계와 전적으로 새로운 관계를 맺게 되기 때문에 더욱더 그러하다. 그러나 세르반떼스의 소설에 대한 분석은 이 글이 설정한 과제의 범위 너머에 있는 일이다.

리얼리즘의 역사에서 악한, 광대, 바보의 변신과 관련된 모든 소설형

---

10) 여기에는 물론 엄청난 양의 공통의 모티프들이 있다.

식들은 지대한 중요성을 갖고 있지만, 이 중요성의 본질은 오늘날까지도 제대로 파악되지 못하고 있다. 이 형식들을 더 깊이있게 연구하려면 우선 계급이 존재하기 이전의 민속이라는 깊은 심연으로부터 르네쌍스에 이르기까지의 악한과 광대와 바보의 보편적인 형상들이 지니는 의미와 기능을 발생론적으로 분석할 필요가 있다. 그들이 민중의 의식 속에서 수행해왔던 막대한(실상 비교 불가능한) 역할을 설명해야 할 것이고, 또 이 형상들 간의 민족적이고 지역적인 차이와(지역적 성인(聖人)의 숫자만큼이나 많은 지역적 바보들이 존재했었으므로), 민중의 민족적이고 지역적인 자의식 속에서 이 형상들이 수행했던 특정한 역할을 연구해야만 할 것이다. 게다가 문학 일반(비(非)극적인 문학)에, 그리고 특히 소설에 이러한 형상들을 전유(專有)할 때 이들이 겪는 변형의 문제는 특별한 어려움을 제기한다.

문학사의 이 시점에서 특수하면서도 구체적인 방법에 의해 문학과 광장의 끊어진 유대가 다시 복원된다는 사실은 흔히 충분하게 인식되지 못하고 있다. 더우기 여기에서 우리는 인간의 삶의 모든 비공식적인 금지영역, 특히 성(性)과 생명유지에 관계된 신체기능의 영역(성교, 음식, 술)을 공공연하게 만들고, 이러한 과정들을 은폐해왔던 모든 상징들——평범한 일상생활의 상징들이나 제의적인 상징들, 공식 종교에 관련된 상징들——을 해독(解讀)하는 새로운 형식들을 만나게 된다. 마지막으로 **산문적 우의**의 문제, 혹은 악한, 광대, 바보에 의해서 문학에 도입된 산문적 은유(이것은 물론 시적 은유와는 아무런 공통점이 없다)의 문제와 관련된 진짜 어려움이 존재하고 있다. 이 산문적 은유는 심지어 그것을 표현할 적당한 용어조차 가지고 있지 못하다. '패러디', '농담', '해학', '아이러니', '그로테스크', '변덕' 등은 이 개념이 지니는 이질성과 미묘함을 협소하게 한정하는 명칭에 불과하다. 여기서 정말로 중요한 것은 자신의 배우로서의 역할 수행과는 결코 일치하지 않는(비록 교차점이 있기는 하지만), 세계관에까지 이르는 전(全)인간의 우의적 존재이다. '익살스러움', '비뚤어짐', '탈선'(jurodstvo, holy-foolness), '기벽' 등과 같은 말은 특수하고 좁은 경험적 의미를 지닌다. 그래서 이같은 산문적 우의를 훌륭하게 구사하는 작가들은 이 개념을 표현하기 위해 자기 작품의 주인공의 이름을 본따, 자기 나름의 독특한 용어를 창조해낸다. (예컨대 '빵따그뤼엘리즘', '섄디즘' 등.) 이같은 우의적 특성과 함께 독특한 복잡성과 다층성(多層性)이 소설에 도입된다. 그리하여 가령 무대의 크로노토프와 같은 '막간적'(幕間的, intervalic) 크로노토프들이 나타났다. 색커리(Thackeray)의 『허영의 시장』은 소설 속에 도입된 이러한 새로운 요소를 보여주는 특별히 명징한 하나의 예(다른 많은 예들 중의 하나)이다. 『트리스트람 섄디』의 중심에는 위장된 형태로 인형극 무대의 막간적 크로노토프가 놓여 있다. 스턴의 문체는 작가 자신에 의해서 조종되고 해설되는 나무로 된 꼭두각시인형의 문체이다. (고골리의 단편 「코」(Nose)와 「뻬뜨루쉬까」(Petruška)에도 이와같은 크로노토프가 숨겨져 있다.)

르네쌍스 시대에는 위에서 언급한 바와 같은 소설형식들이 저 내세적인 수직축——그것에 따라 시간적·공간적 세계의 범주들을 분포시키고 그 세계의 살아숨쉬는 내용에 가치를 부여하였던——을 침해하였다. 이런 종류의 소설들은 세계의 시·공간적인 물적(物的) 총체성을 새롭고 더욱 심오하며 더욱 복잡한 발전의 차원에서 복원하는 길을 마련했다. 또 그것들은 소설이 아메리카 대륙이 발견되고 인도항로가 개척되며 자연과학과 수학의 새 분야들이 확립되어가고 있는 동시대의 세계를 전유할 수 있는 길을 열어주었다. 바야흐로 소설은 시간을 이해하고 재현하는 전적으로 새로운 방식을 준비하였던 것이다.

이제 라블레의 『가르강뛰아와 빵따그뤼엘』을 분석하면서 이 절에서 언급한 모든 기본 가정들의 구체적인 예를 제시해보기로 하자.

7. 라블레적 크로노토프

라블레적 크로노토프와 중세적 질서의 파괴

앞서의 모든 분석에서와 마찬가지로 라블레의 소설을 분석함에 있어서도 그 기원에 관한 상세한 논의는 생략될 것이며 반드시 필요하다고 판단되는 경우에만 간략히 다룰 것이다. 또 라블레의 소설을 단일한 이데올로기와 단일한 예술적 방식이 모든 부분에 골고루 침투되어 있는 통일된 전체로 취급하려 한다. 단 미리 말해두어야 할 것은 여기에서 이루어지는 모든 분석의 기본적 입지가 『가르강뛰아와 빵따그뤼엘』의 첫 네 권에 근거하고 있다는 점이다. 그 이유는 제5권은 그 예술적 방식에 있어 작품 전체의 통일성에서 전적으로 벗어나 있기 때문이다.

이 작품에서 무엇보다도 먼저 주목해야 할 점은 라블레 소설의 페이지에서 우리에게 부딪쳐오는 엄청난 **시간적·공간적 광활함**이다. 그러나 중요한 것은 소설의 줄거리가 사적인 가정생활이 일어나는 방(房)이라는 공간에 한정되어 있지 않고, 광활한 하늘 아래 지구의 여기저기에서 군대가 출정하고 이동하는 가운데 이런저런 여러 나라를 포괄하면서 펼쳐진다는 것만이 아니다. 이런 것들은 그리스 로맨스나 기사도 로맨스에서도 찾아볼 수 있었으며 19세기와 20세기 부르조아의 여행모험소설에서도 볼 수 있는 것이었다. 문제는 이러한 것들이 내포하고 있는 인간과 그의 모든 행위 간의 특별한 관계, 또한 그의 인생에서 일어나는 모든 사건과 시간적·공간적 세계 간의 특별한 관계이다. 여기에서는 이러한 특별한 관계를 질('가치')이 시간적·공간적 양(규모)에 대해 갖는 타당성, 또는 정(正)비례라고 부르기로 하겠다. 그렇다고 해서 라블레의 세계에서는 진주나 보석의 크기가 자갈에 비해 상대가 안되게 작다고 하여 값어치가 그만큼 덜하다는 말은 물론 아니다. 이것이 뜻하는 바는 진주나 보석이 좋은 것이라면 그것은 가능한 한 커야 하며, 또 모든 상황에서 그러해야 한다는 것이다. 매년 금과 진주, 보석으로 가득찬 일곱 척의 배가 뗄렘므 수도원으로 보내진다. 수도원 자체는 어떠한가 하면 각 방마다 하나씩 모두 9,332개의 목욕탕이 있으며 각 거울마다에는 진주가 박혀 있고 금으로 테두리가 둘려 있다. (제1권 55장) 이것은 값있는 것, 긍정적인 가치를 지니는 모든 것은 시간적·공간적 의미에서 그 가능성을 한껏 발휘해야만 한다는 것을 의미한다. 그러한 것들은 가능한 한 멀리, 넓게 펼쳐져 나가야 하며, 중요한 가치를 지니는 모든 것은 반드시 시간적·공간적으로 팽창할 수 있는 힘을 지녀야만 한다. 마찬가지로 부정적인 가치를 지니는 것은 모두 작고 보잘것없고 연약하며 파괴되어야만 한다. 또한 이러한 것들은 자신을 파괴하려는 힘에 대항할 수도 없다. 여기에서는 시간적 · 공간적 크기와 어떤 종류의 가치 간에도 모순이나 상호간의 적대란 없다. 가치있는 모든 것, 즉 음식, 음료, 성스러운 진실, '선(善)', 미(美), 이런 모든 것들이 서로 정비례하는 관계를 갖는다. 따라서 모든 좋은 것은 모든 측면에서 또 모든 방향으로 커지며, 또한 커지지 않을 수 없다. 성장은 그들의 본성 자체에 내재되어 있는 것이기 때문이다. 그 반대로 나쁜 것은 자라지 않고 퇴화되며, 점차 줄어들어 소멸되어간다. 그러나 이 과정에서 나쁜 것의 실제적인 축소는 내세에서의 그릇된 이상화로 보상된다. 그것은 시간적 · 공간적 실제 성장의 함수이기 때문에 라블레의 세계에서는 성장이라는 범주가 가장 기본적인 범주들 중의 하나가 된다.

우리가 정비례관계라고 말할 때 이것은 라블레의 세계에서 질이 그것의 시간적 · 공간적 표현과 분리되었다가 후에 다시 합쳐진다는 의미는 아니다. 반대로 그 세계에서는 처음부터 이 두 가지가 분리할 수 없는 통일적 형상으로 연결되어 있었다. 이러한 형상들은 봉건적이고 종교적인 세계관——가치가 헛되고 일시적이며 죄악에 찬 시간적 · 공간적 현실과 대립되고, 위대한 것이 작은 것으로, 강력한 것이 온유한 것으로, 영원이 순간으로 상징되는 봉건적 세계관——이 함축하고 있는 불균형에 대한 의도적 대립으로 만들어진 것이다.

이러한 정비례관계는 라블레와 다른 위대한 르네쌍스 작가들(셰익스피어, 까몽쉬(Camoëns: 1524~1580, 포르투갈의 시인. 바스코 다 가마의 탐험을 소재로 한 포르투갈 민족서사시 *The Luciads*의 저자—역주), 세르반떼스)의 특징인 현세적 시간 · 공간에 대한 저 지대한 믿음, 시간적 · 공간적 팽창과 거리에 대한 크나큰 열정에 기초를 두고 있다.

그러나 이러한 시간적 · 공간적 등가성(等價性)에 대한 라블레의 열정은 고대 서사시와 민속에서 찾아볼 수 있는 순진한 열정과는 거리가 멀다. 이미 살펴본 대로 이 등가성은 중세적 수직성과의 특별한 대립관계에 있는 것이며, 더우기 이러한 논쟁적 대립관계가 특별히 강조되어 있는 것이다. 라블레의 과제는 시간적 · 공간적 세계로부터 거기에 아직도 남아 있는 초자연적인 세계관을 씻어내고, 이러한 수직적 세계에 여전히 들러붙어 있는 상징적·위계적 해석을 추방하며, 그 세계를 오염시켜 온 '반(反)자연'(antiphysis)의 감염에서 세계를 해방시키는 것이었다. 라블레에게 있어 이러한 논쟁적 과제는 더 긍정적인 과제, 즉 총체적이고 균형잡힌 새로운 인간과 인간들간의 의사소통을 위한 새로운 형식을 표현하는 새로운 크로노토프를 제공할 만한 시간적·공간적 타당성을 지닌 세계를 재창조한다는 과제와 융합되어 있다.

이러한 논쟁적 과제와 긍정적 과제——정화(淨化)를 통한 참된 세계와 참된 인간의·회복이라는 과제——의 융합은 라블레 특유의 예술적 방법, 그 환상적 리얼리즘의 특징을 결정한다. 이 예술 방법의 핵심은 무엇보다도 먼저 그것이 모든 범상한 연결관계 및 사물과 관념의 습관적인 틀을 파괴하고, 예상을 불허하는 틀과 연결관계——즉 가장 의외의 논리적 연결('앨러지즘'〔allogism〕)과 언어적 결합(라블레 특유의 어원학, 어형론, 구문론) 등——를 창조해낸다는 점에 있다.

현세의 좋은 것들 중에는 사물의 참된 성격을 왜곡하는 그릇된 결합과, 전통에 의해 강화되고 종교와 공적 이데올로기에 의해 승인된 그릇된 연상도 끼어 있다. 사물과 관념은 그들의 본성에 어긋나는 그릇된 위계적 관계로 결합되기도 하고, 혹은 서로를 살아있는 실체로서 접하지 못하게 만드는 여러가지 내세적·이상적 층(層)에 의해 서로 분리되고 고립되기도 한다. 그리고 이러한 그릇된 결합은 학문적인 사고, 거짓된 신학적·법적 궤변 및 궁극적으로는 언어 자체에 의해 강화된다. 언어야말로 한편의 훌륭한 구체적 단어들과 다른 한편의 참된 인간적 관념 양자 사이의 그릇된 연결관계라는 수백 년, 수천 년에 걸친 과오(過誤)로 가득차 있는 것이다. 따라서 세계에 대한 그릇된 전체상을 파괴하고 재정립하며, 사물과 관념 사이의 그릇된 위계적 연결관계를 분리시키고, 분할적인 관념형성의 층을 철폐하는 일이 필요해진다. 또한 이 모든 사물들을 해방시켜서 그들로 하여금 자신들이 타고난 본성에 들어맞는 자유로운 결합을 형성할 수 있도록 해주어야 하는데, 이러한 자유로운 결합은 범상한 전통적 연상의 관점에서 보자면 지극히 기괴해 보일 수도 있는 것들이다. 이러한 사물들은 살아있는 구체물로서, 또한 그들이 지니는 다양한 모습 그대로 서로를 접할 수 있도록 허용되어야만 한다. 사물과 관념 사이에 그들의 본성에 상응하는 새로운 틀을 고안해내고, 서로에게서 그릇되게 분리되고 고립되었던 것들을 다시 정비하여 결합시키는 일이 그릇되게 근접하였던 것들을 분리시키는 일과 꼭같이 필요하다. 이러한 새로운 사물의 틀에 근거하여 새로운 세계, 참된 내적 필요성으로 충만된 세계가 필연적으로 열리게 된다. 따라서 라블레에게 있어서는 낡은 세계상을 파괴하는 작업과 새로운 세계상을 건설하는 긍정적 작업이 서로 불가분으로 얽혀 있는 것이다.

그 긍정적인 측면의 과업을 수행하기 위해 라블레는 민속과 고대의 전통에 의지하였다. 민속과 고대의 전통에서는 사물들간의 거리가 그들이 지닌 다양한 본성에 더욱 정확히 상응하도록 정하여졌으며 인위적으로 부과된 상투성과 내세적 이상주의가 거의 존재하지 않았던 것이다. 또한 그 부정적 과업을 수행함에 있어서는 무엇보다도 라블레 득유의 웃음에 의거하였는바, 그 웃음은 광대나 악당, 바보와 같은 중세적 장르에 직접 연결되어 있고, 이러한 중세적 장르의 근원은 계급사회 이전의 민속에까지 거슬러올라가게 된다. 그러나 라블레 특유의 웃음은 전통적인 연결을 파괴하고 이상화된 층을 철폐할 뿐만 아니라, 사람들이 위선적인 거짓으로 떼어놓으려 하는 사물들의 사이에 생경하고 직접적인 연결을 시도하기도 한다.

전통적으로 결합되어왔던 것을 분리시키고, 전통적으로 분리되어 소원하게 되어 있던 것을 연결시키는 작업은 라블레에게 있어서는 때로는 평행하고 때로는 교차하는 극도로 다양한 유형의 시리즈(rjady)를 구성하는 것으로 이루어진다. 이러한 시리즈들을 사용하여 라블레는 붙여놓기도 하고 떼어놓기도 한다. 시리즈의 구성은 라블레의 예술적 방법의 특징적 요소이다. 라블레에 의해 사용되는 매우 다양한 시리즈들은 다음의 일곱 가지 기본적 유형, 즉 ① 해부학적·생리학적 측면에서 본 인간 육체의 시리즈, ② 의복의 시리즈, ③ 음식의 시리즈, ④ 음주와 취태(醉態)의 시리즈, ⑤ 성(性)의 시리즈, ⑥ 죽음의 시리즈, ⑦ 배설의 시리즈로 나누어 볼 수 있다. 이 일곱 가지 시리즈는 각각 자기 특유의 논리와 자기 특유의 주제를 가진다. 이 시리즈들은 모두 서로 교차한다. 라블레는 이들을 전개시키고 교차시킴으로써 필요하다고 생각되는 것은 무엇이든지 결합시키거나 분리시킬 수 있었다. 광범위하고 풍부한 내용을 지닌 라블레의 소설 속에 나오는 거의 모든 주제가 이 시리즈들을 통해 전달된다.

인체의 시리즈

그 예로 하나의 시리즈를 들어보자. 라블레는 소설 전체에서 인간의 육체, 그 모든 부분과 기관 및 기능 등을 해부학적·생리학적·**자연철학적** 측면에 국한해서만 그려낸다. 인간 육체를 예술적으로 표현하는 데에서 나타나는 이러한 특성은 라블레 소설의 지극히 중요한 요소이다. 인간 육체와 그 생명의 비상한 복합성과 심오함을 전체적으로 드러내고, 현실적인 시·공간적 세계에서 구체적인 인간 육체의 새로운 의미와 위치를 발견한다는 일이 당시로서는 무척 중요했던 것이다. 이러한 구체적인 인간육체의 수용과정에서 그 이외의 모든 세계도 새로운 의미와 구체적 현실성 및 새로운 물질성을 획득하게 되는 것이다. 세계는 이제까지의 상징적 인간과는 전혀 다른 물질적 인간과 접촉하게 되는 것이다. 이제 인간의 육체는 세계를 측정하는 구체적 척도가 되며, 세계의 비중과 세계가 개인에게 지니는 가치를 측정하는 기준이 된다. 이는 세계의 전체상을 육체를 지닌 존재로서의 인간을 중심으로, 즉 그러한 육체와의 물질적 접촉영역 속에서(라블레에게 있어 이 영역은 무한히 넓다) 구성해내려는 최초의 중요한 시도이다.

이러한 새로운 세계상은 중세의 세계에 대한 논쟁적 대립물이다. 중세의 이데올로기에 의하면 인간의 육체는 쇠퇴와 갈등의 기호(sign)하에서만 인식될 수 있는 대상이었다. 하지만 실상 중세의 세계는 조야하고 더러운 육체적 방종이 판치는 세계였다. 중세를 지배한 이데올로기는 육체의 삶을 제대로 표현하거나 이해하는 데에 도움이 되기는커녕 오히려 이러한 삶을 배척하는 종류의 것이었다. 따라서 표현되지도 이해되지도 못한 육체의 삶은 방탕하고 조야하며 더럽고 자기파괴적인 것이 될 수밖에 없었다. 언어표현과 육체 간에는 끝없이 깊은 심연이 자리잡고 있었던 것이다.

그러한 까닭에 라블레는 인간의 육체적 존재(그리고 그 육체와 직접 접촉하고 있는 주변세계)를 금욕적이고 내세적인 중세의 이데올로기에 뿐만 아니라 중세의 실제 삶 속에 나타났던 방탕함과 조야함에도 대립시켰다. 그는 육체에 언어와 의미를 함께 회복시키고자 하였으며, 육체에 그것이 고대에 지녔던 이상적 속성을 회복시킴으로써 동시에 언어와 의미에 현실성과 구체성을 회복시키기를 원했다.

라블레에 의한 인간 육체의 묘사는 다양한 측면에서 이루어졌으며 그 다양함은 무엇보다도 해부학적·생리학적 측면의 묘사에서 잘 드러난다. 그외에 익살스럽고 냉소적인 측면, 환상적이고 기괴한 알레고리(소우주로서의 인간존재)의 측면 등이 존재하며, 또한 라블레 특유의 민속적 측면도 존재한다. 이러한 측면들은 상호 침투되어 있으며 순수한 형태로 존재하는 경우는 드물다. 그러나 분명한 것은 인간의 육체가 등장할 때는 언제나 해부학적·생리학적 정확성과 세밀함이 따른다는 것이다. 그 좋은 예가 가르강뛰아의 출생이다. 그의 출생은 우스꽝스러운 냉소와 함께 해부학적·생리학적 세부사항들로 묘사되어 있다. 가르강뛰아의 모친은 순대를 너무 많이 먹어 직장의 탈수현상을 초래하게 되고 그 결과 심한 설사(배변 시리즈)를 하며, 그 뒤에 출생에 대한 묘사가 계속된다. "이 불행한 사건 덕분에 자궁이 느슨해졌다. 아이는 나팔관을 통해 정맥 속으로 뛰어오른 뒤에 이 정맥이 둘로 나뉘어지는 상박까지 횡격막을 건너 기어 올라갔다. 그 뒤에는 왼쪽으로 갈라진 정맥으로 하여 왼쪽 귀를 통해 기어 나왔다."(제 1 권 6 장) 이처럼 기괴한 환상은 해부학적·생리학적 분석의 정밀성과 결합되어 있는 것이다.

라블레가 전투와 매질을 묘사하는 곳에서도 언제나 기괴한 과정과 인체에 가해지는 부상, 상처, 죽음에 대한 정밀한 해부학적 묘사가 함께 나타나는 것을 볼 수 있다.

그 예로 수도원의 포도원에 침입한 적을 매질하는 수도사 장(Frère Jean)을 묘사할 때 라블레가 제공하는 인간의 신체와 기관에 대한 세밀한 묘사로 이루어진 시리즈를 들 수 있다. (제 1 권 27 장)

그는 몇 명의 머리를 두들겨 부수고 어떤 이들은 그 팔과 다리를 부러뜨렸으며 또 어떤 이들은 그 목뼈를 탈골시키고 척추를 부수고 코를 찢어놓으며 눈을 쳐 튀어나오게 하거나 턱을 깨뜨리고 목구멍으로 이빨을 처넣고 그 다리를 부러뜨리며 어깨뼈와 엉덩이를 빠지게 하고 팔꿈치뼈를 부숴놓았다. 누가 무성한 덩굴 안에 숨기라도 할 양이면 그 등뼈를 온통 두들겨대서는 개처럼 그 아랫등을 부러뜨려 놓았다. 누가 도망이라도 가려 하면 그는 그의 머리를 '삼각꼴' 봉합선을 따라 산산조각으로 부숴놓았다.

또 수도사 쟝이 보초를 죽이는 장면은 이러하다.

……그는 단 한방으로 그 자의 머리를 둘로 갈라놓았으니, 관자놀이 위로 머리뼈를 동강내어 그의 머리 뒷부분으로부터 정수리 뼈와 앞머리 뼈 대부분을 화살꼴 봉합선대로 갈라놓고 말았다. 그 한방으로 그는 뇌의 막피 전부를 찢어놓아 뇌실이 드러나게 했으니 뇌의 뒷부분은 어깨에 그대로 매달린 채였다.(그것은 겉은 검고 안은 붉은 것이 의사의 모자와 꼭같았다.) 그러자 그 보초는 숨이 끊어져 땅에 나동그라졌다.

또다른 유사한 예는 빠뉘르쥬(Panurge)가 터키에서 쇠꼬챙이에 꿰어져 불에 구워지다가 탈출한 기괴한 이야기인데 우리는 여기에서도 똑같이 해부학적 세부사항과 정밀성을 찾아보게 된다.(제 2 권 14 장)

그[집주인]는 뛰어들어와 내가 묶여 있던 쇠꼬챙이를 움켜쥐고는 그것으로 당장 나를 괴롭히고 있던 작자를 후려쳤으니, 그자는 치료를 받지 못해서 그 한방으로 숨이 끊어졌다. 그는 쇠꼬챙이로 그자의 배꼽 오른쪽 조금 위를 찔러 그의 세번째 간엽과 횡경막을 꿰뚫었던 것이다. 쇠꼬챙이는 심방을 통해 척추와 왼쪽 어깨뼈 사이의 어깨 위로 뚫고 나왔다.

빠뉘르쥬의 기괴한 이야기에서는, 해부학적 차원에서의 인체의 시리즈가 음식과 부엌의 시리즈(빠뉘르쥬는 기름을 발라 고기처럼 쇠꼬챙이에 끼워져 불에 구워진다), 그리고 죽음의 시리즈(이 시리즈의 특징은 다음에 다루어질 것이다)와 교차되어 있다.

이러한 해부학적 분석은 정적(靜的) 묘사로서 등장하는 일은 결코 없으며 전투나 주먹다짐 같은 행동의 살아움직이는 활력 속으로 끌어들여지는 것이 그 특색이다. 인체의 해부학적 구조가 행동을 통해 드러나며, 그 결과 이를테면 인체의 구조 그 자체가 소설의 등장인물이 되는 것이다. 그러나 소설의 등장인물이 되는 인체는 돌이킬 수 없는 인생의 흐름에 사로잡혀 있는 개개인의 육체가 아니라, 인류 전체의 육체, 태어나 살다가 이런저런 다양한 죽음을 거치고 다시 태어나는 비개인적인 육체이며, 그 구조와 그 삶의 모든 작용을 통해 드러나는 육체이다.

라블레는 인체의 외부적 행동과 움직임도 꼭같은 정도의 정밀성과 시각적 명료성을 가지고 묘사하는데, 그 예가 짐나스트(Gymnaste)가 마상(馬上)에서 벌이는 곡예의 묘사이다. (제 1 권 35 장) 인체의 움직임과 몸짓이 지니는 표현적 가능성은 영국인 토마스트(Thaumaste)와 빠뉘르쥬가 벌이는 (몸짓을 통한) 무언의 논쟁에서 특히 명료하고 자세하게 드러난다. (여기에서 발견되는 표현력은 정확한 지시적 의미에서 비롯되는 것은 아니다. 그러한 표현이 중요한 것은 바로 그것이 그 자체로서 충분하다는 점에 있다 ; 제 2 권 19 장). 빠뉘르쥬가 귀머거리이자 벙어리인 나즈데까브르(Nazdecabre)와 결혼에 대해 이야기하는 장면에서도 비슷한 예를 찾아볼 수 있다.

인체와 그 모든 작용을 묘사함에 있어 환상적인 것들을 기괴하게 사용하는 예는 빵따그뤼엘의 병을 묘사하는 장면에서도 찾아볼 수 있다. 그의 병을 고치기 위해 그의 뱃속에 가래를 가진 노동자들, 곡괭이와 삽을 가진 농부들, 바구니를 가진 일곱 명의 사람이 들어가 그 속에 있는 오물을 치우는 것이다. (제 2 권 33 장) '작가'가 빵따그뤼엘의 입안을 여행하는 장면도 유사한 예를 제공한다. (제 2 권 32 장)

인체를 그 기괴하고 환상적인 측면에서 묘사하기 위해서 아주 다양한 많은 사물과 현상이 육체의 시리즈 안에 도입된다. 이 새로운 문맥 안에서 그 사물들과 현상들은 육체와 그 육체의 삶이라는 분위기에 젖어들게 되어 인체의 각 기관 및 그 작용과 어우러져 예상치 못했던 새로운 모형(母型)에 참가하게 된다. 이 육체의 시리즈 안에서 그들은 현실화를 겪고 보다 더 구체적이 되는 것이다. 위에서 살펴본 두 예가 이런 모든 것을 잘 증명해준다.

뱃속을 정화하기 위해 빵따그뤼엘은 "로마에 있는 베르길리우스의 가념비 위에 있는 구(球)처럼 생긴" 거대한 구리공들을 알약처럼 삼킨다. 이 알약 안에는 뱃속을 깨끗이 할 도구와 바구니를 가진 일꾼들이 갇혀 있다. 정화작업이 끝난 뒤에는 빵따그뤼엘이 그 공들을 토해낸다. 일꾼들이 알약에서 풀려나올 때 라블레는 그리스인들이 어떻게 트로이의 목마에서 나왔던가를 상기시킨다. 또한 그 알약들 중의 하나를 우리는 오를레앙에 있는 성십자 교회의 첨탑 위에서 볼 수 있다. (제 2 권 33 장)

작가가 빵따그뤼엘의 입 안으로 여행하는 부분에 나오는 기괴한 해부학적 시리즈에서는 더욱 광범위한 사물과 현상이 포괄된다. 입 안에 전혀 새로운 세계가 존재한다는 사실이 밝혀지게 되는 것이니 거기에는 높은 산맥(치아), 풀밭, 숲, 성곽이 둘러진 마을 등이 있다. 빵따그뤼엘의 뱃속에서 풍겨오는 오염된 증기 때문에 그 마을 중 하나에 전염병이 발생한다. 입 안에는 사람들이 거주하고 있는 왕국이 스물다섯 군데 이상 존재하며 그 주민들은 우리가 인간세계에서 산맥의 '이쪽' 혹은 '저쪽' 등으로 서로를 구분하는 것처럼 치아의 '이쪽' 혹은 '저쪽'으로 부름으로써 서로를 구분한다. 빵따그뤼엘의 입 안에서 발견되는 세계의 묘사는 거의 두 페이지에 달한다. 이 기괴한 이미지 전체의 민속적 근원은 명백하다. (루시안에서 찾아볼 수 있는 유사한 이미지들을 참조하라.)

빵따그뤼엘의 입 안에서의 에피소드가 육체의 시리즈 안에 지리적·경제적 세계를 끌어들이는 한편, 브랭귀나리유(Bringuenarilles)라는 거인과의 에피소드에서는 육체의 시리즈 안에 일상적인 농업세계를 끌어들인다. (제 4 권 17 장)

> 무시무시한 거인 브랭귀나리유는 그가 평소에 먹는 음식인 풍차가 없다 하여 그 섬의 모든 국남비, 큰 솥, 단지, 프라이팬, 심지어는 풍로와 화덕까지도 집어삼켜버렸다. 그 결과 그는 동트기 조금 전——그

의 소화가 이루어지는 시간——에 배탈이 나서 몹시 아팠다. 이는 (의사들 말로는) 풍차의 흡수에 당연히 익숙해져 있는 그의 위의 소화력이 풍로와 화로를 제대로 감당할 수 없었기 때문이었다. 그가 그날 아침 두 번에 걸쳐 배설한 네 통의 오줌에서 발견된 침전물을 보면 단지와 프라이 팬들은 잘 소화가 되었음을 알 수 있었다.

브랭귀나리유는 '뤼아크(바람) 섬'이라는 보양지에서 쉬기로 한다. 그는 여기에서 풍차를 집어삼킨다. 그는 배탈의 유용한 처방으로서 그곳의 전문가가 조언한 대로 풍차를 수탉과 병아리로 조미해서 먹어보는데, 그 닭들이 그의 배 안에서 노래하고 날아다니는 바람에 복통과 경련을 일으킨다. 게다가 그 섬에 살고 있던 여우가 그 닭들을 쫓아 그의 목구멍 안으로 뛰어들어간다. 그렇게 되자 그는 뱃속을 정화하기 위해 밀과 수수로 된 관장제를 먹어야만 한다. 닭들은 그 곡식을 쫓아가고 여우는 또 그들을 따라 달려간다. 다시 그는 경주용 개와 사냥개들로 만들어진 알약을 입에 넣는다.

여기에서 특징적인 것은 이 시리즈를 구성하고 있는 순전히 라블레적인 독특한 논리이다. 소화작용, 치료방술, 일상적 가정용품, 자연현상, 농장생활과 사냥은 하나의 동적이고 살아숨쉬는 기괴한 형상 안에 통합되어 있다. 사물과 현상에 관한 새로운 예상불허의 모형이 창조되는 것이다. 기괴한 라블레적 논리의 핵심에 리얼리즘적인 민속적 환상의 논리가 자리잡고 있음은 명백하다.

브랭귀나리유와의 이 간단한 에피소드에서는 육체의 시리즈가 라블레의 작품에서 흔히 그러하듯이 배변의 시리즈와 음식의 시리즈, 죽음의 시리즈(이에 대해서는 뒤에 더 자세히 살펴보기로 한다)와 교차되고 있다.

이보다 더 기괴하고 터무니없이 기상천외한 것은 제 4 권의 세 장(30, 31, 32 장)을 차지하는 까렘프르낭(Quaresmeprenant)에 대한 풍자적인 해부학적 묘사이다. 까렘프르낭은 '금식가'로서 중세 이데올로기의 특징이라고 할 수 있는 자연적 작용에 반(反)하는 편견을 의인화하고 있는 인물로서, 가톨릭교의 금식 고행(askesis)을 기괴하게 의인화한 인물이다. 그의 묘사는 빵따그뤼엘이 흔히 하는 반(反)자연에 대한 담론으로

끝난다. 반자연의 모든 후손들——혼돈과 부조화——이 인체에 대한 풍자로서 인용된다. (제 4 권 32 장)

> 이 갓 태어난 것들의 머리는 사람의 머리같이 양쪽이 약간 평평하게 눌린 것처럼 생긴 것이 아니라 공처럼 사면이 모두 둥글었다. 그들의 귀는 당나귀의 그것처럼 거대하게 머리 위로 솟아올라 있었다. 그들의 눈은 눈썹이 없고 게의 눈처럼 단단한 것이 작은 뼈에 붙어 튀어나와 있었다. 그들의 발은 공처럼 둥글었으며 팔은 어깨에서 뒤를 향해 붙어 있었다. 걸을 때면 그들은 머리로 서서 공중으로 발을 쳐든 채 계속 데굴데굴 구르는 것이었다.

> 그 뒤에, 라블레는 반자연의 다른 후손들의 목록도 나열한다(같은 장).

> 그 이래로 반자연은 경건한 체하는 위선자, 완고한 신앙가와 교황 맹신자를 낳았으며 그 뒤로도 광신적 멍청이, 제네바 출신의 캘빈교 사기꾼, 광포한 뿌테르베우스, 위선자, 식인종, 제 배만 채우는 온갖 종류의 수도사들 및 그밖에 자연의 법칙에 어긋나는 기형의 괴물들을 계속 낳았으며, 그럼으로써 자연에 앙갚음을 하려 하였다.

이러한 시리즈는 초월적인 세계관의 모든 이데올로기적 괴물들을 육체적 기형과 도착상태라는 총체적인 하나의 시리즈 안에 끌어모아 드러내고 있다.

기괴한 비유를 사용하기 좋아하는 라블레의 취향은 제 3 권 3, 4 장의 채권자와 채무자에 관한 빠뉘르쥬의 담론에서 아주 잘 나타나 있다. 그는 여기서 채권자와 채무자 간의 상호관계를 표현하기 위한 비유로서 소우주로서의 인체가 지니는 조화로운 구조에 대한 묘사를 이용한다.

> 이 소우주를 건축한 이의 의도는 그 소우주가 그곳의 손님인 영혼에게 거처를 제공하고 생명을 지탱하도록 하는 데 있다. 생명은 피로 이루어져 있으며 피는 영혼의 거처이다. 그러므로 이 세계에는 단 하나의 과업만이 존재하는바 그것은 바로 끊임없이 피를 만들어내는 일

이다. 피의 제조에 작용하는 체계는 언제나 서로가 서로에게서 빚을 지고 또 서로가 서로에게 빚을 주는 체계이다. 피로 변용시키는 데 필요한 재료와 성분은 자연에 의해 제공된다. 그것이 바로 빵과 포도주이다. 모든 형태의 영양분은 이 두 가지 안에 들어있다. ……이 영양분을 찾고 준비하고 요리하기 위해 손은 일하고 발은 움직여 몸의 전체 구조를 운반하며 눈은 안내자가 된다. ……〔이 음식을〕 혀는 맛보고 이는 씹고 위는 받아들여 소화시키고 배설한다. 영양분이 있는 부분은 간으로 가며, 간은 다시 그것을 변화시켜 피로 만든다. ……그 다음 정화의 진척을 위해 이완·수축 작용을 통해 그 피를 정화하고 단련하는 또다른 작업장인 심장으로 피가 운반되면, 그 피는 우심실 속에서 깨끗해져 혈관을 통해 온몸으로 보내어진다. 손·발·눈 등 모든 기관은 그들에게로 피를 끌어들여 각자 자기 나름의 방식으로 그 핏속의 영양분을 섭취한다. 그리하여 이전에는 채권자이던 자들이 채무자가 되는 것이다.

이 채권자와 채무자의 비유라는 기괴한 시리즈를 통해 라블레는 조화로운 우주와 조화로운 인간사회의 상을 제시하고 있다.

이 모든 기괴하고 풍자적이며 해학적인 인체의 시리즈는 한편으로는 인체의 구조와 그 생명을 드러내는 역할을 하면서 동시에 다른 한편으로는 인체라는 모형 안에 중세의 세계상으로는 인체와는 무한히 거리가 먼, 전혀 다른 말과 사물들의 시리즈에 포함되던 사물들과 현상들과 관념들의 이질적 세계를 끌어들이는 역할을 한다. 이러한 사물들 및 현상들과 육체 사이에 이룩되는 직접적 관계는 언제나 우선 **언어적 모형**을 통해, 즉 그것들을 하나의 문맥, 하나의 어구, 하나의 복합어 안에 뭉뚱그려 모음으로써 이루어진다. 때로 라블레는 고정된 구조와 고정된 세계관, 고정된 가치체계에 근거한 인간의 언어가 하나의 문맥, 하나의 장르, 하나의 문체, 하나의 문장 안에서, 그리고 하나의 어조로 사용했던 적이 없는 단어와 개념들을 하나의 시리즈 안에 위치시키기('모형 안에 위치시키기') 위해 필요하다고 생각되는 경우에는 전혀 조리에 맞지 않는 복합어의 사용도 서슴지 않는다. 라블레는 "참외는 밭에 있지만 우리 아저씨는 끼에프에 있다"는 식의 논리를 사용하기에 주저하지 않았던 것이다. 그는 하나님과 예수를 모독하고 부정한 유령을 불러내는 것으로 여겨졌던 중세의 문구에서 발견되는 마법사 특유의 논리를 자주 사용한다. 그는 신성모독이라는 특정한 논리를 광범위하게 사용한다.(이는 뒤에 더 자세히 살펴보기로 한다.) 어떠한 구속도 받지 않는 이러한 환상의 연쇄는 특별한 의미를 지닌다. 즉 바로 이러한 환상이 그로 하여금 그 자체로 따로따로 존재할 때는 합리적이지만 함께 결합되면 괴이한 사물들의 언어적 시리즈를 창조할 수 있도록 해주는 것이다.(그 예가 풍차를 먹고 사는 거인 브랭귀나리유의 에피소드이다.)

그러나 동시에 우리는 라블레가 형식에만 관심을 가졌던 것은 아니라는 점을 고려해야 한다. 이상에서 언급한 단어의 결합은 모두, 그들이 지시하는 사물들이 가장 터무니없이 보일 때에도 그 일차적 목적은 기성의 가치체계를 파괴하여 높은 것을 낮추고 낮은 것을 올리며, 관습적 세계상의 구석구석을 파괴하려는 것이었다. 그러나 그의 작업은 동시에 이러한 모든 단어들간의 결합과 기괴한 이미지에 명확한 방향성을 부여한다는 보다 긍정적인 과업의 수행도 겸하는 것이다. 즉 그의 이러한 작업은 세계를 '구체화'하고 물질화하며 모든 것을 시간적, 공간적 시리즈에 연결시키고 모든 것을 인체라는 저울에 맞추어 달아봄으로써, 그가 파괴한 세계관이 있던 자리에 새로운 세계관을 건설하는 것이기도 하다. 가장 기괴하고 예측을 불허하는 단어의 모형도 라블레의 이러한 이념적 충동에서 비롯되는 통일적인 힘으로 충만해 있다. 그러나 우리가 이제부터 살펴볼 것처럼 라블레의 기괴한 이미지와 시리즈의 배후에는 더욱 심오하고 독특한 의미가 숨어 있다.

전세계를 '구체화'하기 위한 이와같은 해부학적이고 생리학적인 육체성의 사용을 통해 인문주의적 의사이자 교육자였던 라블레는 육체의 수양과 그 조화로운 계발의 직접적인 선전을 꾀하고 있었던 것이다. 그리하여 라블레는 가르강뛰아가 처음에 받았던, 육체를 무시하는 형식적 교육에 대비되는 것으로서 그가 그 뒤에 뽀노크라뜨(Ponocrates) 밑에서 받게 되는 인문주의적 교육을 제시하는바, 거기에서는 해부학적이고 생리학적인 학문과 섭생법, 다양한 종류의 운동경기에 막대한 관심이 기울여진다. 가래를 뱉고 방귀를 뀌고 하품하고 침뱉고 딸꾹질하고 소리내어 코를 풀고 항상 음식을 씹어대며 마시고 있는 상스러운 중세적 육체에 대조되어 운동을 통해 조화롭게 발달된 인문주의자의 우아하고 세련된 육체가 제시된다. (제 1 권 21, 23, 24 장) 텔렘므 대수도원도 육체의 수양에 막대한 관심을 쏟는다. (제 1 권 52 장, 57 장) 라블레의 세계관이 지니는 이러한 조화로운 긍정적 축(軸)과 조화로운 인간이 거주하는 조화로운 세계에 대해서는 뒤에 다시 살펴볼 기회가 있을 것이다.

음식과 음주의 시리즈

다음 시리즈는 음식과 음주 및 취태의 시리즈이다. 이 시리즈가 라블레의 소설에서 담당하는 역할은 지대하다. 소설의 거의 모든 주제가 이 시리즈를 통해 이루어지며 이 시리즈가 없이는 어떠한 에피소드도 지탱될 수 없다. 가장 고상하고 영적인 것들을 포함한 극도로 다양한 모든 사물과 현상이 음식과 술에 직접 접하고 있다. '작가의 머리말'부터가 주정뱅이에게 보내는 인사로 시작하고 있으며 작가는 주정뱅이들에게 그의 작품을 바치고 있다. 그 머리말에서 작가는 자신이 음식을 먹거나 술을 마시고 있는 동안에만 책을 썼다고 주장한다. "정말이지 그렇게 고상하고 심오한 학문에 대해 저술하기에는 지금이 꼭 알맞는 때이나. 그것은 모든 문헌학자의 귀감인 호메로스도 잘 아는 바이고, 라틴 시의 시조인 에니우스(Quintus Ennius, 239~169 B.C.), 또한 호라티우스도 잘 입증하고 있는 바이다. 비록 어떤 천치 같은 이가 그의 시를 일러 등잔 기름보다도 술냄새를 더 풍긴다고 말한다 해도 말이다."

이런 점에서 보면 제 3 권의 머리말은 더욱 획기적이다. 여기에서는 냉소적인 디오게네스의 통이 음주 시리즈에 끌어넣어져 술통으로 화한다. 여기에서도 '취중의 창작력'(drunken creativity)이라는 주제가 되풀이 되며, 술취한 상태에서 글을 쓰는 작가의 예로 호메로스와 에니우스 외에 에스퀼루스(Aeschylus: 525~456 B.C., 그리스의 비극시인—역주)와 플루타르크, 카토(Cato: 95~46 B.C., 로마의 철학자·정치가—역주)가 추가된다.

라블레의 주요 등장인물들의 이름부터가 그 어원으로 볼 때 음주의 시리즈에 그 근거를 두고 있다. 가르강뛰아의 부친 그랑구지에(Grandgousier)는 '큰 목구멍'이라는 뜻이며, 가르강뛰아는 "마시자! 마시자! 마시자!"라고 엄청나게 큰 목소리로 외치면서 세상에 태어난다. 그랑구지에는 아들의 목청에 대해 "참 대단한 녀석이기도 하지! (Que grand tu as!)"라고 말하는데, 아버지가 한 이 첫마디로 인해 그 아이는 가르강뛰아라고 불리게 된다.(제1권 7장) 라블레는 이와 비슷한 식으로 '빵따그뤼엘'이라는 이름이 어원적으로는 "언제나 목마른 사람"이라고 풀이한다.

심지어는 주요 등장인물들의 출생도 음식과 취태의 기호(sign)하에서 이루어진다. 가르강뛰아는 그의 아버지가 주관한 큰 향연의 날에 태어난다. 그리하여 그의 모친이 순대를 과식하게 되는 것이다. 갓 태어난 아기는 즉각 "술로 대접된다." 한편 빵따그뤼엘의 출생은 큰 가뭄과 그에 따른 큰 갈증, 즉 사람과 동물과 대지 자체에까지 미친 갈증 뒤에 일어난다. 이 가뭄은 성서적 문체로 묘사되며 고대와 성서를 구체적으로 상기시키는 어귀들로 가득차 있다. 그러나 이러한 고귀한 차원은 생리적 시리즈와 바닷물의 염분에 대한 기괴한 설명으로 인해 중단된다. "땅이 너무나 뜨거워져 땀을 대량으로 흘렸으니 그것이 온 바다에 땀을 쏟아부었고, 그리하여 바다가 짜게 되었던 것이다. 왜냐하면 땀은 모두 소금이기 때문이다. 당신도 당신이 흘린 땀이나 염병에 걸린 환자가 땀을 낼 때 그 땀을 맛보면 내 말이 사실임을 인정할 것이다."(제2권 2장)

소금이라는 모티프는 가뭄의 모티프와 함께 '갈증의 왕'인 빵따그뤼엘이 태어나는 시기를 뒤덮고 있는 갈증이라는 기본 모티프를 준비하고 그 효과를 더욱 강렬하게 한다. 그가 출생하던 해, 날, 시간에는 세상의 모든 것이 갈증에 시달리고 있었던 것이다.

소금의 모티프는 빵따그뤼엘이 태어나는 바로 그 순간에 새로운 방식으로 도입된다. 아기가 나타나기 전에 그 어머니의 자궁에서는 "예순여덟 명의 노새 몰이꾼이 각각 소금을 잔뜩 실은 노새 한 마리씩 그 목덜미를 잡고 나온다. 그 뒤에 햄과 훈제된 소 혀 꾸러미를 실은 아홉 마리의 단봉낙타와 소금에 절인 장어를 실은 일곱 마리의 쌍봉 낙타가 나오고, 그 다음에는 부추와 마늘, 파를 가득 실은 스물다섯 대의 달구지가 나온다.” 이상과 같은 짜고 목마르게 하는 전채요리의 시리즈 뒤에 빵따그뤼엘 본인이 이 세상에 등장한다.

이렇게 하여 라블레는 가뭄, 더위, 땀(더울 때 사람들은 땀을 흘린다), 소금(땀은 짜다), 짠 전채요리, 갈증, 마시기, 취하기라는 기괴한 시리즈를 구성해낸다. 이 시리즈를 발전시키는 중에 염병 환자의 땀, 성수(가뭄 중에는 성수의 사용도 교회에 의해 통제된다.), 은하수, 나일강의 근원, 성서·고전에 대한 언급의 시리즈(나자로(Lazarus)의 비유와 호메로스, 아폴론 (Apollōn: 그리스신화의 해의 신—역주), 파에톤(Phaëthon: 그리스신화에 나오는 태양신의 아들—역주), 쥬노(Juno: 로마신화에 나오는 쥬피터의 아내, 결혼의 신—역주), 헤라클레스(Heracles: 그리스신화 속의 괴력의 영웅—역주), 쎄네카(Seneca: 4B.C.?~65A.D., 로마의 정치가·철학자·비극작가—역주) 등이 언급된다) 전체가 끌어들여진다. 이 모든 것이 빵따그뤼엘의 출생을 묘사하는 한 페이지 반의 지면에서 일어난다. 라블레는 여기에서 일상적인 문맥에서는 전혀 함께할 수 없는 사물과 현상들을 가지고 그 특유의 새롭고 괴이한 모형을 창조하고 있는 것이다.

가르강뛰아의 혈통은 술취함의 상징물들로 둘러싸여 있다. 그의 혈통은 거대한 지하묘지 속의 “여기서 마시라”(제1권 1장)라고 새겨져 있는 술잔 밑의 아홉 개의 술병 가운데에서 발견된다. 이제 지하묘지와 음주를 연결시키는 단어와 사물들의 모형으로 우리의 주의를 돌려보기로 하자.

이 소설의 참으로 중요한 거의 모든 에피소드들은 음식과 음주의 시리즈로 끌어들여진다. 제1권의 대부분을 차지하는 그랑구지에의 왕국과 피크로꼴르(Picrochole)의 왕국 사이의 전쟁은 밀전병과 포도 때문에 일어나며, 이 음식들은 또한 변비의 치료에 효험이 있는 것으로 여겨짐으로써 고도로 세밀하게 묘사되는 배변의 시리즈와 교차된다. (예컨대 제25장) 수도사 쟝이 피크로꼴르의 전사들과 벌이는 유명한 전투도 수도원의 포도밭을 두고 벌이는 것으로서, 그 포도밭은 수도원의 포도주 수요를 충족시키는 것이다. (그 포도주는 성찬식을 위해서가 아니라 수도사들이 마시기 위한 것이다). 제4권 전체 (제5권도 마찬가지이다)를 채우고 있는 빵따그뤼엘의 유명한 여행은 '신성한 술병의 신탁'을 찾기 위함이다. 출범하는 모든 배가 문장(紋章)의 형태를 빌어 술취함의 상징을 그 장식으로 지니고 있으니, 그것은 술병, 술잔, 술항아리, 나무 주전자, 유리컵, 잔, 항아리, 술바구니, 술통 들이다. (라블레는 각 배의 문장을 자세히 묘사하고 있다.)

라블레의 작품에서는 음식과 음주의 시리즈가 육체의 시리즈처럼 고도로 상세하며 또한 과장되어 있다. 어느 경우에나 극도로 다양한 전채요리와 주(主)요리가 그 과장된 수량이 정확하게 밝혀지면서 지극히 세밀하게 열거된다. 그 예로 전투가 끝난 후 그랑구지에의 성에서 벌어지는 만찬을 묘사할 때 열거되는 다음 목록을 들 수 있다. (제 1 권 37 장)

만찬이 베풀어졌다. 우선 16 마리의 소가 구워지고 그 뒤에 3 마리의 어린 암소, 32 마리의 송아지, 63 마리의 젖먹이 새끼 염소, 95 마리의 양, 근사한 양념을 곁들인 300 마리의 젖먹이 돼지새끼, 220 마리의 메추라기, 700 마리의 도요새, 루뒤누아와 꼬르누이유에서 가져온 400 마리의 식용 수탉과 즙이 많은 다른 종류의 닭 1700 마리, 600 마리의 어린 암탉과 같은 수의 비둘기, 600 마리의 뿔닭, 1400 마리의 토끼, 303 마리의 능에, 1700 마리의 병아리가 나왔다. 사냥감은 그렇게 많이 얻을 수가 없었으니, 뛰르쁘나이의 대수도원장이 보내온 산돼지가 11 마리뿐이었고, 그랑몽의 영주가 보낸 선물인 18 마리의 담황색 사슴, 에싸르의 영주가 보낸 140 마리의 꿩과 산비둘기, 쇠물닭, 상오리, 알락 해오라기, 마도요, 떼새, 멧닭, 바다오리, 댕기물떼새, 크고 작은 종류의 황오리, 왜가리, 황새, 능에, 붉은 깃 홍학, 흰눈썹뜸부기, 암칠면조들이 여러 종류의 푸딩과 함께 나왔다.

가스테르의 섬('밥통')을 묘사할 때는 온갖 종류의 요리와 전채요리가 매우 세심하게 묘사되어 두 장 전체 (제 4 권 59 장과 60 장)가 이 목록에 바쳐진다.

이미 말한 바와 같이 온갖 종류의 사물, 현상, 개념이 음식과 음주의 시리즈에 끌어들여지는데, 이 항목들은 기존의 관점에서(구어의 용법에서는 말할 것도 없고 이념적·문학적 용법에서도) 보자면 그 시리즈와는 전혀 상관이 없는 것들이며, 일상적인 사물의 배열방식에도 전혀 들어맞지 않는 항목들이다. 이러한 것들을 통합하는 방식은 인체의 시리즈의 경우와 같다. 그 예를 몇 개 살펴보자.

가톨릭과 신교(특히 캘빈교)와의 싸움은 까렘프르낭과 파루쉬(야만)섬에 사는 '소시지'들의 싸움으로 묘사된다. '소시지'들과의 싸움은 제4권의 여덟 개 장(35~42)을 차지한다. 소시지의 시리즈는 극히 세밀한 것으로서 연속성에 대한 기괴한 집착을 통해 발전된다. 라블레는 소시지의 모습에 대한 묘사에서 시작하여, 여러 권위자를 들면서 이브를 문 뱀은 소시지였으며, 올림푸스 산을 습격하고 오싸(Ossa) 위에 펠리온 산을 쌓으려 했던 고대의 거인들은 반쯤 소시지였다고 입증한다. 멜뤼진(Melusine)도 반(半)소시지였으며, 영구차와 손수레를 발명한 에리크토니우스(Erichthonius)도 그러했다(그는 소시지로 된 자신의 다리를 감추기 위해 이러한 것들을 발명했던 것이다.)고 말한다. '소시지'들과의 전투를 준비하면서, 수도사 쟝은 요리사들과 맹약을 맺는다. 거대한 암퇘지가 트로이의 목마처럼 철저히 무장된다. 암퇘지는 호메로스식의 서사시적 문체를 패러디하는 문체로 묘사되며 암퇘지 안에 들어간 모든 요리사-전사(戰士)들의 이름을 열거하는 데 여러 페이지가 할애된다. 전투가 시작되고, 결정적 순간에 수도사 쟝은

> 문을 열고 건장한 전사들과 함께 암퇘지에서 뛰어나온다. 어떤 이들은 쇠꼬챙이를 들고 나오고, 또 어떤 이들은 프라이 팬, 불고기 남비, 칼, 선반, 주전자, 남비, 부젓가락, 요리 남비, 절구와 절구공이를 들고 나오는데, 모두 소방수처럼 전투복장을 차려 입고 귀가 떨어져나갈것 같이 "나뷔자르당! 나뷔자르당! 나뷔자르당!"이라고 소리쳤다. 이렇게 소리치고 법석을 부리며 그들은 '고기 파이'와 '소시지'에 쳐들어갔다.

'소시지'들은 패배한다. 그러자 전장(戰場) 위로 '미네르바의 돼지'가 날아와 겨자 한 통을 던지는데, 이것이 '소시지'들의 '성배(聖杯)'로서 그들의 상처를 치유하고 죽은 자를 되살리기까지 한다.

음식의 시리즈와 죽음의 시리즈의 교차는 특별한 중요성을 지닌다.

제 4 권의 46 장에서는 여러 종류의 인간 영혼의 상대적인 맛에 대해 악마가 장황하게 이야기를 늘어놓는다. 중상모략가와 시시한 서기, 변호사의 영혼은 새로 소금을 쳤을 때에만 맛이 좋다. 학자의 영혼은 아침 식사에 좋고, 변호사의 영혼은 점심식사에, 하녀의 영혼은 저녁 식사에 좋다. 포도정원사의 영혼을 먹으면 배탈이 난다 등등.

또 다른 곳에서는 악마가 한 군인의 영혼으로 만들어진 프리카세(닭이나 송아지 고기를 잘게 썰어 삶은 것에 그 국물을 친 요리—역주)를 먹고 배탈이 났던 이야기도 나온다. 이 시리즈에는 사람들을 자신의 신앙으로부터 갈라놓음으로써 악마에게 맛있는 영혼의 꾸준한 공급을 보장하는 '종교재판소'의 화형용 장작더미도 도입된다.

음식의 시리즈와 죽음의 시리즈가 교차하는 더 진전된 예로는 제 2 권 30 장에서 에삐스테몽(Epistemon)이 '죽음의 왕국'을 방문하는 루시안적인 일화를 들 수 있다. 다시 살아난 에삐스테몽은 "그가 악마들을 보았으며 사탄과 친근하게 이야기를 나누었고 지옥과 낙원에서 똑같이 배불리 잘 먹었다고 즉시 말하기 시작했다……" 음식의 시리즈가 이 일화 전체에 걸쳐 퍼져 있는데, 저승에서 데모스테네스(Demosthenes: 384?~322 B.C., 그리스의 웅변가—역주)는 포도정원사이며 아이니아스(Aeneas : 트로이의 왕자로 서사시 *Aeneid* 의 주인공—역주)는 방앗간 주인, 스키피오 장군(Scipio: 237~183 B.C., 한니발을 격파한 로마 장군—역주)은 누룩 장수, 한니발(Hannibal: 247~183 B.C., 카르타고의 장군—역주)은 계란 장수이다. 에픽테투스(Epictetus: A.D. 100 년경에 활동한 그리스의 스토아 철학자—역주)는 가지가 넓은 나무 밑에서 많은 아가씨들에 둘러싸여 기회가 있을 때마다 춤을 추고 향연을 베푼다. 교황 율리우스는 고기만두 행상이며, 크세륵세스(Xerxes: 519?~465? B.C., 옛 페르시아의 왕—역주)는 겨자 행상인데 그가 너무 값을 비싸게 부르자 프랑소와 비용(François Villon: 1431~1463, 프랑스의 서정시인—역주)은 '파리의 겨자 만드는 사람들이 하듯이' 겨자통에 소변을 본다. (여기에서 배설의 시리즈와 교차한다.) 빵따그뤼엘이 지하세계에 대한 에삐스테몽의 이야기를 중단시키면서 하는 말은 죽음과 저승세계의 주제를 마감하면서 동시에 먹기와 마시기를 권유하고 있다. "자, 그러면……이제는 먹고 마실 때일세. 정말이지, 여보게,

이 달 내내 술 마시기 좋은 철 아닌가!"(제 2 권 30 장)

라블레는 자주 그의 음식과 음주의 시리즈를 수도사의 기도나 수도원, 교황의 포고 등등의 종교적 개념 내지 상징과 밀접히 연관시킨다. 젊은 가르강뛰아는 저녁 식사에 배 가득히 음식을 채워 넣고는(이것은 그가 아직 딱딱한 형식적 교육을 받고 있을 때의 이야기이다.) "겨우 기도 한 조각을 입에 넣을 수 있었다." 빠삐만스(교황광신자)의 섬에서 빵따그뤼엘과 그의 동료 여행자들은 찬송가가 없는 미사인 '마른 미사' (dry Mass)에 초대되는데, 빠뉘르쥬는 "질 좋은 앙주(Anjou) 포도주로 조금 적신" 미사가 더 좋다고 말한다. 같은 섬에서 그들은 저녁 식사를 하게 되는데 그 식사에서는 음식이 새끼 염소건 식용 수탉이건 돼지(이 섬에는 돼지가 무척 많다)이건, 또는 비둘기, 토끼, 산토끼, 칠면조 등등 어느 것이건 모두 '끝없는 진미'로 속이 가득 채워 넣어져 있었다. 이 '채워 넣어진 음식'을 먹고 에삐스테몽은 심한 설사를 하게 된다. (제 4 권 51 장, 러시아어판에는 1 장으로 잘못 인쇄되어 있다—영역자 주) '부엌의 수도사'라는 주제에 특별히 두 장이 바쳐지는데 그것은 제 3 권 15 장의 "염제(鹽製) 쇠고기에 대한 수도원의 신비철학적 설명"과 제 4 권 11 장의 "왜 수도사는 부엌에 있기를 좋아하나"이다. 이 중 첫번째 장에 나오는 특히 전형적인 부분을 인용해보자. (제 3 권 15 장)

"자네는 야채 수프를 좋아하네만, 나는 월계수 잎과 9 시간 동안 염제한 쟁기질꾼 한 조각이 들어 있는 수프를 더 좋아한다네." 그러자 수도사 쟝은 이렇게 대답한다. "자네가 말하는 뜻을 알겠네. 그 비유는 수도원의 수프 남비에서 온 것이겠지. 자네가 말하는 쟁기질꾼은 쟁기질을 업으로 하는 소를 말하는 것이고 9 시간 동안 염제한다는 것은 충분히 익힌다는 뜻이겠지. 기록된 적은 없지만 손에서 손으로 전해져온 고대의 어떤 신비철학의 관습에 따르면 우리의 종교적 조상들은 아침기도를 하러 일어나서 교회당에 들어가기까지 일정한 중요 예비절차를 거쳤다고 하네. 침뱉는 곳에서 침뱉고 토하는 곳에서 토하고 꿈꾸는 곳에서 꿈꾸고 소변보는 곳에서 소변보고 말일세. 이렇게 한 것은 성스러운 예배에 부정한 것을 가지고 가지 않기 위한 것이었지. 이런 일을 모두 마친 다음에 그들은 경건하게 성(聖)

교회당(이것이 수도사들이 수도원의 부엌에 붙인 특수한 이름이라네)으로 가서, 주님 안의 형제들인 성스러운 수도사들의 아침식사로 쓸 쇠고기를 불에 얹는다네. 때로는 남비에 직접 불을 지피기도 했지. 그리고 아침기도는 9시간 동안 계속되기 때문에 그들은 일찍 일어나야 했고 따라서 시간이 갈수록 그들의 식욕과 갈증도 심해졌지. 아침기도가 두세 시간(과목)밖에 안 되었더라면 그렇지 않았을 것 아닌가. 신비철학에 따르면, 일찍 일어날수록 쇠고기는 일찍 불에 놓여지고, 쇠고기가 불 위에 오래 있을수록 더 푹 삶아지고, 쇠고기가 더 푹 삶아질수록 쇠고기는 더 연해지고 씹기도 좋고 맛도 좋으며 위장에도 부담이 덜 가고, 훌륭한 수도사에게 영양을 잘 공급해준다는 게야. 그리고 이것이 바로 그 수도원을 설립한 이의 유일한 목적이고 일차적 목표였던 것이니, 그는 사람은 살기 위해 먹는 것이 아니라 먹기 위해 사는 것이며 이 지상에 사는 그 외의 다른 이유는 없다는 것을 인식했던 걸세."

이 인용문은 라블레의 예술적 방법을 전형적으로 보여준다. 우선 무엇보다도 눈에 띄는 것이 일상적 수도원 생활에 대한 사실적 묘사이다. 그러나 동시에 이 풍속화는 수도원에서 쓰는 특수용어인 "쟁기질꾼을 한 조각쯤 넣어 9시간 동안 염제한 것"이라는 말을 풀이하는 데에 사용된다. 이 우의적(寓意的) 표현 뒤에 숨어 있는 것은 쇠고기('쟁기질꾼')와 미사 9시간이란 아침 예배시간의 독서 분량이다) 사이의 단단한 결합의 틀이다. 읽어야 하는 책의 분량(9시간)이 고기를 잘 익게 하고 입맛을 돋구는 역할을 한다. 이 성스러운 미사겸 음식의 시리즈는 배설의 시리즈(그것은 침뱉기, 토하기, 소변보기를 포함한다)와 육체적, 생리적 시리즈(이와 혀, 배의 역할)와 교차한다. 수도원의 미사와 기도는 음식을 잘 요리하고 입맛을 돋구는 데에 필요한 시간을 채우는 역할을 할 뿐이다.[27] 이것으로부터 일반적 결론 즉 수도사는 살기 위해 먹는 것이 아니라 먹기 위해 산다는 결론이 나온다. 라블레의 시리즈와 이미지를 구성하는 원칙에 입각하여 이제는 다섯 가지 주요 시리즈에 의해 이미 제시된 자료들을 좀더 자세히 살펴보기로 하자.

27) 라블레는 여기서 수도원의 금언인 '미사에서 식사로'(de missa ad mensam)를 인용한다.

지금까지 기원에 관한 문제, 즉 전거(典據)나 영향에 관한 문제는 다루지 않는 것을 일반적인 원칙으로 해왔다. 그러나 지금은 잠정적으로 이에 관한 일반적 발언을 시도하도록 하자. 음식과 음주, 배설과 성행위의 시리즈에 종교적 개념이나 상징을 도입한 것은 물론 라블레가 처음은 아니다. 중세 말기의 문학에 나타나는 마술사들이 사용하는 패러디적 종교문구, 즉 복음의 패러디나 기도문의 패러디(13세기의 '모든 주정뱅이들의 미사') 등은 갖가지의 형태로 독자들에게 이미 익숙해져 있을 터이다. 위에 언급한 것과 같은 시리즈들간의 교차는 바간티(Vaganti, 난파선 약탈자의 무리—역주)의 라틴 시라든가 그들의 특별한 은어에서조차 전형적인 것이다. 또한 이러한 특색은 비용(그는 바간티와 관련을 맺고 있다)에게서도 물론 찾아볼 수 있다. 이러한 패러디적 마술문학과 더불어 마술사들이 사용하는 유형의 흑(黑)마술 문구는, 중세말기와 르네쌍스기에 널리 사용되고 알려져 있었다(라블레가 이러한 것들을 잘 알고 있었음은 의심할 여지가 없다.) 마지막으로 들 수 있는 것은 외설적으로 불경스러운 '종교문구'인데, 이것이 고대의 의식(儀式)에서 지녔던 중요성은 아직까지도 그 흔적이 남아 있을 정도이다. 이러한 외설적 불경스러움은 '비공식적' 일상언어에서 널리 사용되었고 '비공식적' 일상언어(특히 하층계급의 언어)의 문체적, 이념적 특징이 되었다. (외설을 포함하는) 마술·마법적 문구와 일상생활의 욕설은 계급사회 이전의 민속에 그 뿌리를 두고 있는, 한 나무에서 나온 두 가지로서 서로 밀접하게 연관되어 있으나, 기억해야 할 것은 이 두 가지 모두가 그 나무가 본래 지니고 있었던 고귀한 본성을 심하게 왜곡시켰다는 사실이다.

이러한 중세적 전통 외에도 보다 더 고대의 전통, 특히 루씨안을 언급해야만 할 것이다. 루씨안은 신화에 들어 있던 선정적이고 일상적인 측면의 평범한 생리학적 세부사항을 묘사하는 방법을 크게 변화시켰다. (그 예로 아프로디테(Aphrodite)와 아레스(Ares)의 성교, 제우스의 이마에서 탄생하는 아테나(Athena) 등을 들 수 있다.)

마지막으로 아리스토파네스 또한 빼놓을 수 없다. 그 역시 라블레에게, 특히 그의 문체에 대해 영향을 미쳤다.

라블레가 이러한 전통을 어떻게 사용하였는지와 그 예술세계의 근거를 이루는 더 근본적인 민속적 전통에 대해서는 나중에 다시 살펴보기로 하겠다. 지금은 잠정적으로만 이 문제들을 다룬다.

다시 음식과 음주의 시리즈로 되돌아가보자. 기괴한 과장과 더불어 이 시리즈들에서도 우리는 육체의 시리즈에서와 같이 먹고 마시는 일의 의의 내지 교양있는 음식 및 음주의 문화에 대한 근본적으로 긍정적인 라블레의 견해를 읽을 수 있다. 라블레는 결코 폭식과 취태를 옹호하는 것은 아니다. 그는 인간의 삶에 있어서 먹고 마시는 일이 지니는 고귀한 중요성을 긍정하고, 그것을 이념적으로 정당화하여 훌륭한 것으로 만들고 그 '문화'를 설립하려 하였다. 초월적이고 금욕적인 세계관은 먹고 마시는 일로부터 모든 긍정적 가치를 제거해버리고 이러한 행위를 죄많은 육체의 슬픈 필요로만 여겼다. 이러한 세계관이 이 먹고 마시는 과정을 점잖게 만드는 유일한 방식은 금식(禁食)이라는 공적 형식이었는바, 이는 사랑이 아닌 증오에서 비롯되며 인간의 본성에 거슬리는 부정적 형태이다.(그 예로 '반자연'의 전형적 후손으로서의 금식가인 '사순절의 왕' 브랭귀나리유를 들 수 있다.) 먹고 마시는 행위가 이념적으로 부정적이고 비건설적인 것인 한, 그리고 언어나 사고 모두에 의해 시인되지 못하는 것인 한, 그것은 가장 상스러운 폭식과 취태라는 형태만을 취할 수밖에 없었다. 금욕적인 세계관에 내재하는 이러한 필연적인 허위성의 결과로 폭식과 취태는 그 어디보다도 수도원에서 더욱 판을 쳤다. 라블레의 작품에 등장하는 수도사는 무엇보다 먼저 폭식가이자 주정뱅이이다.(예로 특히 제 2 권의 마지막 장인 34 장을 들 수 있다.) 작품 전체가 수도사와 부엌간의 특별한 친밀성을 그리는 데에 바쳐지고 있음은 이미 지적한 바이다. 폭식의 기괴하고 환상적인 이미지는 빵따그뤼엘과 그의 동반자들이 '가스테르의 섬'을 방문한 에피소드에서 잘 나타난다. 제 4 권의 다섯 장(57~62 장)이 이 에피소드에 바쳐진다. 여기에서는 고대의 소재(특히 시인 페르시우스(Aulus Persius Flaccus: 34~62, 로마의 풍자문학가—역주)로부터 얻은 소재)를 사용하여 '가스테르(밥통)'의 철학 전체가 펼쳐진다. 모든 예술의 최초의 위대한 스승은 불이 아니라 바로 밥통이다.(57 장) 농업과 무예, 교통수단, 해상여행 등의 발명도 밥통의 덕으로 돌려진다.(56~57 장) 경제적·문화적 발전의 동력으로서의 기근(饑饉)의 이론은 부분적으로 풍자이면서 또한 부분적으로 진리이기도 하다. (비슷하게 기괴한 라블레의 다른 이미지들도 대개 그러하다.)

음식과 음주의 문화는 가르강뛰아의 양육을 설명하는 동안 내내 상스러운 폭식과 대조된다. (제 1 권) 제 3 권의 13 장에서는 정신적인 생산력과 연결시켜서 음식의 문화와 절제라는 주제가 논의된다. 라블레는 이 문화를 '건강한 삶'의 한 요인으로서 의학적, 위생적 측면에서만 고려하는 것이 아니라 미식가의 견해, 즉 순수한 요리의 측면에서도 고려한다. '부엌에서의 인문주의'에 대한 수도사 쟝의 설교는 다소 풍자적인 형태로 라블레 자신의 요리에 대한 선호를 보여주고 있다. (제 4 권 10 장)

> 전능하신 하나님께 맹세코 말하건대, 우리 이제 어디 위대하고 신성한 부엌으로 옮겨가서, 꼬챙이가 돌아가는 것과 고기 덩어리가 쉭쉭거리는 소리, 베이컨 기름의 위치, 수프의 온도, 후식 준비, 포도주 주문을 살펴봅시다. "사는 동안 좋고 깨끗하게"(Beati immaculati in via)일과기도서에는 이렇게 되어 있지요.

음식과 음료를 준비하는 요리의 세부사항에 대한 관심은 물론 완전하고 조화있게 발달한 육체적·정신적 인간이라는 라블레적 이상과 결코 모순되지 않는다.

라블레의 소설에서는 빵따그뤼엘적인 만찬이 아주 중요한 위치를 차지한다. 빵따그뤼엘적이라 함은 명랑하고 현명하며 친절을 베풀 줄 아는 능력을 의미한다. 따라서 빵따그뤼엘적 성품의 본질은 명랑하고 현명하게 먹고 즐길 수 있는 능력이다. 따라서 빵따그뤼엘적인 이들의 만찬은 언제나 식탁을 지키고 앉아 있는 게으름뱅이와 폭식가들의 만찬은 결코 아니다. 만찬은 노동시간이 끝난 뒤의 한가한 저녁시간에만 즐길 수 있다. 노동시간 중의 오찬은 간단해야 하며, 이를테면 실리적이어야 한다. 라블레는 먹고 마시는 일의 무게중심은 원칙적으로 저녁만찬으로 옮겨져야 한다고 주장한다. 그리하여 인문주의자 뽀노크라뜨의 교육체제에는 이렇게 규정되어 있다. (제 1 권 23 장)

가르강뛰아의 오찬은 절제되어 있고 간단하다는 것을 주목해주기 바란다. 그것은 위(胃)의 요구를 진정시키기 위해서만 먹는 것이기 때문이다. 그러나 만찬은 풍요로왔고 장시간 동안 계속되었으니, 이때 가르강뛰아는 자신에게 영양을 공급하고 활동능력을 충전시키는 데 필요한 만큼 먹었다. 이것이 건전한 의학에 의해 처방된 적절한 식사이다.

우리가 이미 살펴본 제 3 권 15 장의 저녁식사에 대한 빠뉘르쥬의 특별담론은 다음과 같다.

아침을 잘 차려 먹어 위장이 깨끗이 청소되고 또한 넉넉히 채워넣어졌을 때 급한 일이 생겨 필요하게 되면 점심식사는 거를 수도 있지. 그러나 저녁식사를 거르다니! 제기랄! 그건 큰 잘못이며 자연을 거스르는 일이라네! 자연은 사람이 그 힘을 사용하여 일하고 각자 자기의 일을 맡아보도록 창조했고, 우리가 이렇게 하는 것을 돕기 위해 촛불, 즉 태양이라는 밝고 명랑한 빛을 제공하네. 그러나 저녁이면 자연은 이 빛을 우리에게서 거두어 가고 마치 이렇게 말하는 듯하지. "내 자식들, 모두 수고했어요. 일은 그만하면 충분해요! 밤이 오고 있으니 이제 일을 그치고 좋은 빵과 포도주, 고기로 기운을 차려야 해요. 그런 뒤에 조금 즐기고 누워 자야지요. 그래야 아침에 다시 싱싱하게 일할 채비가 되어 일어날 수 있지요."

이러한 빵따그뤼엘 특유의 '만찬'에는 빵과 포도주, 각종 고기를 먹는 가운데 또는 그 직후에 빵따그뤼엘 특유의 담소가 이루어지는데, 그 담소는 예지가 있는 것이면서도 웃음과 말장난으로 가득차 있다. 플라톤식 '향연'의 새로운 라블레적 변형인 이 '만찬'이 지니는 특수한 의미는 나중에 다시 살펴보기로 하자.

이러한 방식으로 음식과 음주의 시리즈는 그 기괴한 발전을 통해 사물과 현상 속에 존재하는 낡고 거짓된 모형을 파괴하고, 세계를 물질화하는 새로운 모형, 살과 피로써 구체화된 모형을 창조하는 작업을 수행한다. 그 긍정적인 극단에 이르면 이 시리즈는 조화로운 전인(全人)으로서의 새로운 인간상이 필수적으로 지녀야 할 자질인 음식과 음주의 교양에 관한 이념적 계몽 그 자체로 끝나게 된다.

배설의 시리즈

이제 배설의 시리즈로 넘어가기로 하자. 이 시리즈도 작중에서 큰 비중을 지닌다. 반자연의 오염은 자연의 항독소의 강력한 처방을 필요로 한다. 일반적으로 배설의 시리즈는 계급체계를 파괴하고 세계상과 인간상을 물질화하는 가장 이례적인 사물, 현상, 개념의 모형을 창조해낸다.

이러한 이례적인 모형의 예로서 '밑씻기'의 주제를 들어보기로 하겠다. 아기 빵따그뤼엘은 그가 조사한 다양한 밑씻기 방식과 그가 발견한 최선의 밑씻기 방식에 대해 말한다. 그가 열거하는 이 시리즈의 기괴한 항목에는 부인용 우단 머플러, 목도리, 비단 귀덮개, 시동의 모자, 3월의 고양이(고양이는 발톱으로 그의 엉덩이를 할퀴었다), 그의 어머니의 안식향 뿌린 장갑, 세이지풀, 회향풀, 마요나라풀, 양배추잎, 푸성귀, 양상치, 시금치(음식의 시리즈), 장미꽃, 쐐기풀, 담요, 커튼, 냅킨, 건초, 짚, 양털, 쿠션, 슬리퍼, 사냥대(袋), 바구니, 모자 등이 포함된다. 결국 최선의 밑씻개는 부드러운 깃털을 가진 아기 거위로 판명된다. "깃털의 부드러움과 거위의 온기에서 놀라운 쾌감이 느껴지며 이 느낌은 엉덩이의 장(腸)과 다른 내장을 통해 심장과 뇌에까지 미친다." 뒤에 가르강뛰아는 "던스 스코투스(Duns Scotus) 판사보의 의견"에 의거하여 영웅들과 반신반인(半神半人)들이 이상향에서 경험하는 천상의 행복은 바로 그들이 아기 거위로 밑을 닦는 데에서 비롯된다고 주장한다.

빠뻬만느의 섬에서 점심식사를 하면서 이루어지는 '교황교서를 찬양하는' 대화 중에는 교황의 교서까지도 배설의 시리즈에 끌어들여진다. 수도사 장은 교서로 밑을 한번 씻었다가 치질에 걸린 경험이 있다. 빠뉘르쥬는 교서를 읽고 나서 심한 치질로 고생을 했다. (제 4 권 52 장)

6 명의 순례자들의 에피소드에서는 육체의 시리즈가 음식/음주의 시리즈 및 배설의 시리즈와 교차한다. 가르강뛰아는 6 명의 순례자를 샐러드와 함께 먹고 백포도주로 입을 씻어낸다. 순례자들은 처음에는 치

아 뒤에 숨어 있다가 가르강뛰아의 뱃속 깊은 심연으로 떨어져 내려갈 뻔한다. 그들은 지팡이를 사용하여 치아에 매달리는 데 성공한다. 이때 그들이 우연히 썩은 이를 건드리자 가르강뛰아는 그들을 뱉어낸다. 그리고 순례자들이 달아나는 동안 가르강뛰아가 소변을 보기 시작한다. 그의 소변이 길을 가로지르는 바람에 순례자들은 소변의 물결을 헤치고 달아나야만 하게 된다. 마침내 그들이 위험에서 벗어나자, 순례자들 중의 하나는 그 모든 고난들이 다윗의 시편에 예언되어 있다고 외친다. 그는 "사람들이 우리를 대적하여 일어나 우리가 산 채로 삼켜지는 것과도 같을 때"——"이 말은 우리가 소금과 함께 샐러드로 먹힐 때를 가리킴이며", "큰 분노가 우리에게 임해 마치 창수(滄水)가 우리를 삼킬 듯 할 때"——"이 말은 그가 (백포도주를) 꿀꺽 삼켰을 때이고", "우리의 영혼은 아마도 극복할 수 없는 창수의 흐름을 건너고……"——"이 말은 그가 그의 소변으로 우리의 탈출로를 막아 그 급격한 소변의 흐름을 우리가 건넜을 때이다"(제 1 권 38 장)라고 말한다.

이와 같이 다윗의 시편까지도 먹기와 마시기, 소변보기의 과정과 밀접히 연관된다.

바람만 먹고 사는 주민들로 구성된 뤼아크 섬에 대한 에피소드는 이 작품의 특성을 잘 나타낸다. '바람'이라는 주제와 문학에서 그 주제에 곧잘 연결되는 고상한 모티프들 전체(살랑거리는 서풍, 바다에서 휘몰아치는 폭풍, 호흡과 한숨, 숨결로서의 영혼, 정령 등)가 '방귀를 뀌다'라는 표현을 매개로 하여 음식의 시리즈, 배설의 시리즈, 일상의 시리즈에 끌어들여진다. ('공기', '숨', '바람' 등은 더 고상한 차원의 단어, 이미지, 모티프——생명 · 영혼 · 정령 · 사랑 · 죽음 등——의 기준이면서 동시에 그 내적 형식으로서의 역할을 갖는다.) (제 4 권 43 장, 44 장)

> 이 섬에서는 아무도 침을 뱉거나 소변을 보지는 않으나 방귀를 대단히 많이 뀐다. ……가장 흔한 병이 위의 팽창과 복통이다. 그 치료법으로 그곳 사람들은 다량의 구풍제를 쓰고 위에 공기를 통하게 하는 흡각을 사용한다. 그들은 모두 위가 부어올라 죽는데 그것은 꼭 수종과 흡사하다. 남자들은 큰 소리로, 여자들은 소리없이 방귀를 뀌며 숨을 거둔다. 이렇게 하여 그들의 영혼은 뒷길을 통해 떠나간다.

여기에서 배설의 시리즈는 죽음의 시리즈와 교차한다.

배설의 시리즈 내부에서 라블레는 '지방신화'(local myth)의 시리즈를 구축한다. 지방신화는 지리적 공간의 기원을 설명한다. 모든 장소에 그 이름에서 시작하여 지형의 윤곽, 토양, 식물군의 세부적 사항에 이르기까지의 일체에 대한 설명이 뒤따르며, 이러한 설명은 그곳에서 발생하여 그 장소에 이름과 지형특색을 부여한 사건들에 근거하여 이루어진다. 어떤 장소는 특정 사건, 그 지역의 형태를 부여한 사건의 흔적인 것이다. 이것이 역사를 통해 공간으로부터 의미를 이끌어내려고 시도하여온 모든 지방신화와 설화의 논리이다. 라블레도 패러디의 차원에서 그러한 지방신화를 창조한다.

라블레는 '빠리'(Paris)라는 지명을 다음과 같이 설명한다. 가르강뛰아가 그 도시에 도착했을 때 그 주위에 군중이 모여든나. 가르강뛰아는 '재미로'(par ris) "그의 거대한 성기를 드러내고 소변을 보아 군중 중에서 여자와 어린이를 제외하고도 260,418명이 그 소변에 빠져 죽는다.……그리하여 이 도시는 그 이후 '빠리'라고 불리게 되었던 것이다" (제1권 17장)

프랑스와 이탈리아의 온천의 근원은 빵따그뤼엘이 아플 때 본 소변이 너무 뜨거워 지금까지도 식지 않고 있는 것이라고 설명된다. (제2권 33장)

성 빅또르성당 곁을 흐르는 시내는 개들의 소변으로 만들어졌다. (이 이야기는 제2권 22장에 실려 있다.)

이상에서 든 예들이 라블레 소설에서 배설의 시리즈가 지니는 역할의 성격을 충분히 설명해준다. 이제 성(性)의 시리즈로 넘어가기로 하자. (성적 외설의 시리즈도 함께 살펴보게 될 것이다.

성의 시리즈

성의 시리즈는 라블레의 소설에서 막대한 비중을 차지한다. 성의 시리즈는 노골적인 외설에서부터 미묘하게 감추어진 애매한 표현에 이르기까지, 또 외설적인 농담과 에피소드에서부터 성적 능력, 정액, 생식과정, 결혼, 성차별의 기원이 지니는 의의에 대한 의학적·자연적 논술에 이르기까지 아주 광범위하고 다양한 형태로 나타난다.

노골적으로 외설적인 표현과 농담은 라블레의 소설 전체에 걸쳐 자주 나타난다. 수도사 장과 빠뉘르쥬가 특히 이런 말들을 많이 하지만 다른 주인공들도 곧잘 이런 것들을 사용한다. 빵따그뤼엘이 여행을 하는 도중 냉동된 단어들을 발견하고 그중에 외설적인 단어들이 포함되어 있다는 사실을 알게 되었을 때, 빵따그뤼엘은 이 냉동된 외설적인 단어들을 선창에 보관하기를 거절한다. "그는 언제나 충분히 그리고 쉽게 손에 넣을 수 있는 것을 비축해두는 것은 어리석은 짓이라고 말했다.——실상 유쾌하고 명랑한 빵따그뤼엘의 무리 사이에는 외설적인 말은 흔한 것이었다."(제 4 권 56 장)

"유쾌하고 명랑한 빵따그뤼엘 무리"들이 항상 사용하는 이러한 언어습관은 라블레 자신에 의해서도 소설 전체에 걸쳐 활용된다. 다루어지고 있는 주제가 그 무엇이든지간에 외설적인 표현들은 구성되고 있는 언어조직 속에서 자신들이 끼어들 여지를 발견해낸다. 그리고 이것은 순수히 언어적인 연결과 유추뿐만 아니라 사물들간의 무척 기발한 연상작용 등을 통해서도 이루어진다.

라블레의 소설에는 적지 않은 수의 외설적인 우스개로 이루어진 짧은 이야기들이 있는데 그것들은 흔히 민속에 그 근거를 두고 있다. 그 예가 제 2 권 15 장에 나오는 사자와 노파의 이야기. "빠프피귀(Papefigues)의 노파가 악마를 어떻게 속여먹었는가"(제 4 권 47장)의 이야기이다. 어 이야기의 기초는 여자의 성기와 벌어진 상처의 모습 간의 유사성에 대한 고대의 민담에 있다.

'지방신화'와 연관된 것으로는 널리 알려진 "프랑스의 리그(league : 길이의 단위로 영국의 3 마일에 해당한다—역주)는 왜 그렇게 짧은가"에 관한 이야기가 있는데, 그 이야기에서는 거리가 성행위의 빈도에 맞추어 측정된다. 파라몽왕은 빠리에서 100 명의 훌륭한 젊은이와 같은 수의 어여쁜 젊은 삐카르디 아가씨들을 골랐다. 그는 각 젊은이에게 처녀를 하나씩 주고 그들로 하여금 온갖 방향으로 떠나라고 명령했다. 그러고는 그들이 성교를 가지는 곳마다 돌을 세워 그것이 한 리그가 되도록 하라고 명령했다. 길을 떠난 쌍들은 처음에 그들이 아직 프랑스에 있는 동안은 쉽게 자주 성교를 가졌고 그리하여 프랑스의 리그는 그렇게 짧아졌다. 그러나 뒤에 그들이 지치게 되자 그들의 정력도 다해 하루에 한 번씩 신통치 않게 일을 치르는 것으로 만족했다. 그것이 영국과 랑드 지방, 그리고 독일의 리그를 길게 만들었다는 것이다. (제 2 권 23 장)

더 심한 예에서는 전세계적인 지리적 공간이 외설의 시리즈 안에 끌어들여지는 것을 볼 수 있다. 빠뉘르쥬는 다음과 같이 말한다. "주피터는 세계의 삼분의 일이나 되는 부분——동물, 사람, 강과 산 등——즉 유럽(Europa, 그리스신화 속의 여신—역주)과 성교를 한 적도 있었다." (제 3 권 12 장)

빠리의 주변에 성벽을 쌓을 최선의 방법에 대한 빠뉘르쥬의 대담하고도 기괴한 이야기는 그 성격을 약간 달리한다. 그는 다음과 같이 말한다. (제 2 권 15 장).

> "내가 가만 보니 이 도시에서는 여자가 돌보다 더 쌉니다. 그러니 여자의 성기로 성벽을 쌓읍시다. 더우기 그 성기들로 하여금 정확한 건축적 균형을 이루게 배열합시다. 첫 줄에는 큰 것들을 쌓고, 그 다음 줄에는 중간 크기의 것을 두 개의 사면(斜面)을 이루게 쌓고, 마지막으로 작은 것들을 쌓읍시다. 그 뒤에는 수도원에 있는 남자들의 코드피스(codpiece: 15, 6 세기의 의상에서 남성의 성기를 덮었던 불룩한 부분—역주) 속에 든 단단해진 칼들로 부르쥬의 거대한 탑에서처럼 틈을 채워넣는 것입니다. 악마라도 그런 벽을 넘어뜨릴 수는 없을 것입니다!

로마 교황의 성기에 대한 논의에서는 또다른 논리가 지배한다. 교황광신도들은 발에 입맞추는 것만으로는 교황에 대한 존경심을 표현하는데 부족하다고 생각한다. (제 4 권 47 장)

> "우리는 더욱 더 존경심을 보이고 싶은 거요!" 그들은 대답한다. "어떻게 할 것인지는 이미 다 결정되었소. 우리는 교황의 벗은 엉덩이와 그리고 다른 부위에도 입을 맞출 것이오. 왜냐하면 교황, 우리의 성부도 그런 부위를 가지고 있기 때문이오! 위대한 교황교서(Decretals)에

그렇게 적혀 있소. 그렇지 않으면 교황이 될 수 없는 것이오. 실상 우리의 신묘한 교황교서 철학에는 이것이 필연적인 귀결이라고 되어 있소. 즉 교황은 교황이며 따라서 이러한 기관들을 가지게 되는 것이오. 만약 이 세계에 그런 기관이 존재하지 않게 되면 이 세계에는 교황도 존재하지 않게 될 것이오."

이상의 예들을 통해 우리는 라블레가 '성적 외설'의 시리즈를 도입하고 발전시키는 데 사용하는 다양한 방식의 성격을 충분히 짐작할 수 있다. (우리의 당면과제가 이 방식들에 대한 상세한 분석을 요구하는 것이 아님은 물론이다.)

이 작품의 온갖 소재들의 조직에서 각별한 중요성을 띠는 주제들 중에는 외설 시리즈의 일부를 이루는 '뿔'(서양에서 뿔은 부정한 아내를 가진 남편의 머리에 돋는 것으로 되어 있다—역주)의 주제가 있다. 빠뉘르쥬는 결혼하고 싶지만 '뿔이 나게(부정한 아내를 갖게)' 될까 두려워 안 하기로 결정한다. 제 3 권의 거의 절반(7 장에서 시작하여)이 결혼에 대한 빠뉘르쥬의 언설에 바쳐진다. 그는 친구들에게 상의도 하고 베르길리우스에 근거하여 예언을 하며 해몽도 하고 빵주(Panzaust)의 마녀와 대화를 갖고, 처음에는 귀머거리와, 이어서 죽어가는 시인인 라미나그로비스(Raminagrobis), 헤르 트리파(Herr Trippa), 신학자 히포타데우스(Hippothadeus), 의사 롱디빌리(Rondibilis), 철학자 트루이요강(Trouillogan), 트리불레(Triboulet)의 광대의 순으로 상의를 한다. 뿔과 아내의 정절이라는 주제는 이 모든 에피소드와 대화, 언설에 등장하며, 그 주제는 다시 주제상의 또는 언어상의 유사점을 통해 성적 시리즈의 온갖 주제와 모티프를 이야기에 끌어들인다. 그 예로 의사 롱디빌리스의 언설 속에 등장하는 남성의 정력과 여성의 끊임없는 성적 욕구에 대한 논의나 혹은 뿔돋음과 여성의 정절에 관련된 고대 신화의 개관을 들 수 있다. (제 3 권 31 장과 12 장)

이 소설의 제 4 권은 '신성한 술병의 신탁'을 찾아 떠나는 빵따그뤼엘 무리의 여행으로 구성되어 있는데, 그 여행의 목적은 결혼과 뿔에 대한 빠뉘르쥬의 의혹을 단번에 풀기 위한 것이다. (그러나 '뿔의 주제' 자체는 제 4 권에서는 거의 그 흔적을 찾아볼 수 없는 것도 사실이다).

성의 시리즈도 앞서 살펴본 다른 모든 시리즈와 마찬가지로 단어와 사물, 현상들의 새로운 모형을 창조해냄으로써 기존 가치체계를 파괴하는 역할을 담당한다. 성의 시리즈를 통해 라블레는 세계상을 재구성한다. 즉 그는 그것을 물질화하고 구체화한다. 문학작품 속의 전통적 인간상도 또한 근본적으로 변화한다. 그 인간상은 인간의 삶의 '비공식적'이고 언어외적인 영역에 보탬이 되도록 재구성된다. 그의 삶을 구성하는 모든 사건들 속에서 전체로서의 인간이 언어를 통해 표면화되고 조명되는 것이다. 그러나 이러한 모든 과정을 통해 인간이 탈영웅화되거나 타락하게 되는 것은 결코 아니며 어떤 의미에서건 '저속한' 사람이 되는 것도 아니다. 오히려 라블레에 있어서는 식사와 음주, 배설과 성행위 따위의 육체적 삶의 모든 기능들이 영웅화되는 것이라고 보아야 옳을 것이다. 이러한 행위들의 과장 그 자체가 그것들의 영웅화에 기여하게 되는 까닭에, 그것들은 평범한 성격 및 일상적이고 자연주의적인 색채를 잃는다. 라블레의 '자연주의'에 대해서는 뒤에 다시 살펴보게 될 것이다.

성의 시리즈 또한 긍정적 축을 가진다. 중세적 인간의 천박한 방탕은 성을 경멸하던 금욕적 이상(理想)의 다른 한 면에 불과했다. 그 조화로운 통합은 뗄렘므 수도원을 통해 예시된다.

이상에서 살펴본 네 개의 시리즈가 라블레의 소설에 나오는 '물질화' 시리즈의 전부는 아니다. 작품의 기본적 성격을 결정하는 가장 지배적인 시리즈들을 선택해본 것에 불과한 것이다. 의복의 시리즈도 따로 살펴볼 수 있을 시리즈인데, 이것은 라블레에 의해 굉장히 세밀하게 구성된다. 이와 관련해서는 코드피스에 특별한 주의가 기울어지며, 이것을 통해 의복의 시리즈는 성의 시리즈와 교차한다. 또한 일상생활 속의 사물이나 가정용품, 동물 등의 시리즈를 골라낼 수도 있다. 이 모든 시리즈들은 '육체'로서의 인간을 그 핵심으로 하고 있으며 모두 동일하게 전통적으로 연결되어 있던 것은 해체하고, 체계적으로 분리되고 소원하게 되어 있던 것들은 연결시킴으로써 세계를 물질화하는 역할을 수행한다.

죽음의 시리즈

이상 '물질화'의 시리즈를 살펴보았으므로 소설 안에서 이제까지와는 다른 역할을 담당하는 마지막 시리즈 즉 죽음의 시리즈로 넘어가기로 하자. 얼핏 보기에 라블레의 소설에는 죽음의 시리즈 같은 것은 존재하지 않는 것처럼 보인다. 개인의 죽음이라는 문제와 이러한 문제가 통상적으로 동반하는 긴장은 라블레의 건강하고 총체적이며 원기왕성한 세계에는 전적으로 생경한 것으로 여겨지기 때문이다. 실상 이러한 인상은 아주 정확한 것이다. 반대로 라블레가 파괴하는 위계적 세계관에서는 죽음이 지배적인 위치를 차지하는 것이 사실이다. 죽음은 이승에서의 삶을 속절없고 일시적인 것으로 여김으로써 그것으로부터 가치를 박탈한다. 죽음은 삶에서 모든 독자적인 가치를 빼앗고, 그것을 영혼이 무덤의 저편에서 영위하게 될 영원한 미래의 운명으로 나아가기 위해 거쳐야 할 과정 정도로 전락시켰다. 그것을 극복해서 다시 승리를 거두고 지속되는 삶 자체의 필연적인 한 측면으로서가 아니라(그러기 위해서는 삶이 그 근본적인 집단적, 역사적 측면으로 받아들여져야 한다), 죽음은 속절없는 일시적 세계와 영원한 세계 사이의 고정된 경계선상에 존재하면서 이승과는 다른 초월적 세계를 향해 열려지는 문과도 같은 제한적 현상으로 받아들여졌다. 따라서 죽음은 모든 것을 포용하는 시간 연쇄의 일부로서 인식되는 것이 아니라 시간의 경계선상에 존재하는 것, 삶의 시리즈에 포용되는 것이 아니라 그 시리즈의 가장자리에 존재하는 것으로 인식되었다. 라블레는 기존의 위계적 세계상을 파괴하고 그 자리에 새로운 세계상을 정립하는 과정에서 죽음도 재평가해야만 했다. 죽음은 현실세계 속의 제자리로 복귀해야 했으며 무엇보다도 삶 자체의 필수적인 한 측면으로서 그려져야 했고, 항상 전진을 계속할 뿐 죽음과 충돌하지 않는 생의 시간에, 즉 저승의 심연 속으로 사라지는 것이 아니라 이승에, 이 시간과 공간에, 이 하늘 아래 남아 있는 포괄적인 생의 시간의 시리즈 안에서 그려져야만 하였다. 또한 라블레는 이승에서조차 어떤 개인이나 어떤 사물에 대해서도 절대적일 수 없는 종말로서의 죽음을 그려야만 했다. 그것은 언제나 죽음을 포용하면서 그에 대해 승리를 거두는 삶의 시리즈 안에서 죽음의 물질적 측면을 그려야 한다는 것을 의미한다. (물론 여기에서 시적 파토스는 전혀 찾아볼 수 없으며 이것은 라블레와는 거리가 먼 것이다.) 그리고 라블레는 죽음을 '그냥 어쩌다가' 일어나는 것으로 그릴 뿐 그 중요성을 지나치게 강조하는 일은 결코 없다.

죽음의 시리즈는 라블레의 작품에서 몇몇 예외를 제외하고는 항상 기괴하고 우스꽝스러운 차원으로 등장한다. 그 시리즈는 음식과 음주의 시리즈, 배설의 시리즈, 해부의 시리즈와 교차하는 것이다. 무덤 너머의 세계라는 문제에 관한 탐구도 같은 차원에서 이루어진다.

기괴한 해부의 시리즈에 나오는 죽음의 예는 이미 여러 번 살펴본 바 있다. 치명적 타격에 대한 상세한 해부학적 분석, 죽음의 생리학적 필연성이 제시된다. 이러한 경우 죽음은 해부학적이고 생리학적인 적나라한 명확하고 정밀하게 사실로서 묘사된다. 전투중의 죽음을 묘사한 것은 모두 이 유형에 속한다. 이때 죽음은 해부학적이고 생리학적인 객관적 인체의 시리즈 속에서 그 일부로서 나타나며 항상 역동적 갈등 안에 위치한다. 그 일반적인 어조는 기괴하며 때에 따라 죽음의 이런저런 희극적 측면이 강조된다.

그 예로 트리뻬(Tripet)의 죽음에 관한 묘사를 들 수 있다. (제 1 권 35장)

> 그[짐나스트]는 재빨리 휙 돌아서면서 트리뻬에게 달려들어 그를 칼끝으로 휘둘러 찔렀다. 그리하여 선장이 그의 상체에 달려드는 순간 단칼에 그의 위와 결장 그리고 간의 절반이 꿰뚫렸다. 트리뻬는 땅에 쓰러졌고, 그와 동시에 네 대접이 넘는 국물이 쏟아졌으며, 그 국물에 섞여 그 영혼도 쏟아졌다.

여기에서는 해부학적이고 생리학적인 죽음의 형상이 두 인체 사이에서 벌어지는 전투에 관한 역동적인 묘사 속으로 도입되었는데, 그 결과 음식과 직접적으로 연결되는 죽음의 형상("그 국물에 섞여 그 영혼도 쏟아졌다")이 생겨난다.

전투 속의 죽음에 대한 해부학적 이미지의 예는 앞서 충분히 살펴보았다. (수도원 포도밭에서의 대학살, 보초병의 살해 등.) 이러한 이미지들은 모두 유사한 것들로서, 전부가 살아 투쟁하는 인체에 의해 구성되는 객관적 시리즈 안의 해부학적이고 생리학적인 사실로서 죽음을 제시한다. 이러한 죽음은 투쟁하는 인생을 구성하는 연속적인 시리즈를 방해하는 것이 아니다. 그것은 오히려 그 삶의 한 측면이다. 죽음은 삶의 논리를 위배하지 않는다. 삶 그 자체와 동일한 재료로 이루어져 있는 것이다.

배설의 시리즈에서 죽음은 또다른 기괴하고도 우스꽝스러운 성격을 지니는데, 여기에는 해부학적이고 생리학적인 분석은 포함되어 있지 않다. 가르강뛰아가 그의 오줌으로 “여자와 어린이를 제외하고도 260,418명”을 익사시키는 예를 들어보자. 여기에서 이 ‘대량살상’은 순수하게 기괴한 어떤 것으로 제시될 뿐 아니라 자연재해나 진압된 반란, 종교전쟁 등에 대한 냉정한 묘사를 풍자하고 있기도 하다. (이러한 공식적 설명에서는 인간의 목숨은 한푼의 값어치도 없다.) 가르강뛰아의 암말의 오줌에 빠져 죽은 적군에 대한 묘사는 문자 그대로 기괴하기 짝이 없다. 여기에서는 이미지들이 아주 세밀하다. 가르강뛰아의 일행은 오줌으로 이루어진 물줄기를 가로지르고 죽은 자들의 시체 더미를 넘어가야만 했다. 모두들 성공적으로 건넜으나, (제 1 권 36 장).

> 외드몽(Eudemon)은 그렇지 못했으니 그의 말의 오른쪽 다리가 누운 채로 빠져 죽은 뚱뚱한 건달녀석의 배때기 속에 무릎까지 빠져버리는 바람에 그 다리를 끄집어낼 수가 없었기 때문이다. 그는 가르강뛰아가 막대기로 그 악당의 나머지 내장을 꺼내 물 속에 쏟아부은 다음에야 다리를 빼낼 수가 있었다. 또한 (이는 수의학상의 기적이다!) 그 말의 다리는 그 뚱보 멍청이의 내장에 닿는 바람에 종기가 치료되었다.

여기에서 특징적인 것은 오줌에 빠져 죽는 죽음의 이미지나 시체를 묘사하는 어조와 문체(‘배때기’, ‘내장’, ‘뚱뚱한 건달녀석’, ‘악당’, ‘뚱보 멍청이’)만이 아니다. 시체의 내장에 닿아 다리가 고쳐진다는 점도 주목을 요한다. 유사한 예는 민속에 매우 널리 퍼져 있다. 이러한 이야기들은 죽음과 갓 죽은 시체의 재생력(상처는 자궁과도 같다) 및 한 사람의 죽음으로 다른 사람의 죽음을 고친다는 관념에 대한 일반적인 민속적 가정에 근거하고 있다. 이것은 죽음과 새로운 삶 간의 민속적 연계를 반영하는 예이다. (뚱보 시체의 내장에 닿아 말의 다리가 고쳐지는 것과도 같이.) 그것이 기괴한 이미지의 수준으로 약화된 것은 물론이지만, 그러나 이 이미지가 지니는 민속 특유의 논리는 명백하다.

또하나의 예로서 죽음의 시리즈와 배설의 시리즈가 교차하는 예를 들어 보자. 뤼아크 섬의 주민들은 죽을 때 그 영혼이 남자의 경우는 소리나는 방귀, 여자의 경우는 소리없는 방귀와 함께 '뒷문'(항문)으로 떠나간다.[28]

이 모든 죽음에 대한 기괴한 (그리고 우스꽝스러운) 묘사의 예들에서 죽음 그 자체의 이미지는 해학적인 측면을 지닌다. 죽음은 **웃음**과 불가분의 것이 된다. (죽음과 웃음이 사물들의 시리즈로 연결되지 않는다고 해도 그러하다.) 그리고 대부분의 경우에 라블레는 웃음을 자아내는 쪽으로 죽음을 그려낸다. 그는 **유쾌한 죽음**을 그리는 것이다.

'빠뉘르쥬의 양떼'라는 에피소드는 죽음의 희극적 묘사를 제공한다. 빠뉘르쥬는 자신을 양떼가 가득한 배로 인도한 상인에게 복수를 할 심산으로 거세한 양을 한 마리 사서 그것을 바다 속에 던져 넣는다. 그 거세한 양을 따라 나머지 양들이 몽땅 바다에 뛰어들고, 그 양들을 잡으려다가 상인과 양치기 목동들도 그만 배에서 떨어져 바다에 빠진다. (제 4 권 8 장)

> 빠뉘르쥬는 그 돛배 옆에 노를 손에 들고 서 있었는데 그가 이렇게 서 있는 목적은 양치기 목동들을 돕기 위한 것이 아니라 그들이 배에 기어올라 살아나지 못하게 하는 데 있었다. ……또한 그는 이승의 고난과 저승의 축복에 대한 수사적인 설교를 장황하게 늘어놓으면서, 이

28) 빵따그뤼엘이 소리나는 방귀 속에서는 남자 난장이들을, 소리없는 방귀로는 여자 난장이들을 만들어내는 예도 있다. (제 2 권 27 장) 이 난장이들의 심장은 그들의 항문 근처에 있으며, 따라서 그들은 다혈질적인 성격을 가졌다.

눈물의 골짜기에서 계속 사느니 저승으로 가는 것이 더 행복하다고 설교하고 있었다……

이 죽음의 장면을 희극적으로 만들어주는 요소는 옆에서 늘어놓는 빠뉘르쥬의 설교이다. 장면 전체가 중세적인 초월적 세계관의 삶과 죽음에 대한 관념을 심술궂게 패러디하고 있다. 또 다른 예에서 라블레는 물에 빠진 사람을 즉시 구해주는 대신 그를 상대로 영생하는 영혼에 대해 설교하고 고해를 시키려 하다가 그동안 그를 빠져 죽게 한 수도승에 대한 이야기도 한다.

무덤 너머의 세계와 영혼에 대한 중세의 가정을 패러디를 통해 침해하는 이러한 방식의 예로는 에삐스테몽의 '죽은 자의 왕국'의 일시적 방문에 나오는 유쾌한 이미지를 들 수 있다. 또한 앞서 언급한 갓 죽은 영혼들의 미각적 특징과 요리상의 가치에 대한 기괴한 이야기도 여기에 속한다.

빠뉘르쥬가 터키에서 겪은 불운에 대한 이야기에 나오는 음식 시리즈 중의 죽음에 대한 유쾌한 묘사도 기억해야 할 것이다. 여기에서는 죽음을 희극적으로 구체화한 장면을 보게 되며, 그것은 또한 음식과도 직접적으로 연결된다.(꼬챙이에 꿰어 불에 굽는 예.) 반쯤 구어진 빠뉘르쥬가 기적적으로 구원받는 전체 이야기는 꼬챙이에 꿰어 굽는 고기구이에 대한 찬사로 끝을 맺는다.

라블레의 작품에서는 죽음과 웃음, 죽음과 음식, 죽음과 술이 흔히 함께 제시된다. 죽음의 배경은 언제나 유쾌한 것이다. 제 4 권 17 장에서는 대개의 경우 희극적인 기상천외의 죽음에 대한 전체 시리즈를 보게 된다. 여기에서는 포도씨에 질식해 죽은 아나크레옹(Anacreon)의 죽음(아나크레옹—포도주—포도씨앗—죽음)이 이야기된다. 집정관 파비우스(Fabius)는 우유 컵에 빠진 염소털 때문에 죽고, 어떤 사람은 황제 클라우디우스(Claudius) 앞에서 방귀를 뀌기가 창피해 참고 있다가 죽는 등 이런 예는 수없이 많다.

위에 본 예들에서 외적 상황이 죽음을 우스꽝스럽게 만들었다면 에드워드 4 세의 형제인 클래런스(Clarence) 공작의 죽음은 죽는 자 스스로에게도 유쾌한 죽음이다. 사형선고를 받으면서 그는 스스로 자기 자신을 처형할 방법을 고르게 된다. "그는 백포도주 통에 빠져 죽기를 선택했다!"(제 4 권 33 장) 이것은 유쾌한 죽음이 포도주와 직접 연결되어 있는 예이다.

'유쾌하게 죽는 사람'의 유형은 시인 라미나그로비스의 모습에 훌륭하게 예시되어 있다. 빠뉘르쥬와 그의 동행자들이 그 죽어가는 시인을 방문했을 때 그는 이미 죽음의 고통을 당하고 있었지만 "명랑한 표정을 하고 얼굴은 빛났으며 눈은 맑았다."(제 3 권 21 장)

이상에서 살펴본 유쾌한 죽음의 예 모두의 경우에 우리는 죽음을 묘사하는 어조와 문체, 형식에서 웃음을 찾아볼 수 있다. 그러나 웃음은 죽음과의 직접적인 언어적, 소재적 연결을 통해서도 나타난다. 라블레의 작품에서는 **웃음**에서 비롯하는 죽음의 시리즈가 두 번 등장한다. 제 1 권 20 장에서 라블레는 붉은 엉겅퀴를 삼키는 나귀를 보고 웃다가 죽은 크라수스(Crassus:?~53 B.C., 로마의 대지주 · 정치가—역주)와, 무화과를 씹어먹는 나귀를 보고 웃다가 죽은 필레몬(Philemon: 그리스신화 속의 인물, 죽어서 보리수가 되었다—역주)에 대해 이야기한다. 제 4 권 17 장에서는 자신이 막 완성한 노파의 초상화를 보고 웃다가 죽은 화가 제욱시스(Zeuxis: 기원전 5 세기에 활동한 그리스의 화가로, 남겨진 그림은 없으나 수많은 일화를 남겼다—역주)에 대한 이야기가 나온다.

마지막으로 죽음은 새생명의 탄생, 그리고 동시에 웃음과 밀접히 연결되어 제시된다.

빵따그뤼엘은 태어날 때 너무 크고 무거워서 그의 어머니를 질식시키고서야 태어날 수 있었다.(제 2 권 2 장) 갓난아기 빵따그뤼엘의 어머니가 죽자 그의 아버지 가르강뛰아는 웃어야 할지 울어야 할지를 알 수 없는 곤란한 입장에 처하게 된다. "그의 머리를 그토록 혼란에 빠뜨린 것은 부인 때문에 슬퍼 울어야 할 것인지 아들이 태어난 것에 기뻐 웃어야 할 것인지 모르게 되었다는 점이었다." 그는 이 문제를 해결할 수 없어 결국 울기도 하고 웃기도 한다. 그의 부인을 생각하며, "가르강뛰아는 소처럼 울부짖었다. 그러다가 갑자기 빵따그뤼엘을 생각하면서 송아지처럼 웃었다."(제 2 권 3 장)

라블레적 웃음의 성격은 죽음의 시리즈가 음식, 음주, 성의 시리즈와 교차할 때, 그리고 죽음이 새생명의 탄생과 직접 연결될 때 가장 생생하게 드러난다. 이러한 경우 그 웃음의 참된 기원과 전통이 드러나게 되는바, 이 웃음이 사회·역사적 삶의 광대한 세계 전체(웃음의 서사시)에, 그리고 역사상의 어느 한 시대(아니 더 정확히 말하자면 두 시대간의 경계선)에 적용되어, 그 시대의 시각과 역사적 생산력을 드러내고 있음이 밝혀지는 것이다.

라블레의 '유쾌한 죽음'은 삶의 가치에 대한 높은 평가 및 이러한 삶을 위해 끝까지 분투하려는 자세와 우연히 일치하는 것이 아니다. 그것 자체가 이러한 높은 평가의 표현이며 모든 죽음을 이기고 영원히 승리하는 생명력의 표현이다. 라블레적인 유쾌한 죽음의 이미지에는 퇴폐적인 요소는 전혀 들어 있지 않다. 죽음에 대한 열망도 죽음의 낭만화도 없는 것이다. 라블레에 있어서는 이미 말한 바와 같이 죽음의 주제 자체를 부각시키거나 강조하는 일은 없다. 이 주제를 그려내는 데 중요하게 작용하는 것은 죽음에 대한 담담하고 정확한 해부학적이고 생리학적인 분석이다. 라블레의 웃음은 죽음의 공포와 대립되는 위치에 있는 것이 아니다. 공포라는 것이 애당초 존재하지 않기 때문에 첨예한 대조가 존재할 여지도 없는 것이다.

르네쌍스의 다른 대표적 인물들에서도 죽음, 웃음, 음식, 술, 성적 외설이 밀접히 연결된 모형을 찾아볼 수 있다. 예로 보까치오(작품 전체의 틀을 이루는 이야기 자체뿐 아니라 개별적인 이야기들의 소재에서도 그러하다), 풀치(Pulci: 1432~1484, 이탈리아 시인·의사. 로맨스인 *Morgante Maggiore* 라는 대표작이 있다—역주)(롱쓰발 전투 중의 죽음과 낙원에 대한 묘사), 마르구뜨(Margutte, 풀치의 *Morgante Maggiore* 에 나오는 인물로서 웃다가 죽는 빠뉘르쥬의 원형), 셰익스피어(폴스타프(Falstaff: 셰익스피어 사극 『헨리 4세』에 나오는 매우 희극적인 인물—역주)가 등장하는 장면들, 『햄릿』에 나오는 쾌활한 무덤파는 사람들, 『맥베스』에 나오는 유쾌한 술취한 짐꾼)를 들 수 있다. 이러한 장면들 간의 유사성은 시대의 동일성 기원 및 전통의 공유로 설명할 수 있으며, 상호간의 차이점은 이러한 모형들의 발전 정도와 폭에서 연유한다고 할 수 있다.

그 이후의 문학발전에서 이 모형들은 낭만주의와 상징주의에서(그 사이의 단계는 생략하자) 계속 활발하게 지속된다. 그러나 이 새로운 문맥 속에서는 그 모형의 성격이 판이해진다. 승리를 구가하는 삶의 총체성, 즉 죽음과 웃음, 음식과 성행위 모두를 포용하는 전체가 상실되고 마는 것이다. 삶과 죽음은 고립된 개인의 삶이라는 한계 안에서만(개인의 삶에서는 삶은 되풀이될 수 없으며 죽음 또한 돌이킬 수 없는 종말이다) 인식되며, 따라서 삶은 내적이고 주관적인 측면으로만 고려된다. 그리하여 낭만주의와 상징주의의 예술적 표현에서는 이 모형들이 첨예한 정적 대조와 모순어법(oxymoron)을 이루며, 이는 전혀 해결되지 않거나(모든 것을 포용하는 더 광범한 참된 '전체'가 없으므로) 혹은 신비주의의 차원에서만 해결될 뿐이다. 이 점은 외적으로 보아 라블레적인 모형에 다소 유사한 현상을 살펴보면 충분히 알 수 있다. 포우(Edgar Allan Poe: 1809~49, 미국의 시인·소설가—역주)의 단편소설 중 르네쌍스 시대를 배경으로 한 「아몬틸라도의 술통」(The Cask of Amontillado)이라는 작품이 있다. 주인공은 그의 경쟁자를 **축제** 중에 죽이는데 그 경쟁자는 술에 취해 있고 **작은 종**이 달려 있는 **광대**의 의상을 입고 있다. 주인공은 그 경쟁자를 포도주 저장실(지하묘지)로 데리고 가서 그에게 자신이 사온 아몬틸라도의 술통이 진짜인지를 알아봐 달라고 부탁한다. 이 저장실에서 주인공은 그의 경쟁자를 산 채로 구석에 처넣고 벽을 쌓아 막아 버린다. 그가 마지막으로 듣는 소리는 **웃음소리와 광대의 종이 딸랑거리는 소리**이다.

이 단편소설은 전체적으로 날카롭고 철저하게 정적인 대조를 바탕으로 구성되어 있다. 유쾌하고 환하게 불밝혀진 축제와 어둠침침한 지하묘지, 경쟁자의 어릿광대 의상과 그를 기다리고 있는 끔찍한 죽음, 아몬틸라도의 술통이나 유쾌하게 딸랑거리는 광대의 종소리와 생매장된 사람이 느끼는 **다가올 죽음**에 대한 공포, 끔찍하고 기만적인 살인과 주인공 화자의 담담하고 냉정한 어조 등과 같은 대조들을 그 예로 들 수 있다. 이 이야기의 핵심에는 아주 오랫동안 널리 사용되어온 복합체(모형)가 존재하는데 그것은 죽음—광대의 가면(웃음—포도주—축제의 떠들썩함[carra navalis Bacchus]—무덤(지하묘지)으로 구성된다. 그러나 이 복합체의 구성에서는 가장 핵심적인 요소가 빠져 있다. 승리자인 삶의 모든 것을 포용하는 총체성이 사라지고 삭막하고 메마른, 그리하여 답답하기만 한 대조들만이 존재한다. 물론 이 대조의 뒤에서 어두컴컴하고 희미하게 어떤 잊혀진 유사성, 즉 오랫동안 세계문학 속에 존재해온 이와같은 요소들이 결합된 예술적 형상들의 연상이 느껴지기도 한다. 그러나 이것은 희미한 느낌일 뿐이며, 이러한 연상은 이야기 전체에서 독자가 받게 되는 순전히 심미적인 인상에만 영향을 미친다. 「붉은 죽음의 가면」(The Mask of the Red Death)이라는 널리 읽히는 단편의 핵심에는 역병(죽음, 무덤)—축제(떠들썩함, 웃음, 포도주, 성애(性愛)라는 보까치오적 모형이 존재한다. 그러나 이 모형 역시 비극적이며, 보까치오와는 거리가 먼 분위기를 자아내는 삭막한 대조로 변화된다. 보까치오에게 있어서는 모든 것을 포용하는 삶의 총체성(이때의 삶은 물론 순전히 생물학적인 삶은 아니다), 그리고 언제나 승리를 거두며 전진하는 삶이 그러한 대조의 힘을 약화시킨다. 포우에게는 이 대조가 정적인 것이 되기 때문에 전체 이미지의 지배적 요소가 죽음을 지향한다. 「흑사병 왕」(King Pest)이라는 단편에서도 유사한 현상이 발견되는데 (이 이야기에서는 술취한 병사들이 역병이 도는 항구도시에서 먹고 즐긴다), 다만 이 작품에서는 플롯의 차원에서나마 포도주와 건강한 육체가 벌이는 주연이 역병과 죽음의 환영(幻影)에 승리를 거둔다(그러나 이것은 물론 플롯의 차원에만 국한된다.)

라블레적인 모티프는 상징주의와 '퇴폐주의'의 시조라고 할 수 있는 보들레르에서도 찾아볼 수 있다. 그의 시 「즐거운 죽음」(Le Mort joyeux)(벌레에게 하는 끝맺음말 "우리에게 와서 자유롭고 즐거운 죽음을 보시오"를 예로 들 수 있다)과 「여행」(Le Voyage)(마지막 연의 '늙은 선장'이나 죽음의 부름), 그리고 마지막으로 「죽음」(Morts) 연작에서도 라블레적 복합체의 퇴락의 흔적(그것이 완전히 성숙한 적은 한 번도 없었다)과 포우에서와 같은 죽음에의 지향이 발견된다. (이것은 비용주의(Villonism)와 '악몽과 공포의 유파'의 영향이다.)[29] 여기에서 죽음은 낭만주의와

29) 유사한 예는 노발리스(전체 복합체의 성애화(性愛化)——특히 성찬식에 부치는 시에서)라든가 위고(『빠리의 노트르담 대성당』)에게서도 발견되며, 랭보

상징주의에서 언제나 그러하듯 삶의 한 국면이 아닌 이승에서의 삶과 가능할지도 모르는 다른 종류의 삶 사이의 경계선상에 존재하는 현상으로 되어버린다. 문제틀 전체가 개인과 단일한 삶의 고립적 진행과정이라는 한계 안에 집중되어 있는 것이다.

이제 다시 라블레로 돌아가보자. 그의 작품에서 죽음의 시리즈는 긍정적 축도 아울러 지니는데 이 경우 죽음의 주제에는 기괴함의 요소가 거의 섞이지 않는다. 그 예로 영웅들과 위대한 목양신(Pan)의 죽음을 다룬 장이라든가 가르강뛰아가 아들에게 보낸 유명한 서신을 들 수 있다.

영웅들과 위대한 목양신의 죽음을 다룬 장(제 4 권 26, 27, 28 장)에서 라블레는 고대의 소재에 근거하여, 그들의 삶과 죽음이 인류에게 큰 의미를 지녔던 영웅들의 죽음을 둘러싼 특수한 상황들을 기괴함의 요소를 거의 섞지 않고 이야기한다. 고귀한 신분의 영웅적 인간들의 죽음은 흔히 이와같은 역사적 단층을 반영하는 특별한 자연현상——폭풍이 몰아치고 유성과 혜성이 하늘에 나타나는 등——을 동반한다. (27 장)

> 하늘 한가운데 혜성을 나타나게 함으로써 하늘은 우리에게 은연중에 이렇게 말하고 있는 것이다. 즉 "유한한 생명을 가진 인간이여, 죽어가는 이에게서 공중(公衆)을 이롭게 하고 번영하게 할 무엇인가를 배우고 싶으면 가능한 한 빨리 그를 찾아가 대답을 들으라. 이 순간을 놓치면 후회해보아야 헛된 일이니라!"

또 다른 곳(26 장)을 예로 들어보자.

> 횃불이나 촛불은 타고 있는 동안에는 근처에 있는 모든 것에 빛을 비추어주고 주위를 밝히며 누구에게나 도움과 광채를 제공하고 아무도 해치거나 불쾌하게 하지 않는다. 그러나 그것이 꺼지는 순간 그 연기와 김으로 공기를 오염시키며 근처에 있는 모든 사람을 괴롭고 불쾌하게 한다. 고귀하고 유명한 이의 영혼도 마찬가지이다. 그 영혼이 육체에 살아 있을 때 그의 존재는 평화와 기쁨, 이익과 영예를 가져오나 그가 죽는 순간 본토와 섬들은 흔히 큰 혼란으로 어지럽혀진다.

나 라포르그에서도 라블레적 톤이 느껴진다.

> 전율과 암흑, 천둥과 우박이 생기며 땅이 흔들리고 지진이 나며, 폭풍이 바다에 일고, 사람들 사이에는 불평과 불만이 높아져 종교가 변화하고 왕국이 멸망하며 국가가 전복된다.

이상의 예로 보아 라블레는 영웅들의 죽음은 전혀 다른 어조와 문체로 그려야 하는 것으로 생각하고 있었음이 명백하다. 기괴한 환상 대신에 영웅적 환상이 자리하며 부분적으로는 민중 서사시적인 성격도 나타나는데, 바로 이것이 기본적인 차원에서 고대의 원전에 어울리는 어조와 문체를 제공한다. (라블레는 고대의 원전을 꽤 충실하게 따르고 있다). 이런 모든 것들이 라블레가 역사적 영웅주의를 높이 평가한다는 사실을 증명한다. 또 한 가지 특징적인 것은 자연과 역사적 세계가 영웅들의 죽음에 대해 보이는 현상들이("자연의 모든 규칙에 어긋나는" 것이기는 하나) 그 자체로서는 전적으로 자연적인 현상(폭풍, 혜성, 지진, 혁명)이며 영웅들의 삶과 활동의 무대였던 바로 그 외면적 세계에서 일어난다는 사실이다. 이러한 반향은 서사적으로 영웅화되어 묘사되며 이에는 자연도 참여한다. 이러한 경우에 있어서도 라블레는 죽음을 고립되고 자족적인 것으로서의 개인적 삶의 진행과정 안에서 제시하는 것이 아니라, 사회·역사적 삶 속의 한 현상인 역사적 세계 안의 죽음으로 제시한다.

위대한 목양신의 죽음도 이러한 어조로 이야기된다. (이 이야기는 플루타르크에서 따온 것이다.) 이야기를 옮기면서 빵따그뤼엘은 이 죽음과 연관된 사건들을 "믿는 자들의 위대한 구세주"의 죽음에 연결시키는 동시에 그의 이미지에 순수히 범신론적인 내용도 포함시킨다. (28장)

이상에서 살펴본 세 장 모두의 목적은 역사적인 영웅을 자연과 역사의 세계, 단일한 현실세계 속에 자취를 남긴 주요하고도 지울 수 없는 흔적으로서 제시하는 것이다. 이 장들은 라블레에게서 통상적으로 기대되는 것과는 다른 방식으로 끝을 맺는다. 빵따그뤼엘의 이야기가 끝나자 깊은 침묵이 뒤따른다.

> 조금 뒤에 우리는 그의 눈에서 타조알만큼이나 큰 눈물이 떨어지는

> 것을 볼 수 있었다.
> 주여, 내가 한마디라도 거짓된 말을 했다면 나를 죽여주십시오.

여기에서는 기괴한 분위기가 라블레에게서는 극히 찾아보기 힘든 진지함과 결합되어 있다. (라블레의 진지함에 대해서는 뒤에 다시 살펴보게 될 것이다.)

제2권 8장에 나오는 가르강뛰아가 빵따그뤼엘에게 보내는 편지는 죽음의 시리즈에서만 중요한 것이 아니라 라블레 소설의 긍정적(기괴하지도 비판적이지도 않은) 축 전체에서도 중요하다. 이런 점에서 그것은 뗄렘므 수도원에 관한 에피소드와도 흡사하다. 따라서 뒤에 이것을 뗄렘므 수도원과 함께 다시 살펴보게 될 것이다. 여기에서는 죽음의 모티프에 관계된 부분만을 살펴보고 지나가기로 하자.

여기에서 우리는 인종과 세대, 역사의 지속이라는 주제를 보게 된다. 그 시대 상황에서는 필연적인 정통 가톨릭적 경향이 섞여 있음에도 불구하고 이러한 경향들에 상반되는 이론 즉 인간의 생물학적이고 역사적인 불멸성(생물학적인 면과 역사적인 면이 서로 상반되지 않음은 물론이다), 종족과 이름과 행위의 불멸성이라는 이론이 등장한다.

> 만능하신 창조주가 태초에 인간 본성에 부여하고 장식해준 선물과 은총과 특권 중에서 내게 특히 경이롭게 여겨지는 것은 우리가 이 유한성 속에서 일종의 불멸성을 얻을 수 있고, 일시적인 현세의 삶을 살면서 우리의 이름과 종족을 영원한 것으로 만들 수 있다는 점이다. 우리는 적법한 결혼에서 얻은 자손을 통해 이러한 과업을 달성한다.

가르강뛰아의 서신은 이렇게 시작한다.

> 이러한 종족의 보존 덕분에 부모에게서 소멸한 것이 자식 안에서, 자식에게서 소멸한 것이 또 그의 자식 안에서 생명을 보존해간다. …… 그리하여 나는 정당한 이유를 가지고 나의 구주이신 하나님께 너의 젊음 안에서 늙어 시들은 내가 다시 새롭게 꽃피는 것을 보게 해주신

> 것에 감사드린다. 그리고 모든 것을 다스리고 지정하시는 주의 뜻에 따라 나의 영혼이 이 유한한 거주지를 떠날 때에, 나의 모든 부분이 죽는 것이 아니고 나는 단지 자리를 옮기는 것일 뿐이다. 왜냐하면 네 안에서 그리고 너를 통해서 내가 이 산 자들의 세계에 가시적인 형태로 남아서 전에 내가 하던 대로 훌륭한 이들과 좋은 친구들 사이를 왕래하게 될 것이기 때문이다.

편지의 처음과 마지막 단락 모두를 특징짓는 표현상의 종교적 성격에도 불구하고 편지 자체는 다른 종류의 불멸성의 개념, 즉 현세적이고 상대적이며, 영혼의 불멸성에 대한 기독교적 이론에 고의적이고 포괄적으로 상반되는 불멸성의 이론을 펼친다. 라블레는 늙은 영혼이 시든 육체에서 나와 현세적 성장과 발전이 전혀 불가능한 초월적 영역에서 달성하게 되는 정적인 불멸성의 가능성을 결코 상정하지 않는다. 가르강뛰아는 자신의 늙고 시든 모습이 그의 아들과 또 그의 손자, 또 그 손자의 아들의 싱싱한 젊음 속에서 다시 꽃피는 것을 보고 싶어한다. 그에게 소중한 것은 그의 후손들을 통해 보존되는 자기 자신의 가시적인 현세적 모습이다. 그는 그 후손들의 몸을 통해 "산 자들의 세계에" 남아 있기를 원하며, 그의 후손들 안에서 좋은 친구들과 왕래하기를 바란다. 여기에서 중요시되는 것은 바로 현세에서 현세적인 것이 멸하지 않게 할 수 있는 가능성과 삶의 모든 현세적 가치——보기 좋은 육체의 모습과 꽃피어나는 젊음, 좋은 친구들, 그리고 무엇보다도 육체적 성장의 지속과 발전, 나아가 개인의 지속적인 완성——의 보존이다. 그는 발전의 특정 지점에서 달성할 수 있는 불멸성은 결코 상정하지 않는다.

또 한 가지 강조해야 할 특성은 가르강뛰아(라블레)에게 있어서 (그것이 아무리 훌륭하다 할지라도) 자신의 '나'와 생물학적 표본으로서의 자신 및 자아를 불멸화시키는 것은 전혀 중요하지 않다는 점이다. 그에게 중요한 것은 그의 최선의 욕구와 노력의 '불멸화' (더 정확히 말하자면) 가일층 자라나는 것이다.

> 그러므로 만약 네 안에 내 육체의 모습이 남아 있듯이 내 영혼의 특성들도 살아남지 않는다면, 사람들은 너를 우리 이름의 보호자 겸 보

고(寶庫)로 여기지 않을 것이고, 그렇게 되면 나의 즐거움은 무척 줄어들 것이다. 왜냐하면 나의 저급한 부분인 육체는 지속되고, 더 뛰어난 부분이며 우리의 이름을 사람들 사이에서 계속 축복받게 하는 영혼은 퇴락하여 사생아가 되는 셈이기 때문이다.

라블레는 세대의 성장을 문화의 성장, 그리고 또한 인류의 역사적 발전의 성장과 연결시킨다. 아들이 아버지를 잇고 그 아들의 아들은 자신의 아버지를 이으면서 더 높은 단계의 문화적 발전이 계속된다. 가르강뛰아는 자신이 사는 동안에 일어난 커다란 변혁에 대해 이야기한다. "나의 시대에는 학문에 권위와 계몽이 회복되어 큰 변화가 일어났다. 그리하여 나는 초등학교의 1학년생으로도 받아들여질 수 없을 정도이다. 내가 한창 때에는 그 시대의 가장 유식한 사람으로 평판이 있었는데도 말이다(그리고 그 평판이 전혀 근거없는 것도 아니었다)" 그리고 더 나아가 그는 다음과 같이 말한다. "요즈음에는 도둑이나 망나니, 해적도 우리 시대의 박사나 설교자보다도 더 유식하다."

가르강뛰아는 한 시대의 가장 유식한 사람이 다음 이어지는 시대에서는 초등학교의 1학년으로도 입학이 안되는 이러한 성장을 환영한다. 그는 자신보다 뒤에 태어났다는 이유만으로 자신보다 나아질 후손들을 질시하지 않는다. 그의 후손들의 몸과 다른 사람들(그의 종족인 전인류)의 몸을 통해 그도 이 성장에 참여하게 될 것이다. 죽음은 인간 삶의 집단적, 역사적 세계에서 어떠한 결정적인 것도 시작하거나 끝내지 못한다.

이러한 일단의 문제들은 18세기의 독일에서 특히 첨예한 형태로 발생한다. 개인의 완성과 인간의 '성장'의 문제, 인류의 완성(성장)과 현세적 불멸성의 문제, 인류의 교육과 새로운 세대의 젊은이를 통한 문화의 재창조라는 문제들이 서로 연관되어 제기된다. 이런 문제들은 필연적으로 역사적 시간의 문제에 대한 더욱 심오한 개념화로 귀결된다. 상호의존적인 이 문제들을 해결하려는 시도는 크게 셋으로 나누어지는 바, 그것은 각각 레씽(Lessing: 1729~1781, 독일의 극작가·비평가)의 『인류의 교육』(*Die Erziehung des Menschengeschlechts*, 1780)과 헤르더(Herder, 1744~

1803)의 『인류역사 철학고』(*Auch eine Philosophie der Geschichte zur Bildung der Menschheit*: 1774, 역사에 있어 합리성의 지나친 강조에 대한 공격—역주), 그리고 괴테의 『빌헬름 마이스터』에 의해 대표된다.

우리가 앞서 선별하여 살펴본 시리즈들은 모두 사라져가고 있는 전시대에 형성되었던 낡은 세계상을 파괴하고, 그 중심에 육체와 영혼을 함께 가진 전인(全人)이 놓여 있는 새로운 세계상을 라블레의 작품세계 속에 창조하는 역할을 한다. 사물과 현상, 개념과 단어들에 관한 전통적인 모형들을 파괴하는 과정에서 라블레는 극히 경이스럽고 기괴하며 환상적인 이미지들과 이러한 이미지들의 조합을 통해 세계의 모든 측면을 연결해주며, '자연'과도 일치하는 새롭고 더욱 참된 모형과 연결관계를 구성해낸다. 이 복잡하고 모순적인(생산적으로 모순적인) 이미지들의 흐름 속에서, 라블레는 사물의 가장 오래된 연결관계를 회복해내며 그 결과 이러한 흐름은 문학적 주제의 가장 기본적인 통로 중의 하나로 들어가게 된다. 이러한 통로로 계급사회 이전의 민속에 근원을 둔 이미지와 모티프, 플롯들의 풍요로운 흐름이 흘러들어간다. 음식과 음주, 죽음, 성행위, 웃음(광대), 탄생 따위가 하나의 이미지와 모티프, 플롯 안에서 직접적으로 연결되는 것이 이 문학적 주제의 흐름을 나타내는 외적 지표이다. 전체 이미지와 모티프, 플롯을 구성하는 요소들 자체와 더불어 각각의 발전단계에서 전체적인 모형이 지니는 예술적·이념적 역할도 철저하게 변화한다. 외적 지표로 역할하는 이 모형 뒤에는 시간을 경험하는 특정한 형식과 시간과 공간 간의 특정한 관계, 즉 특정한 크로노토프가 숨어 있는 것이다.

라블레의 과업은 중세적 세계관의 붕괴와 함께 해체되어가고 있는 세계를 새로운 물질적 기초를 바탕으로 재건하는 것이었다. 단테의 통합적 작품에서는 아직 살아 있었던 중세적 세계의 전체성과 온전성은 이제 파괴되었다. 또한 '천지창조'와 '은총으로부터의 타락', '최초의 추방', '구원', '두번째 추방', '최후의 심판'으로 이어지는 중세적 역사인식——현실적 시간을 낮게 평가하고 시간외적 범주 속에서 소멸시켜버리는 인식——도 파괴되었다. 중세적 세계관에서는 시간은 다만 파괴하고 무화하는 힘일 뿐 아무것도 창조하지 못한다. 따라서 시간의 새로운 형태 및 시간과 공간, 시간과 현세적 공간 사이의 새로운 관계를 찾아내는 것이 필요했다. (낡은 세계의 틀은 파괴되었다. 그리하여 지금 이 순간, 바로 지금 땅이 열리는 것이다……)[30] 인간으로 하여금 실제 삶(역사)과 실제 세계를 연결시킬 수 있도록 해주는 새로운 크로노토프가 필요하게 되었다. 종말론에 대립하여 창조적이고 생산적인 시간, 파괴가 아닌 창조적인 행위와 성장에 의해 측정되는 시간을 설정하는 것이 필요했던 것이다. 그리고 이 '창조하는' 시간의 기초가 민속의 이미지와 모티프 속에서 발견되었다.

8. 라블레적 크로노토프의 민속적 기초

민속적 시간형식의 특징

이러한 생산적이고 창조적인 시간을 표현하는 기초적인 형식들은 인류사회의 역사 속에서 계급사회 이전의 농경사회의 단계에까지 그 근원을 소급해 올라갈 수 있다. 그 이전의 단계들은 시간에 대한 분화된 감각을 발전시키고 그것을 의식(儀式)이나 언어적 형상에 반영시킬 준비가 되어 있지 않았었다. 시간에 대한 강력하고 첨예하게 분화된 감각은 집단적이고 작업지향적인 농업을 바탕으로 해서만 생겨날 수 있었던 것이다. 이때 최초로 사회의 일상적 시간을 분해하고 조립하는 것을 핵심으로 하는 시간, 또한 농업적 노동주기와 계절, 하루의 주기, 식물과 목축의 성장과 연결된 축일(祝日)과 의식(儀式)의 시간에 대한 감각이 형성될 수 있었다. 시간은 여기서 성장이라는 시간적 관계와, 다양한 측면을 가진 현상들 사이의 **연관**(시간의 통일성에 기초한 **인접성**)이라는 시간적 관계를 표현하는 가장 오래된 모티프와 플롯들 속에서 언어로 반영되는 것이다.

그러면 이러한 시간형식의 특징은 무엇인가?

이 시간은 집단적인 시간, 다시 말해서 **집단적** 삶 속의 사건들에 의해

30) K. Marx and F. Engels, 『저작집』 제20권, 346 면.

서만 분화되고 측정되는 시간이다. 이 시간 안에서는 모든 것이 집단을 위해서만 존재한다. 개인적 삶의 사건들은 아직 분리되어 있지 않다. (아직은 개인적 삶의 내적 시간이 존재하지 않으며 **개인**의 삶은 집단적 전체 안에서 전적으로 표면에 드러나 있다.)

이것은 또한 노동의 시간이다. 일상생활과 소비는 노동과 생산의 과정에서 분리되어 있지 않다. 시간은 노동에 관련된 사건들(농업노동의 여러 단계와 그 하위범주들)에 의해 측정된다. 이러한 시간감각은 자연에 대항하는, 노동을 통한 집단적 투쟁의 과정에서 형성된다. 집단노동의 작업이 이 새로운 시간감각을 탄생시켰고, 그 작업의 목적이 이러한 시간감각의 분화와 재형성을 위한 동력이 된다.

또한 이 시간은 **생산적 성장**의 시간이다. 이것은 자라나고 꽃피어 열매맺고 익어서 소출을 늘리고 후손을 남기는 시간이다. 시간의 흐름은 값진 것들을 파괴하거나 줄어들게 하는 것이 아니라 그것들을 번식시키고 그 양을 증가시킨다. 씨앗 하나가 뿌려진 곳에 여러 개의 곡식 줄기가 생겨나며, 한 개체의 사라짐은 언제나 새로운 후손의 등장에 의해 가리워진다. 또한 소멸하는 개체들은 개별화되지도 고립되지도 않은 채, 새로운 생명들의 성장과 번식으로 이루어진 전체적인 덩어리 안으로 사라진다. 소멸과 죽음은 **씨뿌림**——뿌려진 것 이상으로의 증가와 수확을 가져오는——으로 인식된다. 시간의 흐름은 또한 양적인 성장뿐만 아니라 질적인 성장, 꽃이 피고 성숙해가는 움직임도 나타낸다. 개체성이 분리되지 않는 한 노년과 노쇠와 죽음은 생성적 성장의 필수적인 요소로서, 성장과 증가의 종속적 측면에 지나지 않는다. 그들의 부정적 측면, 즉 순전히 파괴적이고 종말적이기만 한 성격은 오로지 개인적인 차원에서만 나타난다. 생성적 시간은 배태하고 열매맺고 낳고 다시 배태하는 그러한 시간이다.

이 시간은 또한 최대한으로 **미래지향적**인 시간이다. 이것은 미래를 고려하는 집단적 노동의 시간이다. 사람들은 미래를 위하여 씨뿌리고, 미래를 위하여 수확하며, 미래를 위하여 성행위를 갖는다. 모든 노동행위는 미래를 그 목표로 하고 있다. 정태(停態) 즉 현재에 기우는 경향이 있는 과정인 소비도 생산적 노동에서 분리되어 있지 않으며, 생산물을 소비하는 행위로부터 나오는 자족적이고 고립적인 즐거움으로서 노동에 대립하고 있지도 않다. 일반적으로 말해 시간은 아직 과거와 현재, 미래로 정확히 분화되어 있지 않다. (이러한 분화는 그 출발점으로 **본질적인 개체성**을 가정하는 것이다.) 이 시간은 노동행위와 움직임, 행동 일반에서의 전진적 노력을 그 특징으로 한다.

이 시간은 **대단히 공간적이며 구체적**이다. 그것은 땅이나 자연에서 분리되어 있지 않다. 그것은 인간의 삶 전체와 더불어 전적으로 외면화되어 있다. 인간의 농업적 삶과 자연(땅)의 삶은 동일한 단위와 사건에 의해 측정된다. 그들은 같은 간격을 지니며 서로 불가분의 관계에 있는 채 분리할 수 없는 하나의 노동행위와 의식으로서 존재한다. 인간의 삶과 자연은 동일한 범주를 통해 인식되는데, 그 범주는 계절, 연령, 밤과 낮(그리고 그 하위범주들), 성행위(결혼), 임신, 성장, 노년과 죽음 등이며, 이 모든 범주의 형상들이 개인의 삶이나 농경적 측면에서의 자연의 진행과정을 그려내는 데 똑같이 잘 들어맞는다. 이러한 형상들은 모두 대단히 크로노토프적이다. 시간은 여기서 땅속 깊이 파고들어 그 속에 뿌리박고 그 속에서 익어간다. 시간의 흐름은 땅과 인간의 노동하는 손을 결속시키며 인간은 이러한 시간의 흐름을 창조하고 지각하며 냄새(성장하고 익어가면서 변화하는 냄새)를 맡고 눈으로 본다. 이러한 시간은 구체적이며 돌이킬 수 없고(그 주기의 한계 안에서는 돌이킬 수 없다) 현실적이다.

이러한 시간은 또한 한 치의 어긋남 없이 **통일**되어 있다. 그러나 이와같은 내재적 통일성은, 개인적이고 일상적인 가정사(家庭事)들이 이미 사회 전체의 집단적인 역사적 삶에서 떨어져나와 개별화되고, **개인적** 삶의 사건을 측정하는 단위와 **역사적** 사건을 측정하는 단위가 구별되는 시기의 문학적 (그리고 이념 일반의) 시간감각에 비추어서만 드러난다. 그러한 경우 시간은 **추상 속에서는** 통일되어 있었지만, 플롯의 제작에 이용될 때에는 두 갈래로 나누어졌다. 사용할 수 있는 개인적인 플롯은 몇 개 되지 않았으며, 이것들도 사회적 전체(국가나 민족)의 삶에는 적용시킬 수가 없었다. 역사적 플롯(사건)들은 개인적 삶의 플롯(사랑, 결혼)과 전적으로 별개의 것이 되었으며 특수한 지점(전쟁, 왕의 결혼, 범죄)에서만 서로 교차하였고, 이 지점으로부터 다시 수많은 또다른 방향으로 퍼져 나갔다. (그 예로 한편으로는 역사적 사건을 다루고 또 다른 한편으로는 역사적인 인물의 개인적인 삶을 다루는 역사소설의 이중적인 플롯을 들 수 있다.) 계급사회 이전 시대의 민속의 통일적인 시간에서 창출된 모티프들은 대개 개인적인 삶을 그리는 데 사용되는 플롯의 집단에 속하게 되었다. (이 모티프들은 물론 새로이 해석되고 새로이 분류되며 새로이 자리매겨진 이후에야 사용되게 된다.) 그 모티프들은 극도로 단편화되기는 하지만 그 모습만큼은 유지한다. 이 모티프들은 역사적 플롯에는 부분적으로만 통합될 수 있으며 통합되는 경우에도 철저하게 고양된 상징적 형태로만 사용된다. 발전하는 자본주의 시대가 되면 사회와 국가의 삶은 추상적이 되고 거의 플롯으로 표현될 수 없는 상태로 되어 버린다.

민속적 시간의 내재적 통일성은 그 이후에 발생한 이러한 시간과 플롯상의 이분화를 배경으로 하여서라야만 제대로 파악될 수 있다. 개인적 삶의 과정은 아직 분명해지지 않았고 사적 영역이나 사생활은 존재조차 하지 않는다. 삶은 오직 하나이며, 철저히 '역사화'(그 이후의 범주를 적용해볼 때에만 이렇게 이름붙일 수 있다)되어 있다. 음식과 술, 성교와 탄생, 죽음은 모두 사생활의 한 국면이 아닌 공공의 사건이며, '역사화'되어 있고, 집단노동과 자연에 대항하는 투쟁, 전쟁 등과 불가분의 관계로 얽혀 있다. (즉 이러한 사건들을 통해 표현되고 이러한 사건들과 동일한 범주의 형상들로 묘사된다).

이 시간은 모든 것을 그 궤도 안으로 끌어들이며, 움직이지 않는 정적인 상황은 허용하지 않는다. 해와 별, 땅과 바다 등 모든 것은 개인적 인식(시적 인식)의 대상으로 존재하거나 흔히 꾸는 백일몽의 대상으로 존재하는 것이 아니라 집단적 노동행위와 자연에 대항하는 투쟁의 일부로서만 존재한다. 사람들은 이러한 행위를 통해서만 그런 사물들을 접하고, 이런 행위의 영역을 통해서만 그들을 인식하고 이해하게 된다. (이러한 의식은 제한되지 않은 시적 인식보다 훨씬 더 사실적이고 객관적이며 심오하다.) 이렇게 모든 사물들이 삶의 궤도에 끌어넣어지고 삶의 사건에의 생생한 참여자가 된다. 사물은 플롯의 '배경'으로서 행위에 대조되는 것이 아니라 스스로 플롯에 참여한다. 그 이후의 시기, 즉 형상이나 플롯이 글과 더불어 발전하기 시작한 시기에는 이야기의 배경과 그 안에서 일어나는 사건에 함께 사용할 수 있는 소재가 감소한다. 그리하여 자연 경관, 변화하지 않도록 무장되어 있는 사회정치적 구조, 윤리적 계층구조 등이 나타나는데, 이러한 배경이 전혀 움직이지도, 변화하지도 않는 것으로 인식되든 주어진 이야기가 진행되는 동안에만 변화하지 않는 것으로 인식되든 상황은 변함없이 마찬가지이다. 이후의 문학 발전에서는 시간의 힘과 그에 따른 서술능력이 언제나 제한되어 있는 것이다.

지금까지 지적한 특징들은 모두 민속적 시간의 긍정적 특징들이라고 할 수 있다. 그러나 이제 살펴보려고 하는 마지막 특징인 **순환성**은 부정적인 특징으로서, 민속적 시간의 힘과 이념적 생산성을 제한하는 특징이다. 순환성과 그에 따른 순환적 반복성은 이런 유형의 시간 안에서 일어나고 있는 모든 사건의 특성을 이룬다. 시간의 전진적 충동이 순환에 의해 제한된다. 이런 이유로 해서 발달조차도 진정한 '성장'을 달성하지 못한다.

지금까지 인류사회의 발전단계 중 계급사회 이전의 농경사회 단계에서 형성되었던 시간적 경험들의 특징에 대해 살펴보았다.

물론 이상에서 살펴본 민속적 시간의 특징들은 현재의 우리가 지니고 있는 시간감각을 배경으로 하여 제시된 것이다. 우리는 그러한 감각을 원시적 인간의 의식상의 사실로서 제시하고 있지 않다. 오히려 객관적인 물적 기초에 근거하여, 고대의 모티프들 속에서 스스로 드러나는 시간, 그러한 모티프들의 플롯으로의 발전을 결정하는 시간, 그리고 민속 안에서의 형상의 전개논리를 규정하는 시간으로서 제시하고 있다. 우리의 출발점이었고 이제 다시 다루게 될 사물과 현상의 모형들을 가능하게 하고 이해할 수 있도록 해주는 것도 또한 이러한 민속적 시간이다. 이 시간은 또 종교적 의식과 축일에 관한 특정한 논리를 결정하기도 한다. 사람들은 이러한 시간감각을 가지고 생활하고 일했으나, 이것은 추상적인 의식 안에서 고립시켜 인식할 수 있는 것은 물론 아니었다.

우리가 위에서 개괄적으로 살펴본 민속적 시간에서의 사물과 현상의 모형이 그 이후 시기의 문학이나 계급사회의 이데올로기적 인지과정 일반에서 찾아볼 수 있는 모형과 전혀 그 성격을 달리한다는 점은 명백하다. 개인적 삶의 과정이 분리되지 않고 시간의 내재적 통일성이 당연한 것으로 여겨지는 상황에서는 성교와 죽음(씨뿌리기와 임신), 무덤과 임신한 여성의 배, 음식과 술(땅에서 거두는 열매), 죽음과 교미 등이 모두 성장과 생식의 범주 안에서 서로 밀접하게 연관되어 등장한다. 바로 이와같은 연계 안에 해의 순환의 국면(낮과 밤, 계절의 교대)이 땅과 성장 및 생식 등과 더불어 참여하게 된다. 이러한 모든 현상들은 한데 모여 하나의 사건을 이루며 각 현상들은 이렇게 이루어진 동일한 전체——성장과 생식, 성장과 생식을 통해 인식되는 삶——의 각각 다른 측면을 의미하게 된다. 다시 한번 말하거니와 자연의 삶과 인간의 삶은 이러한 복합체 안에서 하나로 융합되어 있다. 해는 땅의 일부이며 일종의 소비재로서 먹고 마셔진다. 인간의 삶을 구성하는 사건들은 자연의 삶은 구성하는 사건들과 동일한 위엄을 지닌다. (인간과 자연을 말할 때 동일한 단어와 어조가 사용되며, 이것은 결코 비유적인 표현이 아니다) 이런 상황에서는 그 모형의 모든 구성원(그 복합체의 모든 요소들)이 **동일한 가치**를 지닌다. 이 시리즈에서는 음식과 술이 죽음이나 아기의 탄생, 해의 변화하는 국면들과 동일하게 중요하다. 삶(인간적이며 또한 자연적인 삶)이라는 하나의 거대한 사건은 그 다양한 측면과 양상을 통해 드러나는 것으로서, 그 측면과 양상들은 하나하나가 다 동일하게 필수불가결하고 중요하다.

다시 한번 강조하거니와 지금 논의하고 있는 모형은 원시인들이 그의 추상적 사고과정이나 의식의 작용으로서 경험한 것이 아니라 자연 안에서의 집단노동, 그 노동의 산물에 대한 집단소비, 사회 전체의 성장과 쇄신이라는 집단적 과업 등을 통해 삶 자체의 한 양상으로서 체험한 것이다.

이 모형의 구성요소 중 어느 하나를 가장 중요한 것으로 가정하는 것은 전적으로 틀린 생각이며 성적 요소에 이런 중요성을 부여하는 것은 더더욱 그릇된 것이다. 성적 요소라는 것 자체가 아직 따로 떨어져 존재하지도 않았으며, 그것을 포함하는 인간 성행위의 양상들은 그 모형을 구성하는 다른 요소들과 전적으로 동일하게 인식된다. 이런 모든 것들은 단일한 한 사건의 여러 다른 측면들일 뿐이며 이들은 서로 정체성(正體性)을 공유한다.

우리는 이 모형을 극도로 단순화하여 그 기본 골격만을 대강 살펴보았다. 이 모형에는 언제나 끊임없이 새로운 구성요소들이 통합되며, 이것이 모티프를 복잡하게 만들고 놀랍도록 다양한 이야기의 조합을 가능하게 한다. 접근이 가능한 세계 속의 모든 부분이 이 복합체 안에 통합되며 세계는 이 복합체 안에서, 그리고 이 복합체를 통해(이 복합체의 실제 적용을 통해) 다시 인식된다.

공동체의 분화와 모형의 변화

공동체적 전체가 사회적 계급들로 분화되어감에 따라 이 복합체는 근본적인 변화를 겪게 된다. 분화된 계층에 상응하는 모티프와 이야기가 모두 재해석되며, 이념적 영역들도 점차 특수화된다. 종교적 행위는 특수화되지 않았던 총체적 생산으로부터 분리된다. 소비의 영역도 분리되어 독립적 영역을 형성하게 된다. 복합체의 구성요소들도 내적 쇠퇴와 변형을 겪게 된다. 그 중 음식이나 술, 성행위, 죽음 등의 요소들은 한편에서는 그 복합체에서 떨어져 이미 독자적인 영역으로 갈라져나오기 시작한 **일상생활**에 속하게 된다. 그 반면 다른 한편에서는 이러한 요소들은 의식(儀式)에 속하게 되어 새로운 마술적 의미를 지니게 된다. (이 때의 마술적 의미는 대체로 대단히 한정된 종교적, 제의적 의미를 지닌다.) 제의와 일상생활은 서로 밀접히 얽혀 있으나 그들간에는 이미 내적 경계선이 존재한다. 제의에서 사용되는 빵은 이미 매일 먹는 실제의 보통 빵과는 다르다. 이 경계선은 점점 더 분명하고 엄격해져간다. 이념적 사유(말이나 상징화 따위)는 마술적 힘을 획득한다. 고립된 사물이 전체의 대리물이 되며, 이것이 제물(祭物)의 대리물적 역할의 근원이다. (그 예로 추수 전체의 대리물로서 바쳐지는 과일이나 가축떼 전체와 추수한 과실의 대리물로서의 짐승을 들 수 있다.)

이 단계에서 생산과 제의와 일상생활이 분화되어 점차 서로 떨어져 나

가면서 **제의적 위반**과 그 이후의 **제의적 웃음**, **제의적 패러디**와 **어릿광대짓** 같은 현상들이 등장한다. 이러한 현상은 이전과 같은 성장과 생식의 복합체가 새로운 단계의 사회발전에 맞추어 새롭게 개정된 형태이다. 그 모형의 구성요소들(그 옛 형태는 무척 많은 구성요소들을 포함하고 있었다)은 이전과 같이 밀접히 연관되어 있기는 하나 새로이 제의적이고 마술적인 방식으로 해석되고, 한편으로는 공공의 생산으로부터 다른 한편으로는 개인의 일상생활로부터 분리된다. (이 두 측면이 서로 얽혀 있는 것은 물론이지만.) 이 단계의(정확히 말하면 이 단계가 끝나갈 무렵의) 고대의 모형은 로마의 농신제(Saturnalia)에서 자세히 볼 수 있다. 그 농신제에서는 노예와 광대가 죽은 지배자와 신을 대체하고, 다양한 형식의 제의적 풍자가 등장하며, '순교'에 웃음과 소란이 함께하게 된다. 이와 유사한 현상으로 결혼금기의 위반과 신랑 놀리기, 로마 입성시의 개선장군에 대한 병사들의 제의적 조롱을 들 수 있다. (그 논리는 대리물로서의 제물의 논리로서, 가상의 치욕을 통해 실제의 치욕을 막는 것인바 이것은 뒤에 '운명의 질투'를 예방하는 것으로 해석되었다.) 이런 모든 현상에서 웃음은 다양한 표현형태를 통해 항상 죽음, 성, 음식과 술 등과 결합하여 존재한다. 이렇게 제의의 음식과 술, 성적 외설과 죽음 등이 웃음과 결합되는 형태는 바로 아리스토파네스(Aristophanes: ?448~385 B.C., 고대 그리스의 희극 작가—역주)의 희극의 구조에서도 발견된다. (유리피데스(Euripides, ?480~406 B.C.)의 『알쎄스티스』(*Alcestis*)도 주제적 차원에서는 동일한 복합체를 가진다.) 이와같은 후기의 예에서는 선택된 고대적 복합체가 이미 순수히 문학적인 차원의 기능만을 갖는다.

계급사회가 더 발전하고 이념적 영역이 점차 분화되면서, 모형을 구성하고 있는 각 요소들의 내적 분해(이분화)는 점점 더 강화된다. 실제 상황 속에서의 음식, 술, 성행위는 개인적인 일상생활의 일부로서 현저하게 **개인적**이고 **일상적**인 사건이 되며, 특수하게 사소한 성격을 지니게 되면서 현실의 하찮고 단조로우며 '천한' 부분으로 된다. 다른 한편, 이런 모든 구성요소들은 또한 종교적 제의와 고상한 문학장르 및 여타 이데올로기적 장르에서 고도로 점잖게 각색된다. 성적 행위는 너무나 점잖게 고쳐지고 부호화(符號化)되어 그것이 성적 행위인 줄을 알아볼 수조차 없게 되는 경우도 많다. 이러한 행위들은 추상적인 상징의 성격을 띠게 되며 복합체의 구성요소들 사이를 상호 연결하는 고리까지도 추상적이고 상징적으로 된다. 이것은 마치 그것들이 있는 그대로의 일상적 현실과의 모든 접촉을 거부하는 것과도 같다.

이전에는 모두 동일한 가치를 지녔던 계급사회 이전 고대의 복합체에 속하는 개별적 사실들은 이제 상호분리되고 내적 이분화와 첨예한 계층적 재해석을 겪게 된다. 그 복합체의 구성요소들은 이데올로기와 문학의 높고 낮은 여러 차원과 다양한 장르, 문체, 어조에 분산된다. 그 요소들은 이제는 더이상 단일한 문맥에 함께 등장하지 않으며, 모든 것을 포용하는 전체가 상실되었으므로 서로 부합할 수도 없다. 삶 그 자체에서 이미 분리와 해체가 이루어진 것들이 이제 이데올로기에 반영되는 것이다. 가령 원래의 복합체에 존재하던 성적 요소(성행위, 성기, 성기와 관련된 것으로서의 배설)는 그 사실적이고 솔직한 모습으로는 더이상 어떠한 공식 장르나 지배적인 사회계급의 공식적 담론에 등장하지 않는다. 이제 그것은 한편으로 그것을 점잖게 고친 형태인 **사랑**의 형태로 더 고상한 장르에 들어가 그 속에서 새로운 모형에 편입되어 새로운 관계들을 수립한다. 또한 그것은 그 일상적인 시민적/세속적 측면(결혼, 가정, 아기의 탄생)을 중심으로 중간적인 장르로 통합되며, 거기에서 또다른 새롭고 영속적인 모형에 속하게 된다. 음식과 술의 영역은 반(半) 공식적인 성격을 유지하면서, 일상적이고 비공식적인 현실적 형태, 즉 사생활 속의 부차적이고 사소한 세목이라는 형태로 중간장르 및 저급장르에 살아남는다. 죽음도 개인적 삶의 과정 속에서 인식될 때는 다양한 구성요소로 분해되면서 고급장르(문학적 장르와 여타의 이념적 장르)와 중간장르(반쯤 혹은 전적으로 일상적인 장르)에서 각각 다른 모습으로 살아남는다. 죽음은 다양한 새로운 모형에 속하게 되며, 죽음과 웃음, 죽음과 성행위, 죽음과 풍자 등의 사이에 존재했던 연결고리는 완전히 끊어진다. 과거에 복합체의 일부를 이루었던 모든 요소들은 새로운 모형에 속하게 되면서 그것과 공동체적 노동 사이에 존재했던 연계를 모조리 상실한다. 또한 복합체를 구성하는 다양한 요소들의 다양한 측면들에 상응하여 어조와 문체형식의 분화도 이루어진다. 이 요소들과 자연현상 간의 연결관계가 지속되는 경우에는 대개 상징적 성격을 띠는 데 그친다.

물론 우리의 이와같은 논의는 고대의 복합체를 구성하던 다양한 요소들이 계급적 위계질서가 생겨난 사회에서 겪게 되는 변화의 특징에 대한 극도로 단순하고 간단한 요약에 지나지 않는다. 우리의 관심사는 이후의 이야기(그리고 이야기의 모형)에 기초를 제공하는 것으로서의 **시간형식**이다. 우리가 앞서 살펴본 민속적 시간형식은 근본적인 변화를 겪는바, 이제 그 변화의 몇 가지 측면을 살펴보기로 하자.

변화의 몇가지 측면

여기에서 먼저 염두에 두어야 할 것은 고대의 모형을 구성하던 모든 요소들이 그들이 집단적 삶을 영위하던 시기에 누렸던 통일적 시간 특유의 진정한 인접성(모든 구성요소들을 포괄하는 인접성)을 상실했다는 점이다. 물론 추상적 사고나 연대기적 구체성의 체계에서는 시간은 여전히 추상적 통일성을 유지한다. 그러나 이와같은 연대기적인 추상적 통일성의 범위 안에서 인간의 구체적 삶 속의 시간은 붕괴하고 만다. 집단적 삶 속의 공동의 시간으로부터 개별적인 삶의 과정, 개인의 운명들이 갈라져 나온다. 처음에는 이런 것들이 집단적 전체 속에서의 삶과 선명히 구분되지 않는다. 그들은 단지 흐릿하고 얕은 돋을새김 정도로만 보인다. 사회 자체가 계급과 계급내 집단으로 분해된다. 개인의 삶은 이러한 집단들과 직접적으로 연결되며 개인의 삶과 계급내 하위집단이 함께 전체에 대립된다. 노예사회의 초기단계와 봉건사회에서 개인적 삶의 과정이 그것과 가장 직접적인 관련을 맺고 있는 사회집단 공동의 삶과 아직도 꽤 밀접히 연결되어 있었던 것은 그 때문이다. 그러나 그것들은 여기에서도 분명히 별개로 존재하였다. 개인의 삶과 집단 및 사회정치적 전체의 흐름은 서로 융화되지 않고 분열되며 그 사이에는 간격이 존재한다. 그것들은 각기 다른 가치척도로 측정된다. 그 시리즈들은 저마다 독자적인 전개의 논리와 이야기를 지니고 있으며 고대의 모티프를 자기 나름의 방식으로 재해석하고 활용한다. 개인적 삶의 시리즈 내에서는 그 내적 측면이 특별히 부각된다. 개인적 삶의 과정이 전체로부터 분리되어 소원해져가는 과정은 노예사회에서 금융관계가 발전하던 시기와 자본주의 시기에 최고도에 달한다. 이 시기에 개인적 삶의 과정은 특유의 사적 성격을 띠게 되고 공동의 것은 극단적으로 추상화된다. 개인적 삶의 이야기에 속하게 된 고대의 모티프들은 이 시기에 특수한 형태의 타락을 경험하게 된다. 음식과 술, 성교 등은 그것들의 고대적 '파토스'(사회 전체의 노동하는 삶과 그것들 사이에 존재하던 연계와 통일성)를 상실하고 사소한 개인의 문제로 된다. 그것들은 개인의 삶이라는 경계선 안에서만 의미를 지닌다. 이렇게 생산하는 전체의 삶과 자연에 대항하는 집단적 투쟁으로부터 단절된 결과 그것들과 자연 사이에 존재하던 실제적인 연결관계도 단절되거나 약화되었다. 이처럼 고립되고 빈약해지고 보잘것 없게 된 이 요소들은 자신이 이야기 속에서 본래 지니고 있던 의미를 보존하기 위해 어떤 형태로든지 고상하게 고양되어야 했으며 의미의 은유적 확장을 이룩해야 했다. (이 과정에서 그 이전의 비유적이 아닌 실제적 연결관계가 희생되었다.) 그들의 은유적 풍요화는 그때까지 희미하게나마 남아 있었던 과거의 흔적을 희생함으로써 이루어진다. 결국 이러한 더 넓은 의미의 획득은 필연적으로 삶의 내적 측면에 대한 무시를 수반하게 된다. 넓은 의미의 아나크레온(Anacreon: 기원전 6세기경 활동하였던 그리스 시인. 술과 사랑의 쾌락을 노래한 서정시로 유명하며 그의 운율과 문체를 본딴 시를 아나크레온적 시라고 부른다—역주)적 시에서 사용된 포도주의 모티프와 고대의 '식도락적 시'에 등장하는 음식의 모티프는 그 좋은 예이다. (고대의 '식도락적 시'에서는 실용적인, 때로 요리법에 대한 직접적 소개에 가깝기조차 한 내용에도 불구하고 음식이 그 심미적이고 식도락적인 측면뿐 아니라——고대에 대한 언급이나 은유적 확장과 더불어——더욱 고상한 형태로도 존재한다.) 개인적 삶의 과정을 다루는 이야기의 중심적이고 기본적인 모티프는 성행위와 생식의 고양된 형식으로서의 사랑이 된다. 이 모티프는 이야기의 고양을 위한 다양한 가능성을 제공하며, 다방면의 비유적 확장을 위한 가능성을 제공한다. (언어는 이러한 확장을 위한 가장 적절한 매체로 기능한다.) 또 과거의 흔적을 희생한 댓가로 풍부해질 수 있는 가능성을 제공한다. 마지막으로, 사랑은 내면적이고 주관적이며 심리적인 측면을 세련화할 수 있는 가능성을 제공한다. 그러나 사랑의 주제가 중심적인 위치를 차지하는 것은 개인적 삶의 과정에서 그것이 수행하는 진정하고 실제적인 역할, 즉 그것과 결혼, 가족, 출생의 사이에 존재하는 연결관계 덕분이며, 나아가 사랑으로 결속되는 이러한 내적 연결관계(결혼, 자손의 출생)를 통해 이루어지는 개인적 삶의 과정과 동시대와 후대의 다른 개인(자손과 또 그 자손), 그리고 가장 가까운 사회집단(가정과 결혼을 통해 형성되는)의 삶의 과정 사이의 결속 덕분이다. 그 덕분에 여러 시대와 사회집단의 문학, 이런저런 장르와 문체에서 사랑의 다양한 측면(실제적인 모습이거나 고양된 모습)이 다양한 방식으로 원용되는 것이다.

죽음의 모티프도 시간적으로 고립된 개인적 삶의 과정 속에서 심한 변형을 겪게 된다. 이 경우 죽음의 모티프는 궁극적인 종말의 의미를 띠게 된다. 개인적 삶의 과정이 고립되면 될수록 그것은 사회 전체의 삶에서 단절되며, 그 의의는 더욱 크고 궁극적인 것이 된다. 죽음과 새로운 생명의 탄생, 제의적 웃음, 풍자와 광대 등의 사이에 존재하던 연결관계뿐 아니라 죽음과 생식의 사이에 존재하던 연결관계(씨뿌림, 어머니의 배, 해)도 끊어진다. 고대의 모형에 존재했던 이러한 연결관계 중 어떤 것들은 죽음의 모티프하에서 그대로 유지되며 심지어 더 강화되기도 하지만(죽음→추수하는 사람→추수→석양→밤→무덤→요람 등등) 이제 그것들은 비유적인 또는 신비적이고 종교적인 성격을 띠게 된다(죽음→결혼→신랑→혼인 침상→죽음의 침상→죽음→탄생 등등으로 이어지는 모형도 이러한 비유적 차원에 놓여 있다.) 그러나 비유적인 차원에서건 종교적이고 신비적인 차원에서건 개인적 삶의 내적인 측면에 국한해서 받아들여지는 죽음의 모티프는 '숙명적인 종말'(morituri)이라는 의미만을 지니게 된다. (그것은 '위안'이나 '타협', '합리화'의 기능을 담당한다.) 표면에 드러나 있는 현상으로서의 죽음, 즉 사회 전체의 집단적 노동에 의존하는 삶에서의 죽음은 이와는 다르다. (여기서는 죽음과 땅, 해, 새생명의 탄생, 요람 등의 사이에 존재하는 연결관계가 진정하고 실제적인 것이다.) 모든 범주가 자신에게만 적용되는 개인의 고립된 의식 속에서는 죽음은 종말일 뿐, 아무런 실제적이고 생산적인 성격도 지니지 못한다. 죽음과 새생명의 탄생은 개인적 삶의 각기 서로 다른 고립적 과정에 분배되어, 죽음은 한 삶을 끝내고 탄생은 전적으로 다른 삶을 시작한다. 개인화된 죽음은 새로운 생명의 탄생과 겹칠 수 없으며 승리를 거두며 전진하는 성장에 포용되지 못한다. 죽음이 그러한 성장의 터전인 전체로부터 단절되었기 때문이다.

이러한 개인적 삶의 흐름에 병행하여 (그 위에 존재하되 그것과는 **별개의** 것으로서) 민족이나 국가, 인류의 삶의 통로 구실을 하는 **역사적** 시간의 흐름이 존재한다. 이 역사적 시간의 흐름은, 그 일반적인 이념적, 학문적인 가정이 무엇이든, 또한 역사적 시간과 그 안에서 발생한 사건을 수용하는 구체적 형태가 어떠하든간에, 개인적 삶의 흐름과는 융합되지 않는다. 역사적 시간의 흐름은 별개의 가치기준으로 평가되며 그 속에서는 다른 종류의 사건들이 발생하고, 또한 그것은 내적인 측면을 지니지 않으므로, 그 시간의 흐름을 내부로부터 인식할 수 있는 관점은 존재하지 않는다. 역사적 시간이 개인의 삶에 미치는 영향이 어떻게 인식되고 표현되는가와는 무관하게 역사적 사건들은 개인적 삶의 사건들과는 성격이 다르며 그 이야기의 성격도 또한 다르다. 소설을 연구하는 사람에게는 이러한 관계의 문제가 역사소설을 이해하는 데에 핵심적이다. 오랫동안 순수하게 역사적인 이야기의 중심적인 아니 거의 유일한 주제는 전쟁이었다. 이 본질적으로 역사적인 주제는——이 주제는 정복이라든가 정치적인 범죄, 왕위찬탈자들의 폐위, 왕조의 혁명, 왕국의 멸망, 새로운 왕국의 건설, 조정(朝廷), 처형 등의 모티프를 가진다——역사적 인물의 개인적 삶의 이야기(그 중심 모티프는 사랑이다)와 얽혀들지만, 그럼에도 불구하고 두 주제 사이의 융합은 일어나지 않는다. 근대적 역사소설의 주요 과제는 바로 이와같은 이중성의 극복이었으며, 따라서 개인적 삶 속의 역사적인 측면을 발견하고 또한 역사를 '가정적(家庭的) 관점'에서 그리려는 시도가 이루어졌다.

시간의 내재적 통일성이 와해되고 개인적 삶의 흐름이 고립되며 공동체적 삶의 생생한 현실이 사소한 사적인 문제로 전락할 때, 그리하여 집단적인 노동과 자연과의 투쟁이 인간이 자연 및 세계와 마주치는 유일한 장이 되기를 그칠 때, 자연 그 자체도 인생의 사건들에 대한 살아있는 참여자가 되기를 그친다. 이때 자연은 대개 '행동의 배경' 내지 뒷그림이 되어 버리며 단순한 풍경으로 변화하고 만다. 자연 그 자체와 어떠한 진정한 혹은 본질적인 관계도 맺지 못하고 있는 개인적이고 사적인 사건과 모험들을 고상하게 고양시키기 위해 활용되는 비유와 비교의 차원으로 떨어지고 마는 것이다.

그러나 언어라는 보고(寶庫)와 어떤 종류의 민속에서는 그것들이 세계와, 집단노동에 근거한 세계 속의 현상들에 대한 관련을 고집하는 한 시간의 이러한 내재적 통일성이 보존된다. 고대적 모형의 참된 근거, 즉 형상들과 모티프들 간의 원초적 연계라는 진정한 논리가 보존되는 것이 바로 여기에서이다.

그러나 문학에서도 그것이 민속의 가장 심오하고 근본적인 영향에 대해 아주 개방적일 때에는 고대적 모형의 더욱 참되고 이념적으로 더욱 심원한 흔적과 나아가 민속적 시간 특유의 통일성에 근거하여 그 모형을 되살리려는 시도까지도 찾아볼 수 있다. 이제 이러한 문학상의 시도에 사용되었던 몇 가지 기본형태들을 살펴보기로 하자.

여기에서는 고전적인 서사시에 얽혀 있는 복잡한 문제는 다루지 않겠다. 다만 서사시가 민속적 시간의 내재적 통일성에 근거함으로써 역사적 시간에 대한 그 나름으로 독특하고 심오하되 그럼에도 불구하고 부분적이고 한정된 것이기도 한 통찰을 성취한다는 점만을 유의하기로 하자. 서사시에서는 개인적 삶의 과정은 모든 것을 포용하는 강력한 밑바탕으로서의 집단적 삶 위에 희미하게 덧붙여진 얕은 돋을새김에 지나지 않는다. 개인은 사회 전체를 표상하며 그들의 삶에서 일어나는 사건들은 사회 전체의 삶에서 일어나는 사건들과 일치하고, 그러한 사건들은 개인적인 차원과 사회적인 차원 모두에서 동일한 의의를 지닌다. 내적 형태와 외적 형태가 융합되며, 따라서 인간의 전모가 표면에 드러난다. 사소한 개인사나 평범한 일상적 삶이란 존재하지 않는다. 인생을 구성하는 모든 세목들, 즉 음식이나 술, 일상적인 가정용품들이 중대한 사건들과 비교될 수 있으며, 그들과 똑같이 중요하다. 단순한 풍경이나 움직이지 않는 생명 없는 배경이란 존재하지 않으며, 모든 것이 행동하고, 모든 것이 단일한 전체의 삶에 참여한다. 끝으로 한마디 덧붙이자면 호메로스의 문체에서 사용되는 은유나 비교를 비롯한 비유는 아직까지 그 직접적인 의미를 완전히 상실하지는 않고 있다. 그 비유의 역할은 고상하게 만들려는 목적에만 국한된 것은 아니었다. 따라서 호메로스의 문체에서는 비교에 사용하기 위해 선택된 이미지가 그 비교의 다른 한쪽과 꼭같은 중요성을 지니고 있었으며 그 나름의 독자적인 생명력을 유지하게 해주는 의의와 사실성도 가지고 있었다. 그러므로 비교는 이중의 겹치는 에피소드나 여담에 가까와진다. (호메로스의 서사시에 나오는 장황한 비교들을 상기해보라.) 여기에서는 민속적 시간은 아직도 그 시간을 탄생시켰던 원래의 상황에 가까운 공동체적 상황에서 살고 있다. 여기에서 그 시간의 역할은 아직도 직접적이다. 민속적 시간이 또다른, 타락한 시간을 배경으로 하여 정의되지는 않는 것이다.

그러나 총체로서의 서사시의 시간 그 자체는 '절대적 과거'의 시간이며 국가설립시대의 시조들과 영웅들의 시간으로서 현재(서사시를 짓고 노래하며 듣는 이들의 시대인 현재)의 현실적 시간과는 메울 수 없는 간격을 사이에 두고 있는 시간이다.

아리스토파네스의 경우

고대적 모형의 구성요소들은 아리스토파네스에서는 또다른 성격을 띠게 된다. 이 문맥에서 그 요소들은 작품의 형식적 토대 즉 그 희극적 형식의 기초를 결정한다. 죽음과 새생명에 대한 접근방식으로서의 음식과 술의 제의, 제의적 외설(즉 외설숭배), 제의적 풍자와 웃음, 이런 것들에서 아리스토파네스 희극의 기초를 쉽게 엿볼 수 있는바, 그것은 문학적 차원에서 재해석된 제의적 행위이다.

아리스토파네스의 희극에서는 모든 일상적이고 사적인 삶의 현상들이 위와같은 것을 기초로 하여 완전히 변형된다. 그 현상들은 그들의 사적이고 일상적인 성격을 상실하며, 희극적인 측면에서만 인간적 의미를 지니게 된다. 그들의 차원은 환상적일 만큼 과장되며 희극적 영웅시(詩),

또는 더 정확히 말해 **희극적 신화**가 생겨난다. 막대한 양의 사회정치적인 일반적 상징들의 형상들이 희극적인 일상적 사생활의 특징들과 유기적으로 연결되어 있다. 그러나 제의적 웃음이 조명해주는 단일한 상징적 기초를 중심으로 모여 있는 이 특징들은 그 한정적이고 개인적인 일상성을 잃어간다. 아리스토파네스의 형상에서 우리는 고대의 제의에 사용되는 가면의 진화과정——순전히 제의적인 의의만을 지닌 원시적인 단계로부터 예술적인 희극(그 나름의 빵딸론과 도또레(Pantalone, Dottore: 이탈리아 연극에 등장하는 가면의 일종—역주)를 지님)에 이르기까지의 과정——이 개인의 예술적 성취라는 차원에서 생생하게 축약된 모습(일종의 '계통 발생을 되풀이하는 개체발생')을 보게 된다. 우리는 아리스토파네스에게서 희극적 형상의 제의적 기초를 아직도 명확히 찾아볼 수 있으며, 그 위에 일상적인 뉘앙스가 덧칠해져 있기는 하지만 그 뉘앙스들이 워낙 투명하기 때문에 기초가 그 뉘앙스를 뚫고 비쳐 나오거나 그 뉘앙스들을 변형시킬 수도 있음을 본다. 그러한 형상들은 고도로 특수한 (자기 나름의 세계관을 지닌) 정치적 철학적 현실과 쉽게 결합되지만 그렇다고 해서 일시적이고 시사적인 것에 그치지는 않는다. 환상적인 측면은 일상적 측면을 변형시키지 못하지만 동시에 그것은 이미지 속에 숨어 있는 문제성과 풍부한 이념을 완전히 가리지도 못한다.

다시 말해 아리스토파네스의 개인화되고 전형화된 일상적 측면들(그 생생한 전체성은 웃음에 의해 상실된다)은 죽음의 이미지 위에 덧놓여 있기는 하나 (이것이 제의에) 사용되는 희극적 가면의 근본의미이다) 항상 음식이나 술, 성적 외설, 임신과 생식의 상징들로 둘러싸여 있는 이 유쾌한 죽음의 이미지가 지니는 의의를 완전히 가리지는 못하는 것이다.

이러한 이유로 해서 아리스토파네스가 이후의 희극들(그 이후의 희극들은 대체로 점차 일상적인 사건들을 담게 된다)에 미치는 영향은 미미하고 피상적이었다. 그러나 아리스토파네스와 (계급사회 이전의 민속에서 기원하는) 중세의 풍자적 어릿광대극의 사이에는 중대한 유사성이 있다. 또한 엘리자베스조(朝)의 비극에 나오는 희극적이고 익살맞은 장면도 그의 극과 깊은 유사성(계열을 공유하는 유사성)을 지니는데 특히 셰익스피어에서 그러하다. (웃음의 성격, 웃음이 죽음이나 비극적 분위기와 맺는 관계, 제의적 외설이나 음식과 술 등.)

아리스토파네스가 라블레의 작품에 미친 직접적 영향력의 내용은 그들이 지니는 깊은 내적 유사성(계급사회 이전의 민속을 통해 지니는 유사성)을 입증한다. 여기에서 우리는 동일한 종류의 웃음과 동일한 종류의 기괴한 환상성, 동일한 유형의 사적이고 일상적인 모든 것의 재활용, 동일한 '희극적이고 부조리한 것들에 대한 과장', 동일한 유형의 성적 외설, 음식과 술의 동일한 모형이 단계를 달리하여 나타나는 모습을 보게 되는 것이다.

루씨안의 경우

루씨안 또한 라블레에게 중대한 영향을 미쳤으나 그의 경우는 민속적 복합체와는 전혀 다른 유형의 관계를 대표한다. 루씨안은 바로 이 음식과 술, 성관계 등으로 이루어져 있는 사적이고 일상적인 영역을 세세히 그려내되 그것을 어디까지나 천하고 사적인 일상생활로서 그려낸다. 그는 이 영역을 완고하고 허위에 찬 이데올로기의 고상한 차원(영역)을 배후공격하기 위해 활용한다. 신화에서 찾아볼 수 있는 '색정적'이고 '일상적'인 요소들은 그 이후 시기, 사적 삶이나 색정적 영역이 분리되고 이러한 영역들이 그 나름의 천하고 비공식적인 뉘앙스를 지니게 된 이후 시기의 삶과 의식으로 조명해 볼 때에만 그렇게 인식된다. 신화 자체에서는 이러한 측면들은 어느 다른 측면 못지 않은 의미와 가치를 지닌다. 그러나 그 신화를 탄생시킨(창조한) 환경이 생명력을 상실했기 때문에 신화 또한 그 생명력을 상실했다. 그럼에도 그들은 빈사의 상태로 계속 남아 생명력 없이 과장된 '고급' 이데올로기의 장르가 되었다. 따라서 신화들과 신들에게 타격을 가해 그들을 '희극적으로 죽게' 만드는 일이 필요하게 되었다. 루씨안의 작품에서 바로 이러한 궁극적이고 희극적인, 신들의 죽음이 달성된다. 루씨안은 사적이고 일상적인 영역과 색정적인 영역의 이러한 자기 시대적 발전단계에 상응하여 변화를 겪게 된 신화 속의 측면들을 지나칠 정도로 상세히 묘사하고 그 '생리적' 측면을 고의적으로 부각시킴으로써 신들을 색정적인 영역과 우스꽝스럽고 속물적인 일상적 삶의 영역으로 끌어내린다. 루씨안은 고대 복합체의 요소들을 그것들이 자신의 시대에 지니게 된 축소된 형태로 사용하는데, 그 형태는 고대사회가 신화가 발생하였던 상황과는 전적으로 상반되는 상황에서 점차 커지고 있던 금융적 관계의 힘에 의해 영향을 받아 몰락하면서 생겨난 것이다. 옛· 신화가 루씨안 당대의 일상적 현실에 대해 지니는 우스꽝스러운 부적절성은 명백해져 있었다. 그러나 그렇다고 해서 루씨안이 피할 수 없었기 때문에 받아들여야만 했던 이 현실이 그 자체로서 가치있는 것으로 간주되지는 않았다. (그러했더라면 이상과 현실 사이의 대립의 쎄르반떼스적인 해결에 이르게 되었을 것이다.)

루씨안이 라블레에게 미친 영향은 개별 에피소드의 재구성(가령 에삐스떼몽의 '사자(死者)의 왕국' 방문)만이 아니라 이데올로기의 고상한 영역을 패러디를 통해서 조직적으로 파괴하는 데에서도 느낄 수 있다. 이것은 물질적인 삶의 시리즈를 도입하는 기법을 통해 달성되는바, 이 물질적 시리즈는 사적, 일상적, 속물적 측면(루씨안이 사용하는 방법)으로만 활용되는 것이 아니고 충분한 인간적 의미를 부여받으며 또 이것은 민속적 시간의 조건하에서만(즉 보다 더 아리스토파네스적인 방식에 의해서만) 이루어질 수 있다.

페트로니우스의 경우

페트로니우스의 『싸티리콘』은 특수한 난점을 제기한다. 이 소설에서는 음식과 술, 성적 외설, 죽음, 웃음 등이 대체로 일상적 차원에서 존재하지만, 이 범상하고 일상적인 삶(기본적으로 로마제국의 밑바닥 낙오자들의 삶) 자체는 민속적 재생과 과거의 흔적에 젖어 있으며 특히 소설 중 순수한 모험이 지배하는 부분에서 두드러지게 그러하다. 그 부분에서 우리는 지독한 방탕함과 조야함 그리고 냉소적인 분위기 속에서도, 퇴락해가는 풍요의식, 결혼에 대한 냉소적 태도의 성식적(聖式的) 근원, 죽은 자를 풍자하는 광대의 가면, 장례식 및 장례 향연에서의 성식적 간음 등을 힐끗 엿볼 수 있다. 널리 칭송되는 삽화 '에페수스의 과부' (The Widow of Ephesus)에서 우리는 고대적인 복합체의 모든 기본적 요소들이 하나의 탁월하게 집약된 현실적 이야기로 통일됨을 발견한다. 남편의 지하무덤, 그 무덤 옆에서 슬픔과 굶주림으로 죽기를 결심한 절망한 젊은 과부, 도둑들이 못박혀 있는 근처의 십자가를 지키는 젊고 명랑한 군병(軍兵), 젊은 과부에게 매혹된 그 젊은 군병에 의해 깨어지는 그녀의 침울하고 금욕적인 결단과 죽음에의 열망, 남편의 무덤 위에서의 음식과 술(고기와 빵, 포도주), 무덤 옆에서의 그들의 성교(죽음과 직접적인 연관을 가진 새생명의 잉태), 그들이 성교를 하는 동안 도난당한, 십자가에 매달렸던 도둑의 시체, 사랑의 댓가로서 군병을 위협하는 죽음, 과부의 요청에 따라 남편의 시체를 도둑맞은 시체 대신 십자가에 매다는 일, "살아 있는 사람이 죽는 것보다는 죽은 자가 십자가에 달리는 것이 낫다"는 과부의 말, 그리고 마지막으로 지나가던 행인들이 시체가 혼자서 십자가에 기어오르는 것을 보고 경악하는 우스꽝스러운 장면이 이어진다. (즉 마지막은 웃음인 것이다.) 이상에서 열거한 것이 이 이야기의 모티프들로서 그것들은 철저하게 현실적인 이야기로 통일되며 그 이야기 속에서는 하나 하나의 구성요소가 모두 필수적인 것으로 느슨한 부분이 조금도 없는 꽉 짜인 이야기를 이룩한다.

여기에서 우리는 무덤→젊음→음식과 술→죽음→성교→새생명의 잉태→웃음으로 이루어지는 고전적 시리즈의 모든 기본 고리들을 빠짐없이 보게 된다. 간단히 말하면 이 이야기는 삶이 죽음에 대해 거두는 끊임없는 승리의 시리즈이다. 삶은 죽음에 대해 네 번의 승리를 거둔다. 삶의 기쁨(음식, 술, 젊음, 사랑)이 과부의 침울한 절망과 죽음에의 열망을 누르고 승리를 거두며, 죽은 자의 시체 옆에서 삶의 회복으로서의 음식과 술이 등장하고, 무덤 근처에서 새생명이 잉태되며, 시체가 사라진다. (시체의 부재는 죽음의 부재와 같으며 현세적인 부활의 암시이다.) 부활의 모티프는 가장 직접적인 표현을 얻어 나타나는데 과부는 절망적인 슬픔과 무덤과 같은 죽음의 침울함에서 벗어나 새생명과 사랑으로 부활하는 것이다. 웃음의 희극적 측면에서는 또한 죽은 자의 가짜 부활도 존재한다.

우리는 이 모티프들의 시리즈 전체가 지니는 빼어난 간결성과 그것에서 비롯되는 짜임새를 강조해야 할 것이다. 고대 복합체의 요소들은 직접적이고 꽉 짜인 하나의 모형 안에 존재하며 서로 아주 단단히 결합되어 있어 서로가 서로를 가릴 정도이다. 그러한 요소들은 이야기 속의 어떤 곁줄거리나 우회, 장황한 담화, 서정적 여담, 비유적인 승화 등에 의해 분리됨으로써 그 이야기의 서술이 지닌 꾸밈없는 사실적 표면의 통일성을 해치는 일이 없다.

페트로니우스가 고대 복합체를 예술적으로 해석하는 방식의 독특성은 고대적인 복합체와 동일한 요소들이 세목들은 그대로이면서도 고상하고 신비적인 형태로 변모된 채, 그의 당대에 유행했던 헬레니즘적, 동양적 신비주의 의식에, 그리고 특히 기독교 의식(십자가에 매달려 죽었다가 부활한 이의 신비스런 육체로서의, 제단 무덤 위의 포도주와 빵, 즉 새생명의 성찬식 및 음식과 술을 통한 부활)에 나타남을 상기해보면 명명백백해질 것이다. 제의적인 교정을 거치게 되면 그 복합체의 모든 요소들은 사실적이 아닌 승화된 형식으로 등장하며, 현실적 이야기를 통해 서로 연결되는 것이 아니라 신비적, 상징적 연계와 상호관계를 통해 연결되고, 죽음에 대해 삶이 거두는 승리(부활)는 사실적이고 현세적인 차원에서 이루어지는 것이 아니라 신비적 차원에서 이루어진다. 게다가 웃음은 전혀 존재하지 않으며 성행위는 고상하게 고쳐져 거의 알아볼 수조차 없게 된다.

페트로니우스에서는 고대 복합체의 요소들이 삶의 실제적인 사건들 및 로마의 지방의 일상적 경험을 통해 결합된다. 신비주의는 그 흔적을 찾아볼 수 없고 심지어 단순한 상징적 특징들도 존재하지 않으며 단 한 가지 요소도 비유로 원용되지 않는다. 모든 것이 실제 삶의 차원에서 일어나는 것이다. 군병의 젊고 강한 육체 앞에서 과부가 음식과 술의 도움을 받아 새로운 생명으로 되살아나는 것은 충분히 있을 수 있는 일이며, 잉태를 통해 삶이 죽음에 대해 승리를 거두는 것, 십자가를 기어오르는 죽은 자의 가짜 부활도 또한 그러하다. 이런 모든 것에는 고상하게 만들려는 여하한 시도도 존재하지 않는다.

그럼에도 불구하고 이 이야기가 포착하여 살아 움직이게 하는 인간 삶의 바로 이러한 적나라한 현실이 그 이야기에 심오한 의미를 부여한다.

여기에서 우리는 중대한 사건이 소규모의 묘사 속에 반영된 예를 보게 된다. 그 사건은 그 이야기에 포괄되는 요소들 때문에 중대한 것이며, 그 요소들은 자신들이 반영된 실생활의 작은 편린들의 경계를 훨씬 넘어선 곳에 그 기원을 두고 있다. 사실적 형상은 민속적 기초 위에서만 발생할 수 있는 특수한 유형의 구조를 지닌다. 이것에 적절한 이름을 붙이기는 힘든 일이지만 **리얼리즘적 상징**이라고 부를 수도 있겠다. 그 상징의 전체적 구성은 철저하게 사실적이다. 그러나 그 안에는 삶의 본질적이고 중요한 측면들이 아주 많이 집중되고 집약되어 있으므로 그것은 모든 공간적, 시간적, 사회·역사적 한계를 훨씬 뛰어넘는 의미를 지닌다. (그럼에도 불구하고 그 의미가 발생하는 구체적인 사회·역사적 기초로부터 그 상징이 분리되지는 않는다.)

페트로니우스가 보여준 민속적 복합체의 활용은 르네쌍스 시기에 이에 상응하는 현상들에 지대한 영향을 미쳤는바, 특히 우리가 방금 살펴본 '에페수스의 과부'가 그러했다. 그러나 우리가 주목해야 할 점은 르네쌍스 문학에서 찾아볼 수 있는 유사한 현상들은 페트로니우스의 직접적인 영향에 의해서보다는 그 현상들이 일반적인 민속적 원천과 맺는 밀접한 관계에 의해 더 잘 설명된다는 점이다. 그러나 직접적인 영향도 상당하다. 보까치오의 『데까메론』의 짧은 이야기들 중의 하나에서 페트로니우스의 이야기가 다시 사용되었던 것을 우리는 알고 있다. 그러나 『데까메론』이라는 작품 전체 및 작품을 틀짓는 이야기도 또한 페트로니우스와 흡사한 방식으로 민속적 복합체를 활용하는 것을 보게 된다. 여기에는 상징주의도 고양된 승화도 없고 자연주의의 흔적도 찾아볼 수 없다. 삶이 죽음에 대해 거두는 승리, 죽음과 직접적 연관을 갖는 삶의 모든 기쁨(음식, 술, 성교), 옛 시대를 몰아내면서 동시에 새 시대를 맞아들이는 웃음의 성격, 중세적 금욕주의의 어둠을 깨고 부활하여 음식과 술, 성생활의 성찬식(살아 있는 육체의 성찬식)을 통해 새 생명을 얻는 것, 이 모든 것들을 『데까메론』은 페트로니우스적인 방식으로 탄생시킨다. 여기에서도 사회·역사적 한계를 넘어서면서도 그것으로부터 분리되지 않는, 민속을 기초로 한 동일한 리얼리즘적 상징을 보게 되는 것이다.

라블레적인 크로노토프의 민속적 기초에 대한 분석을 끝마치면서 라블레의 가장 밀접하고 직접적인 전거는 중세와 르네쌍스 시대에 존재했던 웃음의 민중문화였음을 다시 한번 강조하고자 한다.

9. 목가소설의 크로노토프

민속적 시간의 복원을 위한 목가의 모델

이제 소설의 역사에서 매우 중요한 또다른 유형으로 옮겨가기로 하자. 여기에서는 고대의 복합체와 민속적 시간의 회복을 위한 목가적 모형을 다루기로 하겠다.

고대로부터 현재에 이르기까지 문학에는 많은 종류의 목가(牧歌, idyll)들이 존재해왔다. 그것들을 다음과 같은 순수한 유형들로 구분해볼 수 있는바, 연애 목가(그 기본 형태는 전원시(田園詩, pastoral)이다). 농업노동에 초점을 둔 목가, 수공업의 작업을 다루는 목가, 가정(家庭) 목가가 그것이다. 이상의 순수한 유형 이외에도 혼합된 유형들이 대단히 광범위하게 존재하며, 이 혼합된 유형들에서는 어느 한 측면(사랑, 노동, 가정 등)이 지배적인 위치를 차지한다.

위에 열거한 유형적 구분 외에도 또다른 종류의 차이점들이 서로 다른 유형들 사이에는 물론 같은 유형의 여러 변형들 사이에도 존재한다. 가령 개별적 모티프들(예컨대 자연현상)이 목가 전체에 통합될 때에도 그것들이 은유적으로 처리되는 성격과 정도에 있어서는 차이가 있다. 순수하게 사실적인 혹은 은유적인 연결고리가 지배하는 정도에도 차이가 있으며, 순수하게 이야기적인 측면이 강조되는 정도에도 차이가 있고, 고상하게 승화시키는 작업의 정도와 성격에도 차이가 있는 것이다.

이러한 유형의 목가들과 이 유형들 내부의 변형들이 서로서로 어떻게 다르건간에 그것들은 우리의 논의에 중요한 몇몇 특징들을 공유하는데 그 특징들은 모두 그것들이 민속적 시간의 내재적 통일성과의 사이에 맺는 일반적인 관계에 의해 결정된다. 이는 무엇보다도 목가에서의 시간이 공간에 대해 갖게 되는 특별한 관계에서, 즉 삶과 그 사건들이 주변의 산이라든가 계곡, 들, 강, 숲, 자기 집과 같이 속속들이 친숙한 영역에 유기적으로 결속되고 접목되는 것에서 가장 잘 드러난다. 목가적 삶과 그 사건들은 선조들이 살아왔고 후손들이 앞으로 살아갈 이 세계의 한정된 구체적인 공간과 불가분의 관계에 있다. 이 작은 공간은 제한되어 있고 자족적이며 세계의 나머지 공간과 무관하다. 그러나 공간적으로 제한된 이 작은 세계 속에는 무한하게 지속될 가능성을 지닌 세대의 연쇄가 자리잡고 있다. 수많은 세대의 삶(일반적으로 인간의 삶)이 목가 안에서 지니는 통일성은 대개의 경우 **장소의 통일성**에 의해, 즉 수많은 세대의 삶이 대대로 한 장소에 뿌리박고 있으며, 삶의 모든 사건들이 이 장소와 분리될 수 없다는 특성에 의해 일차적으로 규정된다. 이러한 장소의 통일성은 개별적 삶들 간에, 또는 하나의 삶의 여러 단계들 간에 존재하는 시간적 경계를 약화시키고 불분명하게 만든다. 장소의 통일성은 요람과 무덤을 가깝게 하고 결합시키며(동일한 작은 모퉁이, 동일한 땅), 유년기와 노년기를 결합시키고(동일한 덤불숲, 시내, 보리수집), 동일한 장소에서 동일한 조건 하에 동일한 것들을 보며 살아온 여러 세대의 삶을 결합시킨다. 장소의 통일성이 가능하게 하는 이러한 모든 시간적 경계의 불명료성은 또한 목가의 특징인 순환적 리듬의 창조에도 본질적인 공헌을 한다.

목가의 또하나의 특징은 그것이 삶의 기본 현실들 중의 몇가지에——사랑, 탄생, 죽음, 결혼, 노동. 음식과 술, 성장단계——엄격히 한정되어 있다는 사실이다. 이러한 기본 현실들은 목가의 밀도높은 조그마한 세계 안에서 밀착하여 존재하며 그들 간에는 날카로운 대립이 없고 모두 동일한 가치를 지닌다. (적어도 그러한 경향을 띤다.) 엄밀히 말해서 목가는 일상적 삶의 자질구레한 세목들을 알지 못한다. 전기나 역사에 등장하는 반복불가능한 중심적 사건들과 비교할 때 평범한 일상적 삶으로 보이는 모든 것들이 여기에서는 삶을 구성하는 가장 중요한 요소로 나타나기 시작한다. 그러나 목가에서는 이 모든 기본적인 현실들이 페트로니우스의 경우처럼 적나라한 사실적 측면으로 존재하는 것이 아니라 순화되고, 어느 정도 고상하게 승화된 형태로 존재한다. 그리하여 성

(性)의 요소는 거의 언제나 고상하게 승화된 형태로만 목가에 통합된다.

목가의 마지막 세번째 특징은 첫번째 특징과 밀접히 연결된 것인바, 인간의 삶과 자연의 삶의 결합, 그 리듬의 통일성, 자연현상과 인생의 사건들을 묘사하는 데 공통의 언어가 사용된다는 점이 바로 그것이다. 물론 목가에서 이 공통의 언어는 대개 순수히 은유적인 의미를 지니며, 미미한 정도로만 (그중에서도 농업적인 목가에서) 그 사실성을 유지하고 있다.

연애 목가에서는 위에서 언급한 측면들이 매우 약화된 형태로 표현된다. 자연의 품에 안긴 철저히 상투적인 소박한 삶은 사회적 관습과 일상적 사생활의 복잡성 및 부조화에 대비된다. 연애 목가에서 삶은 철저하게 승화된 사랑으로 추상화된다. 그럼에도 불구하고 상투적이고 은유적이며 양식화된 사랑의 양상들의 배후에서 우리는 아직도 민속적 시간의 내재적 통일성과 고대적 모형들을 희미하게나마 감지할 수 있다. 이런 이유 때문에 연애 목가는 다양한 유형의 소설의 토대로 기여할 수 있었으며, 다른 소설들(예컨대 루쏘의 소설들)의 구성요소가 될 수 있었다. 그러나 연애 목가는 소설의 역사에서 그 순수한 형태로서가 아니라 가정 목가와 결합된 형태(『젊은 베르테르의 슬픔』), 그리고 농업 목가와 결합된 형태(지방 소설(provincial novel))로서 특히 뛰어난 성과를 낸 것으로 드러났다.

가정 목가는 그 순수한 형태로는 거의 나타나지 않는다. 그러나 그것은 농업 목가와 결합될 때는 중대한 의의를 갖게 된다. 가정 목가와 농업 목가가 결합된 형식은 민속적 시간의 성취에 매우 근접하며, 이 형식 속에 고대의 모형이 아주 충실하게 그리고 최대한 사실적으로 드러난다. 이는 이러한 유형의 목가가 상투적인 전원적 삶(사실상 그러한 삶은 존재하지 않는다)을 모범으로 하지 않고 봉건적인 사회, 또는 봉건시대 이후의 사회에서의 농업노동자들의 실제 삶을 기초로 하고 있다는 사실로 설명될 수 있을 것이다. (그러나 그들의 삶이 어느 정도는 이상화되고 고상하게 승화된 것이 사실이며 이상화의 정도에도 큰 차이가 있다.) 이 유형의 목가에서는 노동의 측면이 특히 중요한데(이 측면은 베르길리우스의 『농업시』(*Georgics*)에 이미 존재하였다), 자연현상과 인생의 사건들 사이의 사실적인 연결고리와 공통의 유대(연애 목가의 은유적인 연결고리와는 구별되는)를 창조하는 것이 바로 이 농업노동적 요소이다. 더우기——이것이 특별히 중요한 점인데——농업노동은 일상적인 삶의 모든 사건들을 변형시켜, 인간이 단지 소비자에 불과할 때 그 사건들이 지니게 되는 사적이고 사소한 성격을 제거하고 그것들을 삶의 본질적인 사건들로 변화시킨다. 그리하여 사람들은 자기 노동의 생산물을 소비하고, 생산물은 그것을 생산하는 과정과 연결되며, 그 생산물 안에 태양과 대지와 비가 어떤 은유적인 관계의 체계를 통해서가 아니라 실제적으로 존재한다. 마찬가지로 포도주는 그것이 경작되고 생산되는 과정에 젖어들며, 포도주를 마시는 행위는 농경주기와 연결된 축제일과 불가분의 관계를 지닌다. 목가시에서 음식과 술은 사회적인 성격, 또는 더 흔하게는 가족적인 성격을 지닌다. 모든 세대와 연령층의 사람들이 식탁 주위에 모이는 것이다. 음식과 어린이들이 연관되는 것은 목가의 특징 중의 하나이다. (『젊은 베르테르의 슬픔』에서도 로테가 어린이들에게 음식을 먹이는 목가적 장면이 나온다.) 이 모형은 성장의 시작과 삶의 새로운 출발로 가득차 있다. 목가에서 어린이들은 흔히 성행위와 잉태의 승화물로서 기능하며 자주 성장과 새로운 삶의 출발 및 죽음 등과 연관되어 등장한다. (노인 곁의 어린이, 무덤가에서 놀고 있는 어린이들 등.) 이러한 유형의 목가에서 어린이의 형상이 지니는 중요성 및 그 역할은 지대하다. 여전히 목가적 분위기로 충만한 바로 이러한 배경에서 어린이가 최초로 소설에 등장한다.

목가에서의 음식의 사용에 대한 예로서는 주꼬프스끼가 번역한 바 있는 헤벨(Johann Peter Hebel, 1760~1826: 독일의 방언 시인—역주)의 널리 알려진 목가 「귀리죽」(Das Haber-Musz, 헤벨의 작품 『알레만의 시(詩)』(*Allemanische Gedichte*)에 포함된 시—역주)를 들 수 있겠다. 그러나 이 작품의 교훈적 경향이 고대의 모형이 지녔던 힘(특히 어린이와 음식의 연관)을 다소 약화시키고 있는 것도 사실이다.

거듭 말하건대 고대적 모형의 요소들은 목가에서 흔히 승화된 형태로 등장하며, 어떤 요소는 부분적으로 혹은 전적으로 생략되기도 한다. 그런데 평범한 일상생활이 항상 모두 함께 변형되는 것은 아니다. (특히 최근 [19세기]의 사실주의적 목가들에서 그러하다.) 이를 뒷받침하기 위해서는 고골리의 「옛 지주」(Old-World Landowners)와 같은 목가를 생각해보면 충분하다. 이 시에는 고대적 모형의 다른 요소들——노년기, 사랑, 음식, 죽음——은 비교적 잘 묘사되어 있는 반면(그중 몇몇은 고도로 승화된 형태로서 제시된다), 노동의 측면에 대한 묘사는 전무하다. 여기에서 중요한 위치를 차지하고 있는 음식은 노동에 대한 언급의 부재로 말미암아 일상적 습관의 차원에 존재한다.

18세기에 들어와 문학에서 시간의 문제가 특별히 강렬하게 제기되고, 시간에 대한 새로운 의식이 깨어나기 시작하면서 목가라는 형식은 커다란 의미를 갖게 된다. 18세기에 존재한 목가 유형들이 풍부하고 다양함은 놀랄 만하다(특히 독일령 스위스 및 독일에서 그러하다.) 또한 특수한 형식의 비가(悲歌, elegy)로 발전되었는데, 그것은 목가적 요소를 강하게 지닌, 고대 전통에 근거한 명상적 유형의 비가이다. 여기서는 무덤가에서의 여러 명상들이 무덤, 사랑, 새로운 삶, 봄, 어린이, 노년 등의 모형들을 통합하고 있다. 그 예로 그레이(Thomas Gray: 1716~71, 유명한 비가들을 남긴 영국의 시인—역주)의 「시골 교회묘지에서 씌어진 비가」(Elegy Written in a Country Churchyard)(주꼬프스끼의 번역 참조)를 들 수 있는데, 이 비가는 목가적 분위기를 매우 강하게 드러낸다. 이 전통을 이은 낭만주의자들은 위에 언급한 비가적 모형(특히 사랑과 죽음의 모형)을 (노발리스에서처럼) 새롭게 재해석한다.

18세기의 몇몇 목가에서는 시간의 문제가 철학의 차원으로까지 끌어올려진다. 목가적 삶의 참된 유기적 시간은 도시적 삶의 공허하고 파편화된 시간 및 심지어 역사적인 시간과도 대비된다. (헤벨의 「뜻밖의 재회」(*Das unverhofftes Widersehen*, 『보물상자』 *Das Schatzkästlein des Rheinichen Hausfreundes*, 1811 중의 시—역주)와 주꼬프스끼의 번역 "Neožidannoe svidanie" 참조)*

* 바흐찐은 주꼬프스끼(1787~1852)의 번역이 그 자체로서 가치를 지니는 작품이 될만큼 훌륭하기 때문에 독일어 원문뿐 아니라 러시아어 번역판도 제시하고 있다—영역자 주

소설사에 미친 목가의 영향

소설의 발전에서 목가가 지니는 중요성은 이미 말한 대로 지대하다. 그러나 근저에 깔린 형상으로서 목가가 지니는 중요성은 아직까지 제대로 이해되지도 평가되지도 못했으며, 그 결과 소설의 역사를 보는 모든 관점이 왜곡될 수밖에 없었다. 여기에서는 이 중대한 문제에 대해 피상적으로 언급하고 지나갈 수밖에 없겠다.

목가가 근대소설의 발전에 미친 영향은 다섯 가지의 기본 방향으로 전개되었다. (1) 지방소설에 미친 목가와 목가적 시간 및 목가적 모형의 영향, (2) 괴테의 **교양소설**과 스턴적 유형의 소설(히펠, 장 파울)에서와 같은 목가의 파괴, (3) 루쏘적 유형의 '감상주의 소설'에 미친 목가의 영향. (4) 가정소설과 세대소설에 미친 목가의 영향, (5) 다른 범주에 속하는 소설 (가령 '민중의 사람'을 그리는 소설)에 미친 목가의 영향 등이다.

지방소설에서 우리는 가족노동, 농업 혹은 수공업을 다룬 목가가 소설의 주요형태로 이전하는 과정을 직접 목격하게 된다. 문학에서 지방색(provinciality, oblastničestvo)이 지니는 기본적 의미(많은 세대들의 삶과 엄격하게 한정된 장소 사이에 존재하는 대대로 전해 내려온 끊임없는 유대는 시간과 공간 사이의 순수하게 목가적인 관계, 즉 삶 전체의 과정이 일어나는 현장으로서의 장소가 지니는 목가적 통일성을 반영하는 것이다. 지방소설에서 삶의 과정 그 자체는 보다 더 확대되고 세밀해지며(이는 소설의 필수적인 요소이다), 언어와 신념체계, 윤리, 관습 등의 이데올로기적인 측면은 더욱 현저해지기 시작한다. 그럼에도 불구하고 이러한 삶의 양상은 극히 한정된 장소와 불가분의 관계로 얽혀 있는 것으로 제시된다. 지방소설에서도 목가에서와 마찬가지로 모든 시간적 경계는 불분명해지고 인생의 리듬은 자연의 리듬과 조화를 이룬다. 소설에서 시간의 문제가 이렇게 목가적으로 해결되자(이는 결국 민속적 토대를 기반으로 한 것이다) 지방소설에서는 범상한 일상적 삶이 변형되어 일상생활의 사건들은 중요성을 띠게 되고 주제적 의미를 획득하게 된다.

목가의 전형적인 특성이며 우리가 지방소설에서도 만나게 되는 모든 민속적 모형들은 이러한 토대 위에 구축된다. 목가에서와 마찬가지로 지방소설에서도 성장의 단계와 순환적으로 반복되는 삶의 과정은 아주 중요하다. 지방소설은 그 주인공들도 목가와 동일하다. (농부, 수공업자, 시골 목사, 시골학교 선생 등.)

지방소설에 사용되는 이러한 개별 모티프들의 훌륭한 변형에도 불구하고(특히 예레미아스 고트헬프(Jeremias Gotthelf: 1797~1854, 스위스 태생의 교훈적인 지방 소설가—역주). 임머만(Karl Immermann: 1796~1840, 시적 사실주의의 선구자로 간주되는 독일의 작가—역주), 고트프리드 켈러(Gottfried Keller: 1819~1890, 스위스의 사실주의 작가. 특히 바흐찐에게는 『녹색의 하인리히』와 『젤트빌라의 사람들』 같은 작품으로 중요하게 평가됨—역주)와 같은 사실주의 작가들의 경우), 이러한 유형의 소설은 민속적 시간을 극히 제한된 정도로만 활용하고 있다. 여기에는 광범위하고 심오한 사실적 상징은 존재하지 않으며 의미는 형상들에 내재하는 사회역사적 한계를 넘어서지 않는다. 순환성이 특히 강하게 부각되며 따라서 성장의 시작과 끝없는 재생(再生)은 역사의 전진하는 힘으로부터 분리되어 약화되고 심지어 그에 대립하기까지 한다. 그리하여 이런 맥락에서는 성장은 무의미한 제자리 걸음이 되고 삶은 동일한 역사적 지점, 즉 역사적 진보의 동일한 수준에 머무르고 만다.

루쏘의 작품과 그의 영향을 받은 작품들에서는 목가적 시간과 목가적 모형이 훨씬 더 견고하게 재구성된다. 이 재구성 작업은 두 가지 방향으로 전개된다. 첫째로는 고대적인 복합체의 기본 요소들(자연, 사랑, 가정, 아기의 탄생, 죽음)이 분리되어 보다 높은 철학적 차원으로 승화되며, 거기에서 어느 정도 현세적 삶의 위대하고 영원하며 현명한 힘의 형식들로서 다루어지게 된다. 둘째, 이러한 요소들은 고립된 개인의 의식을 구성하는 재료를 제공함으로써 그러한 의식을 치유하고 정화하며 안심시키는 힘, 즉 자신들과 융합될 것을 요구하면서 그러한 의식의 굴복을 강제하는 힘으로서 작용하게 된다.

민속적 시간과 고대의 모형은 이러한 것들을 잃어버린 이상적 상태로 인식하는 루쏘(그리고 이런 유형의 소설을 쓴 다른 대표작가들) 당대의 사회발전단계에 대한 의식으로부터 주어진다. 저 잃어버린 이상과 다시 접촉하는 것이 필요하기는 하지만 그것은 이제 하나의 새로운 발전단계에서 이루어져야 한다. 이러한 최근의 반전단계에서 정확히 무엇을 보존해야 할 것인지는 작가에 따라 다양한 방식으로 결정되지만(루쏘 자신도 이 문제에 대해서는 단일한 관점을 가지고 있지 못하다), 삶의 내면적 양상은 어느 경우에건 보존되며(비록 변형의 과정을 겪기는 하지만) 대개의 경우 개별성도 유지된다.

복합체의 구성요소들은 철학적인 승화의 결과 그 외양이 크게 변화한다. 사랑은 사랑하는 사람들에게는 본질적이고 신비하며 종종 결정적인 힘이 되는데, 이 모든 것은 내면화된다. 사랑은 자연 및 죽음과 관련하여 제시된다. 사랑에 대한 이러한 새로운 시각과 함께 사랑의 더욱 친숙하고 순수하게 목가적인 측면, 즉 가정, 어린이, 음식과 연관되는 측면도 보존된다. (그리하여 우리는 루쏘의 작품에서 쌩프뢰와 줄리 사이의 사랑과 함께 줄리와 볼마르간의 사랑과 가정생활도 보게 된다.) 자연도 변화하며 그 모형에 따라 격렬한 사랑과 결합되기도 하고 노동과 결합되기도 한다.

이야기도 그에 상응하는 변화를 겪는다. 목가에서는 목가적 세계와 모순되는 주인공은 내체로 존재하지 않는다. 그와는 대조적으로 지방소설에서는 자신이 속한 환경으로부터 떨어져나와 도시로 가서 그곳에서 죽거나 아니면 성경에 나오는 탕자(蕩者)처럼 가족의 품으로 되돌아오는 주인공을 이따금 볼 수 있다. 루쏘적 유형의 소설에서 주요 인물들은 그의 동시대인들로서 이미 개인적 삶의 흐름을 고립시킨 사람들, 내면적인 시각을 지닌 사람들이다. 그들은 자연 및 소박한 사람들의 삶과 접촉하면서 그들로부터 삶과 죽음에 대처하는 지혜를 배움으로써 스스로를 치유한다. 또는 그들은 문명의 경계선을 완전히 벗어나 원시적 공동체의 총체성으로 몰입하기를 시도한다(예컨대 샤또브리앙의 르네(René, 낭만적인 소설 『르네』의 주인공—역주)와 똘스또이의 올레닌(Olenin, 『꼬자끄인들』에 나오는 인물—역주)

루쏘와 더불어 시작된 이러한 계열의 발전은 대단히 진보적인 것으로 판명되었다. 그것은 지방적 형식의 한계를 벗어나는 데 성공하였다. 여기에는 좁은 가부장적(지방적) 세계(더우기 대단히 이상화되어 있는 세계)의 사멸해가는 자취를 보존하려는 이루어지지도 못할 시도는 아예 존재하지 않았다. 루쏘 계열의 발전에서는 오히려 총체에 대한 고대의 인식을 철학적 용어에 의해 승화시키고, 그 인식을 미래를 위한 이상으로 삼으며 그 안에서 무엇보다도 사회의 현상태를 비판할 수 있는 근거와 규범을 발견한다. 대부분의 경우에 이 비판은 두 가지 측면을 지니는바, 봉건적 위계질서, 불평등, 절대주의, 사회의 그릇된 독단성(인습적 측면)에 대한 비판이 그 하나요 또한 탐욕에 의한 무질서와 고립되고 이기적인 부르조아적 개인주의에 대한 비판이 또 다른 하나이다.

가정소설과 세대소설에서는 목가적 요소가 근본적으로 재구성되며 그 결과 목가적 요소는 현저하게 약화된다. 민속적 시간과 고대적 모형 중에서 오로지 부르조아적 가족 및 족보로서의 가족이라는 토양에서 살아남고 재해석될 수 있는 요소들만이 남게 된다. 그럼에도 불구하고 가정소설과 목가 사이의 관련성은 일련의 중요한 측면들을 가지고 있으며, 바로 이러한 관련성이 이 유형의 소설의 기본 핵심, 즉 가족을 결정하는 요인이다.

물론 가정소설의 가족은 목가의 가족과는 다르다. 그것은 이미 목가의 가족을 밑받침해주었던 협소한 봉건적 공간과 불변하는 자연환경(고향의 산, 들, 강, 숲)으로부터 유리되어 존재한다. 목가적인 장소의 통일성은 기껏해야 유서깊은 집안의 도회지 저택, 즉 자본주의적 재산 중 부동산에 해당하는 부분에 한정되어 있다. 그러나 가정소설에서는 이러한 장소의 통일성은 결코 필수적인 것이 아니다. 오히려 이러한 소설의 등장인물은 그 일생 중 언젠가는 반드시 명확하게 규정된 한정된 공간적 환경으로부터의 이탈을 경험하며, 가정과 물질적 재산을 획득하기 이전에 방랑의 시기를 거친다. 이러한 것은 고전적 가정소설의 특징이다. 여기에서 중요한 것은 바로 안정된 가정과 물질적 재화가 주인공에게 지니는 의미, 즉 주인공들이 애초에 처했던 상황의 우연적 요소들(우연한 사람들과의 우연한 만남, 우연적인 상황과 사건들)을 어떻게 극복하는가, 주인공들이 어떻게 사람들과의 근본적인, 다시 말해서 가족적인 관계를 창출해내는가, 또한 주인공들이 어떻게 분명하게 규정된 장소와 분명하게 규정된 협소한 친족사회, 즉 가족집단에 그들의 세계를 한정시키는가 하는 점들이다. 주인공은 처음에는 흔히 집도 없고 친척도 없으며, 의지할 재산도 없다. 그는 낯선 세계에서 낯선 사람들 틈을 방황하다가 우연히도 불운 혹은 성공과 마주친다. 그는 자신에게 적이 될 사람 혹은 은인이 될 사람을(이는 소설의 앞부분에서는 밝혀지지 않다가 뒤에 가족이나 친족계보에 따라 해명된다) 우연하게 만난다. 이러한 소설은 주인공(들)이 우연적인 사건들이 발생하는 거대하기는 하나 낯선 세계로부터, 이질적이고 우연적이며 이해할 수 없는 것이라고는 없는 세계, 인간관계가 참되게 재정립되고 고대의 모형들이 가정을 기초로 하여 재정립되는 세계, 사랑과 결혼, 자신의 출생, 인척들의 평화로운 노년기, 식탁에서 함께 나누는 식사 등이 존재하는 세계로 옮아가는 방향으로 진전된다. 이 좁고 퇴락한 목가적 소(小)세계가 소설 전체를 관통하는 실마리가 되는 동시에 문제를 해결하는 방책이 된다. 이상이 필딩의 『톰 존스』로부터 시작하는 고전적 가정소설의 개요이다. (이와 동일한 개요가 약간 변형된 모습으로 스몰렛의 『페리그린 피클』의 기저를 이룬다.) 그러나 또다른 개요도 존재하는데(그 기초는 리차드슨에 의해 세워졌다), 여기에서는 가정의 아늑하고 작은 세계에 이질적인 힘이 침입하여 그 세계를 파괴하려고 위협한다. 디킨즈의 소설은 첫번째 고전적 개요(필딩과 스몰렛)의 변형으로서 유럽의 가정소설 가운데 최고의 업적을 이룩하였다.

목가적 요소는 가정소설 전체에 드문드문 존재한다. 비인간화되고 소외된 인간관계와 가부장적이거나 혹은 추상적인 인문주의적 기초 위에 이룩된 인간관계 사이에 끊임없는 투쟁이 이루어진다. 차갑고 낯선 거대한 세계 곳곳에 인간적인 감정과 친절함이 있는 자그마하지만 따뜻한 공간이 존재하는 것이다.

목가적 요소는 세대소설(색커리, 프라이타크(Gustav Freytag: 1816~1895, 6권으로 이루어진 그의 *Die Ahnen*(1873~1881)은 4세기에서 19세기에 이르는 어느 독일 가정의 이야기를 다루고 있다—역주), 골즈워디(John Galsworthy: 1867~1933, Forsyte 시리즈로 인기를 얻었던 영국의 작가—역주), 토마스 만)에서도 결정적인 중요성을 지닌다. 그러나 많은 경우 이런 소설들의 지배적인 주제는 목가의 파괴 그리고 목가적 유형의 가정 및 가부장적 관계의 파괴이다.

목가(매우 광범위한 의미에서의 목가)의 파괴는 18세기말과 19세기 전반의 문학에서 기본 주제 중 하나가 된다. 수공업 목가의 파괴는 19세기 후반까지도 계속된다. (크레쩌(Max Kretzer, 1854~1941)의 『장인(匠人) 팀페』(*Meister Timpe*, 1888, 19세기의 독일을 배경으로 독립적인 장인이 사라지고 공장노동자가 발생하는 과정을 그린 소설—역주) 참조). 그리고 물론 러시아 문학에서는 이러한 변화의 연대적(年代的) 경계가 19세기 후반으로 이동한다.

목가의 파괴는 물론 다양한 방식으로 다루어질 수 있다. 그 방식들 간의 차이는 급속히 종말로 치닫고 있는 목가적 세계에 대한 이해와 평가, 그리고 그 세계를 파괴하는 힘인 새로운 자본주의적 세계에 대한 평가에서의 차이에 의해 결정된다.

이 주제의 주요한 고전적 발전계열(괴테와 골드스미스, 장 파울이 속한 계열)은 파괴된 목가적 세계를 사멸하는 봉건세계에 관한 하나의 사실로서 그것이 내포하는 모든 역사적 한계와 함께 인식하는 것이 아니라 상당히 철학적으로 승화시켜 다루고 있다. (이는 루쏘의 경우와 흡사하다.) 목가적 인간이 지닌 깊이있는 **인간적 측면**과 그가 맺는 인간관계의 인간적 측면이 함께 부각되며, 목가적 노동의 기계화되지 않은 성격에 대한 특별한 강조와 더불어 목가적 삶의 **통일성** 및 그것이 자연과의 사이에 맺는 유기적 관계의 **통일성**이 부각된다. 마지막으로 **목가적 사물**들은 그것들을 생산하는 노동과 유리되지 않은 채, 목가적인 일상생활의 경험 속에서 이 노동과 불가분의 관계로 연결되어 있는 것으로서 강조된다. 동시에 목가적 소(小)세계의 협소함과 고립성 또한 강조된다.

사멸할 운명에 처해 있는 이 작은 목가적 세계에 대한 대립물로서는 거대하고 추상적인 세계가 존재하는데 이 거대한 세계 속의 사람들은 서로 접촉하지 않으며 상호간에 이기적으로 고립되어 있고 탐욕스러울 만큼 실제적이다. 여기에서 노동은 분화되고 기계화되어 있으며 사물은 그것을 생산하는 노동으로부터 소외되어 있다. 그리하여 이 거대한 세계를 새로운 토대 위에 구축하며 친숙하게 만들고 인간화하는 것이 필요해지며 또한 자연과의 새로운 관계를 발견하는 것도 필요하다. 이때 자연과의 관계란 자신에게 속한 세계의 아주 한정된 모퉁이의 협소한 자연이 아닌 거대한 세계의 크나큰 자연과의 사이에 맺는 관계이며, 태양계의 모든 현상, 지구의 한복판으로부터 채굴한 보화 및 다양한 지리상의 장소와 대륙과의 사이에 맺는 관계이다. 한정된 목가적 공동체 대신에 모든 인류를 포용할 수 있는 새로운 공동체가 수립되어야만 하는 것이다. 이것이 괴테(『파우스트』 2부와 『방랑의 시절』(*Wanderjahre*)에서 특히 강력하게 표현되어 있다) 및 그와 유사한 계열의 다른 작가들이 제시하는 문제를 대강 요약한 것이다. 인간은 그가 보기에 거대하고 낯선 세계 속에서 살아가기 위해 스스로를 교육하고 재교육해야 한다. 세계를 길들여 자신의 것으로 만들어야 하는 것이다. 헤겔의 정의를 따르자면 소설은 인간을 부르조아 사회에서의 삶에 적합하도록 교육해야 한다. 이 교육과정은 인간이 이전에 목가적인 것과 맺었던 모든 관계를 끊는 것, 즉 인간의 **추방**으로 이루어진다. 여기에서 인간의 재교육 과정은 사회의 붕괴와 재건, 즉 역사적 과정과 얽혀 있다.

스땅달, 발자끄, 플로베르(그리고 러시아의 곤차로프(Ivan Alerandrovich Goncharov: 1812~1891, 『오블로모프』를 쓴 러시아의 소설가―역주))가 대표하는 또다른 발전계열인 **성장소설**(Bildungsroman)에서는 이같은 문제가 약간 다르게 제기된다. 여기에서는 주요 쟁점이 점차 새로운 자본주의적 세계에는 부적당한 것으로 드러나고 있는 목가적 세계관과 심리의 파괴와 전복이라는 문제이다. 이러한 경우에는 대개 목가가 철학적으로 승화되지 않는다. 그 대신 자본주의의 중심으로부터 방출되는 힘에 의해 지방적 이상주의가 붕괴되는 모습이 나타난다. 우리는 그러한 붕괴의 과정과 주인공들의 지방적 낭만주의를 목격하지만 그것들은 결코 이상화되지 않고 있다. 자본주의적 세계도 또한 이상화되지 않으며 그 비인간성이 적나라하게 드러난다. 그 세계에서의 모든 윤리체계(발전단계의 초기에 형성되었던 윤리체계)의 파괴와 이전에 존재했던 모든 인간관계의 (돈의 영향에 의한) 와해, 사랑과 가정과 우정의 붕괴 및 학자와 예술가의 작품에 대한 왜곡 등이 강조된다. 목가적 세계의 긍정적 주인공은 이제 우스꽝스럽고 처량하며 불필요한 존재가 되고 아주 소멸해버리거나 재교육을 거쳐 이기적인 약탈자가 된다.

대체로 스땅달과 플로베르 계열의 작품들과 관련을 맺고 있는 곤차로프의 소설들(특히 『평범한 이야기』가 그러하다)은 그중에서도 독특한 위치를 차지하고 있다. 그의 주제는 『오블로모프』에서 특히 선명하고 정확하게 전개된다. 오블로모프령(領)의 목가와 그 이후의 뻬쩨르부르그의 브이보르그 구역(Vyborg Quarter)의 목가는 오블로모프의 목가적 죽음과 함께 철저하게 사실적으로 묘사된다. 동시에 목가적 인물 오블로모프의 뛰어난 인간성도 그의 "비둘기와 같은 순수성"과 함께 나타난다. 목가 그 자체에서는(특히 브이보르그 구역의 목가에서) 모든 기본적인 목가적 모형——음식, 술, 어린이, 성행위, 죽음 등의 제의(리얼리즘적 상징)——이 등장한다. 여기에서 강조되고 있는 것은 정태(靜態, stasis)와 불변하는 환경에 대한 오블로모프의 욕구, 새로운 집으로 옮겨 가는 것에 대한 그의 공포, 시간에 대한 그의 태도 등이다.

스턴, 히펠, 장 파울이 대표하는, 라블레적인 동시에 목가적인 발전 계열은 특별히 주목할 만하다. 지금까지 우리가 논의해온 바에 비추어 볼 때 목가적 측면(감상적인 색채가 짙은 목가적 측면까지 포함하여)과 라블레적인 요소(스턴과 그의 영향을 받은 작가들에서 발견할 수 있는 요소)가 결합되는 것은 놀라운 일이 아니다. 이 두 유파는 민속적 복합체가 문학적으로 발전하는 두 개의 다른 지류를 대표함에도 불구하고 이들 간에는 민속에까지 거슬러올라가는 동질성이 분명히 존재하기 때문이다.

목가가 소설에 미친 가장 최근의 영향은 단지 목가적 복합체의 고립된 요소들이 소설 속에 단편적으로 침투하는 정도에 한정되었다. 소설에 등장하는 '민중의 사람'은 흔히 목가적 혈통을 가진다. 월터 스코트의 작품에 나오는 하인, 뿌쉬낀의 작품에서의 사벨리치(『대위의 딸』에 나오는 인물—역주), 디킨즈의 작품에 나오는 하인, 프랑스 소설에서의 하인들(모빠쌍의 『한 인생』에서부터 프루스트의 작품에 등장하는 프랑소와즈까지, 오베르뉴지방이나 브르타뉴지방 출신으로서 민중의 지혜와 목가적 환경의 지혜를 담지하고 있는 인물)이 모두 그러하다. 소설에서 '민중의 사람'은 지배계급은 이미 상실해버린 삶과 죽음에 대한 올바른 자세를 간직한 사람으로 등장한다. (똘스또이의 플라톤 까라따예프(『전쟁과 평화』에 나오는 인물—역주)) 대개의 경우 그의 가르침은 바로 올바른 죽음에 대한 것이다. (똘스또이의 「세 죽음」) 이러한 인물과 관련해서는 흔히 음식과 술, 사랑, 자손의 탄생 등을 다루는 특수한 방식도 나타난다. 요컨대 그는 영원히 지속되는 생산적 노동을 대표하는 인물인 것이다. 사회적으로 인정되고 있는 거짓과 인습을 이해하지 못하는 것으로 나타나는 이러한 인물 특유의 건강한 몰이해는 오히려 강조된다. (그러한 이해부족이 거짓과 인습의 정체를 폭로하는 구실을 하게 된다).

이상이 목가적 복합체가 근대소설에 미친 영향의 주요 양상들이다. 이것으로 문학에 나타나는 민속적 시간과 고대적 복합체에 대한 간략한 개관을 마치기로 하겠다. 이 개관은 라블레적인 세계(그리고 여기에서 다루지 못할 다른 항목들)의 특성을 올바른 이해하는 데 필수불가결한 토대를 제공해준다.

라블레적 웃음의 역사적 의미

라블레의 세계에서는 웃음이 우리가 살펴본 고대의 복합체를 활용하는 어느 방법에서보다도(아리스토파네스와 루씨안의 유형을 제외하면) 더욱 결정적인 중요성을 지닌다.

고대적인 복합체의 모든 측면들 중 웃음만이 여하한 방식(종교적, 신비적, 철학적)의 승화도 겪지 않았다. 웃음은 결코 공식적인 성격을 띤 적이 없었으며, 문학에서도 희극적 장르는 가장 자유분방하고 가장 통제가 적은 장르이다.

고대세계의 쇠퇴 이후의 유럽에서는 웃음은 단 하나의 종교나 제의, 국가적 또는 사회적 행사, 교회나 국가에 사용되는 공식적 장르나 문체(찬송가, 기도문, 성찬식의 고해문, 선언문, 성명서 등)에서도 (어조나 문체, 언어에 있어) 결코 인정받지 못하였다. 더우기 이 점은 웃음이 대단히 약화된 형태인 해학이나 풍자의 경우에도 마찬가지였다. 유럽은 웃음의 신비나 마법을 알지 못했다. 웃음은 생명 없는 관료주의에 조금도 오염되지 않았다. 따라서 웃음은 다른 진지한 형식, 특히 비장한 형식처럼 왜곡되거나 허위에 찬 것으로 될 수 없었다. 웃음은 비장한 진지함이라는 껍질로 덮여 있는 공식적 허위의 외부에 존재했다. 그리하여 모든 고상하고 진지한 장르, 언어와 문체의 모든 고급한 형식, 판에 박은 모든 문구, 모든 언어적 규범들은 인습과 위선, 허위에 흠뻑 젖어 있는 데 반해 웃음만은 거짓에 오염되지 않고 남아 있었다.

우리가 여기서 말하는 웃음은 생물학적, 혹은 심리·생리학적 행위로서의 웃음이 아니라 객관화된 사회역사적 문화현상(무엇보다도 말로 표현되는 문화현상)으로 인식된 웃음이다. 웃음이 가장 다양하게 현현하는 곳은 바로 말이다. (이 점이 아직 역사적으로 그리고 체계적으로 명확하고 충분하게 연구되지 못한 과제이기는 하지만.) '일차적 의미와는 다른 의미를 활용하는' 시적 언어 사용, 즉 비유와 더불어 언어를 통해 간접적으로 웃음을 표현하는 많은 다양한 형식들이 존재하는바, 풍자나 패러디, 해학, 농담, 다양한 형태의 희극적인 이야기 등이 그것이다. (이것들도 아직 체계적으로 분류되어 있지 못하다.) 언어의 모든 측면은 비유적 의미로 사용될 수 있다. 위와같은 모든 접근법에 의해 말에 포함된 **관점**은 재해석되며 언어의 양식 및 **언어와 사물의 관계**, 그리고 **언어와 화자의 관계** 또한 재해석된다. 언어의 여러 수준들이 다시 자리매겨지며, 통상적으로 연관되지 않던 것이 인접하게 되고 통상적으로 연관되던 것에는 거리가 생겨나게 되며, 친숙한 모형이 파괴되어 새로운 모형이 창조되고, 언어와 사유에 대한 언어학적 규범은 파괴된다. 또한 언어내적 관계에 고정된 한계들이 끊임없이 침범당하며, 나아가 주어진 폐쇄된 언어적 총체의 경계도 마찬가지이다. (패러디를 이해하려면 패러디의 대상을 알아야만 한다. 즉 주어진 맥락의 경계를 넘어서야만 한다.) 말로 웃음을 표현하는 이런 모든 특징들이 대상을 둘러싸고 있는 허위에 찬 언어적, 이데올로기적 껍데기를 벗겨내는 저 특별한 힘과 능력에 기여한다. 라블레는 언어의 이러한 능력을 최대한 활용하였다.

라블레의 작품세계에서 웃음이 지니는 특별한 힘 및 그 급진성은 무엇보다도 뿌리깊은 민속적 근원과 고대적인 복합체의 요소들──죽음, 새로운 삶의 탄생, 생식, 성장──과 그의 작품 사이의 관계에 의해 설명된다. 이것은 세계를 포용하는 웃음으로서, 가장 작은 것으로부터 가장 거대한 것까지, 그리고 아주 멀리 있는 것으로부터 손에 잡힐 듯 가까이 있는 것까지 세계의 모든 것과 장난할 수 있는 웃음이다. 이렇게 한편으로는 삶의 기본 현실들과 연결되고, 다른 한편으로는 이 현실들을 왜곡하고 고립시켜왔던 모든 그릇된 언어적·이데올로기적 껍질을 파괴하는 것과 연결되는 점에서 라블레의 웃음은 기괴함과 해학과 풍자와 아이러니를 사용한 다른 작가들의 웃음과는 명확히 구별된다. 이후의 스위프트나 스턴, 볼떼르, 디킨즈의 작품에서 우리는 라블레적인 웃음이 상대적으로 연약해지고 그것과 민속 사이의 유대가 약해지며(비록 그 유대가 스턴의 작품에 아직 강하게 남아 있고, 고골리의 작품에는 더더욱 그러하지만) 삶의 적나라한 현실과 단절된 것을 보게 된다.

여기에서 우리는 라블레의 특수한 원천의 문제, 즉 그에게 문학외적 원천이 갖는 막대한 중요성의 문제를 다시 거론해야만 할 것이다. 라블레에게 가장 중요한 원천은 언어의 비공식적 측면이다. 거기에서는 단순하고 복잡한 모든 욕설, 다양한 외설들이 풍부하게 존재하고 있으며 음주와 관련된 단어와 표현이 큰 비중을 차지한다. 오늘날까지도 언어의 비공식적(남성적) 측면은 라블레에 못지않게 많은 외설과 취태, 배설 등에 관한 말을 담고 있으나, 지금에 와서는 이런 모든 것들이 상투화되어 창조적이지 않게 되었다. 도시 및 농촌의(특히 도시의) 하층민들이 사용하는 언어의 비공식적 측면에서 라블레는 세계를 보는 특수한 관점, 특수한 현실 선택, 공식적 측면과는 전혀 다른 특수한 언어체계를 간파해냈다. 그는 이러한 언어에서는 여하한 승화도 일어나지 않음을 인식했고, 또한 이러한 언어 속에서 공식적 측면의 언어 및 문학에 대립되는 독특한 모형 체계를 발견했다. 라블레는 그의 소설에 이러한 "민중적 열정의 투박한 솔직성", "광장에서 하는 말에 부여된 방종의 특권"*을 광범위하게 통합시켰다.

언어의 비공식적 측면은 라블레 이전에 이미 그 안에 시사적 농담, 짧은 이야기, 속담, 말장난, 격언, 표어, 선정적인 수수께끼, 민요 등

* 이 인용은 뿌쉬낀이 1830년 빠고진의 신극 *Marfa Posadnitsa*에 대해 쓴 평론에서 따온 것이다.—영역자 주

등의 즉시 활용가능한 어휘적인 장르 및 기타 하위의 민속적 장르를 포함하고 있었는바, 그것들은 완전한 형태로 혹은 산재한 단편적 형태로 존재하였다. 그러한 형식들 각각에는 그것 특유의 관점과 현실의 취사선택(주제), 현실의 구성 및 언어와의 관계 등이 포함되어 있다.

이후에는 글로 씌어진 반(半) 공식적 문학이 발전하게 되는데, 그것들은 광대와 바보에 대한 이야기, 소극(笑劇), 파블리오(寓話詩), 익살농담(facéties: 흔히 아주 조잡한, 중세 말기와 르네쌍스 초기의 익명의 소극을 가리킴—역주), 짧은 이야기, 싸구려 책, 동화 등이다. 그리고 마침내 라블레가 사용하는 특수한 문학적 원천, 그 중에서도 고전적 고대로부터의 모든 원천이 등장한다.[31]

라블레가 활용한 이 다양한 원천들이 무엇이건간에 그것들은 모두 하나의 시각에 의해 재구성되고 있으며, 전적으로 새로운 예술적, 이데올로기적 기획의 통일성에 영향을 받고 있다. 따라서 라블레의 소설에서는 모든 전통적인 양상들이 새로운 의미를 띠고 새로운 기능을 담당한다.

이는 그의 소설의 구성 및 장르상의 구조에 특히 해당되는 사실이다. 제 1, 2 권은 전통적인 도식에 따라 주인공의 출생과 그것을 둘러싼 기적적인 상황, 주인공의 소년기, 주인공의 학창시절, 주인공의 군사적인 업적과 승리의 순으로 구조화된다. 그리고 제 4 권은 전통적인 여행소설의 계열에 맞추어 구성되어 있다. 그러나 제 3 권은 색다른 종류로서, 조언과 참된 지혜를 발견하기 위해 신탁과 현인, 철학 학파 등을 방문하는 (고대의) 탐색 여행이라는 특별한 도식을 갖는다. 이러한 '방문'(유명인사, 여러 사회집단의 대표자들에 대한 방문)이라는 도식은 이후의 문학에서 매우 널리 사용되었다. (고골리의 『죽은 혼』, 똘스또이의 『부활』 등).

그러나 고대 문학의 이러한 전통적 도식들은 라블레의 문학에서 재해석된다. 왜냐하면 이 소재들이 민속적 시간 속에서 제시되기 때문이다. 소설의 제 1, 2 권에서 생물학적 시간은 개별성이 존재하지 않는 성장이

31) 라블레의 원천은 라블레에 대한 특정 논문에서 자세히 분석한 바 있다. (저자의 박사학위 논문 『라블레와 그의 세계』에 대한 언급임—영역자 주)

라는 비개인적 시간 속으로 용해되어버린다. (이때의 성장이란 인체, 학문, 예술, 새로운 세계관, 낡아서 생명을 잃고 와해되어가는 세계와 함께 나란히 존재하는 새로운 세계의 성장과 발전을 일컫는다.) 성장은 특정한 개인의 개별적 성장에 국한되어 있지 않으며, 모든 개별성의 한계를 넘어선다. 세계의 모든 것이 성장의 과정에 있으며, 모든 사물과 현상, 세계 전체가 성장하고 있다.

따라서 라블레의 작품에서는 한 인간의 개인으로서의 진보와 완성이 역사적 성장 및 문화적 발전과 구별되지 않는다. 성장과 발전의 기본 양상, 상태, 단계는 민속적 의미로 이해된다. 다시 말해서 개인적 삶의 폐쇄된 연쇄의 일부로서가 아니라 모든 것을 포용하는 인류 전체의 공동의 삶의 일부로서 이해된다. 라블레의 작품에서 삶은 절대로 어떠한 개인적 측면을 지니지 않는다는 사실을 우리는 강조해야 할 것이다. 인간은 철저히 외면화되어 존재한다. 인간에게 가능한 최대한의 외향성이 달성되는 것이다. 왜냐하면 라블레의 방대한 소설 전체를 통틀어 보아도 등장인물 혼자만의 생각, 그의 내밀한 경험, 그의 내면 독백이 나타나는 단 하나의 예도 발견할 수 없기 때문이다. 이런 의미에서 라블레의 소설에는 내적 세계가 존재하지 않는다. 어떤 인물의 존재는 그의 행위와 대화로써 드러난다. 적설하게 공표될 수 없는 것은 아무것도 없다. 오히려 한 인물의 전(全) 존재는 외적 표현을 통해서만 그 의미를 완전하게 성취하며, 진정한 삶의 경험과 진정한 현실적 시간에 참여할 수 있는 것도 오로지 외적인 방식을 통해서이다. 따라서 이러한 시간에는 통일성이 있다. 여하한 내적 범주도 시간을 분할하지 않으며 개인화되고 내면화된 시작이나 종말은 존재하지 않는다. 순간 순간은 모든 사람이 함께 공유하고 모든 사람에게 동일한 의미를 지니는 하나의 세계 안에서 연속적으로 흘러간다. 그리하여 성장은 모든 개인의 한계를 포용하는 역사적인 성장이 된다. 그러므로 라블레의 작품에서는 완전한 인격의 성취라는 과업이, 낡은 인간 및 낡은 세계의 죽음과 연결되어 있는 동시에 새로운 역사를 알고 있는 세계 안에서, 새로운 역사적 시대의 성장과 연관된 새로운 인간이 성장하는 것으로서 인식된다.

따라서 고대의 모형은 라블레의 작품에서 새롭고 보다 높은 토대 위에 재확립된다. 그 모형들은 낡은 세계에서 그들을 분열시키고 왜곡시켜왔던 모든 것으로부터 해방되며, 모든 초현세적인 해석과 승화, 금지 등으로부터 해방된다. 이 새로운 현실들은 웃음을 통해 정화되고, 그들을 분열시키고 왜곡시켜왔던 고상한 맥락으로부터 벗어나 자유롭게 발전하는 인간의 삶이라는 참된 맥락(참된 차원)에 속하게 된다. 이 현실들은 인간의 가능성이 자유롭게 실현되는 세계 속에 존재한다. 이 가능성을 제한하는 것은 아무것도 없다. 이것이 라블레 작품의 가장 기본적인 특징이다. 다시 말해서 모든 역사적 한계는 웃음에 의해 파괴되고 청산된다. 이제 인간 본성과 인간에게 내재하는 모든 가능성을 자유롭게 펼치는 것이 가능해졌다. 이런 점에서 라블레의 세계는 목가적 세계의 한정된 공간과는 정반대이다. 라블레는 진정한 민속적 세계의 광대한 공간을 새로운 토대 위에 펼친다. 어떤 것도 라블레의 상상력을 속박하지 못하며, 시·공간적 세계의 주어진 한계 내에 있는 그 어느 것도 그를 구속하거나 혹은 인간 본성의 진정한 잠재력을 제한하지 못한다. 모든 한계는 죽어가고 있는 세계, 웃음거리로 만들어져 소멸되고 있는 세계에 남겨진다. 낡은 세계의 모든 대표자들——수도승, 종교적 광신자, 봉건 영주, 궁정 귀족, 왕(피크로콜, 아나끄), 법관, 현학자 등——은 우스꽝스럽고도 망할 운명에 처한 것으로 다루어진다. 그들은 철저히 제한된 존재로서, 그들의 잠재력은 그들이 처한 보잘것없는 현실에 의해 완전히 고갈되어버린다. 그들과 대조되는 인물로서 그들의 한계를 극복하는 데 성공한 인물들인 가르강뛰아, 빵따그뤼엘, 뽀노크라뜨, 에삐스떼몽(부분적으로는), 수도사 장과 빠뉘르쥬 등이 제시된다. 이들은 인간이 지니고 있는 무한한 잠재력의 모범으로 존재한다.

주인공인 가르강뛰아와 빵따그뤼엘은 봉건적 왕인 피크로콜과 아나끄가 왕이라고 할 때의 그러한 제한된 의미에서의 왕은 결코 아니다. 그러나 그들은 봉건적 왕과 대비되는 이상인 인문주의적 왕의 구현체일 뿐 아니라(이런 측면도 물론 있으나), 근본적으로 그들의 형상은 민속적 왕에 근거를 두고 있다. 호메로스의 서사시에 대한 헤겔의 발언은 여기에서도 동등하게 적용될 수 있겠다. 즉 가르강뛰아와 빵따그뤼엘 같은 인물들이 작품의 주인공으로 선택되는 이유는 "그들이 지닌 어떤 우월성 때문이 아니라, 그들의 왕국 건설에서 드러나는 의지의 절대적 자유와 창조성 때문이다.” 이러한 주인공들은 왕이 됨으로써 최대한의 잠재력과 자유를 체험하고 스스로를 실현하며 자신의 인간적 본성을 실현하게 된다. 피크로콜과 같은 왕은 소멸해가고 있는 사회역사적 세계의 실제적 왕을 대표한다. 그 왕들은 그들이 살고 있는 사회역사적 현실만큼이나 제한되고 가엾은 존재이다. 그들에게는 어떤 자유도 어떤 가능성도 존재하지 않는다.

요컨대 가르강뛰아와 빵따그뤼엘은 근본적으로 민속적인 왕이며 거인 **용사**(勇士, bogatyri)이다. 그런 까닭에 그들은 무엇보다도 **인간**, 즉 유한한 생명을 지닌 인간이 필연적으로 갖게 되는 한계와 약점 및 결핍에 관한 윤리적이고 종교적인 설명으로부터 위안을 찾으려 하지 않고, 인간에게 부과된 모든 과제와 모든 가능성을 자유롭게 실현하는 존재인 것이다. 이러한 점이 라블레가 생각하는 **위대한 인간**의 특성을 규정한다.

라블레 작품 속의 위대한 인간은 지극히 민주적이다. 그는 결코 평범하지 않은 별종의 인간으로서 대중과 대립하는 인물이 아니다. 이와는 반대로 그는 모든 다른 사람들과 동일한 보편적인 인간적 자질을 갖추고 있다. 그는 먹고 마시고 배설하고 방귀를 뀌는데 다만 이 모든 것을 큰 규모로 할 뿐이다. 그는 인간의 일반적 본성과 이질적이고 대중에게 불가해한 점은 조금도 지니고 있지 않다. 위대한 인간에 대한 괴테의 발언은 그에게 정확하게 들어맞는다. “가장 위대한 인간은 가장 큰 역량을 지니는 사람일 따름이다. 그는 대부분의 사람들이 지니는 동일한 미덕과 단점을 다만 확대하여 갖고 있을 뿐이다.” 라블레 작품 속의 위대한 인간은 보다 큰 힘을 지니게 된 평범한 인간이다. 이러한 위대성은 아무도 위축시키지 않는다. 왜냐하면 모든 사람이 그 인물에게서 자기 자신의 본성이 영예롭게 나타나는 것을 보기 때문이다.

따라서 라블레의 위대한 인간은 그의 혈통, 본성, 특별한 과업, 그가 삶과 세계에 불어넣는 고양된 가치를 이유로 대중과 대립되는 특별한 존재로 그려지는 모든 다른 영웅들과는 전혀 다른 범주에 속한다. (따라서 라블레의 영웅은 기사도 소설과 바로끄 소설 속의 영웅적 인간이나 낭만적·바이런적 유형의 영웅, 그리고 니체적인 초인(超人)과도 다르다.) 그리고 그는 현실적인 한계와 윤리적 기준 및 순결성에 있어서의 약점을 보상하기 위한 목적을 지닌 '소인(小人)' 찬미라는 형상과도 또한 그 범주를 달리한다. (이러한 소인들이 감상주의의 주인공들이다.) 라블레의 위대한 인간은 민속에 깊이 뿌리박고 있는 존재로서, 다른 사람과의 차이점들 때문이 아니라 그의 인간성 때문에 위대하다. 그는 완전한 성장을 이룩하고 인간의 모든 잠재력을 실현한다는 점에서 위대하다. 그리하여 그는 내부와 외부가 대립되어 있지 않은 실제 세계의 시공간 안에서 위대하다(우리가 이미 알고 있다시피 그는 긍정적인 의미에서 완전히 외면화되어 존재한다.)

빠뉘르쥬라는 인물 또한 민속적 토대 위에서 구성된 인물로서 그의 경우는 일종의 광대이다. 그에게는 피카레스크 소설이나 단편의 유사한 경우에서보다 훨씬 더 생생하고 탄탄한 모습으로 민속적 광대가 살아 있다.

그러나 라블레는 이미 그의 주인공들이 지니는 민속적 토대에, 군주와 인문주의자에 대한 자신의 이상에 필수적인 자질들을 첨가하고 그들에게 어떤 사실적이고 역사적인 모습을 부여하고 있다. 그럼에도 불구하고 민속적 토대는 이 모든 특징들을 뚫고 드러나 보이며, 이 인물들이 구성하는 심오한 리얼리즘적 상징의 원천으로 기능하고 있다.

라블레가 모든 인간적 가능성의 자유로운 성장을 편협한 생물학적 차원에서 이해하고 있지 않음은 물론이다. 라블레의 시·공간적 세계는 르네쌍스시대라는 새롭게 열려진 우주이다. 그것은 무엇보다도 먼저 지리적 정확성을 지닌 문화적·역사적 세계이며, 그 다음으로는 천문학에 의해 밝혀진 전우주이다. 인간은 이 시·공간적 세계 전체를 정복할 수 있고 또 정복해야만 한다. 우주의 이러한 기술적 정복이라는 형상 또한 본질적으로 민속적이다. 기적을 행하는 식물인 '빵따그뤼엘리옹'은 세계의 민속에서 흔히 마주치게 되는 '마법의 풀'이다.

다시 말해 라블레는 그의 소설을 통해 우리 앞에 완전히 제약에서 벗어난 보편적인 인간 존재의 크로노토프를 펼쳐 보인다. 그리고 그것은 다가오고 있던 위대한 지리적 발견 및 천문학적 발견의 시대와 완벽하게 조화를 이루는 것이었다.

10. 맺 음 말

그 외의 몇 가지 주요 크로노토프들

문학작품이 실제 현실과의 관계에서 지니는 예술적 통일성은 그 작품의 크로노토프에 의해 규정된다. 따라서 한 작품의 크로노토프는 항상 그 안에 예술적 크로노토프 전체로부터 오직 추상적 분석에 의해서만 분리될 수 있는 가치평가적 측면을 지닌다. 문학과 예술에서 시간적·공간적 규정들은 서로 불가분의 관계에 있으며, 늘 정서와 가치로 채색된다. 물론 추상적인 사고는 시간과 공간을 분리된 실체로 생각하며, 또 시간과 공간을 그들에게 부가되어 있는 감정과 가치로부터 분리시킬 수 있는 것으로 여긴다. 그러나 살아있는 예술적 인식은(이러한 인식도 물론 사고를 포함하나 이는 추상적 사고와는 다르다) 그러한 구분을 하지 않으며 그러한 분리를 허용하지도 않는다. 이러한 예술적 인식은 크로노토프를 총체적으로 그리고 온전히 포착해낸다. 예술과 문학은 다양한 정도와 범위의 크로노토프적 가치로 침윤되어 있다. 예술작품의 모든 모티프, 모든 개별적 측면들은 가치를 담지한다.

우리는 지금까지 하나의 유형으로 남아 있으며, 초창기 소설의 가장 중요한 장르적 변형들에 결정적인 영향력을 행사했던 주요 크로노토프들만을 분석하였다. 이제 이 글을 끝맺으면서 서로 다른 정도와 범위를 지닌 그 외의 크로노토프적 가치들 몇몇에 관해 간략하게 살펴보겠다.

첫 절에서 우리는 만남의 크로노토프에 대해 언급하였다. 그 크로노토프에서는 시간적 요소가 지배적 위치를 차지하며, 고도의 감정적·가치평가적 강렬성을 그 특징으로 한다. 만남과 연관된 길의 크로노토프는 보다 넓은 범위를 갖는다는 특징이 있으나 그 감정적·가치평가적 강렬성의 정도는 다소 떨어진다. 소설에서 만남은 보통 '길에서' 이루어진다. 길은 특히 우연한 만남이 일어나기 좋은 장소이다. 길('대로(大路)')에서는 아주 다양한 사람들(모든 사회계층, 신분, 종교, 국적, 연령을 대표하는 사람들)이 하나의 시·공간적 지점에서 교차한다. 사회적·공간적 거리에 의해 통상적으로 서로 떨어져 있던 사람들이 우연히 만날 수 있으며, 온갖 대비가 노출되고 가장 다양한 운명들이 서로 충돌하고 얽힐 수 있다. 길에서는 인간의 운명과 삶을 규정하는 시간적·공간적 연쇄들이 **사회적 거리**의 붕괴로 인해서 더욱 복잡하고 구체적으로 되면서 독특한 방식으로 서로 결합한다. 길의 크로노토프는 새로운 출발점인 동시에 사건의 결말이 일어나는 장소이기도 하다. 그것은 마치 시간이 공간과 융합되어 길 안에서(길을 형성하면서) 흐르는 것과 같다. 이 점이 행로로서의 길의 형상이 의미심장하게 비유적으로 확장되어 '인생행로', '새로운 행로의 출발', '역사의 행로' 등으로 사용되는 근거이다. 길이 비유로 변형되는 방식은 다양하고 복합적인 차원의 것이지만 그것의 기본축은 시간의 흐름이다.

길은 우연이 지배하는 사건들을 묘사하는 데 특별히 적절하다. (그러나 전적으로 그러한 것은 아니다.)이 점이 소설의 역사에서 길이 이야기의 전개에 중요한 역할을 해온 이유이다. 길은 고대의 일상적 방랑소설, 페트로니우스의 『싸티리콘』, 아풀레이우스의 『황금 당나귀』 등에 계속 존재해왔다. 중세의 기사도 로맨스의 주인공들은 길을 떠나며, 기사도 로맨스의 모든 사건들이 길에서 발생하거나 길을 따라 집중되어 있다. (길 양편에 분포되어 있다.)

그리고 볼프람 폰 엣센바하의 『파르찌발』과 같은 소설에서는 주인공이 몬트잘바트로 가기 위해 떠나는 실제의 길이 알아차리지 못하는 사이에 길의 비유인 인생행로, 그리고 신에 가까와지기도 하고 멀어져 가기도 하는(주인공의 실수와 결점, 그리고 그가 실제 삶의 과정에서 마주치는 사건들에 따라) 영혼의 행로로 변화된다. 길은 16세기 스페인의 피카레스크 소설(『라자릴료』와 『알파라체의 구스만』)의 플롯을 결정하기도 한다. 16세기와 17세기의 경계선상에서 돈 끼호떼는 갤리배(galley, 옛날 노예나 죄수들에게 젓게 한 돛배—역주)의 노예에서부터 공작에 이르기까지 스페인의 전부를 만나기 위해 길을 떠난다. 그때까지만 해도 길에는 역사적 시간의 흐름과 시간의 경과가 남긴 흔적과 표지들 및 시대의 지표 등이 깊고 강렬하게 각인되어 있었다. 17세기에 짐플리씨시무스

(Simplicissimus: 독일작가 Christophe von Grimmelshausen(1622~1676)의 유명한 소설 『모험가 짐플리씨시무스』의 주인공—역주)는 30년전쟁의 사건들로 점철되어 있는 길을 떠난다. 이 길은 간선도로로서의 의미를 유지하면서 쏘렐의 『프랑씨옹』이나 르싸지의 『질 블라』같이 소설사에서 결정적인 중요성을 갖는 작품들 속으로 계속 이어진다. 길의 중요성은 디포우의 (피카레스크)소설과 필딩의 소설에서도 (다소 약화되기는 했지만) 유지된다. 빌헬름 마이스터의 『수업시대』(*Lehrejahre*)와 『방랑의 시절』(*Wanderjahre*)에서도 길과 길에서의 만남은 여전히 중요하다. (그러나 여기에는 그 이데올로기적 의미가 크게 변화한다. '우연'과 '운명'이라는 개념이 근본적으로 재해석되었기 때문이다.) 노발리스의 하인리히 폰오프터딩겐과 다른 낭만주의 소설의 주인공들은 절반은 사실적이고 또 절반은 비유적이기도 한 길을 떠난다. 끝으로, 길과 그 길에서의 만남은 역사소설에서도 중요하다. 가령 자고스낀(M.N. Zagoskin, 1789~1852: 월터 스코트를 숭배하여 역사소설을 유행시킨 작가—역주)의 『유리 밀로슬라브스끼』(*Yuri Miloslavsky*, 1829: 1612년의 폴란드의 모스끄바 점령을 다룬 역사소설—역주)는 길과 길에서의 만남을 중심으로 하여 구성되어 있다. 『대위의 딸』에서는 그리네프가 눈보라치는 길에서 푸가체프를 만나는 사건이 그 줄거리를 결정한다. 또한 고골리의 『죽은 혼』과 네끄라쏘프(Nicolas Nekrasov: 1821~1877, 사회성이 강한 작품을 쓴 러시아의 시인—역주)의 「러시아에서는 누가 잘 사는가」와 같은 작품에서도 길의 역할이 중요하다.

소설사에서 '길'과 '만남'이 수행하는 기능의 변화에 관한 문제는 여기에서 다루지 않기로 한다. 다만 지금까지 언급한 다양한 유형의 소설 모두에서 공통적으로 찾아볼 수 있는 '길'의 중대한 특성 하나만을 언급하기로 하자. 길은 언제나 **친숙한 영역**을 통과하며 이국적인 낯선 세계는 통과하지 않는다. (질 블라의 '스페인'은 작위적이며, 짐플리씨시무스의 일시적 프랑스 체류 역시 작위적인데, 그 이유는 이러한 외국의 외국다운 특성은 허구적이며 이국적 정취의 흔적을 찾아볼 수 없기 때문이다.) 실제로 드러나고 기술되는 것은 모국의 **사회역사적 다양성**이다. (그리하여 여기에서 이국적인 측면을 말하려 한다면, 빈민굴이나 하층민들, 도둑들의 세계와 같은 '사회적인 이국정취'만이 가능하다.) '길'의 이러한 기능은 소설이 아닌 18세기의 저널리즘적인 여행담과 같이 이야기(narrative)로 구성되지 않은 장르와(그 고전적 예가 라디쉬체프(Alexandre Radishchev: 1749~1802, 카타리나 2세 치하의 러시아의 문제를 신랄하게 파헤친 작가—역주)의 『뻬쩨르부르그에서 모스끄바까지의 여행』이다) 19세기초의 저널리즘적 여행기(그 예로 하인리히 하이네의 작품이 있다)에서도 활용되었다. '길'의 특성이 이러한 소설들을 여행소설의 또다른 계열, 즉 고대의 방랑소설과 그리스의 궤변소설(이 소설의 분석은 이 글의 첫 부분에서 시도한 바 있다) 및 17세기의 바로끄 소설의 유형들로 대표되는 발전계열로부터 구별해준다. 이러한 소설들에서 길과 유사한 기능은 자신의 모국으로부터 바다나 먼 거리로 인해 분리되어 있는 '낯선 세계'가 수행한다.

영국에서는 17세기 말엽 '고딕'(Gothic)소설 또는 '암흑'(black)소설이라고 불리는 소설에서 소설적 사건이 벌어지는 새로운 영역이 구성되고 강화되는데, 그것이 바로 성(城)이다. (성은 호레이스 월폴(Horace Walpole: 1717~97, 고딕소설을 쓴 영국의 작가—역주)의 『오트란토의 성』(*The Castle of Otranto*)에서 최초로 이러한 의미로 사용되었으며, 이후 래드클리프(Ann Radcliff: 1764~1823, 『유돌포의 신비』 등의 고딕소설을 쓴 영국작가—역주), 수사 루이스(M.G. Lewis) 등에 의해서도 사용되었다.) 성은 좁은 의미에서의 역사적 시간, 즉 역사적 과거의 시간에 흠뻑 젖어 있다. 성은 봉건시대의 영주가 살았던 장소이며(따라서 과거의 역사적 인물들의 장소이기도 하다), 수세기의 세월과 여러 세대의 흔적이 그 건축물의 여러 부분, 가구, 무기, 선조들의 초상이 걸려 있는 회랑(回廊), 가족 문서 보관소, 그리고 왕조의 계승과 상속권의 양도 등을 포함하는 특정한 인간관계 속에 가시적인 형태로 정돈되어 있다. 또한 전설과 전통이 과거의 사건들을 끊임없이 상기시키면서 성과 그 주위 환경의 구석구석에 생명을 불어넣는다. 성의 이러한 특성이 성에 내재하는 특수한 종류의 이야기를 야기시키며 그 이후 고딕소설에서 완성을 본다.

성과 관련된 시간이 지니는 역사적 성격은 성으로 하여금 역사소설의 발전에 상당히 중요한 역할을 수행하도록 허용한다. 성은 먼 과거에 그 기원을 두고 있으며 과거지향적이다. 성에 존재하는 시간의 흔적은 명백히 낡고 박물관 같은 성격을 지닌다. 월터 스코트는 성의 전설 및 역사적으로 인식되고 이해가능한 성의 배경과 성 사이의 연관에 특히 의존함으로써 지나치게 고물수집적인 성격을 띠게 될 위험을 극복하는 일에 성공했다. 성에서(그리고 그 주위환경에서)의 공간적·시간적 양상들과 범주들의 유기적인 결합, 다시 말하면 이 크로노토프의 강한 역사적 성격이 역사소설의 여러 발전단계에서 풍부한 형상들의 원천으로서 성이 지녔던 생산성을 결정했던 것이다.

스땅달과 발자끄의 소설에서는 소설의 사건이 펼쳐질 수 있는 근본적으로 새로운 공간이 등장한다. 그것은 (가장 넓은 의미에서의) 응접실과 살롱의 공간이다. 물론 이러한 공간이 이때 최초로 등장한 것은 아니지만 이들의 소설 속에서 이 공간은 소설의 주요한 시간적·공간적 연쇄가 교차하는 장소로서의 의미를 완전하게 달성하게 된다. 이야기와 구성의 관점에서 볼 때 이 공간은 만남이 이루어지는 장소이다. (이제는 '길에서'라든가 '낯선 세계에서'의 만남과 같이 특수한 우연적 성격이 더이상 강조되지 않는다.) 살롱과 응접실에서는 교묘한 책략이 꾸며지고 파국이 일어나며, 무엇보다도 대화가 이루어진다. 이 대화는 등장인물과 주인공들의 '사상'과 '열정'을 드러내면서 소설에서 특별한 중요성을 획득하게 된다.

이 공간의 이야기 구성상의 중요성은 쉽게 이해할 수 있다. 왕정복고시대와 7월 왕정시대의 응접실과 살롱에서는 정치적, 사업적 삶의 척도가 발견된다. 여기에서 정치적·사업적·사회적·문학적 평판이 형성되고 파괴되며, 출세가 시작되기도 하고 망쳐지기도 하는 동시에, 의회에서 발의된 법안이나 책·연극·각료·매춘부 겸 가수 등의 성공이나 실패는 물론 고급 정치나 고급 경제의 운명도 결정된다. 또한 여기에서 새로운 사회적 위계질서 속의 모든 계층이 전부 열거되며(즉 같은 시간에 같은 장소에 모이게 된다), 마침내 삶의 새로운 지배자인 돈의 최고 통치권이 구체적이고 가시적인 형태로서 펼쳐진다.

이 모든 것 중에서 가장 중요한 것은 역사적·사회적·공적 사건이 개인적이고 사적인 삶의 측면 및 내실(內室)의 비밀들과 함께 엮어진다는 점이다. 사소하고 사적인 음모들과 정치적·경제적 책략이 결합되고, 국가의 비밀과 내실의 비밀이 상호침투하며, 역사의 흐름과 일상적·전기적 진행이 상호침투한다. 여기에 전기적·일상적 시간과 역사적 시간 모두의, 생생하게 사실적으로 가시화된 지표들이 집중적으로 밀집해 있으며, 이와 동시에 그들은 최대한 긴밀히 얽혀서 그 시대의 단일한 지표들을 만들어낸다. 그 시대는 생생하게 사실적으로 가시화될 뿐 아니라(공간적으로), 이야기상으로도(시간적으로) 가시화된다.

위대한 리얼리즘 작가인 스땅달과 발자끄에게는 물론 응접실과 살롱이 시·공간적 흐름이 교차하는 유일한 장소가 아니다. 다만 그러한 장소들 중의 하나일 뿐이다. 공간 속에서 시간을 '보는' 발자끄의 능력은 특별하다. 이 점은 발자끄가 구체화된 역사로서의 집을 탁월하게 묘사한 것이나 거리와 도시, 시골풍경 등을 시간과 역사에 의해 형성되는 과정의 차원에서 묘사한 것만을 언급해도 분명해질 것이다.

시·공간적 흐름들의 교차에 관한 예를 하나만 더 들어보자. 플로베르의 『보바리 부인』에서는 **지방 소도시**가 행동의 장(場)으로 기능한다. 정체된 삶을 사는 지방 소도시는 19세기 소설에서(플로베르 이전과 이후 모두에서) 매우 널리 사용되는 배경이다. 이러한 소도시들은 다양하게 변형된 모습으로 등장하는데, 그중 아주 중요한 것은 목가적인 변형(지방 소설가들의 작품에서 찾아볼 수 있는)이다. 여기에서는 플로베르적 범주만을 다룰 것이다. (물론 이것은 플로베르가 창조해낸 것은 아니다.) 이 소도시들은 순환적인 일상적 시간이 존재하는 곳이다. 여기에서는 어떠한 사건도 발생하지 않고 끝없이 되풀이되는 '일상적 행위'만이 존재할 뿐이다. 이곳의 시간은 진보하는 역사적 운동과 무관하며 좁은 원을 그리면서 움직인다고 말할 수 있다. 그 원은 날(日), 주(週), 달(月), 한 사람의 일생이 이루는 원이다. 하루는 그저 하루일 뿐이며 한 해는 그저 한 해, 한 생애는 그저 한 생애에 지나지 않는다. 매일매일 똑같은 행위가 되풀이될 뿐이며, 대화의 주제도 똑같고, 하는 말도 똑같다. 이러한 유형의 시간 속에서 사람들은 단지 먹고 마시고 잠자고 부인과 정부(情婦)를 가지며 하찮은 책략에 말려들고 가게나 사무실에 앉아 카드놀이를 하거나 잡담을 늘어놓는다. 시간은 진부하고 속물적인 순환적·일상적 시간에 불과하다. 이것은 고골리, 뚜르게네프, 글렙 우스뻰스끼(Gleb Uspensky: 1843~1902, 러시아의 사실주의 작가—역주), 살뜨이꼬프-쉬체드린(Saltykov-Shchedrin: 1826~1889, 러시아의 풍자작가—역주), 체홉의 작품들에 등장하는 많은 변형들로 인해 우리에게 친숙한 시간이다. 이 시간의 표지는 단순하고 조야하고 비속한 것이며, 특정한 장소의 일상적 세부사항, 소도시의 기묘한 작은 집과 방들, 조는 듯한 거리, 먼지와 파리, 클럽, 당구 따위와 결합되어 있다. 여기에서의 시간에는 사건이 존재하지 않으며 따라서 시간은 거의 정지한 듯이 보인다. 이곳에는 '만남'이나 '헤어짐'이 존재하지 않는다. 시간은 공간을 통과하여 느릿느릿 지나가는 끈적끈적하고 끈끈한 것이다. 따라서 이 시간은 소설의 주된 시간으로 기능할 수 없다. 소설가들은 이 시간을 보조적인 시간으로 사용하며 다른 비(非)순환적인 시간의 진행과 뒤섞거나 그러한 진행을 분산시킬 목적으로만 사용한다. 또한 이 시간은 보다 더 활기있고 사건으로 가득찬 시간의 흐름과 대조되는 배경으로서도 종종 사용된다.

이제 감정과 가치로 가득 차 있는 또 하나의 크로노토프, 즉 **문턱**(threshold)의 크로노토프에 대해 언급하겠다. 이것은 만남의 모티프와 결합될 수도 있으나 기본적으로 인생의 **위기**와 **분기점**의 크로노토프로 기능한다. '문턱'이라는 단어 자체가 이미 일상적인 용법에서도 문자 그대로의 의미와 함께 비유적인 의미를 지니고 있으면서 삶의 분기점이나 위기의 순간, 삶을 변화시키는 결정 (또는 삶을 변화시키는 데에 실패하는 우유부단함, 문턱을 넘어서는 것에 대한 공포) 등과 연결된다. 문학에서 문턱의 크로노토프는 언제나 비유적이고 상징적인데, 이따금 공공연하게 드러나기도 하지만 대개는 함축되어 나타난다. 예컨대 도스또예프스끼의 작품에서는 문턱과 그에 관련된 크로노토프(계단과 현관, 복도의 크로노토프 및 이러한 공간을 옥외로 확장한 거리와 광장의 크로노토프)가 작품 속의 사건이 주로 일어나는 장소이며, 위기의 사건, 몰락, 부활, 재생, 현현(顯現), 사람의 전인생을 좌우하는 결정 등이 일어나는 장소이다. 이 크로노토프의 시간은 본질적으로 순간적이며, 지속되지 않고 전기적 시간의 정상적인 진행으로부터 떨어져 나온 듯이 보인다. 도스또예프스끼의 작품에서는 중대한 결정의 순간들이 모든 것을 포괄하는 거대한 **신비적·사육제적** 시간의 크로노토프의 일부가 된다. 다시 말해서 그의 작품에서는 이러한 시간들이 매우 독특한 방식으로 서로 관계를 맺는다. 그것들은 중세와 르네쌍스 시대의 광장에서 수세기 동안 그러했던 대로 서로 얽히게 된다. (본질적으로는 고대 그리스와 로마의 광장에서와 마찬가지이나 형식은 약간 다르다.) 이는 마치 거리에서, 미사 장면에서, 그리고 특히 응접실 장면에서 도스또예프스끼의 풍경이 고대 광장의 사육제와 신비의식의 정신으로 활기를 얻어 조명되는 것과 같다.[32] 이것으로 도스또예프스끼의 작품에 존재하는 크로노토프들을 남김없이 논한 것은 물론 아니다. 도스또예프스끼 작품의 크로노토프들은 그것들에 의해 새생명이 불어넣어지는 전통이 그러한 것처럼 복잡하고 다면적이기 때문이다.

똘스또이의 작품에는 도스또예프스끼와는 달리 기본 크로노토프가 전기적 시간으로, 그것은 귀족들의 도회지 저택 및 영지라는 공간(내적 공간) 속을 유유히 흐르고 있다. 물론 똘스또이의 작품에도 위기와 몰락, 영혼의 재생과 부활이 존재하지만 그것들은 순간적인 것이 아니며 전기적 시간의 진행으로부터 분리되지 않는다. 사실상 그것들은 전기적 시간의 진행에 단단히 결합되어 있다. 예컨대 이반 일리치(『이반 일리치의 죽음』의 주인공—역주)의 위기와 점점 분명해지는 의식은 그의 와병의 마지막 단계가 지속되는 동안 내내 계속되다가 그의 삶이 끝나는 바로 그 순간에 종말에 이른다. 삐에르 베주호프(Piérre Bezukhov, 『전쟁과 평화』의 등장인물—역주)의 영혼의 재생도 길고 점차적인 과정을 거치며 전적으로 전기적이다. 「어둠의 힘」에 나오는 니끼따의 재생과 회개도 길이가 보

32) 문화적·문학적 전통은(가장 고대의 전통도 포함하여) 한 개인의 개별적이고 주관적인 기억이나 어떤 종류의 집단적인 '정신'에 보존되고 살아남는 것이 아니라, 문화 자체가 취하는 객관적인 형식(언어의 형식과 구어적 발화(發話)를 포함하는 형식)으로 보존되고 살아남는다. 그런 의미에서 이들은 주관 사이에, 그리고 개인 사이에 존재한다. (따라서 사회적이다.) 거기에서 전통은 문학작품의 일부가 되며 때로는 작가의 주관적이고 개인적인 기억을 거의 완전히 뛰어넘는다.

다 짧기는 하지만 순간적인 것은 아니다. 똘스또이의 작품 중 유일한 예외는 「주인과 하인」의 브레후노프가 생의 마지막 순간에 완전한 영혼의 재생을 겪는 것인데 그것은 전혀 준비되지 않았고 전혀 예기치 않았던 바이다. 똘스또이는 순간을 높이 평가하지 않으며, 순간을 본질적이고 결정적인 어떤 것으로 채우려고 애쓰지 않는다. 그의 작품에서는 '갑자기'라는 단어를 찾아보기 힘들며, 중요한 사건을 도입하는 데 사용되는 경우는 결코 없다. 도스또예프스끼와는 대조적으로 똘스토이는 시간의 지속과 연장을 좋아한다. 전기적 시간과 공간 다음으로 그는 자연의 크로노토프와 가정 목가적 크로노토프, 그리고 노동 목가의 크로노토프(농부들의 노동의 묘사에 있어서)를 중요시한다.

크로노토프의 의미

우리가 검토한 이 모든 크로노토프들의 의미는 무엇인가? 분명한 것은 **이야기**(narrative)에 대한 그들의 의미이다. 크로노토프는 소설의 이야기를 구성하는 기본적인 사건들을 조직하는 중심이다. 크로노토프는 이야기의 마디가 맺어지고 풀어지는 곳이다. 이야기의 의미가 크로노토프에 속한다고 말해도 무리가 없을 것이다.

우리는 크로노토프가 지니는 **재현적** 중요성에 깊이 감명받지 않을 수 없다. 요컨대 시간은 크로노토프를 통해 손으로 만질 수 있고 눈으로 볼 수 있게 되는 것이다. 크로노토프는 이야기를 구성하는 사건들을 구체화하여 그것들에 살을 붙이고 그 혈관에 피가 흐르도록 한다. 사건은 그저 정보로서 전달될 수도 있고, 우리는 그 사건이 발생한 장소와 시간에 대한 단순히 정확한 자료를 제공할 수도 있다. 그러나 그렇게 해서는 사건은 **형상**(figure[obraz])이 되지 못한다. 사건을 묘사하고 재현하기 위한 본질적인 토대를 제공하는 것은 바로 크로노토프이다. 그리고 이것은 윤곽이 잘 그려진 공간의 영역 내에서 발생하는 시간(인간적 삶의 시간, 역사적 시간)적 지표들의 밀도와 구체성이 특별히 증가함으로써 가능하다. 이것이 바로 크로노토프 안에서(또는 크로노토프를 중심으로 해서) 사건의 재현을 구조화할 수 있게 해주는 점이다. 크로노토프는 소설에서 '장면'이 펼쳐지는 주요한 지점으로서 기능하며, 반면 크로노토프로부터 멀리 떨어진 위치에서 '묶어주는' 역할을 하는 다른 사건들은 단순한 무미건조한 정보와 전달된 사실로서 등장한다. (가령 스땅달의 작품에서는 정보제공과 사실전달이 매우 중요하다. 재현은 몇몇 장면에 집중되고 밀집되어 있으며, 이 장면들이 소설의 '정보제공' 부분까지도 보다 더 구체적으로 보이도록 빛을 비춰준다. 예컨대 『아르망스』(*Armance*)의 구조를 참조하라.) 따라서 크로노토프는 공간 안에서 시간을 객관화하는 중요한 수단으로 작용하면서, 구체적인 재현의 중심이자 동시에 소설 전체에 실체를 부여하는 힘으로 나타난다. 소설의 모든 추상적 요소들(철학적이고 사회적인 일반론, 이념 인과관계의 분석)은 크로노토프의 인력권에 끌려들어가고, 그것을 통해 피와 살이 붙으며, 예술의 형상화 능력에 참여한다. 이상이 크로노토프가 지니는 재현적 의미이다.

우리가 지금까지 살펴본 크로노토프들은 장르의 유형을 구분하는 근거를 제공한다. 이 크로노토프들은 여러 세기를 거치면서 형성·발전되어왔던 소설장르의 특수한 여러 변형들의 핵심에 위치한다. (가령 길의 크로노토프가 지니는 몇몇 기능들이 이러한 발전 과정에서 변화한 것도 사실이기는 하지만.) 그러나 모든 문학적 형상은 크로노토프적이다. 형상들의 보고(寶庫)로서의 언어도 근본적으로 크로노토프적이다. 또한 단어의 내적 형식, 즉 공간적 범주의 어원적 의미가 (가장 넓은 의미에서의) 시간적 관계로 이월되도록 돕는 매개적 지표들도 크로노토프적이다 여기에서는 이 전문적인 문제를 다룰 겨를이 없다. 그대신 카씨러(Ernst Cassirer: 1874~1945, 독일의 철학자—역주)의 저서(『상징적 형식의 철학』)에서 이에 해당하는 장(章)을 읽을 것을 추천하는 바이다. 그 저서는 풍부한 자료 제공과 더불어 시간이 언어에 반영되는 방식(시간을 언어로 포착하는 방식)을 분석하고 있다.

문학적 형상의 크로노토프적 원리를 최초로 명백하게 밝힌 사람은 『라오콘』(*Laocoön*)을 쓴 레씽(Gotthold Ephraim Lessing: 1729~1781)이다. 그는 문학적 형상의 시간적 성격을 확립하였다. 공간상의 정태적(靜態的)인 것들은 정태적으로 기술될 수 없으며 반드시 재현된 사건의 시간적 연쇄 및 이야기 자체의 재현 영역으로 통합되어야만 한다. 따라서 레씽의 널리 알려진 예를 빌자면 헬렌의 아름다움은 호메로스에 의해 직접 기술되기보다는 트로이의 원로(元老)들의 반응을 통해 제시되며, 동시에 그 반응은 원로들의 활동과 행위로 이루어지는 연쇄들 속에서 드러난다. 아름다움은 재현된 일련의 사건들 속으로 유입되는바 그 정태적 기술의 주제가 아니라 역동적인 이야기의 주제가 된다.

레씽은 문학 속의 시간의 문제를 근본적이고 원천적인 방식으로 제기하기는 하지만 그에 의한 이 문제의 제기는 주로 형식적이고 기술적인 차원에 그친다. (물론 형식주의적이라는 의미는 아니다.) 실제의 시간을 포착하는 문제, 즉 역사적 현실을 시적 형상으로 포착하는 문제는 그에게서는 제기되지 않으며 그의 저서에서 잠깐 스치고 지나가는 정도로 머물고 만다.

앞서 우리가 논의한, 자기 나름의 플롯을 가진 장르적 유형의 크로노토프들이 갖는 특징은, 시간예술(즉 공간적으로 인식되는 현상을 그것의 운동과 발전과정을 통해 재현하는 예술)의 형상으로서의 시적 형상이 지닌 이러한 일반적(형식적, 그리고 질료적)인 크로노토프적 성격을 배경으로 하여 더욱 분명하게 드러난다. 특수한 소설적·서사적 크로노토프들이 바로 그러한데, 이 크로노토프는 현실적인 시간(역사적인 시간을 포함하여)의 실상을 포착하는 역할을 담당하고, 이러한 현실의 본질적 측면들이 소설의 예술적 공간에 반영되고 통합될 수 있도록 허용한다.

크로노토프간의 상호작용, 특히 작품과 세계의 상호작용

우리는 지금까지 가장 기본적이고 광범위한 주요 크로노토프만을 다루어왔다. 그러나 이러한 크로노토프들은 각각 그 안에 수없이 많은 하위의 크로노토프들을 포함할 수 있다. 사실상 모든 모티프는 자신의 고유한 크로노토프를 가질 수 있다.

단일 작품의 한계 내에서, 그리고 단일 작가의 문학작품 전체 내에서 우리는 수많은 서로 다른 크로노토프들과 그 크로노토프들 간의 복잡한 상호작용을 보게 된다. 나아가 이 크로노토프들 중 어느 하나가 다른 것들을 포용하거나 지배하는 경우도 흔히 볼 수 있다. (우리가 이 글에서 분석해온 것들은 주로 이러한 것들이다.) 크로노토프들은 서로를 포용하며 공존하고 상호간 뒤섞이기도 하며, 서로를 대체하거나 서로 대립하고 서로 모순되기도 하는 등 항상 복합적인 상호관련 속에 놓여 있다. 크로노토프들간에 존재하는 관계 자체는 크로노토프 내부에 포함된 여하한 관계들 중의 어느 하나와도 일치하지 않는다. 이러한 상호작용의 일반적 특징은 그것이 (가장 넓은 의미에서) **대화적**이라는 점이다. 그러나 이 대화는 작품 안에 재현되는 세계나 작품 안에 재현되는 어떤 크로노토프의 일부도 될 수 없다. 이 대화는 하나의 전체로서의 작품의 외부는 아니지만 재현된 세계의 외부에 존재하며, 작가와 등장인물의 세계, 그리고 청중과 독자의 세계의 일부를 이룬다. 그리고 이러한 세계들도 또한 모두 크로노토프적이다.

작가와 청중 또는 독자의 크로노토프들은 우리에게 어떻게 제시되는가? 무엇보다도 먼저 우리는 그것들을 작품의 외적이고 물적인 존재로서 그리고 순수한 외적 구성으로서 경험한다. 그러나 작품의 이러한 물적 존재는 죽은 것이 아니라, 말을 하는 기호이다. 우리는 작품을 보고 인식할 뿐만 아니라 그 속에서 언제나 목소리들을 들을 수가 있다. (심지어 소리내지 않고 혼자 독서할 때도 그러하다.) 우리는 공간적으로 어떤 특수한 위치를 차지하는 하나의 텍스트를 제공받는다. 다시 말해서 그 텍스트는 위치가 정해진다.) 우리가 그 텍스트를 창조하고 그것과 친숙해지는 과정은 시간을 통해 이루어진다. 그 텍스트는 결코 생명이 없는 물체로 나타나지 않으며, 어느 텍스트에서 출발하건간에 (그리고 때로 기나긴 일련의 매개고리들을 거쳐서) 우리는 항상 결국 인간의 목소리에 도달한다. 즉 인간존재와 마주치게 되는 것이다. 그러나 텍스트는 언제나 어떤 종류의 생명 없는 질료 안에 갇혀 있게 마련이다. 문학발전의 초기 단계에서는 새겨 적는 것이 일반적이었으며 (암석, 벽돌, 가죽, 파피루스, 종이 위에), 그후에는 새겨 적는 대신 책의 형태(두루마리본(scroll)이나 사본(codex)가 등장하였다. 그러나 새겨 적거나 혹은 어떤 형태의 책으로 만들어지거나간에 이것들은 모두 이미 문화와 죽은 자연

사이의 경계선상에 존재한다. 우리가 이러한 것들을 텍스트를 담는 용기(用器)로서 접근하면 그것들은 비로소 문화와 문학의 영역에 속하게 된다. 새겨진 형태로 혹은 책의 형태로 작품이 공명하는 철저히 현실적인 시·공간에서 우리는 명각(銘刻)이나 책을 만든 것은 물론 구어(口語)를 시작했던 실제 인간과 그 텍스트를 듣고 읽고 있는 실제 인간을 또한 발견하게 된다. 물론 이러한 실제의 인간들(작가와 청중 혹은 독자들)은 서로 다른 시간과 공간에 위치할 수도 있고(종종 그러하다), 때로는 수백 년의 시간과 거대한 공간적 거리를 두고 떨어져 있기도 하다. 그럼에도 불구하고 그들은 모두 텍스트 안에 재현되는 세계와는 분명하고 명확한 경계선으로 구분되는, 실재하며 단일한 그리고 아직 미완성인 역사적 세계 안에 존재한다. 따라서 우리는 이 세계를 텍스트를 **창조하는** 세계라 부를 수 있을 것이다. 왜냐하면 이 모든 측면들——텍스트에 반영된 현실, 텍스트를 창조하는 작가, 텍스트를 연기해내는 사람들(이런 사람들이 존재한다면), 텍스트를 재창조하고 그렇게 하여 텍스트를 새롭게 만드는 청중과 독자들——이 텍스트에 재현된 세계를 창조하는 일에 동등하게 참여하기 때문이다. 우리 세계의 실제 크로노토프들(이것이 재현의 원천이 된다)로부터 작품(텍스트)에 재현되는 세계의, 반영되고 **창조된** 크로노토프가 생겨난다.

이미 말한 바와 같이 재현의 원천으로서의 실제 세계와 작품 속에 재현된 세계 사이에는 명확한 경계선이 존재한다. 우리는 결코 이 사실을 잊어서는 안되며, **재현된** 세계와 텍스트 외부의 세계를 혼동해서도 안된다. (양자를 혼동하는 순진한 사실주의는 지금까지 내내 있어왔고 현재도 종종 있다.) 또한 우리는 작품의 창조자로서의 작가를 한 인간으로서의 작가와 혼동해서도 안되며(양자의 혼동이 순진한 전기주의(傳記主義)를 낳는다), 텍스트를 재창조하고 쇄신하는 여러 다른 시기의 청중이나 독자를 자기 당대의 수동적인 청중이나 독자와 혼동해서도 안된다. (그렇게 되면 해석과 평가에 있어 독단주의로 흐를 우려가 있다.) 이런 모든 혼동들은 방법론적으로 허용될 수 없는 것들이다. 그러나 이렇게 명확한 경계선을 절대적이고 침투불가능한 어떤 것으로 받아들이는 것(그렇게 되면 지나치게 모든 것을 단순화하고 독단적으로 세세한 구별에만 집착하게 된다) 역시 허용될 수 없다. 실재하는 세계와 재현된 세계가 아무리 강력하게 융합되기를 거부하고 그들 사이에 존재하는 저 명확한 경계선의 존재가 아무리 변화하지 않는다고 해도, 그들은 서로 불가분의 관계로 얽혀 있고 끊임없이 상호작용을 하고 있다. 그들 사이에는 쉴새없이 교환이 진행되는데, 그것은 살아 있는 유기체와 그것을 둘러싸고 있는 환경 사이에 끊임없는 물질대사가 이루어지는 것과 유사하다. 유기체가 살아 있는 한 그것은 환경과 융합되기를 거부한다. 그러나 그 환경에서 떨어져 나오면 그것은 죽고 만다. 작품 및 그 작품 안에 재현된 세계는 실제 세계의 일부가 되어 그 세계를 풍요롭게 만들며, 한편 실제 세계는 작품이 창조되는 과정의 일부로서, 그리고 그 결과 작품이 지니게 된 생명의 일부로서 청중과 독자의 창조적 인식을 통해 작품을 끊임없이 쇄신하면서 작품과 그 작품 속의 세계로 침투한다. 두말할 나위 없이 이러한 교환 과정은 크로노토프적이다. 그 과정은 무엇보다도 먼저 역사적으로 발전하는 사회적 세계 속에서 발생하며 변화하는 역사적 공간과의 접촉을 항상 유지한다. 우리는 그 안에서 작품과 삶 사이의 이러한 교환이 이루어지고 또 작품의 독특한 삶이 구성되는 특별한 **창조적** 크로노토프에 관해서까지도 이야기할 수 있을 것이다.

작가와 작품, 즉 재현하는 시간과 재현되는 시간의 상호작용의 문제

이제 작품의 창조자로서의 작가와 그의 활동에 대해 간략히 살펴보기로 하자.

우리는 작가를 작품 **밖에서** 자신의 전기적 삶을 살아가는 인간으로서 만난다. 그러나 우리는 또한 그를 작품의 창조자로서도 만난다(비록 그가 작품 속에 재현되는 크로노토프들의 외부에 위치하고 있지만, 혹은 보다 정확하게는 그것들에 접해 있는 것이라고 말할 수 있지만.) 우리는 무엇보다도 작품의 구성 속에서 그를 만난다. (즉 그의 활동을 인식한다.) 일종의 외적 표현형태를 취하기는 하지만 재현된 크로노토프들을 직접 반영하지는 않는 부분들(편(編)이나 장(章) 따위)로 작품을 세분하는 것은 바로 작가이다. 이러한 세분은 장르에 따라 다를 수 있다. 일부의 장르들에서 이러한 세분이 전통으로 보존되어왔기 때문이다. 이러한 세분은 이 장르들에 속한 작품들이 글로 씌어지기 이전의 구비문학의 초기단계에서 공연되고 청취되었던 실제적 조건들에 의해 결정되었던 것이다. 그리하여 우리는 고대 서사시의 세분에서는 시인과 청중의 크로노토프를, 전래 이야기에서는 이야기 서술의 크로노토프를 비교적 분명하게 감지할 수 있다. 그리고 현대 문학작품의 세분에 있어서까지도 작가와 독자의 크로노토프뿐만 아니라 재현된 세계의 크로노토프를 감지하게 된다. 다시 말해서 작품에 재현된 세계와 작품 외부의 세계 사이에 이루어지는 상호작용을 보게 되는 것이다. 이러한 상호작용은 작품 구성의 몇몇 기본적인 특성들 속에서 아주 정확하게 지적될 수 있다. 모든 작품은 시작과 끝이 있고 그 작품 안에 재현된 사건도 마찬가지로 시작과 끝이 있다. 그러나 이 시작과 끝은 서로 다른 세계 속에, 그리고 서로 결코 융합될 수 없고 동일하게 될 수도 없지만 동시에 상호연관을 갖고 있고 불가분의 관계로 결속되어 있는 서로 다른 크로노토프들 속에 위치한다. 우리는 다음과 같이 말할 수 있을 것이다. 우리 앞에 두 개의 사건이 있다. 하나는 작품 속에 서술되는 사건이고 다른 하나는 서술행위 그 자체이다. (우리는 독자로서 또는 청중으로서 후자의 사건에 참여한다.) 이 두 사건은 서로 다른 시간에(그리고 지속시간도 다르다), 서로 다른 장소에서 발생한다. 그러나 동시에 이 두 사건은 단일하면서도 복합적인 하나의 사건, 즉 모든 사건의 총체성으로서의 작품 안에서 불가분의 관계로 결합되어 있다. (그런데 그 총체성은 작품의 외적·물질적 조건, 작품의 텍스트, 텍스트에 재현된 세계, 작가-창조자와 청중 혹은 독자를 포함한다.) 그리하여 우리는 불가분의 총체로서의 작품이 지니는 충만함을 인식하며 그와 동시에 작품을 구성하는 요소들의 다양성도 이해한다.

작가-창조자는 자기 고유의 시간 안에서 자유로이 움직인다. 그는 자신이 기술하는 사건에 속하는 시간의 객관적 흐름을 침범하지 않은 채 자신의 이야기를 재현하는 사건의 발단, 중간, 끝, 또는 어느 순간에서도 시작할 수 있다. 여기에서 우리는 재현하는 시간과 재현된 시간 간의 명확한 차이를 본다.

그러나 여기에서 제기되는 보다 더 일반적인 의문은 바로 작가가 자신이 기술하는 사건을 어떠한 시간적·공간적 관점에서 바라보는가 하는 것이다.

우선 작가는 미완결상태로 계속 변전중인 지극히 복합적이고 충만한 동시대성의 관점에서 관찰을 하는데, 그때 작가는 자신이 묘사하는 현실과의 접선상에 위치한다고 말할 수 있다. 작가의 관점으로서의 그 동시대성이란 가장 우선적으로 문학의 영역을 포함한다. (이것은 엄격한 의미에서의 동시대 문학만을 말하는 것이 아니라 현재 계속 생명을 유지하고 스스로를 쇄신하는 과거의 문학도 여기에 속한다.) 문학의 영역, 더 넓게 말해서 문화의 영역(문학은 문화로부터 분리될 수 없다)은 문학작품과 그 안의 작가의 위치에 필수불가결한 맥락을 구성하는데, 이 맥락을 떠나서는 작품이나 그 작품에 반영된 작가의 의도를 이해할 수 없다.[33] 작가와 다양한 문학현상 및 문화현상과의 관계는 **대화적** 성격을 띤다. 이것은 문학작품 속의 크로노토프들간의 상호관계와 유사하다. (이 상호관계는 이미 살펴본 바 있다.) 그러나 이러한 대화적 관계는 순전히 크로노토프적인, 특수한 **의미론적** 영역에 속한다. (그러나 이 문제는 우리의 현재 논의의 범위를 넘어선다).

앞서 말한 바와 같이 작가-창조자는 자신이 작품 속에 재현하는 세계의 크로노토프들의 외부에 존재하지만, 단순히 외부에만 존재하는 것이 아니라 이 크로노토프들에 접해 있다. 그는 재현된 사건에 참여하는 주인공의 관점이나 서술자(narrator)의 관점, 가정된 작가의 관점에서 세계를 재현하며, 또는 (마지막으로) 어떤 매개도 사용하지 않고 순수한 작가로서 직접적으로 (직접적인 작가의 담론으로) 이야기하기도 한다. 그러나 마지막 경우에도 그는 시간적·공간적 세계와 그곳의 사건들을 마치 자신이 직접 보고 관찰한 **듯이**, 즉 그것들을 편재(遍在)하는 증인으로서 목격한 **듯이** 재현할 수도 있다. 아주 놀랄 만큼 진실성있는 자서전이나 고백록을 창작해냈다고 하더라도, 그 작품의 창조자로서의 작가는 자신이 작품 속에 재현해놓은 세계의 외부에 남게 된다. 만약 내가 방금 나

33) 여기에서는 작가-창조자의 사회적·개인적 경험의 다른 영역은 다루지 않으려 한다.

에게 일어난 사건을 이야기한다면(또는 그것에 대해 글을 쓴다면), (이 사건의) 화자(또는 작가)로서의 나는 이미 그 사건이 일어났던 시간과 공간의 외부에 존재한다. 나 자신의 '나'와 내가 하는 이야기의 주체로서의 '나'를 완전히 동일하게 만드는 것은 나를 나 자신의 머리카락으로 들어올리는 것만큼이나 불가능하다. 재현된 세계는 아무리 사실적이고 진실에 충실하다고 해도 문학작품의 작가가 존재하는, 재현하는 실제 세계와 크로노토프상으로 동일할 수는 없다. 이것이 내가 '작가의 형상'이라는 용어가 부적당하다고 생각하는 이유다. 문학작품에서 형상으로 화한 것, 그리하여 그 작품의 크로노토프 속으로 들어온 것은 모두 창조된 것이지 그 자체가 창조하는 힘은 아니다. '작가의 형상'이라는 용어를 작가-창조자로 이해한다면 이는 명사모순(名辭矛盾, contradictio in adjecto)이다. 모든 형상은 창조된 것이지 창조하는 것은 아니기 때문이다. 청중이나 독자가 스스로 작가의 형상을 만들어낼 수 있다는 점은 이론의 여지가 없다. (흔히 청중이나 독자는 어떤 방식으로건 스스로 작가를 그려보게 된다.) 이것은 청중이나 독자로 하여금 자서전적·전기적 자료를 활용하고 작가에 대한 다른 자료는 물론 그가 살아서 활동했던 해당 시기를 연구할 수 있도록 해준다. 그러나 그렇게 함으로써 청중이나 독자는 나소간에 진실하고 의미심장할 수도 있는 예술적·역사적 작가의 형상을 만들어낼 따름이다. 즉 이 형상은 이러한 유형의 형상들에게 일반적으로 적용되는 모든 기준들을 다 따르게 되는 것이다. 또한 작가의 이러한 형상이 문학작품을 구성하는 형상들의 조직의 일부가 되지 못함은 물론이다. 그러나 만일 이 형상이 의미심장하고 진실하다면 청중이나 독자로 하여금 그 작가의 작품을 보다 더 정확하게 그리고 더 깊이있게 이해하도록 도와줄 수는 있다.

이 글에서는 청중-독자라는 복잡한 문제, 즉 그의 크로노토프적 위치와 작품을 새롭게 하는 데 그가 수행하는 역할(작품의 생명이 지속되는 과정에서의 그의 역할)의 문제는 다루지 않는다. 다만 모든 문학작품은 자신의 외부를 (즉 청중-독자를) 향하고 있으며, 그리하여 자신에 대해 일어날 가능성이 있는 반응을 일정한 정도로 예견하고 있다는 점만을 지적하기로 하겠다.

크로노토프 분석의 한계

결론을 맺으면서 우리는 또하나의 중요한 문제, 즉 크로노토프적 분석의 한계라는 문제를 언급하고 지나가야 할 것이다. 과학, 예술, 문학은 모두 시간적·공간적 규정에 종속되지 않는 의미적 요소를 포함한다. 이러한 종류의 예로서 모든 수학적 개념들을 들 수 있다. 우리는 그 개념들을 시간적·공간적 현상들을 측정하는 데 사용하지만 그것들 자체는 아무런 내재하는 공간적·시간적 규정도 가지지 않으며 추상적 인식의 대상에 불과하다. 그것들은 많은 구체적 현상들의 형식화 및 엄밀한 과학적 연구에 필수불가결한 추상적·개념적 형상이다. 그러나 의미는 추상적 인식만이 아니라 예술적 사유에도 역시 존재한다. 예술적 의미도 마찬가지로 시간적·공간적 규정에 종속되지 않는다. 우리는 여하튼 모든 현상에 의미를 부여하게 된다. 즉 모든 현상을 공간적·시간적 존재의 영역 속으로뿐만 아니라 의미적 영역 속으로도 통합하는 것이다. 의미를 부여하는 이 과정은 가치평가를 수반한다. 그러나 존재가 이 영역에서 취하는 형식과 존재에 의미를 부여하는 가치평가의 성격과 형식에 관한 문제는 순전히 철학적인 것이므로(물론 형이상학적인 것은 아니지만), 여기에서는 다루지 않겠다. 우리에게는 다음의 사항이 중요하다. 즉 그 의미가 무엇이건간에, 우리의 경험(사회적 경험)의 일부가 되기 위해서는 그것은 우리가 들을 수 있고 볼 수 있는 기호(Sign)의 형식을 취해야만 한다. (상형문자, 수학공식, 언어적 표현, 소묘(素描) 등.) 이러한 시·공간적 표현이 없이는 추상적인 사고조차 불가능하다. 따라서 의미의 영역으로 들어가려면 오로지 크로노토프라는 문을 통과해야만 하는 것이다.

이 글을 시작하면서 말했듯이, 문학작품에서의 시공간적 관계에 대한 연구는 최근에 와서야 비로소 시작되었으며, 대체로 시간적 관계의 연구에 치우쳤었다. (그것도 불가분의 관계로 서로 결합된 공간적 관계로부터 따로 분리된 시간적 관계의 연구에 치우쳤던 것이다.) 이 글에 채택된 접근법이 본질적이고 생산적인 것으로 판명될지의 여부는 문학연구의 미래의 발전만이 결정할 문제이다.

(1937~1938)[34)]

34) 제10절 맺음말은 1973년에 씌어졌다.

바흐찐 연보

1895년 11월 6일 러시아 오렐지방의 구귀족 가문에서 은행원의 아들로 출생.

1913년 오데싸 대학교 및 뻬쩨르부르그 대학교에서 문헌학 전공.

1918년 뻬뜨로그라드 대학교 졸업. 네벨리에서 2년간 교사생활.
까간(1889~1937, 철학자)의 주도로 그 해 조직된 학술모임('칸트 세미나')에 볼로쉬노프, 뿜삐얀스끼, 유디나 등과 함께 참여.

1920년 비쩨프스끄에서 교사생활. 볼로쉬노프, 뿜삐얀스끼, 메드베제프, 샤갈 등과 '칸트 세미나' 재구성.

1921년 엘레나 알렉산드로브나 오꼴로비치와 결혼. 만성 골수염 발병.

1924년 레닌그라드에서 활발한 저술활동 전개.
『러시아 동시대인』(*Russkii Sovremennik*)지에 「언어 예술 작품에 있어서의 내용, 질료 및 형식의 문제」(Problema soderzhanija, materiala i formy v slovesnom khudoehestvennom tvorchestve)를 발표할 예정이었으나 잡지가 폐간되어 무산됨.

1927년 볼로쉬노프의 저서 『프로이트주의』(*Frejdizm*) 출간됨.

1928년 메드베제프의 저서 『문학연구의 형식적 방법』(*Formal' nyi metod v literaturovedenii*) 출간됨.

1929년 『도스또예프스끼 창작의 제문제』(*Problemy tvorchestva Dostoevskogo*) 출간됨.
몇 가지 모호한 정치적·종교적 이유로 체포되어 5년간의 유형을 언도받음. 이후 약 5년간 까자흐스딴과 시베리아의 경계지인 꾸스따나이에서 소비조합의 회계직 등에 근무.
볼로쉬노프의 저서 『마르크스주의와 언어철학』(*Marksizm i filosofija jazyka*) 출간됨.

1930년 프랑스에서 『도스또예프스끼 창작의 제문제』 번역출간됨.

1934~5년 「소설 속의 담론」(Slovo v romane) 집필.

1936년 모스끄바 남동쪽 550 km에 위치한 사란스끄의 사범학교에서 강의.

1937년 모스끄바에서 약 100 km 떨어진 낌르이의 고등학교에서 독일어와, 이어서 러시아어를 가르침. 간간이 모스끄바 과학아카데미의 세계문학연구소 일에 참여.

1937~8년 「소설 속의 시간과 크로노토프의 형식」(Formy vremeni i khronotopa v romane) 집필.

1938년 골수염의 악화로 한쪽 다리 절단.

1940년 「소설 속의 시간과 크로노토프의 형식」에 대해 모스끄바 세계문학 연구소에서 강연.

『프랑소와 라블레의 작품과 중세 및 르네쌍스 시대의 민중문화』(*Tvorchestvo Fransua Rable i narodnaja kul'tura Srednevekovija i Renessansa*) 집필.

1941년 「서사시와 장편소설」(Epos i roman) 집필, 이 글에 대해 모스끄바 세계문학 연구소에서 강연.

『프랑소와 라블레……』를 박사학위 논문으로 제출.

1945년 61년의 퇴직 때까지 사란스끄의 사범학교에서 강의.

1946년 박사학위 논문의 인준을 거부당함.

1957년 사란스끄의 사범학교가 대학교로 승격됨에 따라 러시아 및 외국문학과 과장이 됨.

1961년 건강 악화로 과장직 사퇴.

1963년 모스끄바로 돌아감. 『도스또예프스끼 창작의 제문제』를 개정증보한 『도스또예프스끼 시학의 제문제』(*Problemy poetiki Dostoevskogo*)가 모스끄바에서 출간됨.

1965년 『문학의 제문제』(*Voprosy literatury*)지가 바흐찐의 30년대 논문들을 게재.

1975년 3월 7일 모스끄바에서 영면.

바흐찐의 주요 논문들이 『문학과 미학의 제문제』(*Voprosy literatura i estetiki*)라는 제목의 단행본으로 출간됨.

색 인(人名·書名)

ㄱ

ㄴ

ㄷ

ㄹ

ㅁ

ㅂ

ㅅ

ㅇ

ㅈ

ㅊ

ㅋ

창비신서 88
장편소설과 민중언어

초판 1쇄 발행 / 1988년 11월 10일
초판 13쇄 발행 / 2023년 12월 19일

지은이 / 미하일 바흐찐
옮긴이 / 전승희·서경희·박유미
펴낸이 / 염종선
펴낸곳 / (주)창비
등록 / 1986년 8월 5일 제85호
주소 / 10881 경기도 파주시 회동길 184
전화 / 031-955-3333
팩시밀리 / 영업 031-955-3399 편집 031-955-3400
홈페이지 / www.changbi.com
전자우편 / lit@changbi.com

ISBN 978-89-364-1088-9 03800